Knaur.

Knaur.

Im Knaur Taschenbuch Verlag sind bereits folgende Bücher der Autorin erschienen:
Die Kaffeeprinzessin
Das Erbe der Kaffeeprinzessin

Über die Autorin:
Karin Engel lebt und arbeitet als Journalistin und Autorin an der Westküste Schleswig-Holsteins, in Dithmarschen. Die Liebe hat sie vor zehn Jahren an die Küste geführt, doch ihre Wurzeln liegen in Bremen, denn sie ist eine echte »Tagenbarin«, wie die gebürtigen Bremer genannt werden, deren Großeltern und Eltern ebenfalls in der Hansestadt an der Weser geboren wurden. Ihre Romane »Die Kaffeeprinzessin« und »Das Erbe der Kaffeeprinzessin« waren große Erfolge.

Karin Engel

Die Schaustellerin

Roman

Knaur Taschenbuch Verlag

Besuchen Sie uns im Internet:
www.knaur.de

Originalausgabe Mai 2009

Ein Unternehmen der Droemerschen Verlagsanstalt
Th. Knaur Nachf. GmbH & Co. KG, München

Redaktion: Regine Weisbrod
Umschlaggestaltung: ZERO Werbeagentur, München
Umschlagabbildung: Bridgeman Art Library / Leighton, Frederic
Satz: Adobe InDesign im Verlag
Druck und Bindung: CPI – Clausen & Bosse, Leck
Printed in Germany
ISBN 978-3-426-63949-8

2 4 5 3 1

Die Schaustellerin

Alle Ereignisse und Personen des Romans, mit Ausnahme der historischen Gegebenheiten und Persönlichkeiten, entspringen der Phantasie der Autorin. Ähnlichkeiten mit lebenden oder verstorbenen Personen wären rein zufällig.

1

Die Morgennebel hoben sich nur langsam, unwillig, so schien es, als wollten sie das Lager an diesem Tag nicht den vielen fremden Blicken preisgeben, die, neugierig und erwartungsfroh die einen, gleichmütig oder herablassend die anderen, die Chiffren einer Welt zu entziffern suchten, die Vergnügen und Magie versprach. Feingesponnene, durchscheinende Seidenschleier und nach oben gebogene bestickte Pantöffelchen mit keckem, geschwungenem Absatz gehörten zu den Accessoires, die die Blicke zuverlässig einfingen; dem ungekämmten Wesen in derber, viel zu weiter, erdbrauner Wollhose, unförmiger Schafwolljacke und mit nackten Füßen würde dagegen kaum jemand Aufmerksamkeit zollen, es sei denn, es verstünde etwas vom Tanz. Suriann gab sich hin, schmiegte ihren biegsamen Körper in den Nebel, schmeichelte der kühlen Luft mit kleinen Drehungen und endete in einer formvollendeten Arabesque, in der sie einen Moment verharrte, bevor sie sich seufzend löste und unbestimmt in die Weite schaute, wie sie es zu tun pflegte, wenn sie den Applaus empfing. Sechs Vorstellungen am Tag auf einer vom Vater geerbten Bretterbühne, die mit bunten Bändern an den Pfosten und verschlissenen, sich kreuzenden gelben Stoffbahnen auf arabisches Zelt getrimmt worden war, hatten Suriann Mutter demoralisiert, ihrer natürlichen Grazie beraubt und sie vor Jahren schon in die Flucht getrieben; nicht so ihre Tochter. Suriann liebte, was sie tat und was sie war, und fiel aus diesem Grund auch niemals auf die Männer herein, die ihr ein neues Leben versprachen – sei es als Ehefrau eines heißblütigen Dichters oder als verschwiegene Gefährtin eines angesehenen Kaufmanns. Sie mochte ihr Leben, und der allmorgendliche einsame Tanz war Surianns Art, der Schöpfung ihre Dankbarkeit zu bekunden. Die Einzige, die ihr dabei zusehen durfte, war Celia, und das auch nur deshalb, weil Suriann fest entschlossen war, der Tochter des Karussellbetreibers Gerald Lambert das Tanzen beizubringen.

»Frauen müssen das können«, beharrte sie, wenn Celia sich wieder einmal lustlos am Tanzen versuchte. »Es hält die Männer in Schach, es hypnotisiert sie und bringt sie dazu, die Dinge für dich zu tun, die dir zu anstrengend oder zu teuer sind. Lieber fünf Minuten getanzt als zwanzig Minuten gebettelt und gefleht.«

Celia hatte ihre Zweifel, ob diese Rechnung immer so glatt aufging, überdies war sie fest entschlossen, niemals auf Mätzchen dieser Art angewiesen zu sein, jedoch schickte sie sich drein und übte jeden Morgen mit Suriann eine Viertelstunde, ihre großen Füße endlosen Schrittkombinationen folgen und die Arme anmutig, die Hüften sinnlich kreisen zu lassen. Celia hatte ein natürliches Rhythmusgefühl und ihr Körper lernte schnell. In den vergangenen zwei Wochen hatte Suriann ihrer Schülerin beigebracht, sich wie eine indische Schlangenbeschwörerin zu winden, Brüste und Bauch nach arabischem Brauch in Schwingung zu versetzen und mit schüchternen Pliés und einfachen Pirouetten die Ballettelevin zu mimen. Hatte Celia sich zu Surianns Zufriedenheit angestellt, holte die Tänzerin endlich das große

Buch unter ihrer Schlafmatte im Wohnwagen hervor und begann mit dem Teil des Unterrichts, dem Celia entgegenfieberte.
Einnahmen, Ausgaben stand da in eckigen kleinen Buchstaben über jeder Seite, darunter waren reihenweise eindrucksvolle Zahlenkolonnen. Suriann führte die Bücher mustergültig, wie sie es von einem verzweifelten Verehrer gelernt hatte. Mit einem ausgeprägten Sinn für Sparsamkeit hatte sie aus den wenigen Münzen, die ihr Vater hinterlassen hatte, ein kleines Vermögen erwirtschaftet. Zur nächsten Saison plante sie, eine zweite und dritte Tanzbühne zu gründen, um auf möglichst vielen Jahrmärkten möglichst viel Geld zu verdienen, um sich beizeiten im Süden Europas zur Ruhe setzen zu können.
Celia hatte das Prinzip der Berechnungen schnell begriffen und wusste auch, dass sie unerlässlich waren, wenn es galt, ein Geschäft nach vorn zu bringen. Zahlen waren klar und unbestechlich. Nur dreistellige Summen im Jahr brachten Essen satt, neue Kleidung und eine sichere Zukunft; alles andere bedeutete, den Gürtel enger zu schnallen und zugleich die Tatkraft anzustacheln, was selten gut zusammenging – zumindest in ihrer Familie nicht, die sich auf einen inbrünstigen Fatalismus verließ. Das Schicksal hatte doch immer gut für sie gesorgt, wozu es also herausfordern, indem man ihm zu misstrauen begann? Es stimmte, die Lamberts hatten keinen Grund zur Klage, ihr Tisch war gedeckt, die Dächer ihrer Wagen und ihres winzigen Winterquartiers dicht genug, um Wind und Wetter zu trotzen. Und wenn die Situation sich gelegentlich zuspitzte, war auf die vielen Seelen, die ihr Leben kreuzten, Verlass. »Kein Lambert musste je

hungrig die Sterne anheulen!«, wurde Großmutter Elvira nicht müde zu betonen, und auch, wie viele selbst erlegte Hasen und Rebhühner man schon an ungezählten Lagerfeuern geteilt hatte. Doch Celia konnte sich sehr wohl auch an Küchenmeister Schmalhans erinnern, der ihr ein Loch in den Magen gebrannt hatte, das wie ein Wolf knurrte und wütete, bis die Nacht ihn bezähmte und der Morgen wenigstens einen Schluck Tee und manchmal etwas Haferschleim brachte, während drei Wagen weiter, dort, wo besser gewirtschaftet wurde, unter lautem Gejohle ein Schinken aufgeschnitten wurde. Celia hatte nie ein Wort darüber verloren, sondern versucht, die Energie wütender Empörung zu nutzen, um schon in jungen Jahren eine klare Vorstellung von sich, der Familie und ihrem Weg in eine verlässlichere Zukunft herauszubilden, in der Zahlen und Tatsachen mindestens eine so gewichtige Rolle spielen sollten wie Großmutters Karten und geheime Zeichen in Fauna und Flora.

Dies behielt sie jedoch für sich. Der Zeitpunkt, die Eltern mit ihrem neuen Wissen zu überraschen, war noch nicht gekommen, noch lange nicht.

»Kruzitürken, ja, fix nochamal!« Wie ein übergroßer, aufgebrachter Maulwurf schälte sich Francesco aus der Erde und sah sich mit glühenden Augen um.

»Ihr!«, schrie er Suriann und Celia zu, die etwa fünfzig Schritte entfernt waren, und fuchtelte wild mit den Händen, »ihr hättet es hören müssen! Ich habe mir meine gottverdammte Seele aus dem Leib gebrüllt!«

»Das kommt davon, wenn man sich besäuft und seine Leute so mies behandelt, dass sie einen nur zu gerne versehentlich vergessen«, gab Suriann zurück und machte sich daran, ein Feuer zu entfachen. Celia verdrehte die Augen.

Francesco ging allen auf die Nerven. Geronimo, ein Illusionskünstler, der im letzten Jahr seine Abschiedsvorstellung gegeben hatte, um in einem klitzekleinen Dorf im Hunsrück sesshaft zu werden, hatte dem Artisten mit dem italienischen Namen und den bayrischen Wurzeln beigebracht, den lebendig Begrabenen zu spielen. Der Trick bestand darin, vorzugeben, sich in ein ausgehobenes Grab zu legen, tatsächlich aber in einer zwei Klafter tief in den Boden eingelassenen Kiste zu liegen, deren Innenwände täuschend echt mit Erde beklebt waren. Während die als Totengräber verkleideten Gehilfen die »Gruft« zuzuschaufeln begannen, galt es, sacht den als Innenwand getarnten Holzdeckel anzuheben und gemütlich abzuwarten, dass das Publikum sich zerstreute. Zur Sicherheit empfahl Geronimo, ein Bambusrohr zur Luftzufuhr zu benutzen.

Francesco war begeistert, weil er es satthatte, jeden Tag übers Seil zu balancieren, und sich nach einer Tätigkeit sehnte, die ihm weniger abverlangte. Es dauerte zwar eine Weile, bis er den Bogen heraushatte – denn in der ersten Zeit hob er den Deckel entweder zu früh an, so dass die Zuschauer den Trick durchschauten und Francesco ausbuhten, oder zu spät, so dass er Erde schluckte –, doch mittlerweile beherrschte er die Nummer perfekt. Aus Langeweile hatte er begonnen, zu viel zu trinken und seine Gehilfen zu beschimpfen und mit Stockschlägen zu traktieren. Das eine führte dazu, dass er immer häufiger in der Kiste einschlief, das andere, dass Matteo und Jon ihm seine Quälereien heimzahlten. Nach der Abendvorstellung horchten sie an dem Bambusrohr, das einen Fingerbreit über der Erde aufragte und verhinderte, dass Francesco erstickte, und wenn sie regelmäßige Atemzüge hörten, nickten sie sich zu und gingen schlafen.

»Ach, nun reg dich nicht auf, du lebst doch noch!« Buffalo ließ seine Rechte, kräftig wie eine Bärentatze, auf Francescos Schulter fallen, was den Mann Mitte dreißig, der sich müder und resignierter fühlte, als die schwarzen Locken und der immer noch sehnige Körper vermuten ließen, zu besänftigen schien. Er hielt den Blick gesenkt, schüttelte Buffalos Hand ab und trottete zu seinem Wagen hinüber, wo Matteo ihm mit undurchdringlicher Miene einen Becher Kaffee anbot.

»Lächeln!«, rief Suriann ihm hinterher, zwinkerte Celia zu und begann, die Wäsche von der Leine zu nehmen, energisch glattzustreichen und Kniff auf Kniff zusammenzulegen, um den Anschein von Geschäftigkeit zu erwecken. Doch Buffalo stakste selbstbewusst und über das ganze kantige Gesicht strahlend über die taunasse Wiese auf sie zu, breitbeinig in seinen mit Fransen besetzten Lederhosen, als befinde sich immer noch ein Pferderücken darunter. Eigentlich hieß er Heinz und stammte aus Köln, doch war er mittlerweile so sehr in seiner Rolle als Held der Prärie aufgegangen, dass er überzeugt war, allein er könne Streit schlichten und Familienfehden befrieden und damit die Schausteller zusammenhalten. Seine Großmannssucht war gepaart mit Gutmütigkeit und Humor und einem rustikalen Charme, was ihn bei vielen Frauen beliebt machte. Besonders mochten ihn jene, deren Ziel ein Ehering war, dem er wiederum beharrlich auswich, weil er den goldenen Reif, so zart er auch sein mochte, für ein Fangeisen hielt, das den Mann erst seiner Freiheit beraubte und dann seiner Kraft.

Sein Fluchtinstinkt machte Buffalo noch attraktiver, selbst für Suriann, deren scheinbares Desinteresse nur ein Zug in ihrem Spiel war, das sie vorhatte zu gewinnen. Ein ebenso zurückhaltendes wie sinnliches Bühnenlächeln auf den vollen Lippen, das wenig Zähne sehen ließ, weil Suriann wusste, dass unkontrollierte Heiterkeit sie wie ein wieherndes Pferd wirken ließ, drehte sie sich um und betrachtete Heinz aus opalschwarzen Augen wie ein Dämon sein nächstes Opfer.

Celia stand auf und klopfte den Staub von ihrem Rock. »Ich lege dein Buch zurück in den Wagen, ja?«, sagte sie, erhielt aber keine Antwort. Mit Suriann war jetzt nichts mehr anzufangen. Celia lächelte. Wer hier wohl wen hypnotisierte?

Gonzales warf dem Paar einen verächtlichen Blick zu, dann fuhr er fort, ein Fallbeil aus Holz aus der Halterung zu lösen, das mit Asche geschwärzt und so poliert worden war, dass es gefährlich schimmerte. Celia schlenderte dicht an seinem Wagen vorbei und erntete wie alle, die das wagten, ein unmissverständliches Knurren. Celia lächelte ihn unschuldig an und ging ungerührt weiter. Armer Gonzales! Hastig, als wäre der Leibhaftige hinter ihm her, schraubte er die Guillotine auseinander und wickelte jedes Teil in derben Drillich. Er fürchtete sich so sehr davor, ausspioniert zu werden, dass er Auf- und Abbau von Gonzales' gnadenloser Guillotine stets allein bewältigte, was ihm mit zunehmendem Alter und Bauchumfang immer schwerer fiel. Die Kraft holte er sich auf der Bühne zurück, jeder Lacher, jeder Pfiff, jedes »Bravo!« fuhr ihm wie ein Stromstoß durch den Körper und schenkte ihm für die Dauer der Vorstellung jugendlichen Elan. Gonzales stolzierte umher wie ein Pfau und kündigte die Enthauptungen wortreich und mit amüsierter Noblesse oder abgründiger Bosheit an, je nachdem, wie ihm gerade zumute war. Während das Publikum seine Conférence beschrie und begeistert beklatschte, wurden seine Delinquentinnen auf die Bühne geführt und flehten vorschriftsgemäß um Gnade, die Gonzales aber niemals gewährte, weil die Menschen für Blut bezahlten, das die eigene Mordlust befriedigte, nicht für Barmherzigkeit, die sie beschämte. Fast jeden Tag stellte sich Gonzales die Frage, wessen täuschend echt nachgemachten Kopf er am liebsten rollen sah – den seiner Schwiegermutter, weil sie eine Xanthippe war, den seiner Frau, die ihn im Bett nicht mehr zum Zuge kommen ließ, seitdem sich ein Nachzügler angekündigt hatte, oder die Köpfe seiner dunkelbezopften Töchter, die Söhne hätten werden und das Erbe antreten sollen eines fernen Tages. Allmählich lichtete sich der Nebel und das Lager erwachte. Tau perlte von buntbemalten Wohnwagen und in ewiger Glückseligkeit erstarrten Wesen, die von den Dächern der Karussells und aus Schießbuden äugten. Die morgendliche Stille wurde durchbrochen von Hammerschlägen und wütendem Geschrei, Gelächter und lauten Flüchen. Holzpfosten schlugen auf dem harten Boden auf, Metallverstrebungen wurden auseinandergerissen, Feuer zischend gelöscht, ein sanfter Wind hob

Planen an und ließ sie sacht wieder fallen. Ein Junge in kurzer Hose und löchrigem Pullover versuchte fünf braungesprenkelte Hühner in ihre Transportkiste zu scheuchen; laut gackernd verweigerten die Tiere jedoch jede Kooperation und stoben auseinander, einige unter schützende Wohnwagen, zwei vorwitzige nach nebenan, zu den Ponys von Jungemüller, die nervös wieherten.

Die Geräusche des Abschieds. Valentina Lambert, Celias Mutter, war der unromantischen Ansicht, Abschied wie Ankunft klängen völlig gleich, weil die Arbeit ja auch immer dieselbe sei, aber Großmutter Elvira behauptete, den Unterschied der Klangfarben zu hören und zu spüren. Wehmut und ein Hauch von Moll, wenn die Buden und Bauten verpackt und verladen, Freude und Frische und helles Dur, sobald sie auf dem nächsten Festplatz wieder aufgebaut wurden. Celia wusste nicht, wem sie recht geben sollte.

Sie legte den Kopf in den Nacken und beobachtete zwei Falken, deren Kreise sich über der Theresienwiese kreuzten. Ihre hellgrau gefiederten Schwingen malten Achten und Schleifen in einen zartblauen Himmel, der einen sonnigen, wenngleich kühlen Septembertag versprach. Wie auf ein geheimes Kommando wandte sich der eine nach einer Weile Richtung Norden und flog davon, allein, wie es sich für einen seiner Art gehört.

Ein Zeichen, gewiss, dachte Celia, aber keins, das sie zu deuten wusste.

»Könnte Prinzessin vielleicht mal mit anfassen?«, rief Kester seiner Cousine von weitem zu, doch Celia, der sein ironischer Ton nicht passte, behielt ihr geruhsames Tempo bei. Im Gehen schlang sie ihr langes, rötlich

blondes Haar zu einem Knoten und kniff ihre grüngrauen Augen so zusammen, wie sie es vorhin bei Suriann gesehen hatte. Sie bewunderte die kühle Entschlossenheit, mit der die fünf Jahre ältere Tänzerin das Erbe ihres Vaters gegen alle Übergriffe verteidigte. Es konnte nicht schaden, sich deren eine oder andere Attitüde zu eigen zu machen, um keinen Zweifel daran zu lassen, dass Celia sich ihrer zukünftigen Rolle sehr wohl bewusst war. Vor allem Kester, fünfzehn Jahre und schwer begeistert von seiner gerade erwachten Männlichkeit, musste diese Tatsache gelegentlich deutlich vor Augen geführt werden. Florian, drei Jahre jünger, lockenköpfig und zurückhaltend, waren die prahlerischen und unverschämten Anflüge seines Bruders unangenehm. Auch jetzt hielt er den Kopf gesenkt, als er seinem Bruder und ihrer Mutter Anka, einer hageren, grobknochigen Frau, half, die Schießbude, die Celias Vater aus zweiter Hand gekauft hatte, zu zerlegen.
Behutsam nahm Celia die Tonpfeifen herunter, die links und rechts von einem Gemälde befestigt waren, und legte sie in eine mit Stroh gefüllte Holzkiste, damit die Pfeifen unterwegs nicht zerbrachen. Allerdings schoss kaum noch jemand auf sie. Die auf dem italienischen Landschaftsidyll (türkisfarbenes Meer, liebliches Gestade, sanft gerundete Hügel) befestigten beweglichen Scheiben waren wesentlich begehrter. Sobald ein Schütze traf, widerfuhr den mit den Scheiben verbundenen Figuren nämlich Entwürdigendes. Ein Soldat verlor seine Uniformhose, ein auf einem Nachttopf sitzender, geradezu unanständig beleibter Mann presste schwitzend gelbe Taler hervor. Etwas derb, hatte Celias Mutter

gemeint, als die neuen Figuren im Frühjahr geliefert worden waren, aber die Jahrmarktsbesucher fanden sie überaus lustig. Der Geldscheißer war das beliebteste Ziel.

»Wir schaffen das schon«, sagte Anka gleichmütig, und Celia lief zu ihrem Vater hinüber, der gemeinsam mit seinem jüngeren Bruder Stephan den *Venezianischen Traum* auseinandermontierte.

»Guten Morgen, Prinzessin«, sagte Gerald Lambert weich. Ganz gleich, wie anstrengend die Arbeit war, niemals hätte Celias Vater seine Tochter so behandelt wie Stephan Lambert es mit seinen Söhnen tat. Ruppig, lieblos, nur der Anrede wert, wenn es galt, sie anzutreiben oder auszuschimpfen. Gerald verstand das Verhalten seines Bruders nicht, mischte sich jedoch nicht in seine Belange ein. Sie waren eine Familie, Gerald war das Oberhaupt, aber was zwischen Stephan und den Seinen vor sich ging, war seine Sache nicht; es sei denn, die Geschicke aller Lamberts würden davon beeinträchtigt.

»Guten Morgen, Pap«, erwiderte Celia und begann die dünnen, mottenzerfressenen Decken um die zwölf Pferdebäuche zu legen und mit Seilen festzubinden, um die mit Spiegelrhomben und Pailletten verzierten Sättel vor Transportschäden zu schützen. Jeder Handgriff saß. Denn sobald die kleine Celia sicher auf einem Schemel hatte stehen können, hatte Gerald ihr beigebracht, diese Arbeit geschickt und schnell auszuführen. An ihrem siebten Geburtstag hatte Gerald seiner Tochter feierlich die Verantwortung für die Unversehrtheit der Pferdesättel übertragen, und seitdem war nicht ein einziger Spiegelstein zerbrochen.

1870 hatte Gerald Lambert das Karussell mit den sechs Holzpferden von seinem Vater übernommen und generalüberholt. Die drehbare Bodenplatte wurde ausgebessert, die Pferde erhielten neue Sättel und einen frischen Anstrich, das pagodenförmige Dach wurde innen wie außen mit venezianischen Motiven – schwarze Gondeln auf blauem Canale – bemalt, die Valentina an ihre Heimat erinnern sollten, mit den Pferden aber in keinerlei Beziehung standen, was außer Valentina niemanden störte. Inzwischen waren die Farben verschossen, die Spiegelsteine fast blind; überhaupt war der *Venezianische Traum* nicht mehr der allerneueste Schrei, da es jetzt elektrisch angetriebene Karussells gab, sogar doppelstöckige mit dreißig Pferden, eines prächtiger als das andere. Doch obschon Celia die wirtschaftlichen Vorteile eines solchen Wunderwerks sehr wohl erkannte, liebte sie das alte Karussell und die Erinnerungen, die mit ihm verbunden waren. Die Abende im Schein des Lagerfeuers, als sie sich als kleines Mädchen auf dem Schoß ihres Vaters zusammengerollt hatte wie ein Kätzchen. Seine weiche, melodische Stimme hatte die Schätze alter Geschichten vor ihr ausgebreitet, märchenhafte Geschichten, wie vor langer, langer Zeit die Vorläufer des Karussells gebaut wurden, um damit Ritter zu trainieren. Diese ließen ihr Pferd um einen Mast traben und versuchten dabei, die an einer Stange befestigten Ringe mit ihrer Lanze zu durchstechen. Später betrachteten es die adligen Damen und Herren an den Höfen Europas als kurzweiliges Vergnügen und verbrachten ihre Zeit mit diesem Ringelreiten. Diese Vorstellung hatte Celias Phantasie entzündet. Oft schlich sie nachts aus dem Wohnwagen

und zu ihrem Lieblingspferd, dessen Mähne mit roten Perlen auf einer Schnur verziert war. Sobald sie aufsaß und ihr Bild sich schwach in den Spiegelrhomben brach, verwandelte sie sich in eine Prinzessin des Wiener Hofes. Sie sah sich in Seide gehüllt und mit Goldschmuck behängt, die langen Haare zu akkuraten Lockengebilden aufgetürmt, hörte die Fanfaren und den Jubel des Volkes, wenn ein schmucker Reiter in dunkelblauem Wams einen goldenen Ring, gerade so groß wie ein Armreif, stach und ihr, die zart errötete, überreichte.
Es gab noch eine andere Legende, die den Ursprung der Karussells im Orient sah, und auch wenn Celias Vater dies für Unsinn hielt, wollte Celia sie immer wieder hören. Zu aufregend war es, sich in ein exquisites Wesen mit Unmengen von Goldschmuck um den nackten Bauch, die Fesseln und Handgelenke zu verwandeln, das beim Bayramfest in Konstantinopel von Dschinnen auf einem Schimmel mit funkelnden Trensen und einem Sattel aus pflaumenweichem Leder in einen Palast entführt wurde …
Als kleines Mädchen konnte sich Celia stundenlang in köstlichen Phantasien verlieren, bis ihre Mutter Valentina, die darin eine ungesunde Neigung zur Selbsttäuschung auszumachen meinte, die bei einer Heranwachsenden verständlich, aber für ihr späteres Seelenheil nicht förderlich und deshalb unabdingbar im Keim zu ersticken sei, ein Machtwort sprach. Celia gab vor, sich zu fügen, achtete aber von nun an lediglich darauf, dass sie nicht mehr ertappt wurde. Hätte Valentina geahnt, wie die Inhalte ihrer Träume an Schärfe und Realismus zunahmen, hätte es ihr ernsthafte Sorgen bereitet. Aber

Celia verstand sich in der Kunst der Camouflage; niemand würde je vermuten, was sie wirklich beschäftigte.
»Du Mistvieh!« Angelos Stimme überschlug sich vor Zorn, und Celia blickte von ihrer Arbeit auf. Der Boxer, der jeden Tag in seinem Ring auf mutige Heißsporne wartete, die sich seinen Fäusten in dicken Lederhandschuhen und den darin versteckten Eisenringen stellten, rannte Dolores hinterher, die mit mächtigen Sprüngen über die Theresienwiese setzte. Das Riesenkänguruweibchen, die Attraktion von Angelos *Fliegende Fäuste,* hatte sich wieder einmal selbständig gemacht. Verständlicherweise, da es, die Vorderpfoten mit roten Lederfäustlingen bewehrt, vor jeder Vorstellung in den Ring gezerrt und an den Hinterläufen angepflockt wurde, um für ihren Besitzer Reklame zu machen.
Unter dem Gelächter der anderen Schausteller, Akrobaten und Jongleure rannte Angelo hinter dem Beuteltier her, schrie und gestikulierte, was das Känguru wenig zu beeindrucken schien. Schließlich sprang ihm ein Zwerg mit einem beherzten Satz von einem offenen Planwagen auf den Rücken und krallte sich in seinem Fell fest, was Dolores so verwirrte, dass sie stehenblieb und begann, sich im Kreis zu drehen, um die ungewohnte Fracht abzuschütteln; Zeit genug für Angelo, ihr das Seil um den Hals zu werfen und zuzuziehen.
»Bravo, Cyrus!«, schrie Suriann und warf dem Mann, der gerade eine Handbreit über Hüfthöhe der durchschnittlich Gewachsenen geraten war, eine Kusshand zu; dies und der Applaus der Umstehenden trieben dem Gefeierten die Röte ins Gesicht und ließen seine Aufmerksamkeit erlahmen. Prompt schnappte das wütende

Känguru nach seiner rechten Hand; Cyrus schrie auf, verlor das Gleichgewicht und landete auf seinem Hinterteil. Angelo verpasste dem Tier einen kleinen Stups gegen die Nase, so dass sein schmaler Kopf mit der lustig nach oben gebogenen Schnauze zur Seite schwang.

»Der hätte 'nen ordentlichen Haken verdient«, jammerte Cyrus und rieb seine Hand, doch Angelo schüttelte den Kopf, ohne eine Erklärung hinzuzufügen.

»Na komm«, brummte er Dolores zu. »Hast es zwar nicht verdient, aber jetzt gibt's Frühstück.« Er nickte Cyrus zu und setzte sich in Bewegung, das Känguru trabte folgsam neben ihm her.

»Woher hat er das Vieh eigentlich?«, fragte Cyrus Suriann und lief wieder rot an, als sie ihren Dämonenblick auf ihn senkte.

»Er hat's einem Kapitän abgeschwatzt, der seine Verlobte mit dem Mitbringsel aus Australien beeindrucken wollte, die sich aber längst vom Acker ...«

»Los, los, los, los!«, schrie ein schmächtiger Mann mittleren Alters. »Halt hier keine Volksreden!« Sein gewichster, an den Enden nach oben gezwirbelter schwarzer Schnauzbart zitterte vor Empörung. Der Mann, den alle Satyr nannten, zerrte Cyrus brutal am Arm fort. Celia warf ihrem Vater einen Blick zu, doch der war schon wieder in seine Arbeit vertieft und maß Cyrus' Zetern keine Bedeutung zu. Jeder wusste, dass Satyr, geborener Karl Meier, seine Leute nicht gut behandelte; aber da niemand so recht wusste, wie mit Menschen umzugehen war, die anders gewachsen waren als der Durchschnitt, was dem allgemeinen Konsens nach auch für eine geistige Beschränktheit sprach, hielt man sich heraus.

Satyrs Abnormitätenschau war in jeder Stadt und jedem Dorf ein grandioser Erfolg beschieden; keiner wollte die beiden rothaarigen Holländer verpassen, die hüftabwärts zusammengewachsen waren, das kleinwüchsige Paar mit den alterslosen Puppengesichtern und die Riesendame, die zwei Meter zehn maß und von ihrem Chef in Ruhe gelassen wurde, seitdem sie ihn einmal an den Hosenträgern gepackt und an einen Garderobenhaken gehängt hatte, bis er knallrot angelaufen war und um Gnade gewinselt hatte. Die Tatsache, dass die Riesendame ihren körperlichen Vorteil nur für sich nutzte und den anderen niemals beistand, wenn Satyr sie demütigte, werteten die meisten Schausteller als weiteren Beweis für die geistige und emotionale Armut dieser anscheinend von Gott verlassenen Gestalten. Celia hätte ihnen gern das Gegenteil bewiesen, hatte aber auf ihren täglichen Streifzügen durch das Lager lediglich in Erfahrung gebracht, dass die Riesendame zweigeschlechtlich war und die angeblichen Affenmenschen sich jeden Abend gegenseitig die mit Melasse angeklebten Ponyhaare vom Rücken zupften. Die Zwerge indes hatten Celias Interesse gründlich falsch verstanden und verfolgten die Sechzehnjährige seither mit lüsternen Blicken, weshalb Valentina ihrer Tochter verboten hatte, sich bei Satyrs Leuten herumzutreiben.

»Früher hätte ich das auch gekonnt«, murmelte Onkel Hoppe jetzt und humpelte schwerfällig an Celia vorbei. Sie lächelte flüchtig, ging aber nicht auf seine Bemerkung ein, um ihn nicht zu ermuntern, die altbekannten Geschichten seiner Glanzzeit zu wiederholen. Knapp an der Kleinwüchsigkeit vorbeigeschrammt und angespornt von einem ambitionierten Vornamen, der seinem lodernden Ehrgeiz und seiner Verspieltheit gleichermaßen entsprach, entwickelte Amadeus Hoppe, Sohn eines Schuhmachers aus Kiel, in jungen Jahren einen wackligen, aber neckisch zwitschernden Countertenor und eine virtuose Körperbeherrschung. Weil das Theater seiner Heimatstadt diese Talente nicht ausreichend zu würdigen wusste, schloss er sich fünfzehnjährig einer Schaustellerfamilie an, die einen Bänkelsänger suchte.

Amadeus' Spezialität wurden gesungene Moritaten, deren Inhalte er mit akrobatischen Einlagen akzentuierte. Während sein hohes C noch in der Luft hing, hüpfte er leichtfüßig wie ein Äffchen von der Bühne, sprang einem kräftigen Kerl aus dem Publikum auf die Schulter, federte ab, bevor der reagieren konnte, und landete auf der Holzstange, die den dunkelroten Vorhang mit der gelben Bordüre trug. Dort setzte er die Geschichte fort, bis er genügend Menschen angelockt hatte, die bereit waren, Eintritt zu bezahlen, um Sabrina, die Schlangenbeschwörerin, und Hakim, den Kartenkünstler, zu erleben. Als Amadeus begriff, dass er die eigentliche Attraktion war, begann er, auf eigene Faust und Rechnung durch die Lande zu ziehen, gründete eine Akrobatentruppe, verdiente – angeblich – ein Vermögen und verlor es wieder, weil ihn ein Kompagnon – angeblich – übers Ohr gehauen hatte. Dieses phantasielose Ende seiner persönlichen Moritat hatte niemanden je gerührt außer Elvira Lambert, Celias Großmutter, die das Schicksal ihrer Familie auf geheimnisvolle Weise mit dem des inzwischen Fünfzigjährigen verknüpft sah und ihn aus diesem Grund kurzerhand vor fünf Jahren gegen Kost und Logis als Gehilfen eingestellt hatte. Weil Amadeus gutherzig war, immer noch betörend gut sang und an guten Tagen munter von einem Karussellpferd zum nächsten sprang, was vor allem die Kinder anlockte, stellte niemand seine Anwesenheit in Frage. Nur wenn Onkel Hoppe, wie ihn alle nannten, zu einer seiner weitschweifigen Erzählungen ansetzte, musste man zusehen, Land zu gewinnen.

»Celia!« Die energische dunkle Stimme ihrer Mutter riss Celia aus ihren Gedanken. »Geschirr spülen!«

Kester feixte, als Celia an ihm und Florian vorüberging, um Wasser zu holen. In der Regel parierte sie seine Frechheiten, indem sie mit Daumen und Zeigefinger eindeutige Gesten formte, doch jetzt ignorierte sie ihn. Sie wollte keinen Streit, nicht heute.

Nichts sollte sie aus der feierlichen Stimmung reißen, die sie stets ergriff, wenn ein Aufenthalt sich dem Ende zuneigte und die bunte Welt in Kisten und auf Wagen verschwand. Wenn Worte des Abschieds über den Platz hallten, Streitigkeiten fürs Erste begraben und Absprachen getroffen wurden, in welchem Landstrich man wieder zueinanderkommen wollte. Es war keine Traurigkeit, eher eine leise Melancholie, gemischt mit Vorfreude auf das nächste Dorf, die nächste Stadt, das nächste Kirchspiel und die vielen fremden Augenpaare, in die Celia und die Ihren diesen besonderen Glanz zaubern würden.

Seit Generationen war die Familie Lambert von April bis Oktober in Deutschland unterwegs und reiste wie die meisten Schausteller mittlerweile mit der Eisenbahn, was einiges an Kraft und Nerven sparte. Den Auftakt für ihren langen Weg von Jahrmarkt zu Jahrmarkt durch ganz Deutschland bildete in aller Regel das bei allen Schaustellern beliebte, weil höchst lukrative Fest um die Herforder Marienkirche.

Der Legende nach soll am neunzehnten Juni 1011 einem Schäfer auf dem Herforder Lutterberg die Jungfrau Maria erschienen sein. Die Kirche, die an dieser Stelle errichtet wurde, barg den Baumstumpf, auf dem sie in Gestalt einer Taube landete. Er galt als wundertätig und war zum Anziehungspunkt für Pilger auf dem Weg nach Santiago de Compostela geworden. Zum Gedenken an die Marienerscheinung wurde jedes Jahr ein Jahrmarkt abgehalten, und die Lamberts waren immer dabei. Zeigte sich das Wetter unbeständig, reisten sie mit der Bahn weiter. Schien die Sonne, nahm die Familie sich die Zeit, mit den Wagen gemächlich Richtung Süden zu zuckeln und hie und da ihre Zelte auf einem bescheidenen Kirchspiel oder einer Dult aufzuschlagen.

Für Celia war es die schönste Zeit des Jahres. Der Tritt der Pferde gab den Takt vor, gleichmäßig und beruhigend. Während die Sommersonne ihre Gesichter bräunte, wechselten flache Landstriche mit vereinzelten Gehöften auf Geestrücken, Wälder und freundliche Dörfer mit weißen Kirchen und Fachwerkhäusern einander ab. Kreuzten sich zwei Wege oder verlor sich ein Pfad im Dickicht eines Waldes, machte Gerald seine Tochter auf die Dreiecke aus Zweigen und die anderen geheimen Zeichen aufmerksam, die nette Menschen hinterlassen hatten, um Freunden die richtige Richtung zu weisen. Gelegentlich trafen sie andere Schausteller, stellten die Wagen zusammen, entzündeten die Feuer und feierten

bis in die Nacht; manchmal sahen sie tagelang keinen Menschen und genossen es in seltener Eintracht, eine Weile ohne Worte sein zu dürfen.
Sie hätten München nicht gebraucht, weder für den Geldbeutel, der von der weiten Reise nur strapaziert wurde, noch für ihre Zufriedenheit, aber Gerald bestand darauf. Er glaubte, die Stadt mit der Frauenkirche und den weiten Plätzen, auf denen feine Damen und Herren bei Brezen und Weißwurst saßen und den Herrgott einen guten Mann sein ließen, besäße mit etwas Phantasie doch genügend italienisches Flair, um Valentinas sengendes Heimweh ein wenig zu lindern. Wobei gar nicht sicher war, dass Valentina unter sengendem Heimweh litt; sie hatte nie etwas in dieser Richtung angedeutet und Gerald hatte nie danach gefragt. Doch das Bedauern, das so oft in ihren großen, mandelbraunen Augen stand, konnte nichts anderes bedeuten, und die Fahrt nach München war Geralds Art, seiner Frau zu sagen, dass er verstanden hatte.
Abgesehen davon ging es auf der Theresienwiese immer lustig zu. 1810 hatte Kronprinz Ludwig der Erste Prinzessin Therese von Sachsen-Hildburghausen geheiratet und fünf Tage lang alles auffahren lassen, was das Königreich an Amüsement zu bieten hatte. Die Nationalgarde und die bürgerlichen Schützengesellschaften wetteiferten um die schönste Parade, Illuminationen erleuchteten den Himmel und Kinder in Volkstrachten huldigten den Wittelsbachern mit Gedichten, Blumen und Früchten. Den Abschluss der Feierlichkeiten bildete ein Pferderennen vor den Toren Münchens, das klassenübergreifend so begeisterte, dass der Beschluss, es im folgenden

Jahr zu wiederholen, rasch gefasst war. Zu Ehren der Braut wurde die Festwiese später Theresienwiese genannt.
Celia mochte den Herforder Jahrmarkt lieber, das religiöse Motiv verlieh in ihren Augen dem Beruf des Schaustellers eine tiefere Bedeutung. Ihr Vater pflichtete ihr bei, wenn auch mit einem gewissen Spott: »Wir sorgen dafür, dass sie wieder werden wie die Kinder, sorgenfrei und fröhlich. Wenn das nicht praktizierte Nächstenliebe ist!«
»Und warum mögen uns so viele Leute dann nicht?«, hatte Celia gefragt.
»Eben darum!«, hatte ihr Vater erwidert und eine wegwerfende Handbewegung gemacht, als könne er die Kränkungen und Bedrohungen damit aus der Welt schaffen. »Sie sind neidisch, weil wir frei sind.«
Celia setzte sich auf den Rand des Brunnens und zog langsam den hölzernen Eimer hoch, der randvoll mit klarem Wasser gefüllt war. Tief sog sie den süßlichen Duft ein.
Frei.
Das heißt: nicht ganz!
Celia kicherte in sich hinein. Wie flüssige Sonnenstrahlen strömte das Glück vom Herzen hinauf und hinunter; übermütig sprang Celia auf und vollführte eine Pirouette.

2

Seitdem die allzeit beherrschte Valentina Pavone im zarten Alter von sechzehn Jahren so gründlich wie unerwartet die Fassung verloren hatte, dass es ihr behütetes Dasein als Tochter eines wohlhabenden venezianischen Goldschmieds und seiner extravaganten Frau von jetzt auf gleich auf den Kopf stellte, suchte sie ihre innere Balance wiederzufinden, indem sie aufräumte. Sie versuchte, Struktur und Ordnung, Symmetrie und Harmonie zu schaffen, was in einem Wohnwagen allerdings schlechterdings unmöglich war.

Fünf Menschen lebten monatelang unter diesem gewölbten, wurmstichigen Dach und hinterließen ihre Spuren. Fettfinger auf dem geölten Holz, wohin man sah, Brotkrümel unter den viel zu schmalen Sitzbänken und jede Menge dekorativer Schnickschnack. Der Wandaltar aus Birnbaum mit Rosenquarz über dem Schlafplatz, das Federbündel, das an einer dünnen Lederschnur von der Decke hing, zwei Tamburine, achtlos liegengelassen zwischen Besen und Spüleimer – Reliquien dieses Lebens, die Valentina nie vergessen ließen, wer sie jetzt war. Oder zu sein vorgab.

Die hübschen Kissen mit Bezügen aus bedruckter Seide waren Valentinas persönlicher Beitrag zur Gemütlichkeit, dezent, nicht so kreischend bunt wie in den Wagen der anderen. Überhaupt versuchte Valentina das Durcheinander wenigstens farblich aufeinander abzustimmen, was Großmutter Elvira und ihre Freundinnen, eine

Garde alter, dicker, schwatzhafter Frauen in karierten Röcken, nicht müde wurden, gutmütig zu bespötteln.
Sie schüttelte die Decken aus, legte sie sorgfältig zusammen und verstaute sie unter den Bänken. Dann öffnete sie die Fenster und ließ die kühle Luft und die ersten Sonnenstrahlen herein – ein, zwei köstliche Momente reinen, ungetrübten Seins. Im ersten Jahr ihrer Ehe mit Gerald, als sie nur gefühlt und gelacht und geliebt hatte, war das ungetrübte Sein eine Selbstverständlichkeit gewesen, so selbstverständlich wie jeder Atemzug. Später waren die Zweifel und das brennende Verlangen erwacht, in der Tiefe ihres Herzens das Wissen zu finden, dass sie alles richtig gemacht hatte, dass sie nichts anderes hätte tun können und dass das, was sich ihr als Bestimmung offenbart hatte, tatsächlich Teil eines göttlichen Plans war. Doch ihre Fragen wurden nie beantwortet. Der Himmel blieb stumm, kein Windhauch wisperte ihr etwas zu. Schließlich hatte Valentina begriffen, dass sie einfach nur eine junge Frau aus Italien war, die ein vorgezeichnetes Leben in Wohlstand und Behaglichkeit zugunsten eines unsicheren Daseins an der Seite eines deutschen Karussellbesitzers mit einem Haufen eigenwilliger Verwandter aufgegeben hatte. Ein quälendes Gefühl der Bedeutungslosigkeit hatte sich darob ihrer bemächtigt, und um nicht verrückt oder schwermütig zu werden, hatte sie beschlossen, das Einzige zu wahren, das sie noch besaß. So kultivierte sie Geralds Liebe zu ihr wie eine seltene Pflanze. Voller Angst, sie zu verlieren, und deshalb sorgsam darauf bedacht, Leidenschaft und Kälte sich die Waage halten zu lassen, um Geralds Begehren frisch, seine Zärtlichkeit sanft und seine Schuldgefühle

wachzuhalten. Darüber hatte sie fast vergessen, die Liebe für ihn in sich zu nähren, aber nur fast.

Sie schloss die Fenster und kniete sich vor ihre Seekiste, in der sie ihre Kleider, den wenigen Schmuck und ihr Allerheiligstes verwahrte.

Ihre Finger fanden den Folianten und strichen über den ledernen, mit Gold und bunten Steinen verzierten Einband. Wortfetzen drangen gedämpft an ihr Ohr. Das Wasser würde in Kürze kochen, Gerald würde sich fragen, wo sie bliebe, und besorgt nach ihr sehen. Aber sie konnte nicht widerstehen und hob das Buch hoch. Ein Seufzer entfuhr ihr, als sie es aufschlug und ein verschmitzt lächelnder Mann in spitzenverziertem Wams ihr direkt in die Augen sah, in der rechten Hand ein Würfelpaar, in der linken eine Puppe mit Engelshaar und wohlgestalteten Gliedmaßen, die sich deutlich unter dem Kleid abzeichneten. Ignatius Graf von dem Lambertberg.

So könnte er ausgesehen haben, nein, so musste er ausgesehen haben.

Es war nicht leicht, dieser weitverzweigten Familie beizukommen, Dichtung und Wahrheit in den Geschichten, die Großmutter Elvira und die anderen Schausteller Valentina auftischten, voneinander zu trennen und daraus ein klares Bild entstehen zu lassen, das sie mit dem Kohlestift festzuhalten versuchte. Genaugenommen war es genauso unmöglich, wie diesen Wohnwagen sauber zu halten. Künstlernamen verdeckten die Ursprünge, Legenden gab es zuhauf. Wie etwa die um Ignatius, den adligen Vorfahren, der vor fast zweihundert Jahren durch exzessives Würfelspiel in der ersten deutschen

Spielbank in Bad Ems seinen ganzen Besitz verloren haben soll, von der Familie verstoßen wurde und sich daraufhin – mittellos, wie er war – in der Vervollkommnung seiner sonstigen Begabungen übte, woraus ein mechanisches Puppentheater hervorging. Damit zog Ignatius über Land, bis er in einem ruhigen Breisgauer Winkel in heißer Liebe zu der schönen Jasmina entflammte, sie schwängerte und wenig später sitzenließ, weil die Familie ihn in ihren adligen Schoß zurückholte. Man war übereingekommen, die paar Spielschulden milder zu beurteilen als ein vogelfreies Leben mit einer Dirne und ihrem Bastard. Jasmina nannte ihr süßes, strammes Baby Rufus mit Vornamen und Lambert nach seinem Vater und schloss sich einer Truppe Komödianten an, die die südlichen Länder bereiste.

Auch Jasmina hatte Valentina gezeichnet, mit langem, glattem schwarzen Haar, einem melancholischen Mund und einem zur Seite gerichteten Blick unter zart geschwungenen Brauen. Das Porträt war von berückender Schönheit und sah Valentina verdächtig ähnlich.

Auf der nächsten Seite lachte ihr der kleine Rufus entgegen, stämmige Beinchen und blonde Löckchen. Der erwachsene Rufus indes schaute wie ein verschrecktes Kitz drein, weshalb Valentina mit seiner Darstellung unzufrieden war. Würde ein junger Mann, der vor mehr als hundertdreißig Jahren mit einem Puppentheater im gerade eröffneten Wiener Prater auftrat, nach Dresden weiterreiste, am Hofe vorstellig wurde und immerhin die Monarchin Maria Theresia mit seinem Spiel beeindruckte, nicht selbstbewusster sein? Doch sooft Valentina an Rufus' Zügen feilte, hier verwischte, dort

schattierte, der Kohlestift ließ sich nicht zwingen, und Rufus blieb, wie er war. Überrascht und freundlich.
Vorsichtig blätterte sie weiter, der Wiener Prater und die nahe gelegene Brigittenau mit ihrer Kreisfahrbahn, in der man in luftiger Höhe saß und es immer rundherum ging, bis einem schwindelte, huschten an ihr vorbei, die Dresdner Vogelwiese, Pferdeköpfe mit blanken schwarzen Augen und akkuraten Mähnen, die Nürnberger Peterheide, Paris mit seiner berühmten Rutschbahn Promenades Aériennes.
Jonas Lambert. Auch so ein Fall! Von Bremen aus reiste er über Wien nach Galizien, von dort nach Russland, wo er vor Zar Alexander I. auftrat, der nach dem gewonnenen Krieg gegen Napoleon als Retter Europas galt und entsprechend von sich eingenommen war. Nachdem Jonas einen Orden erhalten hatte, führte ihn das Schicksal nach Frankreich – und zu Arya Tscherrin. An einer Kreuzung in der Bretagne, wo der Lavendel wuchs und die Nebel sich senkten, um die beiden Liebenden vor Aryas Familie zu schützen, die der Heirat mit einem Lambert niemals zustimmen würden. Es hieß, ein Lambert habe einst einem Tscherrin die Männlichkeit abgeschnitten. Arya und Jonas flohen, stahlen auf einem Bauernhof zwei Pferde und bauten das erste Pferdekarussell in der Geschichte der Lamberts.
Valentina lächelte in sich hinein. Großmutter Elvira schwor Stein und Bein, dass diese Geschichte wahr war, und um es sich mit ihr nicht zu verscherzen – Gerald würde ihr das Buch gewiss zeigen, sobald er es selbst zu Gesicht bekommen würde –, hatte sie die Mär genauso wiedergegeben. Wallende Nebel, bedrohliche Gestalten,

die Flucht. Was tatsächlich verbürgt war, zeigten die nächsten Seiten. 1840 starb Geralds Großvater, und Arya und Tochter Elvira mussten sich allein durchschlagen. Nach Aryas Tod beschloss Elvira, eine Zeitlang auf das Herumreisen zu verzichten, um neue Kraft zu schöpfen und Pläne zu schmieden. Das junge Mädchen, rotblond, wache blaue Augen, umkränzt von wenigen dunkelblonden Wimpern, blieb so lange im Wiener Prater, bis es genügend Geld beisammen hatte, um eins der neuesten transportablen Karussells zu erwerben.

1850 lenkte sie ihr Pferd nach Bremen zum Freimarkt, wo ihr Pferdekarussell am Liebfrauenkirchhof neben dem ungleich größeren und prächtigeren von Frederik Lamberti zu stehen kam. Darüber entbrannte zunächst heftiger Streit, dann himmelstürmende Leidenschaft. Sie schworen, sich niemals mehr zu trennen, weder in diesem noch in einem anderen Leben, doch bevor sie das dem Pastor mitteilen konnten, mussten sie sich einigen. Elvira war nicht gewillt, ihren guten Namen mit dem unseriös klingenden Fortsatz I zu verschandeln, Liebe hin, Ehe her. Frederik seinerseits mochte den zusätzlichen Vokal, hing aber nicht übermäßig daran, und Pastor Ferten war es gleich. So legten sie das I ebenso konsequent ab wie das Gelübde, bis ans Ende ihrer Tage zueinanderzustehen, und wenn es in der Folge einem Schausteller gefiel, Frederik mit dem Verlust des Buchstabens hochzunehmen, konnte er sich auf eine Tracht Prügel gefasst machen.

Frederik und Elvira ernannten Bremen zu ihrem Winterquartier. Die Bremer besaßen ein scharfes Auge und eine rasche Auffassungsgabe, trockenen Humor und die

Gabe, sich nicht über Dinge aufzuregen, die sie nichts angingen. Schaustellern begegneten sie zwar nicht eben aufgeschlossen, aber in den Genuss spontaner Herzlichkeit kam ohnehin niemand in der Hansestadt, nicht einmal der Kaiser.

Die Jungvermählten erstanden ein klitzekleines Haus in der Altstadt, setzten ihre Söhne Gerald und Stephan in die Welt und hatten weder Zeit noch Grund, ihr Leben in Frage zu stellen. Als Frederik im Winter 1870 starb, weigerte sich Elvira bis zum Frühling, ein einziges Wort zu sprechen, und ermahnte ihre Söhne stumm, die Stimmen zu senken, wenn sie sich schon unterhalten mussten. Als der Flieder blühte, brach Elvira ihr Schweigen, verkündete, dass sie eine Botschaft von oben erhalten habe, und rüstete zum Aufbruch. Herford, Passau, Nürnberg, Paris, Berlin und retour.

Valentina fand, sie hatte die junge Elvira gut getroffen. Auch Kester, Florian und Anka würden sich nicht beschweren können. Nur was die Porträts der Vorfahren anbelangte, konnte und würde man gewiss geteilter Meinung sein, jeder würde mehr seiner eigenen Phantasie vertrauen, und möglicherweise würde es erregte Debatten auslösen. Aber darum ging es Valentina nicht.

Nur darum, sich Zeichnung um Zeichnung dieser seltsamen Familie zu nähern, die sich ein halbes Jahr lang entfesselt, zigeunerhaft und bar jeder Umgangsform benahm, um die andere Hälfte lang in kleinbürgerliche Spießigkeit zu verfallen. Wenn sie nur an die verzweifelten, der südlichen Sonne beraubten Sukkulenten in den scheußlichen, gebrannten Tontöpfen dachte, die Käpt'n Martens seiner Frau von jeder großen Fahrt mitbrachte!

Seit Jahren zeichnete Valentina ohne Unterlass, fügte Details hinzu oder übermalte sie wieder. Das Geschenk für ihren Mann sollte keinen Makel aufweisen, aber wenn Valentina ehrlich war, musste sie sich eingestehen, dass sie sich davor fürchtete, das Familienbuch eines Tages fertigzustellen, denn die Arbeit verlieh ihrem Tag eine Ordnung. Vor dem Zeichnen, nach dem Zeichnen. Struktur. Und nur Großmutter Elvira gefiel es hin und wieder, sie dabei zu stören.
Valentina klappte das Buch zu.
Die Stimmen wurden lebhafter. Klappern von Geschirr. Celias Anweisungen, melodisch, aber im Unterton hart wie Glas. Kesters unwilliges Brummen. Geralds gutmütiger Bass. Elvira schweigend, aber dennoch unüberhörbar, als versetzte ihre Anwesenheit die Luft in Schwingung. Anka lachte herzlich, was selten vorkam. Stephan rief nach Pastor Friedemann Ferten, den äußerst beliebten Seelsorger der St.-Petri-Gemeinde, der seinem obersten Dienstherrn ab und an Abstecher in die Schaustellerei abtrotzte, um das Angenehme mit dem Nützlichen zu verbinden. Dieses Jahr hatten Stephan und Anka ihn mit nach Bayern genommen, weil er seinen Bruder, Mönch im Kloster Andechs, hatte besuchen wollen. Die Begegnung war wohl enttäuschend verlaufen, vermutete Valentina, denn der stets fröhliche Ferten erzählte kaum davon und wirkte nach seiner Rückkehr zur Theresienwiese eine Zeitlang sehr betrübt. Schließlich widmete er sich mit solchem Eifer und so viel darstellerischem Talent seiner eigentlichen Aufgabe, als gälte es, Reklame für das Paradies zu machen, und konnte gegen Ende des Jahrmarkts zwei Hochzeiten, einen verhinderten Lynch-

mord und drei Taufen auf sein pastorales Konto verbuchen.

Das Leben konnte so leicht sein, wenn man seiner selbst gewiss war.

Valentina erhob sich, setzte ein Lächeln auf und trat, die Röcke elegant gerafft, vor ihr aller Zuhause.

Nach dem Frühstück setzte sich die Karawane aus Planwagen, Wohnwagen, Tieren und Menschen in Bewegung und schlängelte sich über die Theresienhöhe Richtung Maxvorstadt zum Centralbahnhof.

Von weitem leuchtete der prächtige, einer Kathedrale nicht unähnliche Bau in sattem Rot und zartem Gelb der Backsteine, das vom lichten Beige und dem weißlichen Grau der Kalk- und Sandsteine kontrastiert wurde, aus denen die romantischen Renaissancebögen und -säulen gefertigt waren.

Gerald sog hörbar die Luft ein. Aus allen Himmelsrichtungen drängten Menschen, Einspänner und Fuhrwerke heran, um sich hoffnungslos im Gedränge zu verkeilen. Die Umladekapazitäten des Güterbahnhofs waren längst überschritten, eine Trennung von Passagierfahrten und Gütertransport überfällig, doch erst im nächsten Jahr, so hieß es, würden sie ihre Wagen in München-Laim verladen können. Leise seufzend fädelte sich Gerald hinter einem mit Weinfässern beladenen Fuhrwerk ein, dessen Fahrer, von links kommend, sich zwischen ihn und Stephan gedrängelt hatte und mit finsterer Miene zu verstehen gab, dass er einem Streit nicht aus dem Weg gehen würde. Drei Wagen weiter vorn hatte ein Wort das andere gegeben und eine Schlägerei zwischen vier jungen

Männern nach sich gezogen, die bereits auf der Theresienwiese auf eine Gelegenheit gelauert hatten, sich tüchtig abzuwatschen. Es war dabei um Suriann und die Frage gegangen, wer ihr beim Abbau ihrer Bühne helfen und also darauf hoffen durfte, einen Kuss und vielleicht mehr von der unnahbaren Tänzerin zu gewinnen. Bis jetzt hatten ihre Familien eine Eskalation verhindert, doch in der Hitze des Gedränges hatten sich die überschießenden Hormone der vier nicht mehr bändigen lassen. Unruhig drehte Gerald sich um. Doch Valentina hatte den Platz ihres Wagens hinter seinem behauptet. Kühl hielt sie die Zügel fest und beobachtete teilnahmslos die Szene, während Celia auf das Dach des Wagens geklettert war, sich rittlings niedergelassen hatte und ihren Ausblick genoss.

»Komm sofort herunter!«, mahnte Gerald, doch Celia zuckte mit den Schultern und deutete auf ihre Ohren. Zu laut hier, Pap.

Gerald schüttelte den Kopf und wandte sich wieder nach vorn; aus dem Augenwinkel sah er eine schwarzgewandete Gestalt in Richtung Tumult eilen. Pastor Ferten, dachte Gerald lächelnd. Immer unterwegs im Namen des Herrn.

Er richtete sich kerzengerade auf, um den Auftritt des Pastors besser sehen zu können. Tatsächlich fegte Fertens donnernde, Gott und alle guten Geister beschwörende Stimme die Streithähne auseinander, doch einen Moment später gingen sie erneut aufeinander los, den unglücklichen Pastor in ihrer Mitte. Gerald sprang vom Wagen und kämpfte sich durch die Beobachter, die, Pfeife rauchend oder an einer Brezel kauend, die unterhalt-

same Einlage spöttisch oder anerkennend kommentierten. Stephan folgte ihm auf dem Fuß.
Ein rechter Schwinger traf Ferten am linken Auge; die Braue platzte auf, Blut strömte über sein rundes, freundliches Gesicht und Ferten sackte zusammen. Der Schläger hielt inne; Gerald und Stephan drängten ihn beiseite und hoben Ferten hoch, ein schönes Stück Arbeit bei dem Gewicht. Sie wuchteten ihn auf Valentinas Wagen, wo Großmutter Elvira nach einem Blick auf die Fleischwunde Nadel und Faden bereitlegte und Onkel Hoppe unterwies, den Kopf des Patienten mit aller Kraft festzuhalten.
»Kriegst du ihn wieder hin?«, fragte Celia ängstlich.
»Aber sicher. Er wird zwar nicht wie neu, aber dafür ein kleines bisschen verwegener aussehen«, bemerkte Elvira zufrieden und fädelte den Faden ein. Ferten stöhnte leise und Onkel Hoppe verstärkte seinen Griff. Während Elvira ihr chirurgisches Werk vollbrachte, lockerte sich das Gedrängel, ein Fuhrwerk nach dem anderen löste sich unter den wachsamen Blicken einer uniformierten Ordnungskraft, und endlich bildete sich eine geordnete Schlange. Nach einer halben Stunde waren die Wagen und ihre Ladungen festgezurrt und die Pferde in mit wenig Stroh notdürftig ausgestatteten Viehtransportern angebunden.
»Eine Schande für die Tiere«, murmelte Gerald.
»Freu dich lieber, dass wir noch mitgekommen sind«, entgegnete Stephan und warf einen abschätzigen Blick auf die Zurückgebliebenen, die dem davonrollenden Zug missmutig hinterhersahen. »Ich leg mich ein wenig aufs Ohr.«

Gerald nickte.
Obschon ihm der kalte Wind zu schaffen machte, wollte sich Gerald nicht in die Behaglichkeit eines Abteils zurückziehen. Er schloss die Tür des Viehwaggons und kletterte auf den nächsten freien Plafond, die Hände klamm, die Augen tränenfeucht. Vergeblich versuchte er die Wehmut zurückzudrängen, und seine Gedanken flogen in jene Zeit, da er mit Vater, Mutter und zahllosen Tanten und Onkels, Cousinen und Cousins unterwegs gewesen war, immer Richtung Himmel, wie sein Vater es genannt hatte. Richtung Himmel! Mit der Eisenbahn war's ein Höllenkommando! Noch nach so vielen Jahren schien es ihm, als könnten jederzeit die Räder aus den schmalen Gleisen springen – und dann? Mit gebrochenen Gliedern würde den Lamberts die Schnelligkeit der Bahn auch nichts mehr nützen.
Gerald zündete sich eine Zigarre an, und während er die Glut betrachtete, die kein leichtes Spiel gegen den Wind hatte, fragte er sich, ob seine Ängste Anzeichen des Alters waren, das so häufig baumstarke Kerle – selten die Frauen – in greinende, weibische Greise verwandelte. Aber er war doch erst fünfunddreißig. Die Ausrede galt also nicht. Wahrscheinlich passte ihm einfach die Moderne nicht, die alle anderen begierig aufsogen, als sei das Neue stets das Bessere. Schnelligkeit hieß ihr Fetisch, Wachstum ihr treuer Vasall. Auch Stephan war von diesem Virus infiziert und lag ihm ständig in den Ohren, »endlich aufzuwachen«, sprich: Schulden zu machen und eine Schiffschaukel und ein Spiegelkabinett auf Pump zu kaufen, um mehr Geld zu verdienen, als das Karussell und die Schießbude ihnen einbrachten; Geld,

mit dem sie aber zuallererst die Kredite abzahlen müssten. Was für ein Irrsinn, der sicherste Weg in die Abhängigkeit. Wer dagegen sein bescheidenes Auskommen hatte, blieb frei. Gerald verzog den Mund. Er konnte reden, was er wollte, sein Bruder verstand den Zusammenhang nicht.

In der Vergangenheit hatten Kirche und Staat sich manches einfallen lassen, Menschen wie ihn und seine Familie in ihrer Freiheit einzuschränken und zu disziplinieren. Was alle Drohungen nicht vermocht hatten, versuchte die Verwaltung per Gesetz zu erreichen: die Anzahl der Jahrmärkte wurde reduziert, die Einführung der Schulpflicht entzog den Schaustellern Hilfskräfte und riss ganze Familien auseinander, und ständig musste man Legitimierungen aller Art vorweisen: Leumundszeugnis und Wandergewerbeschein … Sie taten alles, um sie unter Kontrolle zu bekommen, und schoren aus diesem Grund alle über einen Kamm. Fahrendes Volk. Lächerlich. Ebenso gut hätte man sie die Winterschläfer nennen können, verbrachten sie doch die kalten Monate an einem angestammten Quartier und warteten, sich die Zeit mit Flick- und Instandsetzungsarbeiten an Karussells und Kostümen vertreibend, auf die Boten des Frühlings. »Fahrendes Volk« – als ob ein ganzes Volk unterwegs sei, wie einst die Juden auf ihrem Weg ins Gelobte Land. Dabei bündelte diese Bezeichnung die unterschiedlichsten Biographien: Zigeuner, durch Kriege und Verteuerungen verarmte Bauern, Handwerker, arbeitslose Kleriker, selbst Nachkommen von Adligen, deren Besitz nicht alle ernähren konnte, zählten zu ihnen. Ein Kaleidoskop mit tausend und abertausend Facetten, in dem sich allen Verdunkelungsmaßnahmen der Obrigkeiten zum Trotz das Licht der Freiheit fing, hell und strahlend.

Nun also die Industrialisierung, die ihre Zähmung zu bewerkstelligen suchte, und der, so fürchtete Gerald, mehr Erfolg beschieden sein würde als den Repressalien, gegen die sich zu verbünden viele von ihnen gestählt, doch ebenso viele zermürbt hatte. Jetzt könnten sie dem Lockruf einer vermeintlichen Sicherheit erliegen, denn die neue Wirtschaftsordnung hatte sich durchgesetzt. Vor der Gründung des Deutschen Reiches, die fast unmittelbar auf den Tod Frederik Lamberts erfolgt war, war Deutschland in fast dreihundert relativ autonome Herrschaftsgebiete zerfallen gewesen – Königreiche, Herzog-, Fürsten- und Kurfürstentümer, Grafschaften und Bistümer – und politisch wie wirtschaftlich rückständig. Nun aber nahm die Industrialisierung richtig Fahrt auf und veränderte das Land: Die Städte wuchsen rasant in die Höhe und in die Breite, Stadtmauern wurden abgerissen, Fabriken im Vorland gebaut, ein dichtes Eisenbahnnetz fraß sich durch Wiesen und gerodete Wälder. Wer gestern nur eine Idee hatte, konnte heute reich sein. Zusammenklappbare Regenschirme, monströse Trichterapparaturen, die blecherne Musik machten – nichts war verrückt genug, um nicht gewinnbringend verkauft zu werden.

Und überall hingen Uhren. Kirchturmuhren, Bahnhofsuhren, Uhren in den Fabrikhallen. Früher bestimmten Sonnenaufgang und Sonnenuntergang, wann man aufstand und zu Bett ging, heute zerhackten zwei Zeiger die Zeit. Einst galt es, beredte Zeichen an Bäumen und

Sträuchern zu lesen, heute besaßen mit klitzekleinen Buchstaben beschriebene Blätter die Macht, Menschen, so sie ihre Unterschrift daruntersetzten, bis in alle Ewigkeit zu fesseln und zu versklaven und in schlecht belüftete Fabrikhallen zu zwingen, wo sie tagein, tagaus automatengleiche Bewegungen ausführten, um Tee zu verpacken oder Klaviere herzustellen. Nein, der Lockruf bezirzte mit einer Melodie, die aus lauter falschen Noten bestand.

Gerald löschte die Zigarre sorgfältig auf dem feuchten Holzboden und steckte den verbliebenen Stummel in die Jackentasche. Ein Fabrikgebäude nach dem anderen zog an ihm vorüber. Malzkaffee, Werkzeug- und Maschinenbau, Kunstdünger, Chemische Fabriken, Bierbrauereien und die Zentralwerkstätte der Königlich-Bayerischen Staats-Eisenbahnen. Alles, was er tun konnte, war, achtsam zu bleiben, nicht nachzugeben und die Tradition zu wahren. Er würde sich nur so weit aufgeschlossen zeigen, dass der Friede in der Familie erhalten blieb.

Celia trat zu ihm, fröstelnd hatte sie das scharlachrote Umschlagtuch fest um den schmalen Oberkörper gewickelt. Die rotblonden Haare wehten im Wind, und ihre grüngrauen Augen schimmerten wie polierte Jade.

Sie ist wunderschön, dachte Gerald, Stolz und Rührung wallten in ihm auf und der brennende Wunsch, das Leben möge seine Tochter gut behandeln.

Fürsorglich legte Gerald den Arm um ihre Schulter, und so standen sie eine Weile, die kalte Luft kroch durch ihre Kleider, während entlaubte Bäume, dunkle Felder und graue, schmucklose Gebäude mit scheunengroßen Ein-

gangstoren, gewaltigen Schornsteinen und wenigen Fenstern an ihnen vorüberzogen.
»Mach dir keine Sorgen, Pap«, rief Celia gegen den Lärm an, seine Besorgnis spürend. »Ich werde das Geschäft so weiterführen, dass du stolz auf mich sein kannst – keinesfalls gehe ich in eine Fabrik! Weder ich noch sonst ein Lambert.«
Gerald nickte, wich ihrem Blick jedoch aus.

Dieses Mal hatte es nicht funktioniert. Elvira und Stephan hatten das Tamburin genommen und zu dem blechernen Klang einen holprigen Tanz zwischen und auf den Holzbänken des Abteils hingelegt. Genaugenommen nahmen sie das Tamburin nur zu diesem Zweck in die Hand; es gehörte zu den Requisiten, die sie stets mit sich führten, weil die Jahrmarktsbesucher das von ihnen erwarteten.
Gewöhnlich schauten die Mitreisenden erst unsicher, dann zusehends empört, wenn sie mit ihrer kleinen Vorstellung begannen. Meist waren es die Männer mittleren Alters mit pomadisiertem, in der Mitte gescheiteltem Haar und blütenweißen Kragen, die die erschlaffte Haut am Hals nach oben quetschten und in wulstige Falten legten, die den Schaffner riefen, um die scheinbar entfesselte alte Dame und ihren heißblütigen Sohn zur Ordnung zu rufen. War die Ordnungsmacht verschwunden, begannen sie einfach wieder von vorn, bis ein Passagier nach dem anderen verärgert das Abteil verließ. Es war ein harmloser Spaß, der den Lamberts schon oft die Langeweile der langen Fahrt vertrieben hatte, weil sich unablässig neue Opfer arglos ihrem Waggon näherten.

Aber heute bissen sie auf bayrischen Granit. Ein Quartett beleibter Ehegatten samt Kindern im heiratsfähigen Alter ignorierte Musik und Tanz und widmete sich ausgiebig und stur seiner Brotzeit. Der Duft von hellem Bier und würzigem Obatzten zog durch das Abteil.
Großmutter Elvira winkte ab und sank auf die Bank. »Dann eben nicht.« Sie wandte sich an Florian, der gedankenverloren auf einer Strähne seines langen, gelockten Haares herumkaute. »Sag Valentina, der Vorhang ist gefallen, sie muss nicht länger im Exil bleiben.«
Gehorsam erhob sich Florian und flitzte davon. Kurz darauf kehrte er mit seiner Tante zurück.
Nach einer Weile tat der gleichmäßige Rhythmus der Räder das seine und wiegte Elvira in einen Zustand zwischen Wachen und Träumen, den sie fürchtete. Dunkle Ahnungen suchten sie heim wie ein hartnäckiger, lästiger Verehrer und reiften langsam zur inneren Gewissheit. Unheil nahte. Anders als bei ihrer Mutter Arya überfielen Elvira die Prophezeiungen nur selten und wenn, dann mit düsterer Schärfe, aber diese hier zeigte sich janusköpfig. Leise, um Pastor Ferten nicht zu wecken, der, den Kopf an seinen zusammengerollten und zwischen seiner Halsbeuge und dem Abteilfenster geklemmten Mantel gebettet, leise schmatzend ein Schläfchen hielt, zog sie ein in ein lila Tuch gewickeltes Päckchen aus ihrem bestickten Beutel. Sie erwiderte Valentinas bohrenden Blick mit unschuldiger Miene, ließ ihre Hand unter das Tuch und sachte über die an den Kanten abgegriffenen Karten gleiten, bis sich eine von ihnen ihr so machtvoll entgegendrängte, dass sie innehielt. Elvira lüpfte das Tuch. Drei Karten, nicht eine. Der Reiter, der Fuchs, die

Wolken. Das war nicht gut, das war ganz und gar nicht gut.

Von einem letzten, sich in ein flatterndes Crescendo weitenden Schmatzer erwachte Friedemann Ferten und sah sich schuldbewusst um. »Verzeihen Sie«, murmelte er und rückte den Mantel wieder zurecht, als sein Blick auf Elviras Schoß fiel und die Karten, jenes Blendwerk, das einen seelsorgerischen Einsatz sofort nach sich hätte ziehen sollen. Doch Ferten sah Großmutter nur erwartungsvoll an.

»Ein Spielchen, Herr Pastor?«, flüsterte Elvira listig.

»Es kann ja nicht schaden«, erwiderte er und setzte sich auf.

Großmutter legte das lilafarbene Bündel zurück in ihren Beutel und förderte zwei Kartenspiele hervor. Eins davon drückte sie dem Pastor in die Hand. Als Elvira ihre erste Karte aufdeckte, erschrak sie. Kreuz-Ass.

Sobald sie zu Hause waren, würde sie etwas unternehmen müssen. Die Sache duldete keinen Aufschub.

3

Die grüngestreifte Taftbluse schimmerte zu aufdringlich für einen gewöhnlichen Vormittag und die nachlässig am Hinterkopf aufgesteckten fahlblonden Haare unterstrichen den Eindruck, irgendetwas sei nicht ganz comme il faut, nicht, wie es in einem anständigen Haus sein sollte. Mit drei Schritten erklomm der gutaussehende junge Obst- und Gemüsehändler die schmalen Stufen zum Nebeneingang der Trimborn'schen Villa und blieb, ein wenig zu dicht, als es schicklich gewesen wäre, vor der Hausherrin stehen, eine Schale mit einer Auswahl blankpolierter Äpfel in den Händen. Sie sahen sich in die Augen, dann schloss sich die Tür hinter ihnen. Der über und über mit Äpfeln, Weißkohl, Kartoffeln, Möhren und Zwiebeln beladene Karren stand an der Straße, bewacht von einem Rottweiler.

Susanna legte den Finger an die Nase und schürzte die Lippen. Was sie zum zweiten Mal innerhalb einer Woche beobachtet hatte, konnte viel, aber natürlich auch gar nichts bedeuten, wobei Letzteres wenig wahrscheinlich war. Denn wer wie die Trimborns zu den begüterten Bremer Familien zählte, verfügte über ein halbes Dutzend Dienstmädchen, denen die Hausfrau die Einkäufe auf dem Markt überließ, oft brachten Lebensmittelhausierer die Waren auch direkt an den Dienstboteneingang und wurden, sofern sie einigermaßen ansehnlich waren und nicht zu stark rochen, mit einem verstohlenen Kuss oder einem vielsagenden Blick unter gestärkten Häubchen belohnt. Besonders in Herbst und Winter, wenn jede es sich dreimal überlegte, ob sie vor die Tür ging und Wollcape und Rock so durchnässen ließ, dass der Stoff über kurz oder lang nach altem Hund roch, galten die Händler als willkommene Abwechslung in der Tristesse des norddeutschen Alltags. Aber die Damen des Hauses pflegten ihre Liebschaften in der Regel mit Herren ihres Standes und gingen zumindest diskreter ans amouröse Werk als Frau Trimborn.

Glaubte man diesem Wiener Seelenarzt, gab es keine zufälligen Dummheiten, nur unbewusste Wünsche und ins Abseits der Seele geschobene Unaussprechlichkeiten, die irgendwann an die Oberfläche des Tuns und Reagierens pulsieren. Verriet Frau Trimborns mangelhafte Tarnung also, dass sie es insgeheim darauf anlegte, erwischt zu werden, vielleicht um ihren schwerreichen, aber stocksteifen Gatten aus der Reserve zu locken? Die Ehe war kinderlos, seit fast sieben Jahren wartete man auf einen Erben, der der Trimborn'schen Tabakdynastie eines Tages vorstehen sollte. Andererseits konnte sie doch so dumm nicht …

Susanna ließ die Gardine fallen und setzte sich auf ihr Bett. Wie ein Kind federte sie ein wenig auf und ab, bemüht, ihre fliegenden Gedanken einzufangen. Das Hin und Her ihres lebhaften Geistes, das Bedenken und Abwägen von Möglichkeiten, ihre irrlichternden Ideen bewahrten die Siebzehnjährige vor der ernüchternden Logik des gehobenen Lebens, die Töchtern aus gutem Haus nur eine beschränkte Aufnahmefähigkeit zugestand, die mit etwas Sprach- und Benimmunterricht bereits ausgeschöpft war. Es war durchaus nicht so, dass

Susanna Pahlenberg die französische Literatur, das Klavierspiel und das Sticken hasste, nein, sie mochte es auch zuweilen, herausgeputzt mit anderen Mädchen ihres Alters und Standes in Salons herumzusitzen und sich von potenziellen Ehemännern den Hof machen zu lassen. Aber es reichte eben nicht aus. Sie brauchte Anregung, und da ihr Vater trotz wiederholter tränenreich vorgebrachter Bitten sich nicht erweichen ließ, Entsprechendes in die Wege zu leiten – obwohl ein Malkurs in der Toskana doch wohl nicht zu viel verlangt war! –, suchte Susannas Geist nach Auswegen aus der Enge und fand sie im Spiel der Überlegungen.

Nicht einmal ein ordentlicher Streik erschütterte die Hansestadt; keine zu allem entschlossenen finsteren Arbeiter, die den Hafenverkehr lahmlegten, nur ein paar kleinere Ausstände, mit denen dagegen protestiert wurde, dass sich seit dem Zollanschluss vor einem Jahr die Waren verteuert hatten. Nichts, das dazu angetan wäre, das Blut in Wallung zu bringen. Das Leben in Bremen, das Leben überhaupt, erschien Susanna langweilig, sterbenslangweilig.

Die Pahlenbergs bewohnten ein großbürgerliches Anwesen an der Bismarckstraße, das Großvater Fritz einst errichten ließ, nachdem das Kontorhaus in der Altstadt sich mit wachsendem Erfolg seines Garnhandels als zu beengt erwiesen hatte, um Frau und Sohn sowie zwei ledigen Tanten und den Waren genügend Raum zu geben. Weil viele Bremer Kaufleute Mitte des neunzehnten Jahrhunderts zu Wohlstand gekommen waren, gestaltete sich sein Vorhaben als schwieriger und kostspieliger als vermutet, so dass Fritz gezwungen war, den neuen

Familiensitz eher schlicht zu halten, was seine Frau Ottilie, die von schmiedeeisernen Balkonen und bauchigen Erkern geträumt hatte, tief enttäuschte. Der zweigeschossige Backsteinbau geriet zu einem Muster kühler Eleganz, eine kastenförmige Trutzburg ohne Turm, umgeben von hohen Eichen und weiten Rasenflächen, und galt im Kreise betuchter Bremer als architektonischer Streich, den man dem schmallippigen Pahlenberg gar nicht zugetraut hätte. Das wiederum versöhnte seine Gattin, die daraufhin begann, die Damen ihres Standes wöchentlich und in wechselnder Besetzung zum Salon zu bitten, was nichts anderes als Kaffee und Klatsch meinte.

Susannas Mutter Marthe führte diese Tradition nicht eben begeistert fort; überhaupt fühlte sie, die aus Lüneburg stammte und die gelassene Fröhlichkeit ihrer Angehörigen und Freunde vermisste, sich nicht sonderlich wohl in diesen quadratischen Räumen, die sich in Schnitt und Größe so ähnlich waren wie ein Ei dem anderen. Es war ihr, als würde stets ein leichter Wind durch die Räume gehen und einen frösteln lassen. Ihr Herzenswunsch war es, das Stadthaus aufzugeben und mit ihrer Familie das Sommerhaus an der Lesum zu beziehen, wofür Susannas Vater Walter aber niemals zu gewinnen gewesen wäre. Von Lesum aus jeden Tag ins Kontor an der Balgebrückstraße? Ganz gewiss nicht. Später vielleicht, wenn ein Schwiegersohn die Geschäfte übernommen haben würde.

Susanna meinte, es läge an den schrecklichen Möbeln, die die Räume ins Dunkel stürzten. Spiegelblankes Mahagoni, moosgrüne wuchtige Polstersessel mit weißen

Spitzenschonerdeckchen, Familienbilder und Öldrucke in Ebenholzrahmen, Vasen aus mitternachtsblauem Muranoglas. Bei Matthiessens und Brockmanns bevorzugte man längst ein lichteres Ambiente, leichter, französisch geprägt: gestreifte Seidenstoffe in goldenem Beige und Korallenrot, weißschimmerndes Holz und weiße Porzellanvasen mit üppigen, sinnlichen Arrangements aus Ranunkeln und vorwitzigen weiß-rosa Bauernrosen. Und tatsächlich hatte Walter Pahlenberg letzte Woche zu Susannas und ihrer Mutter größten Überraschung plötzlich zugestimmt, die fünfzig Jahre alten Möbel im kommenden Jahr durch neue zu ersetzen. Er war bester Laune gewesen und hatte die spitzen Jubelschreie und Wangenküsse von Frau und Tochter schmunzelnd genossen. Ja, es würde wunderbar sein, die Stoffe und Bordüren auszusuchen, vielleicht sogar nach Hamburg zu reisen, um sich inspirieren zu lassen! Mit Schwung öffnete Susanna ihren Kleiderschrank und wählte ein hellgraues Wollkleid mit weißer Spitze. Die Farbe stand ihr, würde sie jedoch ernster und älter wirken lassen, wenn ihre Zofe nicht jedes Mal aus ihren dunkelaschblonden, an den Seiten etwas helleren Haaren ein kleines Wunder aus koketten Korkenzieherlocken zaubern würde. Susanna griff nach der Klingel, und kurz darauf betrat Annette das Zimmer, atemlos und aufgeregt.

»Entschuldigen Sie, gnädiges Fräulein«, platzte sie heraus, ehe Susanna auch nur den Mund öffnen konnte, »aber Adelheid hat die Grippe gekriegt und liegt und schwitzt und fühlt sich ganz koddrig, und jetzt soll ich erst Ihrer Frau Mutter mit der Frisur behilflich sein, und dann muss ich das weinrote Samtkleid in der Taille auslassen, eigentlich wollte die gnädige Frau ja das grüne tragen, aber da ist der Saum hinüber, und ja, es pressiert doch, weil der Herr Merten morgen zum zweiten Frühstück erwartet wird ...« Das blasse und schmale junge Mädchen war kaum älter als Susanna und neigte ein wenig zur Hysterie. Verlegen knickste sie und huschte, ohne die Antwort ihrer Herrin abzuwarten, aus der Tür.

Verblüfft sah Susanna ihr nach. Armin Merten. Na, so was. Der ehemalige Schausteller galt als Tausendsassa, zwielichtig, schillernd, ein Mann, dem man zwar höflichen Respekt entgegenbrachte, den man aber nicht unbedingt nach Hause einlud. Aus kleinsten Verhältnissen und aus der Verdener Gegend stammend hatte Merten es zum Besitz mehrerer Karussells und Schießbuden gebracht, die er vor einigen Jahren überraschend veräußert hatte, um sein Glück in der Industrie zu machen. Die Zeichen standen günstig, Bremen besaß erst knapp zweihundert kleinere Fabriken, da war noch Platz für einen Mann mit Unternehmergeist. Merten kaufte sich als Teilhaber in eine Dampfmühle östlich der Hansestadt ein, übernahm wenig später eine benachbarte Produktion von Zigarren, Branntwein und Bier für den Bedarf der Hansestadt selbst sowie für den Export nach Übersee. Um mögliche Verluste durch den damals von vielen Kaufleuten befürchteten und inzwischen ohne allzu viel Getöse erfolgten Zollanschluss aufzufangen, der Bremens Sonderstellung im Deutschen Reich beendete, errichtete Merten eine Linoleumfabrik, die Korkabfälle verarbeitete, hielt eine Beteiligung an der Jutespinnerei in Delmenhorst und übernahm eine Eisengießerei, die

Kanaldeckel und Straßenlaternen herstellte. Um sein gelegentlich auftretendes Fernweh zu befriedigen, erwarb er zusätzlich einige bis dahin nicht über die Maßen lukrative, aber malerische Zuckerplantagen im afrikanischen Togoland, der einzigen deutschen Besitzung in Afrika, die den Kolonialherren satte finanzielle Gewinne mit Tee, Palmöl, Baumwolle, Kakao und Kaffee bescherte. Einmal im Jahr inspizierte Merten seinen Besitz in Übersee, und unter seinem Regiment amortisierte sich der Kauf in kürzester Zeit.

Für den Bremer Geschmack war das alles viel zu schnell gegangen. Gerüchte schossen ins Kraut, Merten verdanke sein Geld dem Tabakschmuggel, verschwanden aber, als der Verdächtige begann, sich als Mäzen zu gerieren. Er unterstützte die Historische Gesellschaft, die repräsentative Publikationen über bedeutende Denkmale und Kirchen herausgab, finanzierte Expeditionen in die Arktis und Hinterindien, saß jeden Samstagabend im Stadttheater und hatte der Stadt einen verteufelt teuren, unbeschreiblich hässlichen Brunnen – bronzene Weltkugel gebiert mystische Gestalten – gestiftet.

Mit einem Mal fühlte Susanna sich von einer inneren Unruhe gepackt. Sie wusste, dass viele Kaufleute im Begriff standen, ihrem Vater die führende Stellung im Garnhandel streitig zu machen. Doch wenn er ausgerechnet mit Merten paktierte, musste die Lage noch ernster sein, als sie befürchtet hatte. Wenn sie es recht bedachte: Warum war das dritte Hausmädchen, das vor einem halben Jahr geheiratet hatte, nicht längst ersetzt worden? Und warum trug ihre Mutter die Kleider aus der letzten Saison, ließ Taillen aus und sogar mürbe gewordene Kragen und Manschetten wenden? Andererseits hatte ihr Vater doch dem Kauf neuer Möbel zugestimmt! Und hatte er nicht vor einigen Jahren einen Verlag gegründet, nachdem die Bürgerschaft das Gesetz verabschiedet hatte, dass Drucker, Buchhändler und Zeitungsverkäufer nicht mehr konzessioniert sein und die Druckerzeugnisse nicht mehr der Polizeibehörde vorgelegt werden mussten. Die von ihm publizierten politischen Bücher, kunsthistorischen Abhandlungen, Bildbände und verschiedenen Zeitschriften erfreuten sich doch noch regen Zuspruchs, andernfalls gäbe es den Verlag ja wohl nicht mehr.

Susanna schüttelte den Kopf. Solche Grübeleien kamen dabei heraus, wenn man nichts Gescheiteres zu tun hatte. Rasch bürstete sie ihre langen Haare, teilte sie in der Mitte und drehte sie im Nacken zu einem Chignon zusammen. Schlichter ging's nicht, aber Armin Merten musste ja auch erst morgen beeindruckt werden.

Rasch lief sie den Flur entlang zum Schlafzimmer ihrer Mutter und klopfte. »Mutter?«

»Komm herein, mein Kind.« Marthe Pahlenberg drehte den Kopf prüfend nach links und rechts. Das Spiegelbild zeigte kluge, dunkelblaue Augen, eine scharfgeschnittene Nase und in der Mitte gescheiteltes und im Nacken zu einem Knoten geschlungenes, lichtbraunes Haar. »Das hast du gut gemacht, Annette«, lobte sie das Mädchen und wedelte es mit einer etwas matten Geste hinaus.

Annette blieb unschlüssig stehen. »Welches Kleid soll denn Fräulein Susanna morgen …«

»Wir läuten, wenn wir etwas benötigen«, entgegnete

Marthe höflich, aber deutlich genug, dass Annette errötete und nahezu lautlos das Zimmer verließ.
Susanna sah in den Spiegel und prustete los. »Deine Version sitzt ungleich besser«, sagte sie lächelnd zu ihrer Mutter. »Morgen muss ich mir entschieden mehr Mühe geben, immerhin erwarten wir einen Gast, und was für einen!«
Ein Schatten flog über das Gesicht ihrer Mutter, so schnell, dass Susanna meinte, sich getäuscht zu haben.
»Weißt du«, plauderte sie weiter, »ich find's wunderbar, dass Papa ihn eingeladen hat, es ist so ... aufregend! Celia sagt, die anderen Schausteller verachten Merten, weil er seine Herkunft verleugnet und sich von oben herab gibt. Aber er soll sehr amüsant parlieren, wenn auch gelegentlich ein wenig deftig.«
»Es ist eine geschäftliche Unterredung.« Marthe nahm ihre Puderquaste aus Gänsedaunen und bestäubte ihr Gesicht großzügig, die Aufmerksamkeit scheinbar nur auf diese Tätigkeit gerichtet.
»Hm«, machte Susanna in einem Ton, der ihren Zweifel nicht verhehlte und unter normalen Umständen von Marthe sofort geahndet worden wäre. Aber offenkundig handelte es sich nicht um normale Umstände.
»Geschäfte. Langweiliger Kram«, setzte Marthe hinzu und lächelte ihrer Tochter im Spiegelbild zu. »Dabei fällt mir ein: Wann werden die Lamberts zurückerwartet?«
Zurückerwartet. Susanna verkniff sich ein Lachen. Ihre Mutter sprach von Celias Familie stets so, als handle es sich um Leute ihres Standes, nicht, weil sie es nicht besser wusste, sondern, wie Susanna vermutete, um die Freundschaft ihrer Tochter zu einem Schaustellermäd-

chen leichter tolerieren zu können. Die Illusion schien zu helfen; in all den Jahren hatte Marthe sich stets freundlich und fürsorglich Celia gegenüber verhalten und ihr kleine Leckereien zugesteckt, wenn sie Susanna besuchte, genau wie sie es mit Robert Matthiessen und den Brockmann-Schwestern hielt, und deren Eltern besaßen wahrlich genug Geld, ihre Kinder in Süßigkeiten baden zu lassen.

»Zum Freimarkt.«

»Wann beginnt der?«

»Übermorgen. Ich denke, sie werden heute Abend eintreffen, denn spätestens morgen müssen sie das Karussell und die Schießbude aufbauen.«

»Ah ja.« Dezentes Übergehen der Verhältnisse. Dann die Überraschung: »Was würdest du sagen, wenn ich dir erlaubte, Celia und ihrer Familie zur Begrüßung einen kleinen Besuch abzustatten? Du könntest Apfelkuchen mitnehmen, Bohnenkaffee und eine Flasche von Vaters Himbeergeist. Fräulein Staufenpiel müsste dich selbstverständlich begleiten. Ihr könntet die Kutsche nehmen und auf dem Rückweg bei der Apotheke am Markt halten. Die Kamillenessenz ist uns ausgegangen. Nun?«

Susannas Augen funkelten. Meine Mutter will mich nicht dabeihaben. Sie schickt mich lieber in den Schnoor, wo doch angeblich seltsame Gestalten hinter jeder Pforte lauern, als zu riskieren, dass ich Armin Merten die Hand reiche. Das wurde ja immer interessanter.

Laut sagte sie: »O ja, das ist wunderbar. Ich danke dir, Mutter.«

Am späten Abend hielt der Zug aus München auf der Bremer Bürgerweide, dem Venloer Bahnhof genannten Provisorium, wohin seit drei Jahren alle Züge umgeleitet wurden. So lange wurde bereits an dem imposanten Neubau gearbeitet, der nun endlich am fünfzehnten Oktober 1889, in drei Tagen also, eingeweiht werden sollte. Der Mittelbau mit den großen Rundbogenfenstern und gewaltigen Sandsteinfiguren ließ die quer dahinterliegende, fast zweihundert Meter lange und dreißig Meter hohe Halle mit den Bahnsteigen ein wenig eleganter als den Münchner Prachtbau wirken. Die funkelnagelneuen Gleise würden die Bahn in einem weiten Bogen durch die Utbremer und Waller Feldmark führen.
Die Pferde, froh wieder festen Boden unter den Hufen zu haben, trabten munter an dem städtebaulichen Ereignis vorbei, aus Erfahrung wissend, dass in Kürze eine große Portion Hafer und mit Glück einige Möhren im gemütlichen Winterstall auf sie warteten. Auch Pferde besaßen einen Sinn für Rhythmus, hatte Gerald Celia erklärt, weshalb wiederkehrende Rituale und feste Gewohnheiten für sie ebenso wichtig waren wie für den Menschen.
Gerald schnalzte, die Peitsche zischte durch die Luft und die am Zaumzeug befestigten kleinen Glöckchen aus Messing bimmelten. Stets fuhr er mit dem größten Wagen, der die Karussellpferde transportierte, voran, Stephan lenkte den mit den Konstruktionsteilen beladenen und Kester den Schießbudenwagen. Die Nachhut bildeten Valentina und Anka mit Großmutter, Onkel Hoppe und dem Pastor in den beiden Familienwohnwagen. Gewöhnlich musste Celia mit den anderen sofort

nach Hause fahren, um das Haus sauber zu fegen, die muffige Luft aus den Räumen zu lassen, das Gepäck zu sortieren und die Betten zu beziehen, aber dieses Mal hatte sie durchsetzen können, ihren Vater auf den Freimarkt begleiten zu dürfen. Denn war es nicht wichtiger, dabei zu helfen, dass die Lamberts so schnell wie möglich ihren angestammten Platz einnehmen konnten?
Sie ließen den Bahnhofsneubau hinter sich, zuckelten eine Weile neben einer Pferdebahn her, deren Passagiere den bunten Jahrmarktswagen neugierig musterten, und gelangten über die Sögestraße und über den Liebfrauenkirchhof auf den Marktplatz. Am Roland, dem etwa fünfeinhalb Meter hohen Wahrzeichen aus Kalkstein und Obernkirchener Sandstein, zügelte Gerald die Pferde, er und Celia kletterten vom Wagen und berührten die Figur kurz am Arm, wie es Brauch war für Soldaten, Seefahrer und Reisende. Wer gesund wiederkehren wollte, entbot dem Roland bei der Abreise seinen Gruß und bedankte sich bei der Ankunft auf dieselbe Weise für die Rückkehr. Gerald hatte zwar die genaue Bedeutung der Worte auf Rolands Schild nicht mehr im Kopf, aber er wusste, dass von Freiheit die Rede war, was seine Inbrunst, mit der er der Tradition stets die Ehre gab, verdoppelte. Mit geschlossenen Augen stand er da, die Hand auf dem kalten Stein. Es waren ein paar Sekunden zu viel, denn in diesem Moment fuhr Gonzales an ihnen vorbei und nahm Kurs auf den Lambert'schen Stammplatz. Blitzschnell ergriff Celia die Peitsche, sauste hinter dem Konkurrenten her, der im Begriff war, siegesgewiss vom Wagen zu springen. Erschreckt vom Knall der Siebenschwänzigen zogen die Pferde mit einem Ruck

erneut an. Gonzales plumpste wie ein Mehlsack zurück auf den Bock, und ehe er reagieren konnte, besetzten Gerald, Stephan und Kester den Platz und begannen unverzüglich, Gonzales' wüstes Gezeter ignorierend, die Einzelteile des Karussells abzuladen.

»Nicht die feine Art, aber gut gemacht«, sagte Gerald grinsend. »Ohne unseren Platz wär's doch nicht dasselbe.«

Links das Rathaus, geradeaus der Dom. Der beste Platz auf der Westseite, den Gerald mit List und Tücke gegen die Konkurrenz verteidigte, die jeden Oktober in die Stadt an der Weser drängte, seit die ersten Eisenbahnstrecken es möglich machten, weite Entfernungen zurückzulegen. Celia war stolz darauf, Bremerin zu sein. Für eine Schaustellerin kam in ihren Augen keine andere Herkunft in Frage, schließlich war der Freimarkt das älteste deutsche Volksfest. Glaubte man der Überlieferung, hatte Kaiser Konrad der Zweite am sechzehnten Oktober 1035 dem Bremer Erzbischof Bezelin die Jahrmarktsgerechtigkeit verliehen und damit die Erlaubnis erteilt, zweimal im Jahr Markt auf dem Kirchhof abzuhalten. Ohne jede Beschränkung und Rücksicht auf die einheimischen Zünfte konnten Krämer und Wandersleute nun ihre Waren verkaufen und machten vor allem im Herbst kräftig Umsatz, wenn die vielen Bauern in die Stadt kamen, um ihre Einkäufe für den Winter zu tätigen. Aufregend bunt wurde das Markttreiben aber erst mit dem Einzug von Spielleuten, Gauklern, Wahrsagern, Possenreißern und Marktschreiern, die derbe Zoten und den neuesten Klatsch von jenseits der Stadtgrenzen mitbrachten.

Dass der Weg nach Bremen sich lohnte, sprach sich schnell herum, so dass sich das Treiben vom Liebfrauenkirchhof alsbald auf den Domshof, den Marktplatz, die Domsheide bis hin zum Bahnhofsplatz und ins Rembertiviertel ausdehnte; in diesem Jahr sollte zusätzlich die Hohenlohestraße beschickt werden. Vermutlich würde sich der Freimarkt irgendwann selbst über den Teerhof in die Neustadt ergießen. Auch wenn der Umsatz sich hier wie dort sehen lassen konnte – für Gerald käme es einer Kapitulation gleich, das Karussell woanders aufbauen zu müssen, einer Kapitulation vor der modernen Zeit, in der die Masse die Entwicklungen diktierte. Deshalb verteidigte er seinen Platz mit Zähnen und Klauen und bestand darauf, dass der *Venezianische Traum* und die Schießbude, solange sie noch im Aufbau waren, rund um die Uhr bewacht wurden. »Ich sehe sie schon mit dem Mast türmen«, prophezeite er jedes Mal düster, wobei das »sie« stets vage blieb. »Und woher sollen wir dann so schnell einen neuen kriegen? Geschweige denn das Geld dafür?«

»Soll ich?«, rief Stephan seinem Bruder jetzt halblaut zu. Zwei, drei Handgriffe noch, und die Schießbude würde stehen. Der Geldscheißer lag wie die anderen Zielfiguren auf dem Kopfsteinpflaster, er lugte unter einer löchrigen Decke hervor und schien Stephan geradewegs in die Augen zu sehen, was ihn seltsamerweise verdross. Er warf der Figur einen missmutigen Blick zu, gab dann Kester eine Kopfnuss und schubste Florian hinüber zu Gerald. »Jetzt macht mal. Glaubt ihr, ich will hier festfrieren?«

»Nein«, antworteten Kester, Florian und Gerald gleichzeitig und brachen in Gelächter aus.

»Nein«, wiederholte Gerald. »Ich übernehme die erste Wache.«
»Wie immer.« Stephan nickte.
»Die Wachen machen mich lachen, denn wer wacht, beschwört das Ach, denk lieber fromm und heiter, so kommst du im Leben weiter!« Der Moppenonkel spazierte feixend an Gerald vorbei, und Celia kicherte. Vor fünf Jahren hatte Johann Hermann Varjen zum ersten Mal seinen Stand neben den Lamberts aufgebaut und galt seitdem als erste Adresse für das mit Zitronenzucker bestreute, vor Sirup triefende Gebäck, das Moppen genannt wurde, und für originelle und spontan gedrechselte Verse. Gerald vertraute dem Gleichaltrigen, der im Schnoor nur wenige Häuser weiter wohnte.
»Celia, geh mit Johann. Es wird gleich dunkel. Und Florian, du auch«, fügte Gerald hinzu und warf seinem Bruder einen warnenden Blick zu.
Johann streckte die Hände aus. »Links das Mädchen, rechts der Knabe, welch ein Glück ich heute habe!«
Feiner Nieselregen hatte eingesetzt, und die drei beschleunigten ihre Schritte. Der Weg war nicht allzu weit, führte über die Marktstraße zur Dechanatstraße und von dort aus Richtung Tiefer, schon gelangte man in den Schnoor, dorthin, wo winzige Häuser wie an einer Schnur aufgereiht waren, was dem Viertel im Herzen der Bremer Altstadt seinen Namen gegeben hatte.
Dicht an dicht drängten sie sich aneinander, alle mit der Giebelseite zur Straße, eines schöner als das andere. Neben den Schnörkeln der Barockzeit die ausgewogenen Formen der Renaissance, neben akkurat gearbeitetem Fachwerk geschickt plazierte Treppen, die die Stockwer-

ke miteinander verbanden, ohne im Innern des Hauses Platz zu verschenken. Und überall zierten seltsame Ausbuchtungen die Fassaden, als litten sie an Zahnschmerzen. Da die Steuern der Häuser nach Breite und Länge berechnet wurden, waren die pfiffigen Erbauer dazu übergegangen, ihre Häuser auf eine möglichst kleine Grundfläche zu bauen und die Räume durch diese Utluchten zu vergrößern. Aus der Not der Enge hatten die Bremer eine architektonische Neuheit geschaffen und ihrer kaufmännischen Klugheit ein städtebauliches Denkmal gesetzt.
Die Lamberts liebten den Schnoor, die Verspieltheit der Gebäude, die schmalen Gassen, die vielen umherstreunenden Katzen; das Pittoreske entsprach ihnen und ihrer Profession, und doch war es an der Zeit, ein größeres Quartier zu suchen. Großmutter Elvira bewohnte im Erdgeschoss ihres Hauses am Stavendamm den winzigen Raum neben der Küche. Geralds Familie lebte in zwei Zimmern im ersten und zweiten Stock, Stephan und die Seinen im Dachgeschoss. Sie wuschen sich in der Küche, das Plumpsklo befand sich im handtuchbreiten Garten auf der Rückseite des Hauses. Valentina war schon seit langem der Ansicht, keine Maus würde mehr in diesen Bau passen, und mittlerweile musste Gerald ihr recht geben. Überdies hatten Kester und Celia bald das Alter erreicht, Familien zu gründen, was einen Umzug unumgänglich machte. In diesem Winter wollte Gerald sich um ein größeres Mietshaus bemühen. Celia sah dem Plan mit gemischten Gefühlen entgegen. Hier waren sie von Oktober bis März weitestgehend unter ihresgleichen. In der Vorstadt, im Findorff oder gar in Walle wäre

es bestimmt nur halb so lustig und abwechslungsreich wie im Schnoor. Bestimmt wäre es angenehm, wie Susanna zu leben, doch eine Villa hinter den Wallanlagen kam für die Lamberts natürlich nicht in Frage. Und alles, was an Mittelmaß dazwischen lag, galt Celia nicht der Mühe wert, einen Gedanken daran zu verschwenden. Jedenfalls im Moment noch nicht. Später vielleicht, sobald sie und Philipp …

Wie flüssiger Honig strömte die Süße der Erwartung plötzlich durch ihre Adern und raubte ihr für einen Moment den Atem. Philipp. Endlich würde sie ihn wiedersehen. Ihr Herz trommelte, drängend und laut, als wollte es allen verkünden, wie es um sie stand. Die Röte schoss ihr in die Wangen, doch Florian und Johann waren glücklicherweise abgelenkt. Aus dem Packhaus drang ohrenbetäubender Lärm, der Duft von Baumwolle, Kaffee und Korn, Salz und Sago, Tabak, Schnaps und Wein überdeckte für einen Moment den Gestank von Abwässern, fauligem Gemüse und Pferdeäpfeln.

»O bitte«, sagte Florian, »lasst uns hineingehen. Der Schauermann schenkt mir immer etwas Schokolade. Aber ihr dürft es nicht Kester verraten.« Johann riss die Augen auf und drehte an seinem Mund herum, als verschließe er ihn. Celia schüttelte den Kopf und fuhr ihrem Cousin liebevoll übers Haar. Sobald sein älterer Bruder nicht dabei war, wurde aus dem schweigsamen Florian ein freundlicher, aufgeschlossener Junge. Er platzte fast vor Stolz, als er ihnen den brummigen Wilgur, einen ziemlich finsteren Burschen mit einem silbernen Ring am Ohrläppchen und wasserblauen Augen vorstellte und tatsächlich ein Stück in Stanniol gewickelte Schoko-

lade bekam. Celia fürchtete allerdings, dass Wilgur nicht aus reiner Lauterkeit handelte. Der Blick, mit dem er den zarten blonden Jungen bedachte, ließ es ihr ratsam erscheinen, in den kommenden Wochen ein Auge auf Florian zu haben.
»Bleibst du zum Abendbrot?«, wandte Celia sich an Johann, nachdem sie das Packhaus verlassen hatten.
Er schüttelte den Kopf. »Ich muss noch Teig für die Moppen anrühren. Fässer von Teig! Sie werden mir die Haare vom Kopf fressen!«
»Du verpasst ein echt venezianisches Sugo«, lockte Celia ihn. »Getrocknete Tomaten, getrocknete Steinpilze, geräucherter Schinken, Olivenöl vom Viktualienmarkt …«
»Überredet.«
Als sie das Haus betraten, hatte der Duft von Rosmarin, gebratenem Speck und gedünstetem Knoblauch den dumpfen Geruch monatelanger Abwesenheit in Flur, Treppenhaus und Küche bereits gründlich vertrieben.
Großmutter Elvira und Valentina standen einträchtig am Herd und ließen die goldgelben Fäden selbstgemachter Nudeln in kochendes Wasser gleiten. Die winzigen Fensterscheiben waren beschlagen, der Ofen protestierte gegen die plötzliche Inbetriebnahme mit trockenem Husten. Celia lächelte in sich hinein. Die Hitze und das fette, reichliche Essen würden alle schläfrig machen, und ein Glas Aquavit würde wie in jedem Jahr das Übrige tun, sich wieder heimisch zu fühlen.
Nach einer zweiten Runde Aquavit hatte Johann sich verabschiedet, Anka sich zurückgezogen, um Florian ins Bett zu bringen, und Valentina und Celia machten sich daran, das Geschirr zu spülen. Großmutter und Onkel

Hoppe unterhielten sich leise, und Gerald und Stephan begannen eine Partie Schikanöse, die Celia mit einem Auge beobachtete und kommentierte.

»Du musst klopfen, Pa!«

»Noch nicht.«

»Doch, er merkt es sonst.«

Mit gerunzelter Stirn und hochkonzentriert starrte Stephan die Reihen ausgelegter Karten an, entdeckte aber keinen Fehler und drehte die nächste Karte seines billigen Haufens um. Kreuz-Sieben.

»Das war's.« Celia zwinkerte ihrem Vater zu. Stephan legte die Kreuz-Sieben zurück und bedeutete Gerald, weiterzumachen. Zufrieden lächelnd raffte Gerald daraufhin eine ausgelegte Reihe zusammen und legte sie in umgekehrter Reihenfolge auf Stephans Kreuz-Sieben.

»Kreuz-Acht, Kreuz-Neun, Zehn, Bube, Dame ...« Er schnalzte zufrieden und war im Begriff, einen seiner drei eigenen Stapel zu berühren, als er gerade noch rechtzeitig Celias warnenden Blick auffing. »Hätte ich's doch beinahe vergessen«, sagte er, nahm eine weitere Reihe auf und legte sie ebenfalls auf Stephans billigen Stapel. »Na, so was. Kreuz-Bube, Dame, König. Wie du die wohl wieder loswerden willst. Tut mir ja so leid.«

Stephan schlug mit der Faust auf den Tisch. »Verflixt noch mal! Und du bist still!«, herrschte er Celia an, die unschuldig mit den Wimpern klimperte.

»Das ist der Sinn von Schikanöse«, gab sie zurück. »Den anderen geschickt zu schikanieren.«

Schließlich hatte Großmutter Elvira genug und scheuchte ihre Söhne hinaus. »Ihr seid jämmerliche Spieler, alle beide. Geht mir aus den Augen.«

Wenig später senkte sich Stille über das Haus Lambert, wurden die Lichter gelöscht. Nur unter dem Dach malte eine Öllampe zerrissene Schatten an die getünchten Wände, gegen deren Nacktheit eine Handvoll Webbilder ankämpfte: ein verlassenes Rehkitz und der barmherzige Jäger, ein Fuchs, der die Gans nicht gestohlen hatte und folglich unbehelligt durch die Flure schleichen konnte, ein Adler auf seinem Horst. Anka hatte ein Faible für Idyllen in Fauna und Flora.

»Wo bleibt bloß der Junge?« Stephan starrte aus dem Fenster in die tiefschwarze Dunkelheit und erblickte nur sein eigenes, schwaches Spiegelbild. Drahtige maronenbraune Haare, tiefliegende schwarze Augen und einen sinnlichen Mund, der nicht vergessen hatte, wie es sich anfühlt, die Lippen zu einem innigen Kuss zu öffnen.

»Kester treibt sich herum, was sonst.« Anka legte ihren Webrahmen beiseite und beugte sich ein wenig nach vorne. »Hast du endlich mit deinem Bruder gesprochen?«

Stephan schüttelte den Kopf. »Das dachte ich mir …«

Die Fingerspitzen aneinandergelegt und den Blick starr auf das Muster des abgetretenen Wollteppichs unter dem Esstisch gerichtet, fuhr sie langsam fort und betonte jedes Wort, damit ihr Mann es endlich begreifen möge: »Denk doch an deinen Vater – hätte er gewollt, dass ein Mädchen den Karussellbetrieb übernimmt und binnen einer Saison den Karren an die Wand fährt? Stephan, wovon sollen wir dann leben? Es kann doch nicht dein Wille sein, dass wir alle, ich und deine Söhne, abhängig von einem Mädchen werden, das den Kopf voller Flausen hat! Und wer weiß, wen sie einmal heiraten wird. Wenn dem deine Nase nicht passt, bist du schneller weg

vom Fenster, als du bis drei zählen kannst.« Sie hielt inne, der letzte Trumpf musste stechen. »Und Kester hätte endlich eine Aufgabe, die ihn auf den rechten Weg bringen würde.«
Stephan drehte sich um, die Hände in den Taschen, einen Zahnstocher von einem Mundwinkel in den nächsten schiebend. »Er hat nie gesagt, dass er vorhat, Celia das Erbe zu übertragen.«
Anka schnaubte leise. »Natürlich nicht. Aber du musst ihn doch nur ansehen, wie seine Augen vor Glück strahlen, wenn sein liebreizendes Töchterlein einen ihrer ach so klugen Sätze von sich gibt.«
»Ach, Anka …« Er kickte einen imaginären Ball durch das Zimmer, wie er es meist tat, wenn er der Nörgelei und des beständigen Drucks überdrüssig wurde, und Anka lenkte sofort ein.
»Schon gut. Ich mach mir halt so meine Gedanken, Stephan.«
»Ich weiß.«
Anka sah ihn an, ein stummes Flehen in den Augen. Das linke blickte stets ein wenig schläfrig; der Muskel des Oberlids tat seinen Dienst nicht mehr richtig – eine Erinnerung an ihren prügelnden Vater. Sie hatte es nicht leicht gehabt und lebte in ständiger Furcht, wieder in der Gosse zu landen, aus der Stephan sie einst errettet hatte, nachdem ihr Vater, ein Zimmermann und stadtbekannter Trunkenbold, sie und ihre Mutter halb totgeschlagen hatte. Aus dieser verängstigten jungen Frau war eine Nervensäge geworden, die sich beständig um das eigene Wohl sorgte, und dennoch liebte Stephan sie.
Sein Kopf wusste, dass sie recht hatte, doch sein Bauch

sagte etwas anderes. Vermutlich hatte er aber nur Angst, das Thema bei Gerald anzuschneiden und seinem älteren Bruder die Stirn zu bieten.

Stephans Mund verzog sich zu einem nachsichtigen Lächeln, das Anka verzieh und sich selbst. Dann küsste er sie.

4

Am nächsten Vormittag hielt ein schwarzglänzender Landauer mit zwei stolzen Rappen vor dem Haus am Stavendamm. Susanna öffnete den Schlag, kaum dass die fast gassenbreite Kutsche zum Stehen gekommen war, balancierte das zierliche Treppchen hinunter, drehte sich um und nahm den Korb mit den Geschenken vom Sitz. Fräulein Staufenpiel erhob sich ebenfalls, doch Susanna schlug der Hauslehrerin die Tür vor der Nase zu.

»Wenn Sie bitte so freundlich sein wollen, gleich zur Apotheke zu fahren. Ich fühle mich ein wenig matt. Erwähnten Sie nicht neulich dieses stärkende Kräutertonikum?« Ohne eine Antwort abzuwarten, wies sie den Kutscher an: »Sie können fahren, Marquard. Zur Apotheke am Wall, bitte.«

Diese war weiter entfernt, so dass Celia und sie leider eine Weile auf Fräulein Staufenpiels Gesellschaft würden verzichten müssen. Susanna kicherte. So viel Mut brachte sie selten auf, und eigentlich nur dann, wenn es um ihre Freundin ging.

Susannas Ankunft war nicht unbemerkt geblieben, neugierig starrten die Leute aus den winzigen Fenstern ihrer winzigen Häuser herüber zu dem jungen, schönen Mädchen mit dem Fuchspelz und dem keck befederten Hütchen.

»Sie sind spät dran, Teuerste!«, rief ein Mann von gegenüber und lehnte sich weit aus dem Fenster, durch den fadenscheinigen Stoff seines Hemds zeichneten sich eindrucksvolle Oberarmmuskeln ab. Er spuckte auf das Pflaster und sah Susanna herausfordernd an. »Gehen Sie zum Markt. Die bauen ihr gottverdammtes Karussell auf.«

»Und Sie?«, gab Susanna zurück. »Halten Maulaffen feil, was?«

Der Mann lachte. »Hau den Lukas, mein Mädchen. Immer schön auf die Nuss, mit Gefühl, nicht zu stramm und nicht zu schlapp, dann richtet sich der Baum aber so was von auf …«

Susanna begriff den Sinn seiner Worte nicht, schloss jedoch aus dem Ton, dass es sich um etwas Unanständiges handeln musste. Hoheitsvoll wandte sie sich ab. »Kretin«, murmelte sie leise. Sein Gelächter folgte ihr, als sie den Stavendamm hinaufging und links in die Hohe Straße bog.

Nach fünf Minuten erreichte sie den Markt. Staunend blieb sie stehen. Es war jedes Jahr wieder phantastisch, wie aus dem riesigen Platz, der tagein, tagaus von eiligen Kaufleuten auf dem Weg zur Börse, Senatoren auf dem Weg ins Rathaus und allerlei Volk auf dem Weg Gott weiß wohin überquert wurde, ein solcher Ort des Zaubers wurde, ein Meer unendlicher Möglichkeiten, wie man sein Leben jenseits enger Konventionen verbringen konnte! Als gäbe es hinter der öden Welt, die die ihre war, eine zweite, die bunter, schöner und lichter war. Und wer wusste schon, dass es nicht so war? Denn wenn sie die Augen schloss und sich in die magische Welt der Schausteller zu versetzen suchte, war sie da – ebenso wie die normale Welt vor ihrem inneren Auge aufstieg, sobald sie an sie dachte. Beides war in ihr! Also musste beides wirklich sein! Jetzt sah sie zwar nur aufgeregte Akrobaten, brüllende Bären und drollige Zwerge, aber das war kein Beweis dafür, dass Susannas Welt nicht existierte. Gefangen von diesen auch ein wenig beunruhigenden Gedanken merkte Susanna nicht, wie Celia zu ihr trat.

»Es tut nicht gut, sich mit Haarspaltereien zu beschäftigen, schon manch einer ist in der Irrenanstalt gelandet, weil er zwischen Sein und Schein nicht mehr unterscheiden konnte und einen Fuchspelz für das Gefieder einer Gans hielt.«

Susanna fuhr herum und blickte in das lächelnde Gesicht ihrer Freundin.

»Pass bloß auf, dass mein Herr Papa zur Strafe nicht euer Karussell aufkauft und die Pferdchen laufen lässt!«, entgegnete sie und fiel Celia um den Hals.

Übergangslos begann sie dann zu sprechen, so, als hätten sie sich gerade gestern voneinander verabschiedet und nicht vor einem halben Jahr; etwaige Gefühle der Fremdheit kamen gar nicht erst auf. »Und stell dir vor, gerade jetzt sitzt der Herr Merten auf Mamas Kanapee und knabbert süße Brötchen und Schinken!«

»Na, so was«, erwiderte Celia zurückhaltend. »Philipp Merten.«

»Dummerchen, sein Vater natürlich. Mein Vater macht Geschäfte mit Bremens größtem Hallodri. Stell dir das vor! Und ich bin nicht dabei. Ich weiß nicht einmal, wie er aussieht.«

»Es kann dich doch nicht ernsthaft wundern, dass dein Vater dich nicht bei wichtigen Unterredungen dabeihaben will?«

»Nein, natürlich nicht. Aber wenigstens die Honneurs hätte er mir gönnen können, ich meine, ein bisschen parlieren, du weißt schon.« Sie warf Celia einen neugierigen Blick zu. »Du weißt nicht zufällig, worum es geht?«
»Woher sollte ich?«
»Von Philipp natürlich. Du bist doch mit ihm befreundet.«
»Gewesen«, betonte Celia, einen ungeduldigen Unterton in der Stimme. »Wie du weißt, ist das lange her. Armin Merten gestattet seinem Sohn keine gesellschaftlichen Ausrutscher.«
»Schon gut«, sagte Susanna etwas gekränkt. »Es hätte doch sein können, dass ihr euch mal wieder über den Weg gelaufen wärt.«
Celia verdrehte die Augen. »Entschuldige, es ist einfach nur so, dass mich der Schnee von gestern nicht interessiert. Die Mertens gehören nicht mehr zu uns, basta.« Versöhnlich fügte sie hinzu: »Du bist hier, das ist doch viel wichtiger.«
Das vage Gefühl der Bedrängnis wich der Freude, endlich wieder den zweitliebsten Menschen unter der Sonne an ihrer Seite zu haben, doch Susanna dachte nicht daran, das Thema zu wechseln.
»Meine Mutter hat mich fortgeschickt. Sie wollte partout nicht, dass ich Merten begegne. Das ist seltsam, da kannst du sagen, was du willst.« Sie sah sich besorgt um. »Ich fürchte, ich muss mich um Fräulein Staufenpiel kümmern. Die Ärmste sucht mich gewiss schon überall, das Riechsalz unter der Nase. Oder hast du Zeit, mit mir einen Tee zu trinken?«
Bedauernd schüttelte Celia den Kopf.

Susanna seufzte. »Dachte ich mir's doch fast.« Während der zwei Wochen des Marktes wurde jede helfende Hand gebraucht. »Dann nimm wenigstens dies mit herzlichen Grüßen von meiner Mutter.« Sie drückte Celia den Korb in die Hand. »Himbeergeist, Apfelkuchen, Bohnenkaffee, geräucherte Entenbrust.« Sie hielt inne. »Wenn ich es recht bedenke, könnte der Eindruck entstehen, meine Mutter hinge dem Irrglauben nach, ihr hättet nicht genug zu essen. Tut mir leid, ich meine ...«

»Unsinn, mach dir keine Gedanken«, fiel Celia ihr ins Wort. »Geräucherte Ente gehört nun wirklich nicht zu unserem täglich Brot.« Sie umarmte ihre Freundin und sah ihr nach. Das Hütchen mit der wippenden Fasanenfeder fügte sich gut in das wogende Bunt, aber Celia wusste, dass der mit dem extravaganten Hut angedeutete Wagemut Susannas mildem Temperament nicht entsprach. Sie verfügte über die Kraft des Verstandes und die Lust an logischen Drechseleien, aber manchmal hörte sie auch das Gras wachsen. Warum sollte Armin Merten keine Geschäfte mit dem Haus Pahlenberg machen? Und warum sollte ihrer Mutter daran gelegen sein, ihre behütete Tochter einem Mann vorzustellen, der alle Laster, aber keine Skrupel kannte? Wie oft hatte Philipp sich schon darüber beklagt! Aber das musste sie für sich behalten, wenn sie ihren Plan nicht gefährden wollte.

Celia sog die trockene kühle Luft ein und mit ihr das Gemisch aus kandierten Früchten, brackigem Wasser der nahegelegenen Weser und einem aufdringlichen Parfüm.

Eine gepflegte Dame mittleren Alters mit hängenden Wangen und einem gewaltigen Kalabreser zog eine

Wolke aus Rosen und Nelken hinter sich her. Vor Johanns Stand blieb sie stehen und wartete.
»Moppen gibt's erst morgen«, rief Celia ihr zu, und die Dame verzog enttäuscht das Gesicht.
»München war München und Bremen ist Bremen. Hier tanze ich den Schleiertanz!«, schrie Suriann und stürmte grußlos an Celia vorbei, ihr auf den Fersen Pastor Friedemann Ferten, der die Hände rang, hochrot in Gesicht und Nacken.
»Mein liebes Kind …«
Suriann blieb stehen. »Wenn der Herrgott nicht wollte, dass ich für ihn tanzte, warum hat er mir dann die Gabe des Tanzens gegeben …«, sie unterbrach sich und öffnete ihren weinroten Seidenumhang mit einem theatralischen Schwung ihrer zarten Hände, »und diesen Körper!«
Ferten schloss die Augen, als blendeten ihn ihre nur durch rosa und blauen Seidentaft verhüllten weißen Brüste. »Nacktheit an sich ist ja keine Sünde, ich meine …«
»Wer spricht denn von Nacktheit?«, unterbrach sie ihn sanft und deutete auf den Taft. »Was geht denn da in Ihrem Kopf vor, Herr Pastor?« Sie schüttelte gespielt streng den Kopf und ließ ihn ohne ein weiteres Wort stehen.
Von morgen an würden sich die Männer und wenige Frauen schier tottrampeln, um einen Blick auf ihr fast durchsichtiges Kostüm zu werfen, dachte Celia. Ab morgen würden ihr Vater, ihr Onkel und die Cousins wieder schwitzend die Achse in Bewegung setzen, junge Mädchen sich kichernd im Damensitz auf die Pferdchen schwingen, um sich vom Fahrtwind die Röcke bauschen

zu lassen und ihren Verehrern einen Blick auf ihre Knöchel zu gestatten. Und ab morgen würde sie, Celia, wieder die Frau sein, die sie mit Gottes Hilfe ein Leben lang bleiben würde: die Schaustellerin.

»Meine Damen und Herren! Hochverehrtes Publikum! Wir prrrräsentieren Ihnen den unvergleichlichen Ritt durch eine italienische Traumlandschaft …«

Celias rotes Kleid mit dem großzügigen Ausschnitt und den ausgestellten Ärmeln ließ sie wie eine mittelalterliche Zauberin wirken. Mit charmantem Lächeln und verführerischer Stimme zog sie Kinder, Frauen und Männer gleichermaßen in Bann. Zwei Ehepaare mit ihren Kindern strebten auf Celia zu, ebenso vier junge Männer, die ihr heiße Blicke und Kusshände zuwarfen, und zwei beleibte Kaufleute, der eine mit birnenförmigem Hintern, der andere mit kugelrundem strammem Bauch, der schwer über seinem Gürtel hing. Nur ein Holzpferd war noch frei.

Die Cousins würden mit dieser Fahrt zu kämpfen haben, so viel stand fest. Kester schnaufte schon jetzt vernehmlich, und ein Betrunkener nahm sogleich den Faden auf: »Eure Pferdchen machen's wohl nicht mehr lange«, schäkerte er, und Celia erwiderte schlagfertig: »Deshalb ist dies ja auch ihre letzte Fahrt! Und leider völlig ausverkauft!«

Ihr Vater hatte ihr eingeschärft, nur leicht Angetrunkene mitfahren zu lassen, Volltrunkene, die sich kaum noch auf den Beinen halten konnten geschweige denn auf Holzpferden, jedoch abzuweisen, wobei es äußerst wichtig war, einen freundlichen, scherzhaften Ton zu bewahren, weil man nie wissen konnte, mit wem man es zu tun hatte. Im Bremer Ratskeller unter dem Rathaus ging es zur Freimarktszeit nämlich hoch her, Wein und Schnaps flossen in Strömen und rissen Standesunterschiede und Umgangsformen mit sich. Was sich sonst nicht gehörte, war plötzlich geduldet, steife Kragen wurden gelockert, Blumen ans Revers gesteckt und Gewissensbisse mit der Bemerkung »Ischa Freimaakt!« beruhigt. Der Mann zog seinen Zylinder, nuschelte »scha … maakt« und trollte sich leicht schwankend.

»Der beste Platz, der beste Sattel, das Zaumzeug aus purem Silber … Ein Platz für …«, Celias Blick fiel auf einen jungen Mann mit braunen Locken, »… ihn! Wer ist dafür?« Die Umstehenden, auch die Ehepaare, die jungen Männer und die Kaufleute, die nun auf die nächste Runde warten mussten, lachten und klatschten, dem Auserwählten blieb nichts anderes übrig, als gute Miene zum frechen Spiel zu machen. Diesem jungen Mädchen mit den rotblonden Locken und den funkelnden Augen konnte man nicht böse sein.

Celia mochte das Rekommandieren, das Anlocken der Leute, und sie hatte eine natürliche Begabung dafür. Dennoch hätte sie gern ihre Nase auch einmal in die Regeln des Schießens gesteckt oder sich in die Buchführung vertieft, aber davon wollte ihr Vater nichts wissen. »Muss man denn stets das machen, was man schon kann?«, hatte sie ihren Vater einmal trotzig gefragt. »Nun, ich glaube nicht, dass man mit sich im Reinen ist, wenn man sein Talent vergeudet«, hatte Gerald geantwortet. »Warum Zitronen suchen, wenn du doch mit Limonade auf die Welt gekommen bist? Warum sollte

deine Mutter rekommandieren, wenn du es so viel besser kannst? Warum sollte ich unser Essen zubereiten, obwohl das Karussell meine Kraft braucht?«
Celia hatte nichts erwidert, weil es vergeblich gewesen wäre. Bei allen Schausteller-Familien waren die Aufgaben streng verteilt und erlaubten kaum eine Atempause. Nur wenn Onkel Hoppe und Großmutter das Mittagessen brachten und danach mit Vergnügen das Kommando übernahmen – Elvira sammelte das Geld ein, Onkel Hoppe kletterte behende auf den Pferden herum –, durfte Celia eine halbe Stunde tun, was sie wollte. Meist spazierte sie ein wenig umher, das fette Essen, heute gab es Grützwurst mit Kartoffeln, lag sonst wie Blei in ihrem Magen.
Vor einem Kasperletheater hatte sich eine Menschentraube gebildet. »Du willst ein Kaiser sein?«, schmetterte eine beleibte Bismarck-Puppe einer anderen, schmächtigen entgegen, die, ausgestattet mit einem schiefen Krönchen auf dem Holzkopf, den dreißigjährigen Kaiser Wilhelm den Zweiten darstellen sollte. »Nein«, schnappte es zurück, »ich bin Hellseher. Ich prophezeie dein baldiges Ende, Fettwanst!«
»Du Willi! Du halbe Portion!«, zürnte Bismarck zurück, zückte einen Prügel und jagte seinen Widersacher, bis der Vorhang fiel.
Die Majestätsbeleidigung kam gut an, noch mehr Leute blieben stehen und erklatschten sich eine Fortsetzung des Scharmützels.
»Da vorn ist Philipp!«, raunte Kester Celia ins Ohr. Er war ihr gefolgt, wie er es öfter tat in letzter Zeit, doch Celia ließ sich nicht provozieren. Kester konnte unmög-

lich etwas von Philipp wissen, zumal er mit Sicherheit nicht hier auf dem Markt war.

Kein Zeichen, kein Philipp. Sie wusste, wann die Zeit gekommen war.

Ohne ihren Cousin zu beachten, schlenderte sie weiter, vorbei an Gonzales' gnadenloser Guillotine und Annemies Schiffschaukel, die die Königliche Polizei-Direktion München aus Gründen der öffentlichen Sicherheit und Sittlichkeit verboten hatte, weil in den schmalen, Ruderbooten nachempfundenen Schaukeln zwei Leute sitzen durften.

Wutentbrannt war Annemies Sippe abgereist, nicht ohne dem Besitzer des Flohzirkus die Pest an den Hals zu wünschen, überzeugt, er habe sie bei der Obrigkeit in Misskredit gebracht. Vielleicht war sogar ein Körnchen Wahrheit an der Sache. Denn jede neue Sensation, und die Schiffschaukel für zwei war eine, ließ viele Schausteller um ihren Umsatz bangen und manch einen zu unlauteren Mitteln greifen.

Celia winkte Annemie zu, doch die rundliche Oldenburgerin mit den kurzen, blonden Locken, die sie wie eine Putte aussehen ließen, achtete nicht auf sie. Verliebte Pärchen standen Schlange vor ihrem Karussell, und Annemie und ihr Mann Rudolf hielten sie mit flotten Sprüchen und kessen Andeutungen über das Schaukeln zu zweit bei Laune. Celia drängte sich an den Menschen vorbei, ließ die Folter-Schreckenskammer mit den wächsernen Modellen krankhafter menschlicher Missbildungen ebenso links liegen wie die Stände mit Bürsten und Kämmen, Safran, Holzrollern und durchsichtigen würmerähnlichen Gebilden, die der Händler als original-

chinesische Spezialität pries, und bog in die Wachtstraße ein.
Sie drehte sich um, stellte sich auf die Zehenspitzen und betrachtete den durchbrochenen Sandsteinzierrat der Rathausbrüstung, als wolle sie ihn durchleuchten. Nein, von hier aus konnte sie das Tierchen auch nicht erkennen. Mit einem leisen Lachen wandte sie sich ab und lief weiter Richtung Weser. Allmählich wurde es Zeit, es herauszufinden!
Zwischen den hohen Fenstern des ersten Stockwerks des Rathauses standen die steinernen Bildwerke des Kaisers und der sieben Kurfürsten auf Konsolen, und einer Legende zufolge wurde Brandenburgs Kurfürst von der Büste einer Frau getragen, einer Frau aus dem Volk mit gekräuselter Haube und Mantelumhang, die ein Tierchen an sich drückte. Nur wer den Renaissancebalkon betreten durfte, konnte sich von der Existenz der Figur überzeugen, die Mehrheit der Bremer Bevölkerung musste sich mit der Legende zufriedengeben und Mutmaßungen über die Art des Tierchens anstellen. Oder wie Celia den einzigen Platz auf dem Marktplatz suchen, der einen winzigen, aber entscheidenden Ausschnitt des Rätsels preisgab. Großmutter Elvira behauptete steif und fest, die einzige Lambert zu sein, der dies je gelingen würde und die infolgedessen die einzige bliebe, die wisse, um welches Tier es sich tatsächlich handelte. Vor vielen Jahren hatte Celia im kindlichen Überschwang dagegen gewettet. Während Elvira schwor, ein Jahr lang auf Schikanöse zu verzichten (ein Einsatz, der ihre Überzeugung deutlich machte, ganz gewiss nicht zu verlieren), gelobte Celia feierlich, das Geheimnis bis zu ihrer

Hochzeit zu lüften, andernfalls dürfte sie nicht heiraten.

Ein scharfer Wind trieb die letzten bunten Blätter vor sich her und brachte einige zaghafte Regentropfen und einen Geruch nach Tang und Meersalz mit sich. Celia wickelte sich fester in ihr weinrotes Schultertuch, das sich mit dem helleren Rot ihres Kleides biss, entschlossen, sich den kostbaren Moment des Alleinseins nicht durch die schlechte Witterung trüben zu lassen. Sie liebte diese Streifzüge, mit denen sie ihre Heimatstadt nach dem Sommer für sich zurückeroberte, Vertrautes wiederfand, Veränderungen registrierte und auf diese Weise ihre winterliche Heimstatt auspolsterte wie ein Zugvogel sein Nest mit Zweigen und Blättern.

Sie erreichte die Kaiserbrücke, mit ihren zwei Türmen und dem mit Rundbogen gestalteten Wandelgang einer der Bauten, die die öffentliche Hand trotz desolater Haushaltslage errichten ließ. Vom Stadtwerder leuchtete dunkelrot der riesige Backsteinkubus des Wasserwerks herüber, der wegen seiner vier Türme von den Bremern so lakonisch wie treffend umgekehrte Kommode genannt wurde. Flinke Barkassen, wendige Fischkutter mit vollen Netzen und behäbige Lastkähne glitten unter der Kaiserbrücke hindurch, ein Matrose schwenkte seine Mütze und zwei Dienstmädchen winkten ihm kichernd zu. Celia spürte, wie die Sehnsucht Besitz von ihr ergriff.

Als sie zum *Venezianischen Traum* zurückkehrte, schnürte eine Welle der Enttäuschung ihr den Hals zu. Kein Zeichen, nirgends.

Das ging vier Tage so. Dann endlich lagen vier Kastanien-

blätter, eins davon in der Mitte gespalten, wie zufällig unter ihrem Lieblingskarussellpferd.
Morgen um vier.
Sie musste zu ihm. Notfalls würde sie Bauchschmerzen vortäuschen, irgendetwas würde ihr schon einfallen. Zärtlich strich sie über die flammend roten Blätter. Als sie den Blick hob, ruhten Kesters Augen auf ihr.

Er war schon da, saß im Sand, die Knie angezogen und mit sehnigen Armen lässig umschlungen, seine Anzugjacke aus grauem, ganz fein gestreiftem Wollstoff lag achtlos zusammengeknüllt auf einem Findling. Die Kälte dieses Oktobernachmittags schien ihm nichts anzuhaben. Der Wind spielte mit seinen dunkelblonden, gewellten Haaren, die ihm bis auf den Kragen fielen, und doch wirkte er ausgesprochen männlich, was nicht zuletzt seinem kräftigen, kantigen Kinn geschuldet war. Den Kopf ein wenig zurückgeneigt, als wäre er kurzsichtig oder hochmütig, blickte Philipp auf die Weser, ganz für sich, ganz weit fort mit den Gedanken.
Einen Moment blieb Celia reglos stehen, dann trat sie leise näher, sank in die Knie und schmiegte sich an seinen Rücken, überwältigt von seinem Duft und der Vorstellung, dieser Mann würde für immer der ihre sein, sie halten und lieben und nicht einmal dem Tod gestatten, sie zu scheiden.
»Celia!« Seine weiche Stimme mit dem Unterton träger Melancholie streichelte ihren Körper und ihre Seele. Celia seufzte leise auf und ließ sich mit einer geschwinden, geschmeidigen Drehung in seinen Schoß gleiten. Sie schwiegen einen glückseligen Moment lang, dann küsste

er sie erst zart, dann hungrig, bis sein Atem schwerer ging und er sie abrupt losließ.

»Ich habe Kaffee mitgebracht – und Butterkuchen.« Philipp breitete eine Decke aus und arrangierte das Geschirr schnell und geschickt; das, was die Gesellschaft als Frauenarbeit verstand, war nicht unter seiner Würde und einer der vielen, vielen Gründe, weshalb Celia so hingerissen war von diesem Mann, den sie seit Kindertagen kannte. Der zwei Jahre ältere Merten-Erbe hatte damals frei wählen können, wen der Schaustellerkinder er zum Freund, zur Freundin nahm. Seine Großzügigkeit und Loyalität beeindruckten die Jungen, sein umwerfend gutes Aussehen und sein lässiger Charme betörten die Mädchen. Celia jedoch, widerspenstig und sich selbst als geborene Anführerin begreifend, dachte nicht daran, sich in den Reigen der Anbetung zu reihen und würdigte Philipp keines Blickes, nicht in Bremen, nicht in Hamburg, nicht während der Reisen von einem Jahrmarkt zum nächsten. Dem Gesetz der Anziehung zufolge, nachdem die Faszination proportional zum Widerstand wächst, fanden die Zehn- und der Zwölfjährige irgendwann zusammen, um sich nie wieder zu verlassen. Philipp raufte sich für Celia, sie verband seine zerschrammten Knie. Philipp erzählte von seinen Träumen, Celia ihm die ihren. Er hegte einen Gedanken, sie sprach ihn aus. Manches Mal kam es ihnen so vor, als seien sie eine Seele in zwei Körpern, und dann sahen sich die beiden Kinder mit einer Mischung aus Ehrfurcht und Schalk in die Augen. Seitdem Philipps Vater vor vier Jahren in das Fabrikgeschäft eingestiegen war, sahen sie sich nur während der Wintersaison – und das musste heimlich geschehen, denn Armin Merten wollte den Stallgeruch des Fahrenden für alle Zeit loswerden und achtete daher sorgsam darauf, mit wem er und sein Sohn Umgang pflegten. Dieser Dünkel hatte Celias Vater so in Rage versetzt, dass er Merten am liebsten aus seinem feinen Anzug geboxt hätte. Eines Tages, darin waren sich alle Schausteller einig, würde ihn sein Hochmut einholen. Als Philipps Mutter am Fleckfieber erkrankte, glaubten einige, Merten hätte seine Lektion gelernt, doch überraschend genas Hedwig Merten, und ihr Mann ging seinen Weg der mühsam errungenen Bürgerlichkeit unbeirrt weiter.

Philipp und Celia trafen sich, wann immer es möglich war, bewahrten aber Stillschweigen, um nicht Gefahr zu laufen, dass Armin Merten seinen Sohn zur Vervollkommnung der kaufmännischen Ausbildung nach Togo schickte, wie er es mehrfach angedroht hatte. Weder ihren Eltern noch Susanna verriet Celia ein Sterbenswörtchen über Philipp. Diese Heimlichkeit verwandelte die Gefühle der Freundschaft und innigen Vertrautheit in ein Feuer der Leidenschaft, das unvermittelt und mit elementarer Wucht vor zwei Jahren lichterloh entflammt war: Am ersten Tag des Freimarkts waren sie sich an den Osterdeichwiesen begegnet. Philipp war aus dem Kontor geflohen und wehen Herzens über den Jahrmarkt und hinunter an die Weser gelaufen, niedergedrückt von den hohen Erwartungen, die sein Vater an ihn stellte, und getrieben von der Verzweiflung, nie das Leben führen zu dürfen, das ihn glücklich machen würde. Celia war auf der Suche nach ein wenig Ruhe am Ufer der Kaiserbrücke hinunter zu ihrem geheimen Platz geklettert, der von zwei dichten Schlehenbüschen vor neugierigen Blicken geschützt war. An diesem Nachmittag hatten sie sich zum ersten Mal geküsst. Und berauscht von der plötzlichen Erkenntnis, einander zu lieben, begannen sie, das Bild ihres gemeinsamen Lebens zu entwerfen. Sie würden das Deutsche Reich verlassen, nach Amerika reisen und die Finessen des dortigen Schaustellergeschäfts erlernen, das ihnen so viel glanzvoller erschien als das heimische. Die Engländer wussten zwar eine Menge über Dampfkraft, aber die Amerikaner hatten die erste Holzachterbahn der Welt gebaut, und das gab den Ausschlag. Allein dieses Wunderwerk der Schaustellerkunst zu sehen würde die Reise wert sein!

»Die Form beschreibt eine liegende Acht, die Wagen fahren nicht auf Rädern, sondern gleiten über Rollen, die auf den Schienen montiert sind«, hatte Philipp ihr an jenem Nachmittag aus dem *Saturn,* der Zeitung für Schausteller, vorgelesen.

»Vielleicht können sie ja auch irgendwann über Kopf fahren«, hatte Celia übermütig ausgerufen, und Philipp hatte sie ausgelacht.

»Unsinn!«

»Wir können es schaffen«, beharrte Celia, »wenn wir nur an uns glauben. Glaubst du an Lambert & Merten?«

»Ich glaube an Merten & Lambert«, hatte er sie geneckt und sie an sich gezogen. Seit diesem Tag hatten sie an ihrem Plan gefeilt, im Hafen nach Schiffen Ausschau gehalten, die einen vertrauenswürdigen Eindruck machten, und sich nach seriösen Agenten umgehört, die die Passagen zu anständigen Preisen verkauften. Zwei, drei Jahre wollten sie mindestens in Amerika bleiben, vielleicht auch länger, aber spätestens zu Celias einundzwanzigstem Geburtstag nach Bremen zurückkehren, damit sie die Nachfolge ihres Vaters antreten konnte. Im Gepäck würden sich reichlich Ideen, Anregungen und Konstruktionszeichnungen für aufsehenerregende, noch nie dagewesene Fahrgeschäfte befinden, die sie in den besten Produktionsbetrieben in Thüringen bauen lassen würden. Zusammen mit der Lambert'schen Schießbude und dem *Venezianischen Traum* besäßen sie dann in naher Zukunft ein konkurrenzfähiges Unternehmen, das es mit anderen Größen der Schaustellerei aufnehmen konnte. Ein Argument, dessen war Celia sich sicher, das zumindest ihre Eltern von ihrem ehrgeizigen Plan überzeugen würde.

Ein letzter fahler Sonnenstrahl ließ das graue Band der Weser silbrig schimmern. Celia fröstelte und kuschelte sich eng an Philipp.

»Wir sollten bald aufbrechen, es gibt viele neue Erfindungen«, sagte sie. »Vielleicht im April, dann sind die Herbststürme vorüber und wir hätten eine halbwegs sichere Überfahrt zu erwarten.«

»Das ist zu früh.«

»Wegen des Geldes, ich weiß.« Armin Merten hielt seinen Sohn äußerst knapp und fragte überdies beständig nach, was Philipp mit dem bisschen Taschengeld anstellte, so dass es äußerst langwierig war, die Summe für die Überfahrt zusammenzubekommen. Mit etwas Geschick hätte er es der Köchin vom Haushaltsgeld stibitzen können, aber für den Verlust würde sie geradestehen müssen, und diese Vorstellung war ihm ebenso unerträglich wie die, dass seine Mutter diesen Verrat entdecken könnte.

»Aber schau, ich habe auch gespart …«, fuhr Celia fort. Sie leckte sich den buttrigen Zucker von den Fingern und nestelte an ihrem Strumpf herum. Strahlend hielt sie ihm das hühnereigroße Säckchen aus lila Stoff entgegen, das sie aus Großmutters Nähkästchen gemopst hatte. Die Münzen, beim Schikanöse-Spiel gegen ihren Cousin Kester und den rauhbeinigen Nachbarn aus dem Schnoor gewonnen, klimperten. Erwartungsvoll sah Celia ihrem Geliebten in die Augen, doch er wich ihr aus und wirkte angespannt.

Sie hatten sich ein halbes Jahr lang nicht gesehen, fühlte er sich unwohl, fremd oder gar verpflichtet? Liebte er sie am Ende nicht mehr? Übelkeit erfasste sie.

Doch dann lächelte sie erleichtert. Gewiss musste sich Philipp einfach zusammenreißen, um nichts Ungehöriges zu tun.

Celia spürte, wie ihr das Blut in Gesicht und Schoß schoss. Langsam öffnete sie ihr Mieder, nahm seine Hand und legte sie auf ihre nackte Brust, voller Vertrauen, dass es richtig war zwischen ihnen, weil sie sich liebten. Einmal hatte er ihr schon gezeigt, wie sie ihm Erleichterung verschaffen konnte, und ihr, während sie sein pochendes Glied rieb, ebenso süße, schwindelerregende Gefühle geschenkt. Jetzt drängte es sie, diesen Liebesbeweis zu wiederholen. Die Schlehenbüsche hatten ihre Blätter noch nicht ganz verloren und boten ausreichend Schutz vor den Blicken vorüberfahrender Seeleute. Doch behutsam nahm Philipp seine Hand fort und bedeckte Celias Blöße mit seiner Jacke. In seinen Augen blitzte etwas auf – Bedauern und Traurigkeit. Verwirrt und besorgt sah Celia ihn an.

»Ich muss meinen Vater begleiten«, sagte er schließlich und bemühte sich um einen leichten Ton, den seine Augen Lügen straften. »Er will in Frankfurt eine Stofffabrik unter die Lupe nehmen und besteht darauf, dass ich mitkomme.«

»Wann reist ihr ab?«

»Heute noch.«

»Heute noch«, wiederholte Celia tonlos. »Und wann wirst du zurück sein?«

»Ich weiß es nicht.« Plötzlich brach es aus ihm heraus. »Celia, es tut mir so leid, ich bin …«

»Schscht.« Celia beugte sich vor und verschloss seine Lippen rasch mit den ihren. Ihre Zunge suchte und fand die seine, instinktiv presste sie ihren Körper an Philipps, ihr beider Atem ging schneller, bis das Verlangen sie überwältigte. Danach hielten sie sich fest umschlungen.

»Solange wir uns haben, kann er uns nichts anhaben«, sagte Celia und lächelte, während sie Philipps regelmäßigen Atemzügen lauschte.

Eine halbe Stunde später verließen sie ihr Versteck im Abstand von wenigen Minuten. Beschwingt lief Celia zum Marktplatz zurück; ihr Vater würde gewiss schon nach ihr suchen, doch keine Gardinenpredigt der Welt würde ihr die Glückseligkeit nehmen können, die sie durchströmte wie warmer Honig. Als sie die Wachtstraße erreichte, nahm sie durch den Lärm der Menschen und der Drehorgelmusik einen dumpfen Knall wahr und beschleunigte instinktiv ihre Schritte. Sie erblickte den *Venezianischen Traum* und schlug die Hand vor den

Mund. Ihr Vater, Stephan, Kester und Florian, Großmutter und Onkel Hoppe standen gelähmt vor Entsetzen vor dem Karussell. Wie eine offene Wunde ragte der geborstene Mast in den Himmel. Die an ihm befestigten Ausleger, die das Dach trugen, waren auf die Holzpferde gestürzt. Überall lagen Trümmer und Splitter, und in den vielen kleinen Bruchstücken der zerschmetterten Spiegelrhomben spiegelte sich ein grauer Himmel.

5

Der bitterkalte November überzog Bremen mit Schnee und klirrendem Frost. Selbst die Weser drohte zuzufrieren. Für Reeder und Kaufleute bedeutete der frühe Wintereinbruch enorme finanzielle Verluste, den Kindern und den Glücklichen, die ihr Geld nicht sauer verdienen mussten, brachte es eine willkommene Abwechslung in der Öde der dunklen Monate. Wie ein zur Erde gesunkener weißer Mond lag der Hollersee im Bürgerpark da, mit kleinen Eiszapfen übersäte Büsche säumten sein Ufer, das alsbald vom imposanten Kuppelbau des Park-Hotels gekrönt werden sollte, wenn der Frost die Bauarbeiten nicht allzu sehr verzögerte. Am südlichen Seeufer standen fünf Kutschen, der Atem der Pferde dampfte bauschige Wölkchen in die kalte Luft. Ein junger Mann mit Pelzmütze und einem Biberfellmantel rückte Gläser auf einem Tablett hin und her, und als diese zu seiner Zufriedenheit arrangiert waren, klatschte er vernehmlich in die Hände.

»Ich bitte die Damen und Herren zu Tisch!«

Celia warf Susanna einen belustigten Blick zu. Sie trug einen dunkelroten Wollmantel und eine russische Pelzmütze, saß mit zaristischer Grazie auf einem rotlackierten Schlitten und ließ sich von zwei Jungen, denen man eine Belohnung in Form mehrerer Groschen in Aussicht gestellt hatte, über das Eis ziehen. Mit einer knappen Drehung kam Celia, die sich zu ihrer und aller Überraschung so elegant und sicher auf dem Eis bewegte, als

wäre sie mit Kufen unter den Füßen auf die Welt gekommen, neben ihrer Freundin zum Stehen und senkte ihre Stimme.
»Ich habe den Eindruck, Robert würde alles dafür geben, dich zu beeindrucken«, raunte sie Susanna zu, die erstaunt die Augenbrauen hob.
»Aber nein, was denkst du denn? Wir haben schon zusammen gespielt, als wir noch Windeln trugen!«
»Das eine schließt das andere ja nicht aus«, bemerkte Celia.
»Doch, und zwar ganz entschieden. Es gibt nichts Ermüdenderes als eine romantische Beziehung zwischen zwei Menschen, die sich bereits in- und auswendig kennen.«
»Da bist du aber auf dem Holzweg«, gab Celia lächelnd zurück. »Ist es nicht viel eher so, dass die Vertrautheit die verlässliche Grundlage bildet, sich der Liebe hingeben zu können?« Als die Worte heraus waren, biss sie sich auf die Lippe. Wenn Susanna zwei und zwei zusammenzählte, war ihr Geheimnis bald keines mehr. Tatsächlich schossen Susannas Augenbrauen sofort wieder in die Höhe. »Mir scheint, da gibt es etwas, das ich wissen sollte.«
Celia zögerte kurz. Dann entschied sie sich für die Flucht nach vorn. »Du kennst ihn nicht«, sagte sie wahrheitsgemäß. »Ein Schausteller. Wir werden nach Amerika reisen und mit dem spektakulärsten Karussell aller Zeiten zurückkehren!«
Eine Sekunde verstrich, eine zweite, dann sprang Susanna von dem Schlitten und raffte einen Schneeball zusammen. »Na warte«, murmelte sie. »Die beste Freundin so zu veräppeln, unerhört.«

Celia kicherte, höchst erleichtert, dass ihr Trick funktioniert hatte; der Schneeball zischte an ihr vorbei und verfehlte Robert Matthiessen, der sich mit dem Tablett voller Teegläser und Keksen näherte, um Haaresbreite.
»Man beißt doch die Hand nicht, die einen füttert!«, murrte er fröhlich. »Da macht man sich in Schnee und Eis auf den Weg durch gefährliches Gelände, um zwei junge Damen vor dem sicheren Tod durch Erfrieren zu bewahren, und was ist der Dank? Wurfgeschosse übelster Art!«
»Ich wusste gar nicht, dass du so zart besaitet bist«, neckte Susanna ihn.
»Du weißt einiges nicht von mir«, entgegnete er ohne jede Ironie und hielt ihr das Tablett hin.
»Zum Beispiel, dass dir das Dienen im Blute liegt? Das ist mir in der Tat entgangen.«
Roberts Miene zeigte keine Regung, aber für einen kurzen Moment blitzte etwas in seinen Augen auf, das Celia für Resignation hätte halten können, wenn sie es nicht besser wüsste. Roberts Vater besaß eine gutgehende Reederei mit einer ganzen Flotte von Fracht- und Passagierschiffen. Seine Vorliebe für Extravaganzen, wie den eigenen Golfplatz vor den Toren Bremens, war legendär, und sein Sohn hatte diese Neigung wenn nicht geerbt, so doch willig übernommen. Wenn Robert nicht Polo oder Golf spielte, ließ er sich durch die Zeit treiben, immer bereit, seinem Ruf gerecht zu werden. Im letzten Winter hatte er einen Diener Punsch und heiße Maronen am Hollersee servieren lassen, jetzt übte er sich in der Rolle des komischen Kellners, um die Lacher und das Wohlwollen seiner Freunde auf seiner Seite zu haben. Robert

war intelligent, standesbewusst, selbstironisch und lässig, der perfekte Erbe, ein fix und fertig geschliffener Kiesel ohne Ecken und Kanten.

»Und was ist mit uns?« Die drei Nottelmann-Schwestern Ingelore, Wiebke und Margot, nicht sehr sicher auf den Schlittschuhen, eierten auf sie zu, gefolgt von Hubertus Hagedorn und seiner Schwester Püppi.

»Mir ist so so so so kalt«, wisperte Püppi, die mit großen Robbenaugen in die Welt blickte und mit runden Wangen und einem kleinen, herzförmigen Mund ganz das Bild schmollende Schönheit bot. »Wollen wir nicht zu uns fahren? Wir könnten uns über den Rumtopf hermachen. Außerdem ist Mamas neuer Klavierlehrer gestern eingezogen, und ich sage euch: Der Mann spielt sensationell, ein Genuss.« Nach einer kunstvollen Pause fügte sie hinzu: »Wenn man ein wenig Kenntnis von derlei Künsten besitzt, versteht sich.« Ihre dunklen Robbenaugen streiften Celia flüchtig.

»Wenigstens friert mich nicht«, erwiderte Celia gleichmütig, während sie innerlich bebte. Diese Kuh. Ihr Vater war der berühmte Afrikaforscher Hagedorn, ein Mann von Geist und Herzensgüte, und in diesem Fall war der Apfel so weit vom Stamm gefallen, als hätte der Baum sich im Weitwurf geübt. Püppi schlug ganz und gar nach ihrer Mutter, die eine leichte Behinderung des Fußes zum Anlass nahm, sich stets im Recht zu sehen; wie sie interessierte sich Püppi nur für sich selbst und glänzte vor allem, indem sie Witze auf Kosten anderer machte, und wenn ihr Bruder, was gelegentlich vorkam, sie zurechtwies, fuhr sie ihm scharf über den Mund. »Im Übrigen«, setzte Celia hinzu und zupfte an ihrem farben-

frohen Pullover, »gehörte dieses äußerst warme Modell bis vor kurzem einer Zigeunerin, bis ich's ihr beim Kartenspielen abgeluchst habe.« Sie grinste und tippte sich an die Stirn. »Teuer kanns jeder.«
»Außerdem ist es der fünfte Klavierlehrer, der angeblich sensationell sein soll«, sagte Susanna. »Ein wenig Abwechslung in deinem Repertoire könnte nicht schaden, Püppi.«
Püppi zog die Schultern hoch und vergrub das Näschen in ihrem Pelzkragen. »Ich hab's doch gar nicht so gemeint«, klang es gedämpft aus dem Fell.
»Doch, das hast du«, gab Robert leichthin zurück. »Kein Wunder, dass Celia uns so selten die Ehre gibt. Jeder Zwerg in diesen Abnormitäten-Schauen hat mehr Einfühlungsvermögen als wir.«
»Nun mach aber mal einen Punkt«, wisperte Margot. »Schon mal was von der Dialektik der Diskriminierung gehört?« Braune Locken federten um ihr rundes Gesicht, das von einem weichen Mund mit vollen Lippen dominiert wurde. »Tut mir leid, aber sich selbst zu erniedrigen um den angeblich Niedergeborenen zu erhöhen, verfolgt nur den Zweck, sich gemeinzumachen, um die Unterschiede, die es nach Darwin, Spinoza und der Bibel gar nicht gibt, zu zementieren.«
Alle starrten sie an. »Ja, was denn?«, sagte Margot. »Wenn wir schon nicht studieren dürfen – die Bücher kann man uns nicht verbieten.«
»Weiß Vater davon?«, wollte Ingelore wissen.
»Nein, und wenn du es ihm petzt, schneide ich dir die Haare ab.«
Ingelore fasste sich unwillkürlich an ihren goldblonden,

dicken Zopf, ihren ganzen Stolz, und im Gelächter der anderen war die Peinlichkeit der Szene rasch vergessen. Man griff zu Tee und Keksen, Hubertus ließ seinen silbernen Flachmann kreisen, und Robert ahmte die Senatoren Humpf und Schreiner nach, die mit ihrer Schwerhörigkeit schon für so manchen Lacher in der Bürgerschaft gesorgt hatten. Als die Dämmerung sich wie ein weiches, graues Tuch über die Stadt legte, schnallte Celia ihre Schlittschuhe ab und hielt sie Susanna hin.

»Danke fürs Leihen.«

»Keine Ursache, ich halte mich ohnehin nicht so wacker auf den Dingern.« Forschend sah Susanna ihrer Freundin in die Augen. »Geht es dir gut?«

»Aber ja. Vater und Onkel sind gleich darangegangen, das Karussell zu reparieren. Zur nächsten Saison ist der *Venezianische Traum* bestimmt wieder wie neu«, sagte Celia leichthin. Die Hoffnungslosigkeit, die in den Augen ihrer Mutter zu lesen war, die drückende Sorge, wie es weitergehen sollte, das Mitleid der Nachbarn – nichts davon konnte und wollte sie mit anderen teilen, nicht einmal mit Susanna. Nach dem ersten Schock hatte die Familie zwar zu einer vorsichtigen Zuversicht zurückgefunden, aber das Unglück war eine Zäsur in ihrer aller Leben. Die burschikose Unbekümmertheit wollte sich nicht so rasch wieder einstellen, und Celia zweifelte daran, ob dies jemals wieder der Fall sein würde.

»Was ist jetzt mit Punsch und Klavier?«, rief Püppi und lenkte die Aufmerksamkeit zu Celias Erleichterung auf sich. Margot rollte mit den Augen.

»Sie versteht es einfach nicht«, raunte sie Susanna und Celia zu. »Ich für meinen Teil ziehe es vor, es mir daheim mit Aristoteles und Tee gemütlich zu machen. Und ihr?«

»Ich bringe Celia nach Hause …«, sagte Susanna und reichte dem Kutscher ihren Schlitten, den er mit einem kräftigen Schwung auf das Dach des Landauers beförderte und mit einem Seil befestigte. »Dann muss ich mich umziehen. Ich bin schon spät dran.« Sie hob die Schultern und verzog das Gesicht. »Meine Mutter besteht darauf, dass ich sie in die Oper begleite, weil mein Vater sich weigert, *Manon Lescaut* über sich ergehen zu lassen.«

»Schrecklich«, erwiderte Margot. »Meine Schuld fällt ins Vergessen, aber meine Liebe stirbt nicht. Und damit man der armen Manon das glaubt, dauert es ewig, bis sie endlich dahin ist.«

»Überlass Celia doch eure Kutsche und fahr mit mir. Ich würde mich freuen.« Robert lächelte Susanna an, ganz alter Freund.

»Das ist eine gute Idee«, pflichtete Celia ihm rasch bei, bevor Susanna ihm einen Korb geben konnte, und fügte mit mildem Spott hinzu: »Ich könnte mich endlich einmal so richtig hochherrschaftlich fühlen.«

»Dem will ich natürlich nicht im Wege stehen«, griff Susanna den leichten Ton ihrer Freundin auf. »Marquardt? Sind Sie bitte so freundlich, Fräulein Lambert zum Stavendamm zu bringen?«

»Gewiss, gnädiges Fräulein.« Eine weißbehandschuhte Hand öffnete die Landauertür, eine angedeutete Verbeugung, und Celia schlüpfte hinein, ließ sich in die weichen Polster sinken und winkte Robert und Susanna zu.

Es müsste ja mit dem Teufel zugehen, dachte sie, wenn

die beiden nicht binnen kurzer Zeit als Verlobte grüßen würden! Seitdem sie um den Zauber der Liebe wusste, meinte Celia zu fühlen, wenn Cupido sich anderen näherte, selbst dann, wenn die Objekte seiner Begierde noch nichts von ihrem Glück ahnten.

Ein leises Schnalzen genügte, und die zweispännige Kutsche setzte sich in Bewegung; leise knirschend rollten die Räder durch den Schnee, der die Wege nur mehr erahnen ließ. Celia lehnte sich zurück und blickte in den Himmel des Gefährts, der sich purpurn und samtig über ihr wölbte. Wie musste es sein, jeden Abend mit dem sicheren Gefühl schlafen zu gehen, dass es einem an nichts mangelte und nie mangeln würde? Dass man kein Geld verdienen musste, weil alles schon in Hülle und Fülle vorhanden war? Würde sie dann noch Pläne schmieden und all ihr Sinnen und Trachten einem Ziel unterordnen? Oder würde sie sich der watteweichen Wonne hingeben, sorglos und heiter durchs Leben zu gehen – ohne Pflichten, ohne Ängste? Ein Teil von ihr würde es genießen. Doch ebenso sicher wusste Celia, dass ein anderer Teil sterben würde, qualvoll und langsam, und der Schmerz darüber würde sich Bahn brechen, zynisch, sarkastisch, giftig, ätzender, als Püppi es je sein würde.

Celia hatte dies schon vor langer Zeit begriffen und wusste, dass es für ihre Seele bekömmlicher war, Susannas Freunden nicht allzu oft zu begegnen. Susanna hielt Celias Zurückhaltung für eine natürliche Scheu vor dem höheren Stand, der Bildung und den gesellschaftlichen Gepflogenheiten, aber das war es nicht. Als Schaustellerkind war sie an die unendliche Vielfalt gewöhnt, mit der Gott die Leben entwarf, daran, eines so wertvoll wie das andere zu erachten, und daran, für Adlige wie Bettler den rechten Ton zu treffen. Celia fürchtete sich vielmehr davor, nicht widerstehen zu können und sich am Ende zu verlieren – sich, ihre Pläne und damit den Sinn ihres Daseins. Doch das würde sie Susanna niemals eingestehen. Eine Schwäche, einmal offenbart, konnte auf unerklärliche Weise an Kraft gewinnen, als nähre sie sich von der Aufmerksamkeit, so dass es besser war, ihr keine zu schenken.

Celia schüttelte den Gedanken ab. Es wurde Zeit, dass Philipp zurückkehrte, sie vermisste ihn schmerzlich und sehnte sich danach, in seinen Augen die Sicherheit zu finden, die sie in Momenten wie diesen verließ. Nicht einmal schreiben konnten sie sich; es war zu riskant.

»Können Sie bitte einen kurzen Halt machen?« Die Kutsche hielt an der Sögestraße, und Celia verschwand in einer verwitterten Bretterbude. Lampenöl, Schuhcreme und Streichhölzer – beinahe hätte sie vergessen, was ihre Mutter ihr aufgetragen hatte!

Als sie wenig später ihr Elternhaus betrat, duftete es nach Zimt und Nelken. Aus der Küche tönte ein unterdrückter Fluch. Ankas Weihnachtskekse waren so legendär wie ihre Ungeschicklichkeit im Umgang mit dem alten Backofen. Niemand kommentierte Ankas einsetzendes Gejammer. Großmutter Elvira strickte an einem ihrer abenteuerlichen Umhänge, die meist zu lang und viel zu voluminös gerieten, so dass sie auch dem zierlichsten Menschen zeltförmige Ausmaße verliehen. Valentina hockte mit konzentrierter Miene vor einer Wanddekoration des Karussells, die ausgebessert werden musste. Glasperlen konnten sie sich nicht leisten, dafür

brachte sie feinste Pinselstriche zustande, die der italienischen Landschaft eindrucksvoll Tiefe verliehen.
Die Männer werkelten unten am Hafen in Zimmermann Wulfes Werkstatt an den Trägern und Pfosten herum, und Valentina und Celia waren für die Instandsetzung des Dekors zuständig, fürs Malen, Nähen und Sticken, was Celia verabscheute. Damit ihre Mutter nicht auf die Idee verfiel, ihr die Nadeln in die Hand zu drücken, bot Celia rasch an, einen frischen Tee zu kochen. Sie wusste, dass es wenig genug war, was sie leistete, aber niemandem wäre mit ihren krakeligen Malereien und groben Stichen gedient! Eine dünne innere Stimme murmelte etwas von »aber Schlittschuh laufen …«, doch Celia brachte sie zum Schweigen, indem sie den Wasserkessel geräuschvoll auf den Herd setzte. Dann füllte sie die Lampen mit Öl auf und schürte den dunkelgrün gekachelten Ofen, der ein Drittel der Küche einnahm und das kleine Haus aufheizte. Nur ins Dachgeschoss drang die Wärme nicht – ein weiterer Grund für Ankas ständige Unzufriedenheit. Ohnehin konnte es für ein Ehepaar kein Vergnügen sein, sich mit zwei Jungen ein Schlafzimmer teilen zu müssen, noch dazu mit einem Halbwüchsigen wie Kester.
Celia goss den Tee auf und füllte die Tassen nach. Ihre Mutter warf ihr einen mahnenden Blick zu, und schließlich griff Celia mit einem unterdrückten Seufzer zu einem beschädigten Stoffbild, das eine schelmisch blickende Putte darstellte. Während sie an dem zerrissenen Flügel herumstichelte, wartete sie auf die erlösende Frage.
»Ich brauche frische Luft, Celia, mein Kind, würdest du mich begleiten?«

Da war sie. Celia legte flugs die Nadelarbeit beiseite und stand auf.

»Sie war den ganzen Tag draußen, meinst du nicht, das genügt?« Mit gerunzelter Stirn sah Valentina ihre Schwiegermutter an.

»Ach, Unsinn, ein junger Mensch kann gar nicht genug frische Luft bekommen.«

Großmutter Elvira warf sich einen ihrer selbstgestrickten und mit Seifenlauge gefilzten Umhänge um und betrachtete Celias Pullover argwöhnisch.

»Hast du nichts Besseres als diesen Fummel anzuziehen?«

»Doch, einen todschicken Umhang meiner Großmutter und den teuren grauen Wollmantel mit Waschbärkragen«, gab Celia mit ernster Miene zurück. »Aber dieses einzigartige Stück war genau richtig, um Susannas Freunden einen wohligen Schauer über den Rücken zu jagen.« Sie machte eine kleine Pause. »Außerdem ist's eine Trophäe. Suriann hat ihn beim Kartenspielen verloren.«

Großmutter Elvira schürzte anerkennend die Lippen. »Sehr schön. Wenn du Suriann schlagen kannst, kannst du es mit jedem aufnehmen.«

Langsam schlenderten sie den Stavendamm hinunter zur Tiefer; die Fackel, die Celia in der Hand trug, erleuchtete die feuchten Mauern der alten Giebelhäuser, zwischen denen der Zollschuppen sich nach Ansicht vieler Bremer immer noch wie ein Störenfried ausmachte, obschon er bereits vor drei Jahrzehnten errichtet worden war. Im Feuerschein verwandelte sich die schneebedeckte Straße in ein glitzerndes Versprechen.

»Wo waren wir stehengeblieben?«

»Bei den Botschaften der Tiere«, antwortete Celia. »Gestern hast du mir erklärt, was es mit dem Falken auf sich hat.«

»Und das wäre?«

»Nun, der Falke ist ein Jäger, er kreist unablässig um sein Ziel. Ist der richtige Moment gekommen, fliegt er im Sturzflug hinunter, um seine Beute zu packen. Der Falke sagt mir: Konzentriere dich auf dein Ziel, und du wirst es erreichen.«

»Richtig. Der Maulwurf?«

»Er ist ein Symbol dafür, sich durchbeißen zu müssen, nicht nachgeben zu dürfen. Sich bewusst zu werden, dass es mehr gibt, als unsere Augen erfassen können. Er erinnert uns auch daran, dass es Zwischenwelten gibt, in denen mehr existiert, als wir je begreifen werden.«

»Was tust du also, wenn in deiner unmittelbaren Umgebung ein solches Tier erscheint, die Erde umwühlt und sich auch durch Trommeln nicht vertreiben lassen will?«

»Ich überlege, was der Maulwurf mir sagen könnte: Habe ich einer Sache zu wenig Aufmerksamkeit geschenkt? Habe ich Möglichkeiten übersehen, die mir nützlich sein könnten? Oder trage ich den Kopf in den Wolken und sollte mich zum Ausgleich öfter mit der Erde verbinden?«

Elvira nickte. Trotz ihrer natürlichen Begabung für das Kartenspiel erschloss sich ihrer Enkelin das Tarot leider überhaupt nicht; auch die Gabe der Vorahnung hatte sie nicht geerbt. Doch wenn es Celia gelang, verborgene Muster in den Menschen zu erkennen, besäße sie dennoch einen veritablen Wissensvorsprung, der ihr helfen würde, in einer rauhen Welt die richtigen Entscheidungen zu treffen. Und die Tiere, das hatte Elvira von ihrer Freundin Agnes gelernt, durch deren Adern indianisches Blut, wenn auch in ziemlicher Verdünnung floss, waren Symbole dieser Muster. Sie gaben Auskunft, welche Energie fehlte, welche inneren Kräfte mobilisiert werden mussten, um ein Problem zu lösen und, bestenfalls, über das Muster – und damit über sich selbst – hinauszuwachsen. Verweigerte man sich diesen Botschaften, rückten sie einem auf unangenehmere Art auf die Pelle. Durch Krankheiten beispielsweise oder durch die immergleiche Wiederholung quälender Umstände. Die wenigsten Menschen begriffen, dass Gott ihnen diese Pein nicht auf den Hals schickte, um sie zu strafen, sondern um sie ihm näher zu bringen, sie, die ohne Ausnahme den göttlichen Funken in sich trugen, aber blind waren für das Licht in ihrem Innern.

Allerdings erleichtern einem die Pfaffen diese Erkenntnis ja auch nicht gerade, dachte Elvira, erst neulich haben sie doch Ludovica … Ihre Gedanken glitten davon.

»Großmutter?« Celia streichelte Elviras Hand, und als sie nicht reagierte, rüttelte sie sacht an ihrem Arm und schließlich an ihren Schultern, bis die Augen ihrer Großmutter nicht mehr in die Ferne gerichtet waren.

»Keine Sorge, ich bin da«, sagte Elvira bestimmt. »Ich musste nur gerade an Pastor Ferten denken und wie entsetzt er wäre über das, was wir treiben.« Die Notlüge ging ihr glatt über die Lippen, und Celia setzte ihr Gespräch fort, als wäre nichts geschehen.

»Besitze ich eigentlich auch ein Muster?«

»Sicher, jeder Mensch.«

»Und wie …?«
»Mein liebes Kind«, unterbrach Elvira lächelnd, »das musst du schon selbst herausfinden. Wenn ich es dir sagte, würdest du es mir nicht glauben.«
»Ist es denn wenigstens ein gutes Muster?«, fragte Celia mit einer Mischung aus Trotz und Besorgnis in der Stimme.
»Muster sind weder gut noch schlecht. Sie sind in uns, um erkannt und überwunden zu werden, damit wir frei werden.«
»Aber wir sind doch frei!«
»Innere Freiheit, mein Kind, nicht äußerliche scheinbare Ungebundenheit. Das sind zwei ganz und gar verschiedene Dinge! Aber lass uns das morgen fortsetzen. Wir wollen den Bogen ja nicht überspannen, nicht wahr?« Sie zwinkerte ihrer Enkelin zu, die verschwörerisch zurücklächelte.
Diese Gespräche waren ihr Geheimnis. Valentina würde fuchsteufelswild werden, wenn sie davon erführe. Alles, was über das hinausging, was sie berühren und mit dem Verstand erfassen konnte, flößte ihr Angst und Zorn ein; Angst davor, die Kontrolle über ihr Leben zu verlieren, und Zorn darüber, dass sie diese Angst empfand. Elvira wusste und verstand das, doch war dies kein Grund, ihrer Enkelin den Reichtum und die Macht verborgener Welten vorzuenthalten, ganz besonders jetzt nicht. Das Herz wurde Elvira schwer.
»Erwarte Wunder als einen Teil deines Lebens, Celia«, sagte sie eindringlich. »Erwarte Botschaften in vielerlei Gestalt, erwarte Zeichen, wo zuvor keine waren, und Wunder, wo alles dunkel scheint. Vergiss das niemals!«

Mehr würde sie ihrer Enkelin nicht mit auf den Weg geben können, und doch war es mehr, als die meisten Menschen besaßen.

Sie kehrten in die wohlige Wärme des Hauses am Stavendamm zurück.
Gerald, Stephan und Kester hatten die Arbeit am *Venezianischen Traum* für heute beendet und warteten hungrig auf den Eintopf, Braunkohl mit Pinkel, den Valentina auf dem Herd wärmte, während Anka den Tisch deckte. Onkel Hoppe blätterte in der neuesten Ausgabe des *Saturn* und ließ dann und wann ein ehrfürchtiges, gedehntes »Ah« oder »Haste nicht gesehen!« hören. Florian kuschelte sich neben ihn und betrachtete die Bilder. Der Sinn fürs Lesen und Schreiben ging ihm im Gegensatz zu seinem Bruder vollständig ab; sosehr Valentina sich auch um den Jungen bemüht hatte, verwechselte er doch beständig die Buchstaben, so dass Texte für ihn eine unwirtliche Steppe aus Druckerschwärze blieben. Schließlich hatte Stephan entschieden, dass eine Fortsetzung des Unterrichts reine Zeitverschwendung wäre, Zeit, die Florian besser damit verbrachte, im Winter als Botenjunge zu arbeiten, zum einen, um ein paar Groschen dazuzuverdienen, zum anderen, um seine schwächliche Konstitution zu kräftigen.
»Das ist schön«, murmelte Florian leise. Seine letzte Tour hatte ihn bis nach Hastedt geführt, und nur ganz allmählich wich das Blau seiner Lippen einem zarten Rosa.
»Zeig doch mal«, sagte Celia und stützte sich auf die Rückenlehne des zerschlissenen Sofas. Das Bild zeigte ein

zweistöckiges Karussell mit Paradepferden und einem begehbaren Turm in der Mitte, in dem ein Kaffeehaus untergebracht war. »Zu überladen.«
»Aber es macht was her«, erwiderte Florian. »Wer sich den Doppeldecker leisten kann, der hat es geschafft. Bestimmt!«
Celia lachte und zog ihn neckend am Ohr. »Unsinn, den Leuten wird bloß übel, wenn sie erst Kaffee und Kuchen zu sich nehmen und dann im Kreis fahren, noch dazu in drei Metern Höhe. Die kommen nie wieder!«
Valentina trug das Essen auf, und eine Zeitlang war nichts zu hören außer leisem Schmatzen und dem Geklapper der Löffel. Schließlich räusperte sich Gerald und verkündete: »Wir müssen den Tatsachen ins Auge sehen. Der *Venezianische Traum* wird wieder laufen, aber Staat ist damit nicht mehr zu machen.« Er blickte kurz auf, dann wieder auf seinen Teller.
»Kannst du nicht selbst ein Karussell bauen?«, fragte Valentina sanft. »Brüggemanns haben das im letzten Jahr doch auch getan, und ich finde, ihre Rutsche ist recht gelungen …«
»Ja, bloß, dass man sich Splitter in den Hintern jagt, so grob wie das Holz ist!«, höhnte Kester und sah sich beifallheischend um.
Gerald schüttelte den Kopf. »Gonzales und Francesco sind derselben Ansicht. Aber ich bin nicht so geschickt, und selbst wenn ihr Angebot, uns zu helfen, ernst gemeint ist, lastet doch die meiste Arbeit auf mir und Stephan.«
»Außerdem sieht das Selbstgebaute immer aus wie selbst gebaut«, warf Stephan mit vollem Mund ein, »und damit

lockt man heutzutage keine Maus mehr hinterm Ofen hervor.«

Gerald schob den leergegessenen Teller beiseite, stützte die Arme auf und faltete seine schlanken, aber kräftigen Hände. »Wir werden auf das neue Haus verzichten müssen.«

Stephan nickte, und Gerald sah ihn scharf an, damit er sich nicht verplapperte. Gerald hatte Valentina nämlich verschwiegen, dass die Suche nach einem größeren Quartier bislang so vergeblich wie beschämend verlaufen war. Die Eigentümer geeigneter Häuser wollten nicht an »solche Leute« verkaufen, geschweige denn vermieten. Erst gestern hatte Gerald ein hübsches Haus mit Veranda und kleinem Garten besichtigt, dessen einziges Manko es war, dass man ihm mit sorgsam rund rasierten und zu Kegeln geschnittenen Buchsbäumen einen Hauch von Noblesse aufgezwungen hatte. Der Besitzer, Flötenbauer Thaddäus Kaluppke, wohnte gleich nebenan, Am Dobben 7, und ließ, nachdem Gerald sein Anliegen vorgetragen hatte, sogleich hocherfreut Tee servieren, das Gebäude stand nämlich bereits geraume Zeit leer. Sie plauderten eine Weile über dies und jenes, bis Gerald wie beiläufig seinen Beruf erwähnte. Kaluppke blieb konziliant, aber die Nuance, um die sich der Ausdruck seiner himmelblauen Augen veränderte, war Gerald nicht entgangen, und tatsächlich murmelte der Mann nur wenig später von anderen Interessenten einschließlich seiner Tochter, die noch überlege, ob sie nicht doch mit Mann und Kind von Jork übersiedeln sollte. Gerald war versucht gewesen, anzumerken, dass Kaluppkes Bruder eine Straße weiter ein Pfandhaus betrieb, ein Gewerbe, das auch nicht gerade bestens beleumundet war, ließ es aber bleiben. Es wäre sinnlos gewesen. Um seiner Frau die Demütigung zu ersparen, hatte Gerald stets etwas anderes als Grund erfunden, warum ein Objekt, das zuvor einen soliden, erfreulichen Eindruck gemacht hatte, nicht in Betracht kam, entweder war der Garten zu schattig oder waren die Wände zu feucht. Aber Valentina war nicht dumm. Sie durchschaute die barmherzigen Manöver ihres Mannes ebenso wie seine Beweggründe, dieses Gespräch vor der versammelten Familie zu führen. Unter vier Augen hätte er nicht die Kraft besessen, ihr die Hoffnung auf ein neues, geräumigeres Heim zu nehmen. Sie beschloss, ihm eine Brücke zu bauen, wie sie es in Situationen dieser Art stets tat, um ihrem Mann aus der Bredouille zu helfen.

»Lasst uns zunächst ein neues Karussell kaufen«, sagte sie tapfer lächelnd, »und später, wenn wir genügend Geld gespart haben, ein Grundstück, das wir in aller Ruhe und nach unseren Vorstellungen bebauen können. Nun, wie wäre das?«

Erleichtert und bekümmert zugleich sah Gerald seine Frau an. Die Schwere seiner Schuld, sie einem Leben entrissen zu haben, das ihr besser gestanden und ihr weniger graue Haare ins blauschwarze Haar gesponnen hätte, wog wieder etwas mehr als gestern.

»Ha! Der Name Lambert wird eines Tages ganz groß!« Stephan sprang auf und kehrte mit einem Stapel *Saturn*-Ausgaben zurück. »Was hältst du von Benno Brumm?«

Onkel Hoppe schaltete sich ein. »Man munkelt, er arbeitet an einem elektrischen Antrieb für die Karussells, weil die Dampfkessel so oft explodieren.«

»Davon habe ich auch gehört«, pflichtete Gerald ihm bei, »aber wir können nicht warten, bis Brumm so weit ist. Noch eine Saison ohne kräftigen Umsatz bräche uns das Genick.«
»Jungheinrich auf Sankt Pauli ist gut«, erwiderte Onkel Hoppe.
»Na ja«, murrte Stephan. »Vor zwölf Jahren hat der Senior ein pferdebetriebenes Schiffskarussell nach Bremen gebracht, das nach englischem Patent gebaut war, und seitdem baut er nur noch für sich selbst, der Raffke. Hat mehr als zehn Karussells. Selbst seine Tochter schickt er mit einem los, allein! Und was hat er davon?« Er grinste verächtlich. »Die Hure ist schwanger!«
Celia musterte ihren Onkel, als handle es sich um ein widerwärtiges Insekt. »Als ob jede Frau, die unterwegs ist, eine Hure wäre. So was Dämliches.«
»Es ist gefährlich, und wer sich in Gefahr begibt, kommt darin um«, bemerkte Anka. »Keine Frau sollte allein die Verantwortung …«
Großmutter Elvira verdrehte die Augen. »Gott, Anka, hast du eigentlich auch einen eigenen Kopf?«
»Können wir bitte das Thema wechseln?«, sagte Valentina eisig und begann das Geschirr abzuräumen. Erstaunt sah Elvira ihr nach.
»Hier, Friedrich Hannalang aus Basedow, Caroussell-, Pferde- und Figuren-Fabrik von 1870«, las Stephan ungerührt eine Anzeige aus dem *Saturn* vor. »Das ist ein ehemaliger Schauermann, für den jetzt fünfzig Leute arbeiten. Stell dir mal vor: fünfzig Leute! Der liefert nach Frankreich, in die Türkei und sogar nach Amerika!«
»Wie wär's mit dem jungen Karek?«, fragte Gerald. Der

ehemalige Bauschlosser stellte im thüringischen Gotha Schiffe und Gondeln aus Eisenblech her und war berühmt für seine eleganten, formenreichen Schnitzarbeiten. Ein Karussellpferd aus Kareks Stall hatte Klasse. Sein guter Ruf eilte ihm, so hieß es, bis Sansibar voraus, und auch, dass Karek sich anders als mancher, dem das Geld zu Kopf gestiegen war, seine Liebe zur Schaustellerei erhalten hatte.
Am nächsten Tag sandte Gerald dem Karussellfabrikanten einen Brief mit seinen Vorstellungen und dem Hinweis, ihre finanziellen Mittel seien begrenzt. Eine Woche später schrieb Karek begeistert zurück, er freue sich auf die Herausforderung.

6

Celia stand am geöffneten Fenster; der Fahrtwind rötete ihre Wangen und ließ die grüngrauen Augen feucht schimmern.
»Mach das zu«, knurrte Kester, er wolle schlafen. Celia wusste, dass er vor allem erbost darüber war, dass ihre inständigen Bitten ihren Vater schließlich doch hatten erweichen können, sie mitfahren zu lassen. Ihr Argument, sie müsse doch wissen, wie die Karussellindustrie funktioniere und wie man Verhandlungen über Kosten und Liefertermine am geschicktesten führe, hatte gefruchtet; mit einem um Verständnis bittenden Blick zu Valentina und einem Seufzer hatte ihr Vater eingewilligt und am selben Tag fünf Fahrkarten für sich und Celia, seinen Bruder und dessen Söhne gekauft.
Die Fahrt durch das tiefverschneite Land würde Stunden dauern. Manchmal hielt der Zug auf offener Strecke, die Heizer sprangen herunter und schaufelten die Gleise frei. Einige Passagiere lehnten sich unterdessen aus den Fenstern und kommentierten den Fortgang der Arbeit, andere, Kaufleute zumeist, liefen ungeduldig und mit auf dem Rücken verschränkten Händen auf dem Gang hin und her. Die Lamberts teilten sich das Abteil mit zwei streng in Schwarz gekleideten Gouvernanten mittleren Alters, die zu Weihnachten ihre Familie in Meiningen besuchen durften. Ihnen gegenüber saß eine flachsblonde, rundgesichtige Frau, die ein Kind unter dem Herzen trug und vor sich hin träumte. Ihr Ehemann

starrte finster aus dem Fenster. Zur Mittagszeit machten sich die Lamberts über den mit Butterbroten, Heißwecken, einer Schinkenpastete und einer nach Großmutter Elviras Spezialrezept gebratenen Ochsenzunge üppig bestückten Proviantkorb her. Danach vertrieben sie sich die Zeit mit einigen Partien Schikanöse, die Celia so oft für sich entschied, dass Kester seine Karten schließlich wutentbrannt hinschmiss. »Alte Hexe«, murmelte er. Kaum waren die Worte heraus, hob Gerald seine Hand, Kester duckte sich und Florian bekam die Ohrfeige ab. »Bring deinem Jungen Räson bei«, zischte Gerald und stürmte aus dem Wagen. »Nun mach doch aus einer Mücke keinen Elefanten«, rief Stephan ihm hinterher. Kopfschüttelnd sah er ihm nach.

Ohne weitere familiäre oder technische Zwischenfälle erreichten sie am Abend den Süden des Thüringer Beckens. Die Haupt- und Residenzstadt des Herzogtums Sachsen-Gotha empfing sie mit sternklarem Himmel und beißender Kälte. Die Mützen tief ins Gesicht gezogen verließen sie schnellen Schrittes den zugigen Bahnsteig.

»Gerald Lambert!« Laut, jede einzelne Silbe betont, als handle es sich um die Bezeichnung einer Jahrmarktsattraktion, schallte der Name über den Bahnhofsvorplatz. Gerald ruderte mit beiden Armen in der Luft, um auf sich aufmerksam zu machen, und sogleich eilte ein hünenhafter Mann mit hellblonden Haaren auf sie zu. Er strahlte über das ganze sommersprossige Gesicht, die tiefblauen Augen unter dichten Brauen leuchteten. Mit beiden Händen packte er Geralds Hand und schwang sie hin und her wie einen Pumpenschwengel.

»Ich bin Joost Karek!«, rief er aus. »Die Betten sind gerichtet und meine Frau hat einen Braten zubereitet, der es gar nicht erwarten kann, verputzt zu werden!«
»Wir sind Ihnen sehr zu Dank verpflichtet ...«, begann Gerald, aber Karek schnitt ihm mit einem dröhnenden Lachen das Wort ab.
»Papperlapapp. Alle Schausteller wohnen bei mir. Ich will mit ihnen essen und trinken und ihre Geschichten hören.« Er machte eine kurze Pause und zwinkerte ihnen zu. »Wenn meine Frau mir schon nicht erlaubt, selbst auf die Fahrt zu gehen.«
Gerald und Stephan lachten. Ungeduldig trat Celia von einem Fuß auf den anderen. Das würde ja ein schönes Besäufnis werden!
Karek vollführte eine elegante, gleichwohl übertriebene und somit komische Verbeugung in ihre Richtung. »Wo habe ich nur meine Manieren? Da stehe ich hier herum und halte Mannsgeschwätz ab, während die junge Dame gewiss danach verlangt, sich frischzumachen nach der langen Reise!« Celia funkelte ihn an, doch ohne ihre Antwort abzuwarten drehte Karek sich um, klatschte in die Hände und stapfte auf einen Schlitten zu, der von vier Pferden gezogen wurde. Mit flinken Bewegungen verstaute Karek das wenige Gepäck seiner Gäste und reichte ihnen zum Schutz gegen die beißende Kälte dicke Felldecken.
Fast lautlos glitt der Schlitten auf verschneiten Straßen dahin, die Silhouetten des Rathauses und der Stadtkirche Sankt Margarethen verloren sich im Dunkel des Abends, das durch das Licht zahlreicher Gaslaternen mild und golden schien. Nach einer Viertelstunde passierten sie

ein schmiedeeisernes Tor, auf dessen linkem Pfosten ein grinsender Narr mit übereinandergeschlagenen Beinen hockte, und folgten einem Weg, der von mehreren riesigen Schuppen gesäumt wurde. Gespannt beugte Celia sich vor. Abweisend lag im Schein einer schmalen Mondsichel das Fabrikgelände, das tagsüber von zahllosen Tischlern, Zimmerleuten, Malern, Schlossern, Lackierern, Schreinern und Schnitzern mit Leben erfüllt wurde. Karek zügelte die Pferde, sprang vom Kutschbock und öffnete eins der gewaltig hohen Holztore. Ein leiser Fluch, dann erhellten elektrische Lampen das Innere der Halle, flackernd wie gefangenes Mondlicht. Ein fünffaches »Oh« hing einen Moment in der Luft, und zufrieden mit der Reaktion seiner Gäste lud Karek sie mit einer Handbewegung ein, näher zu treten.

»Wir verwenden seit vier Jahren Dynamos für die elektrische Beleuchtung der Karussells«, erklärte er stolz. »Und jetzt haben wir das Prinzip im größeren Maßstab für die Produktionshallen umgesetzt. Ich war die Gaslaternen leid. Hier werden die Bodenkarussells angefertigt«, fügte er hinzu und wies auf Maststützen, Rosetten und konische Podiumsbretter, die den kreisförmigen Boden bildeten, auf dem die Pferde oder andere Figuren montiert wurden.

Weiter hinten lehnten hintereinandergereihte Dachkanten aus Eisenblech an der Wand und Holzrahmen mit aufgelegten Schnitzdekors. Neben einem fast fertigen Karussell stand eine mattschwarze, unförmige Apparatur. »Eine Dampfmaschine! Wunderschön, nicht wahr!«, rief Karek aus und lächelte stolz. »Morgen erwarten wir einen Kunden aus Soltau, der unsicher ist, ob

das zischende Teufelsgerät seinem schönen Karussell gut zu Gesicht steht. Genau so hat er sich ausgedrückt.«
»Kardanwelle oder Treibriemen?«, fragte Celia. Karek betrachtete sie mit wachsendem Interesse. »Kardanwelle. Unter dem Podium läuft sie verborgen vor den Augen des Publikums ins Innere des Karussells und treibt es von dort an. Wenn man die Dampfmaschine hinter einem Zaun mit Dekors verbirgt, setzt sich das Karussell wie von Zauberhand in Bewegung.«
Kester fuhr mit der Hand vorsichtig, fast ehrfürchtig über das matte Metall. »Ist 'ne feine Sache«, murmelte er versonnen. »Maschinen bauen. Das wär was.« Als er sich Celias prüfenden Blicks bewusst wurde, ließ er die Hand sinken und beeilte sich, seinem Vater, Gerald und Joost zu folgen, die unterdessen durch eine Pforte verschwunden waren. Ihre Stimmen hallten hohl und fern. Offenkundig waren die Hallen miteinander verbunden.
Celia ging langsam, um die vielen Details in sich aufzunehmen. Der Anblick, der sich ihr bot, verschlug ihr den Atem: Hunderte von Karussellpferden standen und lagen in Einzelteilen und als Torso auf dem blankgescheuerten Boden, ebenso viele stumpf glotzende Glasaugen, auf einer Werkbank angehäuft, starrten sie an, schwarze, blonde, braune geflochtene Schweife und Mähnen hingen in großen Bündeln über Holzböcken, daneben stapelten sich zahllose, teilweise geöffnete Kisten mit Rosetten aus Messing, Spiegelrhomben und Paillettenherzen, Federschmuck, ledernen Zügeln, Glasperlen und geschliffenen Steinen, tiefrot wie Rubine und leuchtend grün wie Smaragde.
Dankbar, dass die Männer in ein Gespräch über Dyna-

mos verwickelt waren und nicht auf sie achteten, gab Celia sich dem märchenhaften Sog jener Welt hin, in der ein Stück Holz zum Fabelwesen erweckt wurde, und schlüpfte in die nächste Halle. Auf der rechten Seite standen goldene Kutschen, Gondeln und Schiffschaukeln, über und über mit üppig bemalten Reliefschnitzereien verziert und bereit, die himmlischsten und seltsamsten Passagiere aufzunehmen, die an der gegenüberliegenden Wand geduldig auf einen entsprechenden Wink zu warten schienen. Dickbauchige Engel mit strammen Beinchen und Lendenschurz, kulleräugige Drachen, keck gehörnte Teufelchen, majestätische Löwen, rotnasige Clowns und geflügelte Zentauren.

»Da hinten sind Nashörner und Kamele«, rief sie Florian zu, der ihr inzwischen gefolgt war.

»Und da vorn – Schweine und Pfauen, Gardisten und Eisenbahnen«, flüsterte er mit rauher Stimme. Seine Zähne klapperten. Celia legte ihm eine Hand auf die Stirn.

»Du hast dich erkältet«, sagte sie und schlang ihm ihren Schal um den Hals. »Weißt du, wir machen Herrn Karek jetzt mal ein bisschen Beine, damit wir endlich zu dem versprochenen Braten kommen. Hast du Hunger?«

Florian schüttelte den Kopf, seine Augen glitten sehnsüchtig über die grün, blau und schwarz lackierte kleine Dampflok, die ausreichend Platz für ein Kind seiner Größe bot.

»Papa hat gesagt, wir täten besser daran, Kamele, Nashörner und Soldaten zu nehmen.«

»Ich weiß«, erwiderte Celia gelassen. »Aber mein Vater hat anders entschieden.« Tatsächlich war es zwischen Gerald und Stephan zu einer erbitterten Auseinandersetzung über die Frage gekommen, welche Figuren das neue Karussell erhalten sollte. Stephan hatte für moderne Motive plädiert, weil er auf die Neugier der Jahrmarktsbesucher hoffte, Gerald hingegen setzte auf Tradition, weil die Erfahrung lehrte, dass die Leute des Neuen rasch überdrüssig wurden. Schließlich hatten sie einen Kompromiss gefunden: Es würde bei Paradepferden bleiben, dafür hatte Gerald eingewilligt, die Sprungfedermechanik zu bestellen, die sie wie bei einem sanften Trab auf- und niedergehen ließen.

Darüber hinaus sollte das Karussell mit einer offenen Halbetage errichtet werden, eine originelle Erweiterung, die es jedoch nicht so klobig wie eine Doppeletage wirken ließe, sondern leicht und verspielt wie ein Rokokoschlösschen. Die elektrische Beleuchtung und die italienischen Jagdszenen unter dem geschwungenen Dach und an den Dachkronen würden die Illusion perfekt machen.

»Und eine neue Orgel muss her, am besten eine Notenorgel«, hörte Celia Stephan tönen, als sie mit Florian an der Hand zu den anderen zurückkehrte. Gerald pflichtete ihm bei. »Ja, unsere tragbare Drehorgel tut es nicht mehr so ganz, und ehrlich, *Du liebes Lieschen* kommt mir aus den Ohren wieder heraus!«

»Die Musiknoten werden auf gelochte Kartonstreifen gespeichert und der dafür konstruierten Orgel als Information eingelegt«, schaltete Celia sich ein. »Aber werden die Lochstreifen so günstig bleiben? Oder werden Sie die Preise nach oben treiben, sobald alle Schausteller mit Ihren Orgeln durch die Lande ziehen und auf Lochstreifen angewiesen sind?«

»Celia«, mahnte Gerald streng, doch Karek lächelte. »Lassen Sie nur, das Mädel hat Verstand. Ja, natürlich werde ich die Preise hochsetzen. Das wird mir aber nichts nützen, weil andere Hersteller ebenfalls Lochstreifen herstellen werden.«

»Und wenn Sie die Breite Ihrer Walzen einfach so verändern, dass nur Ihre Lochstreifen in Orgeln Ihrer Firma passen?«

Karek grinste breit. »Das ist eine gute Idee. Ich werde darüber nachdenken.«

Celia lief vor Zorn rot an. Sie hasste es, wenn man sich über sie lustig machte. »Florian muss dringend ins Warme«, sagte sie knapp, und nach einem Blick auf den schlotternden Jungen nickte Karek. Sie gingen zurück zum Eingang der Hallen, wo Florian das Licht löschen durfte, was ihm ein zaghaftes Lächeln über das spitze Gesicht huschen ließ.

Nur wenige Augenblicke später hielt der Schlitten vor dem Haus der Kareks, einem langgestreckten Gebäude am Ende des Fabrikgeländes. Das Dach war mit groben Schindeln bedeckt, die Sprossenfenster zierten Gardinen mit Lochstickerei, und neben der Haustür stand ein mit roten Äpfeln und Strohsternen geschmückter Weihnachtsbaum.

Celia mochte Lilo Karek auf Anhieb. Die junge Frau wirkte zwar auf den ersten Blick zerbrechlich und ein wenig verloren, als hätte sie sich in einem fremden Leben verlaufen, doch ihr herzliches Lächeln und die erstaunlich tiefe Stimme, mit der sie die Familie willkommen hieß, zeugten von Selbstbewusstsein und Festigkeit. Sie schien der Inbegriff jener Frauen, die man gern als patent bezeichnet, weil sie ohne mit der Wimper zu zucken mit Pragmatismus alle Anforderungen bewältigten – einschließlich der, die kleinen Eitelkeiten eines saumseligen Ehemanns liebenswert zu finden.

»Ist Joost wieder wie ein Pfau durch die heiligen Hallen spaziert und hat euch genötigt, jeden Dynamo einzeln zu bewundern?« Sie hatte die Hände in die Hüften gestützt und schüttelte in gespielter Verzweiflung den Kopf. Der magere Dutt, zu dem sie ihre honigblonden Haare geschlungen hatte, wackelte im Takt dazu, ihre braunen Augen schauten gütig. »Es ist immer dasselbe. Den Gästen sackt vor Hunger der Magen in die Kniekehle, aber mein Mann kennt keine Gnade. Kommt herein! Lasst das Gepäck einfach stehen und liegen, Joost wird sich später darum kümmern.« Sie eilte voraus, und die Lamberts folgten ihr in eine warme, geräumige Küche, die dreimal so groß schien wie die ihre am Stavendamm. Es roch nach feuchter Wolle, Salbei und gebratenem Fleisch. Von der Decke hingen getrocknete Kräuterbündel, über einem Kachelofen spannte sich eine Wäscheleine, davor stand ein gedeckter Holztisch mit zwei Sitzbänken.

»Nehmt Platz!«

Celia sank auf die Bank und lehnte sich vor Behagen leise seufzend an die warmen Kacheln, Florian, dem nur langsam warm wurde, schmiegte sich in ihre Armbeuge. Lilo trug dampfende Schüsseln auf, Kartoffeln, Erbsen und Wurzeln, eine dunkle, sämige Soße und schließlich einen Lammbraten mit dunkelgrüner Kräuterkruste, der es verdient hatte, schweigend und achtsam genossen zu werden.

Beim Nachtisch, in Rotwein eingelegte Birnen, brachte Gerald zur Sprache, was er auf dem Herzen hatte. Ohne Umschweife wechselte er dabei die Anrede. »Kannst du zwei elegante Salonwagen bauen? So mit Intarsienarbeiten und abgetrenntem Schlafbereich?« Als er die erstaunten Blicke bemerkte, fügte er hinzu: »Na ja, was tut man nicht alles für den Burgfrieden daheim?«
»Machen wir eigentlich nicht«, sagte Joost und kratzte sich nachdenklich am Kinn. »Allerdings – warum sollten wir es nicht mal versuchen?«
»Du baust ihn«, erwiderte Gerald listig. »Kein Salonwagen, kein Karussell!«
Joost brach in gutmütiges Gelächter aus. »Hast du das gehört, Lilo? Stur sind sie, diese Bremer, stur und sehr geschickt!« Immer noch lachend stand er auf und öffnete eine dickbauchige Rotweinflasche. »Wie soll das Gemach denn bestellt sein? Plüsch, Samt, Kerzenhalter aus rosa Porzellan?« Seine blauen Augen funkelten vor Übermut, und Gerald winkte ab. »Vor allem großzügig. Und mit vielen Schränken. Meine Frau hasst Unordnung.«
»Meine Tante hasst das Fahren«, murmelte Kester, woraufhin Stephan seinen Sohn so wütend ansah, dass er den Kopf einzog.
»Schon gut, Stephan«, sagte Gerald ruhig. »Ist ja kein Geheimnis.« Sein Blick ruhte einen Moment auf Kester, dann glitt er zu Joost. »Wann kannst du liefern?«
»Ich schätze, in zwei, drei Monaten. Das müsste hinhauen.«
Gerald nickte und prostete Joost zu. »Abgemacht.«
Celia streichelte Florian über den Kopf. »Und wir gehen

mal schlafen, nicht wahr? Gute Nacht allerseits.« In der Tür drehte sie sich noch einmal um, als wäre ihr gerade ein Gedanke durch den Kopf geschossen. »Wir sollten vielleicht auch darüber nachdenken, neue Eintrittskarten und Handzettel zu entwerfen.« Sie warf einen Blick in die Runde, und als ihr Vater etwas erwidern wollte, fügte sie rasch hinzu: »Was meinen Sie, Joost?«

»Unbedingt, also schöne, große, geschwungene Buchstaben auf gefärbtem Papier, das macht schon was her.«

»Weil man sich dann ein wenig so fühlt, als kaufe man ein Theaterbillet, nicht nur eine Fahrkarte für ein x-beliebiges Karussell, nicht wahr?«

Joost kratzte sich an der Schläfe. »So könnte man sagen. Viele meiner Kunden schwören Stein und Bein, dass die richtigen Eintrittskarten über Erfolg oder Misserfolg einer Saison entscheiden.«

»Tatsächlich.« Celia lächelte ihm zu und folgte Lilo, die mit Florian vorausgeeilt war. Der Samen war gesät. Joost würde ihren dickköpfigen Vater gewiss eher von der Notwendigkeit dieser Investition überzeugen als sie, und nicht zum ersten Mal fragte sich Celia, ob er je bereit sein würde, ihre Meinung anzuerkennen.

Sie überquerte den Hof und betrat das kleine Gästehaus. Ein Feuer brannte im Kamin und wohlige Wärme umfing sie. Kaum war Lilo aus der Tür, war Florian eingeschlafen. Celia küsste ihn auf die Stirn, verharrte einen Moment und lauschte seinem Atem. Dann löschte sie das Licht.

Mitten in der Nacht wurde sie aus dem Schlaf gerissen. Sie setzte sich auf und lauschte in die Stille. Ein Stöhnen drang aus dem Nebenzimmer an ihr Ohr. Florian!

Celia warf sich ihren Wintermantel über das Nachthemd, entzündete eine Kerze und schlich nach nebenan. Kester schlief tief und fest.
»Flori?«, rief sie leise, aber er bemerkte sie gar nicht; Schweißperlen rannen über sein blasses Gesicht, er glühte vor Fieber, Schüttelfrost ließ seinen zarten Körper wie Espenlaub zittern. Rasch holte Celia ihre Decke und breitete sie über dem Jungen aus, dann rannte sie über den Hof, um Hilfe zu holen. In der Küche brannte noch Licht, Celia blickte durch das Fenster hinein. Die Männer saßen bei der nächsten oder übernächsten Flasche Wein beisammen, die Lider sackten immer wieder nach unten, die Hände unterstrichen die Worte, als bestünde die Luft aus einer zähen Masse, die jede Bewegung bremste.
Celia beobachtete die Szene einen Moment, doch Lilo tauchte nicht auf. Leise, um die Männer nicht auf sich aufmerksam zu machen, denn auf weinselige Ratschläge konnte sie jetzt gut verzichten, schlich Celia ins Haus. Wo mochte das Schlafzimmer der Kareks liegen? Sie wandte sich zur Treppe, die in den ersten Stock führte. Als sie an der Küche vorüberging, knarrte eine Diele. Celia hielt inne.
»Feines Mädchen, deine Celia …«, hörte sie Joost nuscheln.
»Jawoll«, entgegnete ihr Vater zackig.
»Wenn sie eines Tages übernimmt …« – Joost schien nach Worten zu suchen – »dann … Donnerwetter, da müssen sich die Herren Schausteller aber warm anziehen. Die hat was auf dem Kasten …«
»Nein«, fuhr Gerald barsch dazwischen, plötzlich wie

ernüchtert. »Die Jungs meines Bruders erben. Ein zartes Mädel und ein rauhes Geschäft, das geht nicht zusammen.«

»Genau«, pflichtete Stephan ihm mit schwerer Zunge bei.

»Aber Suriann … Und dann ist da noch Annemie, und die Gonzales-Mädchen, ich meine, da gibt es doch durchaus …«, warf Joost ein, doch wieder unterbrach Gerald ihn. »Lass gut sein, Joost, es ist entschieden.«

Joost brummte und entkorkte die nächste Flasche Wein.

Celia schloss die Augen.

Es ist entschieden.

Die Worte hallten in ihr wider, dröhnten wie Paukenschläge. Sie schlug die Hand vor den Mund und flog die Stufen hinauf, als könne sie den Worten entkommen, und traf auf eine hellwache Lilo, die im Bett saß und stickte. Nach einem prüfenden Blick auf Celias entsetztes Gesicht schlug sie die Bettdecke zurück, schlang ein Umschlagtuch um die Schultern und griff nach einer dunkelgrünen Flasche und einem Stapel Handtüchern. Im Gästehaus ging sie konzentriert zu Werke, zog die nassen Decken ab, wies Celia an, die Leinentücher in kaltes Wasser zu tauchen und auszuwringen und mahnte Kester, der sich missmutig über den Lärm beschwerte, den Mund zu halten, wolle er »keinen Einlauf« riskieren. Nach einer einstündigen Prozedur mit wechselnden Wadenwickeln rieb Lilo Florians schweißglänzenden zarten Körper trocken und bestrich seinen Brustkorb und Rücken mit einer Flüssigkeit, die scharf, aber nicht unangenehm roch. »Eukalyptus. Das hilft ihm, zu Atem zu kommen.« Sie zog ihm ein wollenes Nachthemd ihres

Mannes an und wickelte den Jungen schließlich in zwei Decken.
»So, jetzt lassen wir ihn sich gesundschlafen.«
»Er wird doch wieder?«, fragte Kester, der Lilos energische Bemühungen mit wachsender Sorge verfolgt hatte.
Ruhig entgegnete sie: »Ich denke schon. Das heißt, wenn man ihn in Ruhe lässt.« Mit einem zärtlichen Ausdruck glitten ihre sanften braunen Augen über die schmale Gestalt. »Er ist ein lieber kleiner Kerl«, sagte sie aufmunternd, doch Celia bemerkte den wehmütigen Unterton in ihrer Stimme, und sie begriff, dass Lilos resoluter Pragmatismus der Schutzwall war, mit dem sie einen geheimen Kummer, vielleicht sogar die Tragik ihres Lebens, umgab. Die Kareks hatten keine Kinder.
»Wenn er unruhig wird, sagt Bescheid. Werft einfach ein paar Kiesel ans Fenster im ersten Stock.«
»Danke«, murmelte Kester, den Blick unverwandt auf seinen Bruder geheftet.
»Was meinst du damit, dass man ihn in Ruhe lassen soll?«, fragte Celia leise, als sie Lilo zur Tür begleitete.
»Nun«, erwiderte Lilo zögernd. »Der Kleine hat ein paar Verletzungen, hinten, du verstehst schon … Wir können nur hoffen, dass das Schwein ihn nicht mit irgendetwas angesteckt hat.«
»Du meinst …«
»Ja, ich fürchte. Ich weiß, wie es aussieht, wenn fehlgeleitete Männer sich nicht beherrschen können.« Abrupt brach sie ab, drückte Celias Hand und ging müde über den Hof zurück ins Haus.
»Wilgur«, entfuhr es Celia. Übelkeit stieg in ihr auf, Ekel und Schuldgefühle. Warum hatte sie nur nicht besser auf

ihren Cousin achtgegeben! Die Wahrheit schmerzte: Weil du ausschließlich mit dir und deiner goldenen Zukunft beschäftigt bist. Weil du mit reichen Nichtstuern Schlittschuh läufst statt dich um deine Familie zu kümmern.

»Ich bring den Dreckskerl um«, stieß Kester hervor, dem das geflüsterte Gespräch nicht entgangen war.

»Nein, das wirst du nicht«, erwiderte Celia kühl. »Benutze einmal deinen Verstand, hörst du! Wir werden zur Polizei gehen und Anzeige erstatten.«

»Als ob die für Leute wie uns auch nur einen Finger krummmachen würden!«, höhnte Kester und maß seine Cousine mit einem verächtlichen Blick. »Hast du eigentlich immer noch nicht verstanden, dass wir die Dinge anders regeln? Dass wir uns nicht auf die Polizei verlassen dürfen? Die warten doch nur darauf, einem von uns etwas anzuhängen, um ihn einzubuchten! Zigeuner, Schausteller, Komödianten, völlig egal, die machen keinen Unterschied, da können wir ihnen noch so tief in den Hintern …« Verlegen hielt er inne. Florian stöhnte leise, seine Lider flatterten. »Morgen rede ich mit unseren Vätern.«

»Und ihr werdet gewiss eine einvernehmliche Lösung finden, nicht wahr?«, schoss Celia leise, aber scharf zurück. »Darin seid ihr ja allem Anschein nach geübt.«

Verständnislos sah Kester sie an.

Am nächsten Morgen schien Florian sich erholt zu haben, ein Hauch von Farbe lag auf seinen blassen Wangen. Nur seine Augen blickten noch matt. Celia flößte ihm ein wenig Brühe ein, rieb seine Brust mit Lilos Kräuterelixier ein und hielt seine Hand, bis er erneut in tiefen Schlaf fiel. Später am Vormittag nahmen Lilo und Celia zwei Hühner für das Abendessen aus, hackten Holz und sorgten dafür, dass das Feuer in dem kleinen Gästehaus nicht herunterbrannte, während Gerald, Stephan und Kester mit finsteren Gesichtern die Lage erörterten. Nach einer Weile gesellte sich Joost zu ihnen, und die vier gingen dazu über, die Ausgestaltung des neuen Karussells zu besprechen. Celias Erbitterung wuchs mit jeder Stunde, die die Männer unter sich verbrachten, und als sie am frühen Abend endlich die Gelegenheit fand, allein mit ihrem Vater zu sprechen, musste sie zur Kenntnis nehmen, dass sie ihn vollkommen falsch eingeschätzt hatte. Weder war er bereit, Florians willen den Weg des Gesetzes einzuschlagen, noch ließ er einen Zweifel daran, dass seine Entscheidung das Erbe betreffend unumstößlich war. Unglücklich seien der Moment und die Umstände der Enthüllung gewesen, gewiss nicht so, wie er es sich gewünscht hätte, gleichwohl sei es nun heraus, meinte er und hatte keine Mühe, ihrem Blick standzuhalten.

»Du bestimmst über mich wie jeder x-beliebige Kaufmann über Garn und Seiden und Schlachtvieh«, hielt Celia ihm vor, doch ihre Worte schienen ihn nicht zu erreichen, was ihre Wut nur noch mehr befeuerte. »Und dein ganzes Gerede über die Freiheit des Einzelnen? Nichts als Schall und Rauch!«

Er zuckte zusammen. Dann packte er sie bei den Schultern. »Du sollst ein anständiges Leben führen, so wie es deiner Mutter bestimmt war. Du sollst dich nicht sorgen müssen, wie du morgen die Familie satt bekommst, und nicht die Verantwortung tragen, wenn es gilt, Dreckskerle zur Rechenschaft zu ziehen! Du sollst dich nicht um kaputte Dampfkessel kümmern und nicht die schiefen Blicke ertragen, wenn du ein Haus für deine Familie mieten möchtest!« Fast flehentlich sah er sie an. »Wenn du meine Nachfolge antrittst, bist du für immer an dieses Leben gebunden. Und das will ich nicht.«

»Aber ich bin doch deine Tochter! Ein Kirmeskind!«, rief Celia verzweifelt. »Ich bin in einem Wohnwagen zur Welt gekommen, in meinen Adern fließt das Blut der Fahrenden! Schaustellerin zu sein ist alles, was ich will!« Tränen stiegen ihr in die Augen.

»Weil du nichts anderes kennst, Celia«, erwiderte Gerald sanft. »Sieh mal, deine Mutter hat vorgeschlagen, dich die Mädchenschule besuchen zu lassen. Du wirst viele Dinge lernen, die mir verschlossen geblieben sind. Türen werden sich öffnen, von denen du gar nicht wusstest, dass es sie gibt, und du wirst die Wahl haben, durch welche du gehen willst, mein Mädchen, verstehst du? Eine Wahl, keine aufgezwungene Verpflichtung. Das ist ein Privileg, das nur den wenigsten vergönnt ist.« Lächelnd fügte er hinzu: »Und irgendwann wirst du dich verheiraten.«

Wenigstens damit hat er zweifellos recht, dachte Celia bitter. Er redete und redete, doch sie hörte kaum noch zu, sie ahnte, dass er sein schlechtes Gewissen mit Worten zu ersticken suchte, und plötzlich begann ein unbekanntes, seltsam kühles Gefühl die Verzweiflung zu bannen. Verachtung für ihren geliebten Vater stieg in ihr auf. Verachtung für seine Schwäche, immer und ewig zu taktieren, um nur ja ihre Mutter gnädig zu stimmen; Verachtung für seinen mangelnden Stolz. Was war ge-

schehen, dass ihm die Ehre seines Berufs zu gering schien für seine Tochter?
Celia sah ihn an, als sähe sie ihn zum ersten Mal, dann ließ sie ihn einfach stehen, drängte sich an Kester und Stephan vorbei, die taktlos genug waren, mit gespitzten Ohren im Flur herumzulungern, und flüchtete ins Gästehaus.
Die nächsten Tage verbrachte Celia in eisigem Schweigen, nur mit Florian und Lilo wechselte sie ein paar Worte. Kester verfolgte sie mit Blicken, in denen Trotz und zu Celias Überraschung die stumme Bitte um Verzeihung miteinander rangen, doch sie dachte nicht daran, darauf einzugehen.
Sie schwieg während der langen Zugfahrt zurück nach Bremen und während des prachtvollen Essens, das Valentina und Anka zubereitet hatten, um die Heimkehrer willkommen zu heißen: Aalfrikassee, Schinkenpastete und Braunkohl, der auch für morgen und übermorgen reichen sollte, und zum Nachtisch Butterkuchen, eine Hälfte mit Mandeln, die andere nur mit Zucker, weil Großmutter Elvira und Celia das herbe Aroma nicht mochten.
»Willst du nicht einmal den Aal versuchen, mein Kind?«
Celia nickte und stocherte lustlos in dem Frikassee, das Großmutter heimlich mit fünf Gläschen Madeira veredelt hatte und deshalb mehr nach Schnaps als nach Fisch roch.
»Sie stellt sich an, weil sie nicht erbt«, sagte Kester und setzte in dem unbeholfenen Versuch, nett zu sein, hinzu: »Als ob es so erstrebenswert wäre, den Laden zu übernehmen.« Er wurde rot. »Ich mein, fürn Mädel.«

Gerald starrte ihn an, und Celia sprang auf, riss ihren Umhang vom Haken und rannte aus dem Haus. Gerald und Onkel Hoppe stürzten hinter ihr her, von den feuchten Wänden der Schnoorhäuser echote ihr Name zehn- und zwanzigfach auf sie herab, doch sie lief und lief, bis sie völlig außer Atem stehen bleiben musste.

Kein Licht drang durch die geschlossenen Vorhänge auf die gekieste Auffahrt, die zu der kolossalen, überladenen Stadtvilla an der Kohlhökerstraße führte. Den Zuckerbäckerstil der Türmchen und Giebel hatte ein Münchner Architekt zu verantworten, dem es eine Freude gewesen war, einen Hauch von Neuschwanstein ins nüchterne Bremen zu holen.

Als Armin Merten dämmerte, dass er mit diesem Entwurf seine Vergangenheit für alle sichtbar in Stein meißeln ließ, war das Gebäude so gut wie fertiggestellt. Ein Umbau hätte Unsummen verschlungen, weit mehr, als es kostete, zwanzig hochaufgeschossene Tannen pflanzen zu lassen, die das Haus sommers wie winters vor neugierigen Blicken verbargen.

Der Kies knirschte leise, als Celia sich Schritt um Schritt dem Eingang näherte, inständig hoffend, der einzige Mensch, der ihr jetzt Trost spenden konnte, wäre von der langen Reise zurück. Kurz streifte sie der Gedanke, dass ihr Besuch ihre Vereinbarung brach, möglicherweise sogar eine Katastrophe hervorrufen könnte, doch sie brauchte ihren Geliebten nun.

Philipp würde wissen, was zu tun war, er würde sie in den Arm nehmen, ihre Tränen trocknen, die Verletzung, die der Vertrauensbruch ihres Vaters ihr zugefügt hatte, heilen und ihre Zuversicht nähren.

Lieber Himmel, lass ihn wieder in Bremen und zu Hause sein!
Sie ließ den Messingklopfer fallen, die schwere Eichentür dröhnte. Nichts geschah. Mit der Kraft der Verzweiflung knallte sie den springenden Löwen wieder und wieder auf das Holz, bis die Tür endlich aufschwang. Ein untersetzter Diener in schwarz-goldener Livree warf nur einen kurzen Blick auf die Person mit der aufgelösten Frisur und dem gestrickten Umhang. »Ich muss Sie auffordern, das Anwesen zu verlassen«, sagte er nicht unfreundlich, aber bestimmt. »Hausieren und Betteln sind hier nicht gestattet.«
»Hören Sie«, rief Celia und stellte den Fuß in die Tür. »Ich bin Celia Lambert, und ich muss, verstehen Sie, ich muss Philipp Merten sprechen. Es geht um Leben und Tod«, fügte sie hinzu und ärgerte sich sogleich über die einfältige Formulierung, die der Diener, ein älterer Mann mit hervorstehenden Augen und einem lustig wippenden, grauen gekräuselten Haarkranz, prompt und leicht amüsiert parierte: »Das geht es doch immer. Nehmen Sie den Fuß aus der Tür, junge Dame, und verschwinden Sie.«
»Bitte«, beharrte Celia leise und wechselte ihre Taktik. »Ich habe sonst niemanden, zu dem ich gehen könnte.« Um ihre Aufrichtigkeit zu unterstreichen, zog sie den Fuß zurück. Beinahe wäre sie in Tränen ausgebrochen.
Der Diener bedachte sie mit einem mitfühlenden Blick und schüttelte den Kopf. »Die Herrschaften sind auf Reisen.«
Langsam ging sie zur Straße zurück, ein eisiger Wind zerrte an ihrem fadenscheinigen Mantel, vor Kälte und

Anspannung begann sie zu zittern. Ohne nachzudenken wandte sie sich nach Norden und folgte den Straßen, die sie schon so oft entlanggegangen war. Celia war so sicher, dass sie willkommen sein würde, ganz gleich, wie spät es war und ob ihre Schuhe abgetragen aussahen, dass es ihr die Tränen in die Augen trieb. Nach einer Viertelstunde hatte sie die Bismarckstraße erreicht. Auch das Haus der Pahlenbergs wirkte dunkel und abweisend, doch das Hausmädchen ließ sie sofort ins Vestibül. Celia war so mit ihren eigenen Gedanken beschäftigt, dass sie zunächst gar nicht wahrnahm, wie erleichtert das Hausmädchen schien.

»Gut, dass Sie kommen, Fräulein Celia. Die Herrschaften sind in der Oper und Fräulein Susanna braucht Sie. Dringend.«

»Was ist denn mit ihr?«, rief Celia erschrocken. »Ist sie krank?«

Verlegen verschränkte das Mädchen die Hände hinter ihrem Rücken. »Das nicht. Wenn Sie mir bitte folgen wollen …«

Susanna saß in ihrem Ohrensessel, die Füße auf die Fensterbank gelegt, und starrte blicklos auf die Gardine. Sie drehte sich nicht um, als Celia das Schlafzimmer betrat.

»Susanna?«

»Ich muss mich mit Philipp Merten verheiraten. Mutter findet es auch unmöglich, aber Vater ist unerbittlich.«

Ihre Worte zerschnitten die Luft und Celias Herz. Unfähig, etwas zu erwidern, wartete sie darauf, dass Susanna fortfuhr und ihr erläuterte, wie sie die Hochzeit verhindern würde; sie würde es hundert- und aberhundertmal durchdacht und abgewogen und keine Eventua-

lität außer Acht gelassen haben. Ihr Plan würde perfekt sein.
»Wenigstens ist jetzt mal was los«, sagte Susanna bitter, den Blick unverwandt auf die Gardine geheftet. »Das Muster ist gar nicht schlecht für einen Schleier, was meinst du?« Sie kicherte, dann seufzte sie, stand auf und nahm Celia in den Arm, die wie gelähmt dastand.
»Das Hausmädchen war sehr besorgt«, war alles, was sie hervorbrachte.
Susanna lachte. »Ach, ich habe einige Dinge zerbrochen und mich wild aufgeführt ...« Mit funkelnden Augen blitzte sie Celia an. »Du kennst ihn doch, wie ist er denn so? Er sieht verdammt gut aus, nicht?«
»Das ist Geschmacksache«, erwiderte Celia tonlos. Forschend erwiderte sie Susannas Blick. »Willst du denn gar nichts dagegen unternehmen? Du kannst dich doch nicht einfach verschachern lassen wie ein ... ein ...«
»Stück Vieh?«, half Susanna ihr freundlich aus. »Ich werde wohl nicht umhinkommen.« Sie ließ Celia los und trat wieder ans Fenster. »Mein Vater steht kurz vor dem Bankrott. Die Banken haben ihm die Kredite gekündigt. Er hat es gut verbergen können, aber Merten hat Wind davon bekommen und ihm einen Handel vorgeschlagen, der beiden Seiten dient. Merten macht die Firma Pahlenberg wieder flott – diskret, ohne in Erscheinung zu treten, versteht sich –, und dafür darf sein Sohn in die erste Bremer Gesellschaft einheiraten. Praktisch, nicht?« Susannas Stimme klang fest; offenkundig hatte sie sich damit abgefunden.
»Und wann soll das große Ereignis stattfinden?«, fragte Celia leichthin.

Sie musste sich zusammenreißen, Susanna durfte nicht merken, dass gerade zum zweiten Mal innerhalb weniger Tage eine Welt für sie zusammengebrochen war.

»Anfang Juni, sobald Philipp von Togo zurückgekehrt ist.« Susanna lächelte schief. »Sein Vater hat ihn in die Kolonie geschickt, zur Abkühlung gewissermaßen. Stell dir vor, er soll ein Techtelmechtel mit irgendeinem Flittchen gehabt haben! Na, bei dem Vater – wen wundert's?«

7

Jeden Morgen, an dem sie erwachte, jede Nacht, da sie erschöpft in die Dunkelheit starrte – außerstande, ein Auge zuzumachen – und im Verlauf jedes Tages seit der Stunde, da ihre Zukunft aufgehört hatte zu existieren, rief Celia sich das letzte Beisammensein mit Philipp in Erinnerung, sezierte das Gesagte und das Getane, um im Nachhinein Anzeichen zu finden dafür, dass sie naiv gewesen war, Philipp zu glauben, dass sie sich gründlich in ihm getäuscht hatte, nur ein Zeitvertreib für ihn gewesen war, eine von vielen, mit denen ein Mann sich die Hörner abstieß, bevor er gezähmt in die Ehe ging. Seine anfängliche sexuelle Zurückhaltung an jenem letzten gemeinsamen Nachmittag erschien ihr nun in neuem Licht, und sie schämte sich, sich derart schamlos angeboten zu haben. Doch es half alles nichts. Ihr tiefes, inneres Wissen, dass sie füreinander bestimmt waren, ließ sich nicht erschüttern, was den Schmerz, diese Liebe verloren zu haben, ins Unermessliche steigerte, als wütete ein wildes Tier in ihr und risse sie in Stücke.

Celia begriff, dass der Schmerz sie töten würde, wenn sie es ihm erlaubte, und begann ihn mit der einzigen Waffe zu bezwingen, die sie besaß. Mit Kälte. Im Haushalt kam sie ihren Aufgaben ohne Murren nach, blieb freundlich, aber so unbeteiligt, als sei ihr inneres Licht erloschen. Sie schien nichts wahrzunehmen, nicht Florians Genesung, nicht die Enttäuschung der Männer, Wilgur, der sich aus dem Staub gemacht hatte, verpasst zu haben; weder das

Eifersuchtsdrama auf der anderen Seite des Stavendamms, das eine ganze Familie auslöschte, noch Großmutter Elviras Schikanöse-Turnier, dessen Gewinn Suriann durch einen läppischen Anfänger-Fehler der Initiatorin selbst überlassen musste; und auch nicht den bevorstehenden Wechsel der Jahreszeiten, der sich moosig grün auf Büschen und Bäumen und in den Ritzen des Kopfsteinpflasters ankündigte.

Nichts und niemand kam an Celia heran. Der familiären Übereinkunft zum Trotz, die die Ursache für Celias von allen als Gekränktheit begriffenes Verhalten ausgelöst durch die Erbregelung sah, die man am besten kurierte, indem man sie ignorierte, hatte Gerald in einem unbeholfenen Versuch gewagt, Celia zu trösten, doch der Ausdruck in den grüngrauen Augen seiner Tochter ließ ihn verstummen. Großmutter Elvira, die den ersten Teil ihrer dunklen Vorahnungen bestätigt sah, ließ nur dann und wann ein sibyllinisches »Schmerz ist der Bruder der Veränderung« hören, das sie selbst nicht beruhigte und die anderen befremdete.

Eines Freitagmittags, Valentina hatte Celia gebeten, beim Zubereiten des Würzgeists zu helfen, versuchte Anka wieder einmal das Schweigen zu durchbrechen, in gutem Glauben, dass die Verlobung von Philipp Merten und Susanna Pahlenberg, die nun offiziell und sogleich Tagesgespräch in Schaustellerkreisen war, das richtige Thema sei, um Celia aus der Erstarrung zu lösen. »Ja, Herr du meine Güte, kann es sein! Der feine Herr Merten! Celia, warum hast du uns denn gar nichts davon erzählt? Ständig spricht mich wer an, weil doch alle wissen, dass du mit Susanna befreundet bist, und alle wollen hören, wie das Brautkleid aussieht und ob es wirklich in Paris genäht worden ist …« Sie plapperte und zwitscherte wie ein überdrehter Papagei, während sie drei Stangen Meerrettich in feine Würfel schnitt. Celia warf ihrer Tante einen Blick zu, sekundenkurz nur, doch lange genug, dass ihre Mutter begriff. Rasch griff sie nach dem Korb mit den Walnüssen.

»Oje, das wird nicht reichen! Anka, hast du nicht gesagt, die Witwe Baltin würde uns mit Nüssen aushelfen? Ich fürchte, du musst sie fragen. Peinlich, aber du hast doch einen guten Draht zu ihr, nicht wahr?«

»Und ob!«, sagte Anka und wischte sich die Hände an der Schürze ab. »Allerdings wird sie mir wieder einen Aufgesetzten aufzwingen, weil sie ja sonst niemanden hat zum Reden …«

»Ist schon in Ordnung«, erwiderte Valentina. »Wir haben es ja auch bald geschafft.« Als Anka die Tür hinter sich schloss, drehte Valentina sich zu ihrer Tochter um.

»Häng dein Herz nicht an einen Mann, sosehr du ihn auch liebst, Celia. Du musst deinen eigenen Weg finden.«

Celia riss den Mörser vom Regal und begann, Nelken, Muskat, Senfsamen und Pfeffer zu zerstoßen, als wären die Gewürze schuld an ihrem Elend.

»Das Eigene, das ich hatte, hat Pa mir genommen. Weil du wolltest, dass ich die Mädchenschule besuche.« Und höhnisch fügte sie hinzu: »Damit ich etwas Besseres werde.«

»Celia, du kannst doch nicht wirklich an einem Leben zwischen Planwagen und Karussell hängen!« Valentina sprach leise und sanft. »Du bist nur nichts anderes gewöhnt! Pa und ich haben uns Gedanken gemacht, dass es am besten wäre, dich in Französisch und Literatur unterrichten zu lassen, damit du eine Gouvernanten-Stelle antreten kannst, wo du mit Menschen aus anderen Klassen zusammenkommst. Das erweitert deinen Horizont, und schneller, als du dir vorstellen kannst, hast du die Schaustellerei ... – nun ja, vielleicht nicht vergessen, jedoch gelernt, sie aus einem anderen Blickwinkel zu betrachten. Du wirst die Nachteile klarer sehen, das ewige Umherziehen, die Wurzellosigkeit, den rauhen Ton, die fehlende Bildung ...«

»Nein!«

»Aber wäre es denn nicht schön ...« Mit einer Verve, die sie nur selten an den Tag legte, begann Valentina ein bürgerliches Idyll zwischen Rosengarten und Wohltätigkeitsveranstaltungen zu entwerfen. »Sesshaft zu sein und sich gut situierter Verhältnisse zu erfreuen bedeutet nicht, sich inmitten bornierter Menschen zu Tode zu langweilen«, schloss sie. »Das ist ein dummes Vorurteil, das von Leuten geschürt wird, die sich davor fürchten, das eigene Leben in Frage stellen zu müssen.«

»Deine Mutter hat recht«, schaltete sich Großmutter Elvira von der Küchentür her in das Gespräch ein. »Aber wo steht geschrieben, dass man nicht das Beste aus beiden Welten haben darf?«

»Nun setz doch dem Mädchen keinen Floh ins Ohr!«, erwiderte Valentina erbost, und während sich zwischen den beiden ein Disput entspann, sah Celia erstmals wieder die unendliche Weite des Meeres der Möglichkeiten, die enttäuschte Erwartungen häufig nach sich ziehen. Besaß sie nicht doch etwas Eigenes, etwas, das niemand ihr nehmen konnte, weder ihr Vater noch ihr Geliebter?

Celia band die Schürze ab, warf sie auf den Küchentisch und verließ das Haus ohne auf die verdutzten Mienen ihrer Mutter und Großmutter zu achten.
Im Hafen herrschte rege Betriebsamkeit. Seemänner mit Stoppelbärten und dunkelblauen Wollmützen liefen, den Seesack geschultert, von Bord großer Frachtschiffe, Schauerleute löschten Ladungen Kaffee, Tee, Baumwolle und Reis und fluchten über die Katzen, die ihnen respektlos zwischen die Beine liefen; großspurige Händler, denen meist ein Sekretär mit Klemmbrett folgte, eilten von Schiff zu Schiff, und Tagelöhner lungerten auf der Suche nach Arbeit an den Kais herum. »Reederei Matthiessen« – eine geschwungene blaue Schrift mit goldenem Schatten leuchtete allen Auswanderwilligen den Weg eine Steintreppe hoch und gewann mit so viel Glanz den Kampf um die Aufmerksamkeit gegen andere Firmen, deren Schilder bescheidener ausgefallen waren. Celia zögerte. So abgerissen, wie sie aussah, konnte sie sich in keinem der Büros blicken lassen, wollte sie nicht riskieren, wie ein Straßenmädchen behandelt zu werden.
Andererseits lebten die Firmen nicht nur vom Verkauf Erster-Klasse-Passagen an reiche Leute, sagte sie sich, holte tief Luft, ging entschlossen auf die Treppe zu, stieß mit einem Mann zusammen, der in eben jenem Moment geschwinden Schritts herunterkam, und prallte gegen das Schild – die Schrift verschmierte, die blaue und goldene Farbe schillerte auf Celias gestricktem Umschlagtuch.
»Verzeihen Sie bitte!«, rief der Mann, seiner mit goldenen Streifen besetzten Uniform nach zu urteilen ein Kapitän, blieb stehen und reichte Celia ein Taschentuch,

mit dem sie das Malheur vergeblich zu beseitigen suchte. »Das Schild ist erst gestern frisch gestrichen worden, und daran, einen entsprechenden Hinweis am Geländer zu befestigen, hat offensichtlich niemand gedacht. Sie sollten um Schadensersatz nachfragen«, meinte er und musterte Celia mit freundlichen, mittelblauen Augen unter borstigen Brauen. »Falls Sie allerdings vorhaben, ein Ticket zu erwerben, haben Sie jetzt das beste Argument für einen Sonderrabatt, und zwar mindestens für eine Fahrt mit dem Schnelldampfer.« Er lächelte und tippte sich an die Mütze. »Lassen Sie sich nicht mit Almosen abspeisen.«

Celia sah ihn gereizt an. Sonderrabatt! Wie hoch sollte der sein für ein fadenscheiniges Schultertuch? Gewiss nicht hoch genug, dass sie sich die teure Überfahrt auf einem der modernen Dampfschiffe leisten konnte! Aber ach, was wäre das für ein Segen! Die schmucken Schiffe hatten mit den berüchtigten Seelenverkäufern alter Zeiten kaum mehr etwas gemein, verfügten über Waschräume für Zwischendeck-Reisende, getrennte Schlafsäle für Männer und Frauen, Krankenzimmer, Küchen und sogar einen Schiffskoch. Und sie legten die Strecke bis New York in nur neun Tagen zurück! Aber so viel Luxus schlug sie sich besser gleich aus dem Kopf. Selbst die Überfahrt auf einem alten Kahn würde sie nur bezahlen können, wenn sie sie mit Arbeit an Bord verdiente. Darum zu ersuchen war sie hier. Als Celia ihr Vorhaben andeutete, in der Hoffnung, der Kapitän könne vielleicht ein gutes Wort für sie einlegen, schüttelte er jedoch den Kopf. »Sie sind nicht die Erste, die es auf diese Art versucht. Aber die Reedereien stellen nur geschultes Perso-

nal ein, und, verzeihen Sie, natürlich nur männliches Personal. Frauen, und hübsche Damen wie Sie allemal, würden für Unruhe unter den Seeleuten sorgen.«
Celia biss sich auf die Lippe. Daran hatte sie nicht gedacht.
»Aber fragen Sie ruhig noch einmal nach, da vorne sehe ich Matthiessen junior kommen«, fügte er hinzu und rollte mit den Augen. »Die See macht einen rauhen Gesellen aus einem. Entschuldigen Sie, mein Name ist York Hansen.«
Doch Celia eilte davon, ohne seine Hand zu ergreifen oder sich zu bedanken. Ausgerechnet Robert! Hatte er nicht damit geprahlt, von Beruf Sohn und in höchstem Maße gelangweilt von allem zu sein, das nach Tang und Schlick, Fisch und Meersalz roch? Sie hatte deshalb niemals damit gerechnet, dass sie ihm hier über den Weg laufen würde. Hoffentlich hatte er sie nicht erkannt! Wenn Robert Wind von der Sache bekam, würde auch Susanna davon erfahren, und es würde nicht lange dauern, bis sie aufgeregt und besorgt im Schnoor auftauchen und ihre Familie auf den Plan rufen würde. Während Celia sich im Gewimmel des Hafens mühsam zu orientieren suchte, kreisten ihre Gedanken nur um eins: Wo sollte sie das Geld für die Fahrkarte hernehmen? Dass sie nach New York reisen würde, stand außer Zweifel, die Frage war nur, wie sie es bewerkstelligen sollte, die Reise so schnell wie möglich, spätestens aber im Sommer anzutreten. Denn das nächste Winterquartier mit einem sich in seiner Wichtigkeit sonnenden Kester und den zahllosen Geschichten von der Sommerreise zu überstehen, vor allem von dem phantastischen neuen Karussell,

fehlten ihr Kraft und der familientypische Fatalismus. Sie kochte jetzt schon vor Zorn über Kesters dumme Bemerkungen, oft genügte seine pure Anwesenheit oder die tapsig linkische Bewegung, mit der er den Löffel zum Mund führte, um ihr Blut in Wallung zu bringen. Celia begann, ihren Cousin zu hassen, obwohl sie tief in ihrem Innern wusste, dass er nicht der wahre Adressat für ihre Wut war.

Valentinas Ambitionen kamen ihr zu Hilfe. Um ihrer Tochter den Bruch mit ihrem gewohnten Leben zu erleichtern, hatte sie Gerald trotz des zu erwartenden personellen Engpasses an Schießbude und Karussell überredet, Celia nicht, wie ursprünglich geplant, in Bremen der Obhut einer Nachbarin zu überlassen. Die Tochter brauche ihre Mutter, jetzt mehr denn je. Gerald hätte schließlich allem und jedem zugestimmt, wenn nur wieder Ruhe unter seinem Dach herrschte. Nicht ein Mal kam ihm der Gedanke, dass nicht ausschließlich mütterliche Fürsorge Ursache für Valentinas Entschluss war. Großmutter Elvira dagegen erahnte die wahren Beweggründe ihrer Schwiegertochter und schützte vor, ein wenig schwach auf der Brust zu sein und deshalb lieber auch nicht reisen zu wollen. Sie blieb. Mitte März brachen die Männer mit Anka und Florian auf, der körperlich wiederhergestellt war, aber vor jedem auffliegenden Vogel erschrak. Zunächst ging es nach Thüringen, um dort das neue Karussell in Besitz zu nehmen und fremde Jahrmärkte im Osten zu bereisen, die laut Joost Karek stets gut besucht waren.

Am Stavendamm hielt die Bürgerlichkeit Einzug. Celia ging jeden Morgen in die Mädchenschule, kehrte mittags zurück und verschlang Großmutter Elviras Eintöpfe, die ihr auf dem heimischen Herd besser gelangen als unterwegs. Valentina selbst übernahm Celias Französisch- und Literaturstunden, weil mit der Verpflichtung des Klavierlehrers ihre finanziellen Mittel fast vollständig erschöpft waren, was Celia zu der spitzen Frage veranlasste, warum sie dieses Opfer brachte, wenn diejenige, der das Opfer galt, es weder brauchte noch wollte. Die Vehemenz, mit der Valentina Celia daraufhin über den Mund fuhr, erweckte in dem jungen Mädchen den Verdacht, ihre Mutter brächte das Opfer mehr für sich selbst in der Hoffnung, ihre Tochter würde das Leben führen, das sie sich versagt hatte. Der Gedanke erfüllte sie mit Traurigkeit, aber auch mit der Furcht, diese Neigung zur Selbstverleugnung könnte sich von der Mutter auf die Tochter übertragen. Und so entwendete sie aus Valentinas Farbkasten ein wenig Magenta und aus Großmutters Nähzeug einen Fetzen ungefärbten Stoffs. In großen Buchstaben schrieb sie die Botschaft an alle guten Geister, dass sie sich niemals verleugnen werde, weder um der Liebe noch um anderer Dinge willen. Dann verbrannte sie den Stofffetzen und fühlte sich erleichtert. Den Teil von ihr, der sich über ihren Aberglauben lustig machen wollte, brachte sie zum Schweigen.

Das Leben zu dritt verlief im Übrigen sehr entspannt. Großmutter Elvira schlief bis in den Vormittag hinein und erwachte, wenn es Zeit wurde zu kochen. Am frühen Nachmittag machte sie sich auf, die wenigen gebliebenen Freundinnen zu einer Partie Schikanöse zu überreden oder am Roland herumzusitzen und zu erraten, welches Geschick den einen oder anderen der Vorübereilenden erwarten mochte. Der Katarrh, der sich auf ihre Brust gelegt hatte, verschwand, und ihre Ahnungen suchten sie weniger oft heim. Auch Valentina profitierte von dem Arrangement. Nach dem Unterricht brachte sie ihrer Tochter bei, sich das Haar der neuesten Mode gemäß aufzustecken, eine geistreiche Konversation bei Tisch zu führen und den bremischen Klang in der Stimme zu dämpfen. Die Konzentration auf ihre Mutterrolle zeigte erstaunliche Wirkung. Nach kurzer Zeit schien Valentina die Last der Jahre abgeworfen zu haben und blühte auf, selbst die grauen Fäden im schieferschwarzen Haar schienen wieder Farbe anzunehmen.

Der Frühsommer beschenkte das Land mit Maiengrün und Fliederweiß und zog die Bremer hinaus in Wald und Flur. Die drei Lambert-Frauen unternahmen Ausflüge nach Worpswede und in die Bremer Schweiz, jene hügelige Geestlandschaft im Norden der Hansestadt, die im Süden von der Lesum, im Westen von der Weser, im Norden von einem Waldgebiet und im Osten durch die Lange Heide begrenzt wurde. Liebkost von lauem Wind verzehrten sie im Gras Hackepeterbrote und schrumpelige Winteräpfel oder kehrten unterwegs ein zu Bratkartoffeln mit Knipp, was nicht die Welt kostete und ihnen ein Gefühl von Freiheit verlieh, das Schuleschwänzen ziemlich nahe kam. Nicht erlaubt, aber so schön! Wenn die anderen wüssten, wie gut sie es sich daheim gehen ließen, wäre vermutlich der Teufel los – Anka würde hyperventilieren, Stephan die Möbel mit Fußtritten traktieren und Gerald in stummes Brüten verfallen, aber wie sollten sie es je erfahren? Thüringen schien weiter als der Mond.

Am frühen Abend kehrten die drei zurück, gesättigt von der Sonne, dem fetten Essen und den vielen Eindrücken. In der Nacht träumte Celia vom Ufer der Lesum und den überwältigenden Villen, die reiche Bremer dort erbaut hatten, von einer lachenden Susanna, einem sardonisch grinsenden Armin Merten und ihrer Mutter, die sie liebevoll ansah und ständig wiederholte: »Ist es nicht schön? Ist es nicht schön? Ist es nicht schön?« Und im Traum nickte Celia im Takt dazu.

Als Celia eines Morgens nach einem solchen Traum die Augen öffnete, wusste sie, dass es Zeit war, ihren Plan konsequent anzugehen. Sie wusste, sie war verführbar von der Süße des Nichtstuns, und hatte doch noch so Großes vor. Sie musste handeln. Beim Frühstück verkündete sie, dem Verein für Flussbäder beitreten zu wollen, um das Schwimmen zu erlernen und die Muskeln zu stählen – eine fortschrittliche Gouvernante sollte schließlich über die neuesten Erkenntnisse der Gesundheitsforschung im Bilde sein. Ein Badeanzug müsse nicht gekauft werden, fürs Erste tue es ein abgelegtes schwarzes Kleid. Während Großmutter Elvira Mühe hatte, sich das Lachen zu verbeißen, stimmte Valentina begeistert zu. Die durch diese Lüge gewonnenen frühen Abendstunden würde sie zum Geldverdienen nutzen. Sie fand eine Stelle im Gasthaus *Zum Raben* in der Langemarckstraße in der Neustadt. Der Wirt versprach sich angesichts ihrer Schönheit ein fettes Umsatzplus. Es ging nicht lange gut: Celia hasste die Arbeit von der ersten Minute an. Sie musste mit einem uringelben Mopp die Bierpfützen und braunen Flecken von Kautabak aufwischen und nach Bier und Korn stinkende, sie gierig anstarrende Betrun-

kene in Schach halten. Nachdem sie einen Gast, der ihr den Hintern tätschelte, mit einem gezielten Hieb auf die Nase fast umgehauen hatte, warf der Wirt sie hinaus. »Verdammte Hexe! Schlampe!«
Von diesem Erlebnis keineswegs entmutigt, setzte Celia ihre Stellensuche fort, bis sie einer Eingebung folgend den Weg zum Theater am Tempelberg einschlug. Dort erfuhr sie, dass in der Tat kurzfristig eine Stelle als Garderobiere für die Komparsen frei geworden sei, ein glücklicher Zufall, wie die Dame an der Kasse lächelnd meinte. Gleich morgen früh könne Celia in der Verwaltung – »Erster Stock, zweite Tür links« – vorstellig werden. Celia bedankte sich und drängte sich an den Theaterbesuchern vorbei, die erwartungsfroh das Foyer belagerten. Dezent geschminkte und nach Rosen duftende Edelhuren am Arm siegesgewiss umherblickender Kleinfabrikanten, soignierte Studienräte im Gespräch mit Museumsdirektoren, Kaufleute, die vor Ärger über die von einer energischen Ehefrau verordnete Zeitverschwendung mit den Kiefern mahlten, Senatoren, die mit Habichtsblick ihre Geliebten verfolgten, Töchter in artigem Rosé und Söhne mit akkuratem Scheitel und missmutigem Blick. Und Valentina Lambert. In weinrotem Samt an der Seite eines Mannes, dessen geölte blonde Haare das Licht der Lüster zu spiegeln schien. Celia blieb verblüfft stehen und hob die Hand, hielt jedoch in der Bewegung inne, als sie sah, wie der Fremde ihrer Mutter das Cape von den Schultern nahm, behutsam und voll inniger Zärtlichkeit, die aus seinen langen, schmalen Händen in Valentina hineinzuströmen schien und ihren Blick weich machte. Die Intimität der Geste

war eindeutig. Celia wandte sich ab und rannte den ganzen Weg nach Hause, keuchend stieß sie ihren Atem in die feuchtschwere Luft dieses Maienabends, immer wieder musste sie würgen.
Mit fliegenden Fingern schloss Celia die Tür auf, leise in der Hoffnung, dass Großmutter Elvira bereits schlief und ihr Fragen erspart blieben, doch in der Küche brannte noch Licht und leises Gelächter drang auf den winzigen Flur. Susanna knabberte Kekse und trank Tee und strahlte Celia an. »Jedes Variété-Theater würde deine Großmutter auf der Stelle engagieren«, rief sie. »Diese Geschichte mit Francesco, das ist ja zum Piepen!« Sie brach erneut in Gelächter aus.
»Mag sein, aber ich fürchte, dieses Engagement muss bis zum nächsten Leben auf mich warten«, erwiderte Elvira lakonisch und stemmte sich mühsam vom zerschlissenen Sofa. »Ich gehe zu Bett. Gute Nacht, meine Kinder.« An der Tür drehte sie sich noch einmal um, umfasste die Mädchen mit einem Blick, der nichts preisgab, dann verließ sie die Küche.
»Was war das jetzt?«, fragte Susanna.
»Nichts weiter«, entgegnete Celia und zuckte die Schultern. Gleichzeitig fragte sie sich, wie sie ihre einstige Freundin so schnell wie möglich loswerden konnte. Sie musste ihren inneren Aufruhr in den Griff bekommen, und Susanna war die Letzte, die ihr dabei behilflich sein könnte, trug sie doch Mitschuld an Celias Elend – nicht, weil ihr Vater sie in die Ehe drängte, sondern weil sie sich dem nicht widersetzte, weil ihr messerscharfer Verstand stumpf abzugleiten schien am gesellschaftlichen Konsens, der Töchter zwang, sich zu fügen. Celia hasste

Susanna für ihre Schafsköpfigkeit, der Hass tat ihr weh, die Sehnsucht nach Philipp brannte, und die Bilder ihrer verliebten Mutter wühlten sie auf – es war zu viel. Abrupt stand Celia auf und sagte brüsk: »Ich bin furchtbar erschöpft, entschuldige.«
Susanna blieb sitzen, Tränen in den Augen. »Du gehst mir seit Wochen aus dem Weg. Kommst du wenigstens zu meiner Hochzeit?«, fragte sie leise. »Ich möchte dich und deine Familie herzlich einladen.«
»Vielen Dank, aber das wird nicht gehen«, sagte Celia steif. »Wir werden unterwegs sein. Paderborn. Pirmasens. Stuttgart. Und Herford und München natürlich.«
»Aber ihr seid doch in Bremen, du und deine Mutter und deine Großmutter, warum auch immer. Ich habe mich nicht getraut zu fragen, weil es mich ja im Grunde nichts angeht, aber Tatsache ist doch, dass ihr hier seid und also zu meiner Hochzeit kommen könnt!« Sie blickte Celia forschend an, ein Funke scheinbaren Begreifens blitzte auf, und sie seufzte. »Ich bin so eine Idiotin, verzeih mir.« Nach einer Pause fuhr sie fort, wobei sie die Worte sorgsam auswählte: »Wir sind lange genug befreundet, dass keine Garderoben-Probleme zwischen uns stehen sollten. Wir werden etwas Passendes für euch finden.« Als Celia stumm blieb, setzte sie mit flehender Miene nach: »Bitte! Herrgott, du bist doch meine einzige Freundin, weißt du das denn nicht? Bedeutet es dir gar nichts?«
Celia wusste, dass sie ihr unrecht tat, doch der eigene Kummer ließ sie jede Beherrschung verlieren: »Du bist so ein Schaf! So ein dummes Schaf, das sich willig zur Schlachtbank führen lässt! Dein ganzes kluges Gerede

war nur das Blöken eines Schafes! Also frage ich dich, warum ich zu der Hochzeit eines verblödeten Schafes gehen sollte!« Entsetzt riss Susanna die Augen auf. Scham überfiel Celia und sie wandte sich ab.
Nach einem Moment absoluter Stille hörte sie, wie Susanna etwas auf den Tisch legte. »Ich weiß nicht, was mit dir los ist, Celia. Aber ich weiß, dass wir auf ewig miteinander verbunden sein werden, ganz gleich, was dich so gegen mich aufgebracht hat, dass du mich beschimpfen und kränken musst. Dieses Band zwischen uns kann niemals zerstört werden. Es ist ein Geschenk des Schicksals.« Sie verließ die Küche und das Haus, ihre trippelnden Schritte verloren sich.
Celia stöhnte auf. Hätte sie Susanna die Wahrheit sagen müssen? Hätte diese Wahrheit Susanna veranlasst, sich der Heirat zu widersetzen? Ja, gewiss! Aber was wäre dann? Ihr Vater hätte sich wahrscheinlich durchgesetzt. Und dann wäre das Seelenheil ihrer Freundin für immer dahin. Nicht allein, dass sie gegen ihren Willen verheiratet sein musste, es wäre auch noch der Mann, den ihre beste Freundin über alles liebte. Das hätte Susanna das Herz gebrochen.
Nein, es war besser so, sagte Celia sich und drehte sich um. Durch den Schleier ihrer Tränen nahm sie das warme Funkeln eines goldenen Armbands wahr, das Susanna zurückgelassen hatte. Zaghaft nahm Celia den schweren, massiven Schmuck in die Hand. Was für ein Geschenk!

Leise vor sich hin summend bürstete Valentina das schwere rotblonde Haar ihrer Tochter und schlang es

mit einer geschickten Drehung im Nacken zu einem eleganten Knoten, den sie mit Klemmen feststeckte und mit zwei silbernen Kämmen verzierte.
»Die sind hübsch«, sagte Celia und sah ihre Mutter fragend an.
»Aber die habe ich doch schon so lange«, erwiderte Valentina beiläufig und zupfte einige Löckchen aus Celias Frisur. »Erbstücke. Um sie nicht zu verlieren, benutze ich sie selten.«
Sicher, und ich bin die Kaiserin von China, dachte Celia grimmig und biss sich auf die Lippen. Sie hatte kein Recht, über ihre Mutter zu urteilen. Und heute war nicht der Tag, um zu streiten.
Valentina streichelte die Wange ihrer Tochter, als hätte sie die Worte gehört. Ihre Blicke trafen sich, und mit einem Mal wurde Celia sich der Tragweite dessen bewusst, was sie im Begriff stand zu tun. Und sie fühlte sich beklommen und schuldig. Sie nahm die Kämme aus dem Haar. »Lieber nicht.«
Wenig später machten sich die drei Frauen auf den Weg und strebten wie Hunderte andere herausgeputzte aufgeregte Bremer an diesem einunddreißigsten Mai 1890 in den Bürgerpark, um sich davon zu überzeugen, dass die Nordwestdeutsche Gewerbe- und Industrieausstellung halten würde, was Kaufleute und Senatoren sich davon versprochen hatten – ein lokales Ereignis mit überregionaler Bedeutung, das den Ruhm der Hansestadt um eine weltoffene, schillernde, großzügige Facette erweitern und den kleinkarierten provinziellen Ruf, der Bremen anhaftete, wenn nicht vollständig, so doch ein wenig vergessen machen würde. Von weitem erblickten sie die

Umrisse des neuen Parkhauses, ein Kuppelbau mit Zwiebeltürmen, einem gewaltigen Schloss gleich; geschmückte Ruderboote glitten gemächlich auf dem Hollersee dahin, an dessen Ufer Spielmannszüge Aufstellung genommen hatten.

»Donnerwetter!«, entfuhr es Celia, und im selben Moment setzten Fanfaren ein, wacker, aber schauerlich blechern, dass die Trommelfelle schmerzten. Im Anschluss bemühte sich das Sinfonieorchester, doch weil die Bläser so dominierten, war man sich nicht sicher, um welches Stück es sich handelte, was aber niemanden ernsthaft störte. Es war ein großer Tag für Bremen, daran änderten auch ein paar Misstöne nichts. Hälse wurden gereckt, als Kronprinz Friedrich von Dänemark herzliche Grüße seines Landes entsandte und Prinz Heinrich von Preußen die Hand schüttelte. Der Enkel Kaiser Wilhelms I. – spitze Nase, madonnenhaft in der Mitte gescheiteltes Haar, schmale, humorlose Lippen – gab sich schneidig und aufgeräumt, doch die Hansestädter witterten die Pose. Der Applaus blieb höflich. Dann betrat General Leo von Caprivi, der soeben Bismarck als Reichskanzler abgelöst hatte, den Mittelpunkt des Geschehens, schlohweißes Haar, schlohweißer Kaiser-Wilhelm-Bart. Es hieß, der Neue verstünde sich als gesamtdeutsch, nicht als Ministerpräsident von Preußen, wie es seinem hartleibigen Vorgänger nachgesagt worden war, überdies suche er die Annäherung an die Sozialdemokraten und spreche sich für die Abschaffung des Drei-Klassen-Wahlrechts aus. Drei Gründe für die Massen, wie toll zu klatschen, zu johlen und zu pfeifen. Valentina und Großmutter Elvira waren fasziniert und achteten nicht auf

Celia, die sich von der nachrückenden Menge an den Rand abdrängen ließ und sich dann davonstahl. Sie würden glauben, Celia hätte sie im Gedränge verloren und würde daheim auf sie warten, sie würden durch die Ausstellung wandeln und in einem der hübschen Pavillons Kaffee trinken und ein Stück Butterkuchen essen, und am Abend würde der Brief, den Celia unter den Brotkorb geschoben hatte, alles erklären. Sie schrieb von ihrer Liebe zu Philipp und deren trauriges Ende, über ihre Pläne, in die Neue Welt zu ziehen und erst zurückzukehren, wenn sie es zu etwas gebracht und ihre verlorene Liebe verwunden hätte. Schwer lag ihr Herz in der Brust, aber am Ende der breiten Freitreppe, die vom Parkhaus zum See führte, blieb Celia stehen, warf einen Blick zurück und empfand die ihr zu Füßen liegende Pracht als eigens für sie gemacht – ein feierliches Lebewohl ihrer Heimat. Sie lächelte und machte sich entschlossen auf den Weg zum Bahnhof.

Zur selben Stunde schritt im Fränkischen ein grobschlächtiger Mann bedächtig seinen bescheidenen Besitz ab und fragte sich, wie um alles in der Welt sein Vater auf diesem handtuchgroßen Stück Land einst genügend Kartoffeln und Kohl hatte anpflanzen können, um ihn, seine Mutter und seine Schwestern satt zu machen. Niemand würde Wilgur diese Frage nun mehr beantworten können; sein Vater war tot und begraben, so elendiglich eingegangen an der Grippe wie seine Mutter und die Mädchen vor zwei Jahren an Typhus. Wilgur schalt sich, seine Familie im Stich gelassen zu haben, um seinen Traum von der Stadt und der See willen, er weinte um sie und er schwor, dieses Land zu bestellen und zu verteidigen, sich eine Frau zu nehmen und ein anständiges, gottesfürchtiges Leben zu führen, das jenes Widernatürliche in ihm bezwingen würde. Wilgur schluchzte und war so mit seinem Kummer und seinen Gelübden beschäftigt, dass er Kester nicht bemerkte, der hinter dem Holzschuppen lauerte, im Begriff, seinen kleinen Bruder zu rächen, blutig und ohne Erbarmen.

8

Mit seinen Vierschornstein-Schnelldampfern hatte der Norddeutsche Lloyd den Geschmack des Publikums getroffen. Die neue Silhouette war schick, stand für Komfort, Schnelligkeit und Sicherheit. Die vier Schornsteine galten gleichsam als Gütesiegel eines Ozeandampfers, vergleichbar den Sternen auf Cognacflaschen. Die Erste-Klasse-Passagiere schlenderten bereits erwartungsfroh über das Oberdeck der *Eugenia,* die am Bremerhavener Pier thronte und in zwei Stunden nach New York auslaufen sollte. Um schmale Schultern geschlungene Silberfüchse, kecke Persianerhütchen mit Fasanenfedern auf sorgsam gebrannten Korkenzieherlocken, goldene Taschenuhren in seidenen Westen und funkelnde Einkaräter an zarten Händen signalisierten märchenhaften Reichtum und unerschütterliche Zuversicht. Ein paar Tage auf See, ein wenig transatlantisches Vergnügen und wieder retour – welch nette Abwechslung!

Währenddessen drängten die Passagiere des Zwischendecks vom Pier heran. Graues und braunes Tuch, abgewetzte Koffer und fadenscheinige Bündel, widerstreitende Gefühle in den Mienen: Hoffnung, Angst, Argwohn, Wehmut, finstere Entschlossenheit, Vorfreude.

Celia sah an sich hinunter. Es war ein Fehler gewesen, sich im Zug nach Geestemünde nicht umzuziehen, auf der Pferdebahn nach Bremerhaven hatte es keine Gelegenheit mehr dazu gegeben, und so stand sie nun in ihrem besten Kleid am Pier der Hafenstadt, misstrauisch taxiert von den Umstehenden. Als eine junge Frau sie unvermittelt anlächelte, riss Celia sich zusammen, packte ihr Bündel, das sie aus Surianns buntem Schultertuch geknüpft hatte, und erklomm unter den wachsamen Blicken der Spalier stehenden Besatzung die schwankende Gangway der *Eugenia*.

»Das ist aber eine Überraschung«, bemerkte York Hansen lächelnd, als Celia das Schiff betrat. »Nachdem Sie damals so überstürzt davongelaufen waren, hatte ich den Eindruck, Sie seien einer Schiffsreise nicht besonders zugeneigt.«

»Im Gegenteil, ich bin schnell gelaufen, um das Geld für die Überfahrt zu besorgen«, konterte Celia.

»Wenn Sie etwas auf dem Herzen haben, wenden Sie sich vertrauensvoll an Geronimo«, erwiderte er und nickte Celia zu, den Blick bereits auf zwei Männer geheftet, die nach ihr das Deck erreicht hatten und in weichem jiddischen Singsang das Geschehen kommentierten.

Eine zuvorkommende Art, mir zu bedeuten, dass er von einem Mädchen aus der Unterschicht nicht behelligt werden will, dachte Celia bitter und schalt sich im nächsten Moment überempfindlich und undankbar. Sie wandte sich an den bärtigen Mann mit Schmiss auf der rechten Wange und kleinem Goldring im linken Ohr und ließ sich den Weg zu ihrer Kabine erläutern, die am Ende eines langen Ganges im Zwischendeck, also unter der Wasserlinie, lag.

In der Kabinentür blieb sie stehen. Die vier doppelstöckigen Betten standen dicht nebeneinander, sie würde den Atem ihrer Nachbarinnen spüren, ihre Körpersäfte riechen müssen. Celia erschauderte. Dann rief sie sich zur Ordnung. Zimperlichkeit brachte sie jetzt nicht weiter; die Ausdünstungen und der Mundgeruch mancher Jahrmarktsbesucher nach Zwiebeln, Fisch und Alkohol waren schließlich auch nicht von schlechten Eltern gewesen.

Mit dem Geld, das der Pfandleiher ihr für das Armband gegeben hatte, hätte sie sich eine Einzelkabine leisten können; aber Celia hatte darauf verzichtet, um in New York nicht sofort auf Arbeit angewiesen zu sein. Und zehn Tage konnte man es auch in dieser Enge ohne Fenster aushalten, sagte sie sich, wurde aber in ihrem Optimismus wieder schwankend, als sich eine dicke Frau mit eitrigen Furunkeln am Hals auf dem Nebenbett niederließ.

Gut, notfalls könnte sie an Deck schlafen oder sich in einem Rettungsboot verstecken. Celia stopfte ihr Bündel unter das Bett, weil es keinen Schrank gab, nichts, wo sie ihre Sachen hätte verstauen können, fühlte unauffällig nach dem Geld, das sie zur Sicherheit dicht am Körper trug, eingenäht in eine Tasche aus gefilzter mit Fett eingeriebener Wolle, und ging zurück an Deck. Der Dreivierteltakt des *Frühlingswalzers* begleitete die auf den Decks flanierenden oder an der Reling lehnenden Reisenden, die den Zurückbleibenden zuwinkten. Zwei Verliebte umschlangen und küssten sich, hielten inne und sahen sich glücklich in die Augen. Celia erkannte in ihr die junge Frau wieder, die ihr auf dem Pier aufmunternd zugelächelt hatte. Als der Mann sie losließ, hatten seine schmutzigen Finger dunkle Spuren auf ihren Wangen hinterlassen, und erschrocken begann er in seinen Hosentaschen zu wühlen, bis er ein fleckiges Taschentuch zutage förderte, das er ihr verlegen reichte. Dann schob er die Mütze in den Nacken und machte sich davon. Celias Blick gewahr werdend, winkte die Fremde ihr zu und kam zu ihr herüber.

»Mein Mann Johannes«, sagte sie ohne Umschweife und hielt Celia die Hand hin, »und ich bin Britta. Er ist Heizer, aber frisch gewaschen sieht er richtig gut aus.« Sie lachte aus vollem Hals, und Celia war auf der Stelle eingenommen von ihrer Präsenz, dem aufmerksamen Blick, dem flächigen Gesicht mit stumpfer Nase, dem ein herzförmiger Haaransatz einen koboldhaften Ausdruck verlieh.

»Celia Lambert«, erwiderte sie und drückte Brittas Hand, »aus Bremen und allein unterwegs.« Ihre Worte gingen in dem Tusch und anschließender Marschmusik unter, die die Bordkapelle energisch intonierte. Alles drängte an die Reling, um das Ablegen des Dampfers zu verfolgen. Majestätisch glitt die *Eugenia* auf der Weser Richtung Nordsee, vorbei an wogenden Kornfeldern, grasbewachsenen, von cremefarbenen Schafen hell gesprenkelten Deichen und schieferschwarzem, gefurchtem Watt und den der Küste vorgelagerten Inseln, deren Konturen nur ausmachen konnte, wer um ihre Existenz wusste. Denn je weiter der Dampfer aufs offene Meer hinausfuhr, desto mehr gingen Wasser und Himmel ineinander über. Der frühsommerliche Sonnentag fiel nach und nach in diesiges Grau.

Die fiebrige Aufregung der ersten Stunde an Bord, die die meisten Passagiere erfasst hatte, legte sich, man begann sich einzurichten, in Suiten wie in den Kaninchenställen, die Mehrbettkabinen genannt wurden. Hier wie dort bestimmten Essen, Schlafen, Spaziergänge und Seekrankheit den Rhythmus der folgenden Tage, im Zwischendeck sorgte babylonisches Sprachengewirr für zusätzliche Zerstreuung. Ein Meer von Menschen aus Nordeuropa, Deutschland, Irland, Italien, Griechenland, Polen, Ungarn, Armenien, der Ukraine und der Türkei flüchtete vor bitterer Armut, vor Naturkatastrophen, vor Wirtschaftskrisen.

»Wir säen und ernten den Weizen, ohne jemals selber Weißbrot essen zu können, kultivieren Weintrauben, ohne je einen Tropfen Rotwein zu trinken, ziehen Tiere groß, ohne jemals ihr Fleisch zu kosten«, sagte eines Abends unvermittelt Celias Bettnachbarin in rollendem Deutsch, und zwei andere Frauen in den Betten über Celia pflichteten ihr bei. Es gäbe Arbeit für jeden, verkündete die eine im selben Idiom, vor allem in New York gäbe es nichts, was es nicht gibt – Klaviere, die spielten, ohne dass ein Finger sie berührte, Nähmaschinen, die sticken konnten, künstliche Blumen –, und die Amerikaner suchten händeringend Arbeiter für die unzähligen Fabriken und Werkstätten, um die wachsenden Bedürfnisse einer erstarkenden Mittel- und einer schwerreichen Oberschicht zu decken.

Hoffnung zog durch das Zwischendeck, die Frauen begannen zu singen, Männer bliesen auf dem Kamm und tanzten dazu, säbelbeinig und jene Fröhlichkeit verbreitend, der stets ein Unterton von Melancholie bleibt. Celias Ansehen wuchs in dem Maße, wie sie bereit war, ihre Vorbehalte hinunterzuschlucken, die Streitereien und die nächtlichen, hastigen Umarmungen ihrer Bettnachbarinnen mit eingeschmuggelten Liebhabern zu überhören, ihren Mitreisenden Schikanöse beizubringen sowie sich sporadisch und unter lautem Beifall einem von Surianns Tänzen hinzugeben. Ihr Jahrmarktswesen war an viele Menschen gewöhnt, aber nicht daran, vertrauensvoll auf sie einzugehen; ihre Freundschaft mit Susanna, das wurde ihr erst hier so richtig bewusst, war eine Ausnahme, die ihr gewiss nicht zur Regel werden würde. Celia blieb am liebsten für sich, streifte einsam durch das Labyrinth der Gänge im Bauch des Dampfers oder übers Deck, suchte den unendlichen Horizont ab und schickte ihre Angst vor dem Unbekannten, die beißenden Schuldgefühle, ihre Familie verlassen zu haben, und die wehe Sehnsucht nach dem Liebsten übers Meer.

Eines Vormittags traf sie Kapitän Hansen wieder, an seinem Arm eine attraktive, einige Jahre jüngere Brünette mit einem abenteuerlichen Gebilde aus Schleifen und Federn auf dem Kopf, die er Celia als seine Schwester vorstellte. Melanie Hansen taxierte sie interessiert von Kopf bis Fuß, und erst als ihr Bruder sich räusperte, öffneten sich ihre Lippen zu einem strahlenden Lächeln. »Sie würden wunderbar aussehen in Meergrün, meine Liebe.«

Der Kapitän seufzte verhalten, und sofort schoss Melanie ihm einen erbosten Blick zu. »Geh in dein Kommandostübchen, Bruder«, sagte sie und glitt an Celias Seite. »Ich werde mich mit meiner zukünftigen Kundin unterhalten.«

Es stellte sich heraus, dass Melanie von frühester Jugend an jeden Menschen, der ihr begegnete, in Gedanken neu und originell einzukleiden begann und diese Vorstellungen mit geschickter Hand zu Papier brachte, bis ihr mit fünfzehn Jahren klargeworden war, dass sie diese Begabung nutzen musste, wenn sie nicht von einem überforderten Bruder, der sich nach dem Tod der Eltern – so gut es sein Beruf erlaubte – um sie kümmerte, alsbald verheiratet werden wollte. So hatte sie es sich in den Kopf gesetzt, in New York ein eigenes Modehaus zu gründen, und York Hansen, der ihr keinen Wunsch abschlagen konnte, hatte seine Schwester auf diese Reise mitgenommen, damit sie sich mit eigenen Augen überzeugen konnte, dass der Moloch am Hudson River eine Nummer zu groß und zu gewalttätig für ein Mädchen aus der norddeutschen Provinz war. Melanie hingegen hegte keinerlei Zweifel, dass sie für ein Leben am Nabel der Neuen Welt geboren war, und in Celia meinte sie auf den ersten Blick eine Seelenverwandte zu erkennen. Die Sympathie war gegenseitig, und fortan stürmte Melanie jeden Mittag nach dem vorzüglichen Essen und der gestelzten Konversation am Kapitänstisch ein Deck tiefer, um mit Celia über die Passagiere zu lästern und die englische Sprache anhand alter Zeitungsausgaben, die York ihr überlassen hatte, zu studieren. Melanies schwungvoller Optimismus war ansteckend, und doch hätte Celia keinen Pfennig auf die Verwirklichung ihrer Luftschlösser verwettet.

Zum Essen traf Celia sich meist mit Britta und Johannes, der ihrer beider Überfahrt mit seiner Tätigkeit als Heizer verdiente und dafür die harte Arbeit in den mangelhaft belüfteten Maschinenräumen und Kohlebunkern in Kauf nahm: die sengende Hitze, die ihnen schier die Haut vom Leibe riss, die rauhen Sitten der Männer, die schrien und sich prügelten, und den Alkohol, der in

Strömen floss und die ohnehin schon schlechte Verfassung der meisten vollends ruinierte. Johannes, wie seine Frau aus Husum stammend und stoisch wie eine Herde Schwarzbunter, hielt sich von solchen Auswüchsen fern. Zumindest sagte er das.
»Er hat viel zu viel Angst vor mir«, bemerkte Britta vergnügt zu Celia, und Johannes lächelte nachsichtig, bevor er sein letztes Stück Brot hastig in sich hineinstopfte, ihr einen herzhaften Kuss aufdrückte und wieder unter Deck eilte. Versonnen sah Britta ihm nach.
Die Zukunftspläne der beiden waren von soliderem Kaliber als die Melanies, dachte Celia. Als ausgebildete Krankenschwester würde es Britta leichtfallen, eine Stelle bei einem Arzt oder in einem Krankenhaus zu bekommen, die in New York so klingende Namen trugen wie Mount Sinai, sich aber in Struktur und Anforderungen gewiss nicht von deutschen Einrichtungen unterschieden. Britta war der Ansicht, ein gebrochenes Bein müsse geschient werden, das sei auf der ganzen Welt so, und die Amerikaner würden da keine Ausnahme bilden. Und falls doch, würde sie diese Art der Behandlung eben erlernen, basta. Celia zweifelte nicht einen Moment daran, dass Brittas freundlicher Bestimmtheit kaum jemand etwas entgegenzusetzen haben würde, mehr noch: Die Ärzte würden eine energische und zugleich liebenswürdige Kraft mit Kusshand einstellen. Dagegen hatte Johannes geschworen, seinen Beruf an den Nagel zu hängen und sich stattdessen von seinem Schwiegervater Stan in der Kunst des Backens unterweisen zu lassen, um ihm und Brittas Mutter Idi bei der Herstellung von Brot und Gebäck künftig zur Seite zu stehen. Stan und Idi waren

vor einem Jahr nach Amerika ausgewandert. Nicht ganz freiwillig, wie Britta angedeutet, aber nicht weiter ausgeführt hatte. Inzwischen gehörte ihnen eine Bäckerei im deutschen Viertel nördlich der Lower East Side – das Nest für ihre Tochter Britta und Schwiegersohn Johannes war bereitet. Ihr Weg lag gerade vor ihnen.

»Was willst du in New York anfangen, Celia?«, fragte Britta. »Und wo wirst du unterkommen?«

»Ich weiß es nicht«, erwiderte Celia lächelnd, denn es war nicht das erste Mal, dass Britta ihr diese Frage stellte. Ihre Träume würde sie für sich behalten, ganz gleich, wie sympathisch Britta war. Die Dinge verlieren an Energie, wenn man sie in die Welt hinausposaunt, hatte Großmutter Elvira Celia eingeschärft. Und die Peinlichkeit, zugeben zu müssen, nicht zu wissen, welche praktischen Schritte sie unternehmen würde, um diese Träume zu verwirklichen, ersparte sie sich auch lieber.

»Willst du nicht mit uns kommen?«, fragte Britta schließlich. »Johannes und ich werden eine Weile bei meinen Eltern wohnen, bis wir uns etwas Eigenes leisten können. Und für dich wäre in dem Haus bestimmt auch noch eine Kammer frei.« Abwartend sah sie Celia an, doch die schüttelte den Kopf.

»Das ist wirklich lieb gemeint, und ich danke dir. Aber nein, das geht nicht.«

Am frühen Morgen des neunten Tages erreichte die *Eugenia* amerikanische Hoheitsgewässer. Aus dem Dunst, den die Dämmerung zurückgelassen hatte, ließ eine resolute Sommersonne nach und nach eine riesige Frauenfigur erwachsen, die eine steinerne Fackel in der hocherhobenen rechten Hand und ein steinernes Buch mit dem

Datum der amerikanischen Unabhängigkeitserklärung in der linken hielt. Die stumme, monumentale Botschaft von Freiheit und unbegrenzten Möglichkeiten.
Alle Passagiere rannten auf die Steuerbordseite. Ein Raunen ging durch die Menge, als der Dampfer die vom Wasser umschlossene Felseninsel am Westzipfel des Hafens passierte, auf der sich einst ein Armenfriedhof befunden hatte und die nun die dreißig Stockwerke über dem Meeresspiegel aufragende Gestalt trug. Unwillkürlich dachte Celia an ihren Vater und daran, dass seine Ansichten über Freiheit den Anforderungen der Wirklichkeit nicht standgehalten hatten; er hatte sich fesseln lassen von althergebrachten Vorstellungen und den Ansprüchen, die seine enttäuschte Frau an ihn stellte.
Doch das alles lag nun hinter ihr. Celia hatte es geschafft, ganz allein, sie war in Amerika! Gänsehaut lief ihr über den Rücken, und Tränen der Freude und Erleichterung stiegen ihr in die Augen. Rasch wischte sie sie fort.
»Ha, junge Frau, wer jetzt nicht vor Rührung überwältigt wird, ist tot!«, bemerkte ein älterer Herr neben ihr und schwenkte seinen Zylinder.
Nachdem die *Eugenia* an den Piers des Hudson River festgemacht hatte, wurden die Passagiere der ersten Klasse noch an Bord einer flüchtigen Begutachtung unterzogen und gingen dann direkt an Land. Melanie winkte Celia von der Gangway begeistert zu. »Ich warte auf dich am Ausgang!«, schrie sie gegen den Wind an, und Celia nickte.
Dann ergriff sie ihr Bündel und stellte sich mit Britta in die Reihe derer, die auf die Fährschiffe nach Castle Garden warteten – ein baufälliges, aus allen Nähten platzen-

des Amtsgebäude am Rande Manhattans, das die Regierung des Bundesstaats New York demnächst durch ein neues Durchgangslager auf Ellis Island, einem ehemaligen Munitionslager draußen im Hafen, ersetzen würde. Doch noch war Castle Garden der Ort, an dem jeden Tag Tausende zu Gott oder Allah oder dem großen Ganzen beteten: Bitte, bitte, mach, dass ich jetzt nicht nach Hause zurückgeschickt werde, nicht jetzt, wo der Ozean überquert und alle Brücken ins alte Leben abgebrochen sind!

Viele kniffen sich in die Wangen, um gesund auszusehen, andere lächelten, als wollten sie Steine erweichen, etliche versuchten, möglichst unbeteiligt zu wirken, als wäre ihre Einreise eine reine Formalität, nichts, was ernsthaft gefährdet sein könnte. Die Mitarbeiter der Einwanderungsbehörde, die von früh bis spät sogenannte Polygamisten, Mittellose, Kriminelle, Geisteskranke, Herzleidende und körperlich Behinderte aussortieren mussten, ließen sich jedoch nicht beeindrucken. Stoisch stellten sie Fragen über Fragen und schrieben die Antworten mit gespitztem Bleistift auf.

Celia fürchtete sich am meisten vor dem Augentest und wich unmerklich einen Schritt zurück, als ein Arzt sich ihr näherte, ein hakenförmiges Instrument in der Hand. Mit geübtem Griff packte er sie erst am Arm, dann am Hinterkopf. »Halten Sie still«, sagte er auf Englisch und brachte das Instrument in Stellung.

Vor Entsetzen hielt Celia den Atem an. Eine halbe Ewigkeit lang blieben ihre Augenlider hochgezogen, damit der Arzt in Ruhe nach dem Trachom fahnden konnte, einer bakteriellen Entzündung des Augenlids, die zur

Vernarbung der Bindehaut führte und im letzten Stadium zur vollständigen Erblindung. Ein Trachom-Infizierter wurde unverzüglich zur Rückkehr gezwungen, schließlich wollten sich die Vereinigten Staaten niemanden ins Land holen, der sich in Zukunft nicht durch seiner Hände Arbeit würde ernähren können. Weil die strengen Einreiseregelungen weder auf das Alter noch die Situation der Unglücklichen Rücksicht nahmen, wurden auf diese Weise ganze Familien auseinandergerissen.

»Okay«, murmelte der Arzt, und Celia ging erleichtert zum Registrierungsschalter zurück. Suchend sah sie sich um. Britta und Johannes, die sich offenkundig geschickt durch die Massen gekämpft hatten, standen ganz vorn in der dritten Reihe neben ihr. Britta redete auf den Beamten ein und schenkte ihm ihr schönstes Lächeln.

»Ich heiße Britta van Steen, Gutmann«, zirpte sie und wiederholte ihren Namen laut und gedehnt. Doch es nützte nichts. Aus Britta wurde Brittany, aus Johannes Joe, aus Gutmann Goodman, und um ein Haar hätte Celia Lambert das Land als Sheila Lummbird betreten, wenn sie dem Beamten nicht ein Blatt Papier vor die Nase gehalten hätte, auf das sie ihren Namen in Großbuchstaben geschrieben hatte.

Schnell, als drohe Gefahr, dass ein Uniformierter ihr im letzten Moment den Weg versperren könnte, lief Celia aus dem Gebäude. Von Melanie war weit und breit nichts zu sehen, auch den Kapitän konnte Celia nirgendwo entdecken. Aber Britta und Johannes warteten wie verabredet hinter der Absperrung auf sie, bestens gestimmt, als hätte ihnen die stundenlange Anspannung nichts aus-

gemacht, sie alberten herum, lachten und winkten Celia glücklich zu.
»Das ist Vati!«, rief Britta übermütig und deutete auf den Mann mittleren Alters neben ihr, der über sein ganzes kugelrundes Gesicht strahlte, froh, seine Tochter und seinen Schwiegersohn wohlbehalten an Land zu wissen. Die Innenseite der Hand, die Stan Goodman Celia reichte, war weich wie frischer Rührteig, und als er sie anlächelte, legten sich seine wasserblauen Augen in ein Strahlennetz aus feinen Falten, gewebt aus jener Heiterkeit, die den Sorgen und den vielen Problemen, die das Dasein in einem fremden Land mit sich brachten, nicht erlaubten, die Gedanken zu dominieren.
»Ich freue mich sehr, Sie kennenzulernen, liebe Celia. Wie ich hörte, stammen Sie aus Bremen, und so erlaube ich mir, Sie im Namen von Little Germany willkommen zu heißen!« Er deutete eine halbe Verbeugung an und fügte listig hinzu: »Dann dürfen wir Sie ja in Zukunft öfter als Gast in unserem Haus begrüßen, nicht wahr?«
Celia lachte in sich hinein.
Offensichtlich hatte Britta ihren Vater rasch ins Bild gesetzt, darüber, wer sie war, und vor allem, dass sie sich weigerte, viel mehr als ihren Namen preiszugeben. Britta war hartnäckig, das musste man ihr lassen, und, mit einem Mal bewegt davon, dass ein Mensch, den sie vor zehn Tagen noch nicht gekannt hatte, alles daransetzte, sie nicht aus den Augen zu verlieren, nickte sie. »Ja, sehr gern, vielen Dank.«
Brittas Augen sprühten. »Na, dann wollen wir gleich damit anfangen. Zu Hause warten Haselnusskaffee und Apfelkuchen.«

Von Melanie war immer noch nichts zu sehen.
Das ist bei ihrem quecksilbrigen Charakter nicht weiter verwunderlich, dachte Celia. Melanie warf gewiss keinen Blick zurück, hielt sich nicht an flüchtigen Bekanntschaften fest, ganz gleich, wie groß die Sympathie gewesen sein mochte, und das war vielleicht nicht die schlechteste Voraussetzung, um in ein neues Leben zu starten.
Die Sonne stand inzwischen hoch am Himmel und leuchtete jeden Winkel der vor ihr liegenden Welt aus, einer fremden, einschüchternden und zugleich hinreißenden Welt aus Stein und Glas, die sich anschickte, in den Himmel zu wachsen. Den Goodmans folgend ließ Celia sich hineintreiben in den Strom der Tausenden, die unsicher und überwältigt von den turmhohen Wolkenkratzern die Straßen entlang Richtung Broadway taumelten, konfrontiert mit ohrenbetäubendem Lärm, hektischem Verkehr, gehetzten Menschen, ameisengleich in diese seltsamen Häuser strebend wie von einer unsichtbaren Kraft gezogen. Überall lungerten Schirmmützenträger herum, belauerten die Neuankömmlinge, bis sie ihre Wahl trafen und die Ahnungslosen mit einem begeisterten Schwall in deren Muttersprache überrumpelten. Erfreut und bewegt von der unerwarteten Herzlichkeit und Hilfsbereitschaft scherten die Opfer aus dem Strom aus, um sich diesen skrupellosen Schleppern anzuschließen, die ihre Gutgläubigkeit schamlos ausnutzten und die Einwanderer in schäbige Mietskasernen in der Lower East Side verfrachteten, wo sich der Dreck türmte und Typhus grassierte. Das jedenfalls hatte Melanie mit dramatisch aufgerissenen Augen eines Abends

erzählt, um sich einmal mehr über ihren besorgten Bruder lustig zu machen.
Tatsächlich machten diese Männer nicht gerade einen vertrauenerweckenden Eindruck, fand Celia und beschleunigte ihren Schritt. Plötzlich jedoch hielt sie inne. Ihr Blick wurde von einem hübschen Burschen gefesselt, der wenig älter als Celia sein mochte. Er lehnte an einem Karren, dessen Ladung mit einem Tuch bedeckt war, zog an einer Zigarette und bot, die Mütze in den Nacken geschoben, sein bartloses, feingeschnittenes Gesicht dem gleißenden Licht dar. Er schenkte Celia nicht die geringste Beachtung. Dennoch hätte Celia Stein und Bein geschworen, dass er sie sehr wohl bemerkt hatte und jetzt lediglich vorgab, es nicht zu tun.
»Diese Schlepper machen einen ganz verrückt«, meinte Britta, die Celias Verwirrung gespürt hatte, hakte sich bei ihr ein und löste dadurch den Bann.
»An der Canal Street sind wir aus dem Schlamassel draußen«, meinte Stan aufmunternd. »Dort nehmen wir eine Straßenbahn zur First Avenue, und dann ist es nicht mehr weit.«
Während sie ihren Weg fortsetzten, spürte Celia seinen Blick in ihrem Rücken. Als sie sich umdrehte, war der Mann verschwunden.

9

Diese feingesponnenen, wie aus Silber gewirkten Fäden, dieser duftige Moiré. Versonnen, fast ein wenig überrascht, als hätte das alles eine andere erlebt, berührte Susanna den hauchzarten Schleier. Dann ließ sie ihn unvermittelt los. Herrje, draußen wartete die ganze Familie ungeduldig auf sie, während sie sich in Erinnerungen an ihre ebenso prachtvolle wie gediegene Hochzeit verlor. Pastor Ferten hatte sich selbst übertroffen und tatsächlich eine würdige Predigt zustande gebracht, der die zweihundert Gäste respektvoll lauschten; der gelungene Beginn des Festes wurde auch in der Folge durch keinen Fauxpas getrübt. Der Champagner hatte die richtige Temperatur, der Räucherlachs zerging auf der Zunge, das Ballhaus bot den angemessenen Rahmen. Mit einem Wort: Es war sterbenslangweilig.

Die Verlobungszeit war kaum aufregender verlaufen. Überzeugt, den Sohn eines gut getarnten Gangsters ehelichen zu müssen, hatte Susanna sich alle Mühe gegeben, in Philipp ein Quentchen jener attraktiven Verderbtheit ausfindig zu machen, die sie seinem Vater Armin zuschrieb, nachdem sie das erste Mal in seine hellgrauen Haifischaugen geschaut hatte. Von da an hatte sie jede Äußerung ihres Bräutigams, jeden Blick und jede Geste dahingehend gedreht und gewendet. Aber es hatte nichts geholfen.

Philipps Benehmen war über jeden Zweifel erhaben, er blieb ihr gegenüber gleichbleibend höflich. Nur ein

Hauch von Melancholie, der seine Augen gelegentlich umschattete, legte den Schluss nahe, dass da mehr sein musste als das, was man auf den ersten Blick erkannte.
Zu Susannas Gefühl umfassender Enttäuschung gehörte auch, dass ihr beider neuer Wohnsitz in der Emmastraße nicht einmal ein bescheidenes Zwiebeltürmchen aufwies, das Anlass zu nachbarschaftlichem Gerede hätte geben können.
Das Haus, ein Geschenk von Philipps Vater, entsprach dem soliden Wohlstand von Mittelschichtlern, die es zu etwas gebracht hatten, und fiel weder durch Größe noch durch architektonische Extravaganzen auf, was Susannas Ehrgeiz die Inneneinrichtung betreffend dämpfte. Mit französischem Dekor machte man sich nur lächerlich, wenn der Rest einer überdimensionierten Hundehütte glich. Und Philipp war's ohnehin gleich, ob er auf einer Chaiselongue saß oder einem Feldstein, dachte Susanna und fuhr zusammen.
Es hupte, dreimal kurz, einmal länger. Enervierend lange.
Sie riss das Fenster auf und winkte. »Ich komme gleich!« Dann ergriff sie die zwei Reisetaschen, rief nach dem neuen Mädchen, damit es die Koffer hinunterwuchtete, überlegte es sich anders, als sie an die Zartheit des Mädchens dachte, nahm die Koffer selbst in die Hand und grinste, als Philipp ihr entgegeneilte.
»Ich bin doch nicht aus Porzellan«, meinte sie gutmütig, und gut gelaunt gab er zurück: »Das muss ja nicht jeder wissen.«
»Im Ernst, neben dem neuen Mädchen komme ich mir vor wie ein Preisboxer. Ich fürchte schon um ihre Ge-

sundheit, wenn sie eine Kaffeekanne in die Hand nimmt. Warum um Himmels willen haben wir sie eingestellt?«

»Weil ihre Geschichte interessant zu sein versprach«, erinnerte er sie leichthin. »Die Mutter aus Sizilien, mittellos, der Vater angeblich ein Pianist mit deutsch-lettischen Wurzeln, die Großmutter ein Findelkind …«

»Schon gut.« Susanna schwankte zwischen Verärgerung und Verwunderung, dass Philipp sie so leicht durchschaute und sich noch nicht einmal scheute, es auszusprechen.

In seinem Blick lag jedoch nicht ein Hauch von Zynismus, allenfalls ein wenig freundschaftliche Belustigung, und eines Tages würde sie sich dieses Moments entsinnen, als sie begann, ihren Ehemann zu mögen.

»Kinder, also bitte!« Marthe Pahlenberg reckte den Kopf aus der Kutsche und wedelte ungeduldig mit ihrem zusammengeklappten Fächer. Die drückende Hitze der vergangenen Woche war laueren Temperaturen gewichen, Wolken zogen über den blassblauen Himmel, sich gelegentlich drohend aufeinandertürmend, nur um sich alsbald wieder unschuldig zu zerstreuen. Aber selbst ein Gewitter hätte Marthe Pahlenberg von der langersehnten Fahrt in die Sommerresidenz nicht abhalten können. Da ihr jede Minute dieser Zeit kostbar war, mochte sie die Saumseligkeit ihrer Tochter nicht länger hinnehmen.

Susanna und Philipp kletterten in die Kutsche, und fast augenblicklich zogen die vier Pferde an, die erst vor kurzem die beiden altgedienten Apfelschimmel ersetzt hatten, wie auch der Landauer einem geräumigeren Modell hatte weichen müssen.

Sie verließen die Stadt in nordwestlicher Richtung, bis

sie das Dorf Lesum erreichten, folgten dem Uferweg, der in sanften Bögen vom Kirchberg hügelabwärts führte, um wenig später das hohe Ufer der Lesum zu erklimmen, an dem sich parkähnliche Gärten erstreckten, in deren Mitte große Landhäuser unter alten Bäumen ruhten. Vermögende Bremer hatten sich hier ab Mitte des neunzehnten Jahrhunderts jene Residenzen geschaffen, wie sie in den engen Grenzen der Hansestadt in dieser Form nicht möglich waren – im direkten wie übertragenen Sinne: In Lesum wurden die Hemdsärmel aufgekrempelt, das Strohhütchen keck in die Stirn gezogen, und gelegentlich soll sogar die Pfeife im abendlichen Damenrund gekreist sein, was Susanna für eine Legende hielt. Aber dennoch: In Lesum schienen die Sitten gelockert, eine für Bremen so ganz untypische Leichtigkeit gepaart mit der Lust, sich in der Natur zu ergehen, erfüllte die Herzen, wenigstens bis zum Herbst.
Das Leben am Fluss erschien Susanna in ihrer Kindheit als eine einzige Abfolge spannender Ereignisse. Sie lernte Schwimmen, Rudern, Segeln und Tennisspielen, brach in aller Herrgottsfrüh mit ihren Freundinnen und Freunden und deren Eltern zu ganztägigen Ausflügen in die Beckedorfer Becke und die Schönebecker Aue auf; sie unternahmen Rudertouren die Hamme und die Wümme hinauf und picknickten. Sie spielten Indianer gegen Trapper, Jungs gegen Mädchen, und gründeten in Roberts Baumhaus geheime Clubs für oder gegen alles Mögliche.
Als Susanna heranwuchs, verlor der Ort nichts von seiner heiteren Sorglosigkeit und der eigenartigen Faszination, die er bisweilen auf sie ausübte.

Während sich die Kutsche an diesem Junitag ihrem Kindheitsparadies näherte, wurde ihr bewusst, dass es nur einen einzigen Wunsch gab, der ihr hier versagt geblieben war: einen Sommer mit Celia an der Lesum zu verbringen. Aber als Schaustellerkind war ihre Freundin all die Jahre über auf Reisen gewesen, und nun war es zu spät. Celia …

Susannas Herz sank, als sie sich ihrer letzten Begegnung entsann, die in Streit und Unverständnis geendet hatte, und wohl hundertmal hatte sie Celias Vorwürfe auseinandergepflückt und bedacht, bis sie sich eingestehen konnte, dass sie im Kern der Wahrheit entsprachen. Ja, ihre Einwilligung in eine arrangierte Ehe konnte man durchaus als schafsköpfig bezeichnen – aber indem sie Philipp Merten heiratete, rettete sie das Unternehmen ihres Vaters, seine Reputation und damit den Familienfrieden, ganz gleich, ob diese Rettung auch auf anderen Wegen und mit anderen Mitteln hätte bewerkstelligt werden können. Zweckverbindungen dieser Art wurden jeden Tag geknüpft, und Celia hatte keinen Grund, sich derart darüber aufzuregen. Es sei denn, sie wäre selbst in Philipp Merten verliebt, aber Celia hätte ihr dieses Geheimnis ganz gewiss anvertraut.

An dieser Stelle ihrer Überlegungen verbat sich Susanna jede weitere und schalt sich, nicht ganz bei Verstand zu sein. Sie beschloss, sich diesen Sommer nicht mit verqueren Grübeleien zu verderben, sondern die Zeit zu genießen, so gut es als verheiratete Frau eben ging, und nach ihrer Rückkehr im Herbst würde sie Celia im Oktober auf dem Freimarkt besuchen; notfalls würde sie so lange Karussell fahren, bis die Freundin endlich das

Kriegsbeil begraben würde. Bei Punsch und Zuckerwatte würden sie dann wieder die Köpfe zusammenstecken wie einst und sich umarmen, erleichtert, dass ihre Dummheit es nicht geschafft hatte, sie um diese kostbare Freundschaft zu bringen.

Alles würde gut werden. Susanna ballte die Faust vor Anstrengung, um dieses Bild vor ihrem inneren Auge zu entfalten, und erschrak, als sie plötzlich Philipps Berührung spürte.

»Geht es dir nicht gut?« Aufmerksam erforschten seine rehbraunen Augen ihre angespannten Züge, und Susanna bemühte sich um ein Lächeln.

»Doch, doch, ich bin nur so maßlos glücklich«, erwiderte sie mit leiser Ironie, »dass ich vergessen habe, zu frühstücken, was mir wie immer Kopfschmerzen bereiten wird. Zu dumm.«

Wortlos begann Philipp in seiner Reisetasche zu wühlen und förderte schließlich einen Apfel zutage, den er Susanna reichte.

»Danke«, sagte sie und biss in das säuerliche Fruchtfleisch. Ihre Augen begegneten denen ihres Ehemanns, so flüchtig und freundlich wie Fremde, die übereinkamen, dieselbe Richtung einzuschlagen, und als Susanna sich fragte, wie er wohl reagieren würde, wenn sie ihn an ihren Gedanken teilhaben lassen würde, kam die Kutsche zum Stehen.

Susanna riss die Tür auf und sprang auf den knirschenden Kies, der das Pahlenberg'sche Anwesen umfloss wie ein silberglänzender Wasserlauf. Damit war der Vornehmheit Genüge getan; das Haus erfreute sich einer robusten Architektur, einer frontseitigen, erhöhten Holzveranda, auf der man vortrefflich sitzen und das Kommen und Gehen bei den Nachbarn beobachten konnte, und lichtdurchfluteter Räume mit hohen, mit schwedischem Klappmechanismus ausgestatteten Sprossenfenstern. Im Süden eroberte eine cremefarbene englische Kletterrose das erdrote Ziegeldach, die einzige Blütenzierde in einem weitläufigen, mit Rasen und ausgesuchten Schattenpflanzen unter Kastanien und Eichen mehr nach praktischen als ästhetischen Gesichtspunkten gestalteten Garten. Obschon Marthe das Landleben liebte, besaß sie kein gärtnerisches Geschick, mochte diese Arbeit jedoch auch keinem Angestellten überlassen, weil sie »nicht unter dem Apfelbaum liegend von einem Domestiken beobachtet werden wollte«.

Während nun Walter Pahlenberg seinen Schwiegersohn herumführte, packten Susanna und ihre Mutter in Windeseile ihre Koffer aus, wechselten die Reisekleider gegen luftigere Baumwollröcke und mäßig gestärkte weiße Blusen und verbannten das Korsett in die hinterste Ecke der Garderobenschränke.

Dann tat jede das, wonach sie sich wochenlang gesehnt hatte: Marthe rückte sich ihren Lieblingsliegestuhl aus Peddigrohr in den Halbschatten eines schmächtigen Apfelbaums und ließ sich seufzend hineinfallen, fest entschlossen, die Stellung absoluter und bewusst gewählter Tatenlosigkeit bis zum traditionellen Willkommensessen bei den Matthiessens zu halten. Unbemerkt von Vater und Ehemann kaperte Susanna hingegen das am Steg vertäute himmelblau lackierte Ruderboot, das ihren Namen trug, und steuerte flussaufwärts. Die körperliche Anstrengung spülte die Schlacken endloser Überlegungen aus Herz und Hirn und half Susanna, sich für ein paar kostbare Momente im Einklang zu fühlen mit allem, was war.

»Ahoi!«, schrie eine Gestalt am Ufer und winkte. Robert.

»Ahoi!«, erwiderte sie seinen Gruß, den sie seit ihrer Kindheit pflegten. »Du hast keine Chance, Pirat! Die Kommandeuse Ihrer Majestät wird das Schiff bis zum letzten Atemzug verteidigen!«

Der Losung entsprechend hätte Robert jetzt in die Lesum hechten und die *Susanna* entern müssen, doch stattdessen rief er ihr nur ein »Bis heute Abend!« zu und verschwand in den Wiesen.

Was hatte sie sich auch gedacht? Dass sie trotz ihrer Heirat das Lesumer Bauernmädel geben könne, das mit seinen Freunden herumschäkerte? Verärgert stieß Susanna die Ruder ins Wasser. Nach einigen Minuten begann das kleine Boot plötzlich heftig zu schaukeln.

»Wollen wir doch mal sehen, ob die Kommandeuse kämpfen kann!« Robert war lautlos herangeschwommen und hielt nun den Bug umklammert. Fröhlich lachte Susanna ihn an, viel zu glücklich, um sich zu wehren.

»Das ist ja ein ganz gemeiner Trick!«, kiekste sie. »Den hat dir der Klabautermann beigebracht!«

Mit einem eleganten Schwung stemmte Robert sich hoch, sein nasser Oberkörper glänzte im Sonnenlicht, und Susanna kam nicht umhin, seine elfenbeinerne, sehnige Nacktheit mit der muskulösen Statur ihres Ehemanns zu vergleichen. Sie errötete und hoffte, er würde es nicht bemerken, aber den Gefallen tat Robert ihr nicht.

»Es ist zwecklos, so zu tun, als hätte sich nichts verändert«, sagte er. »Ich mache dabei nur eine lächerliche Figur. Verzeih mir.« Ohne ein weiteres Wort glitt er zurück ins Wasser und schwamm mit kräftigen Zügen flussabwärts. Susanna ruderte zurück, das Gefühl eines Verlustes im Herzen.

Mit dieser Begegnung war die erwartete und erhoffte Vollkommenheit des Sommers schon am ersten Tag dahin.

Verstimmt streifte Susanna bis zum Abendessen ziellos durch die Wiesen, ließ sich von einer Wespe stechen, was ihr gestattete zu weinen, und kam mit sonnenverbranntem Gesicht gerade noch rechtzeitig, um sich zum Abendessen umzuziehen. Philipp und ihre Eltern saßen bei geöffneter Terrassentür im Wohnzimmer, das von einem lichtgelben Chintzsofa nebst Sesseln und einem Rauchertisch aus Messing dominiert wurde, und vertrieben sich die Zeit mit Canasta und Brandy.

Sie gingen die gut fünfhundert Meter zu Fuß. Obschon sich erneut Wolken bedrohlich formierten, hatten die Gastgeber die Tafel im Garten decken lassen, schlicht, aber die aufgefahrenen Getränke ließen an Matthiessens Intention keinen Zweifel. Es sollte ein feuchtfröhlicher Ferienbeginn werden, wie jedes Jahr.

Mit glänzenden Augen inspizierten Püppi Hagedorn und zwei der drei Nottelmann-Schwestern, Ingelore und Wiebke, die Szenerie und die intime Gesellschaft, die mit dem Eintreffen der Pahlenberg-Mertens sowie Margot Nottelmanns am Arm eines hübschen jungen Mannes und mit ihren äußerst zufrieden wirkenden Eltern im Schlepptau vollständig war.

»Tristan!«, rief Susanna wenig damenhaft und ließ Philipp stehen, der sogleich von Püppi in Beschlag genommen und in ein Gespräch über das Leben in Togo im Allgemeinen und die Abende auf See im Besonderen verwickelt wurde.

»Was macht die Schauspielerei?«, fragte Susanna mit gesenkter Stimme, und Tristan, ihr Freund aus frühester Jugend, der lieber Gedichte rezitierte statt auf Bäume zu klettern, flüsterte zurück: »Sie glauben, sie hätten mich im Sack, aber daraus wird nichts.« Susanna warf Margot einen schnellen Blick zu. »Sie weiß Bescheid«, sagte Tristan. »Wir halten die Alten in Schach, indem wir ein bisschen verliebt tun. Und sobald ich den Vertrag mit den Meiningern unterzeichnet habe, bin ich wie der Wind über alle Berge. So wahr mir Gott helfe.«

»Und gramgebeugt, wie ich dann sein werde, habe ich alles Recht der Welt, weitere Heiratsanträge in den Wind zu schreiben«, ergänzte Margot süffisant.

»Warum kannst du nicht einfach in Bremen Theater spielen?«, fragte Susanna belustigt und Tristan rollte mit den Augen.

»Noch nie etwas vom Meininger Hoftheater gehört? Nichts davon, dass das Ensemble seit Jahren in ganz Europa auf Tournee ist? Dass es dabei ist, seinen Zenit zu überschreiten, und deshalb junges, frisches Blut braucht? Zum Beispiel mich? Ihr seid alle Kulturbanausen«, murmelte er, lächelte Susanna aber versöhnlich an. Dann fügte er hinzu: »Margot ist ein netter Kerl. Wir bewahren uns eine Weile gegenseitig davor, ein Schicksal wie du erleiden zu müssen. Wie läuft es denn so mit euch Frischvermählten?«

Ein Gongschlag, der jeden Grashalm erzittern ließ, unterbrach ihre Unterhaltung, was Susanna sehr gelegen kam, denn es wäre ihr peinlich gewesen, die Frage wahrheitsgemäß zu beantworten, und anlügen wollte sie Tristan auch nicht. Sie lächelte ihm verschwörerisch zu und nahm ihren Platz zwischen Püppis Eltern, Heinrich und Adeline Hagedorn, ein. Als man sich gesetzt, zugeprostet und den Mädchen beim Auftragen der Speisen zugesehen hatte, lenkte Matthiessen senior die Aufmerksamkeit aller auf sich, indem er weitschweifig von seinen Plänen zu erzählen begann, seinen Golfplatz um drei Löcher auf insgesamt neun zu erweitern. Walter Pahlenberg schüttelte ein wenig den Kopf und wurde sogleich ertappt.

»Du hast es gerade nötig, die Nase zu rümpfen, ja?«, ereiferte sich Matthiessen. »Golf ist die beste Eintrittskarte in die britische Oberliga, denn auch die muss ihre Knöpfe mit Garn annähen. Willst du expandieren, musst du Golf spielen.« Walter Pahlenberg gab zurück, dass der britische Garnhandel so uneinnehmbar sei wie der Tower, Golf hin oder her. Mit halbem Ohr hörte Susanna, wie Robert, der neben Adeline saß, den ihm gegenüber plazierten Philipp fragte, ob ihn das Spiel interessiere, worauf der mit den Schultern zuckte und sich gleich darauf dafür entschuldigte.

»Schon gut«, winkte Robert ab und bedachte sein Gegenüber mit einem amüsierten, gleichwohl mitfühlenden Blick, der Susanna nicht entging und sie Hoffnung schöpfen ließ, dass dieses Band der Freundschaft erhalten bliebe.

Sie lächelte und behielt dieses Lächeln einfach bei, als

der Hausherr sich veranlasst sah, einen Toast auf sie und Philipp auszubringen, der den Schlusspunkt unter die Tafel setzte. Leicht berauscht vom jungen Beaujolais gingen die Damen sich die Beine vertreten, während die Herren den Salon voller Behagen mit dickbauchigen Zigarren vollqualmten.

Bis auf Susannas Vater, der den angekündigten Golfunterricht für grobe Zeitverschwendung hielt, traf sich die Gesellschaft am nächsten Morgen am selben Platz wieder, um den Tag mit einem ausgedehnten Frühstück zu beginnen; die Herren Hagedorn, Nottelmann und Matthiessen senior ein wenig rotnasig, da sie dem Cognac bis weit nach Mitternacht zugesprochen hatten, die Damen frisch und gelassen in schwingenden weißen Röcken.

Federnden Schritts betrat wenig später der ungemein britisch aussehende Golftrainer – rotbraune gewellte, drahtige Haare, abstehende Ohren, rundes Gesicht auf kompaktem Körper – den Garten und trieb seine Eleven zur Eile an. Gehorsam marschierten sie zu dem hinter dem Haus der Matthiessens gelegenen Abschlagplatz und übten sich im korrekten Hüftschwung. Adeline Hagedorn machte die beste Figur, was wegen ihres angeborenen Fußfehlers, der sie nötigte, monströse Schuhe zu tragen, keiner erwartet hatte.

»Da sieht man's mal, jeder Kretin kriegt den Ball in die Luft«, tönte sie sarkastisch. »Bleibt nur die Frage, wie ich über den Platz kommen soll? Per Sänfte vielleicht, getragen von zwei hübschen jungen Herren?«

Ihre Lust, sich in den Mittelpunkt des Geschehens zu humpeln, war so legendär wie von ihrer Tochter Püppi gefürchtet. »O Gott, nicht schon wieder«, murmelte sie entnervt und drosch auf den Ball ein, als trüge er die Schuld an ihrem Los, mit dieser Mutter geschlagen zu sein.

Philipp schien nicht zu bemerken, was um ihn herum geschah. Nach jedem Ball, der das Tee mehr oder weniger würdevoll verlassen hatte, blickte er in die Weite.

»Ich fürchte, er langweilt sich zu Tode«, bemerkte Robert leise zu Susanna.

Dann haben wir wenigstens etwas gemeinsam, dachte Susanna.

»Glaubst du, er würde lieber ausreiten?«

»Ich weiß es nicht«, erwiderte sie und fügte lakonisch hinzu: »Ich weiß nicht einmal, ob er überhaupt reiten kann.«

»Noch, ob du es zu wissen wünschst«, ergänzte Robert leichthin, ohne sie anzusehen. »Aber siehst du, mich interessiert es brennend. Ich werde versuchen, ihn aus der Reserve zu locken.«

»Das ist nett von dir«, gab sie unverbindlich zurück, doch ihr Ton ließ keinen Zweifel daran, dass sie das Unterfangen für aussichtslos hielt.

»Du gibst ihm keine Chance, nicht wahr?«

»Darauf kommt es doch gar nicht an. Philipp ist ein Außenseiter und er wird es bleiben. Alle geben sich wirklich Mühe, ihm das Gefühl zu geben, dass er dazugehört, aber allein die Tatsache, dass sie sich Mühe geben müssen … Verstehst du, was ich meine?«

»Du bist ja ein größerer Snob als ich«, erwiderte Robert und musste lachen. »Solange dir die Unterschicht in Gestalt von Celia eng, aber nicht zu eng auf die Pelle rückte,

hat es dir gefallen, nicht wahr? Hach, diese Wonnen sozialistischer Gleichmacherei!«
»Sei doch still!« Aufgebracht funkelte Susanna ihn an, und er, immer noch lachend, wandte sich ab und ging auf Philipp zu.

Philipp konnte sich tatsächlich mehr schlecht als recht im Sattel halten, zeigte sich jedoch sofort einverstanden, als Robert ihm vorschlug, einen Ausritt die Lesum hoch zu unternehmen. Nun kämpfte er mit einer dickköpfigen Stute, die seine Haltung und seine Zügelführung nach kürzester Zeit als mangelhaft entlarvt hatte und Spaß daran fand, hie und da stehen zu bleiben und ein wenig Gras zu knabbern. Das jämmerliche Schauspiel entsprach Philipps Seelenlage, weshalb er keinerlei Antrieb verspürte, etwas daran zu ändern. Gottergeben saß er auf dem Pferderücken und hing seinen trüben Gedanken nach.
Er hatte auf ganzer Linie versagt, so viel stand fest. Er hatte Celia und ihre Liebe und ihre gemeinsame Zukunft verraten – nicht um seines Vaters willen, sondern weil seine Mutter ihm keinen Ausweg gelassen hatte. Zunächst hatte er sich vehement geweigert, den rücksichtslosen Plänen seines Vaters zuzustimmen, und behauptet, er habe sich heimlich mit Celia verlobt. Seine Mutter, die eine Gefährdung des von ihr äußerst subtil initiierten und sorgfältig getroffenen Arrangements zwischen ihrer Familie und den Pahlenbergs um jeden Preis verhindern wollte, griff zu jener Waffe, die sie am besten beherrschte und mit der sie den Willen ihres Mannes wie des Sohnes in der Vergangenheit schon oft zur Strecke gebracht

hatte: Sie drohte, ins Wasser zu gehen. Die mit brüchiger Stimme vorgetragene Ankündigung, in der gleichwohl jener Hauch todesmutiger Entschlossenheit nachklang, die die Adressaten emotionaler Erpressungen zuverlässig alarmiert, verfehlte ihre Wirkung auch dieses Mal nicht.

Philipp versprach, alles zu tun, um seine Mutter wieder lächeln zu sehen. Doch noch in Togo hatte er erkannt, es könne nicht der Schöpfung Wille sein, dass der Mensch das eigene Wollen verleugnet. Kaum zurück auf deutschem Boden war er nach Herford gereist, wo er die Familie Lambert vermutete. Dort, auf dem Jahrmarkt, wollte er standesgemäß um Celias Hand anhalten, geriet jedoch in den größten Schlamassel seines Lebens. Wutschnaubend hatte Gerald Lambert ihm entgegengeschleudert, er werde ihn hinter Schloss und Riegel bringen, sollte er sich den Seinen jemals wieder nähern. Sogleich hatten sich Cyrus, Francesco und einige andere Schausteller eingefunden, um Gerald moralisch und handgreiflich zu unterstützen. Sie rollten die Ärmel auf, ballten die Fäuste und wollten mit gesenktem Kopf, Stieren gleich, auf den verhassten Sohn eines Abtrünnigen losgehen, als vier berittene Polizisten dazwischengingen und lautstark nach Kester Lambert verlangten. Den Moment nutzte Philipp, um sich aus dem Staub zu machen, und lief geradewegs Suriann in die Arme, die ihn mit einer Mischung aus Mitgefühl und Geringschätzung musterte. Ermutigt, weil sie ihm nicht sofort vor die Füße spuckte, fragte er sie, was um Himmels willen denn geschehen sei, dass er eine solche Behandlung verdiene. »Das fragst du noch?« Sie hatte den Kopf geschüt-

telt und leise und verächtlich gelacht. »Männer sind doch wirklich alle gleich. Kennst du einen, kennst du alle.« Sie machte eine Pause, dann fügte sie gedehnt hinzu: »Celia hat sich entschieden. Du wirst sie niemals wiedersehen.«
Verwirrt und am Boden zerstört war er nach Bremen zurückgekehrt, ungeduldig erwartet von seiner Mutter, die mit feinem Instinkt aus Philipps überstürzter Abreise und seiner desolaten Verfassung die richtigen Schlüsse zog, das Hochzeitsdatum festlegte und sich mit Marthe Pahlenberg verabredete, um die Gästeliste zusammenzustellen.
So gab Philipp wenige Wochen später den Ehemann. Es fiel ihm nicht einmal schwer, weil es nun, da Celia nichts mehr von ihm wissen wollte, ohnehin gleichgültig war, wie und mit wem er sein Leben verbringen sollte. Er hielt seiner Frau die Tür auf, teilte die Zeitung beim Frühstück mit ihr, schlief gelegentlich und nicht ungern mit ihr, weil sein Körper nach Befriedigung verlangte und der ihre weich und sinnlich war. Er mochte Susanna, schon allein deshalb, weil sie die beste Freundin seiner Geliebten war, und einmal hatte er sich getraut, Susanna beiläufig nach ihren Freundinnen zu fragen, aber zur Antwort bekommen, sie hätte keine. Offensichtlich hatte Celia auch dieses Band zerschnitten, was angesichts des Verrats nur konsequent war. Sie wusste ja nichts von Philipps vergeblichem Versuch, das Ruder herumzureißen. Philipp hasste sich für das, was geschehen war; sein ganzes Fühlen und Denken wurde von dem entsetzlichen Gedanken beherrscht, er habe zu schnell aufgegeben, gekniffen statt gekämpft, und um diesen quälenden

Grübeleien zu entkommen, hatte er seinen Vater gebeten, ihn alsbald wieder fortzuschicken, nach Togo oder dorthin, wo der Pfeffer wuchs.
So hockte er mit rundem Rücken und hängenden Schultern auf dem Gaul wie das fleischgewordene Selbstmitleid, eine unfreiwillige Reminiszenz an Cervantes' *Ritter von der traurigen Gestalt.* Als ihm die Komik der Situation aufging, hob er den Blick und begegnete Roberts Augen, in denen der Schalk tanzte.
»Mit Karussellpferden kann ich besser umgehen«, bemerkte Philipp mit einem schiefen Lächeln, saß ab und überließ die zufrieden kauende Stute sich selbst.
»Lass mich raten«, gab Robert amüsiert zurück. »Dir wäre jedes Mittel recht gewesen, dieser illustren kleinen Gesellschaft eine Zeitlang zu entkommen. Ist es nicht so?«
»Aber nein, ich finde es sehr … interessant auf dem Land.«
»So kann man es auch nennen«, meinte Robert lakonisch und sprang vom Pferd. Eine Weile standen sie schweigend nebeneinander und blickten über die Wiesen, in denen noch der Mohn stand, eskortiert von wilden Kornblumen und fettem Löwenzahn, dann nahm Robert das Gespräch wieder auf. »Was willst du aus deinem Leben machen?«
Verwundert sah Philipp ihn an. »Was ist denn das für eine Frage?«
Robert, die Hände in den Hosentaschen, zuckte mit den Schultern. »Ich weiß, was es heißt, Sohn eines allgegenwärtigen Vaters zu sein.« Als Philipp schwieg, fuhr er fort: »Und dazu noch ein Schwiegervater vom alten

Schrot und Korn, der die Fahne der Tradition höher hält als alle anderen.«
»Nicht ganz so hoch, wie alle denken«, sagte Philipp. »Sonst wäre ich nicht hier.«
»Aber gerade doch. Der alte Pahlenberg weiß ganz genau, dass die Stunde der Gewitzten geschlagen hat, die das Wort Konvention kleiner schreiben als das Wort Profit. Um seinen Garnhandel und also die Tradition zu retten, braucht er jemanden wie dich, einen Zögling der neuen Klasse. Ganz einfach.«
»Ich wusste nicht, dass dieser Kuhhandel Gesprächsthema in Bremen ist«, erwiderte Philipp verdrossen. »Abgesehen davon tauge ich nicht zum Unternehmer. Nicht zu dieser Art Unternehmer …«, verbesserte er sich und dachte wehmütig an die schönen Pläne, die Celia und er geschmiedet hatten.
Robert blieb stehen und wandte sich ihm zu. »Ich glaube, du hast noch nicht verstanden, dass du alle Trümpfe in der Hand hast«, sagte er eindringlich. »Eine schöne und hochintelligente Frau, die dich unterstützen wird, wo sie kann, zwei Väter, zwei Unternehmen und so viel Geld, dass du dir um die Finanzierung deiner geheimen Wünsche keine Sorgen machen musst. Du hast keinen Grund, den Mond anzuheulen. Capice?«
»Hat Susanna dich geschickt, damit du mir ein wenig auf den Zahn fühlst?«, fragte Philipp belustigt, doch Robert winkte ab.
»Ach wo. Nimm es als gut gemeinten Ratschlag. Ich bin überzeugt davon, dass man in diesem Irrsinn von Gesellschaft nur überleben kann, wenn man seine Neigungen nährt. Sonst verhungert man bei lebendigem Leibe. Be-

sonders dann, wenn man dieses Champagnerleben weder gewöhnt ist«, er machte eine kleine Pause und sah ihn vielsagend an, »noch es angestrebt hat.«
»Woher willst du das wissen? Vielleicht habe ich ja meinem Vater in den Ohren gelegen, eine erstklassige Partie für mich auszuhandeln!« In Philipps Blick lag Herausforderung.
»Mein Instinkt sagt mir etwas anderes.« Robert blieb stehen und nestelte aus der Satteltasche zwei Äpfel heraus und hielt sie den Pferden hin, die die Früchte sogleich krachend zerkauten. »Du kannst es mir glauben oder nicht, aber mir ist daran gelegen, dass es dir gutgeht – damit es Susanna gutgeht. Sie ist ein wunderbarer Mensch.«
Philipp musterte ihn mit gerunzelter Stirn. Die zaghafte Sympathie, die er Robert entgegengebracht hatte, schlug in Misstrauen um. Das Gespräch nahm eine Wendung, die er nicht verstand und die ihm nicht gefiel. Andeutungen und Zweideutigkeiten webten ein Netz, in dem sich nur der nicht verhedderte, der dergleichen gewöhnt war, Leute wie Püppi, Hubertus, Tristan und wie sie alle hießen. Sie würden begreifen, was Robert ihm gerade mehr oder weniger subtil beizubringen versuchte – ob Susanna Gegenstand seiner geheimen Neigungen war oder ob er und seine blasierte Clique herausfinden wollten, welchen Lastern der Neue, an den sie sich jetzt wohl oder übel gewöhnen mussten, frönte. Und sie würden scharf wie ein frisch geschliffenes Florett retournieren.
»Wir sollten zurückreiten«, sagte Philipp spröde, saß auf und griff so energisch nach den Zügeln, dass die Stute überrascht gehorchte und in Trab fiel. Er war verärgert.

Und doch war, wie ihm später bewusst werden würde, soeben ein Samen auf den ausgedörrten Boden seiner Einbildungskraft gefallen.
Die Sommerwochen an der Lesum gingen in der Folge so dahin wie stets mit nur wenigen Abweichungen von der gewohnten Routine. Tristan errichtete im Garten der Nottelmanns eine kleine Bretterbühne und studierte mit seiner Verlobten, ihren Schwestern und Püppi Hagedorn eine Commedia dell'Arte-Miniatur eines hochbegabten Verfassers ein, der »sein Inkognito zu gegebener Zeit lüften werde«. Ob der ungewohnten theatralischen Erfahrung zeigte Püppi sich ein wenig handzahmer, geradezu liebenswürdig, was ihren Bruder Hubertus so langweilte, dass er seinerseits anfing zu sticheln. Robert vergrub sich zur großen Verwunderung seiner ebenso sportlichen wie trinkfesten Eltern bis zum frühen Abend im Turmzimmer des Landhauses und zeigte sich erst nach dem Essen in Feierlaune. Susanna und Philipp entdeckten die gemeinsame Lust, ausgedehnte Wanderungen mit Picknicks zu unternehmen; sie lagerten stundenlang im Schatten mächtiger Kastanien und lasen oder träumten in den blassblauen Himmel, erfreut, wie leicht es war, die Anwesenheit des anderen hinzunehmen, ohne sie als Belastung zu empfinden. Spanferkel wurden gegrillt, Tennisturniere veranstaltet, Hängematten strapaziert, Weinvorräte zur Neige gebracht, geschäftliche wie freundschaftliche Verbindungen bekräftigt. Nicht alles eitel Sonnenschein, aber doch das meiste.
Eines Mittwochabends im August kehrte Walter in das Ferienhaus zurück, was ungewöhnlich war, denn normalerweise kam er nur fürs Wochenende. Seine Haltung

drückte Zorn und Missbilligung aus. Mit zusammengepressten Lippen ließ er nach Frau und Tochter schicken, die beide in bauschigen, weißen Organza gehüllt Wolken gleich von der Terrasse ins Wohnzimmer wehten, nicht ahnend, welcher Sturm sich gleich entfesseln sollte.

»Was ist das?«, donnerte Pahlenberg ihnen entgegen, hielt ein goldenes Armband mit drei tropfenförmig gefassten Diamanten in die Höhe und schüttelte es. »Das musste ich heute in der Pfandleihe Auf den Häfen entdecken! Ich warte auf eine Erklärung! Susanna!«

Susanna erbleichte, als sie das Armband als das ihre erkannte, das sie Celia geschenkt hatte. Bedeutete es ihrer Freundin so wenig, dass sie es versetzt hatte? Oder steckte die Familie in Schwierigkeiten, und Celia war nichts anderes übriggeblieben, als den wertvollen Schmuck zu veräußern? Vielleicht hatten sich die Lamberts mit dem Kauf des Karussells übernommen?

Während der alte Pahlenberg weiter wütete, überlegte Susanna fieberhaft, wie sie der Sache auf den Grund gehen könnte ohne ihre Freundin in Verlegenheit zu bringen.

Die Gelegenheit ergab sich zwei Tage später. Walter Pahlenberg war besänftigt wieder abgereist, nachdem Susanna ihm weisgemacht hatte, sie habe das Armband verloren, sich aber nicht getraut, ihm den Verlust zu beichten. Ihre Mutter Marthe glaubte ihr zwar kein Wort, ließ es aber dabei bewenden, um ihrem Liegestuhl nicht länger fernbleiben zu müssen.

Die Nottelmanns hatten zum Frühstück gebeten, und während man pochierte Eier löffelte, erwähnte Püppi beiläufig, dass sie in Kürze nach Bremen aufbrechen wolle, um ein paar Besorgungen zu erledigen, und nichts gegen nette Gesellschaft einzuwenden habe. Ihre dunklen Robbenaugen weiteten sich überrascht, als Susanna fröhlich erwiderte, sie würde »ach so gerne auf einen Sprung in die Obernstraße, zu Hoffmanns Modesalon, mitkommen«. Zu Susannas Erleichterung hatten weder Philipp noch ihre Mutter etwas gegen den Damenausflug einzuwenden, und wenig später fuhren Susanna und Püppi mit dem Duc der Hagedorns, einem eleganten Zweispänner, davon.

Als Susanna mittags vor dem Pfandhaus Kaluppke in der Straße Auf den Häfen stand, schloss der Besitzer, ein knochiges, gebeugtes Männchen mit Spitzbart und verhangenen Augen, gerade die Tür ab.

»In einer Stunde stehe ich wieder zu Ihrer Verfügung«, sagte er freundlich und lüpfte den Zylinder.

»Darf ich Sie ein Stück begleiten?«, fragte Susanna kokett, und die drahtigen Brauen des Pfandleihers schossen in die Höhe.

»Ein schönes Lächeln erhellt meinen Tag, und ich danke mit Hochachtung, jedoch bringt es keinen Groschen mehr, junge Dame, mit Verlaub«, erwiderte Kaluppke und wandte sich um, doch Susanna ließ ihn nicht gehen.

»Sehen Sie, ich muss wissen, warum eine junge Frau, rotblond, grünäugig, ein Armband versetzt hat, golden, mit drei tropfenförmigen Diamanten«, sagte sie ohne Umschweife, und Kaluppkes Brauen verschwanden unter dem Rand des Zylinders.

»Aber du meine Güte, wenn ich mich um das Warum und Woher meiner Kunden kümmern würde, hätte ich

ja viel zu tun. Außerdem ist Diskretion sehr wichtig in meinem Gewerbe. Guten Tag!« Er zog den Zylinder erneut und ließ Susanna stehen.
»Sie steckt in Schwierigkeiten, sonst hätte sie das Armband niemals versetzt!«, rief Susanna ihm hinterher. »Und ich muss ihr helfen, verstehen Sie!«
Der so eindringliche wie flehende Ton in ihrer Stimme zeitigte Wirkung. Kaluppke blieb stehen und musterte Susanna einen Moment. »Golden, drei tropfenförmige Diamanten sagen Sie? Lassen Sie mich überlegen.« Er legte Daumen und Zeigefinger an sein Kinn und zupfte an seinem schütteren Bart herum. »Doch, doch, jetzt entsinne ich mich. Hat mich ein ganz schönes Sümmchen gekostet. Der Herr, der es vor kurzem erwarb, besaß zum Glück einen Sinn für das Exquisite und hat den Preis ohne mit der Wimper zu zucken bezahlt.«
»Und die junge Frau – was hat sie gesagt?« Susanna bebte vor Ungeduld.
»Was hat sie gesagt? Was hat sie gesagt? Ah, jaja, ich weiß, ich weiß es deshalb, weil ich es meinem Bruder erzählt habe, dessen Tochter auch auswandern und ihn dazu überreden wollte, sie und ihren Mann zu begleiten.« Kaluppke redete sich warm. »Eine ganz unmögliche Idee, typisch für meine Nichte, am Ende sind sie dann geblieben, weil Thaddäus, was mein Bruder ist, der Flötenbauer, nicht wahr, ihr avisiert hat, sie zu enterben …«
»Auswandern?«, wiederholte Susanna tonlos.
»Ja, ja, jetzt erinnere ich mich genau. Ich war nämlich misstrauisch, weil die Kleidung der jungen Frau im krassen Gegensatz zum Wert des Schmucks stand, und sehen

Sie, mit Diebesgut will ich nichts zu tun haben, das bricht einem irgendwann das Genick, sie kommen einem drauf …«

»Und?«, drängte Susanna ihn.

»Und dann versicherte sie mir glaubhaft, dass es sich um ein Erbstück mütterlicherseits handelte, das sie befugt sei zu versetzen. Soweit ich das verstanden habe, wollte die ganze Familie nach Amerika und brauchte für dieses Unternehmen selbstredend jede Mark.«

Amerika.

Susanna bedankte sich höflich und ging langsam den Sielwall hinauf zum Osterdeich. Hier schaute sie auf das graue Band der Weser und fragte sich, welche Teufel diese Familie geritten haben mochten, der Heimat mir nichts, dir nichts den Rücken zu kehren, und nahm stumm Abschied von dem Mädchen, das sie in diesem Augenblick lieber zu haben glaubte als sich selbst.

Feiner Nieselregen benetzte Pferde und Wagen. Die feuchte Luft kräuselte Valentinas Madonnen-Haar zu einer Varieté-Frisur, die sie verwegen wirken ließ. Valentina saß breitbeinig auf dem Kutschbock, ließ gelegentlich ein kehliges »Ho!« hören und war bester Laune, obwohl es viele Gründe gab, die dagegen sprachen.

Da war zum einen dieser Regen, der die Fahrt nach Hamburg mühsam machte, weil Wege und Pfade verschlammten und zum Teil unpassierbar geworden waren, was die Lamberts auf Umwege gezwungen hatte. Überhaupt war es eine unglaublich dumme Idee gewesen, wie anno dazumal mit Pferd und Wagen und dem neuen Karussell nach Hamburg zu ziehen statt mit der

Eisenbahn zu reisen, aber Gerald hatte sich durchgesetzt. »Ehe wir alles verladen haben, sind wir schon halb dort«, hatte er gegrollt.

Valentina mochte die Stadt an der Elbe, nicht aber das ständige Hin und Her von einem Stadtteil zum nächsten. Fast fünfhundert Jahre hatten Gaukler, Händler und Handwerker im Mariendom ihre Künste und Waren anbieten dürfen, dann war das Gotteshaus abgebrannt und die Beschicker schlugen seither ihre Stände und Zelte mal hier, mal dort auf. Immer wieder kündigten Stadtvertreter vollmundig an, dass in Bälde ein fester Standort benannt werden würde, doch bislang war es bei schönen Worten geblieben. Trotzdem war Hamburg stets ein lukratives Geschäft, auf das Gerald angesichts ihrer Investition keinesfalls verzichten wollte. Das hatte allerdings zur Folge, dass sie zweimal durch ganz Deutschland reisen mussten, weil im September schon wieder die Münchner Theresienwiese anstand. Vor diesem Hintergrund war Geralds Entscheidung gegen die Bahn umso unverständlicher, doch niemand, nicht einmal Großmutter Elvira, hatte es gewagt, ihm zu widersprechen. Seit Celia fort war, konnte man Gerald nichts mehr recht machen.

Nachdem Valentina den Brief ihrer Tochter auf dem Küchentisch gefunden und gelesen hatte, war ein heftiger Streit zwischen ihr und Großmutter Elvira entbrannt. Valentina hatte ihrer Schwiegermutter vorgeworfen, Celias Pläne zumindest geahnt zu haben. »Einmal wären deine Karten und der ganze Schnickschnack zu etwas gut gewesen – und was tust du? Sagst keinen Ton! Was für eine Großmutter und Mutter bist du eigentlich? Hast du nicht einmal an deinen Sohn gedacht? Es wird ihm das Herz brechen!« Letzteres glaubte Valentina zwar nicht, aber es tat ihr gut, Elvira ein schlechtes Gewissen zu machen; und so redete sie sich weiter in Rage, bis sie schließlich unvermittelt in Tränen ausbrach. Sie ließ es sich gefallen, dass Elvira ihre Hände nahm. »Sie wird wiederkommen. Vertrau ihr. Es tut nicht gut, sich dem Wunder der unbehinderten Natur in den Weg zu stellen.«

Die Worte ergaben für Valentina keinen Sinn, doch der mitfühlende Ton, in dem ein tiefes Wissen schwang, besänftigte sie. Schließlich beschlossen sie, nach Herford aufzubrechen, um es Gerald zu sagen. Es war furchtbar gewesen. Er hatte geschrien und getobt, selbst Anka, Stephan, die Jungen, Suriann, Francesco, Buffalo, Cyrus und alle anderen Schausteller, die eilig zum Ort des Tumults gelaufen kamen, waren wie erstarrt stehen geblieben; Gerald hatte Morddrohungen gegen Philipp ausgestoßen und sich selbst einen Vollidioten geschimpft, seine Frau angefunkelt und ums Haar geohrfeigt. Dann war er davongestürmt und hatte sich betrunken. Seine spröde Entschuldigung am nächsten Morgen klang ihr noch in den Ohren, und Valentina begriff, dass sie weder etwas tun konnte, um seinen Schmerz zu lindern, noch ihren Mann jemals wieder würde lenken können wie die Wurst am Stock den Hund.

Und dann war Philipp Merten in Herford aufgetaucht! Alles kochte erneut hoch und brachte die Gemüter in Wallung, bis die nächste Tragödie die Aufmerksamkeit aller auf sich zog. Kester wurde der schweren Körperverletzung bezichtigt und in Ketten abgeführt. Stummes

Entsetzen begleitete ihn ebenso wie die Tränen seiner verzweifelten Mutter und das Wissen seiner Angehörigen, dass es hart werden würde, den Sechzehnjährigen zu ersetzen, der Kraft für zwei besaß.
Es gab also an und für sich keinen Grund, weshalb Valentina Lambert guter Dinge war – wenn man davon absah, dass sie ein Faustpfand für die Zukunft im Herzen trug, das ihr half, diesen Teil ihres gegenwärtigen Lebens zu ertragen.

10

Honiggelb und knusprig braun – das ist unser Morgentraum! Vier für drei und sechs für vier – schnelles Greifen sichert's dir!« Die duftenden Schnittbrötchen verschwanden in Körben und Schürzen, Centstücke landeten klimpernd in der offenen Kasse. Beifälliges Gelächter und zufriedenes Brummen erfüllte die kleine Backstube in der East 2nd Street, die sich nach dem üblichen morgendlichen Ansturm allmählich leerte. Gegen halb zwölf würde es wieder eng werden, und bis dahin war noch einiges zu tun.

Celia pustete sich eine Strähne aus der Stirn, die sich im Eifer des Gefechts gelöst hatte, und stemmte lachend die Hände in die Hüften. »Meine Güte, das werden ja jeden Morgen mehr!«

»Das haben wir dir zu verdanken«, sagte Stan, aber Celia schüttelte den Kopf. »Ganz bestimmt nicht. Es liegt an den Brötchen, den Blätterteigbrezeln und dem Apfelkuchen mit Krokant, die besser sind als alles Gebäck, das ich je gegessen habe. Und das geht offensichtlich nicht mir alleine so!«

Stan strahlte. »Wir brauchen Gewürze«, meinte er dann und zupfte an seinem linken Ohrläppchen, wie er es immer tat, wenn er nachdachte. »Salz vor allem, aber auch Zimt für den Milchreis, oder ist noch genug da für heute Mittag, Idi?«

»Hmhm«, machte Idi zerstreut, während sie sich auf die hauchdünnen Blätterteigbrezeln konzentrierte, die, wenn

sie gelangen, im Munde zergingen, falls nicht, pappig schmeckten und am Gaumen festklebten.
»Ich geh schon«, rief Celia munter, band ihre Schürze ab und fasste Toni behutsam am Arm, der lautlos die Treppe heruntergekommen war, nachdem die letzte Kundin den Laden verlassen hatte, und nun vor einem geöffneten Mehlsack stand. »Möchtest du mich begleiten? Ich verspreche auch, keinesfalls auf eine Linie zu treten!«
Die weichen Züge des sechsjährigen Jungen zeigten keine Regung, zögernd nahm er den Finger aus dem Mehl und ging zur Tür. Stan zählte einige Münzen ab und drückte sie Celia in die Hand. Sie ließ sie in ihre Rocktasche gleiten und verließ mit dem Jungen die Bäckerei.
Stan und Idi sahen den beiden gerührt nach. Dass sie Celia hatten überreden können, bei ihnen zu bleiben, war ihr größtes Glück. Als das junge Mädchen vor wenigen Wochen das erste Mal vor ihnen gestanden hatte, hatte sie ihre Herzen im Sturm erobert. Mit ihrem verhaltenen Lächeln erhellte sie ihre Backstube und gewann selbst Tonis Zuneigung, was die Goodmans am meisten freute und ihre spontane wortlose Übereinstimmung festigte, sich dieses Mädchens anzunehmen. Celia war die Lösung ihrer Probleme.
Stanislaus Goodman hatte die Backstube und das dreistöckige Haus vor kurzem gekauft; die zehntausend Dollar waren über dreißig Jahre mit sechs Prozent Zinsen abzuzahlen, was einen monatlichen Abtrag von achtzig Dollar bedeutete. Mit Brot, Gebäck und Kuchen nach norddeutscher Art würden er und seine Frau Editha, genannt Idi, das Geld schon hereinbekommen,

dessen waren sie sich sicher, zumal sie nun auch fertiges Mittagessen zum Mitnehmen anboten: Würstchen im Teigmantel, Sauerkraut mit Kassler, Schweinskotelett mit Erbsen und Kartoffelpüree, Rinderleber mit Apfelschnitzen, Milchreis mit Pflaumenkompott – jeden Tag ein anderes Gericht, solange der Vorrat reichte. Das Geschäft der Goodmans florierte, und abends, wenn Backstube und Verkaufsraum blitzblank geputzt waren, fielen sie erschöpft, aber dankbar ins Bett, um früh um vier wieder von vorn zu beginnen. Ihr Leben drehte sich um Mehl, Eier, Butter, Zucker, Gemüse und Fleisch und ließ ihnen kaum eine Minute, ihre gut geschnittene Wohnung im ersten Stock mit einer Küche, einem Badezimmer mit Spülklosett und einem Zimmer für ihren Sohn einzurichten, geschweige denn sich ausreichend um ihn zu kümmern.

Manchmal schien es ihnen so, als seien sie immer noch auf der Flucht, aber darüber sprachen sie nicht. Sie waren hier, in Amerika, es war ihnen gelungen, den Anfeindungen und Drohungen einer sturen, vorurteilsbeladenen Landbevölkerung unbeschadet zu entkommen, die in Toni eine Ausgeburt des Satans und in seiner Mutter dessen willige Hure sah.

Ihr einziger Kummer war damals gewesen, ihre Tochter und ihren Schwiegersohn zurücklassen zu müssen, weil das Geld nicht für fünf Schiffspassagen reichte, und so waren Stan und Idi über die Maßen erleichtert gewesen, als Britta ihre Ankunft für dieses Frühjahr ankündigte. Im selben Brief bat sie ihre Eltern, sich für sie nach einer Stellung als Krankenschwester umzuhören, damit sie so bald wie möglich eigenes Geld verdienen könnte. Das hatte Stan und Idi enttäuscht, denn sie waren davon ausgegangen, dass ihre Tochter im Laden helfen würde. So blieb ihnen nur Johannes, der ihnen zur Hand gehen konnte, aber die Goodmans bezweifelten, dass ihr Schwiegersohn den Verlockungen Manhattans lange würde widerstehen können. Wer für Bandenführer und Gangster die Drecksarbeit erledigte, der konnte in der Woche ein hübsches Sümmchen Blutgeld zusammenbekommen, ein Vielfaches von dem, was die Bäckerei einbrachte. Sie würden es ihrer Tochter niemals sagen, aber ihrer Ansicht nach fehlte es Johannes an Verantwortungsbewusstsein.

Deshalb empfanden sie es als Wink des Schicksals, dass ihnen diese junge entwurzelte Frau ins Haus gesandt worden war. Zwar war ihr partout nicht zu entlocken, was sie veranlasst hatte, dem Deutschen Reich den Rücken zu kehren, aber wer fragte danach?

Celia hatte die Mansarde bezogen und war mittlerweile allseits beliebt in Little Germany. Sie war lustig und gütig, blitzgescheit und ehrgeizig. Alberte mit den Kundinnen herum und dichtete, war sich weder zu schade noch je zu müde, um Mehlsäcke und Backbleche anzupacken, und besaß überdies eine Engelsgeduld, wenn es um Toni ging. Nie wurde sie unwirsch, wenn er wie in Stein gegossen dastand und die Wände anstarrte, noch reagierte sie ängstlich, wenn er unvermittelt zu schreien und in höchster Not um sich zu schlagen begann. Vor allem aber behandelte sie ihn niemals wie Luft oder tat nur freundlich. Mit einem Wort: Celia war für die Goodmans ein Geschenk des Himmels.

Als Celia und Toni ihren Blicken entschwanden, fasste

Stan seine Idi um die mollige Taille und wirbelte sie in der Backstube herum, bis ihre zausligen dunkelblonden Löckchen sich lösten und sie aufschrie.

»Lässt du das bleiben, Stanislaus Gutmann! Was sollen denn die Nachbarn denken!«, sagte sie und warf einen besorgten Blick aus dem Schaufenster. Stan rollte mit den Augen und fiel in einen verhaltenen Walzerschritt.

»Rüdiger hat mir erzählt, dass er neulich in der Nähe der Mulberry Street zu tun hatte«, meinte er, »und da war wohl die Hölle los. Die Schwarzen tanzten einen urkomischen Shuffle, und die Iren legten einen Jig hin, dass der Boden bebte!«

Idi musterte ihren Mann kurz, und Stan schlug die Augen nieder, denn seine Worte entsprachen nur der halben Wahrheit. Er und Rüdiger, ein Schreiner, der eine Straße weiter wohnte und aus dem norddeutschen Selent stammte, hatten sich eines Sonntags beim Bier heißgeredet; es juckte die rechtschaffenen Männer, einmal über die Stränge zu schlagen, gerade so viel, um anderen Sinnes zu werden, und so unauffällig, dass ihre Frauen ihnen nicht draufkamen.

Sie beschlossen, nach Five Points zu spazieren, jenem berüchtigten Viertel, das nach den fünf Straßen, die hier aufeinandertrafen, benannt war: Mulberry Street, Anthony Street, Cross Street, Orange Street und Little Water Street. Vor fünfundzwanzig Jahren hatten hier bürgerkriegsähnliche Kämpfe zwischen irischen Einwanderern und Einheimischen getobt, inzwischen regierten Gauner und Lumpensammler das Gebiet – und stampfende Rhythmen. Hier donnerten dunkelhäutige Menschen mit flinken Füßen über die Bretterböden und nannten es Stepp, andere wackelten beim Shuffle mit Hintern und Händen, und die Iren zeigten bei jedem Tanzwettbewerb, dass sie im Jig immer noch einsame Klasse waren. Alkohol floss in Strömen, und leichte Mädchen strichen durch die Reihen der johlenden Zuschauer, warfen verführerische Blicke und wiegten die Hüften. Die prickelnde Atmosphäre des Verbotenen hatte Stan elektrisiert, dennoch schwor er sich, die Five Points zukünftig zu meiden. Es tat nicht gut, in Abgründe zu schauen. Anders verhielt es sich mit der Musik, die ihn begeistert hatte und die seiner Ansicht nach per se unschuldig war und universell. Ein Ton war ein Ton. Also konnte nichts Verwerfliches daran sein, in ihrem Viertel, Little Germany, eine Combo auf die Beine zu stellen, deren Repertoire über Polka, Walzer und Märsche hinausging. Aber Stans Initiative zeitigte nicht den rechten Erfolg.

Denn Little Germany war ein besonderes Pflaster. Mehr als zweihunderttausend deutsche Auswanderer hatten das Viertel um den Tompkins Square in der Lower East Side zu ihrem Deutschländle gemacht, wie sie es schwäbisch-liebevoll nannten. Vor fünfzig Jahren hatten hier knapp vierundzwanzigtausend Deutsche in heruntergekommenen Mietskasernen, ohne fließendes Wasser und mit Außentoiletten, gelebt, die Straßen waren verdreckt, die hygienischen Bedingungen miserabel, tödliche Krankheiten von Cholera bis Tuberkulose rotteten ganze Familien aus.

Mit den Jahren besserte sich jedoch die Lage erheblich. Die deutschen Einwanderer unterschieden sich von denen aus anderen Ländern häufig durch ihre Schulbildung, Fachkenntnisse und besonderes Geschick im Handwerk. Strebsam und diszipliniert führten sie ihr Deutschländle zu bescheidenem Wohlstand und der Illusion, man befände sich noch in der alten Heimat. Es gab deutsche Schuster, Schneider, Barbiere, Ärzte, Kolonialwarenhändler, Wirte, Priester, Biergärten, Sportvereine, Schützenvereine, deutschsprachige Bibliotheken, Gesangschöre, Schulen und Kirchen. Man sprach Deutsch und sah keine Veranlassung, dieses grässliche amerikanische Englisch zu lernen, das klang, als hätte man eine Wolldecke im Mund. Nur die Tatsache, dass das quirlige Little Italy in unmittelbarer Nachbarschaft lag und sich in regelmäßigen Abständen mit farbenfrohen Prozessionen und fröhlichen Akkordeonklängen bemerkbar machte, erinnerte Stan und Idi und die meisten Deutschländler gelegentlich daran, dass sie unter Lebensgefahr einen Ozean überquert hatten und in der Neuen Welt lebten.

»Komm, lass uns so tun, als seien wir in Amerika«, witzelte Stan und zog Idi an sich. Leise summte er einen Blues.

Unterdessen hatten Celia und Toni die Grenzen Little Germanys verlassen und schlenderten auf die südliche Lower East Side zu.

Idi würde es nicht gern sehen, weil sie stets in Sorge um Toni war, der ihrer Überzeugung nach einer verlässlichen Ordnung bedurfte. Jede Veränderung, so meinte sie, wirke sich ungünstig auf sein unberechenbares Verhalten aus, und tatsächlich hatte er bei ihrem ersten kleinen Ausflug dieser Art leise zu wimmern begonnen, kaum dass sie die First Avenue überquert hatten. Doch dann war ein marodes Fuhrwerk an ihnen vorbeigeholpert, der Händler hatte ein Kantholz übersehen, so dass ein Rad entzweibrach und die Ladung, bestehend aus einer nicht geringen Anzahl Käfigen mit Tauben und Kaninchen, landete auf der Straße, Staub und Dreck aufwirbelnd. Das hölzerne Gefängnis der Tiere hatte dem Aufprall nicht standgehalten, so dass die Tauben wegflogen und die Kaninchen in alle Richtungen davonhüpften. Toni war augenblicklich verstummt und hatte das Spektakel mit großen Augen verfolgt und schließlich gelächelt.

Seit diesem Vorfall spazierte er stets willig und erwartungsfroh neben Celia her, den Blick in die Ferne gerichtet, scheinbar auf der ständigen Suche nach den Tieren. Celia hatte beschlossen, diese Episode für sich zu behalten, ebenso wie sämtliche ihrer nachfolgenden Ausflüge.

Es würde Stan und Idi nur in Sorge versetzen, wenn sie erführen, dass sie die engen Grenzen von Little Germany als bedrückend empfand und jede Gelegenheit nutzte, um ins Nachbarviertel mit seinen Tausenden von Geschäften einzutauchen. Dort herrschte eine Atmosphäre wie in einem riesigen Basar, babylonisches Sprachengewirr drang aus Kneipen, Bäckereien, Obst- und Gemüseläden, an unzähligen Verkaufsständen priesen Händler mit grauen Schürzen lautstark ihre Waren an – Früchte, Töpferwaren, Kleidung, Brillen, Knöpfe, Schreibwaren, Scheren, Unterwäsche, Stoffreste, Werkzeug und Geschirr, Töpfe, Pfannen, Schuhbänder, Bücher, gebrauchte Mäntel und Hüte für fünfundzwanzig Cent. Celia liebte es, mit Toni an der Hand an den Ständen entlangzuschlendern, die mit schwungvoller Schreibschrift bemalten Reklameschilder zu bewundern und den zum Teil recht saftigen Unterhaltungen zu lauschen, die ihr gestelztes Englisch polierten und sie ein paar Brocken Französisch, Portugiesisch und Lettisch lehrten. Man konnte ja nie wissen.

Die Geschäftigkeit täuschte den, der sich täuschen lassen wollte, über das Elend hinweg, das in den vierhundertfünfzig Häuserblocks der Lower East Side herrschte. Was in Little Germany innerhalb fünf Jahrzehnten erreicht worden war, schien hier undenkbar. Eintausendfünfhundert Menschen drängten sich pro Hektar, mehr als in den Slums von Bombay oder Kalkutta. Die siebenstöckigen Mietskasernen waren von profitsüchtigen Grundbesitzern hochgezogen worden und boten den Mietern zu überhöhten Preisen nicht viel mehr als ein Dach über dem Kopf. Durch die engen Lichtschächte drang kaum ein Sonnenstrahl in die dunklen, feuchten Treppenhäuser, es roch nach Urin und Kot, nach Kohl und Schnaps; Säuglinge, zu schwach, um zu weinen, die Bäuche aufgetrieben, lagen in Ecken und auf Treppenabsätzen; achttausend Menschen starben jedes Jahr an Tuberkulose, Diphtherie, Grippe und Typhus. Und keiner, der die Macht und das Geld besaß, diese Verhältnisse zum Guten zu wenden, scherte sich um all das, kein Bürgermeister, keine Bankiers, die sonntags Frau und Kinder im Central Park ausführten wie preisgekrönte Rennpferde.

Diese Gedanken schob Celia beiseite. Es nützte niemandem, wenn sie sich den Kopf über Dinge zerbrach, die

sie – zumindest zum gegenwärtigen Zeitpunkt – nicht ändern konnte. Sie musste an sich denken, an ihren Weg und ihren Traum.
Plötzlich blieb Toni wie angewurzelt stehen und starrte einen Mann an, der mit Schnauzbart und achatdunklen Augen wie ein Baske aussah und auf dessen linkem Unterarm eine zahme Krähe saß. Der Mann trug einen karierten Anzug, hatte den schmalen Oberkörper leicht nach vorn gelehnt und steppte so federleicht, als tanzte er auf unsichtbaren Wolken. Der Vogel schien daran gewöhnt; gleichmütig betrachtete er seinen Herrn. Toni war hingerissen.
»Widerlich, dieses Pack«, dröhnte es hinter Celia, und sie fuhr herum. »Europa kotzt uns den verdammten Abschaum ins Land«, setzte der Mittvierziger in Tweedsakko und Aktentasche fort und quittierte Celias Blick, indem er vor ihr ausspuckte.
»Komm«, sagte sie und zog Toni rasch fort. Mit den eingeborenen New Yorkern, die sich von den Einwanderern zusehends um ihre Pfründe gebracht sahen, war nicht gut Kirschen essen.
Bis auf das Kilo Salz, das Celia lieber bei Edgar Huber in der East 3rd Street in Little Germany kaufen wollte, weil es stets von bester Qualität und nicht mit zerstoßenen Eierschalen gestreckt war, erledigte sie die Besorgungen in der Rivington Street. Hier, bei Gordon's, gab es den guten Zimt aus Ceylon, zu Flocken verarbeitete Kokosnüsse aus Tahiti, die auf der Zunge zergingen, Kardamom und Gewürznelken, Ingwerwurzeln und getrocknete Aprikosen, Zitronenöl aus Spanien und Vanilleschoten aus Madagaskar. Es roch so verführerisch, dass

Celia das Wasser im Mund zusammenlief. Toni schien es ebenso zu gehen, unverwandt starrte er Mr. Gordons Eismaschine an. Celia nestelte das Geld aus der Rocktasche, bezahlte den Zimt und bestellte zwei Vanilleeis, die sie auf den Stufen vor dem Laden sitzend verzehrten.

»Schau mal, die schwarzen Punkte«, sagte Celia und zeigte auf ihr Eis. »Die bedeuten, dass Mr. Gordon echte Vanilleschoten benutzt und nicht nur die Schalen abgekocht hat. Deswegen ist's so lecker.«

Toni sah sie kurz an, wandte sich aber sofort wieder seinem Eis zu. Er war nicht in der Lage, Blicken selbst vertrautester Menschen länger als den Bruchteil einer Sekunde zu begegnen; seine Augen glitten vorbei und hefteten sich an einen Punkt irgendwo hinter der Schulter seines Gegenübers. Anfangs hatte diese Eigenart Celia verunsichert, doch mittlerweile sagte ihr ein inneres Wissen, dass Toni einen anderen Teil ihres Wesens wahrnahm. Auch war sie überzeugt, dass er Worte sehr wohl verstand, dass sie jedoch nicht die Bedeutung für ihn hatten, wie es allgemein üblich war; es schien ihr, als reagierte er nur auf die Klänge an sich, die Modulation der Stimme und das Gefühl, das mit ihrem Atem zu ihm hinüberfloss.

Celia ahnte, dass Stan und Idi ihre Gedanken merkwürdig fänden, und um sie mit jemandem zu teilen, schickte sie sie über den Ozean zu ihrer Großmutter. Elvira würde verstehen, ganz gewiss.

Ihr Herz machte sich mit einem feinen Stich bemerkbar. Celia erhob sich und klopfte sich und Toni den Staub von Rock und kurzer Hose. In dem Moment drängte sich eine schlanke, brünette Frau an ihnen vorbei.

»Schnell, Eddy, einen Bagel, ich bin am Verhungern!« Mr. Gordon reichte der Frau ein in ein Stück Papier gewickeltes ringförmiges Gebäck, das als jüdische Spezialität bekannt war, trocken und koscher und elastischweich wie frischgepflückte Baumwolle. Die Frau biss hinein, schloss die Augen und seufzte tief auf. »Gott, Sie haben mich gerettet!«

Melanie. Unverkennbar. Ein wenig laut, ein bisschen exaltiert und auf eine Weise mitreißend, die von denjenigen, die nicht mit dieser Gabe gesegnet sind, gern verachtet wird. Aber das galt nicht für Celia.

»Ich brauche dringend ein neues Kleid. Meergrün wurde mir neulich empfohlen«, rief sie und grinste über das ganze Gesicht, als Melanie mit vollgestopften Backen aufhörte zu kauen und sie und Toni anstarrte wie eine Erscheinung. Celia ahnte in diesem Moment, dass es Melanie nicht gut ergangen war, und Mitgefühl verdunkelte ihre grüngrauen Augen zu warmem Oliv. Das wiederum blieb Melanie nicht verborgen. Eben noch hungrig wie eine Wölfin, zupfte sie nun an ihrem Bagel und schien zu überlegen, wie sie reagieren sollte. Schließlich sagte sie lachend: »Du zuerst. Immerhin hast du in der kurzen Zeit ein recht großes Kind bekommen.«

Celia stimmte in ihr Lachen ein. »Gehen wir ein Stück zusammen?«

Melanie schüttelte den Kopf. »Ich kann nicht.«

»Schade«, erwiderte Celia reserviert. Offensichtlich hatte sie sich getäuscht; Melanie hatte augenscheinlich kein Interesse, ihre flüchtige Bekanntschaft aufzufrischen.

»Ich kann es mir nicht leisten, meinen Job zu verlieren«, fügte Melanie hinzu. Dann zuckte sie mit den Schultern.

»Ach, was soll's.« Sie umarmte Celia und versuchte Toni die Hand zu geben, begriff aber nach einem Blick in seine flüchtenden Augen, dass der Junge mit konventionellen Umgangsformen nichts am Hut hatte. »Verstehst du mich denn?«, fragte sie ihn, und Celia antwortete für ihn: »Auf seine Weise ja.«

Die beiden jungen Frauen lächelten sich zu; das Band zwischen ihnen war wieder geknüpft. Sie verließen das Geschäft, und während sie die Rivington Street hinuntergingen, erzählte Celia von ihrem neuen Zuhause in Little Germany und Melanie, erst stockend, dann lebhafter und ziemlich bitter von ihrer Arbeit in einer Textilfabrik in der Broome Street. Sie ahmte den Besitzer nach, einen Fettwanst mit Fistelstimme und Watschelgang, und ließ kein gutes Haar an ihren Kolleginnen, die sich still den Gegebenheiten fügten, die den Hinterhofbetrieb – einem von zehntausend in New York – zu einem Vorhof der Hölle machten. Die Näherinnen wurden zwischen zehn und dreizehn Stunden in einem stickigen, schlecht beleuchteten Raum eingesperrt, um ununterbrochen Hemden und Hosen zu nähen, durften keine Pausen einlegen und nicht einmal zur Toilette gehen. »Na ja, jedenfalls die meisten nicht. Wenn du ein bisschen nett zu dem Ekel von Aufseher bist, drückt er schon mal ein Auge zu. An mir hat er einen richtigen Narren gefressen.«

Celias Augen weiteten sich. Bestürzt rief sie: »Um Himmels willen, wie kannst du nur dort bleiben?«

»Ach, Lämmchen«, sagte Melanie leichthin. »Nähen ist das Einzige, was ich kann. Dummerweise können andere Mädchen das auch, und für meine Entwürfe allein will mir keine Bank Kredit geben. Meine Ersparnisse haben gerade noch für ein paar Stoffe gereicht, um mir zwei Kleider zu schneidern, die ich sonntags an der Fifth Avenue spazieren trage in der Hoffnung, dass jemand mich auf das« – sie pfiff leise durch die Zähne – »unerhörte Modell anspricht. Vielleicht käme dann eins zum anderen, meine Kreationen erregen Aufmerksamkeit, bald bestellt eine Lady aus Manhattan, dann eine aus Jersey, die Nachfrage steigt und die Banken küssen mir die Füße. So ungefähr.«

»Was ist mit deinem Bruder?«, sagte Celia vorsichtig. »Könnte er nicht …«

»O nein, o nein«, fuhr Melanie ihr dazwischen, »auf keinen Fall. Es war ohnehin schwierig genug, mich von ihm loszueisen. Denk dir nur, er hatte insgeheim damit gerechnet, dass ich nach einem Tag in New York kapituliere und wieder unter seine Fittiche krabble!«

»Hat er das gesagt?«

»Das war nicht nötig. Du hättest sein Gesicht sehen sollen, als ich ihm eröffnet habe, dass ich hierzubleiben gedenke, ganz gleich, ob er einverstanden ist oder nicht. Er schaute drein wie ein geprügelter Hund.« Sie zog die Nase kraus. »Versteh mich recht. Ich liebe meinen Bruder, aber ich ersticke in seiner Gegenwart.«

»Wird er dich nicht oft besuchen? Ich dachte, er fährt zwischen New York und Bremerhaven hin und her.«

»Das schon, doch für die nächsten Monate haben sie ihm die Ostasien-Route übertragen.« Melanie feixte. »Also habe ich genügend Zeit, mir etwas aufzubauen, was selbst vor den Augen meines Bruders Gnade findet.«

»Und falls nicht?«

»Hey, nun lass aber mal gut sein«, wehrte Melanie lachend ab. »Außerdem muss ich jetzt wirklich zurück an meine Arbeit. Wenn der Aufseher mich überhaupt noch reinlässt …« Sie verzog das Gesicht, dann umarmte sie Celia und hauchte Toni einen Luftkuss zu. »Nächsten Sonntag? Eis und Bagels im Central Park? Beim Brunnen? *Engel der Wasser* haben sie ihn genannt! Na, vielleicht bringt er uns ja auch ein wenig Glück.«

»Willst du nicht lieber zu uns kommen? Brit und Joe«, sagte Celia, »würden sich bestimmt freuen, dich wiederzusehen, und Stan und Idi sind einfach wunderbar.«

Aber Melanie schüttelte den Kopf. »Nimm es mir nicht krumm, aber ich bin nicht der einen Glucke entkommen, um nun die nächste kennenzulernen.«

Celia sah ihr mit gemischten Gefühlen nach, wie sie beschwingten Schritts im Gewimmel der Menschen und Fuhrwerke verschwand. Einerseits beeindruckte sie die Selbstironie, mit der Melanie ihre desolate Situation betrachtete, und ja, auf eine Weise bewunderte Celia sie auch für die Zuversicht, mochte die auch eher an ein Pfeifen im dunklen Walde gemahnen. Wenigstens schien Melanie noch an ihren Plan zu glauben. Das war mehr, als sie von sich behaupten konnte.

Die Wochen und Monate gingen ins Land, brachten einen harten Winter, einen vielversprechenden Frühling, einen mörderisch heißen Sommer und einen gleichbleibenden Fluss von Gedanken und Gefühlen, die in der Essenz auf eines hinausliefen: Die New Yorker hatten nicht auf Celia Lambert gewartet.

Noch immer wohnte sie in der East 2nd Street, bekam Kost und Logis gratis und mittlerweile auch zwölf Dollar Wochenlohn, weil sie die Brötchen verkaufte wie Freifahrten im *Venezianischen Traum*, was den Kunden in Little Germany gut gefiel und ihr selbst Freude bereitete. Ihre »Wahlfamilie« – auf dieser Bezeichnung bestand Idi – behandelte Celia wie ein eigenes Kind; sie zeigten sich herzensfreundlich und mitfühlend, vertrauten ihr den Sohn an und drangen niemals in sie, um zu erfahren, warum sie ihre Heimat verlassen hatte. Nein, es gab keinen Grund, sich zu beklagen; sie hatte es besser getroffen als die meisten Einwanderer, vor allem Einwanderinnen, die, sofern sie auf sich gestellt waren, stehlen, ihren Körper verkaufen und von der Hand in den Mund leben mussten.

Ihrem ehrgeizigen Ziel aber war sie keinen Schritt näher gekommen. Ebenso gut hätte sie in Bremen bleiben können. Sie hatte keine Ahnung, wie sie es anstellen sollte, in dieser Stadt ein eigenes Karussell zu erwerben, geschweige denn eine Sensation zu erfinden und zu verwirklichen. Auf der Suche nach einem Anhaltspunkt, einem glücklichen Zufall oder einem Wunder, an die zu glauben Großmutter Elvira ihr eingeschärft hatte, lief Celia jede freie Minute durch die Straßenschluchten von New York. Von der Südspitze Manhattans und den Wolkenkratzern, achtzehn Etagen und höher, als wollten die Architekten der Schwerkraft entfliehen, zu den Piers am Hudson River, von den letzten spärlich besiedelten Ländereien zwischen der 78th und 79th Street zur Carnegie Hall, dem zwischen 7th Avenue und 57th Street errichteten größten Konzertsaal des Landes, der vor kurzem mit einem glanzvollen Konzert mit den New Yorker Philharmonikern unter der Leitung des Komponisten

Peter Iljitsch Tschaikowsky eröffnet worden war. Obgleich Celia es nicht wagte, einen Cent für Kunst und Theater zu opfern, blieb sie auf ihren Spaziergängen oft stehen, um die bunten Plakate zu betrachten, die die vielfältigen kulturellen Angebote anpriesen, die London, Paris und Rom argwöhnisch nach Übersee schielen ließen, ängstlich um ihre kulturelle Vormachtstellung bedacht.

Eine neue Generation wohlhabender New Yorker hatte es sich zur Aufgabe gemacht, ein Kulturideal zu etablieren, das der Bedeutung der neuen Metropole in der Welt angemessen war. New York war hungrig; hungrig nach Macht und Reichtum, die Stadt schien die Menschen zur Intensität zu zwingen. Sie gaben sich rücksichtsloser und lauter, temperamentvoller und schneller, gewitzter und beherzter. Sie ergriffen die Gelegenheiten nicht, sie packten sie mit beiden Händen, sobald sie sich ihnen boten, und der unbeugsame Wille voranzukommen, machte Laufbahnen möglich, die mit zehn Dollar Wochenlohn in einer Wäscherei oder Werkzeugfabrik in der Lower East Side begannen und in einem Protzbau an der Fifth Avenue, wenn auch häufig nur vorübergehend, ein finanziell attraktives Ende fanden.

Ende August 1891 legte sich eine mörderische Hitze über die Ostküste der Vereinigten Staaten, die sich in den Straßenschluchten New Yorks zu einem Luftfeuer entwickelte, vor dem es kein Entrinnen gab. Frauen sanken ohnmächtig auf den harten, staubigen Boden, Pferde brachen tot zusammen, kleine Kinder verdorrten regelrecht; auf dem Boot der Wohlfahrtsbehörde, das jeden

Tag zum städtischen Friedhof Potter's Field auf Hart Island, einem abgelegenen Flecken im Long Island Bound, fuhr, stapelten sich die kleinen Särge. In der Nacht suchten die Menschen Abkühlung auf dem Dach und den Feuerleitern und stürzten nicht selten im Schlaf in die Tiefe. Wer es sich leisten konnte, ging auf Kreuzfahrt, floh in die Sommerfrische der Ferien- und Kurorte am Atlantik oder kaufte gleich ein Haus an der Küste, in Jersey oder weiter nördlich in den Catskills. Die Arbeiter- und Mittelschicht zog es nach Coney Island in Brooklyn, dem äußersten südlichen Zipfel von Long Island, einer Insel, die sich gut acht Kilometer in Ost-West-Richtung erstreckte, einen knappen Kilometer breit und von Long Island durch die schmale Meerenge Coney Island Creek getrennt war.

Der Name rührte von der niederländischen Bezeichnung Conyne Eylandt, Kanincheninsel, her. Damals, vor zweihundertfünfzig Jahren, hatte New York noch Nieuw Amsterdam geheißen und zur niederländischen Kolonie Nieuw Nederland gehört. Die Insel war tatsächlich Heimat zahlloser Nager gewesen, weshalb vermutlich die Briten, nachdem sie das Gebiet 1664 erobert hatten, den Namen ins Englische übersetzt beibehielten. Die Iren dagegen behaupteten, der Name stamme von der gleichnamigen Insel vor der Küste Irlands ab, die Indianer wiederum waren überzeugt, der Stamm der Konoh sei der Taufpate der Insel, obgleich an der Stelle eigentlich die Nyahk lebten.

Doch so oder so: Coney Island war zutiefst amerikanisch. 1829 wurde die erste Straße über den Creek gebaut, so dass das Refugium der Reichen vom Volk entdeckt und erobert werden konnte. Als die New York and Manhattan Beach Railway in Kooperation mit der Long Island Railroad vor fünf Jahren ihren Betrieb aufnahm und von East New York und der Battery Bay Ridge aus hinunter bis zum Manhattan Beach Hotel fuhr, war es um die Ruhe endgültig geschehen. Die Insel gehörte allen, für fünfunddreißig Cent und ganzjährig. Hotels schossen aus dem Boden, ein neunzig Meter hoher Eisenturm mit Aussichtsplattform und Dampfaufzug, der 1876 die Weltausstellung in Philadelphia bereichert hatte, lockte Schwindelfreie an, im Zwanzigminutentakt legten Dampfschiffe beim Anleger in der Höhe der West 8th Street an, und über den zwanzig Meter breiten, schnurgeraden und von Alleebäumen gesäumten Ocean Parkway marschierte ein mit Picknickkörben und Sonnenhüten bewaffnetes Heer zur Küste, aufs Äußerste entschlossen, dem Leben hier und jetzt ein wenig Muße abzutrotzen.

»Bis dahinten soll ich den ganzen Krempel schleppen? Ich bin ja jetzt schon fix und fertig«, stöhnte Stan und schielte zu Johannes hinüber, der sich nur noch Joe nennen ließ und den Blick seines Schwiegervaters nicht zu bemerken schien. Auch ihm rann der Schweiß von der Stirn.

Als die Goodmans und Celia den Strand endlich erreicht hatten, stürzten sie sich auf den erstbesten freien Platz, der weit genug von der Straße entfernt und so nah am Wasser lag, dass die sanfte Meeresbrise ihre Haut noch erreichte. Britta, die sich nun amerikanisch kurz Brit nannte, und Joe breiteten eine Decke und Handtücher aus; Toni ließ sich in den Sand fallen und begann, Kreise und Zeichen hinein zu malen, wie er es auch mit dem Mehl immer tat; Idi, Celia und Brit strebten zu den Umkleidekabinen, Stan aber, der dem Meer misstraute und sich weigerte, mehr als einen Zeh hineinzutauchen, zog nur Stiefel und Strümpfe aus und beobachtete, wie die anderen bis zur Hüfte ins Wasser rannten, planschten und herumalberten. Mittags vertilgten sie den mitgebrachten Proviant, gebackenes Hühnchen, Pellkartoffeln mit Quark, süßsauer eingelegte Gurken, Apfelkuchen, hielten dann ein Nickerchen und spielten später ein, zwei Runden Schikanöse, was Celia ihnen an den langen Winterabenden beigebracht hatte. Anfangs war sie stets als Siegerin daraus hervorgegangen, bis eines Tages Toni zum Erstaunen aller nach den Karten gegriffen und Partie auf Partie gewonnen hatte. Er spielte wie ein Uhrwerk, präzise und im immer gleichen Rhythmus: Sobald er und Celia die ersten Karten abgelegt hatten, starrte er das Spielfeld einen Moment an, als übermittle es ihm eine Botschaft. Tatsächlich wusste Toni genau, wann seine Karten zu ungünstig lagen, um das Spiel zu gewinnen, und weigerte sich, es fortzusetzen. Einige Male spielte Celia seine Partie und die eigene zu Ende, nur um jedes Mal festzustellen, dass Toni recht gehabt hatte.

Träge blinzelte sie jetzt zu dem Jungen hinüber. Er saß im Sand und hatte sich seit ihrer Ankunft kaum von der Stelle gerührt. Celia runzelte die Stirn und sah zu Idi, die sich in die Lektüre eines Liebesromans vertieft hatte und nichts um sich herum zu bemerken schien.

»Komm, lass uns spazieren gehen, ja?« Celia stand auf und hielt Toni ihre Hand hin.

»Gute Idee!«, sagte Stan und wälzte sich leise jammernd hoch. »Für meinen Rücken ist dieser verdammte Sand auch nicht das Wahre.«

»Pscht«, machte Brit und deutete auf ihren schlafenden Mann, aber Stan winkte missmutig ab.

»Möchte mal wissen, warum der so müde ist. Vom Arbeiten bestimmt nicht«, murmelte er, wich dem empörten Blick seiner Tochter aber aus. Laut sagte er, an Celia gewandt: »Hast du Lust auf Pferderennen? Ich hab gehört, weiter oben soll's drei Rennbahnen geben und jede Menge Buchmacher!«

»Sei doch endlich still, Stanislaus Gutmann!«, schimpfte Idi. »Wer soll sich denn bei dem Krach konzentrieren!«

»'tschuldigung«, erwiderte Stan und tat zerknirscht, woraufhin Idi drohte, ihm das Buch an den Kopf zu werfen. Feixend lief Stan davon und winkte Celia und Toni, ihm zu folgen.

Das westliche Coney Island lag fest in der Hand von Investoren, die konsequent auf Vergnügen setzten. Neugierig reckte Celia den Kopf: ein billiges Theater neben einem zweifelhaften Tanzsalon, Glücksspielstände neben Pferdekarussells, Schiffschaukeln neben Saloons, aus denen dunkles Gelächter und Zigarrenrauch drang, eine Achterbahn, die den Schwung eines bescheidenen Hügels nutzte, ein Spiegelkabinett. Dazwischen lagen auf den ersten Blick vornehm wirkende Hotels mit so klangvollen Namen wie *Windsor* und *Sea View,* auf deren Terrassen Erfrischungen und Kuchen serviert wurden.

Als die drei am *Surf House* vorbeikamen, dem ersten Strandbad mit einem Ausschank für bayrisches Bier, in dessen umzäunten Garten Familien an grünlackierten Tischen saßen, Brotzeit hielten und Männer wie Frauen unerhört große Tonkrüge stemmten, verriet Stans Miene leises Bedauern.

»Ich habe ein wenig Geld dabei«, sagte Celia. »Was meinst du?«

»O nein, Idi würde uns den Kopf abreißen.«

»Warum?« Belustigt musterte Celia den kleinen kugelrunden Mann, der mitunter etwas zu viel Respekt vor seiner Ehefrau an den Tag legte und nun verlegen herumdruckste.

Schließlich siegte die Versuchung. Toni bekam ein Vanilleeis mit Schlagsahne und gezuckerten Kirschen, und Stan und Celia tranken in langen genussvollen Zügen das goldgelbe, leichte Bier. Sie lachten, als sie ihr Glas zur selben Zeit absetzten und sich den Schaum von der Oberlippe wischten. Die Möwen zogen über ihre Köpfe hinweg seewärts, der Geschmack von Bier und Meersalz hing in der Luft wie das perlende Gelächter der teuer gekleideten Frauen vom Nebentisch und das Kichern und Jauchzen ihrer gut genährten Kinder, die sich gegenseitig um den Tisch jagten. Herren in hellen Anzügen mit keck in den Nacken geschobenen Strohhüten schäkerten mit der Bedienung.

Es war diese Mischung aus Noblesse und Vulgarität, die Celia gefangen nahm. Später würde sie das Erleben dieser Sommeridylle als den Moment begreifen, auf den sie so lange gewartet hatte.

Sie bezahlten und kehrten zum Strand zurück, Tonis Hand weich und vertrauensvoll in Celias. Stan stapfte in respektvollem Abstand zum Wasser durch den weichen

Sand und rief ab und an etwas zu ihnen hinüber, das vom Tosen der Wellen verschluckt wurde. Vielleicht sollte ich fragen, ob die Karussellbesitzer jemanden zum Rekommandieren einstellen, dachte Celia und runzelte die Stirn. Auf Englisch? Sie schnaubte. Sie wusste ja noch nicht einmal, was Schausteller in der fremden Sprache hieß.
Dann musst du es lernen, gab eine Stimme in ihrem Innern zu bedenken. *Aber das ist nicht das, was ich will*, antwortete Celia. *Fremder Leute Besitz anpreisen. Das hätte ich in Bremen haben können.*
Du musst es von der Pike auf lernen, fuhr die Stimme fort. *Sonst wird es nichts.*
Und was, wenn ich den großen Wurf will? Jetzt, sofort?, beharrte Celia und wusste schon im Vorhinein, wie die Gegenfrage lauten würde: *Und was bitte stellst du dir da vor?*
Obschon Celia sich darüber im Klaren war, dass die Stimme ihres Verstandes recht hatte, ließen sich ihre fliegenden Gedanken nicht einfangen.
Welches Karussell würde diese Menschen beeindrucken? Nichts, was es schon gab, das stand fest. Die verwöhnten New Yorker würden sich wohl kaum von einem Etagenkarussell, einer Russischen Schaukel oder einer Holzachterbahn verführen lassen. Etwas Außergewöhnliches musste es sein, etwas, das himmelwärts zog und diese Menschen wieder an Wunder glauben lassen würde.
Eine Achterbahn mit Überschlag.
Sie sah Philipps Gesicht vor sich, wie er ihre Idee weggefegt hatte wie einen Krümel des Butterkuchens von seinem Hemd, damals am Osterdeich, mit der gleichen Gedankenlosigkeit, mit der er sie aus seinem Leben ge-

wischt hatte wie eine lästige Fliege, und der Schmerz in ihrem Innern und der Impuls des soeben Gesehenen und Gedachten gebaren eine Intention, so kraftvoll, dass sie Celia keine Sekunde mehr zweifeln ließ.

»Wem gehört das Land hier?«, fragte sie brüsk, und Toni zuckte zusammen.

Stan hob überrascht die Brauen, dann zuckte er mit den Schultern. »Der Regierung vielleicht?«

Ein älterer Herr, die Hosenbeine hochgekrempelt, so dass man seine kleinen, von dicken blauen Krampfadern durchzogenen Waden sehen konnte, blieb stehen, als er Stans Worte hörte. »Schön wär's! De facto mag das stimmen, aber die Gemeinde ist zu schwach, gegen dieses Sündenbabel einzuschreiten, und hat sich stattdessen von diesem halbseidenen McKane überreden lassen, selbst ein Stück vom Kuchen zu ergattern und diesen Wüstlingen und Schaustellern Land zu verpachten!« Seine Stimme bebte vor Empörung. »Früher war es hier so friedlich. Wissen Sie, ich habe meine Frau vor fünfzig Jahren oben beim Anleger zum ersten Mal gesehen …« Ein Schatten flog über sein gerötetes Gesicht. »Nun ja. Ich wünsche einen guten Tag. Verzeihen Sie, dass ich mich eingemischt habe.«

»McKane – wer ist das?«, fragte Celia schnell.

»Der Bürgermeister von Gravesend.« Der alte Herr musterte Celia mit väterlichem Interesse. »Ein schlimmer Finger, lassen Sie sich das gesagt sein. Kein Umgang für junge Ladys. Hockt mehr im *Sea View* herum als in seinem Büro – ob man ihn da überhaupt kennt?« Er machte ein empörtes Gesicht, erinnerte sich dann seiner Manieren und zog den Strohhut.

»Warum interessiert dich das?«, fragte Stan.
»Ach, nur so. Ich habe mit dem Gedanken gespielt, ob ihr hier eines Tages eine Strandbäckerei eröffnen könntet«, entgegnete Celia und leistete im Stillen Abbitte für die Notlüge.
Stan starrte sie voller Bewunderung an. »Wenn ich noch einmal jung sein dürfte, würde ich mir deinen Elan wünschen.«
»Du bist doch nicht alt!«
»Aber müde. Müde genug, um zufrieden zu sein mit dem, was ich und Idi haben.« Er legte einen Arm um Tonis schmale Schultern, und Celia begriff, dass die Sorge um seinen Sohn und dessen ungewisse Zukunft Stan mehr Kraft kosteten, als er sich anmerken ließ. In dem Moment hob Toni den Blick und sah an seinem Vater und Celia vorbei zu einer von knorrigen Kiefern beschützten Sandkuppe, in deren Mitte eine regungslose Gestalt stand, die sie zu beobachten schien.
Celia lächelte in sich hinein. Zwar war sie die unzähligen, nicht immer freundlichen, oft lüsternen Blicke der Jahrmarktsbesucher von klein auf gewöhnt, aber in der ersten Zeit in New York, inmitten von Millionen Menschen, hatte sie sich so häufig beobachtet gefühlt, dass es einem Verfolgungswahn nahe kam. Schließlich hatte sie beschlossen, die tausend Augen als natürliche Begleiterscheinung einer großen Stadt zu akzeptieren, ihre Kulisse gewissermaßen. Es lohnte sich nicht, darüber nachzudenken.

Am nächsten Sonntag betrat Celia den muffig riechenden Flur eines Mietshauses in der Nähe der Rivington

Street. Melanie teilte sich die winzige Wohnung mit einer gottesfürchtigen Familie aus Erlangen, die auf die Untermiete angewiesen war, um sich und die vier stillen, braven Kinder, die mit jedem Tag in der Lower East Side noch stiller wurden, über Wasser zu halten. Der Mann verdingte sich mehr schlecht als recht als Laienprediger, und die wenigen Münzen, die er abends nach Hause brachte, veranlassten seine Frau zuverlässig dazu, die Hände zu ringen und in ein Klagelied auszubrechen, das durch die dünnen Wände drang und Melanie inzwischen hätte mitbeten können. So verschieden die Mitglieder dieser Zweckgemeinschaft auch waren, kamen sie doch gut miteinander aus. Melanie hatte sich angeboten, die Näharbeiten für die Familie zu übernehmen, und erhielt dafür dreimal in der Woche eine warme Mahlzeit und kluge Ratschläge ihre Lebensführung als alleinstehende Frau betreffend. Das Arrangement, so hatte Melanie es neulich formuliert, spare bares Geld, welches sie dringend für ihr Modegeschäft benötigte, und überdies beschütze es sie vor zudringlichen Kerlen, auch wenn sie sich gelegentlich wie eine Klosterschülerin fühle.

»Gott sei Dank sind sie vorhin zum Central Park aufgebrochen! Wenn die Hubers erführen, was wir vorhaben, würden sie mir glatt Hausarrest erteilen!«, sagte Melanie kichernd und hielt – »Voila!« – Celia ein meergrünes Ensemble aus Seide hin. Sie kniff die Augen zusammen und musterte kritisch Celias Figur. »Ich hab's mit heißer Nadel zusammengestoppelt, aber ich denke, es könnte gehen.«

Das war natürlich untertrieben. Mit sicherem Gespür für Maße, Form und Wirkung hatte Melanie ein Kleid genäht, das Celias schmale Taille und ihre hohen Brüste umschmeichelte wie ein hungriger Liebhaber. Hingerissen drehte Celia sich um sich selbst. Die Kreation war eine perfekte Mischung aus Eleganz und Sinnlichkeit.

»Die New Yorkerinnen werden dir deine Kleider aus den Händen reißen«, bemerkte sie, und Melanie lächelte stolz. Sie selbst trug eine weiße Bluse mit kurzen, gerafften Ärmeln und einem tieferen Ausschnitt, als es für den Nachmittag schicklich war; der schmal geschnittene rote Rock erlaubte den Pobacken, sich stramm zu wölben.

Derart herausgeputzt verließen die beiden unter teils neidischen, teils gierigen Blicken der Nachbarn das Haus, um mit Pferdebahn und Dampfer auf die Insel zu gelangen. Celia hatte Melanie nur erzählt, dass sie hoffe, Bürgermeister McKane im *Sea View* kennenzulernen, aber nicht aus welchem Grund, und Melanie, begeistert, gleich zwei Kleider zur Schau zu stellen, hatte es dabei bewenden lassen.

Sie betraten das Hotel, dessen Lobby in rotem Plüsch und goldener Ohrmuschelornamentik ertrank. Selbst die golden bemalten Verzierungen der hölzernen Zeitungshalter wanden sich in Ekstase. Unschlüssig blieb Celia am Eingang stehen.

»Wo finde ich Mr. McKane?«, flüsterte sie schließlich einem Pagen zu, der flotten Schritts an ihnen vorbei zu einem Aufzug marschierte.

»Schätzchen, mach dir keine falschen Hoffnungen, du bist ihm viel zu mager!«, rief er Celia fröhlich zu und ließ seinen Worten ein keckerndes Gelächter folgen. »Aber versuch es doch mal hinten, im großen Saal.«

Der große Saal entpuppte sich als Spielcasino; an ovalen

Tischen im vorderen Bereich wurde Roulette gespielt, weiter hinten Poker, Siebzehn und Vier und Blackjack. Elegant gekleidete, tief dekolletierte Damen warfen mit geübtem Schwung ihre Jetons, andere schlenderten mit lässiger Selbstverständlichkeit von Tisch zu Tisch und warfen den Männern in den schwarzen Anzügen einladende Blicke zu. Celia und Melanie setzten sich aufgeregt an die Bar und bestellten mit dünner Stimme zwei Whiskey.

»Bist du sicher, dass wir hier richtig sind?« Melanie trank einen Schluck und betrachtete die Szenerie in dem gewaltigen Wandspiegel.

»Der geht auf mich.« Ein dunkelhaariger Mittdreißiger, eine Hand in der Hosentasche, ein sparsames Lächeln auf den vollen, weichen Lippen, machte dem Barkeeper ein Zeichen, schlenderte dann an Melanie und Celia vorbei zu einem Tisch, an dem drei Männer saßen und angespannt auf die Karten in ihrer Hand starrten.

»Shorty Spencer«, sagte der Barkeeper ungefragt, und Melanie verzog das Gesicht.

»Da weiß man doch sofort, mit wem man es zu tun hat, nicht wahr?«, erwiderte sie spöttisch. »Ein kleiner Fisch mit einem idiotischen Namen.« Laut sagte sie: »Netter Versuch, aber unsere Drinks bezahlen wir selber.«

Der Barmann blickte besorgt zu dem Tisch hinüber. »Passen Sie auf, was Sie sagen«, murmelte er. »Shorty kann ziemlich unangenehm werden.«

»Ist er ein Freund von Bürgermeister McKane?«, schaltete Celia sich in das Gespräch ein, das sie nur mit halbem Ohr verfolgt hatte. Männer, die schöne Mädchen einluden, kannte sie zur Genüge; nicht wenige hoch angesehene Ehrenmänner entdeckten auf dem Jahrmarkt angesichts der vielen selbstbewussten Schausteller-Frauen plötzlich den Jäger in sich. Am besten ignorierte man sie.

»Na ja, Shorty steht ihm zu Diensten, aber grün sind die beiden sich nicht«, antwortete der Barmann. Plötzlich veränderte sich die Atmosphäre; es schien, als hielten alle im Saal für einen Moment die Luft an. Celia wandte sich langsam um. Ein Mann trat auf – anders konnte man es nicht nennen –, gefolgt von einer Entourage aus speichelleckender Großspurigkeit in Gestalt von fünf Männern, mausgesichtig und wieselflink die einen, breitschultrig die anderen.

Kein Zweifel, dieser Mann, um den sich alle scharten, musste McKane sein. Er grüßte freundlich nach links und rechts und nahm an einem freien Pokertisch Platz. Seine Bewegungen hatten etwas Fließendes, und seine Ausstrahlung war überwältigend, so dass Celia sofort verstand, warum dieser Mann alle Puppen nach seiner Pfeife tanzen ließ. Es würde nicht leicht sein, diesen Mann zu beeindrucken. Sie trank einen Schluck Whiskey und beobachtete McKane unter halbgeschlossenen Lidern.

Einen Fuchs kannst du nur erlegen, wenn du ihn aus der Deckung lockst, dachte Celia nach einer Weile und glitt vom Barhocker, wobei sie Melanie einen verschwörerischen Blick zuwarf, den diese aber nicht wahrnahm, weil sie Shorty Spencer verstohlen im Spiegel beobachtete. Celia durchschritt den Saal so geschmeidig, dass sie in ihrem Kleid wie eine von den Wellen gewiegte Wasserpflanze wirkte, und hoffte, dass ihm die Ähnlichkeit dieser Bewegung mit seinem Auftritt nicht entging und er sie als Ausdruck ihrer Ebenbürtigkeit begreifen würde. Etwa einen Meter vor McKane blieb sie stehen und sah ihn an, ohne ein Wort zu sagen. Ruhig und ein wenig amüsiert erwiderte er ihren Blick.

»Ich möchte Ihnen eine Idee unterbreiten«, sagte Celia und wusste im Augenblick, da die Worte heraus waren, wie ungeschickt diese Eröffnung war.

»So?« McKane zog die Augenbrauen hoch. »Junge Damen, die auf mich losstolzieren wie Jesse James, sind mir nicht ganz geheuer.« Zwei Damen am Nebentisch kicherten, und McKanes Männer grinsten beifällig.

»Wir spielen«, sagte Celia. »Ich zeige Ihnen den französischen Duo-Poker, den schwierigsten Poker, den es gibt, und wenn ich gewinne, hören Sie an, was ich Ihnen zu sagen habe.« Französischer Duo-Poker. Was für ein Blödsinn. Aber vielleicht der Hauch einer Chance.

»Chicanoir«, sagte Celia gedehnt und setzte sich ungefragt an McKanes Tisch. »Zwei Spiele mit je zweiundfünfzig Karten.« Während sie die Karten mischte, erklärte sie die Regeln des guten alten Familienkartenspiels Schikanöse, das französisch aufgepeppt dreimal schicker klang. »Es scheint ein Kinderspiel zu sein, aber glauben Sie mir, es ist tückisch.«

McKane winkte ab und legte eine, zwei, drei Karten vom teuren Stapel aus, dann zwei, drei vom billigen, bis nichts mehr ging. Celia übernahm, machte aber absichtlich einen Fehler, um McKane wieder ins Spiel zu bringen und in Sicherheit zu wiegen. Mit klopfendem Herzen ließ sie ihn gewähren, bis er nur noch drei Karten hatte und, den sicheren Sieg vor Augen, übersah, dass er eine Pik-Reihe hätte schließen müssen. Als Celia auf den Tisch pochte und ihm das Spiel abnahm, verschwand sein triumphierendes Lächeln. Atemlose Spannung lag in der Luft. Als Celia ihre letzte Karte ablegte, ein Kreuz-Ass, wagte keiner zu applaudieren. Schließlich brach McKane in herzhaftes, überaus ansteckendes Lachen aus, in das alle erleichtert einfielen, um sich dann wieder ihren Drinks und ihrer Unterhaltung zuzuwenden.

»Nun, was ist das für eine Idee?«, fragte er und wischte sich die Augenwinkel.

Celia beugte sich über den Tisch und tauchte ihre olivgrünen Augen in die seinen, in denen Spott und Listigkeit einen tief sitzenden Argwohn verdeckten. Mit gesenkter Stimme antwortete sie: »Ich will eine Achterbahn bauen.«

»Ach, Kindchen, die gibt's doch schon«, sagte er gleichmütig. »Oder ist Ihnen die Switchback Gravity Pleasure Railway ein paar Straßen weiter entgangen?«

»Aber das ist nur eine Konstruktion, die die Schwerkraft benutzt. Rauf auf den Hügel und wieder runter«, versetzte Celia. »Ich meinte eine Achterbahn … mit Überschlag!« Als McKane nichts erwiderte, redete sie weiter, davon, dass es nicht allein die Geschwindigkeit sei, die den Menschen in ihren Bann zöge, dass er vielmehr diesen Moment suche, in dem seine, die bekannte Welt auf dem Kopf und gleichsam stillstehe. Sie redete und redete, bis er sie mit den Worten unterbrach, auf die sie nicht zu hoffen gewagt hatte: »Von mir aus. Neben dem Hotel *Elephant* ist noch ein kleines Stück Land frei, das ich Ihnen verpachten könnte. Kommen Sie morgen in mein Büro.«

»Danke.« Celia stand auf und hielt ihm die Hand hin. Er küsste sie andeutungsweise und wandte sich dann dem Whiskey zu. Die Audienz war beendet. Während Celia so lässig wie möglich zurück zur Bar schlenderte, begegnete sie Melanies Blick, in dem Fassungslosigkeit und Anerkennung miteinander rangen.

11

»Was ist eigentlich los mit dir, Celia?«, polterte Idi ganz gegen ihre gewohnte Sanftheit eine Woche später beim Abendessen.

Brit, Joe und Stan ließen ihr Besteck sinken, und Toni sah verschreckt von einem zum anderen. »Ach, ist doch wahr«, fuhr Idi fort. »Da macht man sich furchtbare Sorgen, weil die junge Dame mit ihren Gedanken Gott weiß wo ist und den Kunden ein Weißbrot für ein Gerstelbrot verkauft, um dann von Rüdiger« – ihre Stimme schnellte eine Oktave höher, die erste Silbe des Namens hing im Raum wie ein hohes C – »zu erfahren, dass man sich in zweifelhaften Etablissements mit Männern von zweifelhaftem Ruf amüsiert!«

»Ist doch halb so wild«, meinte Joe, »man muss eben auch mal was anderes sehen als immer nur die Backstube.« Es war kaum zu überhören, dass er auch von sich sprach.

»Wir sind nicht Celias Eltern«, wandte Stan mit bekümmertem Gesichtsausdruck ein. »Sie kann tun und lassen, was sie will.«

»Wenn sie nicht vergisst, wer ihre Freunde sind. Ihre wahren Freunde«, befand Brit mit krankenschwesterlicher Resolutheit. Hatte sie bereits auf dem Schiff eine gewisse Aversion gegen Melanie empfunden, mochte sie sie in New York noch weniger leiden und war davon überzeugt, dass sie mit ihrer lasziven Art einen ungünstigen Einfluss auf Celia ausübte.

»Du täuschst dich«, erwiderte Celia mit leiser Schärfe. »Diese Sache geht einzig und allein auf mein Konto.«
Brit wurde rot. Keiner wagte mehr, ein Wort zu sagen. Die Nackenkoteletts lagen kalt auf den Tellern, und mit einem Mal spülte eine Welle der Dankbarkeit Celias Bedenken beiseite und sie erkannte außerdem, dass es notwendig war, über ihre Pläne zu reden, wollte sie der Ratlosigkeit entkommen, die nach McKanes überraschender Zusage Besitz von ihr ergriffen hatte.
Sie holte tief Luft und breitete vor den erstaunten Goodmans ihren Traum von einer Achterbahn mit Überschlag aus. »Ich habe das Pferd von hinten aufgezäumt. Das Grundstück habe ich«, schloss sie, »und nun brauche ich einen Konstrukteur, weil ich von den mechanischen Sachen keine Ahnung habe.«
Stan zupfte sich am Ohr. »Das klingt, als wäre es ziemlich kompliziert.«
»Ach, na ja, sie ziehen doch sogar Häuser hoch bis in den Himmel …«, meinte Idi diplomatisch, schien aber wenig überzeugt von Celias Ausführungen.
»Eine Achterbahn zu bauen ist gar nicht so schwierig«, setzte Celia ihre Erklärungen fort. »Es ist wie bei der Eisenbahn. Die Gondeln laufen meist auf hölzernen Schienen, die in Form einer liegenden Acht verlegt werden. Für die Switchback auf Coney Island haben sie einen Hügel genutzt, damit sie tüchtig Fahrt aufnehmen kann.«
»Das Problem ist der Überschlag«, stellte Stan fest und schürzte die Lippen. »Wie willst du denn verhindern, dass die Leute kopfüber aus den Gondeln stürzen?«
Celia nickte ihm zu. »Das werden sie nicht, weil sie von einem Holzbügel gehalten werden. Außerdem drückt

die Geschwindigkeit sie in die Sitze, viel stärker als bei einer Schiffschaukel. Aber der Überschlag ist aus einem anderen Grund ein Problem: Die Kurve darf nämlich nicht zu steil sein, sonst schaffen die Gondeln es nicht hinauf zum Scheitelpunkt.«

Sie dachte einen Moment nach und bemerkte dann lakonisch: »Und zu guter Letzt fehlt noch eine Bank, die mir einen Kredit gewährt, um das alles zu finanzieren.«

»Mehr nicht?«, meinte Joe und grinste Celia an. »Du hast Schneid, das muss man dir lassen. Eine Achterbahn mit Überschlag! Wie kommt man denn auf so eine Verrücktheit? Und was das kostet!«

»Zehntausend Dollar. Ungefähr«, sagte Celia ruhig.

Brit war so perplex, dass sie Mühe hatte, die Sprache wiederzufinden. »Das ist ja abartig«, presste sie schließlich heraus. »Damit könnte man die halbe Lower East Side mit Toiletten versorgen.«

Stan pfiff durch die Zähne. »Das ist wirklich verdammt viel Geld, Celia. Mehr, als die meisten in diesem Leben zu Gesicht bekommen.« Er machte eine Pause und fügte dann hinzu: »Ich bin nicht der Meinung, dass man jemandem seine Träume ausreden sollte, aber die Schaustellerei ist bestimmt ein hartes Geschäft, nichts für eine zarte junge Frau.«

»Aber deshalb bin ich nach Amerika gekommen!«, rief Celia, und der Damm brach endgültig.

Sie begann zu erzählen, von ihrer Großmutter, die einst allein und unerschrocken das ganze Reich befuhr, von ihren Eltern und der Schießbude und dem Pferdekarussell mit den Spiegelrhomben und von ihrem Erbe, das ihr genommen worden war, weshalb sie nun alles daran-

setzte, eines Tages als strahlende Gewinnerin, reich und mit den neuesten Erfindungen im Gepäck nach Bremen zurückzukehren.
Nur Philipp erwähnte sie mit keinem Wort.
Idi und Stan sahen sich an, sie wussten, was es bedeutete, mit der alten Heimat noch eine Rechnung offen zu haben.
»Rüdiger hat doch neulich von einem Russen erzählt, der in Nowosibirsk Brücken gebaut hat«, sagte Stan schließlich, erhob sich und knuffte seinen Schwiegersohn übermütig in die Seite. »Los, Joe, Hintern hoch. Du lernst jetzt, wie man Laugengebäck herstellt.« Schalk tanzte in Stans Augen, als er streng verkündete, die anderen dürften sich nicht von der Stelle rühren, bis er und Joe zurück seien, allenfalls den Abwasch erledigen und eine große Kanne Kaffee kochen. Brit rollte mit den Augen, Celia hob fragend die Brauen und Idi seufzte in gespielter Verzweiflung.
Niemand beachtete Toni, der Kreise und Spiralen in sein Kartoffelpüree rührte und lautlos Worte formte. Ein Speichelfaden rann ihm aus dem Mundwinkel.
Zwei Stunden später stürmte Stan die Treppe hinauf, ein abenteuerliches Gebilde aus Laugenteig vor sich hertragend. »Das erste Modell deiner Achterbahn«, rief er aus. »Joe ist schon unterwegs, den Russen holen.« Zufrieden musterte er die liegende Acht, aus deren Mittelpunkt sich eine Schleife erhob. »Ich hab's so gemacht, wie du sie beschrieben hast.«
»Es ist perfekt«, erwiderte Celia und umarmte ihn. Tränen stiegen ihr in die Augen angesichts seiner kindlichen Begeisterung und der Anteilnahme, die ihr Bekenntnis

in der Familie ausgelöst hatte. Einzig Brit machte aus ihrer Missbilligung keinen Hehl, sie hielt das Vorhaben für undurchführbar und vor allem für völlig überflüssig, bot allerdings im Falle des Gelingens ganz ernsthaft an, gleich neben der Achterbahn einen Notdienst für etwaige Opfer einzurichten. Als Celia einwenden wollte, dass dies nett gemeint sei, aber wohl keine gute Reklame für ihr Karussell wäre, traf der Russe ein.

»Emanuel Oblonski«, stellte Stan den hochgewachsenen Mann vor, dessen kühne Züge Zeichen tiefer Resignation zeigten.

Toni zuckte zusammen und beschrieb hektisch Kreise auf dem Tisch, während der Mann aus Nowosibirsk, der in seiner Heimat Brücken gebaut und ein zurückgezogenes Leben geführt hatte, bis die Dorfbewohner den Juden mit den hellblauen Augen in ihrer Mitte nicht mehr hatten dulden wollen, eine Tasse Kaffee nach der anderen trank und kopfschüttelnd das Laugenmodell betrachtete.

Celia redete mit Händen und Füßen auf ihn ein, was er mit einem nachsichtigen Lächeln quittierte und wenigen Worten, die niemand verstand.

Seine Haltung drückte unmissverständlich Skepsis aus, dennoch meinte Celia in diesen ungewöhnlich hellen Augen leises Interesse zu erkennen und einen Funken Ehrgeiz.

»Ich glaube, der kostet unsere Ahnungslosigkeit richtig aus«, sagte Joe brummig und kassierte von Stan und Celia einen warnenden Blick. Schließlich stand der Russe auf und verschwand wortlos.

»Unhöflicher Kerl«, sagte Idi und tätschelte Celias Arm.

»Wer nicht will, der hat schon.« Celia lächelte, bemüht, sich ihre Enttäuschung nicht anmerken zu lassen. Das wäre ja gelacht, wenn sich in New York kein anderer Konstrukteur auftreiben ließe! Sie musste eben Erkundigungen einziehen.

Doch eine Woche später kehrte Emanuel zurück, eine Rolle Papiere unter dem Arm. Erwartungsvoll warf er Stan einen fragenden Blick zu.

»Du bekommst drei Wochen Brot – ohne einen Cent zu bezahlen«, sagte Stan und betonte die Worte überdeutlich, damit der Russe sie auch verstand. Emanuel nickte und übergab Celia die Papiere, die sie mit einem unterdrückten Aufschrei entgegennahm. Nach einem Blick auf die erste Seite schenkte sie ihm ihr strahlendstes Lächeln, doch er bedeutete ihr mit einer abwehrenden Geste, nicht zu viel zu erwarten.

»Er ist wirklich unhöflich«, meinte Idi, als die schweren Schritte des Russen im Treppenhaus verklangen.

»Ich finde ihn eher ein bisschen unheimlich«, fand Brit. Sie musterte Celia und schien mit sich zu ringen. Schließlich siegte ihr Pragmatismus, und sie gab sich einen Ruck. »Auch auf die Gefahr hin, dass ihr mich für eine Spielverderberin haltet – wenn es so simpel ist, eine Achterbahn mit Überschlag zu konstruieren, warum hat es dann noch niemand versucht?«

»Weil Celia die Idee hatte und niemand sonst!«, erwiderte Stan mit erstaunlicher Naivität. Seine Tochter verdrehte die Augen.

»Möglicherweise«, gab sie spitz zurück, »sieht die Sache nur einfacher aus, als sie tatsächlich ist, und Celia täte gut daran, einen zweiten und dritten Konstrukteur zu

Rate zu ziehen. Entschuldige, Pa, aber die Russen sind nicht gerade auf dem neusten Stand …«

Celia ignorierte den Disput zwischen Vater und Tochter. Sacht strich sie über die akkurate Bleistiftzeichnung, die feinen Linien, Markierungen und Berechnungen mit Zahlen und Buchstaben in einer steilen, etwas ungelenken Schrift, die vermutlich eher an kyrillische Formen gewöhnt war. Dies versprach die Verwirklichung ihrer ehrgeizigen Pläne, und Celia weigerte sich zuzulassen, dass ihr Glaube daran erschüttert wurde.

Trust & Loane stand auf dem dezenten Messingschild neben dem Eingang des achtzehnstöckigen Gebäudes an der Fifth Avenue. Ahnungslose gingen achtlos daran vorbei, Kennern der Branche wies es jedoch den Weg zu einer der größten und einflussreichsten Banken New Yorks, die ihre Macht nicht zuletzt einer gewissen Zurückhaltung verdankte, mit der sie ihre Geschäfte betrieb und Kundschaft in Spreu und Weizen unterteilte. Kunde bei *Trust & Loane* zu sein kam einem Ritterschlag im Finanzhochadel gleich. Diskretion war oberstes Gebot, und vornehme Zurückhaltung beherrschte das Ambiente der Büros wie das Gebaren der höheren Angestellten. In der Regel empfand Paul Osborne diese gedämpfte Atmosphäre als Quell innerer Ruhe und heilsamen Kontrast zu dieser Stadt, die einen überhöhten Puls zum Taktgeber des Erfolgs ausgerufen hatte. Aber heute setzte ihm das alles zu. Gereizt trommelte er mit dem perlmuttbesetzten Füllfederhalter, den er mühsam von seinen ersten Gehältern abgestottert hatte, um jeden Tag vor Augen zu haben, wohin die Reise gehen sollte, auf die lederne Schreibunterlage. Pauls Gedanken schweiften ab, sein Blick glitt über die Requisiten des nach nur fünf Jahren Errungenen – das Bücherregal mit einigen ausgesuchten Goldschnittausgaben der wichtigsten Werke der Gegenwartsliteratur, die braunledernen Ohrensessel vor dem Fenster und das Ölgemälde des Gründers der Bank, Richard Loane der Erste –, um schließlich im Nirgendwo hängenzubleiben. Paul gab es nicht gerne zu, aber seine reichen Kunden waren ihm an diesem Vormittag gewaltig auf die Nerven gefallen, wie sie vor seinem Schreibtisch saßen, einer wie der andere in gestreifter Weste über feistem Bauch oder nervösem Magen, dunklem, sündhaft teurem Tuch über arthritischen Knien und mit blitzenden Monokeln in argwöhnisch zusammengekniffenen Augen. Dann fiel ihm ein, dass er heute Abend Gast bei Richard »Dick« Loane dem Dritten sein würde; Paul war einer der Erwählten, die zu seiner Geburtstagsfeier nach New Jersey geladen worden waren, und er war zu Recht stolz auf diese Anerkennung. Er war noch ein Stück weitergekommen. Nicht mehr lange, und er würde sein Ziel erreicht haben.

Ein zufriedenes Lächeln umspielte nun Pauls feingeschnittene Lippen, als er sich wieder den vor ihm liegenden Papieren widmete und eins ums andere schwungvoll abzeichnete. Ein Klappern drang durch die lederbespannte Tür und riss ihn erneut aus der Arbeit. Die Stimme seiner Sekretärin schwang sich in unheilvolle Höhen und eine andere, tiefere, melodische hielt dagegen, während das Klappern die ganze Zeit anhielt. Neugierig geworden steckte er den Kopf aus der Tür, vorsichtshalber und zum Zeichen der Autorität die Stirn gerunzelt, und erblickte eine meergrüne, sich drehende Wasserpflanze mit rotblonden Haaren, was auf diesem Flur mit seinen gedämpften Farben und Geräuschen ganz und gar absurd und zugleich höchst erfrischend wirkte.

»Verzeihen Sie, Sir, ehe ich sie zurückhalten konnte, ist sie auf den Tisch gesprungen. Sie sagt, sie tanzt so lange darauf, bis sich jemand von der Bank ihre Zeichnungen ansieht«, raunte Mrs. Murphy ihm zu. »Ich glaube, sie ist nicht ganz bei Trost.«

»Schicken Sie sie zu mir«, sagte Paul, angetan von der Vorstellung, dass eine eigenwillige Einlage seinem Vormittag den Reiz verleihen könnte, den er bislang hatte vermissen lassen. »Wir wollen doch jedes Aufsehen vermeiden, nicht wahr, Mrs. Murphy.«

Zehn Minuten, nicht mehr, sagte er sich, als Celia ihm gegenüber Platz nahm und auf seine Frage, was sie ausgerechnet zu diesem Bankhaus geführt habe, zur Antwort gab, es sei ihr empfohlen worden, was nichts anderes als eine dreiste Lüge sein konnte, weil diese Frau wirklich nicht den Anschein erweckte, als verkehre sie in Kreisen, in denen man Empfehlungen aussprach.

Während sie fortfuhr, von sich und ihren Plänen zu erzählen, konstatierte er grimmig, wie sie sich von der ersten Sekunde an aller Maschen bediente, ihn zu umgarnen: Sie richtete ihre wie polierte Jade funkelnden Augen auf ihn wie Bühnenscheinwerfer, sie setzte ein süßes, gewinnendes Lächeln auf und ließ ihre weißen Zähne sehen, sie strich sich eine lockige Strähne aus dem Gesicht, um seine Aufmerksamkeit auf ihren milchweißen Teint zu lenken, und sie gab dreist eine Geschichte zum Besten, die an Abenteuerlichkeit nichts zu wünschen übrig ließ. Das Kirmesmädchen und sein großer Traum! Es war eine Frechheit, und Paul hätte diese Miss Lambert an die Luft setzen müssen, doch er tat nichts dergleichen.

Als Celia ihre Papiere zusammenrollte und ihn abwartend ansah, wusste Paul zweierlei mit unzweifelhafter Sicherheit: Dass keine Bank der Welt, und die *Trust & Loane* schon gar nicht, den Kreditantrag von Celia Lambert würde bewilligen können, so sie kein Verlustgeschäft anstrebte, und dass er gut daran täte, nie wieder an diese Frau zu denken.

Als Celia mittags in die East 2nd Street zurückkehrte, duftete es nach Sauerbraten, aber sie verspürte nicht den geringsten Appetit.

»Bitte schön, Frau Dammann, und einen schönen Gruß an den Herrn Gemahl«, rief Idi einer hübschen Mittdreißigerin in geblümter Kittelschürze hinterher, der letzten Kundin, bevor die Goodmans den Laden wie jeden Tag für eine kurze Mittagspause schlossen. Idi stürzte an die Tür und drehte den Schlüssel um.

»Und?« Erwartungsvoll sah sie Celia an.

Die ließ sich auf einen Mehlsack sinken und griff sich mit leisem Stöhnen an den Kopf. »O Gott, Idi, ich habe mich wie eine komplette Idiotin aufgeführt.«

»Ach was, das glaube ich nicht. Dein Englisch klingt doch mittlerweile, als hätte der Geist von Abraham Lincoln es dir in die Wiege gelegt«, versetzte Idi so scherzhaft wie aufmunternd. »Brit und du, ihr habt doch so eisern geübt.«

»Es ist nicht wegen der Sprache«, murmelte Celia.
»Du neigst ein wenig zur Dramatisierung, mein liebes Kind. Jetzt erzähl doch der Reihe nach.«
Mit wachsendem Erstaunen lauschte Idi, wie Celia von einer Bank zur nächsten geschickt worden war, mitleidig belächelt oder abgewimmelt wie eine Hausiererin, bis sie sich zufällig vor dem Schild *Trust & Loane* wiederfand und von wilder Entschlossenheit erfüllt wurde. »Meine Großmutter kam mir in den Sinn und ihre verrückten Tänze, mit denen sie auf unseren Fahrten mit der Eisenbahn für Aufsehen gesorgt hat. Nun ja, sie wollte das Abteil für sich haben und hoffte, dass ehrbare Bürger angesichts ihres zigeunerhaften Tuns die Flucht ergriffen, was manchmal auch gelang. In jedem Fall hatte sie die Aufmerksamkeit auf ihrer Seite. Und, was soll ich sagen – diese unselige Verzagtheit war mit einem Mal dahin.«
»Du willst damit doch nicht sagen …«
»Doch«, rief Celia und schilderte, wie sie ohne lange zu überlegen auf den nächstbesten Tisch gesprungen war, getanzt und gedroht hatte, erst wieder herunterzukommen, wenn ein Bankangestellter bereit sei, sich ihre Pläne anzuhören.
»Dann haben sie einen Angestellten vorgeschickt, der mir hinterher fast leidtat. Der sah mich an, als käme ich von einem anderen Stern und sei möglicherweise gefährlich, so dass man mich am besten nicht unterbricht. Wenn ich's recht bedenke, habe ich die ganze Zeit geredet. Der hat kaum einen Pieps von sich gegeben.« Celia musste kichern. »Kannst du dir das vorstellen? Der hat mich angestarrt und wahrscheinlich zu Gott gebetet,

diese Zumutung von ihm zu nehmen!« Sie ahmte Paul nach, wie er hinter seinem gewaltigen Kirschholzschreibtisch saß und beständig den Füllfederhalter auf- und zuschraubte. Idi musste lachen, Celia fiel ein und sie steckten sich gegenseitig immer wieder an, bis sie sich die Seiten hielten und nach Luft japsten.

»Morgen versuchst du es bei einer anderen Bank«, keuchte Idi. »Ohne Tanzen, ja?«

»Das wird vergeblich sein«, brachte Celia unter Lachen heraus. »Wahrscheinlich hängt mein Steckbrief längst in der Wall Street aus. Achtung: Durchgedrehter Bankier-Schreck auf Beutezug!« Erneut brachen sie in lautes Gelächter aus. Nachdem sie die Geschichte am Abend vor der Familie zum Besten gegeben und ihr vielstimmiges Gelächter genossen hatten, verlor das Geschehen über Nacht an Kraft, so dass es für Celia wohl kaum mehr als eine vage, ein wenig peinliche Erinnerung geblieben wäre, hätte es sich um einen anderen Bankier als Paul Osborne gehandelt.

Aber Paul war in Bann gezogen, mit Haut und Haar. Der Abend bei Richard »Dick« und Mary Loane war ihm verdorben, in der Nacht wütete das Geschehen in ihm wie verdorbene Fischpastete, erst am Morgen wich der Tumult einer zunehmenden Verwunderung. Während Paul im Bett sitzend der Septembersonne dabei zusah, wie sie New York in ein warmes Orange tauchte, kam er nicht umhin festzustellen, dass irgendetwas mit ihm geschehen und dass er machtlos dagegen war, und obwohl er sich geschworen hatte, niemals und unter keinen Umständen mit Menschen wie Celia Lambert in Berührung zu kommen, war er beseelt von dem Wunsch, ihr zu helfen.

Er stand auf, riss sich das verschwitzte Nachthemd vom Leib und wusch sich mit eiskaltem Wasser, um seine Sinne zu disziplinieren. Vergeblich. Er zog seinen dunkelgrauen Anzug an, den, der im Bund ein wenig zu eng war, was ihn zwang, flach zu atmen, aber auch das half nichts. Er verzichtete auf seine geliebten Frühstückspfannkuchen und aß nur einen Apfel in der Hoffnung, der Hunger würde ihn auf andere Gedanken bringen. Er wunderte sich nicht, als auch das seinen Zustand nicht verbesserte, verließ seufzend seine Wohnung und fuhr mit dem Aufzug in die Halle.

»Eine Kutsche, Sir?«, fragte der livrierte Portier wie jeden Morgen, sah aber erstaunt auf die Uhr, denn es war nicht einmal halb fünf, doch da Paul den Eindruck erweckte, als sei alles in bester Ordnung, ließ er durch seinen gellenden Pfiff wie jeden Morgen halb New York wissen, dass Paul Osborne zur Wall Street zu fahren wünsche.

Doch Paul fuhr nicht zur Wall Street, noch nicht. »Zu den Piers«, knurrte er dem Kutscher zu. Als er in Gravesend auf Coney Island eintraf, war noch keine Stunde vergangen und die Chance, einen Gemeindevertreter aufzutreiben, denkbar gering. Glücklicherweise hatte es einen älteren Herrn ebenfalls in aller Herrgottsfrühe an den Strand gezogen; energisch, die Hosenbeine hochgekrempelt, so dass man seine kleinen, von dicken blauen Krampfadern durchzogenen Waden sehen konnte, stapfte er an Paul vorbei Richtung Meer. Als Paul ihn ansprach, blieb er widerwillig stehen.

»McKane? Gott, wo leben Sie denn? Den haben sie vor einer Woche wegen Wahlbetrugs ins Gefängnis geworfen! Endlich!« Der Mann platzte fast vor Genugtuung, dann musterte er Paul listig. »Für krumme Geschäfte ist's zu spät, mein Freund. Seit gestern ist der Captain an Bord. Auf Coney Island werden andere Zeiten anbrechen.«

»Welcher Captain?«, fragte Paul indigniert; er fühlte sich, als sei er seit gestern in der Hand einer fremden Macht, in der meergrüne Rotblonde, Gangster und verrückte alte Kobolde regierten – ein beleidigender Gedanke, der den feinen Antennen des alten Herrn nicht entging. Voller Verachtung sah er Paul an und ließ ihn einfach stehen.

Aber Paul gab nicht auf und betrat, instinktiv das beste Hotel am Platz wählend, das *Bristol Beach.* Er fragte nach dem Captain und bestand darauf, angemeldet zu werden. Mittlerweile war es sechs Uhr, immer noch zu früh für offizielle Besuche, aber Paul hatte keine Wahl. Er musste schließlich pünktlich im Büro sein. Nicht einen Moment kam es ihm in den Sinn, dass die Angelegenheit einen zeitlichen Aufschub von ein paar Tagen bis zum Wochenende durchaus verkraften könne. Doch der Captain hatte Humor und willigte ein, Paul zu empfangen, wenn dieser zeitgleich mit dem Frühstück eintreffen würde. So geschah es.

Als Paul den weitläufigen Salon betrat, gab er sich sogleich als Mitarbeiter von *Trust & Loane* zu erkennen, um seinem Auftritt mehr Würde zu verleihen.

Der Captain forderte ihn auf, Platz zu nehmen, und schenkte ihm ungefragt Kaffee ein. Es stellte sich heraus, dass Captain Paul Boyton im Hinterland der Insel sechzehn Hektar aufkaufen wollte, um dort, zwischen der Poseidon Avenue und der West 18th Street, gleich mehrere familienfreundliche Fahrgeschäfte zu errichten. Das Geschäft war so gut wie unter Dach und Fach.

»Ich habe offene Türen eingerannt. Nun ja«, fügte er ein wenig selbstgefällig hinzu, »ich bin für die New Yorker ja auch kein unbeschriebenes Blatt.«

Allmählich dämmerte Paul, wen er da vor sich hatte. Captain Paul Boyton – natürlich! Der Mann war in einem selbsterfundenen Gummianzug die Themse hinuntergepaddelt, durch den Ärmelkanal hinüber aufs Festland, vierhundertfünfzig Meilen den Rhein hinunter, er hatte seine Paddel in die Seine, den Po, die Loire und den Tiber getaucht, war auf den Wassern des Mittelmeers von Neapel nach Capri geglitten und über den Atlantik hinüber in die Vereinigten Staaten, wo man ihn als Helden empfing. Und jetzt, so hieß es, wolle er sesshaft werden und sich neuen Herausforderungen widmen. Paul holte tief Luft und hörte sich sagen: »Ich besorge Ihnen einen Kredit bei *Trust & Loane,* mit dem Sie Ihre Fahrgeschäfte vergolden können, und das zu Bedingungen, die so günstig sind, dass Sie nicht nein sagen können.«

»Und was muss ich dafür tun?« Boyton war auf der Hut.

»Sie holen eine junge Dame mit einer außergewöhnlichen Idee ins Boot.«

Während sich der Captain ein Brötchen nach dem anderen und Pfannkuchen mit Ahornsirup schmecken ließ, erläuterte Paul Celias Plan in groben Zügen, wobei er die Tatsache verschwieg, dass es sich um eine Looping-

Achterbahn handeln würde. Als er geendet hatte und sein Gegenüber erwartungsvoll ansah, grinste dieser breit und für Pauls Geschmack eine Spur zu anzüglich: »Sie hat es aber erwischt, junger Mann!«

»Nein«, wehrte Paul ab. »Es ist nicht so, wie Sie denken.«

Boytons Grinsen vertiefte sich. »Es ist nie so, wie wir denken.« Nach einer Pause fügte er hinzu: »Ich würde Ihnen wirklich gerne behilflich sein, aber ich habe meine eigenen Pläne. Tut mir leid, junger Mann.«

Förmlich verabschiedeten sich die beiden Männer, und Paul nahm das nächste Dampfschiff zurück nach Manhattan. Als er viel zu spät und mit zerzausten Haaren die vertrauten Flure des Bankgebäudes durchschritt, fühlte er sich so leicht, als hätte ihm ein guter Geist eine Zentnerlast von den Schultern genommen. Der Bann, in den diese rotblonde Frau ihn geschlagen hatte, schien gebrochen. Er würde Richard »Dick« Loane nicht davon überzeugen müssen, sich dieses für *Trust & Loane* so untypischen, um nicht zu sagen idiotischen Projekts anzunehmen. Er hatte es versucht, war gescheitert und heilfroh darüber.

Paul schenkte Mrs. Murphy ein sparsames Lächeln, dann betrat er sein Büro. Sein Blick fiel auf die geschwungene Messinguhr auf der Fensterbank, das Geschenk eines zufriedenen Kunden. Elf Uhr. Zum Teufel, er hatte es nicht nur zugelassen, sondern sogar aktiv betrieben, dass seine eherne Ordnung hoffnungslos durcheinandergeraten war. Unter normalen Umständen hatte er um diese Zeit längst die Post gesichtet, jetzt schien ihn der stattliche Papierstapel, den Mrs. Murphy ihm demonstrativ mitten auf die Schreibunterlage gelegt hatte, höhnisch anzuglotzen. Rasch griff er nach dem obersten Kuvert und vertiefte sich in das Schreiben, doch plötzlich hielt er inne.

Es war noch nicht vorbei, schoss es ihm durch den Kopf. Denn wie sicher konnte er sein, dass Boyton ihre Begegnung für sich behielt? Was, wenn er plötzlich doch einen Kredit benötigte und hoffnungsfroh bei *Trust & Loane* aufkreuzte?

Gut, Paul würde ihm weismachen, dass die Bank kein Interesse mehr an einem Geschäft mit ihm hätte, aber der Captain schien nicht der Typ Mann, der, einmal Blut gewittert, sich mit Wasser zufriedengeben würde. Er würde nicht lockerlassen oder, schlimmer noch, der Presse die Story zum Fraß vorwerfen, und die Meute würde sich drauf stürzen und das Unternehmen, das in Gestalt von Paul Osborne einen nationalen Helden an der Nase herumgeführt hatte, mit fetten Lettern und süffisanten Sätzen der Lächerlichkeit preisgeben. Es war nicht auszudenken. Paul hatte seine untadelige Laufbahn und seinen guten Ruf mit einigen unbedachten Worten aufs Spiel gesetzt. Und er wusste nicht einmal wieso. Entnervt schloss Paul die Augen. Dann bat er Mrs. Murphy, einen Termin bei Richard »Dick« Loane zu vereinbaren. Schadensbegrenzung schien das Gebot der Stunde.

»Dienstags isst er doch immer im Club«, bemerkte Mrs. Murphy spitz und bedachte Paul mit einem vorwurfsvollen Blick. Seit zehn Jahren bei *Trust & Loane* als Sekretärin beschäftigt hatte sie ein Gespür dafür entwickelt, Unpünktlichkeit und Zerstreutheit ihrer Vorgesetzten zu deuten. Sie kannte die Anzeichen sich entwickelnder Trunksucht ebenso wie die Signale stiller Verliebtheit, hemmungsloser Vielweiberei und suizidaler Tendenzen. Ein Bankier, der zu spät aus dem Bett zweier Huren stieg, sah einfach anders aus als einer, der vor Dienstbeginn auf einem Hochhaus stand und sich fragte, ob es nicht besser sei, diese Welt zu verlassen. Bei Paul war sie sich zum ersten Mal unsicher.

»Geht es Ihnen gut, Sir?«, fragte sie, erntete aber nur ein aufgesetztes Lächeln, das die goldfarbenen Augen nicht erreichte, seine Züge aber vorteilhaft erhellte. Paul Osborne war der Schwarm aller Sekretärinnen und alle, einschließlich Mrs. Murphy, begrüßten es, dass er noch keinen Ehering trug. Ein wenig besorgt sah sie ihm nach, als er wenig später das Büro verließ.

Der *Comfort Club* lag ein paar Blocks weiter nördlich. Der kurze Spaziergang tat Paul gut; er beschloss, die Sache nun durchzuziehen und dann zu vergessen. Drei Stufen auf einmal nehmend, setzte er die geschwungene Treppe zum Club hoch und begann systematisch die großzügigen Salons, in denen gespeist, debattiert und Geschäfte eingefädelt wurden, zu durchkämmen.

»Paul!« Richard »Dick« Loane hatte ihn entdeckt und winkte ihn zu sich in die hinterste Ecke des tennisplatzgroßen, mit Fächerpalmen, Ledersesseln und dicken Teppichen ausgestatteten After-Lunch-Saals. »Kommen Sie, kommen Sie«, rief er ohne auf die empörten Gesichter einiger lesender Clubmitglieder zu achten. »Ich möchte Ihnen zwei ganz außerordentliche, wenn auch ein wenig anstrengende Burschen vorstellen.« Loane strahlte über das runde, flächige Gesicht, sein stattliches

Doppelkinn zitterte, als er Paul die Hand gab. »Alexander Wright, genannt der junge Wilde« – dabei wies Loane auf einen Endzwanziger mit klassischem Profil und manikürten Händen – »und Alistair MacDoogle.« MacDoogle war zweifellos Ire, mittelgroß und kräftig, mit dunkelrotblonden Haaren und tiefblauen Augen. »Sie haben sich in den Kopf gesetzt, mehr Kultur nach New York zu holen, und wollen dafür ihr schönes ererbtes Vermögen aufs Spiel setzen.«

»Da sind Sie bei *Trust & Loane* falsch«, sagte Paul, und Loane feixte.

»Keiner ist so seriös wie Paul«, versetzte er und zwinkerte seinen Begleitern zu, die aufstanden und Paul die Hand schüttelten.

»Onkel Dick hat mich als Kind auf den Knien geschaukelt und angestiftet, Äpfel aus Nachbars Garten zu stehlen«, bemerkte Alexander entschuldigend und fügte vergnügt hinzu: »Und Alistair hat er soeben adoptiert.«

»Bah«, machte Loane und betrachtete stirnrunzelnd seine Zigarre, um seine Verlegenheit zu überspielen.

Ihm und seiner Frau Mary war es nicht vergönnt gewesen, Kinder zu bekommen. Umso liebevoller hatten sie sich um Alexander, den Sohn von Marys verstorbenem Cousin, gekümmert, und würden es nun, da seine Mutter zurück nach Europa gezogen war, weiterhin tun. Diese Schwäche war die einzige, der Loane freimütig nachgab, die meisten anderen, abgesehen von Rotwein, Zigarren und fetten Steaks bei *Delmonico's,* waren seiner Meinung dazu angetan, sein Vermögen zu gefährden. So jovial und gutmütig er sich auch geben mochte, galt Richard »Dick« Loane doch als Bulle der Wall Street, der platt machte, was oder wer immer sich ihm in den Weg stellte. Besser, man diente ihm nicht als rotes Tuch.

Paul entspannte sich. Die beiden jungen Männer schienen Sinn für Humor und Wagemut zu haben, möglicherweise würden sie sich für Celias Pläne erwärmen lassen. Ohne zu zögern begann Paul zu erklären, was sich gestern und heute früh ereignet hatte.

»Das ist absurd«, knurrte Richard »Dick« Loane erwartungsgemäß. »Was fällt Ihnen ein? Glauben Sie, dass wir eine lumpige Achterbahn finanzieren, weil ein Mann in einem Gummianzug sich weigert, das zu tun? Sie sind ja nicht ganz bei Trost, Mann.«

Paul schwieg.

»Allerdings«, sagte Alexander gedehnt, »könnte der Plan neue Perspektiven für Coney Island eröffnen. Im Moment ist es das reinste Babylon. Aber falls es mehr familienfreundliche Attraktionen gäbe und folglich mehr Familien auf die Insel strömten, könnte das Glücksspiel möglicherweise an Einfluss verlieren.«

»Perfekt fürs Kleingewerbe«, bemerkte Alistair lässig. »Eissalons, Andenken-, Spielzeugläden. Lauter so Zeug, dessen Finanzierung unter der Würde der Großbanken ist. Wir könnten Kleinstdarlehen bis zehntausend Dollar ausgeben und dafür sorgen, dass sich auch Leute aus den Slums selbständig machen.«

»Mikrodarlehen werden wir das Baby nennen. Klingt nicht so erniedrigend«, meinte Alexander, und Alistair nickte.

»Sehr schön. Mikrodarlehen. MD. Daraus formulieren wir den Namen unserer neuen Firma: MD steht für Make your Dream come true! Wright & MacDoogle.«

»Mikrodarlehen«, echote Paul. Was für eine phantastische Idee!
»Jetzt ist es aber genug«, polterte Richard »Dick« Loane. »Als Nächstes wollt ihr mir vorschlagen, das Risiko dieses Irrsinns zu teilen. Mikrodarlehen für Five-Points-Gangster! Ich glaub's ja wohl nicht.«
Alexander lächelte gewinnend. »Nimm es mir nicht übel, Onkel Dick, aber ich pachte den Ruhm, den es unweigerlich mit sich bringen wird, Coney Island gerettet zu haben, durchaus gerne für mich.« Er warf Alistair und Paul einen kurzen Blick zu. »Oder sagen wir – für uns.«

Mit einem dumpfen Knall landete eine Waggonschwelle neben einem ansehnlichen Kieshaufen. Die zwei Arbeiter, die das Holz auf den Schultern herangeschleppt hatten, drehten sich um, wischten sich den Schweiß von der Stirn und machten sich daran, die nächste von einem Lastwagen abzuladen.
»Die Jungs scheinen recht motiviert zu sein.« Alexander Wright zündete sich eine Zigarette an und sah dem Rauch hinterher. Mit Daumen und Zeigefinger zupfte er sich einen Krümel Tabak von der Unterlippe; und Celia stellte nicht zum ersten Mal fest, wie lang und kräftig seine Hände waren, wie gepflegt die mit ausgeprägten weißen Halbmonden an der Wurzel gesegneten Fingernägel. Alexanders Hände konnten gewiss Klaviertasten streicheln und ein Pferd satteln, den Körper machtvoll durch eine wilde Brandung kraulen und einen Dessertlöffel so manierlich halten, dass man es auch manieriert hätte nennen können. Er war der humorvollste Mann, den

Celia je kennengelernt hatte, mit trockenem Witz konterkarierte er seine europäische Erziehung und erlesene Bildung; seine Bemerkungen und Frotzeleien trafen ins Schwarze, ohne zu verletzen, und er wusste auch, wann er seine Zunge im Zaum halten musste. Alexander war rücksichtsvoll und aufrichtig und, was Celia schon bei der ersten Begegnung klargeworden war, für alle Frauen gänzlich verloren. Er liebte Männer, und sein derzeitiger Favorit hieß Alistair, was Alexander jedoch nicht blind machte für die muskulösen Reize, die ihm auf Celias Baustelle geboten wurden.

»Warum sollten sie nicht?«, fragte Paul. »Sie werden weiß Gott besser bezahlt als Boytons Leute. Also sollten Sie auch einen Schlag reinhauen.«

Celia verkniff sich ein Lächeln. Im Gegensatz zu ihr war Paul noch kein Licht aufgegangen, und falls dies je geschehen sollte, würde es ihm vermutlich die Socken ausziehen, konservativ wie er sich gab. Dabei blitzten in Pauls goldfarbenen Augen ab und an Mutwillen und Spott auf.

Celia sah in ihnen einen sehnsüchtigen Hunger, der sie faszinierte. Diesem verdankte sie es, dessen war Celia sich sicher, dass sie jetzt hier stand und zwanzig Arbeiter beaufsichtigte.

Die Aushubarbeiten für die Einebnung des Geländes und für das Fundament, auf dem die Schienen ruhen sollten, waren abgeschlossen. Alles lief wie am Schnürchen, und in Little Germany verrenkten sich die Leute den Hals, um Celia hinterherzusehen. Sie war berühmt, bevor der erste Achterbahnwaggon sich in die Höhe geschwungen hatte.

Mitunter meinte Celia, ihr klarer Verstand habe sich des Nachts von ihrem Körper gelöst, sei irgendwo im Dickicht traumhafter Begegnungen und Ereignisse hängengeblieben und weigerte sich, auf die triste Erde zurückzukehren. Monate waren vergangen, seit Celia den Brief von Paul Osborne erhalten hatte, in dem er ihr in dürren Worten erläuterte, dass sich *Wright & MacDoogle* ihres Kreditwunsches annehmen und sie deshalb kennenlernen wollten. Die beiden Jungunternehmer, schrieb er weiter, widmeten sich ausschließlich Projekten, die die Verbesserung der Lebensbedingungen und wirtschaftlichen Verhältnisse der Armen in New York zum Ziel hatten. Armut dürfe nicht länger ein Hinderungsgrund sein, sich aus der Gosse (Paul nannte es taktvoll »situatives Ungemach«) zu erheben. Wer eine Idee hatte und den Mumm besaß, sie vorzutragen, fand bei *Make your Dream come true – Wright & MacDoogle* Gehör und Hilfe, und Celias Achterbahn würde am Anfang stehen.
Mit klammem Herzen hatte sie sich damals auf den Weg gemacht. Die Firma hatte ihre Büros in einem frisch verputzten zweistöckigen Haus am östlichen Rand der Lower East Side bezogen. In ganz New York, das hatte Paul seinem Schreiben angefügt, fände sich kein Bankier, der es an Mut, Risikobereitschaft und Kreativität mit diesen beiden aufnehmen könnte, und er hatte nicht übertrieben. Wright und MacDoogle behandelten sie vom ersten Moment an wie eine ernstzunehmende Geschäftspartnerin; sie sparten weder mit Kritik noch mit aufmunternden Worten. Am Ende der Unterhaltung besiegelte ein Handschlag ihre Übereinkunft.

Von da an stand Celia jeden Morgen von sechs bis zehn in der Backstube, obwohl Stan und Idi ihr das auszureden versuchten, danach traf sie sich mit Alexander und Alistair zu »Feinabstimmungen«, wie sie es nannten. Gelegentlich war auch Paul dabei.

Richard »Dick« Loane hatte alles darangesetzt, *Trust & Loane* zu guter Letzt doch noch in das prestigeträchtige Rettungsboot für Coney Island zu hieven, und seinem Ziehsohn Alexander den erfahrenen Paul an die Seite gestellt. Sobald sich die Sache mit den Mikrodarlehen herumgesprochen haben würde, behauptete Loane, würde *Wright & MacDoogle* die Finanzkraft eines großen Partners dringend benötigen. Ein Argument, das Alexander und Alistair nicht ganz überzeugte. Dennoch willigten sie ein. Einen Trumpf im Ärmel zu haben war niemals verkehrt, und *Trust & Loane* war das Doppel-Ass.

Nach den täglichen Besprechungen fuhr Celia weiter nach Coney Island.

Emanuel, dem Celia die Stelle als Aufseher angetragen hatte, erledigte seine Aufgabe zu ihrer Zufriedenheit, dennoch zog es sie jeden Tag auf die Baustelle. Sie liebte den Lärm, den harzigen Geruch, den die Hölzer verströmten, die Flüche und das Lachen der Männer, weil sie den Rhythmus vernahm, der alldem zugrunde lag: Es wird wahr, es wird wahr, es wird wahr!

Idi fand das »Herumspringen zwischen halbnackten Männern« unschicklich, ganz unweiblich, aber Celia befand sich so im Reinen mit sich und der Welt, dass Idis mal sorgenvolle, mal strafende Blicke sie nicht erreichten.

»Manchmal denke ich, ich träume«, platzte Celia plötzlich heraus.
»Das ist Amerika«, entgegnete Alexander lächelnd. Pauls Augenbrauen schossen in die Höhe. Er hasste Plattitüden jeglicher Art.
»Das sind vor allem wir«, korrigierte er Alexander freundlich. »Unsere Tatkraft und unser Wille, New York voranzubringen. Damit würden wir überall auf der Welt reüssieren.«
Alexander schwieg, war jedoch nicht überzeugt. »Wir werden von Boyton profitieren«, wechselte er schnell das Thema und reichte das Fernrohr, mit dem er die Fortschritte der Bauarbeiten auf dem Nachbargrundstück inspiziert hatte, an Alexander weiter. »Ob er will oder nicht.«
»Stimmt«, erwiderte Paul. »Der Wasserzirkus mit den Seelöwen und die Fahrräder, mit denen man über die Lagune fahren kann, werden die Kinder zwar begeistern, aber nicht für lange. Sie werden danach gieren, ihre Nerven kitzeln zu lassen. Und wo könnte man das besser als in einer Looping-Achterbahn?«
»Was verbirgt sich unter dem Zelt?«, fragte Alexander.
»Ich habe läuten gehört, dass dort ein Ausschank eingerichtet werden soll«, antwortete Celia. »Eis und Kuchen und so.«
»Das ist nicht gut für uns«, sagte Paul sofort.
Alexander pflichtete ihm bei: »Die Kinder schlagen sich den Bauch voll und kotzen alles wieder aus, wenn sie bei uns gewesen sind. Das wird unserem Ruf schaden. Sind Sie sicher?«
»Nein, ich habe nur ein paar Gesprächsfetzen aufge-

schnappt, kann sein, dass ich etwas falsch verstanden habe.«
»Wir sollten das im Blick behalten.« Alexander nickte Celia und Paul zu und pfiff nach seinem Kutscher. Paul beeilte sich, es ihm gleichzutun.

Als die Dämmerung einsetzte, verließen die Arbeiter die Baustelle. Manche winkten Celia zu, andere schwatzten miteinander oder hatten schon den Krug Bier vor Augen, den sie in einem Zug leeren und dem noch etliche folgen würden.
Celia wartete noch eine Weile, bis sie sicher sein konnte, dass sie auf Boytons Grundstück niemanden mehr antreffen würde. Im Schutz der Dunkelheit schlich sie zu dem Zelt. Sie musste wissen, was sich dahinter verbarg. Ihre Bemerkung mit dem Ausschank war reine Spekulation gewesen, ein Trick, um sich keine Blöße zu geben. Aber der Schuss war nach hinten losgegangen. Noch einmal würde ihr das ganz gewiss nicht passieren!
Vorsichtig hob sie die Plane an und schlüpfte darunter durch. Mit zitternden Händen entzündete sie eine Kerze. Langsam, immer wieder über Hölzer und Riemen stolpernd, erkundete Celia das Innere des Zeltes. An der rechten Seite standen Werkbänke, auf denen das übliche Werkzeug herumlag, dünne sowie oberschenkeldicke Hölzer lehnten an den Wänden.
Was um Himmels willen soll das werden? Celia wandte sich um und ging langsam einige Schritte weiter. Dabei stieß sie sich den Kopf und schrie auf. Sie hielt die Kerze hoch, und als sie erkannte, welches Hindernis ihr im Weg stand, nahm es ihr den Atem. Tränen brannten hin-

ter ihren Augen, doch Celia riss sich zusammen und zwang sich, ihre Erkundung fortzusetzen. Am Ende sah sie ihre schlimmsten Befürchtungen bestätigt.
Wer tat ihr das an? Ohnmächtige Wut wallte in ihr auf. Mit einem wütenden Aufschrei trat sie zu, das Ding wankte gefährlich, aber es fiel nicht. Celia schluchzte auf und rannte hinaus.

12

Susanna erwachte vom leisen Klirren des Frühstücksgeschirrs. Ihre Zofe stellte das Tablett auf das Tischchen vor dem Ostfenster und zog die lindgrünen Samtvorhänge auf. Sonnenlicht flutete herein und ließ die Geschichten der Nacht verblassen. Vergeblich suchte Susanna die Bilder festzuhalten; es schien ihr wichtig, dass sie nicht entglitten. Sie kniff die Augen zusammen und konzentrierte sich, aber es half nichts. Als sie hochblickte, sah sie in das zarte Gesicht mit dem weißen Häubchen auf den fahlblonden Haaren.

»Fühlen Sie sich nicht wohl, gnädige Frau?«, wisperte ihre Zofe Annerose so besorgt wie neugierig.

»Doch, es geht mir bestens«, wehrte Susanna ab. Ihre Augen, eben noch zärtlich verhangen, hatten einen harten Glanz angenommen. Gott, was gingen ihr diese Blicke auf die Nerven! Alle sahen sie so an, ihre Zofe, ihre Mutter, ihre Schwiegermutter, selbst ihr Vater konnte sich diesen erwartungsvollen Ausdruck nicht verkneifen, wenn Susanna Unwohlsein äußerte oder blasser als gewöhnlich aussah.

Unwillig setzte sie sich in dem aufwendig geschnitzten Bett auf, unter dessen Decken sich nicht viel abspielte. Danach hob sie jedes Mal ihre Hüften an, doch es nützte nichts. Dabei wäre ein Kind ein Segen, glaubte Susanna. Es würde sie ablenken von der tödlichen Langeweile und ihre endlosen Grübeleien durchbrechen. Susannas Gedanken kreisten beständig um ihre Ehe. Gewiss, sie unterschied sich nicht von anderen Zweckbündnissen, aber eine feine Stimme in Susanna bestand darauf, dass es anders sein konnte zwischen zwei Menschen, dass sie einander hingebungsvoll und leidenschaftlich lieben konnten. Selbst in arrangierten Ehen musste es doch möglich sein, dass der erotische Funke irgendwann übersprang! Aber leider waren Philipp und sie davon weiter entfernt als der Mond von der Sonne.

Vor einiger Zeit hatte Philipp eine seltsame Rastlosigkeit ergriffen, wie im Fieber trat er Vereinen, Clubs und Organisationen bei, um sie schon bald darauf wieder zu verlassen, ganz gleich, ob es sich um Turnen, Esperanto, Gartenbau, Pferderennen oder Schach handelte. Überdies spannte ihn sein Vater immer öfter in seine Geschäfte in Übersee ein, die ihn monatelang von Bremen fernhielten und ihn mit fanatischer Begeisterung erfüllten, die einer lähmenden Betrübnis wich, sobald er länger als einen Tag daheim war. Philipp, so erschien es Susanna, war ständig unterwegs, ohne jemals irgendwo anzukommen, und deshalb nannte Susanna ihn insgeheim den Fahrenden im Maßanzug. Er hätte wirklich besser zu Celia gepasst.

Susanna zog sich mit einem Ruck das Nachthemd über den Kopf und wog ihre prachtvollen, schweren Brüste in den Händen. Was für eine Verschwendung. Sie spitzte die Lippen und blies über ihre rosigen Warzen, und als sie hart wurden und die Hitze zwischen ihren Beinen so süß wie unerträglich wurde, riss sie sich die Decke vom Leib und sprang aus dem Bett. Ein bitteres Lächeln umspielte ihren Mund. Es schien wirklich an der Zeit, in Angriff zu nehmen, was der in ihren Augen anbetungswürdige Siegmund Freud als Sublimierung bezeichnete – die Veredelung niederer Triebe zu künstlerischer Betätigung. Margot, mit der sie über derlei unerhörte Theorien diskutierte, hatte zwar feixend gemeint, Holzhacken und Frühsport erfüllten dieselbe Funktion, aber Susanna wusste, wie sie gleich zwei Fliegen – das animalische Jucken in den Griff zu bekommen und ihr Talent zum Diskurs auszuleben – mit einer Klappe schlagen konnte.

Rasch kleidete sie sich an und machte sich auf den Weg in die Bismarckstraße.

Ihre Eltern erwarteten sie bereits. Der Mittagstisch war gedeckt, aus der Küche im Parterre drangen köstliche Düfte ins Vestibül.

»Curry?« Sie sah ihre Mutter fragend an und Marthe Pahlenberg nickte lächelnd.

»Und Koriander, Zimt und Kurkuma. Und mariniertes Hähnchenfleisch.«

Von jeder Reise brachte Philipp getrocknete Kräuter und Gewürze mit, und Marthe, überzeugt, dass kleine Zeichen der Anerkennung die Harmonie im Großen und Ganzen förderten, hielt die Köchin zu deren Verzweiflung beständig an, die Pülverchen kreativ einzusetzen. Mitunter schmeckte das Ergebnis muffig oder seifig, aber heute schien es zu gelingen.

»Zur Not lade ich die Damen in den Ratskeller«, sagte Walter Pahlenberg scherzend und zog Susanna an seine breite Brust.

Als wäre sie noch sein kleines Mädchen und keine verheiratete Frau, die nicht schwanger wurde, dachte Susanna und atmete in seine gestreifte, aus feinstem Tuch genähte Weste. Zärtlichkeiten dieser Art hatte ihr Vater

sich in der Vergangenheit selten gestattet, doch jetzt überließ er sich immer häufiger einer gelassenen Milde. Kein Zweifel, es ging ihm sichtlich besser, die Zusammenarbeit mit Merten trug mehr Früchte als erhofft.
Die Wirtschaft der Hansestadt florierte, es wurde spekuliert und projektiert, was das Zeug hielt, viele Kaufleute suchten und fanden ihr pekuniäres Glück in Afrika, Japan, Süd- und Mittelamerika. Während viele ehrbare Geschäftsleute es mit dem alten Bürgermeister Otto Gildemeister hielten, der einst postuliert hatte: »Die Wohlfahrt aller wird am besten gefördert, wenn jeder Einzelne seine eigene Wohlfahrt zu fördern nicht gehindert wird. Dabei sind die von der Gerechtigkeit gezogenen Grenzen stillschweigend vorausgesetzt.« Viele verstanden seine Worte als Freibrief, wie eine Dampfwalze über das Land zu fahren und Fabriken aufzukaufen, ohne sich um ihre soziale Verantwortung für die Arbeiter zu scheren. Merten besaß eine Ölfabrik, in der Ölsaat zu Margarine verarbeitet wurde, einen modernen Mühlenbetrieb am Holzhafen, eine Reismühle am Neustadtdeich, eine Tuchfabrik in Frankfurt, eine Waschpulverproduktion in München und hielt überdies ein Geflecht von Unternehmensbeteiligungen, das nur er durchschaute und von dem Walter Pahlenberg lieber nichts wissen wollte.
»Philipp hat geschrieben«, sagte er, und Susanna löste sich von ihm.
»Und – lässt er mich grüßen?«, entgegnete sie spitz, und sogleich legte ihr die Mutter die Hand auf den Arm.
»Kein Grund, aus der Fasson zu geraten, mein Kind«, sagte sie. »Philipp ist bereits unterwegs nach China, aber

denk dir nur, in Togo hat er Gustav Andreesen getroffen, der zwei Kaffeeplantagen inspiziert hat. Das wollte Philipp deinem Vater mitteilen. Außerdem wird über die Gründung einer Importfirma für Südfrüchte spekuliert, schreibt er.«

»Das ist eher für Merten eine Überlegung wert«, brummte Pahlenberg.

Ein Gongschlag zeigte an, dass es Zeit war, die Plätze am Esstisch einzunehmen. In einer großen Schüssel schimmerte feinster Reis, orangefarben glühte das in einer Terrine angerichtete Fleischgericht. Aus Erfahrung vorsichtig kosteten die drei mit spitzen Lippen. Tatsächlich mundete es himmlisch, gerade so scharf, dass der Gaumen nicht betäubt wurde, und mit so feiner Süße, dass das Dessert – Äpfel im Schlafrock – ihnen danach doppelt munden würde.

»Was bezweckt das Reich eigentlich mit seinem militärischen Engagement in Ostasien? Glaubt der Kaiser wirklich, dass in Kürze deutsche Kolonien an der chinesischen Küste gegründet werden?«, fragte Susanna unvermittelt.

»Aber sicher«, antwortete ihr Vater im Brustton der Überzeugung.

»Und was haben wir davon?«

»Nun, wir hoffen, dass über Tsingtau der Handel mit China vorangetrieben wird und vor allem deutsche Industriewaren abgesetzt werden können.«

»Das würde die Folgen der Depression und der hohen Arbeitslosigkeit vielleicht etwas mildern«, erwiderte Susanna und lächelte ihren Vater an. »1893 war doch ein schlimmes Jahr, nicht wahr?«

»Ich glaube, man verspricht sich einen weiteren Aufschwung der vom Reich subventionierten Postdampferlinie nach Ostasien, die ja auch von Bremen abgeht«, fügte ihre Mutter hinzu und klingelte nach dem Mädchen, damit das Geschirr und die Reste des Essens hinausgeschafft wurden. Marthe Pahlenberg ertrug es nicht, eine Sekunde länger als unbedingt nötig vor einem saucenverschmierten Teller ausharren zu müssen, und welche Bedienstete das nicht begriff, bekam es schmerzhaft zu spüren. Ohrfeigen und Essensentzug waren Marthes Mittel, den Haushalt reibungslos am Laufen zu halten. Frauke, so hieß das neue Mädchen, war nicht auf den Kopf gefallen. Sie huschte blitzschnell um den Tisch, und einen Wimpernschlag später hatten Susanna und ihre Eltern die vor Fett und Honig triefende Nachspeise vor sich, der sie sich schweigend widmeten.

Verstohlen musterte Susanna ihren Vater. Die Angelegenheit schien reif zu sein. In den letzten Wochen hatte sie ihn wie ein mutterloses Lamm an die Milch einer Amme daran gewöhnt, dass sie kluge Fragen stellte und scharfsinnige Überlegungen anstellte, und er hatte ihr weder den Mund verboten noch herumgepoltert und nur ein einziges Mal gutmütig gebrummt, sie käme schon sehr nach ihrer Mutter.

Susanna holte tief Luft. »Ich habe mir überlegt, dass es nicht schaden könnte, wenn ich …« Sie schluckte. Bloß jetzt nicht kneifen, ermahnte sie sich, und fuhr mit unmerklich zitternder Stimme fort: »… wenn ich für deine Zeitschrift arbeite. Die *Hutnadel* braucht doch gewiss ein wenig frisches Blut und weibliche Inspiration.« Es war heraus.

»Was für eine Idee!«, schnaubte ihr Vater. »Eine Pahlenberg arbeitet nicht.« Er sah seine Tochter an, dann fiel ihm ein, dass sie verheiratet war. »Und eine Merten auch nicht.«

»Bitte, Vater, du musst das doch verstehen – du magst doch deine Kunstbücher hundertmal lieber als Opas Garnhandel! Und ich habe diese Neigung geerbt!«

»Unsinn!«

»Außerdem sagen viele, dass Frauen auch ein Recht auf Erwerbsarbeit haben sollten.«

»Ich finde Susannas Vorschlag nicht verkehrt«, schaltete sich ihre Mutter ein. »Ein, zwei Artikel im Monat sind doch keine große Sache. Ein bisschen Mode, die eine oder andere Anekdote … Wer weiß, vielleicht haben wir eine kleine Jane Austen großgezogen?« Doch der Appell an den väterlichen Stolz nützte nichts. Ungehalten knallte Walter Pahlenberg seine Serviette auf den Tisch.

»Nun ist es genug, was ist bloß los mit euch Frauen? Ihr wollt die Reifeprüfung ablegen und das Wahlrecht erstreiten, statt euch um eure Kinder und den Haushalt zu kümmern, wie es die Schöpfung vorgesehen hat. Kein Wunder, dass dein Ehemann lieber über die Meere segelt, als sich um Nachwuchs zu bemühen.« Er stieß den Stuhl zur Seite und rauschte aus dem Zimmer.

Susanna kämpfte mit den Tränen. Der Hieb hatte gesessen, aber das wollte sie ihrer Mutter nicht offenbaren, und so zwang sie sich zu kühler Ironie: »Er will mich aber nicht im Ernst mit den Frauenrechtlerinnen vergleichen, nur weil ich bereit bin, sein Magazin ein wenig aufzupolieren, sterbenslangweilig wie es ist.«

»Ach was«, entgegnete Marthe, »wir kriegen das schon

hin. Lass nur ein wenig Zeit verstreichen … Er muss sich erst an den Gedanken gewöhnen, und am Ende wird er noch meinen, die Idee stamme von ihm.«
Susanna musste lachen. Die praktische Lebensklugheit ihrer Mutter stand im Gegensatz zu ihren häufigen Anfällen unerklärlicher Maladien, die ein, zwei Tage andauerten und dann wieder verschwanden. Sie umarmten sich und Susanna beschloss, das schöne Wetter für einen Spaziergang nach Hause zu nutzen. Der Nachmittag lag lang und langweilig vor ihr. Die Leute hatten schon recht: Ein Baby half einem, diese Langeweile auszutreiben, andererseits war es doch unerhört, auf die Produktion von Erben und deren Hege und Pflege reduziert zu werden. Ihre Brauen zogen sich zusammen, und wütend ballte sie die Fäuste. Fehlt nur noch ein Banner und eine Barrikade, dachte sie plötzlich und unterdrückte ein Lachen. Ihr Vater würde grün anlaufen, wenn er von ihren Gedanken wüsste! Aber vermutlich hatte er genau davor Angst: dass ihre Arbeit für seine Zeitschrift Susannas erster Schritt in Richtung Blaustrumpf war! Dass sie sein hinterwäldlerisches Koch- und Stick-Journal zur Kopie des politischen Magazins *Die Frau* machen wollte und sich die Frauenrechtlerinnen Helene Lange und deren Gefährtin Gertrud Bäumer zum Vorbild nehmen … und schließlich auch so unerhört leben würde wie sie! Susanna errötete bei dem Gedanken, dann rief sie sich zur Ordnung. Wenn sie ihr Ziel erreichen wollte, musste sie ihrem Vater die Angst nehmen, und sie wusste auch schon, wie sie das bewerkstelligen würde.
Wie ihre Mutter es ihr geraten hatte, ließ Susanna einige Tage verstreichen, dann wagte sie einen neuen Vorstoß.

»Ich werde nur so lange für deine Zeitschrift arbeiten, bis ich ein Baby habe«, sagte sie ruhig und fügte, während sie ein Stück Gulasch aufspießte, eindringlich hinzu: »Es kann nicht in deinem Interesse liegen, dass mir die Decke auf den Kopf fällt und meine Lebensfreude mir gänzlich abhanden kommt. In Wien ist neulich eine Untersuchung veröffentlicht worden, derzufolge schwermütige Frauen viel häufiger kinderlos bleiben ...« Das war eine glatte Lüge, aber ihr Vater fiel so prompt darauf herein, dass in Susanna der Verdacht keimte, er habe vielleicht nur einen Vorwand gesucht, seine Tochter gewähren zu lassen (mithin, dass seine Schuldgefühle, sie regelrecht verschachert zu haben, schwerer wogen, als es den Anschein hatte). Jedenfalls rief Walter Pahlenberg aus: »Na, dann von mir aus, mein Gott, ja!« Er neigte den Kopf nach hinten und musterte seine Tochter aus schmalen Augen. »Aber falle nicht dem Irrglauben anheim, ich würde mich schon daran gewöhnen, meine Tochter mit Ärmelschonern und Druckerschwärze an den Fingern zu sehen, und dir auch, wenn ein Baby da ist, weiterhin gestatten ...«

Susanna fiel ihm jubelnd um den Hals. »Nein, Vater, gewiss nicht«, versicherte sie feierlich. »Versprochen ist versprochen.« Sie sprang auf, gab ihrer Mutter einen Kuss und sauste in die Garderobe. »Muss noch viel erledigen!«, rief sie und verließ mit blitzenden Augen, das Hütchen mit der Fasanenfeder ein wenig schief auf dem Kopf, das quadratische, schmucklose Haus an der Bismarckstraße.

»So glücklich und aufgeregt habe ich sie lange nicht erlebt«, bemerkte Marthe Pahlenberg, doch das Maß an

Zugeständnissen, die ein Mann wie Walter zu machen bereit war, war an diesem Tag erschöpft. Niemals würde er zugeben, dass die arrangierte Ehe, der er die Sicherung seines Wohlstands verdankte, seine geliebte Tochter in Depression und Unglück stürzen könnte. Mit verschlossener Miene nickte Walter seiner Frau zu und begab sich zur Mittagsruhe in den blauen quadratischen Salon, während Marthe sein grünes Pendant im Westteil des Hauses anstrebte, um ein wenig in der *Hutnadel* zu blättern.

Marthe lächelte in sich hinein. Nun, zumindest würde es so aussehen, als täte sie das. Sorgfältig trennte sie die erste und die letzte von den restlichen Seiten des Magazins und klebte sie mit ein wenig Eiweiß auf die neueste Ausgabe von *Die Frau.* Während Marthe zu lesen begann, verglimmte der Inhalt der *Hutnadel* im Kamin.

Ehe ihr Vater es sich anders überlegen konnte, war Susanna nach Hause geeilt, hatte sich eine frische Bluse übergeworfen und befand sich bereits auf dem Weg zum Verlag. Die Humboldtstraße lag nicht gerade um die Ecke, dennoch verzichtete Susanna auf die Kutsche und ging zu Fuß in der Hoffnung, sich wie eine berufstätige Frau zu fühlen – ohne Reichtum und gesellschaftliche Privilegien, abgesehen von denen, die das Schicksal ihr geschenkt hatte: Intelligenz und Phantasie. An der inneren Kraft und Entschlossenheit musste sie hingegen noch arbeiten. Plötzlich sah sie Celia vor sich, hörte ihr herzliches Lachen und versank in ihren olivgrünen Augen, in denen sich ihre Kraft und ihr Mut spiegelten, um die sie die Freundin so beneidet hatte. Celia hing gewiss nicht in so einer Fliegenfalle fest wie sie selbst; sie führte schon lange ein unabhängiges Leben! Ein Stich fuhr Susanna durchs Herz, als ihr schmerzhaft bewusst wurde, wie sehr sie Celia immer noch vermisste. Dann holte sie tief Luft und streckte sich. Es tat nicht gut, sich zu erinnern. Die Vergangenheit vermochte einen Sog zu entwickeln, dem nur schwer zu widerstehen war.

Die zierlichen Stiefel mit den drei Zentimeter hohen Absätzen waren gänzlich ungeeignet für einen Fußmarsch von mehr als einer Dreiviertelstunde, und als Susanna endlich vor dem Haus Nummer 44 stand, brannten ihre Hacken.

Gespannt stieß sie die angelehnte Eingangstür auf. Im Erdgeschoss befanden sich ein Leseraum, eine Bibliothek, das Archiv und ein nichtöffentliches Kaffeehaus, wo die Herren Redakteure pausierten und Auftraggeber und Autoren empfingen. Sie öffnete die lederbespannte Tür und warf einen Blick hinein. Zwanzig männliche Augenpaare starrten zurück. Rasch zog Susanna die Tür wieder zu und wandte sich zu der mit dunkelblauem Teppich ausgelegten und wahrhaft imposanten Treppe. Als sie den ersten Stock erreichte, wogten gedämpfte Geräusche der Geschäftigkeit heran. Susannas Blick wanderte über den reichverzierten Stuck und die mit Blattgold ausgelegten Kassettendecken, die marmorierten Wände und die Marmorsäulen, die jede der drei vom Atrium abgehenden Türen flankierten. Nicht zum ersten Mal stand sie in diesem prächtigen Verlagshaus, und doch war sie jedes Mal enttäuscht – alles hier war viel zu prätentiös für eine Redaktion. Hier sollte es nach Öl und Tinte, nach Rauch und Schweiß, nach abgestandenem

Essen und hitzigen Debatten riechen. Zumindest glaubte Susanna das. Sie glaubte auch, dass echte Redakteure die Hemdsärmel aufgekrempelt trugen, kräftige Unterarme mit dunklen Härchen zeigten und sich verwegen, ruppig, scharfsinnig und abgebrüht gaben.

Der Mann, der ihr nun entgegentrat, entsprach diesem Bild nicht.

Er trug einen Khaki-Anzug in Uniformschnitt und befand sich ziemlich genau in Susannas Augenhöhe, wirkte jedoch durch seine unnatürlich gerade Haltung größer. Vage dämmerte es Susanna, dass dies Theobald Winkler sein musste, jener legendäre Kolonialreporter, der vor einem Jahr auf einer Recherchereise in Eschnapur von einem Tiger angefallen worden war. Seine Hals- und Nackenmuskeln wurden zerfetzt, was ihn für immer in diese auf andere Menschen herablassend wirkende Position gezwungen hatte. Dabei konnte Winkler von Glück sagen, dass er sich überhaupt noch rühren konnte. Nachdem er als Halbinvalide nach Bremen zurückgekehrt war, hatten sich seine und Walter Pahlenbergs Wege auf einer Soirée im Hause des Afrikaforschers Hagedorn gekreuzt. Theobald Winklers Laufbahn als Kolonialreporter war zwar dahin, sein Talent zum Schreiben und Organisieren hingegen erhielt im Verlag an der Humboldtstraße nach diesem Abend eine neue Wirkungsstätte. Nur seine Anzüge erinnerten an heiße Zeiten unter indischer Sonne.

Winkler räusperte sich und kam näher. Sein Gang wirkte geschmeidig und lieferte einen eindrucksvollen Beweis, was ein Mensch zu leisten imstande ist, allen niederschmetternden Diagnosen zum Trotz. Millimeterweise

hatte Theobald Winkler sich zurück ins Leben gekämpft, und jetzt verstand Susanna, warum ihr Vater den Chefredakteur stets als »Mordskerl« bezeichnet hatte. Sein Händedruck war fest, die Innenfläche rauh und kühl.
»Sie gestatten, Winkler.«
»Ich weiß. Der Mann, der den Tiger überlebte.«
»Vergessen Sie die alten Geschichten«, beschied er sie knapp, aber nicht unfreundlich. »Darf ich fragen, was Sie zu uns führt?«
Etwas kurzatmig vor Aufregung erzählte Susanna ihm von ihren Plänen. Winkler hörte ihr zu, ohne sie zu unterbrechen, dann sagte er: »Gegen das, was Sie zu tun im Begriff stehen, ist die Begegnung mit einem wilden Tier eine zwar schmerzhafte, aber doch ruhmreiche Episode. Was Sie hier erwartet, ist bestenfalls Geringschätzung, schlimmstenfalls blanker Hass.«
Unwillkürlich wich Susanna einen Schritt zurück. Dann straffte sie sich und gab lakonisch zurück: »Schlimmer als nackte Langeweile wird's schon nicht sein.«
Winkler unterdrückte ein Lachen und lud Susanna zu einem Rundgang durch die Redaktionsräume ein, die mit hellen Nussbaummöbeln, honigfarben gebeiztem Lärchenparkett und cremefarbenen Portieren vor den bis zum Boden reichenden Fenstern einen lichten, großzügigen Eindruck machten, der durch die zwei Meter breiten, mit geschliffenem Glas versehenen Schiebetüren verstärkt wurde.
»Ist eine dieser Türen geschlossen, können Sie sicher sein, dass dahinter ein entnervter Autor über einem Text brütet, der vor einer Woche hätte fertig sein müssen«, erklärte Winkler. Kaum einer der Redakteure schenkte

ihnen beiden Beachtung, die meisten beschränkten sich darauf, ihrem Primus inter Pares und der charmanten Verlegerstochter zuzunicken, die sie nur von den alljährlichen Weihnachtsempfängen kannten, zu denen der Verleger lud. Zu ihrem Verdruss registrierte Susanna nichts Hemdsärmeliges: Korrekte Anzüge mit nadelgestreiften Westen und haifischzahnspitzen Hemdkragen bestimmten das Bild.

Winkler entging Susannas Verstimmung nicht. »Sie haben die brodelnde Atmosphäre einer Tageszeitungsredaktion erwartet«, stellte er fest, »aber glauben Sie mir, für das eigene Nervenkostüm ist die beschaulichere Arbeit am Periodikum weitaus bekömmlicher.«

»Sie täuschen sich in mir, Herr Winkler. Ich bin nicht daran interessiert, Nachrichten zu verfassen, die morgen nicht mal mehr den Fisch wert sind, den sie umwickeln dürfen«, gab Susanna zurück. Es war besser, von vornherein klare Verhältnisse zu schaffen statt jungmädchenhaft herumzueiern. »Ich will und werde hier ein Forum für meinen Intellekt finden, ob Ihnen das gefällt oder nicht.«

»Wir werden sehen«, beschied Winkler sie lapidar, und Susanna hätte schwören können, dass er sich schon wieder ein amüsiertes Lächeln verkneifen musste. Sie kochte innerlich vor Empörung.

Du bist draußen, im wahren Leben, dachte sie. Nicht mehr in deinem Vakuum aus gutbürgerlichen Gewohnheiten, kriecherischer Rücksichtnahme, die dir entgegengebracht wird, weil du bist, wer du bist, und kühnen, aber folgenlosen Gedankenspielen. Die Schonzeit war vorüber.

»Hier entlang, bitte«, sagte Winkler und ging Susanna voran, bis sie das Ende des Flures erreicht hatten und vor einer angelehnten Tür standen, die Winkler mit einem kleinen Schubs aufstieß.

Das Büro war kleiner, aber ebenso behaglich wie die übrigen Zimmer, in seiner Mitte thronte ein nahezu leerer Schreibtisch.

»Hier wird an der neuesten Ausgabe der *Hutnadel* gearbeitet«, sagte Winkler. »Für das Magazin haben wir keinen Redakteur angestellt, sondern wir teilen die Arbeit zwischen den Kollegen auf, nach Alphabet und reihum einmal die Woche.« Als Susanna ihn entgeistert ansah, fuhr Winkler fort: »Mehr ist nicht drin«, bekannte er. »Der Umfang lässt doch sehr zu wünschen übrig, und die Auflage dümpelt bei tausend Exemplaren, nie mehr, häufig weniger.«

»Kein Wunder«, parierte Susanna. »Wie soll das Blatt denn funktionieren, wenn es ausschließlich von Männern gemacht wird? Ich meine, welcher Mann kennt sich in … hm, Frauendingen aus?«

»Gemacht wurde«, korrigierte Winkler mit unbewegter Miene. »Viel Glück.«

Auf der Schwelle drehte er sich noch einmal um. »Nur damit keine Missverständnisse aufkommen: Ich halte zwar nicht viel von der Idee der erwerbstätigen Frau, aber noch weniger kann ich Inkompetenz leiden.« Sprach's und verschwand.

In den folgenden Wochen machte Susanna das Büro zu ihrem, eroberte und besetzte es, bis auch der letzte Redakteur begriff, dass sie es ernst meinte. Sie ignorierte kalkulierte Höflichkeiten, dezente Balzversuche und unverhohlene Arroganz und hielt sich an Theobald Winkler, der sie widerstrebend in die Gesetze des Magazinjournalismus einweihte.

»Tageszeitungen unterliegen der Aktualität«, dozierte er beispielsweise bei einer Tasse Kaffee, »daran sind wir nicht gebunden, Gott sei Dank. Wir können die Seiten füllen, wie es uns beliebt.«

»Eben. Die Beliebigkeit ist im Fall der *Hutnadel* offensichtlich«, hielt Susanna ihm entgegen. »Ich finde, das Blatt muss wie eine große Schwester für die Leserin sein. Sie weiß viel, will aber nicht belehren.«

»Das ist eine schöne Idee, nur wie soll das konkret aussehen?« Winklers Ton war beiläufig, aber sein Interesse schien geweckt.

»Ich würde einen dreispaltigen Umbruch vornehmen und zwei Punkt mehr Durchschuss geben. Beides macht das Blatt lesefreundlicher und lässt es luftiger wirken als diese Bleiwüste«, erklärte Susanna gelassen und zeigte auf eine alte Ausgabe. »Ich würde eine Leserbriefseite einführen, Porträts bekannter Bremerinnen und Berichte über Ausflugsziele in der Umgebung. Ja, und dann könnte man noch die Erzählung des Monats küren. Ein Stück Literatur neben den Rezepten und Strickanleitungen würde sich gewiss gut machen.«

»Sie haben Ihre Hausaufgaben gemacht«, erwiderte Winkler anerkennend und erhob sich mit der für ihn typischen, einem indischen Yogi nicht unähnlichen Bedachtsamkeit, als nähme er jeden einzelnen Muskel und jeden Wirbel bewusst wahr. Als er schließlich stand, lächelte er Susanna an. »Worauf warten Sie noch?«

»Aber haben Sie denn gar nichts dagegen einzuwen-

den?«, fragte Susanna viel zu verblüfft, um die ungeschickte Frage hinunterzuschlucken.
»Im Gegenteil. Ihre Vorschläge klingen vernünftig, und, was für mich und Ihren Vater zweifellos noch wichtiger ist, sie sind vollkommen ungefährlich. Eine Leserbriefseite wird keine Palastrevolution anzetteln, abgesehen davon, dass ich bezweifle, dass überhaupt eine Frau sich die Mühe macht, uns zu schreiben. Warum sollte sie?«
Davon war Susanna nicht überzeugt, behielt dies aber für sich. Ihr Vater, das hatte er neulich beim Abendessen deutlich gemacht, verließ sich ganz auf Winklers Instinkt und würde sich im Fall eines Konflikts zwischen ihm und seiner Tochter immer auf dessen Seite stellen. Überdies hatte Susanna nicht die Absicht, zu ihm zu laufen wie ein Kind, das sich das Knie geschrammt hatte.
Zum ersten Mal spürte Susanna, was es bedeutete, erwachsen zu sein.
Sie traf eigene Entscheidungen, vertraute auf ihr Wissen und stand für ihre Meinung ein. Sie nahm ab, ihre Wangen verloren die kindliche Rundung, ihre Ausstrahlung gewann an Klarheit, ihr Humor an Schärfe. Susanna hatte das Püppchen abgestreift wie ein Schmetterling die Puppe und freute sich über diesen Vergleich, der ihr einen Gedanken lang Flügel verlieh.
Eines Mittwochs klopfte es an ihrer Bürotür. Ein Bote überbrachte ein Manuskript, eins von vielen, die den Verlag erreichten, seit Susanna in der neuesten Ausgabe die Leserinnen aufgefordert hatte, unveröffentlichte Texte einzusenden. Die meisten waren von einer Qualität, die jeder Beschreibung spottete, einige wenige, Gedichte zumeist, aber auch sehr gelungen. Diese Erzäh-

lung jedoch war bemerkenswert! Ein komödiantisches Juwel, das die Flucht dreier Londoner Damen vor der Ehe in die Ferien nach Südfrankreich schilderte, wo sie sich eine nach der anderen in charmante, muskulöse Fischer verliebten, die wiederum von der Heirat mit einer englischen Zimperliese nichts wissen wollten. Das versöhnliche Ende war zwar arg kitschig geraten (die Damen kehren reumütig, aber emotional gestärkt nach Hause zurück), doch dies war vermutlich lediglich ein Zugeständnis an den Geschmack der Massen.

Susanna drehte den Umschlag um. Kein Absender.

Das wiederholte sich. Wunderbare Texte, kein Absender, und die Botenjungen wussten nur von einem »reichen Herrn« zu berichten, der ihnen Kuvert und Geld in die Hand gedrückt hätte. Sie logen, das war Susanna klar; zu störrisch war ihr Gebaren, zu gerötet waren ihre Wangen, wenn sie ihr Rede und Antwort standen, und Susannas Neugier war geweckt. Warum versteckte sich ein begnadetes Talent, sandte ihr aber seine Manuskripte? Das musste sie herausfinden, andernfalls würde sie die Texte nicht veröffentlichen können. Ohne Ross und Reiter kein Parcours, lautete Winklers Credo. Nun, mit einem Pseudonym hätte sie diese Hürde zwar genommen, aber zum einen widerstrebte das ihrer Auffassung von einem redlichen Journalismus, und zum anderen hatte unglücklicherweise ein Kollege eins ihrer Verhöre mit einem Botenjungen miterlebt und wusste Bescheid. Sie durfte ihren mühsam erworbenen und immer noch kippeligen Stand in der Redaktion nicht gefährden.

Bei der nächsten Gelegenheit schnappte Susanna sich den Kleinsten der Boten, befahl ihn ins Bibliothekscafé, wo sie ihm ein Glas Wasser servieren ließ und sich selbst eine ganze Apfeltorte.

»Du weißt, was ich hören will«, sagte sie und spielte mit ihrer Kuchengabel. Der Junge sah sie finster an, dann huschte ein Funke des Verstehens über seine koboldhaften, von einer himmelwärts zeigenden Nase dominierten Züge. Er blickte hinüber zum Kuchenbüfett, sah dann wieder zu Susanna und sagte betont forsch: »Die und eine mit Sahne.«

»In Ordnung. Du kannst beide Torten mit nach Hause nehmen, sie gehören dir.«

»Versprochen?«

»Ehrenwort.«

»Also gut.« Der Junge lehnte sich über den Tisch. Mit gesenkter Stimme nannte er Susanna die Adresse. Nur den Namen kannte er nicht. Aber das war auch nicht notwendig.

13

Wie oft soll ich es dir denn noch sagen? Da nicht!«, schimpfte eine Frau mittleren Alters in einem blassgelben, zerschlissenen Cape und zerrte einen schmächtigen Jungen von etwa fünf Jahren hinter sich her, der der Achterbahn sehnsüchtige Blicke zuwarf. Als sich seine und Celias Blicke kreuzten, winkte sie dem Kleinen zu und er riss sich von der Hand los.
»Na gut«, seufzte die Frau, nestelte einen Geldbeutel unter ihrer Bluse hervor und zählte vier Cent ab. »Aber nichts der Mama erzählen! Granny soll doch keinen Ärger kriegen, nicht?« Strahlend schüttelte ihr Enkel den Kopf und schlüpfte in den dritten Wagen. Schwer atmend ließ sich seine Großmutter auf die Holzbank fallen. Vier junge Männer, die die vorderen Wagen besetzt hatten, johlten und pfiffen ungeduldig. Celia gab Emanuel ein Zeichen, und Dampfmaschine und Kugellager begannen ihr gemeinsames Werk, den halbleeren Zug bedächtig auf die Anhöhe zu ziehen, um ihn von dort in die Tiefe zu stürzen und ihm auf diese Weise genügend Schwung für den Überschlag zu verleihen.
Wenigstens damit gab es keine Probleme, dachte Celia missmutig. Vergeblich hatten Idi und Stan, selbst Paul Osborne und Alexander Wright in den letzten Wochen immer wieder versucht, ihr einzureden, dass sie angesichts des Erreichten allen Grund hatte, stolz und glücklich zu sein. Und es stimmte ja auch: Welche junge Frau, welche Frau überhaupt konnte sich rühmen, eine Ach-

terbahn mit Überschlag zu besitzen? Niemand außer Celia Lambert. *Just Dreaming*, so hatte Celia die Bahn genannt, hatte nur einen entscheidenden Nachteil – sie war weder die Einzige noch die Beste ihrer Art. Zweihundert Meter weiter stand die wahre Attraktion von Coney Island. Die größere, höhere, schönere Looping-Achterbahn von Captain Boyton.

Als Celia am späten Abend vor einem halben Jahr in dem Zelt auf Boytons Grundstück die Entdeckung gemacht hatte, dass er ebenfalls an einer Achterbahn arbeitete, war sie außer sich geraten und hatte den Captain gleich am nächsten Morgen beschuldigt, ihre Idee gestohlen zu haben.

Doch der, mehr mitfühlend als verärgert, hatte seine Pläne entrollt und ihr glaubhaft versichert, sie seien bereits vor Jahren entstanden. Sie hatte ihm in die wässrigen, aufgerissenen Augen geschaut und gewusst, dass er die Wahrheit sagte. Ihr blieb nichts anderes übrig, als zähneknirschend einer friedlichen Koexistenz entgegenzusehen. Paul und Alexander sahen die Sache weit weniger dramatisch als Celia. »Konkurrenz belebt das Geschäft«, hatte Alexander schulterzuckend gemeint und sollte, was die ersten Wochen nach der Eröffnung betraf, recht behalten. Der Strom der Neugierigen wogte zwischen Boytons und Celias Achterbahnen hin und her. Doch seit einiger Zeit häuften sich hier wie dort die Beschwerden. Die Fahrgäste klagten über Nacken- und Rückenschmerzen und begannen die Looping-Achterbahnen zu meiden, weil sie ihnen die Schuld daran gaben. Boyton konnte den Verlust mit seinen Tierschauen ausgleichen, Celia hingegen musste mittlerweile mühsam jeden Cent für die monatlichen Kreditabschläge zusammenkratzen. Im Grunde konnte sie sich Emanuels Lohn gar nicht mehr leisten, aber ebenso wenig konnte sie auf die Hilfe des mürrischen Russen verzichten. Er bediente den Mechanismus der Achterbahn, zog regelmäßig die Schrauben nach, prüfte die Querstreben und besserte kleine Schäden aus.

In vielen Nächten, wenn Celia erschöpft und abgekämpft und weit nach Mitternacht in der East 2nd Street eintraf, war sie der Verzweiflung nahe. Dennoch dachte sie nicht daran, sich geschlagen zu geben. Jeden Morgen fuhr sie nach Coney Island, öffnete ihr Kassenhäuschen, holte tief Luft und begann zu rekommandieren. Ihre melodische Stimme pries und schmeichelte, lockte und verführte, erntete jedoch vor allem bissige Kommentare oder vulgäre Gesten. Es war deprimierend.

Ein paarmal während dieser Monate überfiel Celia erneut das Gefühl, dass ein Blick sie streifte, der sich von denen der Vorübergehenden unterschied, sanft und liebkosend war, wie ein guter Geist, der sich zwei, drei Wimpernschläge lang davon überzeugen wollte, dass mit ihr alles in Ordnung war.

Sie schalt sich überspannt und schob die Angelegenheit beiseite; vermutlich sehnte sie sich einfach nach Gesellschaft, nach jenem vertrauten Zusammenhalt, wie er aus familiärer Bindung und jahrelanger gemeinsamer Arbeit erwächst.

Hier in der Fremde war Celia ganz auf sich gestellt, und sie vermisste das Gefühl, Teil eines Ganzen zu sein. Selbst Kester, diesen Grobian, würde sie umarmen, wenn er in diesem Moment vor ihr stünde. Und ihre Mutter.

Und ihren Vater ... und Florian. Wie groß mochte er inzwischen sein? Ach, und Großmutter ...
Bei dem Gedanken an ihre Familie wurde Celia das Herz schwer, und an Philipp durfte sie gar nicht denken. Ihr gebrochenes Herz wollte und wollte nicht heilen, das Bild des geliebten Mannes verblasste nicht, sie sah ihn vor sich, seine Augen, seine leicht gewellten Haare, sie schmeckte seinen Kuss, roch seinen Duft nach sonnenverbrannter Haut und milder Seife.
In ihren Tagträumen beschwor sie ihn immer wieder, sich seinem Vater zu widersetzen und übers Meer zu ihr zurückzukommen, bis sie sich selbst Einhalt gebot: nichts als fruchtlose Hirngespinste, nur der naive Ausdruck ihrer verzweifelten, sinnlosen Liebe. Ja, sinnlos. Denn eins war Celia klargeworden: Wenn Philipp sie wirklich so geliebt hätte wie sie ihn, wäre er jetzt bei ihr. Sie musste ihn also endlich vergessen und sich öffnen für eine neue Liebe.
»Du bist wunderschön, ganz New York könnte dir zu Füßen liegen«, hatte Idi neulich morgens gesagt. »Wenn du nur nicht ganz so abweisend aus der Wäsche schauen würdest!« Celia hatte gelacht und sie umarmt. »So ist's besser«, hatte Idi gemeint und ihr einen Korb mit belegten Brötchen, Kaffee und Baiserkringeln auf Biskuitboden in die Hand gedrückt und dazu eine Miene des Bedauerns aufgesetzt, die Worte überflüssig machten: Sie würden es an diesem Sonntag wieder nicht schaffen, nach Coney Island zu fahren. Es gelang den Goodmans eigentlich nie; zum einen standen sie unablässig in der Backstube, um den üblichen Ingredienzen neue Konsistenzen und Aromen abzutrotzen, zum anderen hatten

sie niemanden, der sich in der Zeit um Toni hätte kümmern können. Bei der Eröffnung der Achterbahn hatte der Junge unablässig geschrien und war schließlich von seinen bestürzten und ratlosen Eltern fortgeführt worden. Nachdem Toni auch beim nächsten Versuch, Celia zu besuchen, völlig außer sich geraten war, hielten die Goodmans es für besser, ihn von der Achterbahn fernzuhalten. Brit hätte natürlich hin und wieder auf ihren Bruder aufpassen können, aber Stan und Idi mochten ihre Tochter nicht bitten, denn diese hatte kaum noch Zeit, seit sie sich Lillian Wald angeschlossen hatte. Diese deutschstämmige Jüdin hatte es sich in den Kopf gesetzt, einen mobilen Krankendienst für die Armen und Hilfsbedürftigen zu gründen, die nicht die Mittel besaßen, einen Arzt oder eine Behandlung im Krankenhaus zu bezahlen. Um das ehrgeizige Ziel zu erreichen, brauchte Lillian Wald wohlhabende und kompetente Fürsprecher, und Brit versuchte sie zu unterstützen, indem sie unermüdlich bei Ärzten vorsprach und für die Idee warb. Zwar fand Brit bei kaum jemandem ein offenes Ohr, doch das hielt sie nicht davon ab, jeden Tag aufs Neue Praxen und Kliniken abzuklappern und in der übrigen Zeit unentgeltlich und mitunter bis zur völligen Erschöpfung Erste Hilfe für Arme und Bedürftige zu leisten.

Und ihrem unzuverlässigen Schwiegersohn würden Stan und Idi Toni ohnehin niemals anvertrauen.

»Das war klasse!« Die Fahrt war vorüber und der kleine Junge restlos begeistert. Seine Großmutter rieb sich verdrossen den Nacken. Schnell öffnete Celia Idis Korb und hielt den beiden die Keksdose hin.

»Das nenne ich Dienst am Kunden«, kommentierte eine tiefe Stimme, und Celia lächelte, als sie sie erkannte.
Paul Osborne stand neben ihrem Kassenhäuschen, den Zylinder gezogen, einen angesichts der sommerlichen Temperaturen unpassenden Schal um den Hals geschlungen.
»Würden Sie mir die Ehre erweisen, mich bei einer Fahrt zu begleiten?«, fragte er.
»Gern, ich fürchte nur, bis der Zug besetzt ist, werden Sie sich noch eine Weile gedulden müssen; wie Sie sehen, sind Sie im Augenblick der einzige Gast weit und breit«, erwiderte Celia geradeheraus.
»Das hoffe ich doch«, gab Paul lächelnd zurück. »Ich bin nicht daran interessiert, andere Menschen Zeugen meiner spitzen Schreie werden zu lassen, und beabsichtige daher, alle Karten aufzukaufen.«
Celia starrte ihn verblüfft an, dann gab sie Emanuel einen Wink.
»Kommen Sie.«
Während die Bahn Meter um Meter nach oben gezogen wurde, wurde Paul zunehmend blasser. Als sie vom Scheitelpunkt in die Tiefe stürzte und Celia und Paul in die Kurven gepresst wurden, hatte er sich noch in der Gewalt, doch der Looping beraubte ihn schließlich aller Contenance. Paul schrie, und Celia lächelte etwas wehmütig. Genauso hatte sie bei der Jungfernfahrt reagiert, hatte sie ihre Anspannung, ob das ehrgeizige Vorhaben gelingen würde, ihre Erleichterung und unbändige Freude hinausgeschrien, doch mit jeder weiteren Fahrt hatte zusehends Ernüchterung von ihr Besitz ergriffen. Die *Just Dreaming* hielt nicht, was der Name versprach, weil

einem die Knochen doch recht unsanft durchgeschüttelt wurden. Aber daran war nun nichts mehr zu ändern.
»Donnerwetter!«, entfuhr es Paul, als die Bremsen anzogen. Er setzte seinen Zylinder wieder auf und wiegte den Kopf ein wenig hin und her, als prüfte er, ob noch alle Nackenwirbel an der richtigen Stelle saßen.
»Haben Sie sich verletzt?«, fragte Celia besorgt. Das fehlte noch!
»Nein, aber eine Tasse Tee würde mir jetzt guttun«, erwiderte Paul aufgeräumt. »Würden Sie mich ins *Oriental* begleiten?«
»So?« Sie blickte an sich herunter. Auf dem schwarzen Rock glänzte ein Fettfleck, die etwas zu weite, weiße Bluse hätte einer Piratin gut angestanden, und die rötlich blonden Haare wallten wild die Schultern hinab. Rasch schlang sie sie zu einem Knoten, und Paul nickte.
»Genau so.«
»Gerne, ich sage nur rasch Emanuel Bescheid.«
Wenig später brachte eine Kutsche Celia und Paul zum *Golden Beach Hotel* im Osten der Insel, jenem Refugium des finanziellen Wohlstands, wo Gabelfrühstück und der Fünf-Uhr-Tee mit Scones zu den heiligen Ritualen gehörten, die Bissen für Bissen halfen, die Angst hinunterzuschlucken, es könne eines Tages vorbei sein mit der Pracht und dem Dollarsegen.
Kaum hatte Celia an Pauls Arm die mit einem wasserspeienden, goldenen Flamingo, Gobelins an den Wänden und Rauchtischen aus Messing so prunkvoll wie stillos ausgestattete Halle des Hotels betreten, stand sie im Mittelpunkt verstohlener Aufmerksamkeit. Rasch steuerte Paul einen Tisch am Fenster an und bestellte

Kaffee, Schokoladenkuchen und Cognac. Er wirkte ein wenig nervös.

Der Fahrtwind hatte sein Haar zerzaust, und Celia ertappte sich dabei, wie sie sich vorstellte, ihre Hand schöbe ihm eine widerspenstige Strähne aus der Stirn und berühre dabei seine Haut. Sie spürte, dass seine Augen auf ihr ruhten, doch wenn sie seinen Blick erwidern wollte, wich er ihr aus, und sie fragte sich beunruhigt, was es mit dieser Einladung auf sich hatte.

Sie plauderten über das Wetter, das Hotel und Idis Baiserkringel, Celia erzählte ihm von Brits sozialem Engagement und von Lillian Walds Arbeit und sie diskutierten die Frage, ob *Make your Dream come true* das Projekt finanzieren sollte und würde. Celia war der Meinung, dass der Staat damit aus seiner Verantwortung gegenüber den Schwächsten der Gesellschaft entlassen würde. Paul hielt dagegen, private Initiative ginge stets über staatlich verordnete. Schließlich war der Kaffee getrunken, vom Cognac nur noch ein Schluck übrig, und Celias Unruhe wuchs. Wie schlecht mochten die Nachrichten sein, wenn Paul Osborne keinen Mut fand, sie auszusprechen?

»Warum muss es unbedingt eine Achterbahn sein?« Es klang beiläufig, doch Celia spürte, dass dies die Frage war, die Paul unter den Nägeln gebrannt hatte. Beinahe hätte sie laut herausgelacht. Du meine Güte! Er war bloß neugierig, warum eine junge Frau wie sie nicht von Kindern und einem schönen Haus mit Garten träumte! Fast tat er ihr ein wenig leid. Das Bankgeschäft war sicher eine recht trockene Sache.

»Nun, weil sie das Beste und Neueste auf dem Markt

ist«, erwiderte Celia. Seine goldfarbenen Augen ruhten prüfend und mit einem Ausdruck der Enttäuschung auf ihr, als habe er etwas anderes hören wollen. Nervös spielte Celia mit dem Kaffeelöffel.

»Das haben Sie *Wright & MacDoogle* auch gesagt, und das ist auch richtig, wenn man den Markt analysiert«, bemerkte Paul. »Aber ich hatte vorhin den Eindruck, da gäbe es noch etwas …« Er brach ab. »Vergessen Sie's. Bankiers hören ständig das Gras wachsen, das ist eine Berufskrankheit. Apropos …« Elegant wechselte er das Thema. Während er vom Ischiasnerv des Prokuristen erzählte, den er sich auf einer Segelpartie geklemmt hatte, und zu seiner Vorliebe für handfestere Sportarten wie Golf und Tennis überleitete, für die er leider zu wenig Zeit erübrigen könne, dachte Celia über seine Frage nach. Unvermittelt platzte sie ihm ins Wort.

»Sehen Sie, wir werden von Gegensätzen getrieben; manchmal erscheint es mir fast so, als bestünde das ganze Leben nur aus solchen Gegensätzen«, begann sie zögerlich, unsicher, ob sie ihm diese Portion Transzendenz zumuten durfte, und sprach dann weiter: »In der Achterbahn ist es auch so. Wir haben große Angst abzustürzen, sind aber zugleich von der Lust gepackt, einen Blick in den Abgrund und das Danach zu werfen. Ja, und dieser Moment, kurz bevor wir in die Tiefe stürzen, schenkt uns einen Wimpernschlag lang das Gefühl, die Gegensätze seien aufgehoben und wir flögen.« Sie seufzte, bewegt von der Erkenntnis, was den Kern ihres Traums ausmachte. »Sehr sanft verläuft die Fahrt ja nicht gerade, aber haben Sie es nicht auch gespürt? Diesen Moment, wo die Luft anhält? Wenigstens ein wenig?«

Paul sah sie nachdenklich an. »Hätten Sie Lust, an einem kleinen Empfang teilzunehmen? Ganz zwanglos, ich möchte nur mit einigen Freunden mein neues Haus einweihen.«

Als Celia am nächsten Sonntagvormittag in einer umwerfenden Kreation von Melanie Pauls Anwesen in Long Branch betrat, wurde ihr bewusst, dass der Mann, den sie für einen nüchternen Bankier gehalten hatte, es durchaus verstand, seinen Wohlstand zu genießen. Überall standen livrierte Bedienstete parat, um den illustren Gästen Champagner und Kaviar zu reichen, und auf einer in dem weitläufigen Garten errichteten überdachten Bühne spielte eine Combo so unaufdringlich, dass es die angeregten Unterhaltungen nicht störte, Gesprächspausen jedoch harmonisch überbrückte.

Kleiner Empfang, dachte Celia belustigt. Da hatte der gute Paul ja reichlich untertrieben. Wie gut, dass Melanie ihr in weiser Voraussicht ein neues Kleid aufgeschwatzt hatte. Der Schnitt des moosgrünen Ensembles aus Bolerojäckchen und hautengem, unterhalb des Knies geschlitztem Rock war eine Provokation, die von der gedeckten Farbe jedoch gemildert wurde. Der Gegensatz schien Paul zu gefallen; als er zur Begrüßung ihre Hand geküsst hatte, war ihr der Funke des Begehrens in seinen Augen nicht entgangen. Danach hatten sie jedoch kein Wort mehr miteinander gewechselt. Paul hatte sie einem millionenschweren Eisenbahnfabrikanten aus Boston vorgestellt und sich seitdem um andere Gäste gekümmert.

Unter dem Vorwand, nach ihrem Töchterchen sehen zu

müssen, war Celia dem selbstgefälligen Unternehmer entkommen und schlenderte hinüber zu einem Teich, in dem eine Schar Kinder unter Aufsicht eines jungen Mannes in gestreiftem Badeanzug schwammen, sich gegenseitig untertauchten und mit Anlauf vom Rand der Böschung ins Wasser sprangen.

»Ist das nicht reizend von Paul?«, bemerkte eine ältere Dame in grausilberner Seide zu Celia. »Er hat darauf bestanden, dass Kinder mitgebracht werden dürfen, statt sie daheim dem Kindermädchen zu überlassen.«

Celia nickte, und die Dame fuhr fort: »Er hat das Herz auf dem rechten Fleck, ganz anders als seine Bankierskollegen, die ihre eigene Mutter verscherbeln würden, wenn sie ihre Aktien damit nach oben treiben könnten. Eine Schande, dass er allein ist …« Sie warf den drei Blondinen, die Paul belagerten, einen missbilligenden Blick zu. »Er hat keine Familie, der arme Junge. Keine Eltern, keine Tanten und Neffen. Als wäre er vom Himmel gefallen. Ich denke, dahinter verbirgt sich ein großes, trauriges Geheimnis.«

»Aber Mary, deine Phantasie geht mit dir durch!«, polterte ein gewichtiger Herr, den Celia durch ihre tägliche Zeitungslektüre als Richard »Dick« Loane erkannte. Dann musste die Silbergraue seine Frau sein.

»Keineswegs«, beharrte sie und schürzte die Lippen. »Wenn er aus ärmlichen Verhältnissen stammte, würde man es am Akzent hören. Außerdem sind Emporkömmlinge allzu sehr auf ihre Manieren bedacht und selten freiheraus.«

»Na und?« Loane zuckte mit den Schultern.

»Doch in den reichen Ställen gibt es seit Jahren keinen

Skandal mehr, kein Sohn wurde vom Vater verstoßen oder hat sich losgesagt. Wenn es so wäre, wüsste ich es. Schließlich ist der Klatsch meine einzige Leidenschaft, seit unser Feuer nur mehr leise glimmt.« Sie zwinkerte Celia zu, die sich über so viel selbstironische Offenheit, wie sie sie in diesen Kreisen nicht vermutet hätte, wunderte.

»Warum ihr Frauen bloß ständig irgendwelche romantischen Verwicklungen vermutet!«, knurrte Loane. »Paul kommt aus dem Mittelstand, seine Eltern sind tot. Mehr ist da nicht.«

»Ach ja, hat er dir das erzählt?« Angriffslustig funkelte Mary ihren Ehemann an.

»Nicht direkt«, wiegelte er ab und wandte sich Celia zu, um das leidige Thema zu beenden. »Und Sie sind also die junge Dame, die ihr Glück im Überschlag mit Anlauf sucht.« Er lachte über sein Wortspiel und betrachtete Celia wohlgefällig. »Ich verstehe …«

»Richard, altes Haus!«

Eine prachtvolle Rechte landete auf Loanes Schulter.

»George, na, so was!« Loane strahlte über das ganze runde Gesicht und stellte seiner Frau und Celia »seinen alten Kumpel« George Tilyou vor. »Falls Sie ein Haus suchen, Miss Lambert: George kann von der Bruchbude in Five Points bis zur Farm in den Catskills alles besorgen. Und weil er schon so viele Leute übers Ohr gehauen hat, sitzt er jeden Sonntag in der Kirche und betet für sich.«

Loane feixte, und George Tilyou winkte gutmütig ab. »Hören Sie nicht auf ihn, Miss Lambert.« Er reichte ihr seinen Arm und nickte den Loanes zu. »Der Gelegenheit, mich mit einer so schönen jungen Dame zu unterhalten, kann ich nicht widerstehen. Entschuldige, Mary. Dick, wir sehen uns später.«

Celia warf ihm einen neugierigen Blick zu. Der Mann hatte ja Nerven, sie so mir nichts, dir nichts abzuschleppen, und sie war gespannt, welche Erklärung er sich für sein ungebührliches Verhalten einfallen lassen würde. Zielstrebig steuerte Tilyou auf zwei Korbstühle unter einem Apfelbaum zu. Sie setzten sich, und sogleich eilte ein Kellner herbei und fragte nach ihren Wünschen. Tilyou bestellte Kaffee und Celia einen Eistee. Als der Kellner außer Reichweite war, brach Tilyou das Schweigen. »Wenn Paris Frankreich ist, dann ist Coney Island von Juni bis September die ganze Welt.«

»Das haben Sie schön gesagt«, meinte Celia diplomatisch. Ein poetischer Schwärmer, auch das noch. Doch plötzlich hielt sie inne und betrachtete den Mann genauer. Richard »Dick« Loane hatte doch gesagt, der Mann handle mit Immobilien. Steckte noch etwas anderes hinter dieser Bemerkung?

»Ich will ganz offen zu Ihnen sein, Miss Lambert. Ihre Looping-Bahn taugt so wenig wie die von Boyton. Es ist ein Wunder, dass man seinen Kopf noch auf dem Hals trägt, wenn man da heil herauskommt.«

»Nun, ganz so schlimm …«

»Ich habe Erkundigungen eingezogen«, unterbrach er sie. »Der Konstrukteur Ihrer Bahn, wenn man ihn denn so nennen will, ist ein Russe aus Nowosibirsk, der dort Brücken gebaut hat.«

»Emanuel versteht sein Handwerk«, beharrte Celia und biss sich auf die Lippe. Tilyou hatte einen wunden Punkt getroffen.

»Das mag sein, aber ich finde dennoch, Sie und *Wright & MacDoogle* haben sich bodenlos naiv verhalten, wenn Sie sich einzig und allein auf seinen Plan gestützt haben. Selbst der gute Paul hatte seine Augen wohl woanders.«

»Vielen Dank«, schnappte Celia und machte Anstalten, aufzustehen. Auch wenn der Mann recht hatte, musste sie sich seine Vorhaltungen nicht gefallen lassen. Wer war er denn?

»Bitte bleiben Sie«, sagte Tilyou eindringlich. »Ich will Ihnen helfen. Sehen Sie, ich weiß aus sicherer Quelle, dass Boytons Bahn demnächst stillgelegt wird.«

Celias Augen weiteten sich. »Das könnte bedeuten …«

»Dass Ihnen das Gleiche blüht«, vollendete Tilyou ihren Satz.

Niedergeschlagen starrte Celia auf ihre cremefarbenen Spitzenhandschuhe. Ihre Bahn – ihr Traum! – stand wahrlich unter keinem guten Stern.

»Und das ist noch nicht alles«, fuhr er fort. »In Kürze werden die Bauarbeiten für einen zweiten, viel größeren Vergnügungspark auf Coney Island beginnen, der den Rahm abschöpfen wird.«

»Na wunderbar«, versetzte Celia sarkastisch. »Wer sind Sie? Der Bote der Pandora?«

Tilyou lächelte. »Und für dieses Projekt – mein Projekt, um dies bei aller Bescheidenheit nicht unerwähnt zu lassen – möchte ich Sie engagieren. Ich habe gehört, wie Sie rekommandieren, und kann nur sagen: Alle Achtung! Sie würden ein Vielfaches von dem verdienen, was Ihnen jetzt bleibt. Was halten Sie davon, Miss Lambert?«

Warum eigentlich nicht? Die Frage begleitete Celia wie ein unsichtbarer Dämon, der sie zwickte und kniff und in der Nacht den Schlaf raubte, so dass sie am nächsten Morgen müde und wie gerädert im Bett saß und die Antwort formulierte, auf die er gewartet hatte: Wenn ihre Achterbahn ohnehin von Amts wegen geschlossen würde – oder pleiteginge, was auf dasselbe hinauslief –, tat Celia gut daran, die Chance, die Tilyou ihr bot, zu nutzen. Als Angestellte hätte sie es so viel leichter! Und vielleicht würde sie in Tilyous Unternehmen viel lernen können und alles Geld sparen für ein eigenes Karussellunternehmen mit Riesenrädern und Luftschaukeln und einem Irrgarten ... Es musste doch nicht unbedingt eine Looping-Achterbahn sein! Und doch, welches andere Fahrgeschäft besaß diese Magie?
Sie musste einen klaren Kopf kriegen! Rasch zog Celia sich an, schlang das Haar zu einem lockeren Knoten und stürzte in die Backstube, wo es nach frisch gebrühtem Kaffee und Croissants duftete. Celia lief das Wasser im Mund zusammen. Idi reichte ihr einen Teller mit Gebäck, Butter und Marmelade, und Celia ließ es sich schmecken.
Nach dem Frühstück schloss Stan die Bäckerei auf, und die Kunden strömten herein, überrascht und erfreut, Celia hinter dem Ladentresen zu sehen.
»Heute ist Montag, da kommt ohnehin kein Mensch auf die Idee, Achterbahn zu fahren«, sagte Celia leichthin, was auf allgemeine Zustimmung stieß. Tatsächlich war es ihr gleichgültig, ob die Leute vor der *Just Dreaming* Schlange standen oder nicht; sie hatte eine Entscheidung zu treffen und das konnte sie nicht, wenn sie sich im

Auge des Taifuns befand. Ehrliche, einfache Arbeit – das war es, was sie jetzt brauchte.

Als der erste Ansturm sich gelegt hatte, fiel Celia auf, dass Toni sich noch nicht hatte blicken lassen. Für gewöhnlich hockte er in der Backstube und malte Kreise ins Mehl oder schichtete heruntergefallene Körner zu Häufchen auf, an die er eine nicht enden wollende, halblaut gemurmelte Abfolge von Worten richtete, deren Sinn sich niemandem erschloss.

»Seit einigen Tagen verbringt er die Vormittage im Hinterhof, was auch immer er dort treibt«, erwiderte Stan.

Celia nahm sich zwei Croissants und lief hinaus in das handtuchschmale und etwa fünfzehn Meter lange Stück Land, das zum Haus gehörte und darauf wartete, in einen Garten verwandelt zu werden. Einstweilen hatte Stan die windschiefe Bretterbude stehen lassen, die das Ende ihres kleinen Besitzes markierte.

Toni schien Celia nicht zu bemerken; er war vollkommen in sein Spiel vertieft. Celia trat langsam näher, um ihn nicht zu erschrecken. Als sie erkannte, was er mit Kreide auf die linke Seite des Holzhäuschens gemalt hatte, lächelte sie. Seine üblichen Kurven und sehr schief geratenen Schleifen, dieses Mal kombiniert mit zwei Geraden.

Celia brauchte einen Moment, ehe sie erkannte, was das Bild vorstellen sollte. Eine Achterbahn.

»Ach, Toni«, sagte sie und zog ihn in einer Aufwallung ihrer Gefühle an sich. Der Junge war ihr so sehr ans Herz gewachsen. Wenn es doch nur eine Möglichkeit gäbe, ihm zu helfen und ihn aus dieser bedrückenden Stille zu reißen!

Wie üblich entzog Toni sich unmittelbar der körperlichen Nähe, nicht aggressiv, aber unmissverständlich. Celia ließ ihn los und hielt ihm das duftende Gebäck unter die Nase. »Hast du Hunger?«
Toni sah an ihr vorbei, dann ging er hinter das Haus. Celia folgte ihm.
»Du kannst ja schreiben!«, rief sie aus und betrachtete voller Freude das enge Gewirr von Buchstaben und Zahlen, das die Rückwand des Häuschens bedeckte. Stan und Idi hatten das bestimmt noch nicht entdeckt, andernfalls hätten sie Celia gewiss davon erzählt. »Ich hole deine Eltern! Die werden Augen machen!«, rief sie, aber Toni gab einen seltsamen Laut von sich, unwillig und wimmernd. Celia hielt inne und bückte sich zu ihm hinunter. »Das kann ja auch erst einmal unser Geheimnis …«
Sein monotones Wispern unterbrach sie. Celia lauschte angestrengt.
»Auf jeden Körper wirkt die Gewichtskraft F = Masse * 9,81 m Schrägstrich s zum Quadrat, auch mit 1 G bezeichnet. Newton sagt, wir werden von der Erde angezogen; dies geschieht mit dieser zur Erdoberfläche senkrecht stehenden Kraft. Wird die Kraft größer als 1 G, so fühlen wir uns schwerer, ist der Betrag kleiner als 1 G, so fühlt man sich leichter. Maximierung des Übergangsmoments ist entscheidend für Luftzeit.«
Tonis Worte wurden immer leiser. Celia hörte Worte wie Klothoide und Zentripetal und Scheinkraft und verstand rein gar nichts. Nach einer Weile fiel Toni in sein Schweigen zurück, setzte sich auf den Boden und begann, die Croissants in kleine Stücke zu zupfen, die er geistesabwesend kaute.

»Toni, was soll das sein?«, fragte Celia mit einem Anflug von Verzweiflung, weil sie sich vollkommen hilflos fühlte, wie man einem Kind wie Toni gerecht werden sollte. Brauchte er für diesen Unsinn Zuspruch und Lob, oder war es besser, seine Aufmerksamkeit auf eine sinnvolle Tätigkeit zu lenken, wie Stan es gelegentlich tat, wenn er seinen Sohn anhielt, den Boden der Backstube zu kehren?

Aber war es tatsächlich Unsinn? Celia setzte sich neben Toni auf die trockene, harte Erde und betrachtete das in Kreide geschriebene Rätsel.

Luftzeit.

Welch seltsames Wort.

Fragend sah sie Toni an, aber er machte keine Anstalten, seinem gewisperten Monolog etwas hinzuzufügen, und Celia fasste einen Entschluss. Rasch lief sie ins Haus, holte Papier und Bleistift und schrieb und zeichnete alles so gewissenhaft ab, wie es ihr möglich war. Vermutlich würde sie sich in Kürze so lächerlich machen, dass sie sich nie mehr bei George Tilyou würde blicken lassen können, aber dennoch, einen Versuch wäre es wert. Es lag in des Schicksals Hand.

Als sie fertig war, hauchte sie Toni einen Kuss auf die Wange und machte sich entschlossen auf den Weg.

»Wer hat das entwickelt?« Francis Johannsson, einer von George Tilyous Konstrukteuren, reichte die Papiere an seine Kollegen weiter, die Tilyou nach einem Blick auf Celias Aufzeichnungen unverzüglich in sein Büro zitiert hatte. Tilyou sparte nicht am falschen Fleck und hatte fünf erfahrene Ingenieure und Konstrukteure eingestellt, die jedes für den *Steeplechase Park* vorgesehene Karussell, jede Losbude und jede Illusionsschau auf Herz und Nieren überprüften, nicht ein Quadratzentimeter des weitläufigen Areals auf Coney Island entging ihrer Wachsamkeit. Sie arbeiteten vierzehn Stunden am Tag, standen ihrem ehrgeizigen und vor Energie sprühenden Dienstherrn auch am Wochenende zur Verfügung und wurden mehr als großzügig entlohnt, seine spontanen, mitunter verrückten Einfälle so gut sie es vermochten umzusetzen.

Tilyou war ein Visionär, der für eine neue Idee alle bereits gefassten Pläne über den Haufen werfen konnte und niemanden in seiner Nähe duldete, der seine Kreativität durch Miesepetrigkeit und das allseits beliebte Lamento »Das wird nicht gehen, das haben wir noch nie so gemacht« einzudämmen versuchte.

»Wenn ich Ihnen sagte, ein zwölfjähriger Junge, würden Sie mich für verrückt erklären«, erwiderte Celia und zuckte mit den Schultern.

»Nein, ich würde denken, Sie versuchen, Ihren Konstrukteur zu decken, warum auch immer.« Johannssons Miene verriet nicht, was er dachte, aber Celia spürte, dass der hochgewachsene New Yorker schwedischer Abstammung nicht geneigt war, sich seine Arbeit von einer jungen Frau erklären zu lassen.

»Ja, aber was sollen diese … Hieroglyphen denn darstellen?«, brauste Tilyou ungeduldig auf, und Johannsson vertiefte sich erneut in die Papiere.

»Kurz gesagt wird hier beschrieben, wie man das Gefühl der Schwerelosigkeit, das bei Übergängen von Aufwärts- und Abwärtsbewegungen entsteht, maximieren kann.«

»Können Sie das auch so formulieren, dass ein Idiot wie ich es begreife?«
»Nun, dieses Phänomen entsteht zum Beispiel, wenn ein Zug mit großer Geschwindigkeit über eine Hügelkuppe braust. Man denkt, man hängt in der Luft, deshalb nennen wir das auch Luftzeit. Das ist im Prinzip nichts Neues.«
»Aber?«, beharrte Celia mit dünner Stimme und erntete einen geringschätzigen Blick von Johannsson, der an ihr abglitt wie Wasser an einer Ölhaut. Sie konnte es nicht fassen. Woher nahm Toni dieses Wissen? Celia schwankte zwischen ehrfürchtigem Staunen und Misstrauen. Wollte ihr jemand einen Streich spielen? Andererseits hatte sie Tonis Worte mit eigenen Ohren gehört. Luftzeit! Es war zu phantastisch!
Johannsson sprach weiter, und Celia bemühte sich, seinen Ausführungen zu folgen: »Stellen Sie sich vor, ein Waggon fährt über einen Tiefpunkt und steuert dann den höchsten Punkt eines Hügels an. Beide Punkte werden idealerweise waagerecht zur Erdoberfläche durchfahren. Dadurch wird die Zentrifugalkraft zur Erdanziehungskraft addiert. Der Betrag der spürbaren Kraft wird also größer und übersteigt den Wert der Erdanziehungskraft. Man fühlt sich schwerer. Auf dem Hügel jedoch wirkt die vom Fahrgast erfahrbare Zentrifugalkraft nach oben, also entgegengesetzt zur Richtung der Erdanziehungskraft. Diese wird nun also kleiner.«
»Das bedeutet, man fühlt sich leichter, schwerelos, so, als würde man gen Himmel gezogen«, warf Celia ein, die allmählich begriff, was es mit der Luftzeit auf sich hatte.

»Schön und gut«, meinte Tilyou, »damit lösen wir das Problem der Nackenschmerzen jedoch nicht, die meines Wissens ein Resultat der schlagartigen Zu- und Abnahme der Querbeschleunigung sind.«
»Korrekt«, erwiderte Johannsson. »Aber diese Berechnungen zeigen, wie wir das vermeiden können: Indem wir die Gerade und den Looping mit einer Klothoide verbinden.«
Celia stockte der Atem. Klothoide! Das Wort hatte Toni benutzt! »Und was genau ist eine Klothoide?«
»Das ist eine Kurve, bei der sich die Krümmung linear mit der Länge ändert. Tom, dein Gebiet!«, sagte Johannsson und nickte einem untersetzten Endzwanziger mit roten Wangen und gekräuseltem schwarzen Haarkranz zu, der, die Schiebermütze in den kräftigen roten Händen, eifrig vortrat. »Wir wissen noch nicht allzu viel über diese Entdeckung. Aber ihr Erfinder Max von Weber sagt, dass Klothoiden die Beschleunigungskräfte langsam auf den Maximalwert anwachsen lassen und dadurch die Belastung des Körpers mindern.«
Johannsson nickte. »Und dieser Plan hier sieht vor, Klothoiden und mehrere Auf- und Abfahrten mit spiralförmigen Loopings zu kombinieren, damit die Fahrgäste mehr Luftzeit erleben.« Er machte eine Pause, dann setzte er mit widerwilliger Hochachtung hinzu: »Wer immer das hier entwickelt hat, ist ein verdammtes Genie.«
Tilyou schürzte die Lippen und dachte nach. »Wenn Sie freie Hand hätten, Johannsson, würden Sie diese Bahn bauen?«
Bevor der Konstrukteur den Mund öffnen konnte, nahm

Celia ihm die Papiere aus der Hand. »Natürlich würde er das. Die Frage ist nur, ob ich ihm und Ihnen, Mr. Tilyou, diese Pläne überlasse«, sagte sie energisch.
»Alles hat seinen Preis«, versetzte Tilyou betont gleichmütig.
»Allerdings wissen wir jetzt, wie es geht«, gab Johannsson listig zu bedenken. »Wir können diese Bahn selbst konstruieren.«
Celia funkelte ihn an. »Gewiss, aber die Zeitungen werden sich mit größtem Vergnügen auf die Geschichte stürzen, dass der große George Tilyou einen kleinen Jungen und eine junge Frau um ihren Lohn bringt!«
»Dieses Ammenmärchen mit dem Zwölfjährigen glauben Sie doch selber nicht«, knurrte Johannsson.
»Es ist die Wahrheit«, sagte Celia ruhig und wandte sich zur Tür.
»Schon gut, schon gut«, winkte Tilyou ab. »Sie müssen mir nicht beweisen, dass Sie Schneid besitzen. Ich mache Ihnen einen Vorschlag: Wir bauen diese Achterbahn mit allem Drum und Dran, Ledersitze, Messinggriffe, Trompe-l'Œil-Malerei, alles, was Sie wollen. Dafür wird sie Teil meines Parks sein.«
»Und *Wright & MacDoogle* finanziert das Projekt?« Celia wusste, wie sehr Alexander die Zukunft von Coney Island am Herzen lag, und wollte verhindern, dass er und Alistair ausgebootet wurden. Die Firma lief schlechter als erwartet; es schien, als traute sich kaum jemand, seine Träume wahr werden zu lassen.
Tilyou lächelte. »Wenn die beiden neben ihrem Einsatz für die Schwachen und Elenden die Zeit finden – bitte, von mir aus.«

»Und Emanuel?«
Jetzt brach Tilyou in lautes Gelächter aus. »Sie geben wohl niemals auf! Meinetwegen. Irgendeine Aufgabe werden meine Jungs sicher für ihn finden.«

Um sich die Blamage einer Stilllegung behördlicherseits zu ersparen, war Celia mit Tilyou übereingekommen, ihre Achterbahn so schnell wie möglich abzubauen und Schraube für Schraube und Strebe für Strebe so diskret wie möglich zur Baustelle im Süden der Insel zu schaffen. Die neue Bahn würde mehr als doppelt so groß werden wie ihre Vorgängerin, und um sie vor neugierigen Blicken zu schützen, hatte Tilyou das Grundstück komplett mit gewachsten Stoffbahnen verkleiden und einen zwei Meter hohen Zaun ziehen lassen. Wie er es vorausgesehen hatte, heizte die auffällige Geheimhaltung das Interesse enorm an; es wurde spekuliert und getratscht, und als sogar die Klatschspalte der *World* die Geschäftsbeziehung des Immobilienmaklers zu der »Looping-Lady« Celia Lambert genüsslich sezierte, rieb Tilyou sich die Hände. Alles lief wie am Schnürchen.
»Sie werden berühmt«, prophezeite Paul Celia, als er sie und Toni eines Morgens vor der Bäckerei abfing. Sie lachte, und ermutigt fügte er hinzu: »Ich habe in Coney zu tun, würden Sie mir die Ehre erweisen, Sie und den jungen Physik-Helden mitnehmen zu dürfen?«
Celia strahlte ihn dankbar an. »Gern, vielen Dank. Die vielen Menschen in der Eisenbahn sind mitunter zu viel für ihn.« Das war nur die halbe Wahrheit. Tatsächlich weigerten sich Stan und Idi beharrlich, den so unglaublichen wie einmaligen Beweis der verborgenen Intelligenz

ihres Sohnes zur Kenntnis zu nehmen; stur behaupteten sie, das Ganze sei ein dummer Scherz, ein Streich, den ihnen der große Unbekannte gespielt hatte. Auch Brit machte aus ihrer Skepsis keinen Hehl. Ihr Bruder war geisteskrank, nicht genial. Kein Aderlass und kein Laudanum hatte je auch nur den Ansatz einer Besserung seines Zustandes erreichen können, und es war schlechterdings unmöglich, dass ein Zwölfjähriger, der den Verstand eines Dreijährigen besaß, kurzfristig in die Rolle eines Professors schlüpfte, um danach wieder stumpf und dumm Kreise ins Mehl zu malen! Celia hielt schneidend dagegen und rang die Hände über so viel Ignoranz. Die Differenzen drohten die Schicksalsgemeinschaft in der East 2nd Street auseinanderzudividieren, bis Idi Celia inständig bat, die Sache auf sich beruhen zu lassen. Celia hatte um Tonis willen eingewilligt, der unter der bedrückenden Atmosphäre mehr litt als die Kontrahenten, aber sie dachte nicht daran, seine erstaunliche Leistung einfach zu vergessen. Eines Tages, so schwor sie sich, würde sie einen Arzt finden, der Tonis Seele verstehen und ihm helfen würde.

Heute hatte sie Idi das Einverständnis abgerungen, Toni auf die Insel mitnehmen zu dürfen. »Du bist doch ohnehin der Ansicht, er habe nichts mit der Konstruktion meiner neuen Bahn zu tun, dann kann es ihm ja auch nicht schaden, sich mit mir die Baustelle anzusehen«, hatte sie Idi entgegengehalten, die gegen diese Logik nichts vorzubringen wusste. Tatsächlich war Celia wild entschlossen, ihren Schützling mit Francis Johannsson bekanntzumachen; möglicherweise würde Tonis Fähigkeit durch den richtigen Umgang hervorgelockt, und eine entspannte Kutschfahrt war diesem Zweck gewiss dienlicher als die Fahrt in einem vollgestopften, stinkenden Eisenbahnabteil. Paul Osborne hatte der Himmel geschickt!

»Na, dann wollen wir mal«, sagte er und fasste behutsam nach Tonis Hand, die er ihm sogleich entzog. Toni starrte auf den Schimmel, der die einspännige offene Kutsche zog. »Du magst lieber vorne Platz nehmen«, konstatierte Paul und sah Celia fragend an. Sie nickte, und Paul und Toni setzten sich auf den Kutschbock, während Celia es sich im Fond mit einer Decke gemütlich machte.

Celia fragte sich nicht, warum Paul einen Umweg in Kauf nahm, um sie abzuholen, die Art, wie er sie ansah, war Antwort genug. Vorgestern hatte er ein Bukett aus rosa Rosen und weißen Lilien schicken lassen, und Idi war völlig aus dem Häuschen geraten, hatte geseufzt und ihren sechsten Sinn ins Feld geführt, der ihr diese Entwicklung schon vor Monaten eingeflüstert habe, gleich nachdem Paul sich bei *Wright & MacDoogle* für Celia verwendet hatte. Celia dagegen machte sich nichts vor; was Paul für Verliebtheit halten mochte, war vermutlich nicht mehr als die Faszination des Ungewöhnlichen, des Andersartigen; überdies durfte sie sich keinen Illusionen hingeben über die eigenen Gefühle. Paul war nett, klug, einfühlsam, aber nichts für ihr Herz, das Philipp gebrochen hatte. Schöne Worte würden es nicht heilen können, geschweige denn leere Versprechungen. Sie würde lange brauchen, um wieder Vertrauen zu einem Menschen zu finden. Jedoch war es durchaus in Ordnung, sich ein wenig verwöhnen zu lassen! Celia schloss die Augen und überließ sich dem Rhythmus der klappern-

den Hufe, dem herben Duft nach teurem Leder und der angenehmen Vorstellung, reich und beschützt zu sein.
Auf der Baustelle zeigte sich Toni zu Celias Enttäuschung verschüchterter denn je; die Arbeiter, die geschäftig hin- und herliefen, das Dröhnen der Hämmer und das helle Klirren der nagelneuen Schienen ängstigten ihn, und als Emanuel ihnen zuwinkte, verlor Toni vollends die Fassung. Ein Zittern lief durch seinen dicklichen Körper, und schließlich begann der Junge zu schreien, wimmernd, voller Hoffnungslosigkeit.
»Das ist also unser Held«, murmelte Francis Johannsson ironisch.
Celia warf ihm einen wütenden Blick zu, schluckte die scharfe Bemerkung, die ihr auf der Zunge lag, jedoch hinunter. Toni machte es einem nicht gerade leicht, ein Genie in ihm zu erkennen.
»Wir sollten zum Strand fahren«, sagte Paul taktvoll, »um diese Zeit ist es noch ruhig. Ein wenig Bewegung wird uns guttun.«
Celia nickte, nahm Tonis Hand und führte ihn zurück zur Kutsche.

Kaum waren die drei außer Sichtweite, widmete Emanuel sich wieder der Klothoide; behutsam, fast zärtlich setzte er den Schraubendreher an. Seine Gedanken wanderten zu Magdalena, seiner Frau, die er seit ihrer Ankunft in Amerika vor fünf Jahren Maddie nannte. Sie waren so glücklich, so fest in dem Glauben verankert gewesen, dass ein barmherziger Gott sie und die Kinder nicht fortgeführt hatte von der Stätte ihrer furchtbaren Prüfungen, um sie hier, in der Fremde, fortzusetzen.

Doch genauso schien es zu sein. Was sie auch unternommen hatten, die Armut klebte an ihnen wie Pech. Dennoch hatten sie nicht aufgegeben und ihre Bemühungen verdoppelt: Maddie schuftete in einer chinesischen Wäscherei, ihre Söhne Samuel und Isaac, fünf und sechs, trugen die Wäsche aus, und er verdingte sich als Tagelöhner im Hafen und erzählte seinen Nachbarn, dass die Amerikaner nichts von russischen Ingenieuren wissen wollten, selbst dann nicht, wenn sie prachtvolle Brücken in Sibirien errichtet hatten und eine lange Reihe deutscher Vorfahren vorzuweisen hätten. In der Folge hatte er sich oft gefragt, ob die Sünde der Lüge und der Hoffart schuld an dem Unglück war, das seine Familie bald darauf ereilt hatte. Eines Tages kam Maddie früher von der Arbeit nach Hause; ihr war speiübel, und sie litt unter heftigen Bauchkrämpfen. Nach zwei Tagen klangen die Beschwerden ab, traten jedoch kurz darauf wieder auf; als sie verschwanden, nahmen sie einen Teil von Maddies Kraft mit sich. So ging das fort, ein ganzes quälendes Jahr lang, bis seine geliebte Frau zu schwach war, morgens auch nur das Bett zu verlassen. Schließlich brachte der Arzt ihnen schonend bei, dass ein bösartiger Tumor im Unterbauch Maddies Leben bedrohte.

Es war schmutziges Geld, das Shorty Spencer ihm geboten hatte, aber es war Emanuel ebenso gleichgültig wie die Frage, warum dem kleinen Ganoven daran gelegen war, Tilyous Pläne zu sabotieren. Bei der Testfahrt würden die neuen, schwereren Wagen aus der Kurve fliegen, und das wär's dann. George Tilyou wäre gezwungen, die Bahn zu schließen, bevor sie eröffnet worden war – denn welcher Idiot brachte sich freiwillig in Lebensgefahr?

Celia Lambert konnte einpacken. Oder ihren Galan, diesen hochnäsigen Bankier, heiraten, was auch immer. Um solche Frauen musste man sich keine Gedanken machen. Ja, sie war nett zu ihm gewesen. Aber das zählte nicht, durfte nicht zählen. Denn Maddie würde operiert werden können. Sachte löste Emanuel Oblonski die Schrauben, die die Schienen auf der Klothoide verbanden, um zwei, drei Umdrehungen, gerade so, dass es den wachsamen Blicken von Francis Johannsson entgehen würde.

Leicht glitt der auf drei Wagen verkürzte Achterbahnzug über die Schienen dahin und schraubte sich geschmeidig in die spiralförmigen Kurven. Tilyou klatschte Beifall.
»Und morgen treffen die neuen Gondeln ein!«, rief Celia, und Tilyou hob die Hand zum Victory-Zeichen.
In dem Moment drückte Hannibal Mackenroe auf den Auslöser, das Blitzlicht explodierte und blendete Celia und Tilyou. »Besten Dank!« Mit einem breiten Grinsen schlüpfte der Klatschreporter unter der Plane hindurch und drückte Francis Johannsson im Vorbeilaufen zwei Fünfdollarnoten in die Hand. »Wenn du mal wieder was für mich hast, soll's dein Schaden nicht sein!«, raunte er ihm zu. Johannsson nickte ernst und sah der Gestalt im gestreiften Anzug nach, die die Kamera wie eine Trophäe vor sich her trug.
»Trottel«, murmelte er.
»Ja, aber ein nützlicher«, bemerkte George Tilyou und schlug seinem Chefkonstrukteur auf die Schulter. »Gut gemacht, morgen weiß es die ganze Stadt.«

»Mackenroe ist mir unsympathisch«, meinte Celia. »Ich habe den Eindruck, der Mann lebt erst richtig auf, wenn er andere kräftig durch den Dreck ziehen kann.«

»Das mag wohl sein«, erwiderte Tilyou selbstgefällig. »Aber seine Kolumne liest halb New York, und ich wette, dass die Leute uns morgen die Bude einrennen.«

In der Tat brachte die *World* am nächsten Tag in ihrer Klatschspalte ein großes Foto von Celia und George Tilyou und schrieb dazu, dass ihr »Geheimnis von Coney Island« gelüftet worden sei. Ihre sensationelle Spiral-Achterbahn stelle sämtliche physikalischen Gesetze in Frage; erste Testfahrten seien erfolgreich verlaufen, doch ob die neuen Wagen der Belastung standhielten, würde sich erst am heutigen Tag erweisen. »Andernfalls«, so hieß es weiter, »muss das geschäftliche Traumpaar seine Träume auf anderem – romantischerem? – Terrain verwirklichen …«

Eine Unverschämtheit, dachte Celia wütend, als sie am nächsten Morgen, einem glasklaren Samstag im April, auf die Insel fuhr. Sie musste sich zusammenreißen, um ihre Zuversicht zu bewahren, was umso schwieriger war, da sie sich überdies verärgert fragte, warum ein paar lumpige Zeilen in einer nicht allzu seriösen Tageszeitung sie derart zu erschüttern vermochten. Als sie die 8th Street erreichte, verstummten die Zweifel endlich. Von den Planen befreit erstrahlte die Konstruktion in stolzer Pracht. Die Schienen funkelten in der Sonne, als seien sie aus reinem Silber gefertigt, der Horizont verschmolz mit der täuschend echt wirkenden Illusionsmalerei, die das Blau des Himmels über Coney Island und das in perlmutterner Transparenz schimmernde Weiß der Wol-

ken wiederholte. Ihre Achterbahn schwebte gleichsam im siebten Himmel!
Ein amselgroßer, mit seinen gestreiften Schweiffedern einem Wiedehopf nicht unähnlicher Vogel balancierte graziös auf dem Zaun, bis zwei perfide Lachmöwen ihm den Platz streitig machten. Celia lächelte in sich hinein. Selbst die Vögel schienen an ihrer *Flying Wonder* Gefallen zu finden.
Nach und nach fanden sich immer mehr Zuschauer ein. Selbst die Reporter anderer Blätter lehnten scheinbar lässig, die Kameras auf dem Stativ, am Kassenhaus. Einmal mehr musste Celia zugeben, dass Tilyous geschicktes Kalkül zum Ziel geführt hatte. Offenkundig hatten alle Mackenroes bissigen Kommentar gelesen und wollten nun vor der offiziellen Eröffnung mit eigenen Augen sehen, ob das schillernde Duo Lambert und Tilyou einen grandiosen Erfolg oder eine Bauchlandung erleben würde.
»Ich wünsche diesem Mistkerl von Tilyou nichts Gutes, aber Ihnen!«, dröhnte der Captain gutmütig lachend, und der Gescholtene hielt jovial dagegen: »Na, na, na, Sie werden doch wohl gegen ein wenig Konkurrenz nichts einzuwenden haben!« Während sie den Schlagabtausch der beiden verfolgte, spürte Celia plötzlich wieder diesen Blick, intensiv und, ja, liebkosend, mit der gewöhnlichen Neugier, die Celia von klein auf kannte, nicht zu vergleichen. Suchend sah sie sich um. Ihre Augen wanderten über die Menge, bis sie ein Gesicht streiften, das ihr vage bekannt vorkam, doch schon wandte der Mann sich ab. Dann erblickte sie Paul und neben ihm alle ihre Lieben: Stan und Idi mit Toni an der Hand,

Brit mit finsterer Miene, als bereite sie sich auf einen medizinischen Großeinsatz vor, und Melanie in einem todschicken granatapfelroten Kostüm mit Schößchen und bis zur Hälfte der Knöchel mehrfach geschlitztem Rock. Strahlend winkte Celia ihnen zu.
Plötzlich durchfuhr es sie wie ein Stromschlag: Sie würde jetzt und hier mitfahren und die *Flying Wonder* höchstpersönlich einweihen! Nicht erst bei der offiziellen Eröffnung in einer Woche, denn alle wichtigen Reporter waren heute vor Ort! Celia lächelte. Tilyous Lektion hatte sie schnell begriffen. Sie ließ sich ihre prickelnde Erwartung nicht anmerken, plauderte hie und da und beantwortete schlagfertig die Fragen der Reporter, behielt aber Johannsson und seine Crew ständig im Auge. Geschäftig liefen sie mit gewichtigen Mienen hin und her. Als der Chefkonstrukteur schließlich nickte und den Daumen reckte, wusste Celia, dass es so weit war. Gemächlich setzte sich der Zug in Bewegung. Die neuen Wagen machten viel mehr her als ihre Vorgänger; sie wirkten kompakter und waren über und über mit Messingverzierungen geschmückt. Celia raffte ihren azurblauen, schwingenden Rock zusammen und huschte in den vorderen Wagen. Begeistert schossen die Reporter Fotos von einer glücklichen, übermütig winkenden Celia, die Meter um Meter in die Luft stieg.
Die Menschen jubelten, als der Zug unaufhaltsam der fünfunddreißig Meter hohen Spitze zustrebte, dann hielten sie den Atem an.
Idi griff nach Stans Hand. Tonis Augen flackerten. Paul bewahrte Contenance. George Tilyou schürzte anerkennend die Lippen. Francis Johannsson betete leise. Auf

dem Scheitelpunkt stürzte der Zug in die Tiefe, raste in die erste Kurve und in die nächste und wäre mit diesem Tempo problemlos durch die Spiralloopings gerast. Stattdessen wurde der Zug in die Luft gerissen. Für den Bruchteil einer Sekunde verfolgten die Zuschauer den Lauf des Unglücks, ohne zu begreifen, was geschah, dann drängte ihr stummes Entsetzen hinaus in einen kollektiven Aufschrei.

14

Immer noch fünf Zeilen zu lang!
Susanna war drauf und dran, den Text über eine Schmetterlingssammlerin in Worpswede kurzerhand um den letzten Absatz zu kürzen, ganz gleich, ob sie damit den elegant formulierten Schluss verdarb, riss sich aber zusammen und schmiss stattdessen alle überflüssigen Füllwörter in der letzten Spalte heraus.
»Bis morgen«, rief sie dem betagten Setzer zu, der ihren Gruß ebenso widerwillig erwiderte, wie er sich daran gewöhnt hatte, dass Susanna das Heft in die Hand genommen und mit Theobald Winklers Absolution die *Hutnadel* auf den Kopf gestellt hatte: Ein dreispaltiger Umbruch sorgte für optische Frische, Fotos garnierten die Berichte, Kolumnen nahmen gesellschaftliche Moden auf die Schippe. In der Märzausgabe hatte sich Susanna unter dem Pseudonym Karla Stromberg darüber lustig gemacht, welche Hysterie der nahende Jahrhundertwechsel bei sensiblen Seelen auslöste. Um gegen alle dämonischen Interventionen gerüstet zu sein, wurden im ganzen Reich jetzt schon – drei Jahre vor dem Ereignis! – Seancen abgehalten, Rituale zelebriert, Wahrsagerinnen befragt und Runen geworfen.
Theobald Winkler hatte rasch begriffen, dass Susanna nicht vorhatte, aus der *Hutnadel* ein hysterisches Kampfblatt zu machen, sondern bemüht war, eine eigene Stimme zu finden, und sein unerwarteter Zuspruch erfüllte sie mit Stolz und ermutigte sie. Philipps Reaktion dage-

gen belastete ihr Gewissen. Monate, nachdem sie ihm nach Übersee geschrieben und von ihrer Arbeit berichtet hatte, hatte sie eine begeisterte Antwort erhalten. Er freue sich für sie, hieß es darin, und dass es nach seinem Dafürhalten ein Menschenrecht »und eine Pflicht!« sei, die inneren Gaben hinauszubringen in die Welt. So liebevolle Worte! Und wie vergalt sie ihm seinen Großmut?

Seine Ankunft hatte er in den nächsten drei Wochen angekündigt, Genaueres ließe sich nicht sagen. Das war vor zwölf Tagen gewesen, und immer und immer wieder hatte sie die Gedanken daran verscheucht. Jetzt drängte die Zeit.

Rasch verließ Susanna das Verlagsgebäude in der Humboldtstraße, bog in die Horner Straße ein und hastete Richtung Bürgerpark. Hinter dem Parkhaus wartete er schon auf sie. Vorgebeugt, die Unterarme auf die Oberschenkel gestützt und die Hände gefaltet, saß er auf der Mauer, die den künstlich angelegten See umgab. Als Robert Susanna erblickte, sprang er auf und lief ihr entgegen, nahm sie bei der Hand und zog sie in den Schutz einer mächtigen Eiche.

Ungestüm riss er sie in seine Arme, bedeckte ihr Gesicht mit schnellen, atemlosen Küssen und ließ seine Zunge ihr Ohrläppchen umschmeicheln.

Susanna stöhnte leise auf, drängte ihre Hüften an die seinen und überließ sich der Vorstellung, es jetzt und auf der Stelle mit ihm zu tun, was sie erfahrungsgemäß so erregte, dass mitunter eine einzige Berührung an der Quelle ihrer Lust genügte, die Wellen wieder und wieder kommen zu lassen.

Wenn sie es genau bedachte, hatten bereits die Manuskripte des unbekannten Autors eine erregende Wirkung auf sie ausgeübt, und am selben Nachmittag, als der Botenjunge sie auf seine Spur gebracht, sie ihn aufgesucht und mit seiner Enttarnung konfrontiert hatte, wurde aus dem Jugendfreund der Liebhaber, der ihr Begehren in einer Intensität entfachte, wie sie es niemals für möglich gehalten hätte. Wenn sie nicht miteinander schliefen, unternahmen sie ausgedehnte, sittsame Spaziergänge an der Lesum oder im Bürgerpark, auf denen Robert ihr seine Stücke und Prosatexte vorlas, deren funkelnder Sprachwitz sie berauschte. Er hatte überdies ein ausgezeichnetes Gespür für Situationskomik, verstieg sich aber gelegentlich in abstruse Ideen: Einmal hatte er sich, angetan mit dem Sonntagskleid und -hut der beleibten Köchin der Matthiessens, als Gouvernante verkleidet und Susanna auf offener Straße auf den Mund geküsst und im Falsett »Mein gutes Kind, du hier!« gezirpt. Es war ihr schrecklich peinlich gewesen, aber Robert hatte nur gelacht. Die Liebe mache ihn wagemutig, behauptete er, wagemutig genug, um der Reederei seines Vaters alsbald den Rücken zu kehren und sich seiner wahren Berufung zu widmen.

In der Regel ließen sich Robert und Susanna von der Tatsache, dass sie im Joch der Ehe und er – noch – in dem der Konvention festsaß, weder Laune noch Lust verderben, aber Philipps baldige Rückkehr würde ihre heimlichen Nächte in der Emmastraße beenden, so dass sie nun ernsthaft über ihre Zukunft nachdenken mussten. Bei dem Gedanken, Robert nur mehr selten zu sehen, stieg Übelkeit in ihr auf.

»Am liebsten würde ich ihm die Wahrheit sagen«, stieß Susanna hervor.

»Das halte ich nicht für ratsam«, erwiderte Robert, »er wird zwar nicht plötzlich seine Liebe zu dir entdecken, aber du bist nun einmal mit ihm verheiratet. Qua Gesetz gehörst du ihm.«

Seine Miene verriet kaum eine Regung, doch Susanna kannte ihn gut genug, um das winzige Zucken seines linken Mundwinkels richtig zu deuten, und knuffte ihn mit gespielter Empörung in die Seite. »Du patriarchalischer Esel!«, schimpfte sie und fügte mit einem Anflug von Verzweiflung hinzu: »Könnte sich der Herr Dichter vielleicht dazu herablassen, einige der Sache dienlichere Ratschläge beizusteuern?«

»Du kommst zu mir, wann immer du es einrichten kannst. Alles Weitere wird sich ergeben.« Robert drückte ihre Hand und warf ihr einen schnellen Blick zu. »Das Hoftheater Meiningen hat Tristan engagiert. Ist das nicht wunderbar?«

»Und Margot?«

Er zuckte mit den Schultern. »Darüber haben wir nicht gesprochen.« Damit ließ er es bewenden, und Susanna fragte nicht nach. Das Hoftheater besaß einen exzellenten Ruf, Schauspieler rissen sich um ein Engagement im Thüringischen und Dichter darum, in Meiningen uraufgeführt zu werden. Susanna warf Robert einen verstohlenen Blick zu. Sie wünschte sich so sehr, dass eine Bühne von Rang und Namen den Genius in ihm entdecken und die deprimierende Zeit der zurückgesandten Manuskripte ein Ende haben würde. Eine heiße Welle der Liebe durchflutete sie. »Komm, ich kenne da eine verlassene

Villa in der Emmastraße, gerade recht für zwei heimatlose Vagabunden.«

Er blickte zerknirscht drein. »Nichts lieber als das, mein Herz. Aber ich muss heute noch die letzte Szene schreiben.«

»Ich dachte, dein neues Stück wäre längst fertig?«

»Ja, das war es eigentlich auch. Aber der Schluss will und will mir nicht gefallen, es fehlt dem Dialog an Würze. Und Tristan will es morgen mit nach Meiningen nehmen und sich beim Direktor für mich verwenden. Wunderbar, nicht wahr?«

Susanna nickte und kaute an der Frage, warum Robert seinem Freund nicht einfach ein anderes Stück überließ, bis sie sich kleinmütig und albern vorkam und sich auf die Lippen beißen musste, um nicht in Tränen auszubrechen.

Als sie nach Hause kam, wartete ihr Vater bereits auf sie. Er saß im Salon, gerade und angespannt. Susanna spürte, wie sie errötete und Panik sie ergriff. Sein plötzliches Erscheinen und seine ernste Miene konnten nur eines bedeuten: Er wusste Bescheid. Sie straffte sich und ging lächelnd auf ihn zu.

»Papa! Sag nicht, du hast den Schmetterlingsartikel in der Setzerei überflogen und kommst, mir die Leviten zu lesen«, rief sie in schlecht gespielter freudiger Koketterie. »Die Korrekturen sind freilich …«

»Ich will ohne Umschweife zur Sache kommen«, schnitt er seiner Tochter das Wort ab. »Im nächsten Jahr wird bei *Associated Press* der erste Deutschland-Korrespondent in den Vereinigten Staaten seine Arbeit antreten, und Theobald Winkler und ich überlegen, ob die Nachrichten von dort auch für unsere Magazine geeignet sein könnten.«

»Das ist sehr … interessant«, erwiderte Susanna gequält. Worauf wollte ihr Vater hinaus? Erleichterung erfüllte sie und eine leise Ungeduld. Musste er ausgerechnet jetzt damit kommen, jetzt, da sie ihr Unbehagen von vorhin und diese ganze emotionale Gemengelage gründlich durchdenken musste?

»Um das zu überprüfen, haben wir uns in den letzten Tagen die Zeitungen von New York per Schiff liefern lassen«, fuhr er fort, räusperte sich und hielt seiner Tochter eine Ausgabe der *World* hin. Mitgefühl stand in seinen Augen. »Mutter und ich dachten, du solltest es wissen …«

Susanna griff nach der Zeitung. Eine lachende, strahlend schöne Celia blickte ihr entgegen. Neben dem Foto, das eine Viertelseite beherrschte, prangten fette Lettern. »Unglück auf Coney Island«, hieß es da, und: »Looping-Lady – dem Tod um Haaresbreite entronnen!« Sie schluckte, Tränen schnürten ihr die Kehle zu, und Text und Bild verschwammen vor ihren Augen. »O Gott«, stöhnte sie.

»Mutter war der Meinung, wir sollten die Lamberts aufsuchen und ihnen unsere Hilfe anbieten«, bemerkte ihr Vater ungewohnt behutsam. »Ich fürchte nur, das könnte sich als schwierig erweisen. Im Mai sind die Schausteller doch Gott weiß wo unterwegs.«

Mit einer matten Geste winkte Susanna ab. »Meines Wissens ist die ganze Familie in Amerika.«

»Nein, das ist sie nicht. Sie sind in Deutschland, und ich werde sie finden.«

Susanna fuhr erschrocken herum. Walter Pahlenbergs Brauen schossen in die Höhe. Philipps leises Eintreten hatten beide nicht bemerkt. Die Reise war ihm gut bekommen; seine Haut war tiefbraun, die dunkelblonden Haare waren von der Sonne gebleicht und um zwei verwegene Zentimeter zu lang. Das Bemerkenswerteste jedoch war der Ausdruck seiner Augen; in ihnen erkannte Susanna die gleiche himmelstürmende, verzweifelte Leidenschaft, die sie selbst beherrschte.

Er liebt sie.

Und Celia? Hat sie ihn auch geliebt – und tut es noch?

Schlagartig stand ihr vor Augen, wie seltsam Celia reagiert hatte, als Susanna ihr von der bevorstehenden Hochzeit erzählt und wie Celia in der Zeit danach jede Begegnung mit ihr vermieden hatte. Plötzlich passte alles zusammen.

Wie hatte sie nur so blind sein können?

Widerstreitende Gefühle brandeten in Susanna auf, Eifersucht und Wut, tiefe Enttäuschung und Selbstverachtung, die aber jäh einer wilden Hoffnung wichen, als sie begriff, dass der vermeintliche Betrug einen Weg in die Freiheit bedeuten könnte. Falls Celia überlebte …

Die schrägen, katzengleichen Augen blickten stumm, voller Zärtlichkeit, goldene Lichter tanzten in ihnen, die sie bis ins Innerste ihres Seins wärmten und ihren Körper umflossen wie ein schützender Mantel göttlichen Atems.

Irgendwo glitten die Flügel einer Schwingtür mit einem streichelnden Klang aneinander vorbei, und der Mann mit den Augen sanft und glänzend wie die Flügel des

Sonnengottes wusste, dass es für heute genug war. Mit einem tiefen Atemzug löste er sich und schlüpfte lautlos hinaus aus dem abgedunkelten Zimmer in die Milde der Julinacht.

»Moment mal! Was haben Sie hier zu suchen?«

Valentina Lamberts empörter Ruf donnerte hinter ihm her, verhallte jedoch auf dem Flur, als der Mann mit einem Hechtsprung über den Treppenabsatz setzte und die Stufen hinunterflog.

Sei's drum. Wahrscheinlich irgendein Bursche von diesem verdammten Coney Island, kein Grund, sich zu sorgen, dachte Valentina. Leise öffnete sie die Tür und spähte in das Zimmer, das zweimal so groß und mindestens einen Meter höher war als die Lambert'sche Küche am Stavendamm. Neben dem Bett hingen ein Porzellanwaschbecken an der Wand und ein Spiegel, ein mit hellgelber Baumwolle bezogener Paravent trennte die Patientin von den beängstigenden Mengen an medizinischen Utensilien.

Die Bettdecke hob und senkte sich. Celia schlief. Leise trat Valentina näher und setzte sich auf den Sessel am Fußende des Bettes, so dass ihre Tochter sie erblicken würde, sollte sie erwachen.

Etliche Male schon hatte Celia das Bewusstsein wiedererlangt, aber immer nur für wenige Minuten, dann war sie zurückgesunken in die Tiefe, was nach Ansicht der Ärzte am Mount Sinai Hospital eine Art körpereigene Rettungsmaßnahme bedeutete. »Der Organismus konzentriert sich auf das Wesentliche und schaltet alle anderen Funktionen auf Sparflamme«, hatte Dr. Watson erklärt, und Valentina und Paul glaubten ihm, weil der hagere Mediziner ansonsten kein Blatt vor den Mund nahm. »Was wollen Sie hören? Ein schönes Märchen oder die Wahrheit?«, hatte er Valentina freundlich gefragt, als sie, erschöpft von der Schiffsreise und immer noch seekrank ins Mount Sinai getaumelt war. Weil sie die Sprache nur unzureichend beherrschte, schlug sie mit der Handkante ihrer Rechten auf die Innenseite ihrer Linken. Dr. Watson stutzte, dann begriff er, schürzte anerkennend die Lippen und nahm ein Blatt Papier. Mit einem abgekauten Bleistift skizzierte er die Umrisse eines Körpers, den Verlauf der Blutbahnen und die Organe.

Als er fertig war, kannte Valentina das Ausmaß der Verletzungen, die ihre Tochter erlitten hatte, und wusste, dass sie mehr tot als lebendig war. Milzriss, gequetschte Lungenflügel, Oberschenkelfraktur an beiden Beinen, gebrochene Hüfte, Schädelfraktur. Es war ein Wunder, dass sie noch lebte.

Valentina faltete die Hände und legte sie in den Schoß. Sie mochte weder sticken noch stricken noch lesen; sich die Zeit zu vertreiben schien ihr angesichts des Ernstes der Lage ungehörig, und so saß sie da und betrachtete ihre reglose Tochter, die sich vor Jahren losgesagt hatte von der Familie, weil ihr Vater ein Esel, ihr Geliebter ein Schwachkopf, ihre Großmutter dem Aberglauben verfallen und ihre Mutter zu beschäftigt mit sich selbst gewesen war, um das Unheil kommen zu sehen.

Dann und wann erhob Valentina sich, befeuchtete ein Tuch und tupfte ihrer Tochter Stirn und Schläfen, zog behutsam den Schwung ihrer Brauen nach, fuhr die gerade Nase hinunter bis zu dem sinnlich geschnittenen

Mund, strich das rotblonde, glanzlose Haar glatt, massierte mit leichtem Druck erst die Ohrläppchen, dann ausgiebig die Handflächen und jeden einzelnen Finger von der Spitze bis zur Wurzel. Wenn die Lebensgeister sich nicht von selbst regten, mussten sie eben wachgerüttelt werden, redete Valentina sich gut zu, die drängende Angst mit der ihr eigenen, jahrzehntelang geübten Disziplin in Schach haltend.

Es klopfte an der Tür, und Valentina wusste, dass Paul Osborne eingetroffen war. Es war stets Paul um diese Zeit, nie mit leeren Händen und stets mit hoffnungsvoller Erwartung in den ungewöhnlich goldfarbenen Augen, die sich immer eine Nuance beschatteten, sobald sie Valentina erkannten.

»Ja, bitte?«

Paul betrat das Krankenzimmer, in der rechten Hand einen Strauß lila leuchtender Iris, in der anderen eine Schachtel Schokolade mit einem verschlungenen, geprägten Phantasiewappen auf dem Deckel, die er zu den fünf ähnlichen Kartons auf die Fensterbank legte. Obwohl Paul jeden Tag einen hinzufügte, blieben es immer fünf, was daran lag, dass Valentina jeden Morgen einen an die diensthabende Krankenschwester verschenkte.

»Sie kümmern sich so fürsorglich um meine Tochter«, sagte Valentina leise. »Ich hoffe, Ihre Arbeit sieht Ihnen das nach.«

Paul lächelte das Lächeln eines Mannes, der sich überwinden muss, höflich zu bleiben. »Doch, gewiss«, entgegnete er und fügte widerwillig hinzu: »Obwohl die bevorstehende Fusion uns natürlich ein Vielfaches an Aufgaben beschert.« Er neigte sich ein wenig zu Celia hinunter. »Ist sie heute schon bei Bewusstsein gewesen?«, erkundigte er sich, und Valentina schüttelte den Kopf. »Aber irgendetwas sagt mir, dass es bald so weit sein wird. Wir dürfen nur den Mut nicht verlieren.«

»Das ist schön.« Paul legte den Daumen unter das Kinn und den Zeigefinger an die Nase und verfiel in Schweigen. Heute würde Valentina ihn damit nicht durchkommen lassen.

»Ich bin überzeugt, dass Celia meine Stimme – und die Ihre auch! – hört und sich getröstet fühlt, auch wenn ihre Seele weit fort ist«, bemerkte sie. »Wir sollten uns deshalb unterhalten, Paul. Ich darf Sie doch Paul nennen, nicht wahr?«

»Gewiss.«

»Nun, Paul, erzählen Sie mir von der Wall Street. Oder von der Politik, wenn Ihnen das lieber ist. Warum bleibt New York eigentlich nicht unabhängig?«

»Sind Sie sicher, dass dies das richtige Thema für eine Kranke ist?«, versetzte er mit verhaltenem Spott.

»Es geht nicht um das, was wir sagen, sondern darum, überhaupt miteinander zu reden«, gab Valentina freundlich zurück, »und da ich nicht davon ausgehe, dass Sie sich für die Entwicklung der norddeutschen Provinz interessieren, liegt es doch nahe, Sie zu bitten, mir etwas über diese faszinierende Stadt zu erzählen. Also: Warum bleibt New York nicht unabhängig?«

»Weil es reizvoller ist, die zweitgrößte Stadt der Welt nach London zu werden«, antwortete Paul kurz angebunden.

Dann entsann er sich seiner Manieren und fügte hinzu: »Unmittelbar nach dem Bürgerkrieg hatten sich führende Köpfe der Stadt für eine Erweiterung der Stadtgrenzen über Manhattan Island hinaus ausgesprochen, um Platz für weiteres Wachstum zu schaffen und um zu verhindern, dass Chicago uns den Rang abläuft.«

»Machen die anderen Städte es denn einfach so mit, gewissermaßen einverleibt zu werden?«

Es interessierte Valentina keinen Deut, doch sie war entschlossen, das Gespräch in Gang zu halten. Paul tat ihr den Gefallen und sprach von den drei Jahrzehnten wirtschaftlicher Fusionen, kulturellen Ausbaus und intensiver Verhandlungen, die der Vereinigung New Yorks mit Brooklyn, der drittgrößten Stadt des Landes, sowie achtunddreißig Orten und Dörfern in Queens, auf Staten Island und in der Bronx zu einer gigantischen Metropole mit fünf Stadtbezirken vorausging. Wenn in der Nacht zum ersten Januar die Geburt von »Greater New York« gefeiert würde, besäße die Hudson-Metropole achthundertfünfzig Quadratkilometer Fläche und dreieinhalb Millionen Einwohner. Damit wäre sie größer als Berlin, Paris und Moskau. Allein die Brooklyner würden Trauerflor an ihren Fenstern befestigen, weil ihnen die von Immigranten übervölkerte Nachbarin nicht geheuer war.

»Sie werden sich daran gewöhnen«, schloss Paul und gestattete sich ein dünnes Lächeln, das Valentina herzlich erwiderte.

Na also, ging doch.

Sie mochte Paul, wenngleich seine Steifheit ihr gegenüber nicht sehr charmant wirkte. Er war belesen, kultiviert und von wohltuender Unaufdringlichkeit. Kein strahlender Prinz, aber ein zuverlässiger, vielleicht etwas schüchterner Ritter.

Als Valentina sich an diesem Abend von ihm verabschiedete und zu Fuß in ihr Logierzimmer unweit der Goodmans zurückkehrte, beschloss sie zwei Maßnahmen, um die Verbindung zu unterstützen: Sobald ihre Tochter über den Berg wäre, würde sie wieder nach Hause reisen in der berechtigten Hoffnung, Paul würde mit Freuden in die betreuerische Lücke springen. Und sie würde Celia verschweigen, dass es Philipp gewesen war, der ihnen die schlimme Nachricht überbracht hatte.

Der dumme Junge war von Kirmes zu Kirmes, von Jahrmarkt zu Jahrmarkt gereist, bis er die Familie in Paderborn endlich aufgespürt hatte. Um nicht wieder grün und blau geprügelt zu werden, hatte er Buffalo überredet, für ihn zu vermitteln. Gerald willigte ein. Als Philipp sprach, standen ihm die Liebe und der Schmerz ins Gesicht geschrieben, und Valentina hatte großes Mitgefühl für ihn empfunden. Dennoch hatte Gerald ohne es zu wissen gut daran getan, Philipp zwar zu danken, aber ihn gleichwohl daran zu erinnern, dass er kurzen Prozess mit ihm machen würde, sollte er sich Celia nähern.

Denn Philipp war nun einmal mit Susanna verheiratet.

Und Paul war frei.

Als steckte sie von Kopf bis Fuß in Zuckerwatte, Gallonen von wollweicher, seltsam geschmacksneutraler Zuckerwatte, hörte sie die Geräusche ihrer inneren und der äußeren Welt. Träume, Empfindungen und Botschaften liefen ineinander wie die Farben eines verblassenden Regenbogens. Philipp war bei ihr und hielt sie fest umschlungen, und ein dunkler schöner Fremder trat hinzu, dessen Züge verschwammen und zu Pauls wurden, der sie flehend ansah; Großmutter Elvira schüttelte bekümmert den Kopf, und Celia rief: Ach, Großmutter, ich habe alles vergessen, die Zeichen!, der Wiedehopf, die Möwen, ich hätte es wissen müssen!, bis sie die tröstenden Hände ihrer Mutter spürte und ihre Stimme vernahm, die weich schmeichelnd schwang wie ein Weizenfeld im Südwind.

Mitte Juli, dreieinhalb Monate nach dem Unfall, hatte Celia sich für das Leben entschieden und kam immer häufiger und für längere Zeit zu Bewusstsein. Ein Hauch von Farbe legte sich auf ihre hohlen Wangen, doch ihre grüngrauen Augen blieben glanzlos, ganz gleich, wie viel Obst, frisches Gemüse und saftiges Fleisch Paul auffahren ließ und Valentina ihr Bissen für Bissen und mit unerbittlicher Geduld verabreichte. Aber was kann einen Menschen kräftigen, wenn Selbstanklagen und Schuldgefühle ihn zerfressen?

Vom ersten Moment an, als sie erwachte und begriff, wo sie war und was geschehen war, machte Celia sich unablässig bittere Vorwürfe. Ihre Leichtfertigkeit war an allem schuld. Sie hatte sich in Szene setzen wollen, und nun waren nicht nur ihre Arbeit, die Mühe der letzten Monate umsonst, sondern auch die der anderen, die für diese Achterbahn gekämpft und an sie geglaubt hatten. Paul, Alexander, George, Toni …

Aber das behielt Celia für sich. Mildtätige Beschwichtigungen waren das Letzte, was sie zu ertragen bereit war, und so riss sie sich in Gegenwart ihrer zahlreichen Besucher zusammen, tat heiter-melancholisch, tapfer und dankbar.

Darauf fiel niemand herein, aber nur George Tilyou wagte es eines Sonntagnachmittags, als die Goodmans, Valentina und Paul um Celias Bett versammelt waren, laut auszusprechen, was alle dachten.

»Sie zerfleischen sich selbst, Celia. Das ist nicht gut. Wie es aussieht, waren die neuen Wagen einfach zu schwer für die Konstruktion«, sagte er eindringlich. »Selbst bei einer Leerfahrt wären uns die Schienen dieser … wie heißt das Ding noch gleich? Ach ja: Klothoide! um die Ohren geflogen. Wir werden einfach eine neue Bahn bauen!«

Idis Kiefer mahlten, und Stan sah seine Frau warnend an, doch ihre Worte drängten heraus. »Die Schuld an dem Unglück tragen die, die einem geisteskranken Kind zugetraut haben, eine Achterbahn zu konstruieren!« Ihre Stimme zitterte. »Es tut mir leid, Celia, wir lieben dich wie unsere eigene Tochter, aber seit dieser Sache hat unser Verhältnis einen Riss, und ich bin nicht sicher, ob der sich kitten lässt.« Ihre Handtasche vor die Brust pressend, den Kopf gesenkt, lief sie aus dem Krankenzimmer.

»Mein Gott, Idi, nun lass es doch gut sein!«, murmelte Stan mit einem Anflug von Verzweiflung und ging seiner Frau hinterher. In der Tür blieb er stehen. »Wenn die Wogen sich geglättet haben, kommen wir dich wieder besuchen.«

»Du musst zugeben, dass Mutter nicht ganz unrecht hat«, murmelte Brit verlegen und folgte ihm. Celia schossen die Tränen in die Augen, und ihre Mutter legte tröstend einen Arm um die bandagierte Schulter ihrer Tochter.

»Sie werden sich wieder beruhigen«, meinte Paul etwas steif, als machten ihn Celias Tränen verlegen.
»Was ist denn in die gefahren?« Melanie, einen Strauß Teerosen in der rechten Hand, betrat das Zimmer und wedelte mit der linken vor ihrem Gesicht. »Total plemplem, oder was? Eine Rekonvaleszentin so aufzuregen, da hört sich doch alles auf!«
»So viel Dramatik vertrage ich auf nüchternen Magen nicht«, meinte George Tilyou und lud Valentina und Paul ein, mit ihm im *Delmonico's* zu Abend zu essen.
»Geht mir bloß aus den Augen«, versuchte Celia auf seinen Ton einzugehen und setzte eine ungeduldige Miene auf. »Meine Freundin hier hat gewiss Dringendes zu berichten, das nur für meine Ohren bestimmt ist, nicht wahr?«
Melanie nickte, und kaum waren die drei aus der Tür, griff sie nach Celias Händen. Die sorgfältig gefeilten und polierten Fingernägel verrieten, dass die Freundin nicht mehr allzu häufig selbst zur Nadel greifen musste; zwar reichte die Nachfrage nach Melanie-Hansen-Kleidern gerade, um den Lohn für drei Schneiderinnen zu bezahlen und das eigene Auskommen zu sichern, aber dennoch war dies mehr, viel mehr, als andere hoffnungsvolle Auswanderinnen jemals erreichen würden. Melanie hatte allen Grund, stolz auf sich zu sein. Ihre Augen funkelten.
»Erinnerst du dich noch an diesen arroganten Burschen aus dem *Sea View,* der uns einen Drink spendieren wollte?« Als Celia nickte, erzählte sie mit leuchtenden Augen, wie sie ihn drei Wochen vor dem Unglück wieder getroffen und dass er sich rührend um sie gekümmert

habe, als sie später vor Angst um Celia fast hysterisch geworden sei.

»Seine Weste soll nicht gerade strahlend weiß sein«, wandte Celia vorsichtig ein, doch Melanie wischte den Einwand fröhlich beiseite.

»Jeder Mensch kann sich ändern, und Shorty hat sich geändert. Meinetwegen.« Sie machte eine Pause, dann fuhr sie genüsslich fort: »Er will in mein Modegeschäft investieren. Was sagst du dazu?«

»Das ist wunderbar«, erwiderte Celia mit mattem Lächeln, das ihre Bedenken nur unzureichend verbarg.

Melanies Augen verengten sich. »Nicht jede hat das Glück, sich einen Bankier zu angeln, der gar nicht weiß, wohin mit dem vielen Geld.«

»Paul ist ...«, begann Celia vehement, brach aber ab, als die Tür aufflog und Dr. Watson das Zimmer betrat. Die Brille auf die Nasenspitze geschoben blickte er sich um. »Nanu, eben stand man sich doch noch gegenseitig auf den Füßen? Auch gut. Schwester Jones, kommen Sie bitte.« Eine kräftige Frau mittleren Alters trat an Celias Bett und hielt zwei Holzkrücken in die Höhe. »Weil Sonntag ist«, sagte sie. »Lehnen Sie sich richtig hinein, und nur keine Angst, ich stehe hinter Ihnen und fange Sie auf.«

Schweißperlen standen Celia auf der Stirn, als sie das eingegipste Bein vorsichtig über den Bettrand schob. Ihr Weg in das zweite Leben, das ihr das Schicksal geschenkt hatte, begann.

»Ich wusste nicht, wie sehr ich die Menschen vermisst habe.« Celia drückte Pauls Hand. Mit leuchtenden Augen verfolgte sie den bunten Strom der Ausflügler, die zu Fuß und mit dem Rad, mit Landauern und hoch zu Ross zum Riverside Drive pilgerten, um das für den 1895 verstorbenen Präsidenten Ulysses Simpson Grant errichtete neoklassizistische Monument, das im Innern dem Grabmal Napoleon Bonapartes nachempfunden war, zu bestaunen. Romantiker genossen an dieser Stelle lieber den phantastischen Ausblick über den Hudson River.

Gestern, fünf Monate nach dem Unfall, hatte Celia das Mount Sinai verlassen. Ihre Bewegungen wirkten noch ein wenig eckig und steif, und Dr. Watson hatte ihr dringend angeraten, die Krücken so lange zu benutzen, bis sie sich wirklich sicher fühlte. Aber lieber wäre Celia auf Knien aus der Klinik gekrochen.

Paul hatte ihre Sachen aus der East 2nd Street abholen und in das Logierzimmer, das ihre Mutter bewohnte, bringen lassen. Sein Angebot, ihr eine kleine Wohnung zu besorgen, hatte sie vehement abgelehnt. Wovon sollte sie die Miete bezahlen? Ihre Mutter kommentierte diese Entscheidung mit keinem Wort, und so nahmen die beiden Frauen umstandslos das einst gewohnte enge Zusammenleben wieder auf. Valentina wusch ihrer Tochter das rötlich blonde Haar, spazierte mit ihr dreimal am Tag um den Block, damit ihre Muskeln sich kräftigten, massierte ihre Ohren und erzählte heitere Geschichten von Suriann, Großmutter Elvira, Francesco und ihrem Vater, der sich mit Onkel Hoppe überworfen hatte. Zu Celias Bestürzung reiste ihre Mutter kurz darauf ab und hinterließ – wie von ihr beabsichtigt – ein emotionales Vakuum, das Paul bereitwillig und phantasievoll ausfüllte. Neulich hatte er am Engelbrunnen im Central Park

eine Flasche Champagner verstecken lassen und sie mit den Worten »Nun sehen Sie sich das an, Celia! Ich dachte, es gäbe nur Sektflaschenpflanzen! Aber dies ist ganz bestimmt ein Dom Perignon!« aus dem Brunnenbecken hervorgezaubert. Und vorgestern hatte er sie zum Abendessen ins *La Jolla* ausgeführt, das er mitsamt der Combo für sie beide allein gemietet hatte, damit Celia unbehelligt vor neugierigen Blicken ihre ersten Tanzschritte nach dem Unfall wagen konnte – eine überaus noble Geste, aber Celia war sich nicht sicher, ob sie gerührt oder peinlich berührt sein sollte.
Jedenfalls fühlte sie sich hier sicherer. Viele Menschen, alle Klassen, vom verarmten schottischen Earl bis zur hoffnungsvollen Soubrette. Und weil Paul bemüht war, Celia sich sicher fühlen zu lassen, fragte er sie hier, am Riverside Drive bei einsetzender Dämmerung, ob sie seine Frau werden wolle. Sein Kuss schmeckte würzig, ein wenig nach Tabak und Pfefferminze und so ganz nach Mann, dass Celia, überrascht von seinem plötzlichen Begehren, das sie nicht kaltließ, bereitwillig die Lippen öffnete. Doch schon löste Paul sich wieder und befahl dem Kutscher, Celia nach Hause zu fahren.
»Kommst du nicht mit?«, fragte sie enttäuscht, und rasch nahm er ihre Hände.
»Sei nicht böse, mein Herz, es ist nur – ich will dich nicht bedrängen.« Er bedeckte ihre Finger mit Küssen, dann riss er sich los. »Um dir deine Entscheidung zu erleichtern, habe ich Karten fürs *Koster und Bial's* besorgt. Ich hole dich zum Abendessen ab.«
Celia machte große Augen. Die Music Hall in der 34th Street war stets ausverkauft, weil alle Welt das Wunder

der schwarzweißen, flackernden, bewegten Bilder auf einer Leinwand erleben wollte; ein Vergnügen für die Massen, das Paul im Grunde verabscheute. »Du siehst«, fügte er lächelnd hinzu, »ich scheue vor nichts zurück, um dich zu gewinnen. Aber«, fuhr er ernst fort, »du hast alle Zeit, die du brauchst.«

Eine Woche lang vermieden sie das Thema. Paul gab mit keinem Wimpernzucken zu verstehen, dass seine Geduld sich dem Ende näherte, doch Celia fand es unfair, ihn warten zu lassen. Wenn sie nur mit jemandem hätte reden können! Melanie brauchte sie nicht nach ihrer Meinung zu fragen; für sie zählten die Macht, die ein Mann besaß, und sein Bankkonto. Sie würde Celia für verrückt erklären, wenn sie sich diese Chance durch die Lappen gehen ließe.

Alexander und George kamen ebenfalls nicht in Frage. Männer fragte man so etwas nicht. Blieben nur Idi und Brit, und die wollten von ihr nichts mehr wissen. Aber einen Versuch war es dennoch wert.

»Paul hat mich gebeten, ihn zu heiraten. Aber wie kann ich das, wenn ich einen anderen liebe … immer noch liebe?« Es war Samstagabend, fünf Minuten vor Ladenschluss, als Celia die Bäckerei Goodman betrat. Idi starrte sie an, belud wortlos einen Teller mit Gebäck und schloss die Tür ab. Kurz darauf duftete die Küche im ersten Stock nach Bohnenkaffee, hatte Idi ihren Mann hinausgescheucht und ihm nicht erlaubt, Celia zu begrüßen – »Später! Jetzt gibt es Wichtigeres!« – und ihre Tochter, die seit fünf Uhr früh auf den Beinen war, aus dem Schlaf geklingelt.

Jetzt saßen sie zu dritt am Küchentisch und nippten an

dem heißen Kaffee, ein bisschen verlegen, weil die undramatische Versöhnung den Anlass ihrer Differenzen zur Bagatelle minimierte, aber eben auch mehr als deutlich machte, wie sehr sie einander vermisst hatten.

»Dieser andere Mann …«, begann Idi, aber Celia unterbrach sie.

»Ist verheiratet mit meiner ehemals besten Freundin.«

Idi nickte und sah Celia mitfühlend an. »Ich verstehe.«

»Kannst du als Pauls Frau unsere Sache unterstützen?«, meinte Brit, und sofort schoss Idi ihrer Tochter einen tadelnden Blick zu.

»Brit, hier geht es nicht um dich! Und auch nicht um Lillian Wald.«

»Ich meine ja nur, dass Achterbahnen nicht der einzige Lebensinhalt sein müssen …«

»Britta!«

»Schon gut, Idi«, sagte Celia. »Sie hat ja recht.« Sie machte eine Pause, dann fügte sie gedankenverloren hinzu: »Aber Träume lassen sich halt nicht lenken, nur weil die Situation schwierig ist. Träume kann man nur verwirklichen oder begraben.«

Zwar hatten sie und Paul nicht darüber gesprochen, und gewiss würde er es nicht ausdrücklich verlangen, jedoch war ihr klar, dass sie als Mrs. Paul Osborne nicht gleichzeitig die Looping-Lady sein konnte. Aber das war sie jetzt auch nicht mehr! Als Mrs. Paul Osborne würde sie sich der Wohltätigkeit verschreiben und Sorge tragen müssen, dass ihre Frisur saß, weil ständig ein Bild von ihr in den Gesellschaftsspalten auftauchen würde. Andererseits: Wenn sie nicht mehr den schillernden Gegenentwurf zur geordneten Welt verkörperte, würde sie dennoch für Paul attraktiv bleiben? Mitunter schien es ihr, als hätte er sie vor allem wegen ihres ungewöhnlichen Lebens lieben gelernt, das ihn zugleich ängstigte. Celia seufzte. Die vielen Gedanken schwirrten hin und her wie aufgescheuchte Dohlen.

Idi nahm ihre Hand. »Die einzige Frage ist doch: Liebst du ihn so, dass du mit ihm alt werden willst? Liebst du die Vorstellung, ihr seid alt und hutzelig und schaut euch über eure Lesebrillen hinweg liebevoll in die Augen?«

»Nein, das ist nicht die einzige Frage«, fiel Brit ihr ins Wort. »Die Frage ist: Ermöglicht er dir ein Leben, in dem du dich entfalten kannst?«

»Die Schaustellerei kann ich vergessen, Paul hätte gewiss Sorge, dass sich so ein Unfall wiederholen würde.«

»Angst ist eine schlechte Brautjungfer, findest du nicht?«

Celia schwieg einen Moment. Dann sagte sie gedehnt: »Nein, das finde ich nicht. Ein Mann, der sich um mich sorgt, würde mich nicht alleinlassen.«

So wie Philipp es getan hatte.

Damit stand ihr Entschluss fest.

Knapp ein halbes Jahr später, das Celia als unablässige Folge intensiver Gespräche, Planungen und Einkaufstouren erlebte, stand die Braut stumm und starr auf einem Treppchen, gefesselt von ihrem eigenen Spiegelbild, das eine schöne, rotblonde Frau mit olivgrünen Augen zeigte, die im Licht dieses Vormittags im Frühsommer 1899 einen fremden, taubengrauen Schimmer zeigten. Melanies Hand, kühl und glatt, zupfte hier und da an der weißen Seide, zog den Ausschnitt etwas tiefer, überlegte es sich wieder anders und rückte den Taillengürtel aus Perlen zurecht, dessen Sitz eigentlich ebenso wenig der Korrektur bedurfte wie alles andere. Aber dieses Kleid war Melanies große Chance. Celia hatte bewusst auf die berühmten Couturiers aus Paris verzichtet und stattdessen auf ihre Freundin gesetzt. Wenn die Fotos der Osborne-Hochzeit gedruckt würden – und das würden sie so sicher, wie Celias Jawort den hintersten Winkel der St.-Pauls-Kirche erreichen würde! –, würde Melanies Name übermorgen so hoch gehandelt, wie sie es sich so lange erträumt hatte. Insgeheim hoffte Celia, dass Melanie sich dann endlich von dem zwielichtigen Shorty Spencer loseisen würde.

Es klopfte leise, und Melanie warf einen abschließenden Blick auf ihr Gesamtkunstwerk. Elegante Wellen, nach griechischer Manier am Hinterkopf festgesteckt, Lippenstift, federnbesticktes Handtäschchen, perlenbesetzter Schleier. Perfekt. »Herein«, sagte sie hoheitsvoll, und Stan betrat zögernd und ergriffen die Suite im *Claridge,* die Paul für Celia gemietet hatte.

»Ich kann dir deinen Vater nicht ersetzen«, sagte er leise, »aber ich denke, es ist in seinem Sinn, dass ich dich zum Altar führe.« Mit keiner Regung ließ er erkennen, dass er die Abwesenheit von Celias Familie zutiefst missbilligte und vor allem nicht verstand. Wozu hatten die Lamberts denn einen reichen Schwiegersohn, wenn er ihnen nicht einmal die Reise zur Hochzeit ihrer einzigen Tochter finanzierte! Celia hatte ihn verteidigt und erklärt, ihre Mutter hätte geschrieben, dass ihr Vater sich nicht habe überwinden können, das Saisongeschäft seinem Bruder zu überlassen. Das war jedoch nur die halbe Wahrheit.

Tatsächlich hatte Paul nur halbherzig Anstalten gemacht, die Überfahrt der Lamberts voranzutreiben, und Celia, zu stolz, um ihren Bräutigam um das Geld zu bitten, hatte die Ausflüchte ihrer Mutter hingenommen.
Weihrauch hing schwer in der Luft, als Celia und Stan die St.-Pauls-Kirche an der 22nd Street betraten, begleitet von Reportern, die ihre Blitzlichtgeräte in die Höhe hielten und Celia regelrecht anfeuerten (»Sie machen das schon, Looping-Lady!«), als gelte es für sie, ein Rennen zu gewinnen. Einer von ihnen war sogar so dreist, sich an Pauls angeheuerten Wachleuten vorbei in die Kirche zu schmuggeln. Im Moment, da Paul und Celia sich küssen durften, drückte er auf den Auslöser und entkam mit einem wilden Satz durch die Tür im Seitenschiff der Kirche, so dass sich halb New York am nächsten Tag an einem unverschämt intimen Foto des Brautpaares ergötzen konnte.

15

Cremefarbener Samt, gestreifte Wildseide oder doch lieber nach Gobelin-Art bestickter Brokat? Mit unglücklicher Miene legte Celia die Stoffballen bald hierhin, bald dorthin. Die Seide passte nicht zum Grün der Chaiselongue, und die italienischen Jagdszenen waren für das lichtdurchflutete Gartenzimmer allzu düster. Mit dem Samt konnte sie nichts falsch machen, aber hatte gerade dieser Raum mit seinen hohen Fenstern und dem Blick ins Grüne nicht ein wenig mehr Originalität verdient?

Sie gab es auf. Den ganzen Vormittag war sie damit beschäftigt gewesen, einen passenden Stoff und somit einen Kompromiss zwischen ihrem zum Bunten, Frischen tendierenden und Pauls gediegenem Geschmack zu finden, was ihr Kopfschmerzen und schlechte Laune bereitete. Und es war kein Ende abzusehen. Als Paul das Haus bezog, hatte er sich darauf beschränkt, ein Schlafzimmer, die Bibliothek, ein Bad, die Küche und ein Wohnzimmer einzurichten – in der Hoffnung, alsbald zu ehelichen und seiner Gattin mit den verbliebenen leeren Räumen eine Freude zu bereiten. Denn welche Frau wühlte nicht gern in Stoffen, wählte Möbel und Accessoires aus, wusste um den neuesten Schrei, wenn es um Dekoration und Arrangements ging? Also warteten zwei Schlafzimmer, zwei Bäder, zwei Teesalons, ein Gartenzimmer und ein tennisplatzgroßes Wohnzimmer auf Celias innenarchitektonisches Engagement. Neun Monate waren seit ihrer Hochzeit vergangen, und noch immer kämpfte Celia gegen die Tücken der Gestaltung. Überdies bot die Galerie derzeit nicht mehr als ein Landschaftsgemälde von Thomas Cole auf. Aber auch in der Kunst besaß sie mehr Neigung als Stilsicherheit.

Celia seufzte. Es galt, einiges nachzuholen. Sich allgemein üblicher Umgangsformen bei Tisch zu befleißigen war nicht das Problem, Celia ahmte einfach das nach, was sie in Gesellschaft beobachtete und was sie sich einst von Susanna und ihren Freunden abgeschaut hatte, und hatte es darin zur Meisterschaft gebracht. Plaudern und Parlieren war ein bisschen wie Rekommandieren, fand sie, nur anstrengender.

Was die Bildung betraf, haperte es jedoch ein wenig. Celia hatte Gauguin für eine Weinsorte gehalten, was ihrem Tischherrn bei der ersten Dinnerparty in ihrem Haus in Long Branch zum Glück entging, weil ihm sein Hörrohr im Moment ihres Fauxpas entglitt und scheppernd in den Suppenteller fiel.

Am nächsten Sonntag bestand Celia darauf, das *Metropolitan Museum of Art* an der Fifth Avenue zu besuchen, um ihre Wissenslücken zu schließen. Paul fand das einfach entzückend und bestellte am nächsten Tag eine Kunstenzyklopädie in zehn Bänden für zwanzig Dollar das Stück. Ohne Goldschnitt, den konnte man sich sparen.

Paul hatte zwar beträchtlichen Wohlstand angehäuft, gehörte jedoch noch nicht ganz zu dem Kreis der erlauchten Vierhundert, die das gesellschaftliche und kulturelle Leben New Yorks dominierten, und seine Bemühungen,

den ersehnten Sprung in die Upperclass zu schaffen, nahmen gelegentlich opportunistische Züge an. So bestand Paul darauf, seine Frau von George de Forest Brush porträtieren zu lassen, nur weil er Mary Loane und ihr Patenkind Emma, verheiratete Mrs. Francis Folder-Blake so famos getroffen hatte und es eine Weile als todschick galt, einen echten amerikanischen Maler zu beschäftigen statt eines humorlosen Europäers. Als der Wind sich drehte und der gebürtige Florentiner John Singer Sargent in Mode kam, ärgerte Paul sich maßlos.
Aber da hing Celia mit mildem Blick und in cremefarbener Seide bereits für jeden Besucher gut sichtbar in der Eingangshalle. Bei dem Gedanken huschte ein ebenso nachsichtiges wie im Ansatz schadenfrohes Lächeln über Celias Gesicht. Sie verstand Pauls Bestrebungen nicht. Begütert, gesund und jung wie sie beide waren, gab es keinen Grund, Moden und Marotten hinterherzuhecheln. Eines Tages würde Paul das hoffentlich begreifen.
Es klopfte und Gladys, das Hausmädchen, huschte in den Salon, Celias Kräftigungstrunk auf einem silbernen Tablett. Ein halbes Glas Rotwein und zwei darin verquirlte Eigelb, ein altes Hausmittel, das Dr. Blakely zur Anregung der Blutzirkulation und zur Unterstützung der hormonellen Vorgänge empfahl. Celia und Paul waren jeden Monat aufs Neue enttäuscht, wenn ihre Periode einsetzte.
Das Glas in der Hand schlenderte Celia zur geöffneten Terrassentür hinaus in den weitläufigen Garten, der sich von anderen Gärten in der Long Branch Avenue kaum

unterschied, wie auch die Häuser Perlen an einer Schnur glichen.

»Long Branch ist das Beste an New York«, flocht ihre Nachbarin Jennifer Warren regelmäßig in Unterhaltungen ein. In »The Branch«, wie die Einwohner ihre gediegene Gemeinde nannten, war man reich, weit fort vom Lärm und allem Lästigen, was eine Großstadt ausmachte, und doch nah genug, dass man im Handumdrehen mit der Fähre vom Kai in Atlantic Heights zum Anleger an der Lower East Side gebracht wurde und in Manhattan seiner Arbeit oder dem Vergnügen oder beidem nachgehen konnte. Das galt jedoch vor allem für den männlichen Teil der Einwohner; die Ehefrauen und Mütter mussten lernen, diesen Flecken zu lieben, um nicht verrückt zu werden. Zu diesem Zweck lernte man am besten die Vorzüge der Umgebung zu schätzen – ausgedehnte Wälder im Norden und die atlantische Küstenebene im Süden.

Celia wäre lieber in New York geblieben, aber Paul liebte das Ländliche.

»Bist du auf dem Land aufgewachsen?«, hatte sie ihn einmal nach einer innigen Umarmung vorsichtig gefragt und eine unbestimmte Antwort bekommen. »Ja, aber auch in der Stadt …« Ob es nicht ein wenig genauer ginge, hatte sie lächelnd nachgesetzt, doch sofort legte sich ein Schatten auf seine Züge. »Celia, ich versuche, meiner Kindheit nicht nachzuhängen, verstehst du, es ist zu … bestürzend, mich daran zu erinnern, was ich verloren habe. Meine Eltern haben dem soliden, nicht unvermögenden Mittelstand angehört. Dann der Unfall … ihre Kutsche ist aus einer Kurve getragen worden und einen steilen Abhang hinuntergestürzt.« Sein Schmerz hatte sie beschämt. Sie wusste doch, dass er sein halbes Leben auf sich allein gestellt gewesen war! »Ich glaube nicht«, war er fortgefahren, »dass man die Dinge besser bewältigt, wenn man ständig darüber spricht. Das Wühlen in der Vergangenheit tut nicht gut.« Er hatte sie an sich gezogen und geliebt. Später an diesem Tag, als Paul unterwegs zum *Comfort Club* war, wich ihr brennendes Mitgefühl leisem Argwohn. Keine Briefe, kein zerliebter und gehüteter Teddy, kein Ring, keine goldene Taschenuhr mit Widmung, nichts, gar nichts. Wenn Pauls Kindheit so wunderbar war, wo waren dann die Erinnerungen?

Celia dachte gerne an ihr Zuhause, auch wenn das Heimweh ihr das Herz schwer machte und sie in Long Branch heftiger überfiel als in Little Germany, wo es stets so viel zu tun gegeben hatte und die Menschen dennoch alle naselang ein Schwätzchen hielten.

Aber jetzt, da Celias Alltag dem einer Einsiedelei in den peruanischen Anden ähnelte, meinte sie allenthalben, ein Zauber trüge den Geruch der Weser nach Salz, Moder und Schiffsmotorenöl zu ihr herüber, ließe sie die Feuchte im Schnoor fühlen, wenn es geregnet hatte, und denen in die Augen sehen, für die sie einst durch alle Höllenfeuer gegangen wäre.

Plötzlich kam ihr ein Gedanke. Ob Paul sie anlog, weil er sich schämte, ein tiefes Zerwürfnis zwischen ihm und seiner Familie einzugestehen? Das wäre doch möglich. Sie selbst hatte ihm ja auch nicht die volle Wahrheit erzählt und weder Susanna noch Philipp mit einem Wort erwähnt.

Nachdenklich schlenderte Celia zurück ins Haus. Wie konnte sie von Paul Vertrauen und Offenheit erwarten, wenn sie selbst dazu nicht instande war?
Einem Impuls folgend ging sie in die Bibliothek, setzte sich hinter Pauls mächtigen Schreibtisch und nahm die Feder und ein Blatt mit Pauls Wasserzeichen und ihrer in feinen Lettern gedruckten Adresse. Sie warf die Zeilen aufs Papier, als wäre sie nur in diesem Augenblick dazu in der Lage, adressierte den Brief an Marthe Pahlenberg, da sie nicht wusste, wo Susanna und Philipp wohnten, und versiegelte ihn. Dann zog sie einen mit Pelz gefütterten Wollmantel über und warf einen Blick in den Spiegel. Die rotblonde Mähne umwehte ihre Schultern wie hell lodernde Flammen. Celia drehte die Haare zusammen und stopfte sie unter die Pelzmütze. In Long Branch konnte man schnell in Verruf geraten. Als sie von der Post zurückkehrte, schritt ihr Jennifer Warren auf dem schnurgeraden Weg entgegen, der den weitläufigen Vorgarten des Osborne'schen Grundstücks in zwei Hälften teilte, einen Korb mattgelber Chrysanthemen in der Hand.
»Morgen wird es schneien, und ich finde es unchristlich, Blumen erfrieren zu lassen«, sagte sie statt einer Begrüßung und überreichte Celia den Korb. »Bei mir sieht es allerdings schon aus wie in einer Gärtnerei, und ich habe mich gefragt, ob Sie mir nicht einige abnehmen wollen.«
Celia nickte und unterdrückte ein Grinsen. Mattgelb, natürlich! Bei den Warrens war alles mattgelb oder gelblich beige, Möbel, Vorhänge, Teppiche, Fliesen, selbst Jennifers Haarfarbe schimmerte in lichtem Honigbeige.

Sie und ihr Mann Brad, ein Import-Export-Kaufmann, der sein Geld mit chinesischer Rohseide gemacht und es gewinnträchtig angelegt hatte, waren vor fünfzehn Jahren nach Long Branch gezogen und kannten jeden Grashalm mit Namen, wie Jennifer es ausdrückte.
Celia bedankte sich und bat ihre Nachbarin hinein. Insgeheim hoffte sie, Jennifer werde ihr bei der Auswahl des Stoffes behilflich sein, aber nachdem Gladys Kaffee und Gewürzkuchen serviert hatte, lenkte Jennifer das Gespräch auf den Long Brancher Wohltätigkeitsverein, dem sie seit kurzem vorstand.
»Wir brauchen frisches Blut«, sagte Jennifer ohne Umschweife. »Der Verein besteht zu zwei Dritteln aus älteren Damen, deren Verfassung und Interesse, um ehrlich zu sein, ein intensives Engagement nicht zulassen.« Sie lächelte Celia verschmitzt an. »Ich habe Sie eine ganze Weile in Ruhe gelassen, aber finden Sie nicht auch, dass es an der Zeit ist, den Nestbau zu vollenden und sich anderen Aufgaben zu widmen? Wir tragen eine große Verantwortung für diejenigen, die nicht so privilegiert sind.« Sie trank einen Schluck Kaffee und biss herzhaft in den Kuchen.
»Was könnte ich denn tun?«, fragte Celia unschlüssig.
»Nun, wir werden unser Engagement nach New York ausdehnen, denn in Long Branch gibt es kaum Arme, dort aber zu Tausenden, und die benötigen jede helfende Hand und jeden Dollar.«
Verblüfft sah Celia ihr Gegenüber an. Jennifers sanfte erdfarbene Augen blitzten mutwillig, und sie fügte hinzu: »Diese Vorstellung hat einige Kontroversen unter den Damen ausgelöst, die Wohltätigkeit so verstehen,

dass Häkeldecken und Kerzen verkauft und lustige Feste mit Eierpunsch und Scharaden veranstaltet werden. Ich konnte sie jedoch davon überzeugen, dass es uns besser anstehen würde, Frauen wie Lillian Wald zu unterstützen. Ich denke zum Beispiel daran, Lehrgänge für Hilfsschwestern zu organisieren …«

Während Jennifer begeistert ihre Pläne ausbreitete, dachte Celia an die Goodmans und all die anderen, die ihr so ans Herz gewachsen waren. Sie hatte Stan, Idi und Toni seit Ewigkeiten nicht mehr gesehen und fürchtete, eine Kluft könne sich zwischen ihnen auftun. Wenn sie jedoch häufiger in der Lower East Side zu tun hätte, könnte sie das verhindern. Paul würde es zwar nicht gefallen; er wusste seine Frau gerne sicher und behütet in der Diaspora. Aber gegen wohltätiges Engagement konnte er schwerlich etwas einzuwenden haben.

Beim Hinausgehen warf Jennifer einen neugierigen Blick in das Gartenzimmer. Gladys war damit beschäftigt, die Stoffe, die Celia über den ganzen Raum verteilt hatte, auf Ballen zu wickeln und diese sorgfältig zu stapeln.

»Nehmen Sie den cremefarbenen«, sagte Jennifer beiläufig zu Celia. »Tarnung ist alles.«

Der März 1901 beendete den harten Winter mit einem für die Jahreszeit überraschend beständigen atlantischen Hoch. Die Long Brancher setzten ihre von Eis und Hagel ramponierten Gärten instand und unternahmen Ausflüge an die Küste oder in die nahe gelegenen Pine Barrens, ein stark bewaldetes, viertausendfünfhundert Quadratkilometer großes Gebiet, das die Bezeichnung Ödnis, die die Einwohner ihm verpasst hatten, wahrlich nicht verdiente. Der nährstoffarme, luftige Sandboden brachte Zwergpechkiefern hervor, die ihre Äste einladend ausbreiteten, als wollten sie ihre größeren Schwestern, die Virginiakiefern, umarmen; ihr harziger, leicht süßlicher Duft betörte die Sinne, und nirgendwo sonst gediehen die Cranberrys, die kleinen süßsauren Früchte, so üppig wie hier.

Paul und Alexander schien die starke Sonne wenig auszumachen, zwar hatten sie die Jacken abgelegt und die Ärmel ihrer weißen Hemden hochgekrempelt, doch Weste und Frisur saßen tadellos und kein Schweißrand zeichnete sich unter den Achseln ab. Brad und Alistair dagegen wirkten recht derangiert; die Haare verklebt, die Hemden zerknittert. Alistair maulte leise vor sich hin, wer den monströsen Picknickkorb zu verantworten habe, den zu tragen er sich leichtfertigerweise angeboten hatte, gehöre geteert und gefedert.

Celia überholte ihn auf dem schmalen Sandweg und warf ihm im Vorbeigehen ein süffisantes »Das ist gut für die Bauchmuskeln!« zu.

Alistair drohte ihr scherzhaft, und Celia beschleunigte lachend ihr Tempo, um zu ihrem Mann und Alexander aufzuschließen. Völlig überraschend, breit grinsend, braungebrannt, eine Flasche Champagner und einen Strauß Gladiolen in den Händen, hatten Alexander und Alistair an diesem Sonntagmorgen in der Tür gestanden und begeistert eingewilligt, Celia und Paul auf den geplanten Sonntagsausflug mit den Warrens zu begleiten, und nun stapfte die kleine Gesellschaft schon seit eineinhalb Stunden über die staubigen Pfade, die durch die Landschaft flossen wie Bäche aus Sand, der angeregten Unterhaltung gleich, die die sechs nicht abreißen ließen.

Brad zeigte sich sehr interessiert an Alexanders und Alistairs Firma, aber Alex winkte ab. »Die Idee war gut und die Sache an sich gut gemeint, aber ich habe den Eindruck, dass die meisten lieber leiden als ihr Leben in die Hand zu nehmen. Die Resonanz war so deprimierend gering, dass Alistair und ich für eine Weile auf Reisen gegangen sind.«

»Eine Weile ist reichlich untertrieben. Mehr als ein Jahr sind die beiden fort gewesen!«, schaltete Celia sich ein und wandte sich direkt an Alexander: »Ich gebe zu, dass ich euch beneide. Während ihr durch den Botanischen Garten von Singapur geschlendert seid und die Palmblattbibliothek von Bangalore unsicher gemacht habt, haben wir Schnee geschippt.«

Brad schmunzelte und nickte, dann sagte er nachdenklich: »Vielleicht ist die Aussicht auf eine Veränderung, und sei sie noch so angenehm, für viele einfach nur beängstigend. Das Verharren im Gewohnten bietet Sicherheit, man weiß, wer man ist, zu wem man gehört und was der morgige Tag bringt.«

»Mit Verlaub, Brad, dieser Standpunkt ist so antiquiert wie die Behauptung der Südstaatler, ihre Sklaven seien zu dumm für ein Leben in Freiheit!«, entgegnete Paul unerwartet heftig. »Ist es nicht vielmehr so, dass in jedem Menschen ein Potenzial angelegt ist, das uns befähigt und antreibt, voranzukommen und Grenzen zu überschreiten, die die Familie und die Umstände um uns errichtet haben?«

»Im Grundsatz stimme ich Ihnen zu, denn sonst würden

wir ja immer noch nackt auf Bäumen hausen«, räumte Brad ungewohnt deftig ein. »Ich denke allerdings, der Faktor Sicherheit spielt eine größere Rolle, als wir uns vorstellen können. Sehen Sie mich an: Ich hasse Im- und Export und verfüge über genügend Mittel, einer anderen Tätigkeit nachzugehen, aber ich käme nicht im Traum drauf, mein Leben einer vagen Idee oder Laune wegen umzukrempeln.«

Paul hatte die Fassung zurückgewonnen, wirkte jedoch immer noch ein wenig verstimmt. »Sie meinen, Sie sind nicht besser dran als der arme Teufel, der Angst hat, sich an den eigenen Haaren aus dem Sumpf von Five Points zu ziehen?«

»Rein philosophisch betrachtet – nein«, erwiderte Brad mit milder Ironie.

Plötzlich stemmte Celia die Fäuste in die Hüften und funkelte die drei Männer an. »Was ist das für ein fatalistisches Gerede! Alexander, wenn Sie und Alistair in Ihrem Büro sitzen und Däumchen drehen und auf Kunden warten, verhalten Sie sich nicht anders als die, die Sie gerade kritisiert haben! Fürchten Sie sich etwa insgeheim davor, dass die Firma Erfolg hat und Sie statt in der Hängematte zu liegen richtig arbeiten müssen?«

»Touché!« Alexander lachte lauthals. »Celia, Sie sollten wirklich in Erwägung ziehen, wieder eine Achterbahn zu bauen, damit Sie Ihre Energie nicht an unschuldigen Investoren abreagieren müssen!«

»O nein, nein, bringen Sie sie nicht auf dumme Gedanken«, rief Jennifer. »Ich hatte genug Mühe, die junge Dame von der Notwendigkeit zu überzeugen, sich unserem Wohltätigkeitsverein anzuschließen.«

Auch so ein Thema, das Paul nicht behagte! Er hatte sehr ungehalten reagiert, als Celia ihm von dem Gespräch mit Jennifer erzählt hatte. Die Vorstellung, seine Frau würde sich zwischen Mulberry Street und Bowery »herumtreiben«, wie er es nannte, machte ihn rasend vor Sorge – und Zorn: Gab es nicht genügend andere, ungefährlichere Wege, seiner Mildtätigkeit Ausdruck zu verleihen? Voller Unverständnis hatten sie sich gegenübergestanden, keiner war bereit gewesen nachzugeben, in getrennten Zimmern waren sie zu Bett gegangen. Celia hatte es dabei bewenden lassen und verschwieg es Paul in der Folge, wenn sie sich mit Jennifer und den anderen Frauen traf, um den Plan für die Krankenpflegekurse zu erörtern; Paul seinerseits fragte nicht nach. Eine empfindliche Übereinkunft, die einer unbedachten Bemerkung möglicherweise nicht würde standhalten können, und so lenkte sie rasch ab, indem sie auf die Handvoll Häuser wies, deren Silhouette sich am Horizont abzeichnete.

»Ein Königreich für ein Cranberrymus mit Vanilleeis«, seufzte sie und wischte sich den Schweiß von der Stirn. Das Wasser lief ihr im Mund zusammen. Aus der Moosbeere wurden feinste Marmeladen hergestellt; die Produktion ernährte ganze Dörfer.

»Das ist zu weit weg«, sagte Jennifer und ließ sich wenig damenhaft in den Sand plumpsen. »Ich weiß nicht, wie es euch geht, ich für meinen Teil bin hundemüde und reif für eine Pause.« Sie winkte Alistair heran, öffnete mit gerunzelter Stirn den Picknickkorb, machte »Hmhmhm« und förderte schließlich schmunzelnd eine gedeckte Cranberrytorte und eine Kanne Kaffee zutage, was allgemeines Entzücken auslöste. Nach dem Essen griff eine

angenehme Mattigkeit um sich. Jennifer nickte ein, Brads zusammengerolltes Jackett im Nacken; Alexander und Alistair rauchten und sprachen leise miteinander, sie erlaubten sich zwar keine verräterische Geste, aber die Vertrautheit zwischen ihnen war offenkundig und fesselte Brad, der sie verstohlen beobachtete.
Celia lachte in sich hinein. Paul saß an eine Kiefer gelehnt, die Beine lang ausgestreckt, die Augen geschlossen. Auch ihm konnte mittlerweile nicht entgangen sein, dass die Beziehung seiner Geschäftspartner nicht der klassischen Männerfreundschaft entsprach, aber als Celia einmal die Rede darauf gebracht hatte (nachdem sie ein Päckchen der beiden aus Tonga mit zwei Baströcken und einem launigen Brief mit einer versteckten Anzüglichkeit die hinreißenden Insel-Männer betreffend erhalten hatte), behauptete er, für derlei Dinge fehlte ihm die Phantasie, und darüber wäre er sehr froh.
Celia bettete ihren Kopf auf seine kräftigen Oberschenkel, seufzte leise, als er begann, ihre Ohren zu massieren, und sah in die Weite. Angeblich waren die Pine Barrens die Heimat des sagenhaften Jersey Devil, eines geflügelten Fabelwesens, das von Zeit zu Zeit sein Versteck verließ und unbedarfte Wanderer in Angst und Schrecken versetzte. Kleine Schauer liefen ihr über den Rücken, als sie daran dachte, dass dieses Wesen sie vielleicht gerade jetzt ausspähte, während es selbst unentdeckt blieb. Plötzlich drängte sich der Unbekannte aus ihren Träumen in ihre Gedanken, die Erinnerung erregte Celia und flutete ihren Schoß. Sie schloss die Augen und gab sich hin.

In dieser Nacht wurde Annabelles Seele auf die Reise geschickt, die neun Monate später, am zweiundzwanzigsten Dezember 1901 im Mount Sinai das Licht dieser Welt erblickte.

»Ich würde dem Kind selbstverständlich Chinin auf den Daumen geben, damit es mit dem Unsinn aufhört. Daumenlutschen fördert den Überbiss und kann aus einem hübschen Kind physiognomisch gesehen einen Affen machen.« Die ältliche Dame, die selbst mit recht groß geratenen Vorderzähnen geschlagen war, die sie entfernt an einen Hasen erinnern ließen, nickte zur Bekräftigung.

»Danke für Ihren Besuch, Mrs. Fortescue. Wir lassen von uns hören.« Da die Frau keine Anstalten machte, sich zu erheben, stand Paul auf, gab ihr die Hand und geleitete sie hinaus. Als sie fort war, schüttelte er sich. »Chinin! Diesem Zerberus wird unsere Tochter ganz bestimmt nicht in die Hände fallen.«

»Natürlich nicht.« Celia lächelte ihren Mann an. Als Vater legte Paul denselben Perfektionismus an den Tag wie als Bankier. Mrs. Fortescue war die zehnte Kinderfrau, die keine Gnade vor seinen Augen fand, obwohl alle bis auf zwei sehr junge Frauen gute Referenzen aufgewiesen und einen freundlichen Eindruck gemacht hatten.

Während sie auf die nächste Bewerberin warteten, blätterte Celia in der *World.* »Jetzt erst haben sie Boytons Achterbahn geschlossen!«, rief sie aus. »Meinst du, dass sein guter Name die Schließung bis jetzt verhindern konnte, obwohl die Gefahr bekannt war? Oder hat McKane die Finger im Spiel?«

»Das ist wohl beides möglich«, antwortete Paul und trommelte mit den Fingern auf die Tischplatte. Mit strengem Blick taxierte er die junge Frau, die von Gladys in das Gartenzimmer geführt wurde. Sie hieß Manita Caprese, stammte aus Venedig und trug im Gegensatz zu den anderen Bewerberinnen frische Farben und schien eine rasche Auffassungsgabe zu besitzen. Pauls Daumenprüfung bestand sie mit der Bemerkung, sie kenne eine Menge Spiele und Lieder, die das Kind die langweilige Lutscherei vergessen machen würden. Das klang ehrgeizig genug für Pauls und phantasievoll genug für Celias Geschmack, der überdies die Herkunft ihres zukünftigen Kindermädchens gefiel. Paul und Celia warfen sich einen kurzen Blick zu.
»Sie können morgen anfangen«, sagte Paul. »Das Mädchen wird Ihnen das Zimmer zeigen.«
Manita bedankte sich wortreich und versprach, pünktlich um acht Uhr in Long Branch zu sein.
Paul zückte seine goldene Taschenuhr. »Meine Güte, ich hätte nicht gedacht, dass es so langwierig sein könnte, ein geeignetes Kindermädchen zu finden. In einer Stunde müssen wir aufbrechen, und ich habe da noch etwas für dich ...« Er sprang auf und kehrte mit einer Samtschatulle zurück, darin eine mit taubeneigroßen Smaragden besetzte Halskette. »Für dich, mein Herz, und die größte Freude, die du mir bereitet hast.« Seine Augen glitzerten verräterisch, und Celia wollte sich an ihn schmiegen, als er sich abrupt abwandte und das Zimmer verließ.
Männer. Celia schüttelte den Kopf. Bloß keine Gefühle zeigen! Darin waren sie sich doch alle gleich.
Sie trank ihren Tee aus und sah nach Gladys, um ihr

noch einmal einzuschärfen, dass sie im Notfall die Warrens benachrichtigen sollte. Das Hausmädchen wiederholte ihre Worte geduldig wie ein Lamm, leisen Spott in den dunklen Augen über die helle Aufregung, die der erste Abend außer Haus seit der Geburt bei ihrer Herrin auslöste. »Miss Annabelle wird es gutgehen, das verspreche ich Ihnen. Und gestatten Sie mir eine Bemerkung, Madam: Dem Kind tut es gut, wenn die Mutter ausgeglichen ist.« Gladys, zwanzig Jahre alt, stämmig und resolut, entstammte einer zwölfköpfigen Familie, die ihren Lebensunterhalt mit selbstgefertigter Töpferware bestritt, die sie an Urlauber verkaufte. In den letzten Wochen hatte Gladys häufiger von ihrer Mutter erzählt, die verrückt geworden wäre, wenn sie nicht von Zeit zu Zeit in die Wälder »abgehauen« wäre, »um ihr Gleichgewicht, das wir Kinder durcheinandergebracht hatten, wiederzuerlangen. Sie hat Kräuter gesammelt und bei ihrer Rückkehr stets verkündet, dass sie uns nun alle wieder liebhätte.«

Celia nickte ihr zu und ging nach oben, um ein Bad zu nehmen und sich umzukleiden. Gladys hatte recht. Seitdem sie sich nur mehr um ihr inzwischen einjähriges Töchterchen kümmerte, schwankte Celias Stimmung zwischen Gereiztheit, Melancholie und Euphorie. Dr. Blakely hatte gemeint, das sei durchaus nicht ungewöhnlich für eine junge Mutter, aber Celia wusste es besser. Sie war ein Kirmeskind – seit Kindesbeinen unterwegs und in Atem gehalten von ständig wechselnden Gegebenheiten. Hier war alles so quadratisch, abgezirkelt, vorhersehbar, dass sie mitunter in Versuchung war, Großmutters Veitstanz im Vorgarten aufzuführen, um

wenigstens etwas Bewegung in Long Branch zu verursachen – und sei es nur die verstohlen zur Seite geschobene Gardine der Nachbarn in der Long Branch Avenue.
Ihr fiel die Decke auf den Kopf!
Als Paul begriff, wie seiner Frau zumute war, hatte er umgehend Theaterkarten besorgen lassen. Im *Casino-Theater* Ecke Broadway und 39th Street, das für seine aufwendigen Musicalproduktionen und das legendäre Florodora-Girls-Sextett bekannt war, wurde heute ein Vaudevillestück gegeben, das in der *Times* nicht nur gute Kritiken erhalten hatte, sondern sogar als »intelligent« gepriesen wurde und deshalb versprach, Celias Interesse an der leichten Muse zu befriedigen und Paul, der die Oper liebte und allen Tand verabscheute, keine Zahnschmerzen zu bereiten. Theaterimpresario Tony Pastor hatte die beliebten, weil frivolen Varietévorstellungen durch einen bunten Aufführungsreigen ersetzt. Acht Akte lang traten nacheinander Balladensänger, Jongleure, Tänzer, Pantomimen, Dompteure, Zauberkünstler, Gewichtheber und Opernsänger auf und präsentierten Perlen des Showbusiness, vom Singspiel über das Drama bis zum Sketch mit gesellschaftskritischen Anspielungen. Die Aufführungen lockten Arbeiter wie Bankiers ins Theater und waren so erfolgreich, dass ihr Erfinder sie sogar schon auf Tournee geschickt hatte.
Celia und Paul nahmen ihre Plätze in der Loge ein. Wenig später wurde das Licht gelöscht; die Kapelle spielte eine mitreißende Polka, die in einen beschwingten Walzer überging. Dann trat ein unscheinbar aussehender Mann vor den roten Samtvorhang und stellte sich als Giovanni Hannes Paddy Boris Charles vor, ein Immi-

grant, der sich fragte, warum er Englisch lernen solle, wenn er doch schon fünf Sprachen beherrschte, mit denen man sich in Manhattan viel eher verständlich machen könne. Das Publikum brüllte vor Lachen, als er die Debatte mit einem amerikanischen Drogeriebesitzer schilderte, der ihm keinen Wischlappen verkaufen wollte, weil Giovanni sich weigerte, das norddeutsche Wort Feudel gegen das amerikanische »mop« zu ersetzen. Mit dem Applaus für Giovanni hob sich der Vorhang. Zwei Blondinen in kurzen Hosen wirbelten auf die Bühne und begannen einen furiosen Stepptanz, unterbrachen ihn und holten zwei junge Männer aus dem Publikum, um ihnen das Steppen beizubringen, was in furchtbar komischen und atemberaubend akrobatischen Verrenkungen endete. Natürlich gehörten die beiden scheinbar Freiwilligen zum Ensemble, aber das tat dem Spaß keinen Abbruch.

Celia amüsierte sich prächtig, rief laut »Bravo!«, wenn ihr eine Darbietung gefiel, und pfiff auf zwei Fingern, was Paul mit einem gleichermaßen gequälten wie bewundernden Blick quittierte. Das hier war nicht seine Welt und seine Anwesenheit ein Zeichen der Liebe, die er für seine Frau empfand. Zärtlich drückte sie seine Hand, als ein Tusch Celias Aufmerksamkeit wieder auf die Bühne lenkte, die jetzt im Dunkeln lag. »Singin' Hope and The Dancing Sun« standen nun auf dem Programm mit dem berühmten Largo »Ombra mai fu«, der Arie des Xerxes aus Georg Friedrich Händels gleichnamiger Oper.

Wie ambitioniert, dachte Celia und suchte Pauls Blick. Endlich ein Stück, das ihm gefallen würde! Paul hegte offenkundig den gleichen Gedanken, denn er erwiderte ihren Blick mit einem verlegenen Lachen, als bäte er um Entschuldigung für seinen bürgerlichen Geschmack.

Langsam hob sich der Vorhang wieder. Mit dem ersten Ton, den der Künstler in der Luft schweben ließ, tauchte ein Scheinwerfer seine zierliche Gestalt in helle Strahlen, ein zweiter schickte sein Licht bald hierhin und dorthin, bis es eine Tänzerin erfasste und jede ihrer sparsamen Bewegungen verfolgte, die die Dramatik der Melodie wirkungsvoller unterstrichen, als die große Geste es vermocht hätte.

Tränen schimmerten in Celias olivgrünen Augen. Die Melodie ging ihr direkt ins Herz, die Reinheit der Stimme nahm ihr den Atem, und der Tanz erinnerte sie an neblige Morgen zwischen Isar und Weser. Sie kannte diesen Countertenor, und sie kannte die Tänzerin, es gab keinen Zweifel. Als der Applaus aufbrandete, griff Celia nach Pauls Arm.

»Das sind Onkel Hoppe und Suriann! Schnell!« Sie sprang auf, eilte aus der Loge hinunter ins Parkett, fragte sich zu den Garderoben durch und drängte sich an einem ungehaltenen Inspizienten vorbei, dessen Atem nach Zwiebeln roch.

Sie riss, Geschrei und Geschimpfe erntend, eine Tür nach der anderen auf, bis sie dem unterbehosten Onkel Hoppe gegenüberstand. Sein rotes Herrscherwams lag sorgfältig gefaltet auf einem zerschlissenen Sofa, daneben das weich fließende grüne Kleid der Tänzerin, die ungehalten über die Störung über den Paravent spähte, hinter dem sie sich auszog. Sie erkannte Celia im selben Moment wie Onkel Hoppe, und beide stürzten mit einem

Aufschrei auf sie zu, so dass Paul, der Sekunden später eintrat, ein bacchantisches Knäuel aus nackten Armen, einer nahezu unbekleideten Männergestalt in Hüfthöhe seiner Frau und Massen schwarzen und rotblonden Haares erblickte.
Nach einer Weile löste sich Celia und musterte die beiden, als müsse sie sich überzeugen, dass sie wirklich und wahrhaftig aus Fleisch und Blut wären. Onkel Hoppe, kugelbäuchig, weißhaarig und mit zwei tiefen Falten, die sich von der Nase zu den Mundwinkeln zogen, einer alten Bulldogge nicht unähnlich, und Suriann, alterslos und schön wie eh und je. »Singin' Hope and The Dancing Sun!«, rief sie aus, so ungläubig wie überwältigt, zwei liebe, vertraute Gesichter aus der Heimat vor sich zu sehen.
Suriann lächelte. »Na, irgendeinen schicken amerikanischen Namen musste das Kind ja kriegen.«
»Was zum Teufel macht ihr in New York? Ich wusste ja von gar nichts! Mutter hat eure Abreise mit keinem Wort erwähnt!« Celia verschwieg, dass Valentina ohnehin sehr selten schrieb und nur ein Mal am Rande erwähnt hatte, dass Onkel Hoppe sich mit Celias Vater überworfen hatte.
»Es hat sich mehr oder weniger so ergeben«, sagte Onkel Hoppe. »Eines Tages sprach mich ein feiner Herr aus London an, der sich als Künstleragent ausgab und behauptete, in Covent Garden suchten sie händeringend einen Countertenor für die nächste Spielzeit. Ich war natürlich begeistert, aber dein Vater schimpfte mich einen undankbaren Halunken ...«
»Ja, aber er hatte recht! Alle Versprechungen entpupp-

ten sich als heiße Luft, genauso wie das, was Billy the Kid mir eingeflüstert hat.« Suriann sprühte vor Zorn.
»Billy the Kid?« Celia verstand kein Wort.
»Mein Ehemann.« Sie spie das Wort aus, als wäre es giftig. »Buffalo hatte sich anderweitig orientiert, und ich muss zugeben, dass mir das mehr zugesetzt hat, als ich vermutet hätte, und in der Situation kam mir Billy gerade recht. Ich dachte, wenn ich mit Buffalos ärgstem Konkurrenten kokettiere, käme er zu mir zurück. Aber den Teufel tat er. Und ich gab Billy mein Jawort. Idiotisch!« Sie schüttelte sich, dann zwinkerte sie Onkel Hoppe zu. »Wir kamen überein, den ganzen Schlamassel hinter uns zu lassen und neu anzufangen. Und was wäre besser geeignet dafür als New York? Das amerikanische Publikum wird noch ganz vernarrt in den traurigen kleinen Sänger und seinen Traum von der Schönheit an seiner Seite.« Kokett drehte sie ihre Hüften.
»Und deine Tanzbühnen?« Celia war wie vom Donner gerührt.
Suriann war ihr in der Vergangenheit stets als Fels in der Brandung erschienen. Dass ausgerechnet sie ihre Pläne und ehernen Prinzipien über den Haufen geworfen hatte, erschütterte sie zutiefst.
»Bretterbuden mit Girlanden drum herum«, sagte Suriann wegwerfend, dann nahm sie Celias Hand. »Aber jetzt haben wir genug über uns geredet. Du bist dran! Wie geht es dir? Deine Mutter war nicht allzu großzügig mit Neuigkeiten von dir, aber wie ich sehe, bist du hübscher als je zuvor! Und pumperlgesund!«
»Mir geht es gut«, antwortete Celia leise. Die Begegnung mit den Weggefährten von einst rief Bilder aus der Ver-

gangenheit in ihr wach – zottige Pferde, die gemächlich den Wagen zogen, knisterndes Feuer, das funkensprühend gen Nachthimmel strebte, und das Gesicht ihres Vaters, erfüllt von innerer Ruhe, sobald es wieder hinausging übers Land und in die Dörfer. Celia schluckte. Suriann nickte, als wisse sie genau, was in ihr vorging, dann fiel ihr Blick auf Paul. »Und wer ist der nette junge Mann?«

»Entschuldigt, das ist mein Ehemann. Paul Osborne. Paul, das sind Suriann und Onkel Hoppe. Du erinnerst dich? Ich habe so viel von ihnen erzählt! Wie Suriann mir das Tanzen beigebracht hat, mit dem ich dich bei unserer ersten Begegnung tief beeindruckt habe! Und wie Onkel Hoppe die Leute mit seiner Stimme anlockte wie der Honig die Bären, und wie …«

»Ich entsinne mich«, unterbrach Paul seine Frau steif, reichte ihren Freunden jedoch nicht die Hand, sondern deutete nur eine Verbeugung an, genaugenommen war es nicht mehr als eine minimale Neigung des Kopfes. Dann fügte er mit leisem Bedauern in der Stimme hinzu: »Leider drängt die Zeit ein wenig …«

»Aber sie können uns doch ins *Delmonico's* begleiten«, rief Celia, doch Onkel Hoppe, der wie die meisten Fahrenden ein untrügliches Gespür für Freund oder Feind besaß, schüttelte den Kopf. »Morgen geht es für uns in aller Herrgottsfrühe nach Philadelphia und von dort weiter nach Kalifornien …«

Suriann pflichtete ihm bei. »Die Tournee dauert ein halbes Jahr! Kannst du dir vorstellen, wie viele Koffer wir Damen mitnehmen dürfen? Einen! Ich wiederhole: einen.« Sie rollte mit den Augen.

Celia bemühte sich, ihren heiteren Ton aufzugreifen. »Lasst von euch hören, ja? Wir wohnen in Long Branch, Long Branch Avenue 26.«

Onkel Hoppe und Suriann versprachen es und verabschiedeten sich, diesen seltsamen Ausdruck in den Mienen, der allen Fahrenden, die Celia kannte, zu eigen war und den ihre Mutter für eine melancholische Attitüde hielt. Aber Celia wusste, dass sich in den Augen ihrer einstigen Weggefährten keine Lüge spiegelte, eher ein Ausdruck von Besorgnis.

Kaum saßen Celia und Paul in der Kutsche, verlor sie ihre Beherrschung. »Wie kannst du meine Freunde so vor den Kopf stoßen?«

»Verzeih, Liebes, solltest du meine Bemerkung als unhöflich empfunden haben, aber wir sind zum Essen verabredet.«

»Davon weiß ich nichts«, gab Celia aufgebracht zurück. »Und selbst wenn ich es gewusst hätte, wäre es mir gleichgültig. Verstehst du nicht: Suriann und Onkel Hoppe gehören zu meiner Familie! Ich habe sie seit Jahren nicht gesehen, plötzlich laufen sie uns über den Weg – und du …«

»Sie werden dir gewiss erneut über den Weg laufen«, wiederholte Paul ihre Worte, doch ihre saloppe Formulierung klang falsch und heuchlerisch aus seinem Mund. »Schausteller sind doch so, nicht wahr? Heute hier, morgen da. Ehe du es dich versiehst, sind sie zurück. Und außerdem gehören sie doch gar nicht zu deiner Familie.«

Celia fiel in eisiges Schweigen.

Paul starrte aus dem Fenster auf die hell erleuchteten Straßen des Theaterviertels.

Im *Delmonico's* trafen sie Richard »Dick« Loane und seine Frau Mary. Das Restaurant war berühmt für seine Steaks, groß wie Bratpfannen, und obwohl Celia immer noch böse auf Paul war, lief ihr beim Gedanken an den kross gebratenen Fettrand eines Rumpsteaks das Wasser im Mund zusammen. Ohnehin legte sie einen immensen Appetit an den Tag, der darauf schließen ließ, dass sie erneut schwanger war. Sie hatte der Köchin beigebracht, paniertes Schnitzel zuzubereiten und Garnelenfrikassee, Zungenragout mit Rosinen und Eierklöße mit Süßrahm nach Bremer Art. Manchmal ließ sie sich chinesische und jüdische Delikatessen liefern, für die sie eine Schwäche hatte, die Paul leider nicht teilte. Er bestand in der Regel auf dem *Delmonico's* an der Fifth Avenue. Gute Adresse, die richtigen Leute, beste Qualität.

»Sir, welche Überraschung!«, rief er nun einem Mann mit Zylinder zu, der Paul missbilligend über den Rand seines Kneifers taxierte.

»Sir, darf ich Ihnen meine Frau vorstellen? Celia, Mr. Arrow.«

Celia fiel ein, dass Paul ihr auf dem Weg ins Theater von dem Petroleum-Millionär Arrow berichtet hatte, der angedroht hatte, seine Konten bei *Trust & Loane* zu liquidieren, um sie *Southwest* zu überantworten. Es ging um viel Geld.

Mr. Arrows kleine, funkelnde Augen hefteten sich an Celia wie zwei Blutegel. »Enchanté«, girrte er mit erkälteter Fistelstimme und nickte, als Paul ihn bat, an ihrem Tisch Platz zu nehmen.

Celia hörte nur mit halbem Ohr zu, was Paul sagte und

wie er Mr. Arrow subtil schmeichelte. Sie kochte vor Wut.

Er wäre ein ausgezeichneter Rekommandeur geworden, dachte sie boshaft und streckte ihre Beine unter dem Tisch aus in der vergeblichen Hoffnung, ihrem Mann einen tüchtigen Tritt vors Schienbein zu verabreichen, wenn sie ihn schon nicht öffentlich ohrfeigen konnte. Ihre Freunde wurden mit Ausflüchten abgespeist, aber dieser geile alte Bock durfte sie mit Blicken ausziehen! Sie errötete und trank rasch ihr Glas Champagner leer. Pauls goldfarbene Augen ruhten voller Stolz und Liebe auf ihr, und mit einem Mal schämte sie sich ihrer Gedanken. Dieses harsche Urteil hatte er nicht verdient. Paul hatte sich ungezogen ihren Freunden gegenüber benommen, daran bestand kein Zweifel, aber wie sollte er Verständnis für ihre Gefühle hegen, wenn seine eigene Familie an einem Zerwürfnis zerbrochen war (und dass es sich um ein solches handelte, stand für sie längst außer Frage), einer tragischen Verstrickung, aus der keiner der Beteiligten sich zu befreien vermochte? Es konnte gar nicht anders sein, als dass Paul jegliche familiären Regungen in sich abgetötet hatte, um nicht darunter zu leiden, dass er die Seinen verloren hatte.

Wenn sie ihrem Mann helfen wollte, gab es nur eine Möglichkeit: Sie musste seine Angehörigen finden.

Helfen Sie, Leben zu retten – Ihr eigenes und das Ihrer Familie!

Das Plakat, ein Kompromiss zwischen dem Wunsch der Damen von Long Branch nach schlichter Eleganz und Jennifers Ansicht, in der Lower East Side gälte es, aufzufallen um jeden Preis, hing an jedem zweiten Baum zwischen Little Italy, Little Germany und einigen Straßen weiter nördlich, stach aber nicht eben ins Auge. Dennoch hatten sich an diesem Sonntagmorgen fast dreißig Frauen unterschiedlichen Alters bei *Wright & MacDoogle* versammelt. Celia hatte den beiden die leerstehenden Räume im ersten Stock für dieses Unternehmen abgeschwatzt.

Jennifer machte ihre Sache ausgezeichnet. Mit der für diese Zuhörerschaft richtigen Mischung aus Sachlichkeit, Mitgefühl und Sarkasmus legte sie dar, dass sie und ihre Damen von Long Branch alles daransetzten, die Stadt New York dazu zu bewegen, mehr Geld für die Bedürftigen »lockerzumachen«, es jedoch überdies unerlässlich sei, selbst die Initiative zu ergreifen. »Es taugt nicht, einem Kind Taubenscheiße auf das blutige Knie zu schmieren oder Ihrem tuberkulösen Mann Schnaps zu besorgen.« Einige Frauen blickten betreten zu Boden. Eine andere murrte halblaut: »Die hat ja gut reden. Was würde sie wohl machen, wenn ihr Mann sie zu Brei schlägt, weil sie es wagt, ihm statt Gin eine Suppe vorzusetzen! Und für die hat sie die Beine breitmachen müssen, weil ihr die verdammten zwei Pennies fehlen, sie zu kaufen.«

»Verzeihen Sie«, sagte Jennifer, »es sollte nicht herablassend klingen. Was wir Ihnen zu bieten haben, ist nur ein Schritt auf dem Weg in ein besseres Leben, das ist wahr. Aber wenn Sie sich zur Krankenschwester oder zur Pflegerin ausbilden lassen, wissen Sie erstens, wie Sie Ihrer Familie und Ihren Nachbarn im Notfall helfen können, und zweitens können Sie sich bei Lillian Wald um eine

Stelle als Krankenschwester im ambulanten Pflegedienst bewerben. Wir arbeiten eng mit ihr zusammen.«

»Und wer bezahlt mir diese … Ausbildung?«, höhnte eine rotwangige Zuhörerin und sah sich beifallheischend um.

»Wir«, erwiderte Jennifer gedehnt, wissend, dass dieser Trumpf stechen würde. Und tatsächlich ging ein Raunen durch die Frauen, die Blicke öffneten sich, die Atmosphäre wirkte mit einem Schlag lichter. »Wenn ich Sie nun hinüberbitten darf«, fuhr Jennifer fort. »Brittany Goodman, eine Assistentin von Lillian Wald, wird Ihnen erläutern, was eine Pflegerin und eine Schwester lernen muss, und Ihnen einige der wichtigsten Handgriffe und Verbandstechniken zeigen. Danach reichen wir eine kleine Stärkung.«

Während Jennifer den Frauen voranging, die ihr zögernd über den Flur in den Unterrichtsraum folgten, traf Idi ein, in jeder Hand einen Weidenkorb mit frischen Brötchen und Gebäck, Käse und Wurst, Limonade und Obst. Celia umarmte sie herzlich, konnte den Schatten der Enttäuschung, der über ihr Gesicht flog, jedoch nicht verbergen.

»Sie kommen gleich nach«, sagte Idi. »Stan holt Toni noch von der Schule ab.«

Fragend sah Celia ihre Freundin an.

»Hat Britta es dir nicht erzählt? An der Ecke East Houston Street und Lewis Street ist eine der neuen öffentlichen Schulen eröffnet worden, und wir haben beschlossen, dass es für Toni das Beste ist, mit anderen Kindern zusammen zu sein.«

»Nein, sie hat es wohl vergessen«, erwiderte Celia. »Wir

hatten alle Hände voll zu tun in den letzten Tagen.« Sie zögerte. »Nimm es mir nicht übel, Idi, aber Toni ist kein Kind mehr. Er ist jetzt siebzehn! Einerseits ist er damit zu alt für diese Art Schule, aber andererseits doch zu …«

»Zurückgeblieben meinst du«, ergänzte Idi mit ungewohnter Härte.

»Ich sorge mich doch nur um ihn«, erwiderte Celia sanft. »Es gibt so viele Raufbolde unter den Jungs, für die ein Außenseiter wie Toni ein gefundenes Fressen ist.«

Idi vermied es, Celia anzusehen. »Vielleicht ist es in der ersten Zeit etwas schwierig, aber irgendwann wird sich das geben.«

»Das ist Unsinn, und das weißt du auch«, versetzte Celia, die allmählich die Geduld verlor. Wie konnten Stan und Idi nur so töricht sein! Gewiss, berechtigte Hoffnungen von Illusionen zu unterscheiden war nicht einfach, das hatte sie am eigenen Leib erfahren müssen, aber hier ging es um ihren Sohn, einen jungen Mann mit dem Gemüt eines Kindes, der sich nicht zur Wehr setzen konnte! »Ihr solltet Toni von einem Spezialisten untersuchen lassen oder mir erlauben, dies zu tun. Ich bin überzeugt, dass er nicht der einzige Mensch in New York ist, dessen Intelligenz sich auf einen Bereich konzentriert, und vielleicht ist es möglich, für sie eine besondere Form des Unterrichts zu entwickeln …«

»Ich will das nicht hören«, fiel Idi ihr ins Wort und begann, die Brötchen mit einer Vehemenz aufzuschneiden, als wären sie verantwortlich für das Dilemma. »Ich wäre dir dankbar, wenn du Stan gegenüber das Thema vermeiden würdest. Stan und ich haben ständig Streit deswegen. Neulich hat er einem Schüler zwei saftige Ohrfeigen versetzt, dabei hatte der Junge bloß Tonis Mütze in einen Baum geworfen, du weißt schon, was Kinder halt so machen. Daraufhin stand seine Mutter, ausgerechnet Mrs. Haskins von der East 14th Street, diese eingebildete Schnepfe, bei uns auf der Matte und drohte, uns in ganz Little Germany unmöglich zu machen, uns und unser Monster von einem Sohn …« Sie ließ das Messer fallen, schlug die Hände vor das Gesicht und brach in Tränen aus. Während Celia sacht ihre schmalen Schultern streichelte und tröstliche Worte murmelte, linste sie aus dem Fenster. Toni reagierte stets sehr verstört, wenn jemand weinte, doch er und sein Vater waren noch ein gutes Stück weit entfernt. Unendlich langsam schlenderte Stan die Straße entlang; von Zeit zu Zeit drehte er sich nach Toni um, der stehen geblieben war und interessiert eine Krähe betrachtete, die einer toten Ratte Stücke halbverwesten Fleisches entriss. Celia trat der Schweiß auf die Stirn, und ein Anflug von Panik ergriff Besitz von ihr. Krähen sind die Boten des Unglücks, schoss es ihr durch den Kopf, schüttelte den Gedanken jedoch sofort wieder ab.

Ihr Herz flog diesem Jungen zu, der ihr vom ersten Moment an Vertrauen entgegengebracht hatte. Sie wünschte so sehr, ihm helfen zu können. »Was hältst du davon, wenn wir Toni für eine Weile zu uns nehmen?«, platzte sie mit einem Mal heraus und strahlte Idi an. »In Long Branch ist das Leben viel gesitteter als in New York. Die Kinder sind durch die Bank brav und wohlerzogen, das hat mir der Direktor neulich beim Dinner erzählt. Jennifer und Brad sind mit ihm und seiner Frau befreundet, weißt du, und kein Bursche würde es wagen, sich an Toni zu vergreifen, wenn er unter der Obhut des Direktors stünde. Wir stellen eine Hilfe für die Backstube ein, und du und Stan könntet Toni am Wochenende besuchen und bei uns übernachten. Ein Versuch wäre es wert. Was denkst du?« Bang hielt sie die Luft an. Ihr Vorschlag war gut gemeint, aber anmaßend.

Idi löste sich von ihr und starrte Celia skeptisch an. »Würde Paul damit einverstanden sein?«

»Selbstverständlich«, sagte Celia energisch, war sich allerdings weitaus weniger sicher, als sie vorgab, es zu sein.

Ein junges Mädchen, höchstens sechzehn Jahre alt, mit käsigem Teint schoss an ihnen vorbei. »Das ist nichts für mich«, murmelte sie entschuldigend und zog ihr blitzsauberes Wolltuch enger um die Schultern, »nur Blut und Knochen.«

»Meinen Sie nicht, dass Sie sich daran gewöhnen werden?«, hakte Celia nach. »Ich konnte mich zu Anfang kaum überwinden, dieses Skelett anzusehen, weil ich um mein Frühstück fürchtete, doch ich kann Ihnen versichern, dass sich das ganz schnell ändert. Und jede helfende Hand wird doch gebraucht, nicht wahr?«

»Da haben Sie wohl recht«, erwiderte das Mädchen höflich und ging weiter. An der Tür drehte sie sich um. »Es ist nur so … Ich glaube, dass der Mensch auch noch etwas anderes braucht, um zu gesunden. Ein Ziel. Einen Traum, der verwirklicht werden will.« Das Mädchen sprach gewählt und bedachtsam. Das eine ließ darauf schließen, dass sie eine gute Erziehung genossen, das andere, dass sie eigene Pläne hatte, die sie sich hütete, preiszugeben. Ein Stich fuhr Celia durchs Herz, und als die junge Frau sich verabschiedete, sah sie ihr mit einer Mischung aus Wehmut und Neid in den grüngrauen Augen hinterher. Vor der Tür blieb sie stehen und wiederholte lautlos einige Male den Namen der Firma, der auf dem Emailleschild stand: *Make your Dream come true.* Schließlich öffneten sich ihre Lippen zu einem Lächeln, das die verborgene Schönheit ihrer auf den ersten Blick unscheinbaren Züge erhellte. Rasch wandte Celia sich ab.

Am späten Nachmittag – Brits begeisterter Vortrag hatte zwanzig Frauen dazu bewegt, sich für die Kurse zur Pflegerin anzumelden – schickte Celia sich an, ihre Freundin zu überreden, sie auf einen Sprung zu Melanie zu begleiten, doch zu ihrem Erstaunen willigte Brit sofort ein. Die kleine Schneiderei mit angeschlossenem Ladengeschäft lag nur zwei Blocks von hier entfernt, so dass sie zu Fuß gehen konnten. Unterwegs kauften sie drei Portionen Vanilleeis mit Sahne und Erdbeersoße und liefen lachend und froh, die erste Veranstaltung ihrer Art so gut gemeistert zu haben, die fast menschenleere Leonard Street entlang. Auf dem Gehsteig vor der Nummer 140 herrschte dagegen emsige Betriebsamkeit. Vier Männer mit gleichmütigem Gesichtsausdruck und Schultern breit wie Holzfäller trugen ohne erkennbare Mühe Schrankkoffer und Holzkisten aus dem Haus und luden sie auf ein motorisiertes Fuhrwerk, das einen Höllenlärm machte. Melanie, in eine wagemutige Kombination aus geblümter Tunika, Turban und schwarzen Hosen gehüllt, dirigierte die Männer mit erhobenen Händen und schriller Stimme.

»Ich ziehe um«, beschied sie Celia und Brit kurz angebunden und fuhr fort, den Männern Anweisungen zuzurufen. »Nicht so heftig, meine Güte, passen Sie doch auf, darin ist Glas, verstehen Sie – Glas!«

»Und wo geht es hin?« Celia schwankte zwischen Verwunderung und Verärgerung, denn Melanie hatte mit keinem Wort erwähnt, dass sie sich verändern wollte. Allerdings musste sie zugeben, dass sie seit der Geburt von Annabelle, streng genommen eigentlich seit ihrer Entlassung aus der Klinik, wenig Gelegenheit gehabt hatten, miteinander zu reden. Früher hatten sie sich regelmäßig, fast täglich und sei es auch nur für einen kurzen Schwatz getroffen, dem *Engel der Wasser* im Central Park zwei Pennies geschenkt, auf dass ihre Wünsche von himmlischer Kraft begleitet würden, ein wenig über das beschauliche Little Germany gelästert und die Passantinnen in zukünftige Melanie-Hansen-Kunden und »Dragoner und Ziegen, die meiner Mode nicht würdig sind« unterteilt.

Lange hatte Celia es nicht wahrhaben wollen, doch nun war es offensichtlich: Melanie und sie waren sich fremd geworden.

»In die Fifth Avenue, Ecke 36th Street«, erwiderte Melanie beiläufig, als handle es sich um eine x-beliebige und nicht eine der teuersten Adressen Manhattans. Schließlich besann sie sich ihrer Manieren und wandte sich Celia und Brit zu. Bedauernd breitete sie die Arme aus. »Nehmt es mir nicht übel, aber ich kann euch nicht einmal ein Glas Limonade anbieten!«

»Sollen wir dir ein wenig zur Hand gehen?«, fragte Brit scheinheilig. »Wir könnten drüben klar Schiff machen und schon mal den einen oder anderen Koffer auspacken, hm?«

»Das ist lieb von euch, aber es ist wirklich nicht nötig.« Melanie griff nach Celias Hand, und für einen Moment, so flüchtig, dass Celia meinte, sich getäuscht zu haben, verdunkelte eine Mischung aus Scham und Trotz ihre Augen, die früher stets freundlich und ein wenig mutwillig in die Welt geschaut hatten. »Ich lasse von mir hören. Nur jetzt müsst ihr mich entschuldigen.« Wie aufs Stichwort setzte einer der Männer eine Holzkiste zu heftig ab, der Inhalt schepperte, und Melanie fuhr herum, Schimpfworte auf den geschminkten Lippen, die einem Hafenarbeiter zur Ehre gereicht hätten.

»Was war das denn?«, fragte Celia kopfschüttelnd, als sie und Brit in den Broadway bogen.

»Na ja, das Foto von deiner Hochzeit hat ihr Aufträge gebracht, aber nicht genug, und deshalb lässt sie sich ihren Modesalon von Shorty Spencer bezahlen. Ich schätze, das ist ihr peinlich, weil wir alle wissen, womit Shorty sein Geld verdient.«

»Sie hat mir erzählt, er hätte sich geändert.«

»Klar, die wundersame Verwandlung durch die Liebe.« Brits Stimme troff vor Ironie. »Das behaupten alle Männer, wenn sie dich rumkriegen wollen. Mein Joe hat auch behauptet, er würde liebend gern Bäcker werden. Und jetzt? Verbringt er die meiste Zeit auf den Rennbahnen von Coney Island und ist ein guter Bekannter von Shorty Spencer. Was glaubst du, woher ich weiß, dass Shortys Weste ziemlich dunkelschwarz ist und dass Melanie als seine Favoritin gilt?« Sie warf Celia einen amüsierten Blick zu. »Du hast davon nicht so viel mitbekommen, nicht wahr?« Sie lachte laut heraus. »Gott erhalte dir deine Scheuklappen!«

»Was interessieren mich Joes Machenschaften!«, versetzte Celia wutentbrannt. »Ich hatte wohl andere Sorgen, nicht wahr?«

»Sicher«, gab Brit gelassen zurück. »Aber das ist Schnee von gestern. Jetzt wohnst du in Long Branch, hast eine süße Tochter und einen Mann, der dich vergöttert.« Ihr Ton wurde versöhnlicher. »Entschuldige, ich wollte dich nicht kränken. Es ist nur so … Ach, manchmal denke ich, dass ich nichts von dem erreicht habe, was ich mir vorgenommen hatte. Ich wollte Kinder und konnte keine bekommen. Ich wollte eine gute Ehe führen, aber mein Mann liebt das Glücksspiel mehr als mich. Und ich wollte einen mobilen Pflegedienst für die Lower East Side aufziehen, aber Lillian Wald war vor mir da, und sie … nun, sie ist einfach besser, in allem, was sie tut, sie besitzt mehr Courage und mehr Wissen … Sie ist einfach wunderbar, und mir bleibt nur, ihr zu helfen, so gut ich kann, in der zweiten Reihe zu stehen und mir nicht anmerken zu lassen, wie eifersüchtig ich auf sie bin.« Den Blick gesenkt beschleunigte sie ihre Schritte, als könnte sie ihrer Seelenqual entfliehen, und Celia kannte Brit gut genug, um zu wissen, dass sie auf tröstende Worte oder gar eine liebevolle Berührung wie eine gereizte Katze reagieren würde.

Es wäre vielleicht eine willkommene Abwechslung, einen kleinen Umweg einzuschlagen, dachte Celia und hielt auf den Broadway zu, was Brit nicht kommentierte.

Eine Zeitlang liefen sie schweigend nebeneinander her.

Die Straßenbahn ratterte vorbei, gefolgt von einigen Fuhrwerken und zwei asthmatisch röchelnden Automobilen, deren Fahrer dem Zeitdruck oder ihrem Stolz auf die Krönung der Technik wild hupend Luft machten. Aus einem irischen Saloon taumelten zwei Betrunkene Arm in Arm, drei Ballettmädel, unschwer an dem für Tänzerinnen typischen gespreizten Gang zu erkennen, hasteten auf die rotlackierte Eingangstür einer Varietébühne zu, von irgendwo wehten die Töne einer Violine ans Ohr, die gestimmt werden musste, mannshohe Reklametafeln und bunte Plakate kündeten von Vaudevilleshows, Komödien und Tanzveranstaltungen, junge Burschen, die Hände in den Hosentaschen, die Schiebermützen nach vorn gezogen, eilten vorüber, darauf bedacht, möglichst gefährlich dreinzublicken. Aber niemand schenkte ihnen Beachtung. Am Broadway, noch dazu an einem milden, frühen Abend wie diesem, war zu viel los, um den Blick mehr als ein, zwei Sekunden irgendwo verweilen zu lassen, dennoch fiel der unscheinbare Zettel, der zwischen all der Reklame klebte, Celia sofort auf. Sie hielt inne.

»Was ist?«, fragte Brit und blieb ebenfalls stehen.

»Du kennst dich doch ganz gut aus mit den Behörden in New York, nicht wahr?«

»Das kann man wohl sagen. Wenn du je in Betracht ziehen solltest, ein wohltätiges Gewerbe aufzuziehen, stehe ich dir gern zur Verfügung.« Ihr Ton hatte eine ironische Färbung angenommen. »Wieso?«

»An welche Stelle würdest du dich wenden, wenn du jemanden suchst?«

Brit zuckte mit den Schultern. »An die Polizei.«

»Nein, es geht nicht um Verbrecher, ich meine, wenn du jemanden vermisst …«
»Ich sagte doch: an die Polizei! Das ist so üblich, wenn jemand vom Erdboden verschluckt wird!«
»Himmelherrgott!«, entfuhr es Celia. »Ich suche ein oder zwei Menschen, vielleicht auch drei, so genau weiß ich es nicht, von denen ich nur den Namen kenne, wobei auch der ganz anders lauten kann! Ich weiß weder, wo sie herkamen, noch, wo sie wohnten und welchen Berufen sie nachgingen, nicht einmal ihr Alter oder wie sie aussehen. Wenn ich mit diesem Haufen Nichts zur Polizei gehe … Nein, ich kann es mir um Pauls willen nicht erlauben, mich lächerlich zu machen. Oder zu riskieren, dass ein Polizist einem Reporter etwas steckt …« Erneut starrte sie den Zettel an; Brit folgte ihrem Blick und grinste.
»Ja, genau das würde ich dann wohl tun.«
Prickelnde Erregung hatte Celia erfasst, ein plötzlicher Wagemut und das Gefühl, die Chance jetzt sofort beim Schopf packen zu müssen, bevor das Narkotikum von Long Branch sie einlullen und zurückscheuen lassen würde. Sie überlegte blitzschnell: Ihr Kutscher Samuel wartete vor *Wright & MacDoogle,* er würde zwar keine Fragen stellen, wenn sie ihm die auf dem Zettel angegebene Adresse nannte, aber dennoch … Sie umarmte Brit, dann, Daumen und Zeigefinger zum Kreis geschlossen und undamenhaft in den Mund geschoben, pfiff Celia eine Mietdroschke heran und ließ sich zur 19th Street Ecke Eight Avenue auf der West Side fahren. Eine gute Adresse, nicht zu vornehm, aber auch nicht Five Points. Die Reichen konnten sich den Mann leisten, nicht aber,

dabei gesehen zu werden, wie sie ihn aufsuchten. Auf einem fingerdünnen Messingschild stand in kursiven, geschwärzten Buchstaben: *Thomas A. Flockhearth, Privatdetektiv.*

Celia holte tief Luft und ging die Stufen hinauf.

16

Immer wenn Susanna an Celia dachte, und das tat sie häufig, spürte sie einen Knoten in ihrer Mitte, oberhalb des Bauchnabels und unterhalb der Rippen, so, als säße an dieser Stelle ein anderes, zweites Herz, das sich bemerkbar machte, indem es einer Nordseequalle gleich pulsierte, sich zusammenzog und ausdehnte, sich zusammenzog und ausdehnte, bis Susanna es nicht mehr ertrug und sich irgendeiner, vorzugsweise körperlich anstrengenden Tätigkeit widmete, die sie für eine Weile von der seltsamen Macht in ihr ablenkte. In der Redaktion wuchtete Susanna in solchen Momenten fünf Archivakten auf einmal vom Erdgeschoss in den zweiten Stock, zu Hause in der Emmastraße stürzte sie sich in den Garten, die Salons, Küchen und Keller, die allesamt so beängstigend aufgeräumt aussahen, dass sie sich demnächst aufs Reiten oder Rudern würde verlegen müssen.

Vor ihr auf dem geschnitzten Elfenbeintisch lag ein geöffnetes, ein wenig abgegriffenes Kuvert, daneben etliche Ausschnitte aus der *World*, die Susanna seit längerem regelmäßig bezog. Offiziell diente die Zeitungslektüre der Inspiration und inhaltlichen Belebung der *Hutnadel*, tatsächlich war Susanna vor allem daran interessiert, herauszufinden, wie es Celia erging. Anfangs, als Valentina Lambert aus New York zurückgekehrt war, hatte Susanna sich gewundert, keine Nachricht von ihr zu erhalten, und hochnäsig hatte sie es auf die mangelnden Manieren der Lamberts geschoben, die einfach nicht wussten, was sich gehörte, doch schließlich hatte ihre Neugier gesiegt. Mit einem Rosinenkuchen und zwei Flaschen Bordeaux hatte sie Valentina im Schnoor abgepasst, der daraufhin nichts anderes übrigblieb, als Susanna zum Tee ins Haus zu bitten. Doch sie hatte Celias Mutter nichts entlocken können, was über die bloße Feststellung, ihre Tochter sei auf dem Weg der Besserung, hinausging.

Erst als Susanna vorsichtig fragte, ob sie Celia denn Grüße von ihr und der ganzen Familie Merten und Pahlenberg übermittelt hatte, wurde Valentina deutlich: »Die Erinnerung an die Bremer Verbindungen ist nicht dazu angetan, Celias Genesung zu fördern. Solltest du dennoch versuchen, mit meiner Tochter in Verbindung zu treten, muss ich dich um eurer alten Freundschaft willen um strengste Zurückhaltung ersuchen. Geständnisse und Abbitten sind das Letzte, was Celia jetzt braucht. Sie ist schwer krank, verstehst du? Sie kann nur mehr an Krücken laufen. Die Ärzte haben jede Aufregung, und sei sie noch so gering, strengstens untersagt.«

Bei diesen Worten hatten sich Valentinas Augen verdunkelt wie Bergseen vor einem heraufziehenden Unwetter; Susanna hatte die Warnung verstanden und beschränkte sich seit diesem Tag darauf, die Gesellschaftsspalten in der *World* zu verfolgen. Sobald Celia vollständig wiederhergestellt und als Looping-Lady die Bühne Manhattans wieder betreten würde, wäre sie nicht nur stark genug, sondern gewiss hocherfreut über einen Brief ihrer Freundin aus Bremen, zumal der Inhalt des Schreibens Celias Herz ganz gewiss einen Luftsprung machen las-

sen würde! Ihr Plan war kühn, rebellisch, aber er würde endlich zurechtrücken, was ihre Väter durcheinandergebracht hatten. So dachte sie.
Doch dann hatte Celia Paul geheiratet … Das Foto ihres Hochzeitskusses hatte eine Viertelseite in der *World* eingenommen und Susannas Plan pulverisiert. Dabei war es ihr so stimmig erschienen, von Gott gegeben und deshalb von derselben Selbstverständlichkeit, die Sonnenblumen und Weizen wachsen lässt, wie sie Celia und Philipp verbandeln, die Trennung von Philipp in aller Stille veranlassen, Robert ehelichen und mit ihm fortgehen würde.
Aber wenn Susanna sich jetzt scheiden ließe – was würde Philipp tun? Wer garantierte, dass er nicht schnurstracks nach New York reiste und womöglich Celias neues Glück zerstörte! Einerseits hatte Philipp in all den Jahren ihrer Ehe Ehre und Anstand bewiesen, andererseits war das Zuverlässigste am Menschen nun einmal seine Unberechenbarkeit.
Nein, sie durfte kein Risiko eingehen. Sie hatte Celia einmal verletzt, wenn auch unwissentlich, und sie würde alles daransetzen, dass es nicht ein zweites Mal geschah. Doch das bedeutete, dass sie Robert niemals angehören würde.
Seit Celias Hochzeit vor mehr als drei Jahren kaute Susanna nun schon an diesem Kloß, der ihr die Kehle zuschnürte, den Atem benahm und die Stimme belegte, dass sie matt und krank klang, und selbst die innigsten Umarmungen ihres Geliebten in den selten gewordenen gemeinsamen Stunden halfen ihr nicht, ihn hinunterzuwürgen. Und das Problem, das unter ihrem

Herzen heranwuchs, trug auch nicht zur Lösung bei, im Gegenteil.

Verzweifelt schluchzte Susanna auf und, gefangen in ihrem Schmerz, hörte sie nicht, wie Philipp das Zimmer betrat. Als sie es bemerkte, versuchte sie rasch, die Ausschnitte und den Brief zusammenzuraffen, doch es war bereits zu spät. Mit einem Blick hatte Philipp erfasst, was da vor Susanna auf dem Tisch lag. Sämtliche Farbe wich aus seinem Gesicht, aber er bewahrte die Contenance.

»Nun, das ist doch kein Grund für Tränen! Wollen wir hoffen, dass sie glücklich wird, nicht wahr?«, sagte er gleichmütig und reichte seiner Frau ein Taschentuch. Als sie nichts erwiderte, fuhr er mit sanfter Stimme fort: »Möchtest du mir nicht sagen, was dich bedrückt?«

Susanna schüttelte den Kopf, putzte sich die Nase und murmelte: »Ach, ich bin so sentimental heute, ich weiß auch nicht warum.« Sie lächelte gequält. »Lass uns das Thema wechseln. Für welche Schiffe habt ihr euch entschieden? Die Viermastbark, die du mir neulich gezeigt hast, finde ich ja außerordentlich schnittig!« Philipp und sein Vater Armin trugen sich mit dem Gedanken, ihre Reisen nach Togo zukünftig mit einer eigenen, wenn auch bescheidenen Handelsflotte zu unternehmen und hatten sich an diesem Tag mit dem Eigner mehrerer Briggs getroffen.

»Wir sind nicht die Einzigen, die begriffen haben, dass das Wenige, was die Kolonialbesitzungen bringen, dahinschmilzt, wenn man den Gewinn auch noch mit einem Reeder teilen muss. Also wollen alle Kaufleute Schiffe kaufen, was den Preis in die Höhe treibt. Der

Handel ist geplatzt«, erwiderte Philipp, ließ sich in den Sessel gegenüber seiner Frau sinken und klingelte nach dem Hausmädchen, das wenig später Kaffee und Marmorkuchen servierte. Philipp trank einen Schluck, dann räusperte er sich. »Susanna, ich bin nicht so dumm, deine plötzliche Vorliebe für saure Gurken und überreifen, mit Konfitüre bestrichenen französischen Käse mit einer typisch weiblichen Laune abzutun.« Er zögerte, dann gab er sich einen Ruck. »Da unsere letzte Begegnung dieser Art schon geraume Zeit zurückliegt, gehe ich davon aus, dass es von Robert sein muss.«
Jetzt war es an Susanna, um Fassung zu ringen. Sie öffnete den Mund, aber Philipp ließ sie nicht zu Wort kommen. »Ich habe es seit dem Golfturnier bei Matthiessens geahnt, und später, als mir zugetragen wurde, es gäbe da gewisse Gerüchte, bin ich einem Hinweis gefolgt und habe euch gesehen.«
»Einem Hinweis?«
Philipp machte eine wegwerfende Handbewegung. »Püppi ließ vor einiger Zeit ein paar Andeutungen fallen. Zunächst habe ich sie ignoriert, aber dann, nun ja, die Neugier siegte, und ich ging häufiger im Bürgerpark spazieren, wenn du verstehst …«
»Püppi!«, zischte Susanna wütend. »Ausgerechnet! Diese intrigante Person! Ich habe sie noch nie leiden können.« Sie hielt inne und sah ihren Mann schuldbewusst an. »Philipp, ich weiß nicht, was ich sagen soll.«
Ein trauriges Lächeln umspielte seine Mundwinkel. »Keine Sorge, ich bin nicht wütend auf dich, ich bin nur wütend auf mich selbst, weil ich wie ein frommes Lamm gehorcht habe, um meinen Vater vor dem Bankrott zu

retten. Wenn ich mehr Mumm bewiesen hätte, hättest du Robert heiraten können.«

»Ich dachte, es wäre umgekehrt, dass mein Vater deinen gebraucht hat«, entgegnete Susanna verwundert, aber Philipp winkte ab.

»Sagen wir, es war für beide von Vorteil. Meine Mutter hat mir damals sehr eindringlich vor Augen gehalten, dass ich meinen Vater auf dem Gewissen haben würde, wenn ich nicht das täte, was von mir verlangt wurde. Sie drohte, ins Wasser zu gehen … Nun ja, es ist jetzt müßig.« Er wandte sich von Susanna ab und trat, die Hände in den Hosentaschen, ans Fenster. Ein leichter Wind versetzte die Äste der Trauerweide, die den Mittelpunkt ihres Gartens bildete, in würdevolle Bewegung. Für einen Moment schien es ihm, als winkte der Baum ihm, dem verhinderten Liebhaber in der traurigen Gestalt, mitleidig zu.

»Nun, hast du es Robert gesagt?«

»Nein, ich wollte damit warten …«

»Bis dein Zustand nicht mehr zu verbergen gewesen wäre?«, fragte Philipp zweifelnd.

»Ich weiß nicht, ich habe solche Angst.« Sie zitterte trotz des Kaminfeuers, das den Raum mit rauchiger Wärme erfüllte, und wirkte so unglücklich und schutzlos, dass Philipp sich neben sie setzte, sie an sich zog und ihren Kopf an seine Brust bettete. »Wir haben zwei Möglichkeiten. Entweder wir ziehen das Kind groß, als wäre ich der Vater. Niemand wird je etwas erfahren. Oder du sagst es Robert und überlässt seine und deine Zukunft einem gnädigen Schicksal.«

Susanna hob den Kopf und sah ihrem Mann in die Augen.

So großmütig war nur der, der nicht liebte oder der die Hoffnung aufgegeben hatte, und im Stillen leistete sie Philipp Abbitte. Sie hatte ihn unterschätzt – niemals würde er Celias neues Glück zerstören, ganz gleich, ob er selbst wieder frei wäre. »Du bist ein guter Mensch, Philipp«, murmelte sie erstickt und küsste ihn auf die Wange. »Ich danke dir.«

Nachdem Susanna die Tränen getrocknet, sich sorgfältig frisiert und einen Hauch Lippenrot aufgetragen sowie sich mit knapper Not in ihr azurblauseidenes Lieblingskleid gezwängt hatte, das in der Taille schon arg eng saß, ließ sie den schnittigen neuen Duc anspannen und sich in die Matthiessen-Villa nach Schwachhausen fahren. Heute Mittag wollte Robert nach Thüringen aufbrechen, es war also keine Zeit mehr für Heimlichtuereien. Sollten Roberts Eltern ruhig sehen, wie die Dinge sich verhielten, sie würden es ja ohnehin erfahren! Und gleich morgen würde sie einen bewegenden Bericht für die *Hutnadel* über die Kraft unkonventionellen Handelns verfassen! Sie lachte übermütig auf.

Roberts brandneues Automobil, ein Panhard-Levassor, stand vor dem hellgelb schimmernden Haus, darin zwei dunkelrote Koffer, ein Golfbag und ein Regenmantel, doch der Hausdiener beschied Susanna knapp, der junge Herr sei nicht zu sprechen. »O doch«, rief sie und drängte sich an ihm vorbei in die durch ein gläsernes Kuppeldach lichtdurchflutete Halle und flog die geschwungene Treppe hinauf. Als sie die geliebte Stimme hörte, hielt sie inne.

Federnden Schrittes und plaudernd verließ Robert ein Zimmer am Ende eines langen Flures, an seiner Seite

Püppi Hagedorn mit dem feuchten Blick einer jungen Robbe. Als sie Susanna bemerkten, zögerte Robert unmerklich, dann ging er forsch auf sie zu. »Susanna, denk dir nur, was geschehen ist! Püppis Vater hat sich beim Intendanten des Bayerischen Staatsschauspiels für mich verwendet, und eben erhalte ich einen Brief, in dem Ernst von Possart höchstpersönlich um meinen Besuch bittet. Er will – und jetzt halte dich fest! – den Mann kennenlernen, mit dessen Komödie das Residenztheater die nächste Saison zu eröffnen beabsichtigt! Mich! Ist das nicht wunderbar?«

Robert strahlte und plapperte gegen die Lüge, den Betrug und sein schlechtes Gewissen an, die wie körperlose Wesen im Raum standen, anklagend und bestürzend. Schließlich hatte Püppi genug von dem unwürdigen Schauspiel. Besitzergreifend legte sie ihre Hand auf Roberts Schulter und unterbrach seinen Redestrom.

»Eine wunderbare Gelegenheit, nicht wahr? Susanna, du und Philipp, ihr müsst uns unbedingt einmal besuchen kommen, drunten in Bayern …«

»Gern«, erwiderte Susanna glatt und setzte maliziös hinzu: »Ich hoffe, dass ihr dort schnell Fuß fassen könnt – und vor allem, dass ihr so gute Freunde findet, wie ihr mir gewesen seid.« Sie drehte sich auf dem Absatz um und ging würdevoll die Treppe hinunter, die Übelkeit, die in ihr aufstieg, verzweifelt bekämpfend. Vor dem Haus besann sie sich eines anderen, nahm Maß und erbrach sich auf den dunkelrotledernen Fahrersitz des Panhard-Levassors. Dann stieg sie in ihre Kutsche und fuhr davon.

Langsam streckte Toni den Finger aus, seiner Kehle entwich ein leiser, trillernder Laut. Dieser mondferne Mensch wusste nicht, was Ungeduld ist, und also hielt er dem Täubchen seinen Finger reglos hin, fünf Minuten, eine Viertelstunde. Doch der Jungvogel, neugierig zwar, aber nicht überzeugt, hüpfte schließlich fort, von Zweig zu Zweig, bis auf das Dach des Futterhäuschens am Ende der Volière. Wie um den ängstlichen Nachwuchs zu entschuldigen, landete kurz darauf die Muttertaube auf Tonis Schulter und schmiegte das Köpfchen an sein Ohr.
Celia lächelte in sich hinein und ließ die leichte Wolldecke, die Paul ihr vor seiner Abfahrt nach Manhattan auf die Terrasse gebracht hatte, von ihrem stattlichen Leib rutschen – sie befand sich im achten Monat ihrer zweiten Schwangerschaft. An diesem brütend heißen Septembernachmittag 1903 brauchte sie eher eisgekühlten Zitronentee und eine Schale mit kaltem Wasser für ihre geschwollenen Füße! Pauls Fürsorge nahm mitunter bizarre Züge an, und Celia hatte Mühe, ihm klarzumachen, dass sie weder krank noch bettlägerig war. Natürlich war er dagegen gewesen, Toni nach Long Branch zu holen, inständig hatte er seine Frau gebeten, mit »diesem Experiment« zu warten, bis ihr Kind gesund auf die Welt gekommen sei, aber Celia hatte sich durchgesetzt. »Wollen wir warten, bis Toni von allen Jungen zusammengeschlagen wurde? Das kannst du nicht von mir erwarten! Und wir haben doch Manita, alles läuft bestens …« Paul hatte eingewandt, Annabelle könne sich vor Tonis Eigenarten fürchten, was Celia mit dem Argument beiseitefegte, Kinder besäßen ein besse-

res Gespür für das Gute in einem Menschen, als man ihnen zutrauen wollte. Sie hatten sich gestritten und zwei Tage nicht miteinander geredet, schließlich willigte Paul ein, Toni eine Zeitlang aufzunehmen.
In der Woche darauf hatten Idi und Stan ihren Sohn nach Long Branch gebracht; er wirkte verängstigt, schrie aber nicht, und so überließen sie ihn Celias Obhut, hin- und hergerissen zwischen Schuldgefühlen und Erleichterung. Vor seinem ersten Schultag hatte Celia sich mit dem Direktor und der Lehrerin, einer aufgeschlossenen, mitfühlenden jungen Frau aus Brooklyn, besprochen, die versprachen, alles zu tun, was Toni in seiner Entwicklung helfen könnte; würde der Schulfrieden jedoch nachhaltig gestört, müsste Toni sie verlassen.
Um das zu verhindern, trat Celia am nächsten Morgen vor die Klasse. »Toni ist so klug, dass er sogar eine Achterbahn bis zur letzten Schraube konstruieren kann. In anderen Dingen braucht er dagegen ein wenig Hilfe. Das ist bei den meisten Menschen so, dass ihre Talente verschieden stark ausgeprägt sind, nur nicht so extrem wie bei Toni. Also bitte, seid nett zu ihm, zeigt ihm, dass ihr wahre Gentlemen seid, keine New Yorker Straßengang, in Ordnung?«
Die Zehnjährigen in der adretten dunkelblauen Schuluniform nickten, einige grinsten. Celia lächelte maliziös, ihre olivgrünen Augen schimmerten hart und dunkel wie graue Kiesel: »Falls doch, lasse ich den Schuldigen bei lebendigem Leib skalpieren. Wir haben uns verstanden, ja?«
Und so nahm Tonis neuer Lebensabschnitt einen angenehmeren Verlauf als gedacht. Bis auf wenige geringe

Vergehen (einmal wurde ihm das Pausenbrot geklaut, ein anderes Mal die Mütze in den schief gewachsenen Ahorn im Innenhof der Schule geworfen, was Celia umgehend damit quittiert hatte, mit Manita, verkleidet als Indianerin, vor dem Schultor auf und ab zu gehen) wurde er in Ruhe gelassen; dafür ließ er es zu, dass seine Klassenkameraden sein Mathematikheft stibitzten und die Hausaufgaben abschrieben. Das sollte Tonis einziges Zugeständnis an allgemein übliche Kontaktaufnahmen bleiben. Er schien weder seine Familie noch seine gewohnte Umgebung zu vermissen, bewegte sich allerdings stets nur mit größter Vorsicht und mathematischer Genauigkeit durch das Haus. Fünf Schritte von seinem Zimmer zum Bad, drei große Schritte zurück. Die Treppe hinunter jeweils eine Stufe überspringen, hinauf zwei Stufen und so fort. Er vergaß niemals einen Schritt, und verstellte ein unbekanntes Hindernis seinen Weg, begann er zu schreien. Celia und Annabelle verfolgte er manchmal mit weichem Blick, doch in der Regel begegnete Toni allen und allem mit stoischer Gleichgültigkeit.

Bis Celia eines Tages beobachtete, wie Toni mit einer Amsel sprach, und sie sich entsann, wie fasziniert er vor Jahren die Flucht der Tauben und Kaninchen von einem havarierten Fuhrwerk verfolgt hatte. Sogleich ließ sie eine Volière in Sichtweite der Terrasse und einen Kaninchenstall errichten, der jedoch Paul zuliebe hinter Büschen verborgen lag.

Was kein Mensch vermocht hatte, gelang den Tieren. Sie fesselten Tonis Aufmerksamkeit, weckten seine Fürsorge und entzündeten einen Funken der Freude in ihm, was mitzuerleben seine Familie zu Tränen rührte, Stan und Idi jedoch vor Augen hielt, wie dumm und egoistisch es unter diesen Umständen wäre, ihren Sohn wieder nach Little Germany zu holen. Das Dilemma brach den Goodmans schier das Herz, und Celia war sich nie sicher, ob sie recht daran getan hatte, sich in ihre Belange einzumischen.

Vielleicht könnten sie nach Long Branch ziehen und hier eine Bäckerei eröffnen, schoss es ihr durch den Kopf. Damit wäre allen gedient. Sie kicherte. Und dann noch die Versöhnung mit Pauls Eltern – sie und Paul kämen schneller und anders zu einer großen Familie, als er sich das vorstellte.

Celia hob den Blick und blinzelte in die Sonne, die hoch am wolkenlosen Himmel stand. Es musste gegen halb drei sein. Ächzend stemmte sie sich aus dem Liegestuhl und sagte Manita, sie wäre am späten Nachmittag zurück. Mit klopfendem Herzen, beflügelt von ängstlicher Neugier, machte sie sich auf den Weg. Doch schon nach dem ersten Schritt, mit dem sie eine Stunde später den *Lunapark* auf Coney Island betrat, überkam sie Reue.

Frederic Thompson und Elmer »Skip« Dundy hatten ihrer überbordenden Phantasie im Karree Neptune Avenue, West 8th Street, Surf Avenue und West 12th Street Raum und Gestalt verliehen, wie es die Welt zuvor noch nie gesehen hatte. Die Attraktionen waren um eine künstlich angelegte Lagunenstadt im orientalischen Baustil gruppiert, die von einem sechzig Meter hohen Turm, dem Electric Tower, überragt und tags wie nachts im hellen Glanz einer Viertelmillion farbiger Glühlampen erstrahlten; hier zogen venezianische Gondeln mit schmucken, feurig blickenden Gondolieri vorüber, dort rasteten die Besucher in der Beschaulichkeit eines japanischen Gartens, nachdem sie sich im Eskimodorf, in einer holländischen Windmühle oder dem chinesischen Theater vergnügt hatten. Dressierte Elefanten apportierten Baumstämme und schaukelten mutige Kinder sanft auf ihrem Rüssel; als Wild-West-Ganoven verkleidete Schauspieler raubten einen Original-Eisenbahnzug aus, andere schürften in einem dem Klondike würdigen Flussbett nach Nuggets, hielten dann und wann einen gelb angemalten Stein in die Höhe und stießen wilde, triumphierende Schreie aus.

Celia lief auf der erhöhten Promenade entlang und blickte über die vielen hundert Gebäude mit ihren gezwiebelten Türmchen, verzierten Giebeln und geschwungenen Erkern, und als sie in der Ferne ein sich himmelwärts schraubendes Schienenrund ausmachte, wandte sie sich rasch ab. Es war ein Fehler gewesen, hierherzukommen. Sie hätte sich nicht darauf einlassen dürfen.

»Wenn das nicht die Looping-Lady ist!« Mit ausgebreiteten Armen, als kenne er Celia seit Jahren, eilte Frederic Thompson auf sie zu, ergriff ihre Hand und küsste sie mit formvollendeter Eleganz. »Sie gestatten: Thompson!« Er strahlte Celia an, die nicht umhinkonnte, so viel Herzlichkeit freundlich zu erwidern. Ihr Lächeln ermutigte ihn, und mit vertraulich gesenkter Stimme fuhr er fort: »Sie haben sich wirklich prächtig erholt nach dem Anschlag, gnädige Frau! Eine Schande, dass der Schuldige immer noch nicht dingfest gemacht wurde.«

»Es ist fünf Jahre her und es war ein Unfall«, versetzte Celia spröde. »Die neuen Wagen waren zu schwer für die Konstruktion.«
»Na, so was.« Thompson schien ehrlich überrascht. »Es hieß immer, die Schrauben, die die Verbindungsteile der ersten Kurve hielten, wären vorsätzlich gelockert worden, und der Übeltäter müsse einer aus dem Arbeitertrupp sein.«
»Ich gebe nichts auf das Gerede der Leute«, beschied Celia ihm glatt. »Wenn Sie mich nun entschuldigen wollen, ich habe eine Verabredung im *Dreamland* …«
»Im *Dreamland?*«, echote Thompson und zog ein langes Gesicht. »Lassen Sie sich nur nicht blenden! Der alte Reynolds mag viermal so groß und teuer gebaut haben – sein Park ist und bleibt eine bloße Nachahmung des *Lunaparks!* Ich meine, wie dreist und einfallslos kann ein Mensch sein, wenn er unsere Lagune einfach nachbaut?«
Tatsächlich erinnerte die künstliche Bucht im *Dreamland* an die des *Lunaparks.* Auch bei der Konzeption der Fahrgeschäfte hatte man in anderweitigen Gefilden der Geschichte, Literatur und Geographie gewildert und ein Klein-Venedig mit Markusplatz und Canale Grande nachgebaut, ein Lilliputania mit einem zwergengroßen, maßstabsgetreuen Nürnberg errichtet sowie ein verkleinertes Pompeji, das regelmäßig von einem feuerspeienden, künstlichen Vesuv verschüttet wurde. Celia nahm die monumentalen Anlagen zwar wahr, die deutlicher noch als im *Lunapark* die enorme Entwicklung des Schaustellergewerbes in den vergangenen fünf Jahren dokumentierten, schenkte jedoch weder ihnen noch den

bunt gekleideten Frauen und Männern, die lautstark und wortgewandt Luftballons, Zuckerzeug, Lose, Fotografien oder magische Kaninchen anpriesen, mehr als einen scheuen Blick.

Vor einer großen Halle blieb sie stehen. »Fighting the Flames« kündete ein Schild die Hauptattraktion des *Dreamland* an – eine beängstigend realistische Feuerwehrshow vor tausendfünfhundert Zuschauern, für die ein großes Gebäude in Brand gesetzt wurde, der von vier Löschzügen mit hundertzwanzig Mann unter Kontrolle gebracht werden musste. Ohrenbetäubender Lärm drang nach draußen in die flirrende Hitze. Das Publikum klatschte und johlte, das Löschwasser zischte und brodelte. Seufzend setzte Celia sich auf eine Bank und wartete.

Wenigstens gab es hier keinen Looping, der alte Wunden aufriss, die sie längst verheilt geglaubt hatte.

Thompsons Worte gingen Celia nicht aus dem Sinn. George Tilyou hatte mit keinem Wort erwähnt, dass ihm dieser Klatsch zu Ohren gekommen war, aber George war ihr von Herzen zugetan und wollte gewiss vermeiden, sie unnötig aufzuregen. Andererseits hatte Thompson überzeugend geklungen, als wäre damals ernsthaft in diese Richtung ermittelt worden, jedoch hatte kein Polizist je mit ihr darüber gesprochen. Während sie darüber nachdachte, schritt ein mittelgroßer, athletisch wirkender Mann in grauem Zweireiher auf Celia zu und setzte sich neben sie. Er aß einen Apfel samt Kerngehäuse und blickte dabei stur geradeaus.

»Ich gehe voraus. Sie folgen mir in einem Abstand von, sagen wir, fünfzig Metern«, sagte Thomas A. Flockhearth schließlich mit seiner heiseren, leise singenden Stimme, die Celia bei ihrer ersten Begegnung für die Folgen einer Kehlkopfentzündung gehalten hatte. Sie nickte, und Flockhearth schnippte den Apfelstiel fort. Der Detektiv erhob sich, ging rechts an der Halle vorbei und erreichte nach kurzer Zeit deren rückwärtigen Teil, dort, wo die prachtvolle Kulisse des Parks endete. Ein Stück weiter standen mehrere Planwagen auf einem staubigen, von mageren Bäumchen gesäumten Platz. Thomas A. Flockhearth zauberte aus der Innentasche seines Jacketts ein elegantes Fernrohr hervor, zog es auseinander und taxierte die Handvoll Menschen, die im Schatten der Wagen dösten.

»Statisten. Die warten auf ihren Einsatz bei der Feuerschau. Rechts neben dem Waschtrog sehen Sie eine Frau und einen Mann sitzen, daneben steht ein Mann. Das sind seine Eltern und sein Bruder.«

Celia riss ihm das Fernrohr aus der Hand. »Ganz rechts?«, fragte sie tonlos.

»Der Bruder dreht uns den Rücken zu, Sie erkennen ihn an einem geschmacklosen gestickten Bison auf der Weste«, erwiderte Flockhearth gleichmütig und zündete sich eine Zigarette an. »Ein gutaussehender Bursche übrigens. Er heißt Kamir, seltsamer Name.«

Einer plötzlichen Eingebung folgend wandte Kamir sich um, richtete seinen Blick für einen Moment in ihre Richtung, dann beugte er sich zu seinen Eltern hinunter. Alle drei zogen sich in den Wagen zurück. Aber Celia hatte genug gesehen. Sie ließ das Fernrohr sinken.

Dies war der Mann, der ihr in ihren fiebrigen Träumen damals im Mount Sinai erschienen war. Und dies war auch der Mann, den sie bei ihrer Ankunft in Amerika im Hafen gesehen hatte – und der ihr beim *Flying Wonder* aufgefallen war, an dem Tag, als der Unfall geschah. Plötzlich zweifelte Celia nicht mehr daran, dass ihr Gefühl sie nicht getrogen hatte: Jemand hatte sie beobachtet. Und dieser Jemand war Pauls Bruder!

Celia war sich absolut sicher. Das konnte kein Irrtum sein. Hier hatte das Schicksal seine Fäden gewoben – aber wieso?

Ein Schwindelgefühl erfasste sie, und ein stechender Schmerz ließ sie zusammenzucken. Das Fernrohr fiel ihr aus der Hand, instinktiv legte sie die Hände schützend um ihren gewölbten Leib.

»Bringen Sie mich ins Mount Sinai, schnell … Und erzählen Sie niemandem von alldem«, stieß sie mit letzter Kraft hervor. Dann wurde sie ohnmächtig.

Paul junior überstand die Überraschung besser als seine Mutter, die noch Wochen nach der überstürzten, vier Wochen zu frühen Niederkunft weder Farbe auf den Wangen noch Kraft in den Knochen hatte. Die Ärzte im Mount Sinai entließen Mutter und Kind kurz vor Weihnachten nach Hause, und halb Long Branch hatte sich zu einer Willkommensfeier eingefunden, schleppte Cranberrytorten, süßen Wein, Salate und kleine Geschenke ins Haus, was Celia zutiefst berührte und viel weniger anstrengte als ihren Mann, der um den tadellosen Zustand der Teppiche fürchtete und sich um seinen Sohn sorgte.

Als Paul die Reihenfolge seiner Gedanken bewusst wurde, schämte er sich und verdoppelte aus diesem Grund

seine Bemühungen, es dem kleinen Paul recht zu machen und seine Liebe zu gewinnen. Er ließ die neuesten Rasseln, Mobiles und Bauklötze von *Macy's* liefern, eine zwei Meter hohe Giraffe, einen Eisbären mit lustigen Kulleraugen und einen Löwen aus Plüsch anfertigen und neben Paul juniors Wiege aufstellen wie die Heiligen Drei Könige. Das erboste die strenggläubige Manita Caprese, sie sann darüber nach, wie dem Unsinn ein Ende zu machen wäre, und verfiel darauf, ihrem Arbeitgeber weiszumachen, die Verbindung von Vater und Stammhalter würde nicht durch materielle Güter, sondern durch regelmäßiges Windelwechseln gefestigt. Eine freche Behauptung, die Manita die Stellung kosten konnte, aber Paul schluckte sie, wenn auch mit einiger Skepsis. Allerdings konnte er sich beim besten Willen nicht überwinden, die weichen, stinkenden Hinterlassenschaften seines Sohnes zu entfernen, verlor darob die Lust, um seine Gunst zu buhlen, und beschränkte sich darauf, ihm wie seiner Tochter morgens und abends einen Kuss zu geben und beide gelegentlich auf den Knien zu schaukeln.
Manita und Celia indes hatten alle Hände voll zu tun, den süßen, herzerfrischenden neuen Erdenbürger zu beruhigen, der beinahe rund um die Uhr nach Nahrung und Aufmerksamkeit schrie. Dr. Blakely war hochzufrieden mit der Entwicklung des Kleinen, schärfte seinen Eltern und dem Kindermädchen jedoch ein, ihn unter allen Umständen vor Zugluft und Verkühlung zu schützen. Der Rest läge in Gottes Hand.
Annabelle war mit ihrem Bruder alles in allem »zufrieden«, doch das Herz der Zweijährigen gehörte Toni.

Ihre kleine, fleischige Hand in seiner großen, feingliedrigen, liefen sie die Long Branch Avenue hinauf und hinunter, wobei Annabelle darauf achtete, niemals die Linie zwischen Bürgersteig und Bordstein zu betreten, weil Toni das durcheinanderbrachte. Die Folge der für ein Kind ihres Alters ungewöhnlichen Disziplin war ein gerader, aufrechter Gang ohne jedes babytypische Taumeln. Montagnachmittags kehrten die beiden stets bei Jennifer Warren ein, die ihnen Kekse und Kakao servierte und sich nicht an Tonis leerem Blick störte; pünktlich auf die Minute eine halbe Stunde später stand Toni auf, und sogleich nahm Annabelle ihn bei der Hand und führte ihn nach Hause. Das kleine Mädchen besänftigte seine aufgepeitschten Nerven durch ihr stilles, konzentriertes Tun, und Toni brachte ihr bei, die Täubchen zu rufen, exakte Kreise in den Sand zu malen und lehrte sie indirekt, Geduld und Mitgefühl nicht für eine Leistung, sondern die natürliche Art zu halten, wie Menschen miteinander umgehen sollten. Sie profitierten so sehr voneinander, dass nicht einmal Paul daran dachte, ihre Freundschaft zu beargwöhnen.

An diesem Sonntag, dem vierzehnten Juni 1904, standen sie Hand in Hand am Pier, Annabelle in einem weißen Kleidchen mit Volants am Saum, Toni in grauen Hosen, weißem Hemd und einem viel zu warmen Pullover, auf dem er heute früh bestanden hatte. Celia verspürte zum ersten Mal seit Paul juniors Geburt wieder Kraft und Lust, unter Leute zu gehen, und der neueste Schrei aus Melanies Modehaus aus grün-schwarz gestreiftem Taft, der Celias wieder schmale Taille umschloss wie frischer

Seetang, trug das Seine dazu bei. Strahlend sah sie sich um. Aus allen Himmelsrichtungen strömten die Menschen zum East Third Street Pier, prall gefüllte Rucksäcke geschultert und Picknickkörbe in der Hand, sie riefen und lachten und winkten Bekannten zu. Der Klang eines Akkordeons verlor sich über der Bucht, der East River glitzerte in der Sonne, und der prächtige Schaufelraddampfer schien bereit, es mit allen sieben Weltmeeren aufzunehmen. Manhattan zeigte sich von seiner besten Seite, und Celia dachte an Paul, der zu dieser Stunde mit Richard »Dick« Loane und Alexander im *Comfort Club* die Angel nach einem dicken Fisch auswerfen musste. Dem Ansinnen seines Chefs hatte er mit schlecht verhohlener Begeisterung nachgegeben, seiner Frau gegenüber jedoch ganz zerknirscht getan, weshalb Celia ihn lachend den schlechtesten Schauspieler in ganz Amerika genannt hatte. Paul hasste Vergnügungen dieser Art und liebte Celia umso mehr, da sie ihn nicht zwang, Fähnchen zu schwenken und Begeisterung für falsch spielende Musikanten und ungelenke Tanzformationen zu heucheln.

Es war ein Wagnis, Toni dieses Menschengewühl zuzumuten, und Celia warf ihrem Schützling einen besorgten Blick zu, doch das Bild, das sich ihr bot, zerstreute ihre Befürchtungen. Er hielt Annabelles Hand umklammert, trat unablässig von einem Fuß auf den anderen und bewegte die Lippen, als zähle er die Holzplanken des Piers. Von seinen Eltern und seiner Schwester, die auf ihn zueilten, nahm er nur kurz Notiz.

»Da seid ihr ja!«, rief Celia ihnen zu.

»Mami, ich möchte auch auf das schöne Schiff«, sagte

Annabelle und zog eine Schnute, als Celia den Kopf schüttelte. »Aber Schatz, wir waren uns doch einig, dass dies Tonis Fest ist und wir ihn nur bis hierher begleiten.«

Die evangelisch-lutherische Markus-Kirche, das religiöse Zentrum Little Germanys, veranstaltete ihr siebzehntes jährliches Picknick, um das Schuljahresende zu feiern, und hatte die *General Slocum*, sechsundsiebzig Meter lang, groß genug für dreitausend Passagiere, für eine Vergnügungsfahrt auf dem East River zur Locust Grove auf Long Island gechartert. Weil es bei diesen Festen immer fröhlich und harmonisch zuging, hatten Idi, Stan und Brit es für eine gute Idee gehalten, Toni mitzunehmen, um ihn wieder an die Gemeinde und vor allem an die Schüler zu gewöhnen. Sein Aufenthalt in Long Branch konnte schließlich kein Dauerzustand sein, meinten sie. Celia war da anderer Meinung, hatte sie aber vorerst für sich behalten. Nach dem Ausflug würde man weitersehen.

»Ach, lass dem Kind doch die Freude«, sagte Idi, aber Brit pflichtete Celia bei. »Wir werden genug damit zu tun haben, uns um Toni zu kümmern.«

Annabelle begann zu weinen, und Celia nahm sie auf den Arm. »Weißt du was? Wir fahren mit dem Auto ein Stück nebenher und du kannst Toni zuwinken, einverstanden?«

»Darf ich mich anschließen?«, fragte Stan und wies mit dem Kopf auf den Dampfer. »Es ist doch mehr für Frauen und Kinder.« Er senkte die Stimme. »Außerdem bin ich nicht seefest. Mir wird schon übel, wenn ich nur an die Wellen denke …«

»Du verpasst etwas«, erwiderte Celia. »Sie halten Liegestühle und Korbsessel mit rotem Plüsch bereit, es gibt leckere Dinge zu essen und sogar eine Bar.« Als Stan abwinkte, fügte sie grinsend hinzu: »Aber mein Ford hat auch rote Polster! Ich hoffe nur, dass mein Fahrstil dich nicht ebenfalls seekrank macht …«

Begleitet von Jubelrufen und Pfiffen legte die *General Slocum* wenig später ab und steuerte gemächlich den East River in nördlicher Richtung voran, der weißlackierte, elegant geschwungene Rumpf leuchtete im gleißenden Sonnenlicht. Stan und Celia, Annabelle auf dem Arm, kämpften sich durch das Gedränge zu Celias feuerrotem Automobil durch, das sie gegen Pauls Widerstand durchgesetzt hatte und so begeistert wie umsichtig durch den zunehmenden Straßenverkehr Manhattans lenkte. Sie verließen die East Third Street und fuhren die First Avenue hoch, während der Dampfer die Piers von Astoria passierte und sich anschickte, die äußerst tückische und deshalb Hell's Gate genannte Flussenge östlich von Ward's Island hinter sich zu lassen. Weil Annabelle immer noch weinte, bog Celia rechts ab in die Eleventh Street. Am Ufer stehend warteten sie darauf, mit ein wenig Glück einen letzten Blick auf die *Slocum* zu erhaschen, bevor sie den Long Island Sound ansteuerte.

»Da kommt sie!«, rief Celia und hielt plötzlich inne. Stan kniff die Augen zusammen und spähte in die Ferne. Aufs höchste beunruhigt sahen sie sich an.

Dunkler Rauch hing über dem Dampfer wie eine gewaltige Unwetterwolke.

Ohne nachzudenken startete Celia den Wagen und jagte ihn die Straßenschluchten hoch hinüber zur Bronx. Als sie die Piers in Höhe der 138th Street erreichten, hatten sich bereits unzählige Menschen versammelt. In dichten Reihen standen sie am Ufer und spähten voller Unruhe in die Ferne, dort, wo sie das Schiff vermuteten. Doch die *Slocum* war außer Sicht.

Polizisten liefen umher und mahnten die Leute, Ruhe zu bewahren und auf die Rettungskräfte zu vertrauen, die die Passagiere in Sicherheit bringen würden. Angst lag in der Luft.

»Warum lässt der Kapitän die Rettungsboote nicht zu Wasser?«, flüsterte Celia, und ein älterer, nach Rum und Schweiß riechender Mann, der neben ihr stand, antwortete gepresst: »Weil sie entweder morsch sind oder Kapitän und Besatzung nicht ganz bei Trost.«

»Und die Rettungsringe?«

»Taugen wohl auch nichts.« Der Mann warf ihr und Annabelle einen kurzen, resignierten Blick zu. »Beten Sie, Lady. Und danken Sie Gott, dass Er Sie und die Kleine verschont hat.«

Am Nachmittag trafen die ersten Boote von North Brother Island, wo die *Slocum* im Begriff war zu sinken, am Pier ein, und bei ihrem Anblick ging es auch dem Letzten der Wartenden auf, dass es sich nicht um einen harmlosen Zwischenfall handelte. Durchnässt, zitternd wie Espenlaub, übersät mit blutigen Schrammen und Brandblasen kletterten die Überlebenden von Bord und gingen, manche verzweifelt schluchzend, die meisten jedoch stumm vor Entsetzen, an der Menge vorbei zu einem Eisenbahnzug, der bereitgestellt worden war, um sie heimzufahren nach Little Germany. Kein Toni, keine Idi, keine Brit.

»Da ist Maddie!«, stieß Stan hervor und stürzte auf eine Frau mit versengten Haaren und vor Schreck weit aufgerissenen Augen zu. »Haben Sie Idi gesehen? Und Brit, meine Tochter? Meinen Sohn …« Stans Stimme erstarb. Fassungslos sah er Emanuels Frau nach, die an ihm vorbeiwankte wie eine lebende Tote.

Dann kam niemand mehr.

»Sie sind alle tot!«, schrie eine Frau in heller Panik, und die Menge wurde unruhig. Einige Männer rannten auf die noch am Pier vertäuten Rettungsboote zu und schrien, sie wollten die Sache selbst in die Hand nehmen und hinüberfahren nach North Brother Island, wurden aber von Polizisten energisch daran gehindert. Entschlossen nahm Celia ihr Töchterchen auf den Arm und Stan, der unfähig schien, einen klaren Gedanken zu fassen, bei der Hand.

»Hör nicht auf diesen Blödsinn. Hier sind nur die Verletzten angekommen, die nach Hause fahren können, alle anderen sind bestimmt längst in der Obhut von Ärzten. Wir fahren alle Krankenhäuser ab. Harlem Hospital, Lebanon, Mount Sinai … Wir werden sie finden, das schwöre ich dir!«

Im Harlem Hospital kam Brit ihnen entgegen. Ihre Unterarme waren verbunden, die Augen rot unterlaufen, sie war bleich wie ein Laken, und ihre Haare hingen zottig gedreht wie die Fransen eines Wischmopps herunter, doch sie wirkte gefasst. Aufstöhnend zog Stan seine Tochter an sich, doch Brit entzog sich ihm.

»Hier sind sie nicht, das habe ich schon herausgefunden«, sagte sie mit glasklarer Stimme. »Habt ihr euch in den anderen Kliniken nach ihnen erkundigt?«

Als Celia nickte, stiegen Brit die Tränen in die Augen. Mit einer ungeduldigen Handbewegung wischte sie sie fort, dann fügte sie fast trotzig hinzu: »Sie haben ein provisorisches Leichenschauhaus am Pier an der East 26th Street eingerichtet.«

Bei ihren Worten zuckte Stan zusammen. Seine Gesichtsfarbe wechselte von tiefem Rot zu wächserner Blässe, die Wangen wirkten schlaff, die Schultern hingen gebeugt, plötzlich war alle Rüstigkeit dahin, man sah Stanislaus Goodman, geborener Gutmann, das Alter an, das er mit apfelbäckchenprallem Lächeln und kleinen, gutmütigen Scherzen stets zu überspielen gewusst hatte.

Fragend sah Celia Brit an.

»Ich bleibe hier. Ich … muss mich um die Verletzten kümmern. Persönliche Belange dürfen eine Krankenschwester nicht davon abhalten, ihrer Pflicht nachzukommen«, sagte sie leise und fügte mit brüchiger Stimme hinzu: »Mutter und Toni standen nur wenige Meter von mir entfernt an der Reling, als das Chaos ausbrach. Es kann ihnen nichts passiert sein, denn ich habe es ja auch geschafft. Mutter ist zudem eine viel bessere Schwimmerin als ich, ich bin sicher, sie und Toni tauchen über kurz oder lang hier auf, und bis dahin muss ich etwas Sinnvolles tun, damit ich nicht darüber nachdenke, was auf der *Slocum* geschehen ist.«

Celia mochte nicht glauben, dass Brit es fertigbrachte, ihren Vater in diesem Augenblick im Stich zu lassen, doch bevor sie ihrer Empörung Luft machen konnte, hatte Brit sich bereits auf dem Absatz umgedreht, um sich einem Trupp vorbeieilender Kolleginnen anzuschließen.

»Das ist meine Britta«, sagte Stan mit gespielter Munterkeit. »Nur nicht sentimental werden. Aber sie hat recht. Damals in Husum hatten sogar die Krabbenfischer mächtig Respekt vor Idi, weil sie schneller als ein Schweinswal durch die Nordsee pflügte. Sie hat mich immer aufgezogen, weil ich so wasserscheu war …«

Bei ihren Ausflügen nach Coney Island hatte Celia Idi zwar schwimmen sehen, aber was würde ihr das nützen, wenn es an Bord brannte und sie sich um ihren Sohn kümmern musste? Sie sagte jedoch nichts. Stan straffte sich und bot Celia an, Annabelle zu tragen, die vor Erschöpfung eingeschlafen war. Ihr rosiger Mund nuckelte traumverloren, das Köpfchen wog schwer, und ab und an seufzte sie tief.

Celia hoffte inständig, dass der Schlaf sie noch eine Weile fürsorglich fernhielt von dem Chaos und der Verzweiflung, die sie in der East 26th Street erwarten würden. Aber was sollte sie tun? Sie konnte ihr kleines Mädchen doch nicht in dem offenen Wagen zurücklassen und riskieren, dass die Kleine ausbüxte oder von irgendeinem Unhold entführt wurde! Mit Schaudern dachte sie daran, was Florian vor so vielen Jahren passiert war. Ebenso wenig konnte sie Stan bitten, auf Annabelle aufzupassen, während sie sich allein in die Halle begab. Er würde es ihr nicht abschlagen, ihr Gefühl indes sagte Celia, dass es nicht richtig wäre. Es ging schließlich um seine Frau und seinen Sohn.

Seufzend startete sie den Wagen und fuhr von der Bronx zurück nach Manhattan. Die East 26th Street lag in unmittelbarer Nähe von Little Germany.

Im maurischen Stil erbaut, glich das große provisorische

Leichenschauhaus, in dem üblicherweise die sterblichen Überreste von Kriminellen und Obdachlosen bis zu ihrer Bestattung auf den Armenfriedhöfen verwahrt wurden, mehr einer Festhalle. Celia vermochte nicht zu entscheiden, ob die erhabene Schönheit der Architektur diesem Zweck ein wenig Würde verlieh oder seiner spottete. Die vielen tausend Menschen, die sich vor dem Eingang drängten, hatten dafür keinen Blick. Sie schrien die Polizisten an, die eine Panik verhindern sollten, schluchzten haltlos, liefen wie von Sinnen umher oder hielten einander im Arm. Im Abstand einiger Minuten – es mochte sich auch um eine halbe Stunde handeln, das Gefühl für die Zeit verlor sich in der marternden Ungewissheit – wurde die Tür von innen geöffnet, und Beamte ließen die nächste Gruppe ein.

Celia und Stan warteten zwei Stunden in flirrender Hitze. Celias Kehle schien geschwollen, sie vermochte kaum mehr zu schlucken, ihre Haut rötete sich. Stan lief der Schweiß in Strömen über Gesicht und Nacken, durch sein schütteres Haar schimmerte orange und wie poliert die mit Sommersprossen übersäte Kopfhaut. Sein kariertes Taschentuch hatte er an den vier Enden mit Knoten versehen und Annabelle aufs Köpfchen gelegt. Das kleine Mädchen wanderte von Stans Arm zu Celias und wieder zurück, gelegentlich schreckte es auf, sah sich verwirrt um und fiel zurück in unruhigen Schlummer. Mit der Präzision eines inneren Uhrwerks erwachte sie im richtigen Moment.

Der Geruch von Angst und Trauer schlug ihnen entgegen, eine Mischung aus dem Salz bitterer Tränen, Urin, nebelndem Eis, mit dem gegen einsetzende Verwesung vorgegangen wurde, und weihrauchähnlicher Süße. Unter dem gewölbten Dach der Halle echoten Klagen und verzweifelte Rufe. Mild schwebte das Licht durch die hohen Fenster auf die drei Reihen Kiefernsärge, an denen Angehörige und Freunde vorübergingen oder niedersanken, wenn sie sich mit dem Schlimmsten konfrontiert sahen.

Stan, Celia und in ihrer Mitte Annabelle (der ihre Mutter vergeblich einzuschärfen versucht hatte, dieser Anblick sei nichts für Kinder und sie möge die Augen ganz fest zumachen) reihten sich still ein, dem Tod hundertfach ins Gesicht zu sehen. Jungs in kurzen Hosen, die gestern noch Fußball am Tompkins Square gespielt hatten, eine ältere Dame, deren ganze Liebe streunenden Katzen gehört hatte, zwei unverheiratete späte Mädchen, über deren Verhältnis man sich nicht ganz im Klaren war, Kundinnen der Bäckerei, Nachbarn ... Es nahm kein Ende. In der ersten Reihe erkannten sie Mrs. Munroe aus der East Second Street von weitem schon an ihrem gelb gefärbten Haar, in der zweiten fanden sie Emanuel Oblonski, der seinen wie schlafend wirkenden Sohn Samuel neben seinen Bruder Isaac in einen Sarg bettete. »Mutter kommt gleich«, murmelte er ihnen zu. »Ich verspreche es euch. Mutter kommt gleich.« Celia beugte sich zu ihm und legte ihm behutsam eine Hand auf die Schulter. »Maddie lebt«, sagte sie weich. »Wir haben sie gesehen.«

»Es ist alles meine Schuld«, entgegnete Emanuel mit vor Hoffnungslosigkeit irrem Blick. »Gott wollte Maddie zu sich holen, aber ich habe meine Seele dem Teufel verkauft, um es zu verhindern. Jetzt hat Gott mir die Kin-

der genommen. Ich bin schuld. Ich habe mich versündigt.«
»Gemeinsam werdet ihr das durchstehen«, sagte Celia und fühlte selbst, wie hohl ihre Worte klangen. Als sie ihm gerade ihre Hilfe anbieten wollte, riss Annabelle sich los, schlüpfte zwischen den Särgen hindurch und lief die dritte Reihe entlang, bis sie vor einem offenen Sarg stehen blieb. Celia zweifelte nicht einen Moment daran, dass ihre Tochter wusste, was sie tat, und so hakte sie Stan unter und folgte ihr, inständig hoffend, dass der tiefe Friede, der in Romanen zuverlässig, im Leben jedoch nicht immer Schmerz und Panik aus dem Antlitz der Toten tilgt, Tonis Zügen zuteil geworden war. Aber dem war nicht so. Todesangst verzerrte sein von Brandblasen entstelltes Gesicht, da, wo sein Hals gewesen war, klaffte rohes Fleisch. Stans stummer Schrei gellte in Celias Ohren, tränenblind zog sie ihre Tochter schützend zu sich heran, die sie mit blütenweicher, buddhagleicher Nachsichtigkeit betrachtete, als wäre ihre Mutter nicht ganz bei Trost.
Eine junge Frau mit einem Klemmbrett kam zu ihnen herüber.
»Ein Angehöriger?«, fragte sie leise. Lavendelduft entströmte ihren drahtigen, zu einem nestähnlichen Flechtwerk aufgetürmten dunkelbraunen Haaren. Celia nickte, nahm die Frau beiseite und nannte Tonis Namen und Geburtsdatum und erkundigte sich mit gesenkter Stimme, wie sie jetzt gehalten seien vorzugehen.
»Er muss unterschreiben, wenn er der Vater ist«, flüsterte die junge Frau, obwohl Stan sie ohnehin nicht wahrnahm, »danach muss ein Bestattungsunternehmer beauf-

tragt werden, der den Verstorbenen zum Friedhof transportiert. Oder zu Ihnen nach Hause, ganz wie es Ihre Religion verlangt. Aber achten Sie darauf, mit wem Sie es zu tun haben. Manche wittern ein prima Geschäft und drehen Ihnen ein feudales Begräbnis auf dem *Marble Cemetery* an.« Ihre Frisur wippte vor Entrüstung.

»Wenn eine vermisste Frau weder hier noch in den Kliniken zu finden ist, was kann das Ihrer Meinung nach bedeuten?«

Die Frau blickte zu Boden, eine feine Röte überzog ihre Wangen, und sie biss sich auf die Lippen; offenkundig hatte sie diese Art des Gesprächs noch nicht so häufig führen müssen, dass ihre Betroffenheit einer routinierten Abgeklärtheit gewichen wäre. »Nun, um ehrlich zu sein, haben wir hier nur die aufgebahrt, die ... noch zu erkennen waren. Wenn das nicht der Fall war, wurden sie in das offizielle Leichenschauhaus gebracht. Es befindet sich gleich nebenan.«

Celia bedankte sich und wandte sich Stan zu, der still neben dem Sarg stand, die Hände zum Gebet gefaltet. Annabelle hatte ihm ihre kleine Hand auf den Unterarm gelegt und blickte nach oben, als lausche sie in andere Sphären. Beide machten einen gefassten Eindruck, und Celia beschloss, sie einen Augenblick allein zu lassen, um sich einen Eindruck von der Lage vor dem Nachbargebäude zu machen.

Vor der Halle wurde Celia sogleich von einem älteren Mann in schwarzem, speckigem Anzug bedrängt, der ein salbungsvolles Lächeln zur Schau trug. Sie ließ ihn einfach stehen und ging an den schwarzlackierten Fuhrwerken der Bestattungsunternehmen vorüber. Ein gutmütig wirkender Mittzwanziger sprach sie an. Seinen tiefblauen Augen und dem widerspenstigen Haar über kräftigem Nacken zu urteilen schien er irischer Herkunft zu sein, er stellte sich aber als Arthur Petersen vor, »bekannt in ganz Little Germany«, was Celia als sehr dick aufgetragen empfand. »Da können Sie jeden fragen!«, beharrte er gekränkt. »Sehen Sie, eben geht Mrs. Hornblower in die Halle. Ihren Mann habe ich letztes Jahr zu Ostern zur letzten Ruhe geleitet. Fragen Sie sie nur! Oder Mr. Hallifax.« Er warf den Kopf in den Nacken und spähte in die Menge, ob sich nicht noch ein Leumundszeuge ausmachen ließe. Dann rief er: »Da ist Mrs. Goodman. Bei ihr kaufe ich immer meine Zimtbrötchen, sie weiß, dass ich mich eines tadellosen Rufes erfreue, sie wird …«

Celia hörte ihm nicht mehr zu.

Das geblümte Sonntagskleid am Saum zerrissen, die grauen Haare strähnig und das Gesicht voller Schnittwunden schritt Idi ihr entgegen. Sie lächelte Celia zu. Das heißt, eigentlich handelte es sich nur um ein Anheben der Mundwinkel, ein Reflex, der Idis Mimik bis ans Ende ihrer Tage zu eigen bleiben sollte und jede Frage im Keim erstickte. Idi Goodman würde niemals Worte finden für das, was sie auf der *Slocum* erlebt hatte, und ihrer unausgesprochenen Qual erlauben, sie von innen zu verzehren, bis ein Lymphdrüsenkrebs viele Jahre später den Rest barmherzig schnell vollbrachte.

Tonis Beerdigung fand auf dem *New York City Marble Cemetery* statt. Die teuerste Ruhestätte, die die Stadt ihren Würdenträgern, Reichen und Berühmten zu bieten hatte, war einem jungen Mann, der in seinem kurzen, kummervollen Leben nicht eine einzige Sünde auf sich geladen hatte, angemessen, wie Idi fand, weshalb sie Celias Warnungen in den Wind schlagend Arthur Petersen mit der Ausrichtung des Begräbnisses beauftragt hatte. Die Worte des Pfarrers – »Vergebung … Sünden … Auferstehung … Sünden … Seele … göttlicher Sinn … Sünden … weltliches Gericht … Rechenschaft … Sünden…« – wurden vom Winde verweht und blieben an den marmornen Monumenten hängen.

Kein Trost, nirgends.

Außer seinen Eltern, Brit und einem sehr betroffenen Joe waren nur die engsten Freunde – Celia und Paul natürlich und einige Nachbarn aus Little Germany – sowie Tonis Lehrerin aus Long Branch erschienen, denn fast jede Familie in Little Germany hatte Verluste zu beklagen, und selbst der zum Äußersten Entschlossene war nicht in der Lage, Hunderte von Begräbnissen zu besuchen.

Die Katastrophe fand in der ganzen Welt Beachtung, Staatsmänner und europäische Monarchen drückten New Yorks Bürgermeister George B. McClellan Jr. ihr tief empfundenes Beileid aus, Hilfsfonds wurden gegründet, Wohlfahrtsvereine und wohlhabende Bürger spendeten so gut gemeint wie ziellos etliche Dollar, um wenigstens irgendetwas für die Hinterbliebenen der über eintausend Toten zu tun, doch nichts linderte deren Kummer oder konnte verhindern, was in den Wochen und Monaten nach dem vierzehnten Juni geschah. Schulen mussten schließen, mit Schweiß und Fleiß gegründete Geschäfte hatten keine Eigentümer mehr, verzweifelte

Angehörige verübten Selbstmord, und Familien zerstritten sich, weil sie sich nicht einigen konnten, wie sie die vom Staat gezahlten Entschädigungsgelder untereinander aufteilen, mithin den Kummer des Einzelnen finanziell bewerten sollten. Wer es sich leisten konnte, zog auf die Upper East Side mit ihren stuckverzierten klassizistischen Stadthäusern. Andere entdeckten in der Tiefe ihres Herzens den Wagemut, der ihnen in der wohlanständigen Sicherheit Little Germanys abhanden gekommen schien, und brachen nach Los Angeles auf, um im Napa Valley Rebstöcke für kalifornischen Wein zu setzen, in den Redwoods als Holzfäller zu arbeiten oder im Norden von Los Angeles an der Wiege der späteren Filmindustrie mitzubauen.

Die Erschütterung, die Joe durch Tonis Tod widerfuhr und die er sich selbst nicht erklären konnte, führte dazu, dass er sich seines Glücksspiels und seiner kleinen kriminellen Machenschaften schämte und in dem Aufbruch nach Westen die Chance erkannte, sich dieser Versuchung und darüber hinaus der schwiegerelterlichen Umklammerung zu entziehen. Doch seine Frau wollte nichts davon wissen. So blieb Joe nichts anderes übrig, als einige Wochen lang den Lockruf Shorty Spencers zu überhören, um ihm schließlich doch wieder zu folgen. Brit tat, als merke sie nichts davon. Und auch Stan tat, als sei mit seiner Tochter und seiner Frau und seiner geliebten Enklave alles in Ordnung.

Celia brach es fast das Herz; sie hatte das Gefühl, zum zweiten Mal zu verlieren, was ihr Halt und Heimat gewesen war. In den ersten Tagen nach der Katastrophe fand sie ein wenig Trost darin, Brit zur Hand zu gehen, die sich von morgens bis abends um Verletzte kümmerte, die das Krankenhaus hatten verlassen können, aber zu krank, zu verzweifelt und zu apathisch waren, um für sich zu sorgen. Paul lobte seine Frau über den grünen Klee für ihren selbstlosen Einsatz, dessen Ende er umso dringender erhoffte, da er spürte, wie beängstigend rasch er zu ihrer ehelichen Entfremdung beitrug. Celias olivgrüne Augen waren ohne Glanz; wenn sie ihren Kindern vorlas, übersprang sie ganze Absätze oder las sie doppelt, und die Mühe, die es sie kostete, ihren Mann auch nur zu küssen, kränkte und beunruhigte ihn.

Was Celia aufrieb, war jedoch nicht in erster Linie Tonis Tod. Sie vermisste seinen irrlichternden Blick, der an guten Tagen gelegentlich bei ihr oder Annabelle verweilt hatte, mitunter meinte sie seine dickliche Gestalt am Taubenpavillon zu sehen und weinte, wenn sie ihren Irrtum erkannte. Ihre Tochter behauptete, ihr Freund sei anwesend, wenn auch nicht sichtbar, und er habe ihr erklärt, wie sie mit den Vögeln und den Geistwesen, von denen es allenthalben wimmelte, sprechen könne. Annabelle verhielt sich ganz so, wie Großmutter Elvira es von ihrer Enkelin Celia erwartet hatte, die sich dereinst reichlich blind für derlei Dinge erwiesen hatte, und so kam Celia zu dem Schluss, ihre Tochter hätte statt ihrer die spirituelle Gabe geerbt. Statt sich wie Paul zu sorgen, wenn Annabelle lebhaft von ihren Zwiegesprächen mit Toni berichtete, hörte Celia ihr aufmerksam zu. Tonis Geist half ihnen, verlegte Schlüssel wiederzufinden, das Haushaltsbuch effektiver zu führen und die Tauben zu dressieren, damit sie auf einen bestimmten Pfiff eine Rolle rückwärts vollführten. Das gelang zwar nicht immer, aber Mutter und Tochter waren sich einig: Ein Teil von Toni war bei ihnen geblieben, und das war ein Grund zur Freude und Dankbarkeit.

Nein, auch das nahende Ende von Little Germany oder Idis Versteinerung schlugen Celia nicht nachhaltig aufs Gemüt. Was sie im Innersten erschütterte, war ihr spontanes, inbrünstiges Verständnis für Joe. Brits Ehemann hatte sich über die Jahre sehr zu seinem Nachteil verändert, gab sich ruppig und verschlossen, und Celia misstraute ihm. Doch sein Wunsch, über alle Berge zu gehen, sprach ihr direkt aus dem Herzen. Auf und davon! Kummer und Verfall, Verpflichtungen und selbstauferlegten Ballast hinter sich lassen und keinen Blick zurückwerfen, bis das Leben einen erneut an die alten Gestade spülte, irgendwann. Umwege wählen und neue Pfade entdecken. Ungebunden sein. Frei. Mit Hammer und Holz, Farbe und Phantasie den Zauber hervorlocken, der sich mit jedem Orgelton, und sei er noch so blechern, mehr und mehr entfaltet.

Wenn sie sich dabei ertappte, wie sie ihre Vergangenheit schwärmerisch beschwor, rief Celia sich stets zur Ordnung und fügte im Stillen und boshaft an, was sie offenkundig vergessen hatte: Wie sie alle nach Schweiß gerochen hatten, weil man es unterwegs mit der Hygiene nicht so genau nahm. Wie sie gemeinsam mit Zigeunern aus Kuhnestern vertrieben worden waren, weil deren von exzessiv betriebenem Inzest debile Einwohner meinten, sie seien etwas Besseres. Wie sie das marode Karussell aus Geldnot so oft hatten ausbessern und flicken müssen, bis es aussah, als hätte es die Pocken gehabt!

Sie zwang sich, verächtlich zu lachen, wusste indes, dass es vergeblich war. Nichts würde ihre Sehnsucht nach dem fahrenden Leben und der schillernden Welt wieder in den letzten Winkel ihres Herzens zwingen können, wohin Celia sie vor fünf Jahren um Pauls und ihres gemeinsamen Lebens willen verbannt hatte. Tatsächlich würde sie Long Branch lieber heute als morgen den Rücken kehren und es keine einzige Sekunde bereuen. Die Kinder fanden in diesem Bild einen Platz, wenn auch etwas vage, doch ihr Mann kam darin nicht vor. Die jähe Erkenntnis traf sie wie ein Schlag, und das schlechte Gewissen drückte sie nieder.

Eines Vormittags im Frühsommer 1905 beschloss sie, nach Coney Island zu fahren. Die erste Feuerwehrschau war vorbei und eine Kolonne älterer Frauen damit beschäftigt, die Hinterlassenschaft von tausendfünfhundert Zuschauern aufzusammeln: zerknüllte Taschentücher und Zigarettenstummel, entwertete Eintrittskarten, halbgegessene Würstchen und abgeknabberte Liebesäpfel, geplatzte Luftballons und ramponierte Haarbänder. Celia drückte sich an der Ostseite der Halle vorbei, bis sie die Stelle erreichte, an der sie vor neun Monaten ohnmächtig geworden war, raffte die Röcke und kletterte über den mannshohen, am oberen Ende mit nach außen geneigten Latten versehenen Holzzaun und schlich hinüber zu den Planwagen, die sich versteckt im Schutz üppig wuchernder Hecken aneinanderschmiegten.
Pauls Familie saß vor einer umgedrehten Holzkiste, alle drei tranken Tee, dessen intensives Apfel-Zimt-Aroma Celia in die Nase stieg.

»Die nächste Show beginnt in fünf Minuten«, rief die Frau ihr mit kehliger Stimme zu. Es klang nicht unfreundlich, aber auch nicht herzlich. Ihre mit Silberringen und Armreifen geschmückten Hände ruhten im Schoß ihrer zum Schneidersitz gekreuzten Beine, dunkelroter Taft bauschte sich taillenabwärts, ein kaftanähnlich geschnittenes Oberteil ersetzte die Bluse. Ihre Augen waren von dattelgoldener Farbe, dunkler als Pauls, aber ebenso eindrucksvoll. Ihr dunkelbraunes, glattes Haar war zu einem schlichten Knoten geschlungen. Ihr Mann und ihr Sohn trugen derbe Stiefel zu schmalen Hosen, die ihre langen, sehnigen Beine betonten. Anselm trug seine karamellblonden Haare glatt zurückgekämmt; die ein wenig abstehenden Ohren verhinderten, dass die halblangen Strähnen ihm ins tief gebräunte Gesicht fielen, das von runden Augen mit Tränensäcken dick und faltig wie getrocknete Aprikosen beherrscht wurde. Kamir kam mehr nach der Mutter. Eine aristokratisch fein geschnittene Nase über perfekt geschwungenen Lippen verliehen dem jungen Mann einen hochmütigen Ausdruck, seine Augen beschirmte er gegen die gleißende Sonne mit beiden Händen, kastanienbraunes Haar lockte sich bis in den Nacken.

Celia trat näher. »Darf ich mich zu Ihnen setzen?«

Die drei wechselten einen Blick miteinander, antworteten jedoch nicht. Celia betrachtete sie scheinbar ungerührt, entschlossen, die Herausforderung, die in ihrem Schweigen lag, anzunehmen.

»Dariane, Anselm und Kamir Porimba«, sagte Celia. So lauteten die Namen von Pauls nächsten Verwandten, hatte es in dem Bericht des Detektivs geheißen, den er

Celia zusammen mit einem dicken Packen verwackelter Fotos und einem Kasten Trüffelpralinen von *Macy's* nach Hause geschickt hatte, nachdem er sich einige Wochen nach Paul juniors Geburt diskret erkundigt hatte, ob sie an den Informationen noch interessiert sei. Sie war es, jetzt mehr denn je. »Sie wundern sich vielleicht, warum ich Sie aufsuche.«

Wieder wechselten die drei einen Blick.

Celia entschied sich für die Offensive. »Warum haben Sie keinen Kontakt zu Ihrem Sohn Paul?«

»Er hat keinen Kontakt mit uns«, versetzte seine Mutter. Etwas sanfter fügte sie hinzu: »Um seinetwillen solltest du lieber gehen.«

Anselm nickte. Eine Fanfare verkündete den Beginn einer neuen Vorstellung, und sichtlich erleichtert eilte er zu dem vergitterten Bühneneingang auf der Rückseite der Halle, wo sich nach und nach alle Statisten einfanden. Als Kamir Anstalten machte, es seinem Vater gleichzutun, packte Celia ihn am Arm. »Seitdem ich in New York bin, beobachtest du mich! Warum tust du das?«

Seine Augen hielten sie fest. Seltsame Augen aus der Nähe, braun mit goldenen, tanzenden Lichtern. Freundliche Katzenaugen. Seine Mundwinkel zuckten, als fände er die Frage zum Lachen. Celia ließ ihn los. Aufreizend langsam ging er davon.

»Ich komme wieder«, sagte Celia zu Dariane.

»Wenn du meinst«, erwiderte sie leichthin.

Celia hielt Wort. Wann immer sie es einrichten konnte, besuchte sie die Familie, kam der Klärung ihrer Fragen jedoch kein bisschen näher. Die drei blieben gleichbleibend wortkarg. Schließlich hatte Celia es gründlich satt, nach Regeln zu spielen, die sie nicht durchschaute, und schlug Kamir eine Partie Schikanöse vor. Zu ihrer Überraschung kannte er das Spiel und akzeptierte amüsiert ihren Einsatz: Wenn Celia gewann, müsse er seine Schwägerin in die Geheimnisse der Familie einweihen. Wenn sie verlor, versprach Celia, sie in Ruhe zu lassen. Natürlich war sie felsenfest überzeugt, dass das, was einen notorischen Spieler wie John McKane in die Knie gezwungen hatte, auch in diesem Fall seinen Zweck erfüllen würde. Doch sie hatte Kamir unterschätzt. Er täuschte gekonnt an und legte so schnell und fingerfertig aus, dass Celia ihn wütend des Falschspiels bezichtigte. Doch Kamir lachte sie aus. Dariane bot ihr lächelnd einen Apfeltee an. Nach einer Weile setzte Anselm sich dazu, entrollte eine abgegriffene Karte der Vereinigten Staaten, beschwerte die Enden mit faustgroßen Feldsteinen und wies mit leuchtenden Augen auf die Gegenden, wo sie einst vor Indianern und Siedlern ihre Vorstellungen gegeben hatten.

»Ich dachte, ihr arbeitet als Statisten für die Feuerschau«, rief Celia aus und starrte Dariane an, als hätte sie sich vor ihren Augen in ein weißes Kaninchen verwandelt.

»Wir brauchten eine kleine Verschnaufpause«, erwiderte sie schulterzuckend und fügte im besten Rekommandierton hinzu: »Darianes magischer Wunderwagen! Komödien, die das Leben schrieb! Zaubertricks, die euer Blut zum Kochen bringen! Weissagungen und Kräutertränke! Atemberaubende Akrobatik! Von der Donau an den Mississippi! Und so weiter und so weiter.«

Pauls Familie – Fahrende! »Das kann nicht wahr sein«, murmelte Celia.

»Bei den Quäkern in Oregon haben wir es vorsichtig angehen lassen«, erklärte Anselm mit schelmischem Blick. »Lustige Sketche und dramatische Teufelsaustreibungen kamen gut an. Die Indianer in Utah mochten es lieber, wenn Kamir einen tumben Siedler spielte, der von Dariane verhext wird und sich nur noch Weißer Molch nennt.«
Celia kicherte, und Anselm, befeuert von lebhaften Erinnerungen, strahlte über das ganze Gesicht. Das Eis war gebrochen. Ihr Familiengeheimnis behielten die Porimbas zwar für sich, aber sie öffneten ihre verborgene Schatztruhe und ließen Celia teilhaben an ihren Geschichten, ihren Wegen und Umwegen. Celia ihrerseits erzählte vom *Venezianischen Traum,* von den winzigen Stuben im Haus am Stavendamm, von Großmutter Elvira, die ihrer Enkelin das Abc der Tiersymbolik so vehement wie vergeblich einzutrichtern bemüht gewesen war, von ihrer vornehmen Mutter und ihrem nachgiebigen Vater, von Suriann und Onkel Hoppe, dem eingegrabenen Francesco und Cyrus, wie er dem Känguru Dolores aus Liebe zu Suriann mutig ins Kreuz gesprungen war.
Celia nährte ihre Wurzeln. Mit jeder Begegnung wuchs die Verbundenheit mit Pauls Familie, und sie kam nicht umhin, sich einzugestehen, dass sie sich in ihrer Mitte mehr zu Hause fühlte, als sie es in Long Branch je getan hatte. Vor allem zu Kamir empfand sie eine Nähe, die sie beglückte. Er brachte sie mit aberwitzigen Geschichten zum Lachen, neckte sie, weil sie »in einem 1000-Dollar-Kleid steckte, aber nicht für fünf Cent Ahnung besaß, wie man geheime Wegzeichen las«, und grinste frech,

wenn sie in Rage geriet. An anderen Tagen gab er sich verschlossen und einsilbig, wenn auch nicht unfreundlich. Abgesehen von dieser Neigung schien Kamir der ausgeglichenste Mensch zu sein, der Celia je begegnet war. Kamir urteilte nicht über andere, noch sprach er schlecht über sie, er parierte die Anwürfe betrunkener Feuerschau-Kollegen, denen der hübsche Kerl in ihrer Mitte ein Dorn im Auge war, mit Gleichmut und ignorierte die heißen, eindeutigen Blicke, die ihm Besucherinnen wie Zuckerzeug-Verkäuferinnen zuwarfen.
Je mehr Zeit Celia mit Kamir verbrachte, desto sehnlicher wünschte sie sich, dass er derjenige wäre, der gelegentlich und unvermittelt aus einer anderen Dimension auftauchte, nach dem Rechten sah und für Monate wieder verschwand. Doch wie geschickt und beiläufig Celia ihre Fragen auch stellte, Kamir verriet sich mit keiner Silbe. Jeden ihrer Versuche, ihm auf die Schliche zu kommen, quittierte er mit einem bedächtigen Kopfschütteln und einem Ausdruck in den braunen, golden gesprenkelten Augen, der leises Bedauern verriet.
Kinder reagierten auf ihn mit einer instinktiven Zutraulichkeit, die er nie enttäuschte. Häufig sah sie ihn, zwei, drei Knirpse im Schlepptau, am Strand entlanglaufen oder durch das Dünengelände hinter dem Park streifen, hier und da eins der geheimen Zeichen in den Sand malend, und ebenso häufig beschloss Celia bei ihrem nächsten Besuch, ihre Tochter mitzubringen, ließ es aber stets bleiben.
Annabelle zu bitten, die Ausflüge für sich zu behalten, hätte das Kind überfordert, und wenn Paul herausfand, was Celia hinter seinem Rücken trieb, wäre er zu Recht

verärgert. Erst musste sie sich einen Plan zurechtlegen, wie die Versöhnung zwischen ihrem Mann und seiner Familie am geschicktesten einzufädeln war.

Mittlerweile neigte sie zu der Ansicht, dass die Entfremdung nicht das Ergebnis eines Zerwürfnisses war. Wahrscheinlich schämte sich der gute, seriöse Paul seiner schlichten Herkunft und hatte gemeint, sie verleugnen zu müssen, als er die Bankierslaufbahn einschlug; gewiss bereute er seine unnachgiebige Haltung längst, fand jedoch keinen Weg zurück aus dem eisigen Schweigen! Das wäre typisch für ihren Mann, der feinste Veränderungen in den Börsenkursen zuverlässiger zu deuten verstand als emotionale Schwankungen, die ihn verunsicherten und ihm deswegen zutiefst suspekt waren. Doch was auch immer Paul veranlasst haben mochte, den Kontakt zu seinen Angehörigen abzubrechen, es blieb die Frage, wie sie die Sache wieder ins Lot bringen konnte. War es klüger, Dariane, Anselm und Kamir nach Long Branch zu bitten und zu hoffen, dass die Überraschung Pauls Groll hinwegfegte? Das war eine Möglichkeit, aber angesichts Pauls heftiger Abneigung gegen jegliche Spontaneität, die ihm im Kern frivol schien, nicht sehr erfolgversprechend. Suchte sie hingegen erst das Gespräch mit ihrem Mann, schlug er es ihr womöglich sofort ab, seine Familie zu empfangen. Ja, die Angelegenheit erwies sich als delikat und bedurfte ihres Fingerspitzengefühls. Nach einiger Zeit erschien es Celia völlig natürlich, halbe Tage auf der Insel zu verbringen und die andere Hälfte in Long Branch, bei ihren Kindern, ihren wohlhabenden Freundinnen und ihrem ahnungslosen Mann.

Als Celia eines frühen Abends nach Hause kam, angeregt von einem heiteren Nachmittag mit Kamir, wartete Paul im Gartenzimmer auf sie. Die Hände in den Hosentaschen, den Spann des rechten Fußes in die linke Kniekehle geklemmt, saß er auf der Lehne des cremefarbenen Sofas.

»Wo warst du?«, fragte er kühl.

»Spazieren«, flunkerte sie lächelnd und wollte ihm einen Kuss geben, doch mit einem Ausdruck tiefer Enttäuschung wandte Paul sich von ihr ab. »Celia, ich weiß, wo du warst.«

»Woher?«

Wortlos griff er hinter das beigeseidenbezogene Sofakissen und förderte einen Umschlag zutage, den Celia kannte, drehte ihn mit der Öffnung nach unten und ließ die Fotos auf den blankgebohnerten Boden gleiten. »Es ist gewiss nicht die feine Art, hinter der eigenen Frau herzuspionieren, selbst, wenn man spürt, dass sie etwas zu verbergen trachtet, und dafür entschuldige ich mich«, sagte er mit einer Miene, blass und starr wie eingefroren. »Aber mir einen Detektiv auf den Hals zu schicken, der überall Fotos von mir herumzeigt, als wäre ich ein Verbrecher …« Seine Stimme wurde zu einem bedrohlichen Flüstern. »Was fällt dir ein!«

»Paul, ich …«, begann Celia, als ein energisches Klopfen sie innehalten ließ.

»Jetzt nicht!«, brüllte Paul, doch Gladys scherte sich nicht darum, marschierte majestätisch an ihm vorbei und hielt Celia ein silbernes Tablett hin, darauf ein an sie adressiertes, geöffnetes Telegramm.

»Es wurde heute Mittag gebracht. Der gnädige Herr hat

es bereits gelesen.« Ihre vorwurfsvolle Miene ließ keinen Zweifel, dass sie Pauls Betragen unerhört fand.

»Oh, ich vergaß«, versetzte Paul mit einem aggressiven Unterton, der Celia zutiefst erschreckte. »Du solltest dich besser um deine eigene Familie kümmern als um Dinge, die dich nichts angehen. Dein Vater … nun, er liegt im Sterben.«

17

Herbststürme peitschten den Atlantik zu schaumigen, brausenden Wellengebirgen, die mit allem kurzen Prozess machten. Die *Eusebia* entkam mit knapper Not und entließ die Passagiere der ersten Klasse, deren Luxuskabinen unmittelbar unter der Kommandobrücke lagen, wo das Schlingern des Schiffes besonders heftig zu spüren war, grüngesichtig und mit zittrigen Knien auf norddeutschen Boden.

So schwer Celia die Trennung von ihrem Söhnchen gefallen war, musste sie ihrem Mann, der sie inständig gebeten hatte, den Kleinen in seiner und Manitas Obhut zu belassen, im Nachhinein recht geben. Annabelle war nicht nur mit einer großen Gelassenheit begabt, sondern auch schon alt und verständig genug, um die Erklärungen des Kapitäns bei Tisch zu begreifen, warum ein so großes Schiff nicht untergehen konnte. Für Paul junior wäre die Überfahrt ein erschütterndes Erlebnis gewesen, das möglicherweise schlimme Folgen für sein Gemüt nach sich gezogen hätte.

Während sie die sich sacht wiegende Gangway hinunterliefen, versprach Annabelle ihrer Mutter feierlich, dass sie beide erst dann wieder abreisten, wenn sie zwischen Lesum und Weser einen fliegenden Drachen aufgestöbert und mit Tonis Hilfe für ihren Rückflug abgerichtet hätte. Diese Absicht teilte sie sogleich ihrer Großmutter mit, die sie ohne Zögern unter Hunderten am Kai wartenden Menschen als die ihre erkannte.

»Ein aufgewecktes Kind«, lobte Valentina mit einem geschmeichelten Lächeln.
»Nicht nur das«, erwiderte Celia lakonisch. »Sie hat das geerbt, von dem du nie glaubten wolltest, dass es wahr sein könnte. Großmutter wird entzückt sein.« Valentinas Lächeln wich einer gekränkten Entrüstung. »Gott gebe dem Kind das Einsehen, die Dinge nicht zu übertreiben«, antwortete sie beherrscht und rang sich ein mattes Lächeln ab, das ihre Augen nicht erreichte. Schwer wogen die Lider, als hätten sie es über, sich immerfort zu heben, und ein trotziger, störrischer Zug lag um Valentinas Mund.
»Wie geht es ihm?«, fragte Celia.
Valentina presste die Lippen aufeinander. »Elvira glaubt an ihre Tricks, du weißt ja, Eulenkot und Bärlauchsud. Ich hingegen halte mehr von Doktor Holthusen.« Ihre Augen glitten zur Seite, und leise, damit Annabelle es nicht hörte, fügte sie hinzu: »Aber er kann auch nicht helfen. Ein verdammtes Geschwür frisst ihn von innen auf. Du musst dich wappnen, mein Kind.« Brüsk drehte sie sich um und ging ohne ein weiteres Wort voran, den Schirm in die Luft gereckt, als könne er die Menge teilen, die den Weg zu den Automobilen und Pferdefuhrwerken versperrte.
Zögernd folgte Celia ihr, unsicher, was sie von diesem Benehmen halten sollte, das so gar nicht zu der ein wenig aufgesetzten venezianischen Noblesse passte, die ihre Mutter früher an den Tag gelegt hatte.
»Mietwagen gefällig?«, rief ein kräftiger junger Mann Celia zu. Er schwenkte seine Mütze übertrieben elegant, um ihre Aufmerksamkeit auf den nagelneuen Opel Dar-

racq zu lenken, und plapperte drauflos von dem wetterfesten Verdeck und den sagenhaften neun Pferdestärken, die den Passagieren erlaubten, mit fünfundvierzig Kilometern in der Stunde dahinzubrausen. Die Stimme hatte sich um eine Oktave nach unten verschoben, aber Celia erkannte sie.

»Florian!« Sie flog in seine ausgebreiteten Arme, die sie umfassten und im Kreis herumschwenkten, bis ihr schwindlig wurde.

»Du bist viel zu mager, Cousine«, neckte er sie und begann das Gepäck zu verladen. »Wird Zeit, dass du zu den Fleischtöpfen Ägyptens zurückkehrst! Großmutter Elvira hat gekocht, als käme die amerikanische Armee zu Besuch.«

Celia lachte glücklich. Es tat gut zu sehen, dass der verschüchterte Knabe zu einem selbstbewussten, humorvollen Mann herangewachsen war.

Nach einem kurzen Blick zum Himmel schloss er das Verdeck, und wenig später glitt der Wagen durch einen lautlosen Nieselregen, der das Kopfsteinpflaster polierte und das seegrüne Flachland zwischen Bremerhaven und der Hansestadt Bremen mit einem grauen Schleier bedeckte. Es wurde klamm und ungemütlich in dem Automobil. Nach kurzer Zeit erstarb die Unterhaltung, weil Valentina vor Kälte die Zähne klapperten und sie nur mühsam hervorbrachte, ohnehin werde Elvira es ihr nicht verzeihen, wenn Celia bei ihrer Ankunft im Schnoor bereits über alle Neuigkeiten im Bilde wäre.

Schweigend betrachtete Celia die vorüberhuschenden Höfe, die schwarzbunten Milchkühe, die wiederkäuend im Schutz der Bäume lagerten, und die dichte Wolkendecke, die nicht den Anschein erweckte, je wieder aufbrechen zu wollen. Annabelle schlief, den Kopf auf Celias Schoß gebettet. Dann und wann kreuzten sich Valentinas und Celias Blicke, hoben sich ihre Lippen zu einem matten Lächeln.

Als sie am späten Nachmittag im Schnoor eintrafen, hatte es aufgehört zu regnen. Das Haus am Stavendamm war frisch verputzt und mit hübschen dunkelroten Fensterläden versehen, die Utlucht ausgebessert und mit einem schmiedeeisernen Gestänge für Blumentöpfe versehen worden. Ein paar kümmerliche Geranien hatten sich der Übermacht eines Knöterichs ergeben, der unverdrossen Trieb um Trieb zum Licht schickte, die auf dem Weg dahin Station bei den Fensterläden am Nachbarhaus machten.

»Verflixtes Unkraut!«, schallte es von dort. »Sind wir hier in Venedig, oder was?« Anka riss an den Trieben herum. Als sie Celia erblickte, hob sie widerwillig die Hand und schlug gleich darauf das Fenster zu.

»Ich freue mich auch, dich zu sehen«, murmelte Celia und drückte Annabelle an sich. Offenkundig besaßen die Lamberts nicht nur ein Automobil, sondern auch ein zweites Haus, doch Ankas Laune hatte sich über die Jahre nicht gebessert.

Florian half ihr und Valentina aus dem Wagen und schulterte das Gepäck wie ein Schauermann die Kaffeesäcke, als sein Bruder mit schweren Schritten aus dem Haus kam, ihn zur Seite drängte und sich vor Celia aufbaute.

»Tag, Celia«, grüßte Kester knapp und taxierte sie von Kopf bis Fuß. »Willst du wirklich hier wohnen? Ist's denn vornehm genug für dich?«

»Guten Tag, Kester«, erwiderte Celia ruhig, den Fehdehandschuh nicht ergreifend, um sich vor der Begegnung mit ihrem kranken Vater nicht zu ärgern. Der Kleinkrieg mit Kester konnte später gewonnen werden. Sie nahm ihre Tochter auf den Arm und schritt ohne ein weiteres Wort an ihrem Cousin vorbei in den Flur ihres Elternhauses. Das anthrazitfarbene, matt glänzende, aus chinesischer Seide geschneiderte Melanie-Hansen-Kostüm fegte raschelnd über den neuen Terrazzo. Einst hatten ihre Wollröcke keinen Laut verursacht, es sei denn, der Regen hatte sie durchnässt, so dass sie bei jedem Schritt nach oben dumpf gegen die Treppenstufen schlugen.
Valentina lächelte versonnen, und Celia kannte ihre Mutter gut genug, um zu wissen, dass ihr dieser kleine Unterschied nicht entgangen war. Celias Reichtum konnte sich hören lassen.
Sie betraten die Küche, die durch einen Durchbruch zum Nachbarhaus doppelt so viel Platz bot. Großmutter Elvira thronte auf dem Sofa, die faltigen, unnatürlich prallen Arme ruhten auf dicken Kissen, die monströs geschwollenen Füße auf einem umgedrehten Holzbottich. Celia erschrak.
»Das ist bloß das Wasser, mein Kind. Die Brennnesseln, die es austreiben sollen, gehen allmählich zur Neige, aber diese Runde ist bald geschafft«, sagte die alte Frau und bekräftigte ihre Worte, indem sie ihren greisenhaften Vogelkopf zur Brust drückte. Ihr Blick schweifte unstet umher, dann blieb er an Annabelle hängen. Ein Funke blitzte in ihren müden Augen auf. »Außerdem gehöre ich nicht zu denen, um die man sich Sorgen machen muss, und wenn du möchtest, Annabelle Osborne, er-

kläre ich dir, woher ich das weiß.« Sie zwinkerte Celia zu und wedelte sie und Valentina mit einer energischen Geste hinaus.

»Wenn ich nicht wüsste, dass sie mit ihrem resoluten Getue nur ihre Rührung überspielen will, mich nach so vielen Jahren wiederzusehen, hätte ich Grund genug, beleidigt zu sein«, meinte Celia lakonisch, um zu verbergen, dass sie das Verhalten ihrer Großmutter dennoch kränkte.

Valentina zuckte mit den Schultern. »Du solltest dir eher Gedanken machen, wenn sie sich wie eine normale Großmutter benehmen würde.«

»Warum hast du mir nicht geschrieben, wie krank sie ist?«

»Weil sie gedroht hat, mich in ein Warzenschwein zu verwandeln, wenn ich das tue. Sie beharrt darauf, das Wasser reinige sie von den Kloaken fremder Gedanken und bringe ihren Geist zurück, wenn er sich wieder zu verlieren droht, und brauche nur ein wenig Unterstützung, um ihren Körper wieder zu verlassen. Deshalb säuft sie Brennnesseltee wie ein Kamel.«

Sie erreichten den Treppenabsatz, und Valentina lauschte einen Moment in die Stille. »Meistens schläft er.« Als sie die Tür zum Schlafzimmer, das nun als Krankenzimmer diente, öffnete, quietschte es in den Angeln wie ein Stück Kreide auf einer Schiefertafel. Valentina entfuhr ein ungehaltenes »Pst!«, und sie verdrehte die Augen. »Kester!«, flüsterte sie ungehalten. »Wie oft habe ich diesen Nichtsnutz gebeten, die Tür zu ölen!«

»Ich schlafe nicht, wenn meine Tochter aus Übersee kommt!«

Valentina nickte ihrer Tochter aufmunternd zu und ließ sie allein, wofür Celia ihr dankbar war. Diesen Augenblick wollte sie mit niemandem teilen.
Der Duft von Kampfer und Melisse lag im Streit mit dem Mief eines ungelüfteten Raums und dem Gestank, den Ausscheidungen aller Art hinterlassen, selbst wenn der Nachttopf umgehend und gewissenhaft geleert wurde. Neben dem Bett reihten sich auf einem dreibeinigen Tischchen mehrere Flaschen Laudanum und verschiedene Kräuteressenzen, die, das erkannte Celia mit einem Blick auf ihren Vater, nichts, rein gar nichts ausrichten würden. Er wirkte wie ein Gespenst in einem viel zu großen Nachthemd, die schweren Wolldecken drohten seinen ausgemergelten Körper zu erdrücken; seine Züge, einst feingeschnitten und doch kraftvoll, wirkten wie eine grobe Skizze aus schütteren Bartstoppeln, weißen, drahtigen Brauen und klebrig grauen Haarsträhnen. Seine Augen indes leuchteten.
»Mein kleines Mädchen«, sagte er leise und mit rauher Stimme. »Komm zu mir.«
Sie setzte sich auf die Bettkante und nahm ihren Vater behutsam in den Arm. Es fühlte sich an, als drücke sie ein Bündel Knochen an ihre Brust. Ihre Tränen benetzten seine welke Haut.
»Schscht«, brummte er, »es ist alles, wie es sein soll. Du musst mir nur noch verzeihen.« Dann sank er zurück und fiel übergangslos in Schlaf, so tief und fest, dass Celia entsetzt ihr Ohr an sein Herz legte. Doch Gerald Lamberts Reise hatte noch nicht begonnen. Regungslos und ohne Gefühl für die Zeit blieb sie an seinem Bett sitzen, bis ihre Mutter sie sanft daran erinnerte, dass es

Zeit zum Essen war. Celia hauchte ihrem Vater einen Kuss auf die Stirn. Sie fühlte sich an wie feuchtes Pergament.

Nachdem sie ihr Gepäck in dem winzigen Zimmer verstaut hatte, in dem früher Anka, Stephan und ihre Söhne gewohnt hatten, ging sie zurück in die Küche, wo Großmutter Elvira ihre Enkelin auf den Knien schaukelte und mit großer Geste ihre Schwiegertöchter und eine junge Frau, die Celia fremd war, zur Eile antrieb. Als sie Celia erblickte, wischte sie ihre Hände an der Schürze ab und trat artig näher.

»Das ist Bente«, verkündete Florian stolz. »Wir haben im Sommer geheiratet.«

Bente schüttelte Celias Hand und ließ einige unverständliche Laute hören. Wie sich herausstellte, sprach sie wenig und wenn, dann war die Satzstellung drollig durcheinandergewürfelt, was daran lag, dass sie nur Dänisch und wenige Brocken Deutsch beherrschte. Ihr Vater hatte ebenso wie ihr Großvater und dessen Vater und Großvater die Familie durch Fischfang ernährt, und mit Bentes Beinahe-Verlobtem Sven hatte die nächste Generation bereits in den Tampen gestanden. Der Jahrmarkt im westdänischen Hafenstädtchen Esbjerg allerdings hatte das Gefüge verändert, weil Florian in dem zartgliedrigen, großäugigen Wesen, das an dem Lambert'schen Kettenflieger vorüberschwebte, eine Seele erkannte, die der Heilung ebenso bedurfte wie die seine. Ohne sich um die Leute zu scheren, die an dem Karussell Schlange standen, stellte er ihr nach und lud sie ein. Vor Aufregung fiel ihm nicht ein, wozu, aber sie sagte trotzdem ja. Sven schäumte, aber nicht allzu sehr und nicht allzu lang,

denn zum Glück hatte Bente eine jüngere Schwester, die mit Freuden in die Bresche sprang. Binnen kürzester Zeit wurde doppelte Vermählung im Hause Thorwald gefeiert, und seitdem hatte Bentes Familie das Interesse an ihrer ältesten Tochter restlos verloren.
Trotz ihrer Liebe zu Florian fühlte Bente sich in der norddeutschen Fremde wie ein verstoßenes Amselküken, und Anka sah sich unvermutet in die Rolle der Schwiegermutter gedrängt, die einem sensiblen Mädchen den Verlust an Nestwärme ersetzen sollte. Der Blick, mit dem sie ihre Schwiegertochter in diesem Moment bedachte, ließ nichts Gutes ahnen.
»Florian steckt den Kopf in den Sand«, raunte Valentina ihrer Tochter später zu, als sie gemeinsam den Tisch deckten. »Das geht nie und nimmer gut. Anka tut fürsorglich, lässt Bente aber in ihrem Haus schuften wie eine Leibeigene und legt sich selbst auf die faule Haut. Selbst Großmutter ist der Ansicht, dass es demnächst einen Riesenkrach geben wird.«
Celia nickte. Im Grunde war es ihr gleichgültig.
Sie musterte die bunte Tischdecke mit der zierlichen Lochstickerei, das weiße Porzellan mit dem goldgefassten Rand und die bemalten Kerzenhalter aus Steinzeug. Die Küche war weiß getüncht, die Regale an den Wänden schmückten neckische Tierfiguren, die Fenster hatten neue Vorhänge aus bedrucktem, brokatähnlichem Wolltuch erhalten. Und die Lamberts besaßen ein Kettenkarussell – das Allerneueste und Beste, das die Schaustellerwelt zu bieten hatte!
Gewiss, in ihren seltenen und seltsam nichtssagenden Briefen hatte ihre Mutter erwähnt, dass sie sich mit dem

Gedanken trügen, ein neues Karussell zu kaufen, den Faden aber nicht weitergesponnen. Anscheinend ging es ihrer Familie finanziell viel besser, als Celia angenommen hatte, und ihr Vater hatte nicht nur aus Stolz das Geld, das sie immer wieder aufs Neue hatte anweisen lassen, ausgeschlagen.

Offensichtlich profitierten sie wie etliche andere Schausteller zu Beginn des zwanzigsten Jahrhunderts vom Aufschwung der Industriegesellschaft, der den Arbeitern und Angestellten mehr Geld und mehr Freizeit schenkte, was sie beides bereitwillig Rummel und Kirmes opferten. In Bremen, Hamburg, Thüringen und anderswo entstanden florierende Unternehmen, die Grottenbahnen, elektrische Lachkabinette, Kettenflieger und andere brandneue Sensationen ins Rennen um die Gunst des Publikums schickten. Dass ihre Familie an dem Aufschwung ihren Anteil hatte, wäre eigentlich ein Grund zur Freude, aber Celia fühlte sich wie eine Fremde, die einen überraschenden Einblick in ein Leben erhielt, mit dem sie nichts mehr zu tun hatte.

Sie nahm sich zusammen und erzählte während des Essens – Neunaugen in Weißwein, Schusterpastete, Stachelbeercreme und Küsterkuchen – von New Jersey, von der Wall Street und von Paul, und schließlich, als ihr nichts mehr einfiel, von ihrer Begegnung mit Suriann und Onkel Hoppe im New Yorker Casino Theater, die mit Ahs und Ohs kommentiert wurde. Coney Island erwähnte sie mit keinem Wort, und nicht einmal Kester war so taktlos, sie auf die Insel oder gar auf ihre Looping-Bahnen anzusprechen. Fast wäre es Celia lieber gewesen, er hätte es getan, weil ihr sein übliches, ruppiges

Benehmen das Gefühl vermittelt hätte, dazuzugehören. Celia unterdrückte ein Seufzen.

Nach einer Weile räusperte sich Stephan und legte das Besteck neben den Teller. Ein Rest der zähen Bratensoße löste sich von der Gabel und tropfte auf die bunte Decke. »Es tut ihm gut, dass du da bist«, sagte er mit belegter Stimme. »Er muss seinen Frieden machen, bevor …« Er verstummte und blickte zu Boden. »Entschuldige.«

»Schon gut«, erwiderte Celia und setzte im Stillen hinzu: *Hast du ihn denn schon um Vergebung gebeten? Für all die Falschheit und Heuchelei, die deine Frau an den Tag gelegt hat, um an mein Erbe zu kommen?*

Bitterkeit stieg in ihr auf, doch sie widerstand der Versuchung, ihrem Onkel, ihrer Tante und ihrem Cousin Kester hier und jetzt ins Gesicht zu schleudern, was sie von ihnen hielt. Sie wussten es ohnehin, denn Celias Miene ließ daran keinen Zweifel.

Sie entschuldigte sich höflich mit reisebedingter Erschöpfung und zog sich mit einer widerstrebenden, aber todmüden Annabelle in die Mansarde zurück. Kaum auf dem schmalen Bett liegend, schlief ihre Tochter sofort ein und begann leise Schnarchtöne von sich zu geben, die Celia ebenso wachhielten wie der Aufruhr an Gefühlen, der in ihr tobte. Sie schlüpfte aus dem Bett und spähte aus dem ovalen Dachfenster in den Nachthimmel. Von hier aus ging es viel leichter als früher aus der ersten Etage, wo sie sich als Kind fast den Hals hatte verrenken müssen, um den Blick himmelwärts zu schicken und die Sterne zu zählen. Kam sie auf eine gerade Zahl, würde ihr ein Prinz im Traum begegnen, andernfalls eine Fee, die ihr einen Wunsch erfüllte. Sie hatte sich das Spiel selbst ausgedacht und war stolz auf ihren Einfall, statt einer Niete zwei gleichwertige Gewinnvarianten zu haben, weil sich auf diese Weise Schummeleien erübrigten (wobei sie die Fee ein bisschen lieber mochte, während Susanna, der sie das Spiel beigebracht hatte, zu dem Prinzen tendierte). Wo stand geschrieben, dass es im Leben nicht nur Treffer geben durfte?, hatte sie gesagt und Susanna mit ihrer Naivität sehr amüsiert.

Bei der Erinnerung verzog Celia das Gesicht. Nichts von dem, was sie sich gewünscht, vorgenommen oder erhofft hatte, war eingetroffen, gar nichts. Jetzt lag ihr Vater im Sterben, und der Rest ihrer Familie war ihr zumindest fremd, wenn nicht sogar zuwider, genau wie dieses Haus, dessen niedrige Decken und drangvolle Enge Beklemmungen in ihr auslösten. Sie atmete tief durch und versuchte, den Gedanken beiseitezuschieben, weil sie sich seiner schämte. Die Rückkehr nach Bremen hatte sie sich anders vorgestellt.

»Was ist, Mami?« Mit großen Augen sah Annabelle ihre Mutter an.

»Nichts, mein Schatz …«

Beunruhigt drehte Annabelle sich um. »Toni ist fort …«, sagte sie und biss sich auf die rosigen Lippen.

»Weißt du, er wird dich ganz bestimmt immer lieb behalten und er wird gewiss auch gelegentlich schauen, ob es dir gutgeht, aber … er muss sich jetzt um andere Dinge kümmern«, sagte Celia in Ermangelung einer besseren Erklärung und dankbar für den Themenwechsel. Die Erfahrung, dass das Drüben nicht das Problem war, sondern das Hier, würde ihr Töchterchen noch früh genug machen.

Der Einzige, der sich nicht mit höflicher Zurückhaltung aufhielt, war Gerald.
»Ich bin zu alt und zu krank, um drum herumzureden«, sagte er am nächsten Vormittag zu Celia. »Hast du es überwunden?«
Celia wusste sogleich, was er meinte, und nickte. »Es ist sechs Jahre her«, erwiderte sie und merkte im selben Moment, wie lahm das klang, weshalb sie in dem forsch-heiteren, keine Widerrede duldenden Ton, mit dem Brit ihre Patienten zum Schweigen brachte, hinzufügte: »Paul und ich und die Kinder sind sehr glücklich in Long Branch.« Sein Blick schien sie aufzufordern, mehr zu erzählen und so schilderte sie wie am Abend zuvor die Vorzüge ihrer neuen Heimat und ihrer neuen Freunde und kam sich vor wie eine Losverkäuferin, die Trostpreise zu Hauptgewinnen erklärt.
»Hast du Pläne?«, fragte Gerald so listig wie beiläufig, als sie eine Pause machte, und tunkte einen von Elviras Haferkeksen in den Bohnenkaffee, den die Lamberts sich seit einiger Zeit gönnten.
»Weißt du, es gibt jetzt ganze Vergnügungsparks bei uns«, erwiderte sie ausweichend und erzählte vom *Lunapark* und vom *Dreamland* und deren Attraktionen, die alles schaustellerisch Mögliche, das man in Europa und Großbritannien kannte, bei weitem übertrafen. »Eine Frau mit einem Karussell, und sei es die beste Achterbahn der Welt, kann sich gegen so eine Konkurrenz nicht behaupten.« Und so sanft, wie sie es vermochte, um ihrem Vater zu verstehen zu geben, dass sie ihm vergeben hatte, fügte sie hinzu: »Selbst ein *Venezianischer Traum* würde nichts daran ändern.«

»Ich war ein Dummkopf«, brummte er.

Celia lag auf der Zunge, dass Stephan und Anka die Angst, dass sie ihnen das Erbe streitig machen könnte, aus den Poren kroch, rief sich jedoch zur Ordnung. Ihr Vater war nicht in der Verfassung, ihm dieses Gespräch zuzumuten. Mit ihren Verwandten musste sie allein fertig werden, genau wie mit ihren eigenen Dämonen.

Interessiert verfolgte Gerald das Wechselspiel ihrer Miene, dann gab er ein glucksendes Geräusch von sich, als hätte er sich an seinem Lachen verschluckt. Er trank den Kaffee aus, wischte sich den Mund ab und bat seine Tochter, ihm das zu reichen, was er, als er sich noch rühren konnte, weit hinten unter dem Bett deponiert hatte, dort, wo nie jemand saubermachte.

»Ich hab's versteckt, weil ich nicht wollte, dass deine Mutter es findet. Ich wollte es nicht erklären müssen«, sagte er, als Celia wieder auftauchte, Staubfäden im Haar, einen schweren Folianten in der Hand. »Das war ein Geschenk von ihr.« Fragend sah Celia ihn an. »Na ja, sie wäre nicht begeistert, wenn sie wüsste, dass ich ein wenig hinzugefügt habe. Du kennst sie ja, sie würde es missverstehen. Sich nicht respektiert fühlen oder so.« Er senkte die Stimme. »Lange, nachdem sie mir das Buch geschenkt hatte, wollte sie es zurückhaben, um Bente zu porträtieren. Dann behauptete sie plötzlich, eine Zeichnung von dir als junges Mädchen würde fehlen und hat einen Riesenaufstand gemacht. Sie hat einen ganzen Tag lang nicht mit mir gesprochen, obwohl ich meine Unschuld beteuerte.«

»Gib es zu, du hast mit der Zeichnung angegeben! Hast sie jedem unter die Nase gehalten, der nicht wusste, dass du eine Tochter in Übersee hast«, erwiderte Celia neckend, doch ihr Vater schüttelte den Kopf, sichtlich erschöpft von den vielen Worten. Mit einer müden Handbewegung strich Gerald über den ledernen Einband. »Nimm es, es gehört jetzt dir. Deine Mutter hat die Geschichte unserer Familie gezeichnet, dass Rembrandt neidisch werden könnte! Auf den letzten Seiten wirst du etwas finden …« Er hielt inne, als Annabelle strahlend ins Zimmer stürmte.

»Florian hat mir die Pferde gezeigt, die aus Holz mit den Spiegeln!«

»Genau das Richtige für eine kleine Kirmesprinzessin, nicht wahr?«, sagte Gerald. Annabelle kicherte und Celia hoffte inständig, er würde das Thema nicht vertiefen. Wie sollte sie ihrem Vater erklären, dass sie einen Mann geheiratet hatte, der seinen Kindern verbot, auf den Jahrmarkt zu gehen? Er würde es nicht verstehen; es würde ihn in seinem Stolz verletzen und das zaghafte Verständnis, das sich zwischen Vater und Tochter zu entwickeln begann, wieder zerstören.

Doch plötzlich verkündete Gerald: »Ich bin hungrig, ich möchte etwas essen.« Celia sprang auf und kam in Windeseile mit einem Tablett zurück, darauf ein Teller Hühnerbrühe, ein Stück weiches Graubrot ohne Rinde und Kürbiskompott. Mit einem missmutigen Blick auf die perfekte Krankenkost murrte ihr Vater: »Ich meinte, etwas zu beißen.«

Seit diesem Augenblick keimte Hoffnung im Hause Lambert. Gerald nahm mehr zu sich und behielt fast alles bei sich, selbst das der um seinen kranken Magen besorgten Valentina abgetrotzte Stück Schweinebraten.

Der Nachtschweiß, der es erforderlich gemacht hatte, täglich die Decken und das Laken über dem Ofen in der Küche zu trocknen, versiegte. Valentina rasierte ihren Mann und las ihm aus der Zeitung vor, nachmittags tranken die sichtlich entwässerte Großmutter Elvira, Valentina und Celia bei ihm Kaffee. Gelegentlich leisteten Bente und Anka ihnen Gesellschaft, während Florian, Kester und Stephan sich um die Einlagerung der Karussells kümmerten. Die Winterpause stand unmittelbar bevor. Ein Tag verstrich wie der andere im Nebelgrau des Novembers, und kaum, dass mattes Mittagslicht sich aus der Umklammerung eines düsteren Morgens gerissen hatte, musste es sich auch schon wieder der klammen, modrigen Abenddämmerung ergeben.

Doch eines Mittags brach die Wolkendecke auf, mit einem kollektiven Triumphschrei hob der Dohlenclan vom Haus gegenüber in das fahle Blau ab, und Celia wagte es, ihren Vater für eine Stunde allein zu lassen, um mit ihrer Tochter einen Spaziergang zu unternehmen. Verpackt in dicke, taillierte, mit Polarfuchs besetzte Wollmäntel in einem Smaragdgrün, das weithin leuchtete, gingen Mutter und Tochter am Ufer der Weser nach Westen, vorbei an der großen Weserbrücke mit ihren eleganten Hängebögen und malerischen Portaltürmchen. Ungleich größere Schleppkähne und Dampfschiffe als vor fünfzehn Jahren fuhren den Fluss hinab und hinauf. Die Sonne trieb die Menschen aus ihrem Winterbau; mit Stockschirmen bewehrte Damen, Radfahrer in Knickerbocker und in dunkles Tuch gehüllte Kaufleute strebten allein, zu zweit oder in kleinen Gruppen stadtauswärts zum neugestalteten Platz Am Brill.

Putzig. Dieses Wort kam Celia in den Sinn, als sie an den Ladengeschäften vorüberschlenderte. Allerlei Parterregeschäfte mit spiegelnden Schaufenstern reihten sich aneinander und ließen den Neubau der Sparkasse trutziger anmuten, als er tatsächlich war. In der mit schwarzem Samt ausgeschlagenen Auslage eines Hutsalons waren etliche schmale Kopfbedeckungen drapiert, die entfernt an tote Vögel erinnerten. Die zugezogenen Vorhänge in der Schneiderei erlaubten keinen Blick auf den Meister H. W. Osterwald. Aus einer Bäckerei strömte der Duft frisch gebackenen Rührkuchens; ein kleines Emailleschild pries Brötchen und Gerstelbrot an, die Tische eines Kaffeehauses mit dem prätentiösen Namen »Café Palais« waren bis auf wenige Ausnahmen besetzt. Der Platz war zweifellos ein gelungenes Beispiel für städteplanerisches Geschick, aber auf jemanden, der seit vierzehn Jahren die Dimensionen einer Millionenmetropole gewöhnt war, wirkte er in seiner Beschränktheit rührend und auch ein wenig lächerlich.

Auf der Suche nach dem verlorenen Gefühl für ihre Heimatstadt trieb es Celia die Obernstraße hinunter Richtung Domshof. Annabelle langweilte sich und fing an zu quengeln. Celia nahm sie auf den Arm.

»Schau, das ist der Dom, in dem deine Großeltern geheiratet haben. Ist er nicht schön?« Aufmunternd wiegte sie ihre Tochter auf der Hüfte, aber das Kind hatte keinen Blick für das Bauwerk, das sich sehr verändert hatte. Mit der Ergänzung der Vierung durch einen Turm und die mit plastischen Ornamenten verzierte Westfront erinnerte der St.-Petri-Dom ein wenig an den romanischen Dom zu Limburg an der Lahn; zu sehr, wie einige Bremer dem Dombaumeister Max Salzmann vorwarfen. In den Zeitungen wurde die Debatte so tüchtig wie vergeblich angeheizt, schließlich würde man den eben fertiggestellten Bau nicht wieder einreißen.

Es ging den Bremern besser als je zuvor, das war offensichtlich. Trotz des Russisch-Japanischen Krieges, der manchen Bürger das Schlimmste für Europa hatte befürchten lassen, erlebte Bremen eine Wirtschaftsblüte, die die Arbeitslosigkeit auf unterstes Niveau herabzwang und steigenden Wohlstand durch relativ hohe Löhne für einige Teile der arbeitenden Bevölkerung und satte Gewinne für die Kaufmannschaft bedeutete. Mehr als sechzehnhundert Ladengeschäfte zählte die Hansestadt; prosperierende Kreditgenossenschaften halfen den Mutigen, eigene Unternehmen zu gründen, Rohstoff- und Wareneinkaufsgenossenschaften stellten einen preiswerten Einkauf für Handwerksmeister und den Kleinhandel sicher. Die Kaufleute hatten sich in vielen Branchen nicht nur innerhalb Deutschlands, sondern auch international eine herausragende Stellung erobert. Die Einfuhr von und der Handel mit Reis, Baumwolle, Schafwolle, Jute, Tabak und Kaffee war eng mit der Stadt Bremen verknüpft, und es gab keine Anzeichen, dass sich daran etwas ändern sollte. Kurz vor ihrer Abreise von New York hatte Alexander sie besucht, ein paar Bände Reiseliteratur als Geschenk für Celia unter dem Arm, und ihr dringend angeraten »trotz des traurigen Anlasses der Reise ihr Herz zu öffnen für dieses grandiose Europa«. Während man in Amerika noch Indianer abschösse wie Hasen, hatte er gemeint, befände sich der alte Kontinent in einem »Paradies der Sicherheit und der

Vernunft, das keinen Platz mehr lässt für Gewalt«. Celia hatte seinen Enthusiasmus für übertrieben gehalten, aber hier und jetzt, das gewaltige Bauwerk vor Augen, den süßen Duft in der Nase, der den Haaren ihrer Tochter entströmte, wurde ihr plötzlich zumute, wie es jenem Dichter ergehen sollte, der Jahrzehnte später so wehmütig wie zutreffend in der Belle Époque das »goldene Zeitalter der Sicherheit« erkannte, in dem das Morgen strahlender sein würde als das Heute.

»Die sind schön!«, rief Annabelle und zeigte auf die Reiterfiguren aus schimmerndem Kupferblech, die das Renaissance-Rathaus an der Ostseite flankierten.

»Das kannst du wohl laut sagen!«, bemerkte ein Herr schmunzelnd und lüpfte seinen Hut, ein ziemlich zerdrücktes graues Etwas. »Sie sind nicht von hier, nicht wahr?«, fragte er geradeheraus, seine tiefdunkle Stimme brummte gutmütig. Er wartete Celias Antwort nicht ab. »Die hat der Kaufmann John J. Harjes, ein Bremer, der in Paris lebte, auf der Pariser Weltausstellung gesehen und vom Fleck weg gekauft, um sie der Stadt zu stiften. Großzügig, nicht wahr?« Er lächelte und ließ eine Reihe gerader, elfenbeingelber Zähne sehen. »Und wie es dann so ist bei Kaisers – Wilhelm der Zweite, dieses Bürschchen, kriegt den Hals nicht voll und will, dass Harjes noch zwei Figuren herbeizaubert. Die eine sollte den heiligen Georg vorstellen und die andere, Moment, ich hab's gleich, jawoll, den Martin, den Heiligen. Tja, und da hat der Harjes dem Kaiser eins gepfiffen und diese schlichten Landsknechte geliefert. So was kann man doch mit einem Bremer nicht machen, nicht wahr? Da könnte ja jeder kommen!«

Der Mann lüpfte erneut seinen komischen Hut und tänzelte davon, den Blick gesenkt und die Lippen unablässig bewegend, als redete er auf die Pflastersteine ein. Misstrauisch blickte Celia ihm nach. Plötzlich brach der Mann in prustendes Gelächter aus, und Celia schlug sich mit der Hand vor die Stirn.

»Johann! Annabelle, sag dem berühmten Bremer Moppen-Onkel, der sich nicht scheut, alte Freundinnen zu veräppeln, guten Tag!« Ihr Lächeln wurde breit. »Normalerweise redet dieser Mann in Reimen, und wenn er in Form ist, sogar in Schüttelreimen!«

»Ach, geh, ich weiß nicht einmal, was das ist!« Mit zwei Schritten war er wieder bei ihr, verbeugte sich mit übertriebener Grandezza vor Celia und schüttelte Annabelle feierlich die Hand.

»Na, wo mag das Eichhörnchen sich verstecken?«, rief Johann und zeigte hinüber auf die Westseite des Rathauses.

»Bei der Frau, die den dicken Mann tragen muss«, antwortete Annabelle ohne nachzudenken, und Johann riss die Augen auf.

»Du meine Güte! Fix ist die Kleine!«

»Ja, fixer als die eigene Mutter«, versetzte Celia und lächelte, als ihr einfiel, dass sie auf Großmutter Elvira hereingefallen war, die behauptet hatte, niemand außer ihr würde das Geheimnis kennen.

Johann schlug vor, zum Wallgraben hinunterzulaufen, damit Annabelle die Enten füttern konnte. In einer Bäckerei kauften sie Graubrot vom Vortag und spazierten über den Domshof zur Bischofsnadel. Ihre Unterhaltung geriet häufig ins Stocken, weil Celias großstädti-

sches Auftreten, das ihr selbst gar nicht bewusst war, Johann einschüchterte und Zuflucht zu seinen bewährten Mätzchen suchen ließ, die es Celia wiederum unmöglich machten, Themen anzuschneiden, die ihr am Herzen lagen. Doch auch wenn sie sich über den letzten Freimarkt im Allgemeinen und Amerika im Besonderen nicht viel zu sagen wussten, bewahrte Johann Celia heute davor, sich in ihrer Heimatstadt ausgeschlossen und fremd zu fühlen. Gegen Mittag verabschiedete er sich. »Die Pflicht ruft!« Johann zwinkerte Mutter und Tochter zu und ging winkend davon.
Celias Blick fiel auf ihre Tochter, die die Brotkrümel beidhändig und mit der Tollpatschigkeit einer fast Vierjährigen den Enten zuwarf, die sich laut schnatternd darauf stürzten, als wäre es der letzte Bissen vor Einbruch des Winters. Einige Krümel schwebten noch auf der Wasseroberfläche, doch schon formierten sich die Tiere im Halbrund wie ein Chor, der auf seinen Einsatz wartet und nicht versteht, was die ausgebreiteten Arme und die bedauernde Miene ihres Wohltäters zu bedeuten haben. Auf der anderen Seite des Wallgrabens kramte eine alte Dame in ihrer Einkaufstasche, was den Entenchor sofort zum Beidrehen veranlasste. Annabelle rief ihnen etwas hinterher und winkte. Dann kam sie strahlend zu ihrer Mutter gelaufen.
»Wollen wir heimgehen und Tante Ankas Bohneneintopf essen?«, fragte Celia gedehnt. »Oder …«, sie machte eine kunstvolle Pause, »… möchtest du vielleicht lieber einen heißen Kakao mit Schlagsahne und ein Stück Bienenstich?«
Annabelle kicherte. »Bienenstich?«

»Lass dich überraschen. Es schmeckt so so so so gut!«
Rasch überquerten sie den Wall und liefen die Ostertorstraße zurück zum Marktplatz zum Kaffeehaus Andreesen, wo sie gerade in einer Nische am Fenster Platz nehmen wollten, als sie eine bekannte Stimme ihre Namen rufen hörten. Großmutter Elvira schwenkte ihre hocherhobenen Arme. Sie saß an einem Tisch weiter hinten, zwei Frauen an ihrer Seite, die Celia beim Näherkommen als Ludovica und Agnes erkannte. Alle drei trugen dunkelgraue Wollröcke, Persianerjäckchen mit weiten Ärmeln und Hütchen, die sich nur in der Farbe und der Feder unterschieden. Celia küsste ihre Großmutter auf die Wange und begrüßte Ludovica und Agnes, ein anzügliches Lächeln mühsam unterdrückend. Sie kannte die beiden nur als bunt gewandete Zigeunerinnen, die beladen mit billigem Schmuck im Wohnwagen ihrer Eltern oder am Lagerfeuer herumhingen und ständig Tarotkarten legten. Das Funkeln in ihren Augen deutete Ludovica aber prompt.
»Wusstest du nicht, dass ich in der Winterpause stets so tue, als sei ich von Haus aus sesshaft?«, versetzte sie mit einem maliziösen Lächeln.
»Aber ja doch«, parierte Celia glatt. »Man tut, was man kann, um die Wohlanständigkeit zu bedienen, und sei das Wolltuch auch noch so grau und rauh.«
Ludovica lachte schallend, was ihr empörte Blicke der Umsitzenden eintrug. Agnes sah Celia finster an. »Hochmut kommt vor dem Fall, meine Teuerste, oder wie sagt man in … deinen Kreisen?«
»Agnes, krieg dich wieder ein«, beschied Großmutter Elvira ihre beleidigte Freundin. Dann wandte sie sich an

Celia und Annabelle. »Und ihr beiden setzt euch jetzt zu uns.« Sie hob die Hand, um den betagten Ober, der gerade einem skandalöserweise allein an einem Tisch am Fenster sitzenden jungen Mädchen in einem hellblauen Kleid einen Milchkaffee servierte, auf sich aufmerksam zu machen.

Celia bestellte zwei mal heiße Schokolade mit Schlagsahne und zwei Stücke Bienenstich, und während Annabelle hochkonzentriert die Buttercreme mit der Kuchengabel aus der Mitte des Kuchens herausschabte, erfuhr Celia den neuesten Klatsch aus Schaustellerkreisen. Gonzales' Schwiegermutter war an Grippe gestorben. Angelo hatte Cyrus bei sich aufgenommen, nachdem Satyrs Truppe sich in alle Winde zerstreut hatte. Francesco hatte sich in eine Frau ohne Unterleib aus Budapest verliebt, die nach der Vorstellung außerordentlich hübsche Beine und ein gebärfreudiges Becken gezeigt hatte, was in ihm sogleich den Wunsch nach einer Familie geweckt hatte. Doch es wollte und wollte nicht klappen.

»Er hat siebzehn Monde lang keinen Schnaps angerührt«, erzählte Ludovica. »Und jetzt endlich ist das Mädel guter Hoffnung, allerdings geht das Gerücht, Francescos Gehilfen hätten tatkräftig zu diesem Umstand beigetragen, weil Francesco selber«, sie senkte die Stimme zu einem heiseren Flüstern und beugte sich über den Tisch, »Luft im Sack hat.«

Celia verbiss sich das Lachen, prustete aber schließlich doch hinter vorgehaltener Hand los.

»Siehst du«, trumpfte Agnes auf, »solche Geschichten kriegst du da drüben bestimmt nicht zu hören.«

Immerhin ist der Geldgeber meiner ersten Achterbahn nur Männern zugetan, und zweitens ist der angesehene Bankier von *Trust & Loane* der Spross von Fahrenden, die vor Trappern und Indianern aufgetreten sind, dachte Celia.

Laut sagte sie: »Eine Bekannte aus Long Branch hat neulich per Zufall eine sehr nette Schaustellerfamilie auf Coney Island kennengelernt. Die Eltern und ein erwachsener Sohn arbeiten jetzt als Statisten bei einer Feuerschau. Zuvor sind sie mit einer Wanderbühne durch den Mittleren Westen gezogen, und soweit ich das verstanden habe, legt die Frau auch die Karten.« Mit einem charmanten Lächeln blickte sie in die Runde. »So exotisch seid ihr eben auch nicht.«

Die drei sahen sich verständnisinnig an. Ludovica und Agnes förderten aus ihren geräumigen Ledertaschen safrangelbe Geldbeutel hervor, bestanden darauf, »die Lambert-Mädchen auszuhalten«, wie Ludovica es formulierte, und verabschiedeten sich kurz darauf, ihre matronenhaften Körper leichtfüßig wie Stepptänzer zwischen den Tischen hindurchschiebend. Verblüfft sah Celia ihnen nach. »Habe ich sie verärgert?«

»Keineswegs. Ich schätze, sie wollten uns Gelegenheit geben, allein miteinander zu reden.« Mit großer Geste raffte Elvira ihren Umhang vor der Brust zusammen und erhob sich. »Aber nicht hier. Ich ersticke, ich brauche Luft!« Auf dem Weg zum Ausgang blieb sie bei dem jungen Mädchen in dem hellblauen Kleid stehen. »Bewahren Sie sich Ihren Mut, mein Kind«, sagte sie leise. Aquamarinblaue Augen verfolgten sie und Celia bis zur Tür.

»Wer war das?«
»Felicitas Wessels. Die Tochter von Max und Alice Wessels, den Schauspielern, du weißt schon.«
Celia wusste nicht, ließ es aber dabei bewenden. Vor dem Kaffeehaus holte Großmutter Elvira tief Luft, als nähme sie Anlauf für den Weg nach Hause. Eine Weile gingen die beiden Frauen schweigend nebeneinander her, während Annabelle in einigem Abstand zu ihnen auf Zehenspitzen auf den Kopfsteinen balancierte, um ja nicht auf die Zwischenräume zu treten, oder ihre kleine Hand über vergitterte Souterrainfenster streichen ließ.
»Möchtest du mir etwas sagen, mein Kind?«, fragte Großmutter Elvira, aber Celia schüttelte den Kopf und heuchelte Erstaunen.
»Haben die Fahrenden, die deine Bekannte aufgetan hat, auch einen Namen?«, bohrte sie weiter.
»Doch, Dariane und Ka... Ich weiß nicht.«
Elvira bedachte sie mit einem spöttischen Blick, und Celia streckte die Waffen. »Es sind Pauls Eltern und sein Bruder. Dariane, Anselm und Kamir.« Rasch setzte sie ihre Großmutter über die Verhältnisse im Hause Osborne in Kenntnis, erzählte von Pauls Enttäuschung über ihr eigenmächtiges Verhalten und wie sehr sie hoffe, dass sich die drei doch noch versöhnten, auch um ihrer Kinder willen, denen der Umgang mit etwas unkonventionelleren Verwandten nur guttun könnte. »Aber auch um meinetwillen«, fügte sie zögerlich hinzu, drauf und dran, ihrer Großmutter anzuvertrauen, dass Kamir in ihrem Leben längst eine größere Rolle spielte als die des Schwagers. Doch diese unerhörten Gefühle, die seine Blicke in ihr wachriefen, gingen nur sie allein etwas an.

Die Hitze schoss ihr in die Wangen. »Ich möchte nicht, dass die anderen etwas davon erfahren, bevor ich die Dinge mit Paul ins Reine gebracht habe. Das wäre … nicht recht.«

»Du bist eine sehr loyale Ehefrau«, erwiderte Großmutter Elvira mit undurchdringlicher Miene. »Allerdings habe ich den Eindruck, du hast einiges vernachlässigt. Die Tiere, die Rituale. Die Suche nach deinem Muster. Eine Zeitlang habe ich deinen Ruf übers Meer zu mir noch vernommen, dann wurde es leiser und schließlich still. Du hast alles vergessen, nicht wahr?«

Betreten blickte Celia zu Boden und suchte nach Worten, die verbargen, wie wenig ihr die alten Traditionen noch bedeuteten.

»Tut mir leid, ja«, sagte sie ausweichend. »Es … ist wohl nichts für mich.«

»Ach, Unsinn, jeder kann deuten, was ein Tier ihm zu sagen hat. Die Menschen wollen nur nichts mehr davon wissen, weil man ihnen eingeredet hat, es zähle nur das, was man anfassen und sehen kann. Bah.« Sie machte eine Pause. »Welches Tier hast du vor deinem Unfall wahrgenommen?«

»Gar keins.«

»Aber ganz gewiss waren Tiere dort. Vögel. Ich vermute ja, es war ein Wiedehopf, es würde passen, ein Vogel, der Veränderung und Leid ankündigt, aber uns auch an das Licht der Hoffnung erinnert. Dämmert es dir jetzt?«

Als Celia den Kopf schüttelte, setzte sie nach. »Krähen?« Nicht einmal eine Armada abgerichteter Steinadler hätte mich aus der Gondel retten können, dachte Celia im Stillen und spürte, wie sie sich über Großmutter Elviras

inquisitorischen Druck zu ärgern begann. Knapp erwiderte sie: »Ich erinnere mich wirklich nicht.«
»Lass nur«, lenkte ihre Großmutter seufzend ein. »Wie gut, dass du Kamir hast.«
Celias Augenbrauen schossen in die Höhe. »Wie meinst du das denn?«
»Nur so. Vielleicht ... kannst du mit ihm und seinen Eltern deine Kenntnisse wieder auffrischen.« Mit welpengleicher Unschuld erwiderte Elvira den argwöhnischen Blick ihrer Enkelin und wechselte zu ihrem derzeitigen Lieblingsthema, ihrer erfolgreichen Brennnesselkur. Kokett hob sie ihren Rock zwei Zentimeter an und drehte ihre erschlankten Fesseln. »Famos, oder?«
Celia rang sich ein schiefes Lächeln ab. Irgendetwas verschwieg Elvira. Oder war ihre Großmutter nach all den Jahren noch ein wenig verrückter geworden?
Celia war froh, als sie den Stavendamm erreichten, gerade noch rechtzeitig, bevor ein heftiger Schauer die Illusion eines sehr späten Spätsommertags zunichte machte.
Im Haus herrschte vollkommene Stille.
Valentina saß in der Küche, alle Farbe war aus ihren Zügen gewichen.

18

Der Regen hielt die nächsten Tage mit unverminderter Heftigkeit an, so dass Valentina die Hoffnung hatte, die widrige Witterung werde ihrem Wunsch nach einer würdigen Bestattung im Kreis nächster Angehöriger und engster Freunde Vorschub leisten, doch so lange sie schon mitten unter ihnen lebte, so wenig hatte sie sie verstanden. Im ganzen Reich machten sich Schausteller und Schaustellerinnen auf den Weg, einem der Ihren die letzte Ehre zu erweisen; überdies hatten sich um fünf Ecken entfernte, an der Küste lebende Verwandte, die Celia noch nie zu Gesicht bekommen hatte, angekündigt, so dass die Trauergesellschaft recht ansehnlich geriet. Großmutter Elvira zählte großzügig an die hundertfünfzig Gäste, die vom Friedhof in den Schnoor zu Kaffee und Beerdigungskuchen marschierten und sich in den Lambert-Häusern drängten wie die Sardinen, und schien bei allem Schmerz um ihren Sohn die Anteilnahme und das Wiedersehen mit alten Weggefährten zu genießen. Voller Stolz stellte sie allen ihre Urenkelin vor und raunte den Wissenden unter ihnen zu, dass Annabelles spirituelle Gabe zu größten Hoffnungen berechtigte, bis der Kleinen die neugierigen Blicke zu viel wurden, sie in Tränen ausbrach und sich losriss. Florian fing sie auf und wedelte mit einer rosa-weißen Zuckerstange, die Annabelle schließlich zögerlich und immer noch von Schluchzern geschüttelt zu lutschen begann. Celia war ihm dafür zutiefst dankbar, hatte sie doch alle Hände voll zu tun, die Feier im Griff und ihre Mutter im Auge zu behalten. Mit einer Gelassenheit, die an Apathie grenzte, als hätte die Witwe die restlichen Laudanum-Flaschen ihres Gatten geleert, hatte Valentina die Belagerung ihrer Familie und die Vereinnahmung ihrer Trauer bislang über sich ergehen lassen, aber Celia wurde das ungute Gefühl nicht los, dass ein Ausbruch kurz bevorstand. Eine Ohnmacht, ein Weinkrampf, ein Wutanfall, irgendetwas. Doch nichts geschah.

Nachdem die letzten Verwandten abgereist waren, unterzogen Bente, Anka und Celia sämtliche Zimmer einer gründlichen Reinigung mit Soda und Seife, wuschen die Vorhänge und bohnerten die Böden, bis sich ihre Silhouetten in dem blanken Holz spiegelten. Großmutter Elvira krönte den Kehraus mit einem stillen Ritual, das auch die letzte verirrte Seele ins Licht geleiten würde, und Celia befand, es wäre nun an der Zeit, das Geschenk ihres Vaters zu würdigen. Sie zog sich in die Mansarde zurück, setzte sich auf das Bett, stopfte sich die Bettdecke in den Rücken, stützte den schweren, mit bunten Steinen verzierten Folianten mit einem Kissen auf ihren Knien ab und begann darin zu blättern, mit jeder Seite erstaunter über den kühnen Strich ihrer Mutter und die Detailversessenheit, mit der sie die Geschichte der Lamberts nachempfunden hatte. Sie lächelte über den unverbesserlichen Ignatius und den dicken Rufus, bewunderte die schöne Arya Tscherrin und die junge Großmutter Elvira, die Celia die Pracht rotblonden Haars vererbt hatte, sie erkannte ihren Vater als jungen Spund, dem die Unternehmungslust aus den Augen sprang, eine gutgelaunte, deutlich hübschere Anka und ihren Sohn Kester, die Hände auf dem Rücken und einen geläuterten Ausdruck im Gesicht (was Celia überhaupt nicht verstand, wenngleich ihr Cousin sich wirklich Mühe gab, sich ordentlich zu benehmen). Über die aristokratische Haltung, die ihre Mutter ihrem Mann Paul hatte angedeihen lassen, musste sie schmunzeln. Er lehnte lässig neben Celia an einem schmiedeeisernen, arg verschnörkelten Spalier und blickte versonnen über seine Ländereien – anmutige Weinberge überspannt von einem azurblauen Himmel.

Fehlen nur noch der Canale Grande und eine Gondel, dachte Celia belustigt und fragte sich, warum in aller Welt ihre Mutter auf die Idee verfallen war, Paul mit Requisiten zu umgeben, die eher zum venezianischen Adel passten als zu einem Bankier in Long Branch, New Jersey. Weil, gab Celia sich selbst die Antwort, sie sich selbst gern so gesehen hätte. Sie hat sich im wahrsten Sinn des Wortes ein Bild von meinem Leben gemacht und alle eigenen Wünsche und Sehnsüchte hineingemalt.

Mit einem Mal fühlte sie sich peinlich berührt und blätterte weiter zur letzten Seite, wo sie einen versiegelten Umschlag fand, darauf in Geralds kleiner, etwas ungelenker Schrift ihr Name. Celia erbrach das rote Siegel und zog eine Handvoll Papiere heraus, die den muffigen Geruch des Buches angenommen hatten – sorgfältig nummerierte und beschriftete Zeichnungen und verblichene Konstruktionspläne.

Celia sortierte sie ihren Nummern entsprechend und legte sie auf dem Tisch aus. Als sie fertig war, erkannte sie das Bild einer griechischen Tempelanlage, die von sanft gerundeten Hügeln umgeben war. Vage entsann sie sich, dass es die Bauten tatsächlich gab und dass sie eine besondere Bedeutung besaßen. Während sie darüber nachdachte, betrat Valentina die Mansarde, und instinktiv raffte Celia die Papiere zusammen, hielt jedoch inne, als ihre Mutter eine wegwerfende Geste machte.

»Die Hängenden Gärten der Semiramis in Babylon, der Koloss von Rhodos, das Grab des Königs Mausolos des Zweiten zu Halikarnassos, der Leuchtturm auf der Insel Pharos vor Alexandria, die Pyramiden von Gizeh, der Tempel der Artemis in Ephesos und die Statue des Zeus von Phidias in Olympia.« Valentina lächelte und freute sich an Celias verblüfftem Blick. »Männer sind einfach sehr ungeschickt, wenn es gilt, etwas zu verheimlichen! Erst hat er den Umschlag unter seinem Kopfkissen versteckt, später in dem Buch und das obendrein auch noch unters Bett geschoben, als würde ich dort nicht fegen! Du meine Güte.«

»Der Umschlag war versiegelt«, sagte Celia spröde. Sie mochte die Art nicht, wie sie über ihren Vater sprach, als wäre er ein dummer Junge gewesen.

»Aber es war derselbe wie der, auf dem er geschlafen hatte, und damals war er noch nicht versiegelt.« Ihre Mutter beugte sich ein wenig vor. »Und der Inhalt war leserlich.«

»Pap hat es mir kurz vor seinem Tod gegeben«, sagte Celia und deutete auf den Folianten. Sie schwieg und betrachtete die kaum zu entziffernden Pläne eingehender. Plötzlich stieß sie einen erstaunten Laut aus. »Die sieben Weltwunder – sieben Karussells in einem – Lamberts transportabler Vergnügungspark! Das ist ... phantastisch!«

»Es ist gewiss eine hübsche Idee«, sagte Valentina. Ihr Blick wanderte zum Fenster. »Es regnet nicht mehr. Was hältst du davon, wenn wir …«

»Hübsche Idee?«, fuhr Celia dazwischen. »Das ist genau das, was den Vergnügungsparks auf Coney Island fehlt – eine sinnvolle Klammer. Das *Dreamland* zum Beispiel mag an technischer Raffinesse nicht zu überbieten sein, aber alles wirkt so … beliebig durcheinandergewürfelt.« Sie blickte auf und spann den Faden weiter. »Um die Illusion perfekt zu machen, könnte man den Besuchern mit der Fahrkarte ein Kostüm ausleihen, eine griechische Toga oder ein ähnliches Gewand, damit sie sich wie Schauspieler fühlen, die in eine Rolle schlüpfen. Und das wird sie so begeistern, dass sie wieder und wieder zu uns kommen!«

Beunruhigt legte Valentina ihrer Tochter eine Hand auf die Schulter und zwang sie mit sanftem Druck, sich ihr zuzuwenden. »Was soll das? Du hast einen Mann, zwei Kinder …«

»Das ist Pas Vermächtnis, Mutter!«

»Ein großes Wort für einen Haufen unausgegorener Pläne«, erwiderte Valentina ruhig. »Celia, mein Kind, dein Vater war kein verkappter Genius, er war ein herzensguter, einfacher Mann, der seine Familie ernähren musste, wie alle Lamberts vor ihm es taten. Er war sehr nachgiebig und beeinflussbar, und wenn er die Dinge nicht mehr ertrug, flüchtete er sich in versponnene Ideen und die Vorstellung, wir seien frei und glücklich. Das ist die Wahrheit, und da ist nichts Romantisches dabei.«

»Ich breche morgen nach Thüringen auf«, sagte Celia kühl.

Valentina seufzte. »Du glaubst, du seist es ihm schuldig, nicht wahr? Weil du Bremen verlassen und dich jahrelang nicht gemeldet hast. Aber glaub mir, da ist nichts, was du wiedergutmachen musst, gar nichts. Im Gegenteil, er meinte, dir etwas schuldig zu sein, und weil er seinem Bruder das Erbe versprochen und für dich nichts mehr zu vererben hatte, ist er auf diese … Idee verfallen. Nimm es als liebevolle Geste deines kranken Vaters, aber nicht als Aufforderung, dein Leben auf den Kopf zu stellen.«

»Gott, Mutter, ich will nur hören, was Karek von der Sache hält«, gab Celia entnervt zurück. »Außerdem soll Annabelle ein bisschen mehr vom Deutschen Reich sehen als nur den Stavendamm.«

Valentina nickte, aber ihre Miene verriet, dass sie ihrer Tochter kein Wort glaubte.

Glücklich wie ein Kind wanderte Celia durch die Reihen der Karussellpferde, die sie mit ihren unergründlichen Glasaugen unter wolliger Mähne gleichmütig zu beobachten schienen, als wäre die Zeit stehengeblieben, und wie vor fünfzehn Jahren schlug der Anblick unzähliger Kisten, überbordend von Rosetten aus Messing, Spiegelrhomben und Paillettenherzen, Federschmuck, ledernen Zügeln, Glasperlen und bunten Steinen, sie in seinen Bann. Ihrer Tochter ging es nicht anders. Wie ein Irrwisch fegte Annabelle durch die Hallen, kletterte hier in eine goldene Kutsche, piekte dort einen dickbauchigen Engel in den Bauch und lief kichernd davon, um ein schneeweißes Einhorn mit eisblauen Augen zu streicheln. Obschon die Bodenkarussells mit Pferden und anderem Getier nach wie vor in Mode waren, war doch nicht zu übersehen, dass neue Modelle ihnen Konkurrenz machten: Kettenflieger, Tunnelbahnen, Fahrgeschäfte mit Automobilen und lange Rutschbahnen, an deren Ende die Amüsierwilligen in einem großen Holzkessel landeten und zum diebischen Vergnügen der Zuschauer mühsam herausklettern mussten.

»Was findest du am schönsten, mein Schatz?«, fragte Celia, als sie ihren Rundgang beendet hatten und nun im Hof auf Joost Karek, den Besitzer der Firma, warteten.

»Das Einhorn, die Engel und den Drachen«, meinte Annabelle, zog die Nase kraus und fügte hinzu: »Gibt es so etwas bei uns zu Hause auch?«

»Aber natürlich.«

»Ob Daddy uns erlaubt, hinzugehen?«

»Ich denke schon«, erwiderte Celia und lenkte Annabelles Aufmerksamkeit auf eine Fassadenmalerei, die bestimmt fünfzehn Meter maß, jetzt aber in Einzelteilen zu drei Metern über den Hof zu einem wartenden Lastwagen geschleppt wurden; von den Trägern waren nur Hände und dicke Stiefel zu sehen. Annabelle klatschte in die Hände und starrte entzückt die giftgrünen Feen und roten Kobolde an, die über das Pflaster zu schweben schienen, so dass das Thema Daddy erst einmal umschifft war.

Wieder einmal. In Pauls Briefe hatte sich ein fragender Unterton eingeschlichen, den Celia bei all seiner geäußerten Besorgnis und allem vorgegebenen Verständnis sehr wohl zwischen den Zeilen heraushörte und der sie empörte. Als müsse sie daran erinnert werden, dass sie ihren kleinen Sohn seit Wochen nicht gesehen, weder seine zarte Haut gestreichelt noch seinen milchig süßen Duft genossen hatte! Aber sie würde es sich niemals verzeihen, wenn sie jetzt klein beigab und unverrichteter Dinge nach Amerika zurückkehrte, und so schrieb sie ihm, da sie nicht mit Pauls Verständnis für ihr Handeln rechnen konnte, ihre Mutter befände sich in desolater Verfassung, die sich erst bessern müsse, bevor Celia guten Gewissens abreisen könne. Ihrer Mutter fehlte überhaupt nichts, aber die Notlüge verschaffte Celia den Aufschub, den sie brauchte. Die Wahrheit würde sie ihm später sagen, irgendwann.

Aus dem Augenwinkel sah sie einen Mann aus einer der hinteren Hallen treten, dunkelblondes, gewelltes Haar, den Kopf geneigt, um sein Gegenüber seiner vollen Aufmerksamkeit zu versichern, die Hände lässig in den Hosentaschen. Neben ihm ein Schnitzer in blauem Kittel, der auf den Mann einredete. Philipp. Kein Zweifel. Ihr Herz hatte ihn sofort erkannt und heftig zu schlagen begonnen, während ihr Verstand noch nach Erklärungen suchte, warum er sich nicht hier bei Karek im thüringischen Gotha aufhalten konnte. Ihr Herz schlug immer schneller, und ihr Magen vollführte diesen seltsamen Sprung zur Erdmitte, vergleichbar nur mit dem Moment, da die Achterbahn ins Tal saust. Unfähig sich von der Stelle zu rühren oder nur den Blick abzuwenden stand Celia da und starrte den Männern nach, die langsam an den Hallen entlang auf das neu errichtete Haupthaus zusteuerten, in dem Kareks Büro und die sich zunehmend umfangreicher gestaltende Verwaltung untergebracht waren. Als Annabelle sie am Ärmel zupfte, löste sich der Bann.

»Was hast du, Mami?«
»Nichts, meine Süße, ich dachte, ich hätte einen Bekannten gesehen, aber ich habe mich wohl getäuscht.« Bekannten. So nennt man es also, wenn der Geliebte von einst unvermittelt auftaucht und dir die Knie so weich werden wie Zuckerwatte!
Rasch nahm Celia ihre Tochter an die Hand und wandte sich zum Haupttor. Sie mussten so schnell wie möglich von hier verschwinden, einer Begegnung mit Philipp war sie nicht gewachsen, nicht jetzt, vielleicht morgen, wahrscheinlich nie.
Wie kann die Anziehung, die sie als junges Mädchen empfunden hatte, bloß so lange überdauern?, fragte sie sich bestürzt angesichts ihrer heftigen Reaktion, als Joost Karek ihr mit einer seiner komischen halbherzigen Verbeugungen in den Weg trat. »Gnädige Frau, die weite Welt steht Ihnen ausgezeichnet – Sie sind noch schöner, als ich Sie in Erinnerung habe!« Dann fiel ihm ein, dass Celia in Trauer war. Karek wich ein Stück zurück und schlug sich mit der flachen Hand auf die Stirn. »Blöder Hund«, murmelte er und wirkte verlegen. »Celia, mein aufrichtiges Beileid …«
»Danke schön«, fiel sie ihm ins Wort. »Können wir irgendwo ungestört reden?« Karek ließ seinen Blick verdutzt über das Gelände wandern und begriff, machte aber im selben Moment eine wegwerfende Handbewegung.
»Keine Sorge, Herr Merten ist an einem doppelstöckigen Kettenflieger interessiert, nicht an Werkspionage. Im Gegenteil, ich hatte den Eindruck, er legt selbst Wert auf eine gewisse Diskretion.« Er grinste breit.

Ein Kettenkarussell? Celia warf ihm einen fragenden Blick zu. Das musste ein Missverständnis sein. Sie sah Philipp und den Schnitzer näher kommen; ihr Herz pochte so laut, dass sie glaubte, Karek würde es hören, und ohne auf seine Worte einzugehen, packte sie die Hand ihrer Tochter fester und zog sie mit sich in die andere Richtung, weg vom Tor und den Büros in Richtung des Karek'schen Wohnhauses am anderen Ende des Geländes. Mit großen Schritten eilte der Karussellbauer ihr nach. Als sie außer Sichtweite waren, verlangsamte sie ihre Schritte und Celia begann, ihm die Pläne ihres Vaters zu erläutern, verschwieg aber nicht, dass sie im Grunde genommen kaum mehr waren als eine Idee.

»Wir müssten bei null anfangen«, schloss sie.

»Nicht einfach«, murmelte er und schürzte die Lippen, »aber eine interessante Herausforderung. Allerdings nicht ganz billig ...«

»Ihre Sache ist die Konstruktion, meine die Finanzierung«, erwiderte Celia und dachte an Alexander Wright und den kleinen Schatz, der bei Peabody lag und allein ihr gehörte. Jahrelang hatte sie das Geld, das ihr Vater ausgeschlagen hatte, gespart, um ihm die Summe eines Tages notariell zu überschreiben. Dagegen hätte er sich nicht wehren können, weil sie ihn vor vollendete Tatsachen gestellt hätte. Was lag näher, als dieses Geld ihm posthum zu widmen – indem sie die sieben Weltwunder baute?

Im selben Moment wurde Celia bewusst, dass sie soeben eine Entscheidung getroffen hatte.

Lilo bestand darauf, dass Celia und ihre Tochter bei ihnen übernachteten, und wollte von einer überstürzten

Abreise nichts wissen. »Morgen ist früh genug«, beschied sie Celia energisch, unterstützt von Annabelle, die vergnügt in die Hände klatschte, bis ihre Mutter schließlich einwilligte. Nach einem üppigen Mahl und mehreren Gläsern Rotwein, die es leichter machten, Erinnerungen zu teilen und die Wehmut auszuhalten, ging Celia schlafen.
Bevor ihr Bewusstsein auf die nächtliche Reise ging, traf sie eine zweite Entscheidung. Sie beschloss, Susanna zu besuchen, je eher, desto besser.

Die Frage, warum Susanna ihr nie geschrieben hatte, schien sich in dem Augenblick zu erübrigen, da Celia unmittelbar nach ihrer Rückkehr nach Bremen das Haus in der Emmastraße betrat und von einer dunkelhäutigen jungen Frau mit krausem, elastischem Haar, das sich gegen die Haube eines Hausmädchens stemmte, gebeten wurde, in der Halle zu warten.
Neugierig sah Celia sich in der gediegenen Weitläufigkeit um. Durch die weit geöffneten Terrassentüren wehte Kinderlachen herüber, glänzende Seidenteppiche dämmten die Schritte, die Wände waren geschmückt mit zahlreichen Stillleben, Porträts und in Gold gerahmten Fotografien der Mertens und der ein wenig zittrig wirkenden Pahlenbergs, die sich aneinander zu klammern schienen, und natürlich von Philipp und Susanna: mit Baby, ohne Baby, mit Baby und breitbeinig Sitz machendem Labrador, das Kind allein, einmal als Baby, dann als goldgelockter kleiner Engel. Philipp mit Vater und Mutter vor einer Fabrik, von deren halbfertigem Dach ein Richtkranz baumelte; Susanna, etwas fülliger im Gesicht

und mit aufwendiger Lockenfrisur, die ihr nicht stand und sie älter wirken ließ. Margot Nottelmann in Weiß am Arm von Hubert Hagedorn, beide eingerahmt von den jüngeren Nottelmann-Schwestern und den Elternpaaren. Eine Landschaftsaufnahme aus der Lesumer Sommerfrische.

Celias Blick wanderte zu dem Jungen zurück, vermochte in den ovalen Zügen und den aufgeworfenen Lippen jedoch nur wenig Ähnlichkeit mit seiner Mutter und noch weniger mit seinem Vater auszumachen. Aber das war bei vielen Kindern der Fall, was Erwachsene häufig zu wilden Interpretationen der Physiognomie hinriss, von welcher Linie denn nun die Nase, das Kinn, die Ohren des Nachwuchses stammen mochten.

Der Kleine strahlte Celia an.

Warum hätte Susanna mir schreiben sollen?, dachte Celia und trat einen Schritt zurück. Sie hat mir nichts mehr zu sagen. Ihr Leben dreht sich um die Menschen, die sie liebt – und die sie lieben.

Grimmige Genugtuung befiel Celia. Fast war sie versucht, das Haus sofort wieder zu verlassen, weil sie ihr Ziel, sich vom Glück der Mertens zu überzeugen und auf diese Weise endgültig und für alle Zeiten von einer Liebe Abschied zu nehmen, die ihr das Herz gebrochen hatte, erreicht zu haben meinte, als sie aus dem Augenwinkel eine Bewegung wahrnahm. Sie drehte sich um. Susanna stand hinter ihr auf halber Treppe nach oben, lächelnd, eine Hand auf dem Kopf des Jungen, der ihr nicht ganz bis zur Hüfte reichte.

»Na, das wurde ja auch Zeit, dass du mal wieder hereinschaust«, sagte Susanna so lakonisch wie eh und je und zauste ihrem Sohn die Locken. »Das ist Andreas«, fügte sie hinzu, »los, Kind, sag guten Tag.«

»Guten Tag«, sagte Andreas folgsam, schenkte Celia aber weiter keine Beachtung. »Darf ich jetzt wieder die Lederhose anziehen? Dieser blöde Matrosenanzug kratzt so!«

»Geh nur!« Einen Wimpernschlag lang sahen sich Mutter und Sohn voller Liebe in die Augen, dann sauste der Junge wie ein geölter Blitz nach oben. Susanna lachte ihm kopfschüttelnd hinterher.

Die Genugtuung wich, Celias Herz gefror. Sie hatte sich selbst in die Tasche gelogen.

Sie hatte gar nicht vorgehabt, sich von Susannas Glück zu überzeugen – hatte sie nicht vielmehr inständig gehofft, das Gegenteil wäre der Fall? Dass Susanna und Philipp unglücklich miteinander wären, sie ihn freigäbe und sie selbst Paul mal eben so verließe? Wie sollte das gehen? Herrgott, das Leben war doch keine Kirmes! Und sie kein kleines Mädchen mehr, das auf einem Holzpferd sitzend in die Sterne träumte!

Die Scham stieg ihr heiß in die Wangen, sie brachte keinen Ton heraus.

Schließlich gelang es Celia ein Lächeln aufzusetzen, das Susanna herzlich erwiderte, als wäre sie taub und blind für das betretene Schweigen und die Wahrheit, die in der Luft hing – ausgerechnet sie, der kein Zucken des Mundwinkels je entgangen und kein Gedanke, wie so etwas zu deuten sei, zu abwegig erschienen war.

»Ich habe gerade die Fotografien betrachtet«, sagte Celia linkisch. »Fehlen nur noch die Matthiessens und diese … wie hieß sie noch gleich, ach, Püppi. Was machen sie denn alle so?«

Susanna lächelte, ging aber nicht auf Celias Frage ein. »Schön, nicht?« Sie kam die Treppe herunter und wies auf ein Foto, das sie mit einem Mann im Tropenanzug und ihrem Vater zeigte. »Mein vorläufiger, kindesbedingter Abschied von der Redaktion«, bemerkte sie und fuhr fort, als Celia sie fragend ansah: »Ich habe die *Hutnadel* gewissermaßen vollgeschrieben, zum Entsetzen meines Vaters, dem ich versprechen musste, aufzuhören, sobald der Erbe sich ankündigte.« In ihrer Stimme schwang ein Hauch von Bitterkeit, und Celia entsann sich ihrer eigenen grenzenlosen Enttäuschung über das Verhalten ihres Vaters.

»Sie machen es uns nicht gerade leicht«, sagte sie vorsichtig.

»Das kannst du wohl sagen, aber weißt du: Wenn er glaubt, damit hätte sich die Sache für mich erledigt, ist er schief gewickelt. Theobald Winkler, das ist der Chefredakteur in dem lächerlichen Tropenaufzug, findet mich brillant, was er natürlich nicht so laut äußern darf, um es sich mit Vater nicht zu verderben, und sobald Philipp die Nachfolge meines Vaters antritt, sitze ich wieder an meinem Schreibtisch!«

»So entschlossen kenne ich dich ja gar nicht!«, sagte Celia neckend.

»Doch, doch, unter dem bourgeoisen Getue schlägt das Herz einer Kämpferin.« Sie blickte sich mit Verschwörermiene um. »Um nicht das böse Wort mit S oder gar mit K zu benutzen!«

Als Celia sie fragend ansah, lachte sie. »Dummchen, habt ihr in Amerika noch nichts von Sozialisten und Kommunisten gehört?«

»Mein Mann ist Bankier«, bemerkte Celia trocken, die die Fassung allmählich zurückgewann. »Und was genau ist die *Hutnadel?*«

Susanna zwinkerte ihr zu. »Ich sehe schon, überm großen Teich kommen die besten Errungenschaften aus dem Lande Goethes nicht an!«

Und so setzte es sich fort, ein scheinbar heiteres Geplänkel, das nicht zum Gespräch werden wollte und beide Frauen einerseits anstrengte, weil die Worte klug gewählt sein mussten, damit sie ihnen nicht den Mund verbrannten, andererseits erleichterte, weil beiden bewusst wurde, dass ihnen das Gefühl intensiver Vertrautheit aller Zeit und allem Unglück zum Trotz nicht ganz abhandengekommen war.

Nach einer Stunde verabschiedete sich Celia; sie nahmen sich gegenseitig das Versprechen ab, sich zu schreiben, wissend, dass sie es nicht einhalten würden.

Der grüne Mantel mit dem Pelzbesatz verschwand hinter den Tannen, die die Sicht vom Haus auf die Straße arg einschränkten. Susanna blieb in der Haustür stehen und schickte der Freundin eine stumme Bitte um Absolution hinterher. Der Schmerz, den Unausgesprochenes in der Seele brennen lässt, verursachte ihr Übelkeit.

Niemals hätte sie gestehen können, dass sie Philipp hatte freigeben wollen, als sie erfuhr, dass sie das Kind eines anderen unter dem Herzen trug, dass dieser andere sie wegen einer Megäre im Stich gelassen hatte und Philipp sich als bester Freund und untadeliger Herr erwiesen hatte … Wenn sie Celia die Wahrheit gesagt hätte, hätte sie ihr Glück zerstört, das wusste sie in dem Moment, da

Celia die Fotografien betrachtete, als wolle sie sie sezieren, sie erkannte es in Celias Haltung und sie las es in ihren Augen. Celia liebte Philipp noch immer, und wenn sie auch nur ahnte, dass Philipp Susanna nicht liebte – nun, wer konnte sagen, ob eine Frau, die verrückt genug war, allein und Hals über Kopf nach Amerika auszuwandern, möglicherweise auch genügend Schneid besaß, einen Ehemann und zwei Kinder zu verlassen und alle ins Unglück zu stürzen, um der Illusion einer alten Liebe nachzujagen, wie sie der Idee von einer Achterbahn, die nicht funktionieren konnte, nachgejagt war? Nein, um das Seelenheil ihrer Freundin willen, nein, niemals würde sie auch nur ein Sterbenswort über all das verlieren.
Susanna sah auf die Uhr. Es wurde Zeit, sich für Margots Abschiedstee umzuziehen. Margot und Hubertus wollten morgen mit dem Schiff nach Afrika aufbrechen, nach Kenia, um dort ihr weiteres Leben auf der Farm von Hubertus' verstorbenem Vater zu verbringen. Margot war Ärztin geworden, Hubertus malte und verprasste das Familienvermögen. Es hieß, der alte Hagedorn habe seine Tochter Püppi, verheiratete Matthiessen, enterbt. Die Dinge des Lebens fügten sich eben immer, so oder so. Und man tat besser daran, sich nicht einzumischen. Susanna setzte eine zufriedene Miene auf und ging nach oben.

Noch ein Brief von Paul. Unwillig drehte Celia die Seiten hin und her, bis sie sie schließlich beiseitelegte. Heute Abend war früh genug, sich Pauls Fragen zu stellen, deren Dringlichkeit außer Zweifel stand, da ihr Mann

sich hatte hinreißen lassen, sie zweimal zu unterstreichen. Celia konnte es ihm nicht verübeln, ihr Verhalten war unverzeihlich: sie antwortete höchstens einmal in drei Wochen, und auf seine Bitten, allmählich an die Rückreise zu denken, ging sie nur vage ein. Mal musste Valentinas angeblich immer noch angegriffene Verfassung als Entschuldigung herhalten, ein anderes Mal Geralds Grabstein, der nicht zu Celias Zufriedenheit ausgefallen war, weshalb sie dem Steinmetz bei den Korrekturen unbedingt auf die Finger sehen musste.
Celia schob den Brief unter ihr Kopfkissen. Sollte sie jetzt, kurz vor dem Ziel, aufgeben? Niemals. Joost Karek hatte in wenigen Wochen großartige Arbeit geleistet, die Pläne überarbeitet und alles Material herangeschafft, so dass er mit dem Bau der sieben Weltwunder in Kürze beginnen konnte und das Fahrgeschäft im Juni geliefert werden würde. Zeit genug also, um einen Teil der Sommersaison noch mitzunehmen. Celias Augen leuchteten, wenn sie an Herford und München dachte, an Berlin, Stuttgart und all die Dörfer und kleinen Städte mit ihren Kirchlein, um die sich Buden und Karussells scharten, um Gott einzuladen, sich von der Harmlosigkeit des Vergnügens zu überzeugen. Wie ein Zugvogel, der zu lange in einem Käfig verbracht hat, zog es Celia hinaus, und weder das eigene, nagend schlechte Gewissen noch die Ermahnungen ihrer Mutter vermochten daran etwas zu ändern.
»Es ist doch nur bis zum Freimarkt«, beruhigte sie Valentina. »Ich will mich vergewissern, dass die Konstruktion hält, was Karek verspricht. Zu Weihnachten reise ich wieder nach New York.« Sie sagte nicht »zu Paul«

oder zu »meinem Söhnchen« oder »nach Hause«, doch als ihre Mutter sie vorwurfsvoll darauf hinwies, spielte sie die Bedeutung ihrer Wortwahl herunter.

Das dumpfe Geräusch schwerer Schritte riss Celia aus ihren Gedanken und erinnerte sie daran, dass sie noch mit Stephan sprechen wollte, rasch eilte sie die Treppe hinunter in die Küche. Stephan und Kester hatten sich an den Küchentisch gesetzt, nickten Celia zu und fuhren fort, sich über die Reste eines Rosinenkuchens herzumachen. Celia zögerte, dann setzte sie sich zu ihnen und versuchte, eine freundliche Miene aufzusetzen.

»Ich möchte, dass die Schießbude, das Karussell, der Kettenflieger und die sieben Weltwunder möglichst nah beieinander aufgebaut werden«, sagte sie. »Wir werden voneinander profitieren, und außerdem sollten wir um Pas Willen die Geschlossenheit unserer Familie demonstrieren.«

Kester glotzte Celia an. »Ich dachte, du wolltest nichts mit mir zu tun haben.«

Celia zuckte die Schultern. »Na ja, Freunde waren wir ja in der Vergangenheit nicht gerade. Aber inzwischen sollten wir doch erwachsen genug sein …«

»Nee«, tönte Kester. »Ich mein, weil ich doch gesessen hab.«

Celias Augenbrauen schossen in die Höhe.

»Hat deine Mutter nichts davon erzählt?«, fragte Stephan verblüfft. Sie schüttelte den Kopf. »Typisch«, murmelte er.

»Beinahe wär's mir richtig an den Kragen gegangen«, fuhr Kester wichtigtuerisch fort, »aber weil Wilgur, das Schwein, gerade noch so überlebt hat, hat der Richter

Gnade vor Recht ergehen lassen. Vielleicht …« – mit einer verlegenen Geste schob er die Kuchenkrümel hin und her – »dachte er ja auch, dass er's verdient hatte. Wegen Florian.«

Entgeistert starrte Celia von ihm zu seinem Vater, der ihren Blick mit einer Mischung aus Wut und Resignation erwiderte. »Das ist passiert, nachdem du dich schon aus dem Staub gemacht hattest. Wilgur ist Kester im Fränkischen zufällig über den Weg gelaufen. Er hatte wohl ein Stück Land geerbt, und ganz in der Nähe, bei Suhl war's, mein ich, hatten wir die Karussells aufgebaut.«

»Eins kam zum anderen«, fügte Kester bedächtig hinzu.

Celia entfuhr ein verächtliches Lachen. »Natürlich. Warum auch Verantwortung übernehmen, wenn allein das Schicksal Schuld an allem trägt, nicht wahr?«

»Du musst gerade reden!«, hielt Stephan dagegen. »Jahrelang wussten wir nicht, ob du noch lebst! Mein Bruder hat so darunter gelitten, dass es ihn krank gemacht hat. Der verdammte Krebs trägt deinen Namen, Celia!«

Sie fuhr zurück, als hätte er ihr einen Schlag versetzt. Dann packte Celia die Wut. »Was fällt dir ein! Wenn du ihn nicht dazu gebracht hättest, mir das Erbe vorzuenthalten …«

»Wärst du trotzdem abgehauen«, schnitt Kester ihr das Wort ab, »weil Philipp Susanna Pahlenberg heiraten sollte.«

»Du träumst ja!«, höhnte Celia, konnte aber nicht verhindern, dass ihre Stimme zitterte.

»Ich hab euch gesehen, dich und Philipp, und nicht nur ein Mal«, schob Kester nach. »Und weißt du was – Philipp wollte Susanna gar nicht. An dem Tag, als die Polizei mich suchte, drunten im Fränkischen, hatte ich mich unter der Tanzbühne versteckt und gehört, wie er Suriann angefleht hat, ihm zu sagen, wo du steckst. Wusste sie aber auch nicht.«

Übelkeit stieg in Celia auf, aber sie riss sich zusammen. Kühl musterte sie die beiden Männer, die ihr gerade offenbart hatten, dass ihre Flucht nach Amerika, ja, ihr ganzes Leben auf einem dummen Missverständnis beruhte – das sie provoziert hatte, indem sie davongelaufen war, statt Philipp und seiner Liebe zu ihr zu vertrauen. Blinde Verzweiflung erfasste sie, als sie begriff, dass sie allein ihn in Susannas Arme getrieben hatte.

Warum hatte sie Großmutter Elvira nicht um Rat gefragt, sich nicht ihrer Mutter anvertraut, Susanna die Wahrheit gestanden? Nichts schmerzt mehr als die Reue über verpasste Gelegenheiten, und selbst die Vorstellung, alles wäre Teil eines göttlichen Plans, vermochte Celia in diesem Moment nicht zu trösten.

Ein tiefer Seufzer entrang sich ihrer Brust, und Kester hörte auf, die Kuchenkrümel unablässig, den Rücken des kleinen Fingers wie einen Besen bewegend, hin und her zu fegen. Stephan schien an einer Bemerkung zu kauen und brummte schließlich etwas von »alten Geschichten«, als an die Haustür geklopft wurde. Vater und Sohn wechselten einen Blick und sprangen gleichzeitig auf, doch Celia, froh über die Unterbrechung, bedeutete ihnen sitzen zu bleiben.

Vor der Tür stand ein untersetzter Mann, der Celia gewinnend anlächelte. Eine gefurchte Narbe zog sich von seinem linken Ohr bis zum Mund, der mit roten, fleischigen Lippen einer offenen Wunde glich. Die dunkelbraune Tuchhose und der graue, über dem kugeligen Bauch aufspringende Gehrock täuschten Gutbürgerlichkeit vor.

»Ja, bitte?«

»Ah, Sie müssen die reiche Cousine aus Amerika sein!«, rief er aus. »Nichts bleibt mir verborgen, nicht wahr?« Er zwinkerte Celia zu, und instinktiv trat sie ihm entgegen, als müsse sie das Haus vor diesem Mann beschützen. Sofort wich er zurück und hob die Hände. »Keine Sorge, keine Sorge! Es ist nur so, dass Kester und sein Vater sich so beklagenswert rargemacht haben …«

»Sie sind da, warten Sie einen Moment«, erwiderte Celia, doch der Mann machte eine abwehrende Handbewegung.

»Nicht nötig, vielen Dank, aber ich habe nicht vor, mir noch mehr Ausflüchte anzuhören. Ich bin nur hier, um ihnen zu zeigen, was die Glocke geschlagen hat.« Die Maske der Höflichkeit verschwand vollständig von seinen Zügen. »Richten Sie den beiden aus, wenn sie binnen einer Woche nicht zahlen, sind sie dran.« Er nickte Celia zu und wandte sich zum Gehen, doch sie hielt ihn am Ärmel fest.

»Was soll das bedeuten? Wovon reden Sie überhaupt? Und wer zum Henker sind Sie?«, rief Celia aufgebracht, was den Mann zu amüsieren schien. Sanft nahm er ihre Hand von seinem Arm, dann zog er mit einer theatralischen Geste seinen Hut. »Wie schade um den schönen … wie heißt das Ding? Ah ja – Kettenflieger!« Er stieß ein meckerndes Lachen aus. »Es war mir ein rechtes Vergnügen, diesen kleinen Mistkerl Kester reinzulegen!

Wilgur hatte nicht viele Freunde in Bremen, wissen Sie, das gewiss nicht, aber einer davon war ich, Manne Luckner, und was meinen Sie, wie meine Stimmung stieg, als die Lambert-Sippe Geld brauchte! Ich wusste, dass sie am Ende noch richtig auf die Fresse kriegen.« Er spuckte auf den Boden und verschwand.

Wie vom Donner gerührt blieb Celia in der Tür stehen. Als sie in die Küche zurückkehrte, sah sie Stephan und seinen Sohn stumm an.

»Was hätten wir denn machen sollen? Doof wie Stroh darauf warten, dass niemand mehr auf ein Holzpferd steigt, weil's nebenan um Längen aufregender ist?«, verteidigte Stephan sich. »Schulze hat sich vor drei Jahren ein Kettenkarussell angeschafft, Hannemann bastelte zu der Zeit an einem befahrbaren Schreckenskabinett, und der Toboggan liegt in der Luft. Niemand weiß genau, wann er kommt, aber alle wissen, dass er kommen wird.«

»Da stellt man sich auf ein Laufband und lässt sich hochziehen«, beeilte Kester sich zu erklären, weil er Celias fragenden Blick aufgefangen hatte. »Und auf halber Höhe muss man abspringen und zu Fuß nach ganz oben auf den Turm laufen und dann auf so 'nem Ding, das wie 'ne Viehtränke aussieht, nach unten rutschen …«

Stephan schlug einen sachlichen Ton an. »Wir mussten das Kettenkarussell kaufen, sonst wären wir untergegangen.«

»Und ihr hattet keine andere Wahl, als euch ausgerechnet an einen Wucherer zu wenden.«

»Es schien … einfacher zu sein, als sich mit einer Bank herumzuschlagen.«

»Oh, zufällig kenne ich mich in dem Bereich ganz gut aus«, erwiderte Celia sarkastisch, »ich weiß, dass es nicht leicht ist, einen Kredit bewilligt zu bekommen. Aber«, fügte sie gedehnt hinzu und wurde lauter, »wo sind denn die Rücklagen, für die Vater stets gesorgt hat? Ein paar tausend Mark Eigenkapital hätte die Bank gewiss von eurer Redlichkeit überzeugt.« Stephans Schweigen war Antwort genug. Celia wäre am liebsten auf ihn losgegangen. »Ihr habt alles in Grund und Boden gewirtschaftet – hinter Vaters Rücken!«

»Er war einverstanden!«, schrie Stephan zurück.

»Das kannst du deinen Saufkumpanen und deiner dusseligen Frau weismachen, aber mir nicht!«

Weder Celia noch Stephan und Kester hatten Anka und Bente bemerkt, die ihre Einkäufe erledigt hatten und nun im Türrahmen standen und den erbitterten Streit mit großen Augen verfolgten. Während Bente eingeschüchtert wirkte, schien Anka abzuwägen, wie sie der Sache beikommen sollte, und entschied sich für Ignoranz. Sie presste die Lippen zusammen, packte ihren Einkaufskorb fester und machte einen Schritt auf die Speisekammer zu, die gegenüber der Küche vom Flur abging.

»Volle Körbe und ausgebaute Häuser! Der Teufel soll euch holen!« Celias Stimme überschlug sich vor Zorn, und Anka hielt einen Moment inne, verunsichert durch die Erwähnung des gehörnten Versuchers. »Ich will die Buchführung sehen!«

»Dazu hast du kein Recht!«, rief Stephan.

Aber Celia stürmte bereits in das Wohnzimmer, gefolgt von einer sehr nervösen Anka.

»Wo sind die Unterlagen?«, fuhr Celia sie an, und Anka wies stumm auf eine schokoladenbraun gebeizte Kommode, deren Schubladen ein Stück herausgezogen waren, gerade so, dass ein, zwei Papiere hineingesteckt werden konnten, ohne dass die Laden weiter geöffnet werden mussten.

Mit einem Ruck öffnete Celia die oberste Schublade – ein einziges Chaos aus Zetteln, aufgerissenen und verschlossenen Kuverts und eselsohrigen Schreiben quoll ihr entgegen. Mit einem Schrei riss Celia die Laden heraus und kippte den Inhalt auf einen dünnen Wollteppich, rollte ihn zusammen und zog die Wollwurst samt Inhalt durch die Küche über den Flur in Großmutter Elviras Hinterzimmer. Sie schlug die Tür zu und ließ sich auf das Bett fallen, das die Hälfte des Raums einnahm und in dem ihre Großmutter nach eigenem Bekunden seit zwei Jahrzehnten ausgezeichnet und nicht ein einziges Mal von dunklen Vorahnungen heimgesucht schlief. Als die alte Frau vorsichtig anklopfte, bat Celia sie, sich um Annabelle zu kümmern, bis sie ihre Arbeit getan hätte. Mit äußerster Willensanstrengung gelang es ihr, nicht an Philipp zu denken und die schmerzliche Erkenntnis, dass sie beide dasselbe gewollt hatten, in den Hintergrund zu drängen. Nach zwei Tagen verließ sie das Zimmer und ging in die Küche, wo die Familie zum Abendessen versammelt war.

»Ihr müsst das Kettenkarussell verkaufen«, verkündete sie. »Und das Bodenkarussell dazu, sonst könnt ihr die Wucherzinsen auf den Wechsel nicht zahlen.« Sie hielt ein gelbliches Blatt Papier hoch, das einen dicken Tintenklecks aufwies. »Manne Luckner hat an alles gedacht.«

»Und wovon sollen wir dann leben?« Obwohl Kester einen trotzigen Ton anschlug, schwang Angst in seiner Frage mit, und diese spiegelte sich in den Augen der anderen. Nur Valentina schien ungerührt, seltsam unbewegt, wie meist seit Geralds Tod. Das Schweigen wurde drückend. Keiner wagte das Offensichtliche, das einzig Mögliche zu formulieren, aber Celia wusste auch so, was die Stunde für sie geschlagen hatte. Es blieb nur eine Lösung.

»Ich möchte mit meiner Tochter unter vier Augen sprechen.« Valentinas kühler Blick duldete keine Widerrede, und wie eine Schar ausgescholtener Gänseküken trotteten die Lamberts nacheinander durch den Flur hinüber ins Nachbarhaus.

»Du musst auf mich keine Rücksicht nehmen, mein Kind«, sagte Valentina, als die letzten Schritte verklungen waren. »Ich … gehe nach Italien zurück.«

»Das ist ein sehr durchsichtiger Versuch, mich zu beruhigen, Mama.«

Celia lächelte leicht, aber Valentina schüttelte den Kopf. Plötzlich ergriff sie die Hände ihrer Tochter mit einer flehenden Geste.

»Mir ging es immer nur um ihn, all mein Denken und Fühlen gehörte deinem Vater, und wenn ich hierbleibe, und die Leere ertragen soll, werde ich daran zugrunde gehen.« Valentinas Augen glitten zur Seite, ihre Stimme klang weich, so weich, als würde sie im nächsten Moment in den schwebenden, hohen Ton gleiten, in den manche Menschen verfallen, wenn sie den Verstand verlieren.

»Ihr habt euch wirklich geliebt«, sagte Celia behutsam.

»Wir hatten uns füreinander entschieden«, erwiderte Valentina sibyllinisch. »Nun ist es vorbei.« Sie ließ Celias Hände los. »Ich werde in das Haus meines Cousins umsiedeln.«

Celia begriff. »Und ich hab mich stets gefragt, wer wohl der schöne Mann gewesen sein mag, mit dem ich dich im Theater gesehen habe.« Verunsichert und wütend wandte sie sich ab.

»Luca hat sich als mein Rettungsanker verstanden«, bekannte ihre Mutter freimütig. »Er gehört zu einem abseitigen Zweig der Linie meines Vaters und fand es indiskutabel, wie meine Eltern sich nach meiner Vermählung mit Gerald verhalten haben. Gerade so, wie es bei ungebildeten Fischern Usus zu sein scheint. Die arme Bente.« Sie machte eine Pause, dann fuhr sie fort. »Erst machte Luca seiner Empörung in einigen Briefen Luft, später bekundete er seinen Willen, immer für mich da zu sein, wenn ich ihn brauchte. In all den Jahren hat er mich nur ein einziges Mal in Bremen aufgesucht. Er wusste, wie sehr ich deinem Vater und dir verbunden war.«

»Ein veritabler Rosenkavalier!«, erwiderte Celia spöttisch, um ihre Betroffenheit zu kaschieren.

»Ein Freund«, korrigierte ihre Mutter ruhig, »und ich muss mich dafür nicht rechtfertigen. Es ist nichts Unrechtes geschehen. Ich hoffe für dich, dass du wenigstens einen Menschen zu deinen Bekannten zählen kannst, der so unverbrüchlich und selbstlos zu dir steht wie Luca zu mir. Einen Freund, der die Bezeichnung wirklich verdient.«

»Betrug beginnt in den Gedanken«, beharrte Celia und hätte sich im selben Moment ohrfeigen können. Sie murmelte eine Entschuldigung, hoffend, dass ihre Mutter es dabei bewenden lassen würde, aber den Gefallen tat sie ihr nicht.

Leise sagte sie: »Mein liebes Kind, pass auf, was du sagst. Wer von uns steht denn im Begriff, für ein Trugbild alles fortzuwerfen, was zählt?«

»Was meinst du damit?«

»Nun, sicher nicht nur die sieben Weltwunder«, erwiderte Valentina. »Ich habe schließlich Augen im Kopf, und ich erinnere mich gut an deine versteinerte Miene, als du von deinem Besuch bei Susanna zurückgekehrt bist.« Kein Vorwurf schwang in ihrer Stimme mit, der Celias Widerspruchsgeist hätte wecken können; dem liebevollen mütterlichen Mitgefühl hatte sie nichts entgegenzusetzen. Tränen schossen ihr in die Augen. Sacht streichelte Valentina ihrer Tochter übers Haar. »Werd erwachsen, Celia.« Sie lächelte und stand auf. »Das Leben ist kein Jahrmarkt.«

»Ach ja, eins noch«, sagte sie und drehte sich in der Tür noch einmal um. »Großmutter Elvira nehme ich mit mir.«

»Sie mag dich doch gar nicht«, gab Celia mit einem schiefen Lächeln zu bedenken.

»Sie mag das Bremer Klima auch nicht, und im Süden wird's ihr bessergehen.«

»Weiß sie von deinen Plänen?«

Valentina zuckte mit den Schultern und grinste. »Wenn sie ihre Tarotkarten aufmerksam studiert hat … Oder ein Käuzchen es ihr ins Ohr geflüstert hat …«

Unwillkürlich musste Celia lachen. Ihre Mutter ging hinaus, und die Stille, die sie hinterließ, hatte etwas Unwirkliches, so als wartete das Haus und alles, was sich darin befand, mit angehaltenem Atem auf Celias – nunmehr dritte – Entscheidung.

Der Notar trug einen schweren goldenen Siegelring und presste das Wappen seiner Familie mit einer dem Anlass angemessenen würdevollen Miene in das rote Wachs, das ein Geräusch machte wie ein Maikäfer, der unter dem Schuh eines gemeinen Menschen verendet. Mit keiner Regung gab der erstaunlich junge Sozius der Kanzlei Semmelmann & Oelcker zu erkennen, dass die beträchtliche Summe, die mit dieser Urkunde die Besitzer wechselte, ihn beeindruckte noch dass die bevorstehende Transaktion mit der New Yorker Bank Peabody ihn überforderte. Der Mann hantierte gewichtig, schraubte seinen Füllfederhalter auf und notierte mit kühnem Schwung ein paar Worte auf einem Blatt Papier, löschte die überschüssige Tinte und legte die Notizen in eine Mappe. Jede Bewegung wirkte so abgezirkelt, dass Celia sich vorkam, als säße sie einer Marionette mit täuschend echtem Menschenantlitz gegenüber. Sie senkte den Blick und hoffte, der Mann käme endlich zum Ende, damit sie es hinter sich hätte und die Frage, ob ihre Entscheidung wirklich die einzig richtige war, sich erübrigte. Zu stolz, um Paul um dreißigtausend Dollar zu bitten, war dies das Einzige, was sie für ihre Familie tun konnte. Ihr Vater, dem die Freiheit – auch und vor allem die Freiheit der Entscheidung – über alles gegangen war, hätte ihren Entschluss gutgeheißen. Joost Karek hatte verwundert reagiert, als sie den Auftrag stornierte, und auf ihre bange Frage, ob die Arbeiten schon weit fortge-

schritten waren, gab er vor, noch gar nicht damit begonnen zu haben. Celia glaubte ihm zwar nicht, nahm diese Erklärung aber dankbar hin.
Die Zeit der Jahrmärkte ist vorbei für mich, dachte sie. Und die Zeit in Bremen, die Zeit der Erinnerungen ebenfalls.
Der Notar reichte ihr die Urkunde, erhob sich und deutete eine Verbeugung an. Celia bedankte sich und verließ die Kanzlei. Einen Moment blieb sie vor dem roten Backsteingebäude in der Knochenhauerstraße stehen. Das Wetter hatte umgeschlagen, ein kräftiger Wind fegte bauschige Wolken über den Himmel, als gälte es ein Wettrennen zu gewinnen. Celia hielt ihren zierlichen Hut mit den drei grüngefärbten Federn und dem schmalen Robin-Hood-Schnitt mit einer Hand fest und ging die Straße entlang, überquerte den Ansgarikirchhof und hielt sich Richtung Schlachte, der Hafenmeile an der Weser. Als sie das grau glitzernde Band des Stroms erblickte, den leisen Geruch von modrigem Wasser und Schiffsmotorenöl wahrnahm, schalt sie sich sentimental und unverbesserlich und albern, dennoch ging sie weiter, überquerte die Kaiserbrücke und erreichte wenig später den geheimen Platz, ihren und Philipps geheimen Platz. Niemand hatte es in all den Jahren für nötig befunden, die Schlehenbüsche zu stutzen, so dass eine wild wuchernde Hecke entstanden war, die zehn Liebespaaren Schutz gewährt hätte.
Als Celia näher trat, schoss ein aufgeschrecktes Kaninchen an ihr vorüber. In der Ferne tutete eine Schiffssirene, einige Möwen schrien gegen den Wind an. Reglos stand sie da und fragte sich, was sie hier eigentlich woll-

te. Schließlich murmelte sie ein halblautes Adieu, um diesem Moment etwas Feierliches, Endgültiges zu verleihen, was aber nur ihr Gefühl verstärkte, sich unverzeihlich töricht zu benehmen. Sie schüttelte den Kopf über sich, wandte sich um und blickte direkt in Philipps Augen.

Eine Weile sagten beide gar nichts, tasteten einander ungläubig mit Blicken ab, nahmen die Zeichen der Jahre in ihren Zügen wahr und sahen durch sie hindurch auf ihre Jugend zurück.

»Was hast du bei Karek gemacht?«, fragte Celia schließlich, bemüht, sich ihren inneren Aufruhr nicht anmerken zu lassen, und Philipp gab im selben Tonfall zurück, dasselbe könnte er sie fragen, er habe gesehen, wie sie davongeeilt sei.

»Ich … wollte meiner Tochter das Land näher bringen, und auf der Rückreise bot sich die Gelegenheit, ihr zu zeigen, wie Karussells hergestellt werden«, antwortete sie spröde.

Philipp nickte. »Eine gute Idee. Andreas interessiert sich allerdings noch nicht dafür.«

»Annabelle ist auch viel zu jung, um es zu begreifen«, räumte Celia ein, »aber wer weiß, wann wir wieder nach Europa reisen.«

»Das mit deinem Vater tut mir sehr leid«, sagte Philipp nach einer Weile. »Wir waren nicht sicher, ob wir willkommen gewesen wären auf der Beerdigung.« Celia murmelte etwas Unverständliches, dann fielen sie erneut in beredtes Schweigen. Nach einer Weile sagte er leise: »Um die Wahrheit zu sagen, war ich bei Karek, um ein Karussell in Auftrag zu geben – einen doppelstöckigen

Kettenflieger.« Er zögerte und betrachtete angelegentlich seine Stiefelspitze. Celia folgte seinem Blick und fragte sich, wo es solche seltsamen Stiefel mit abgeschrägtem Absatz und allerlei Ziernähten zu kaufen gab. »Ich bin nicht dafür gemacht, im Kontor zu sitzen und komplizierte Geschäfte auszuhecken.«

»Das ist keine gute Voraussetzung, um gleich zweimal ein bedeutendes Erbe anzutreten, nicht wahr? Ich denke, Walter Pahlenberg setzt ebenso auf dich wie dein Vater.« Unmerklich wich Celia zurück. Das Gespräch nahm sie mit. So viel Ungesagtes, so viel, das ihr auf den Lippen brannte, sie sich aber nicht zu fragen traute.

»Mein Vater ist mir irgendwann draufgekommen, dass ich statt Akten zu bearbeiten Konzepte für neue Fahrgeschäfte entwickle und an Karussellbauer verkaufe«, fuhr Philipp fort.

»Und hat dir die Hölle heiß gemacht!« Celia rang sich ein Lächeln ab.

»Nein, gar nicht. Ich konnte es selbst kaum glauben, aber er hat mich verstanden und mir verziehen. Wenn es für ihn an der Zeit ist, sich zur Ruhe zu setzen, will er mir einen fähigen Geschäftsführer an die Seite stellen, sofern mein Wunsch dann immer noch so stark ist. Seine einzige Bedingung lautete, ich möge nicht sofort losziehen, erst später, wenn alles geregelt wäre.« Philipp lächelte. »Der alte Fuchs spielt auf Zeit. Er glaubt, wenn er mir gestattet, Karussells zu entwerfen, verliere ich irgendwann das Interesse daran.«

»Und … Susannas Vater? Weiß er es schon?«

»Nein, sein gesundheitlicher Zustand ist sehr labil. Susanna ahnt es, aber ich habe noch nicht den richtigen

Zeitpunkt gefunden, ihr meine Entscheidung beizubringen … Sie hat Kummer genug erdulden müssen …«

»Da war sie nicht die Einzige«, rutschte Celia heraus. Eine heftige Bö riss ihr den Hut vom Kopf, der wie betrunken durch die Luft torkelte; ihr Haar löste sich und floss in rotblonden Wellen über Schultern und Rücken. Wütend auf ihn und das Leben, das ihr diese absurde Situation zumutete, aber vor allem auf sich selbst, funkelte sie Philipp an.

»Ich habe immer nur dich geliebt«, sagte er nun so eindringlich wie ungeschickt, »es verging kein Tag in all den Jahren, an dem ich nicht an dich gedacht hätte. Susanna und ich, das …«

»Schon gut«, unterbrach Celia ihn kühl, »das sind alte Geschichten. Ich muss jetzt gehen.« Sie wandte sich ab und lief davon.

»Celia!« Mit ihrem Namen wehte der Wind ihr Philipps Wehmut hinterher, die Sehnsucht nach der Süße ihrer Küsse und der Wärme ihrer Körper, und zu dritt holten sie Celia schließlich ein. Sie hielt inne und ergab sich.

Der Frühling gehörte ihnen. Mit Philipps dunkelrotem Mercedes fuhren sie umher, fanden romantische, efeuüberwucherte Verstecke am Ufer der Wümme, unternahmen ausgedehnte Wanderungen am langgestreckten Sandstrand bei Duhnen und folgten verschwiegenen Pfaden zwischen Woltmershausen und der Neustadt, da, wo niemand die Familien Merten, Pahlenberg und Lambert kannte. In stillem Einvernehmen verloren sie weder ein Wort über Susanna noch über Paul, taten einfach so, als wäre alles auf Anfang gestellt, die Seelen blankgewaschen wie Flusskiesel, die Hoffnungen weit wie der Horizont und die Zuversicht so ungebrochen wie ein Sonnenstrahl. Das gelang, solange Celia und Philipp nur Augen füreinander besaßen, sich berührten und umfassten, lachten und sich beim Picknick gegenseitig fütterten, krümelige Küsse austauschten und sich fiebrig heiß vor Verlangen Hemd und Hosen, Mieder und Strümpfe vom Leib zerrten, um später ermattet und durchflutet von Glückseligkeit im feuchtwarmen Gras zu liegen. Wie vereinzelte Wolken am blassblauen Himmel tauchten dann und wann bange Gedanken auf, die so schnell vorüberzogen, dass sie das Fest dieser Liebe nicht nachhaltig trüben konnten.

Doch als der Mai zu Ende ging, überwältigte Celia die Erkenntnis, dass sie nicht mehr zurückfinden würde in ihr Leben mit Paul.

Sie würde niemals auf ihre Kinder verzichten, aber ebenso wenig auf Philipp. Er war vor Gott, dem Schicksal und allen Mächten dieser Welt ihr Mann, er war es immer gewesen, ganz gleich, welche unterschiedlichen Wege sie eingeschlagen hatten oder gezwungen gewesen waren zu gehen. Sie würde ihn nicht noch einmal verlassen, so wie damals, als sie aus gekränkter Eitelkeit das Schiff nach Amerika bestiegen hatte, statt ihrem Geliebten zu vertrauen. Gewiss, jetzt standen sie vor einer ungleich schwierigeren Situation. Andererseits hatte ihnen das Schicksal doch einen deutlichen Fingerzeig gegeben, was nun zu tun war. Hatte es ihnen beiden nicht jene Sehnsucht nach dem fahrenden Leben in die Herzen gepflanzt, die sie beide Jahre um Jahre vergeblich verdrängt hatten? Nun, Philipp würde alles daransetzen, seinen

Traum wahr werden zu lassen, daran hatte er keinen Zweifel gelassen. Susanna, Bürgerstochter, die sie war, würde dafür kein Verständnis aufbringen, und unabhängig davon, ob sie in eine Scheidung einwilligte oder nicht, würden Celia und Philipp endlich das tun, was ihrer Natur und ihrer Liebe entsprach. Auf der Kirmes, dem Rummel, dem Jahrmarkt würde niemand danach fragen, ob ein Pastor ihre Verbindung gesegnet hatte, und falls sich doch einmal ein Moralapostel über sie ereifern sollte, würde sie ihm schon zeigen, wo der Hammer hing. Sie war schließlich nicht auf den Mund gefallen und konnte mit einer stattlichen Anzahl listiger, wagemutiger und siegreicher Ahnen aufwarten, deren Blut in ihren Adern floss! Sollten alle Stricke reißen, änderten sie eben ihre Namen und arbeiteten im Ausland, in Frankreich, Italien, Amerika.

Eine innere Stimme warnte Celia, sich in Illusionen zu verlieren, doch sie schenkte ihr kein Gehör. Es ist das schlechte Gewissen, redete sie sich ein. Tatsächlich wurde ihr übel, wenn sie daran dachte, wie tief ihr Verrat und eine Trennung Paul treffen würden; er hatte so viel für sie getan! Aber sie konnte nun einmal nichts daran ändern, dass sie ihn nicht so liebte wie Philipp!

»Bedenke, ob diese Liebe nur deshalb so perfekt scheint, weil sie keinem Alltag ausgesetzt war«, hatte ihre Mutter ihr kurz vor ihrer Abreise nach Italien auf dem Bahnsteig ans Herz gelegt. »Nichts, was sie zermürben konnte. Keine Geldsorgen, kein Streit, keine Krankheit, kein Rülpsen und kein Pupsen.«

»Paul rülpst auch nicht«, hatte Celia in einem linkischen Versuch zu scherzen erwidert, aber Valentina hatte abgewinkt. »Du weißt, wie ich es meine.« Dann hatte sie ihre Tasche hochgehoben, ihren Schirm wie ein Gewehr geschultert und Großmutter Elvira einen strengen Blick zugeworfen, weil ihre Freundinnen mit ihren bunten Röcken und scheppernden Tamburinen ungebührliches Aufsehen auf dem Bahnsteig erregten. »Warum tue ich mir das bloß an?«, seufzte sie und umarmte ihre Tochter.

»Weil ein Käuzchen es dir zugeflüstert hat, hm?«, lästerte Großmutter Elvira und tätschelte Celia und Annabelle die Wangen. Während der Zug schnaufend aus der Halle fuhr, winkten Celia, Agnes und Ludovica mit beiden Händen wie Revuegirls beim Coconut-Jive. Die Tränen liefen Celia die Wangen hinunter. Auch dieser Abschnitt ihres Lebens war unwiederbringlich vorbei. Ohne ihre Mutter und Großmutter hatte der Schnoor für sie seine Mitte verloren.

»Einen Penny für deine Gedanken!«, sagte Philipp jetzt. Sie hatten einen langen Spaziergang an der Ochtum unternommen und ruhten nun am niedrig bewachsenen Ufer, Celias Kopf lag in Philipps Armbeuge, ihre Hand auf seiner Leiste. Es war eine eindeutige Situation, aber in diesen verlassenen Winkel im Bremer Süden verirrten sich nur Fuchs und Hase.

»Ich werde Paul verlassen«, sagte Celia. »Er hat ein großes Herz und wird mir keine Steine in den Weg legen. Aber er hat es verdient, dass ich ihm meinen Entschluss von Angesicht zu Angesicht mitteile.« Als Philipp nichts entgegnete, fuhr sie fort: »Sobald wir die Dinge geregelt haben, kehren die Kinder und ich zurück nach Bremen. Nach Hause.«

»Willst du das wirklich auf dich nehmen?«, fragte er leise und bewegt, jedoch mit einem Unterton, der Celia nicht entging.

»Feigling!«, neckte sie ihn und kniff ihn in die Seite, was er mit einer Attacke auf ihre Achselhöhlen quittierte. Kichernd wälzten sie sich im Gras, bis die ausgelassene Stimmung der Leidenschaft wich.

19

Annabelle wurde rasch der Liebling der Passagiere an Bord der *Eusebia.* Während der weiße Schnelldampfer mit den rotschwarzen Schornsteinen über die im Vergleich zur Herfahrt schüchternen Wellen des Atlantiks stampfte, absolvierte das Mädchen mit ihrer Mutter Runde um Runde auf dem obersten Deck und ließ sich von Zeit zu Zeit aufseufzend neben Celia in einen der hölzernen, messingbeschlagenen Liegestühle fallen. Dort hielt sie es ungefähr fünf Minuten aus, bis sie zappelig wurde und begann, den neben ihnen Liegenden von den sieben Weltwundern zu erzählen.

Die Leute lobten ihre Phantasie, ein Herr mit Schnauzbart, rotem Halstuch und schwerem texanischen Akzent meinte, das sei doch etwas für Coney Island, eine Bemerkung, bei der Celia zusammenzuckte.

Nachdem Annabelle den traurigen Blick ihrer Mutter aufgefangen hatte, erwähnte sie die Idee ihres Großvaters nicht mehr; stattdessen schilderte sie die Geschichte von dem angeblich versteckten Eichhörnchen auf der Brüstung des Rathausbalkons, schwärmte von ihrer Großmutter Valentina, die so schön und so italienisch aussah und bestimmt bald einen Grafen aus Venedig heiraten werde, während sie selbst mit dem Heiraten warten müsse, bis Tonis Seele wieder auf Erden sei. Man fand das Kind herzig, ganz allerliebst, und mit den rotblonden Locken ihrer attraktiven Mutter so vielversprechend ähnlich.

Celia freute sich über die Komplimente, beteiligte sich aber selten an Unterhaltungen.
Sie sammelte ihre Kraft für das, was vor ihr lag.
Paul holte sie nicht persönlich vom Pier ab, ein Fahrer mit pfannkuchenrundem Gesicht und einem Pappschild in der Hand, auf dem Mrs. Paul Osborne stand, erwartete sie und riss die Tür des dunkelblauen Ford übertrieben schwungvoll auf. Celia kannte weder ihn noch den Wagen, erinnerte sich jedoch vage, dass Paul in Erwägung gezogen hatte, den neuen vierzylindrigen Tourenwagen von Ford zu erwerben, der Platz für die ganze Familie einschließlich des Kindermädchens bot.
An der schnurgeraden Long Branch Avenue erblickte Celia nichts, was ihre lange Abwesenheit deutlich gemacht hätte; wie in jedem September waren die Sträucher akkurat geschnitten, trieben die blassgelben Rosen unter Jennifers und Brads Veranda neue Blüten und waren die cremefarbenen Vorhänge des Osborne'schen Hauses zugezogen, um die Hitze abzuhalten, die schwer und feucht und erfüllt vom Duft frisch gemähten Rasens in der Luft hing.
Annabelle stürmte in die Küche und in Gladys' dicke, schwarze Arme, die sie umfingen und wiegten. Ein goldfarbenes Hündchen, kaum größer als eine junge Katze, tanzte und fiepte um sie herum, begeistert, dass endlich etwas los war. Celia drückte Gladys' Arm und begrüßte die artig knicksende Köchin, die ihr ebenso fremd war wie der Chauffeur
»Wo ist Paul junior?«, raunte Celia Gladys zu, die wortlos mit dem Kopf nach draußen wies. »Mein Schatz, wollen wir dein Brüderchen begrüßen?«, wandte sie sich

an ihre Tochter, die hingerissen mit dem Welpen spielte. Annabelle nickte eifrig und hüpfte ihrer Mutter voran in den Garten.

Manita Caprese schien Celia nicht zu erwarten. In sicherem Abstand vom Teich lag sie bäuchlings auf einer Wolldecke und alberte mit Paul junior herum. Überall lagen Bauklötze und bunte Bälle. Als Manita sie erblickte, sprang sie auf, sprach auf den Kleinen ein und lenkte seine Aufmerksamkeit auf Mutter und Schwester. Gehorsam taumelte der Zweijährige mit Seemannsgang auf Celia zu, doch nach zwei Metern blieb er stehen, drehte sich erschrocken um und wankte zurück zu seinem Kindermädchen, die Ärmchen Schutz suchend ausgestreckt. Mit keiner Regung ihrer Miene gab Manita zu erkennen, was sie dachte.

»Er muss sich wieder an uns gewöhnen«, sagte Annabelle mit Bestimmtheit und lief ihrem Brüderchen hinterher. »Weißt du was? Ich zeige dir mein neues Spielzeug aus Bremen, ein Holzkarussell mit den Stadtmusikanten, das sind vier mutige Tiere, du wirst staunen …« Sie ließ sich auf die Decke plumpsen und ahmte nacheinander den Esel, den Hund, die Katze und den Hahn nach, wie sie der Bremer Sage zufolge die Bösewichte mit lautem Gebrüll, Gebell, Gemaunze und Gekrähe in die Flucht getrieben haben sollten. Paul beäugte seine Schwester wie ein neugeborenes Kalb.

»Das wird schon«, meinte Manita. »Er ist so ein lieber kleiner Kerl …«, fügte sie versonnen hinzu und verstummte, unsicher, ob sie der Herrin des Hauses zu nahe getreten war.

»Schon gut«, erwiderte Celia steif. Sie hatte ihren Sohn

fast ein ganzes Jahr seinem Kindermädchen und seinem Vater überlassen; es war nur natürlich, dass sie nun die Quittung erhielt. Jede Katze war eine bessere Mutter als sie. Celia nickte Manita zu und ging zurück ins Haus.

Um die Gedanken zu bannen, machte sie sich daran, ihre Koffer auszupacken, verlor aber rasch den Schwung und trat hinaus auf den Balkon. Erst jetzt fiel Celia auf, dass der Herbst nahte; rötlich golden breitete sich die Pracht der dem Verfall geweihten Blätter über dem Rasen aus, der Teich wirkte dunkel und abweisend. Halb verborgen von dichter Hainbuche wieselte Jennifer nebenan in ihren Beeten umher, ihr roter Sonnenhut tauchte hie und da auf wie eine beschwipste Mohnblume. Halbherzig hob Celia den Arm, aber ihre Freundin war viel zu beschäftigt, um den Blick zu heben und sie zu bemerken.

Bald darauf floss die Dämmerung über die Hügel und Häuser von Long Branch. Celia, Manita und die Kinder aßen zu Abend, dann las Celia Annabelle eine Gutenachtgeschichte vor, wartete, bis sie eingeschlafen war und schlich hinüber in Pauls Zimmer. An der Tür blieb sie stehen. Manita flüsterte auf den greinenden Jungen ein. Leise zog Celia sich zurück.

Wo blieb Paul nur? Obwohl Celia daran gewöhnt war, dass ihr pflichtbewusster Mann viele Abende in der Bank verbrachte, begann sie sich allmählich Sorgen zu machen. Ausgerechnet heute, da sie wieder zu Hause war, arbeitete er bis in die Nacht? Nach den vielen besorgten Briefen, die er über den Atlantik gejagt hatte, hätte er ungeduldig auf sie warten müssen. Nicht einmal ein Blumenstrauß hieß sie willkommen! Hatte Paul Wind von ihrer Untreue bekommen? Hatte Valentina ihn brieflich vorgewarnt oder Andeutungen fallenlassen? Ach, Unsinn, ihre Nerven waren überreizt, ihr Gewissen drückte schwer. Denn abgesehen von alldem, was sie Paul zu beichten haben würde, erwartete sie ein Kind von Philipp. Celia zweifelte nicht eine Sekunde daran, nach zwei Schwangerschaften wusste sie, wie es sich anfühlte; die Haut wie frisch gestrichen und mit Meersalz abgerubbelt, ihr Haar leuchtend wie ein gesponnener Sonnenstrahl, zwischen Nabel und Herz ein sachtes Pochen, sachter als der Flügelschlag eines Vogels.

Allein aus diesem Grund konnte sie keine Lüge leben.

Und eine schmeichelnde Stimme antwortete: Das tust du doch schon seit langem! Mach einfach weiter, wo du aufgehört hast, es ist gar nicht so schwer.

Um Mitternacht kam Paul nach Hause. Er sah blass aus und entschuldigte seine Verspätung mit dem Aktienmarkt, der seit einiger Zeit sehr empfindlich reagiere, und bat sie im Gartenzimmer auf ihn zu warten.

»Ich musste den Aktendunst loswerden«, sagte er, als er zehn Minuten später zurückkam. Den grauen Zweireiher hatte er mit einem bequemen gelben Pullover und einer weichen Wollhose getauscht, seine goldenen Augen glänzten, und über der Oberlippe schimmerten feine Schweißtropfen. Er machte keine Anstalten, seine Frau zu küssen oder auch nur zu berühren. »Ich habe einen großen Fehler gemacht«, begann er sichtlich angestrengt. »Ich habe unterschätzt, wie sehr dir deine Wurzeln fehlen, will sagen: wie sehr dir der Jahrmarkt fehlt. Ich habe lange darüber nachgedacht und bin zu dem Schluss gekommen, dir die Teilhaberschaft an einem der neuen Vergnügungsparks in Philadelphia anzubieten.« Celia

öffnete den Mund, aber Paul schnitt ihr das Wort mit einer Handbewegung ab. »Wir können auch darauf warten, dass Thompson vom *Lunapark* sich übernimmt, sein großspuriger Lebensstil bereitet seinem Partner Dundy meinen Quellen zufolge erhebliches Kopfzerbrechen. Vermutlich ist es nur eine Frage der Zeit, bis der Park dringend eine neue Besitzerin braucht.« Die letzten Worte begleitete er mit einem Lächeln.
Celias Herz flog ihm zu. Paul war ein wunderbarer Mann, das hatte er mehr als ein Mal bewiesen, doch mit diesem Zugeständnis an die Bedürfnisse und das Naturell seiner Ehefrau war er über sich hinausgewachsen. Warum nur vermochte sie ihn nicht so zu lieben wie den anderen Mann in ihrem Leben, den Mann, von dem sie nicht zu sagen wusste, ob er es an Großherzigkeit mit Paul aufnehmen konnte – oder ob er nicht doch so war, wie sie all die Jahre über angenommen hatte.
Der Brief, der ihr in die Kabine gebracht worden war, nachdem die *Eusebia* von Bremerhaven abgelegt hatte, hatte ihre Hoffnungen mit wenigen Sätzen zerschlagen. »Ich liebe Dich mehr als mein Leben, das war so, ist so und wird immer so bleiben … Und weil das so ist, möchte ich, dass Du zu Paul zurückkehrst; Du gehörst zu ihm und den Kindern. Verzeih mir meinen Egoismus. Susannas Vater hat einen Herzinfarkt erlitten. Ich kann sie und die Schwiegereltern nicht im Stich lassen. Uns bleibt die Erinnerung an diesen Sommer und das Wissen, wie wunderbar es hätte sein können …«
Sie hatte die Worte wieder und wieder gelesen, war hinter jeden der nach links geneigten, steilen Buchstaben geklettert, um zu verstehen, was zwischen den Zeilen

stand. Wog die moralische Verantwortung für seine Familie zu schwer, oder wollte Philipp Celia – und sich selbst – vor der gesellschaftlichen Ächtung schützen, die sie erwartete? War er einfach ein Feigling? Ein Mann ohne Rückgrat, ohne Kraft? Nein. Gewiss, Philipp mangelte es an Entschlossenheit, aber nicht an Aufrichtigkeit.

Sie drehte sich im Kreis.

»Was denkst du?«, setzte Paul erwartungsvoll und ein wenig nervös hinzu, als Celia nichts erwiderte. »Meinst du nicht, dass ich eine Antwort verdient habe?«

»Ich danke dir, aber ich muss darüber nachdenken«, erwiderte sie ausweichend und spürte sofort, dass die Atmosphäre sich verdichtete. Pauls Geduld schlug in Gereiztheit um. »Bitte, ich bin so erschöpft, die lange Reise. Lass uns morgen darüber reden«, sagte sie, und widerstrebend stimmte er ihr zu.

Die Tage und Wochen verstrichen, ohne dass einer von ihnen Anstalten machte, das Gespräch fortzuführen. Beide scheuten die Konsequenzen einer Aussprache und überließen sich dem Narkotikum ihres geregelten Lebens. Es wirkte schnell. Unmerklich band der Alltag die seidenen Fesseln neu, betäubte den Schmerz und tarierte die Gefühle aus zu einem empfindlichen Gleichgewicht. Bald darauf schliefen sie wieder miteinander. Celia zögerte die Nachricht ihrer Schwangerschaft so lange hinaus, bis Pauls nächtens streichelnde Hand auf ihrem Bauch verweilte und der kleinen Wölbung gewahr wurde. Er machte Licht und sah seiner Frau forschend in die Augen, und als er zu erkennen meinte, was er hoffte, schossen ihm die Tränen in die Augen.

»Vielleicht sollte ich mit Philadelphia warten, bis es auf der Welt ist«, sagte Celia, und Paul nickte. »Alles, was du willst, mein Herz.«

In diesem Augenblick beschloss Celia, das Geheimnis dieses Kindes für immer zu wahren, damit es behütet und geliebt aufwachsen würde; sie beschloss, Paul als seinen Vater anzuerkennen und ihrem Mann eine liebevolle Gefährtin zu sein. Zur Bekräftigung ihres Gelübdes schrieb sie ihre Gedanken am nächsten Morgen auf und verbrannte den Zettel im hinteren Teil des Gartens, wedelte mit einer Taubenfeder den Rauch in die vier Himmelsrichtungen und bedankte sich bei allen guten Geistern, doch die Feierlichkeit, die sie als Kind bei solchen von der Großmutter zelebrierten Ritualen empfunden hatte, wollte sich nicht einstellen. Celia kam sich albern vor.

Am Nachmittag fuhr sie hinaus nach Coney Island, um jenen Teil des Gelübdes zu vollziehen, der ihr am schwersten fiel: sich von Pauls Familie zu verabschieden. Wenn Paul keinen Kontakt zu seinen Eltern und seinem Bruder wünschte, musste sie das respektieren, ganz gleich, ob sie seine Einstellung nachvollziehen konnte oder nicht. Doch im *Dreamland* erfuhr sie von einem Statisten aus der Feuershow, dass die Porimbas bereits vor der Winterpause gekündigt hatten, um westwärts zu ziehen und ihre Künste auf Märkten und Festen zu präsentieren. Gekränkt und ein wenig neidisch fragte Celia sich, wo Dariane, Anselm und Kamir jetzt wohl sein mochten. San Francisco? Irgendwo im Süden, in Georgia oder Atlanta? Oder im Mississippi-Delta, die scharfe Cajun-Küche genießend, von der Kamir ihr vorgeschwärmt hatte … Sie bedankte sich und ging davon, ohne sich noch einmal umzudrehen.

Die Nachricht, dass Celia ein Baby erwartete, hatte rasch die Runde in der Long Branch Avenue gemacht, und am nächsten Vormittag stand Jennifer Warren vor der Tür, einen mit einem karierten Tuch abgedeckten Korb in der Hand.

»Wir nehmen ein zweites Frühstück, und dann machen wir die Fifth Avenue unsicher«, verkündete sie laut, marschierte an Gladys vorbei in die Küche und drückte der verdutzten Köchin eine Tüte voll warmer, duftender Brötchen und ein Glas selbstgemachte Cranberrymarmelade in die Hände.

»Du machst dich rar«, sagte Jennifer ohne Vorwurf in der Stimme, als sie wenig später am Esstisch saßen und Kaffee tranken. Paul juniors Greinen zog durch das Haus, und Celia sprang auf, doch dann brach es ab und sie setzte sich wieder. Jennifer unternahm einen neuen Anlauf. »Die Krankenschwesterkurse mit Brit laufen wie geschmiert und haben so hohe Wellen geschlagen, dass wir uns eines saftigen staatlichen Zuschusses erfreuen dürfen! Brit denkt daran, die Kurse auch auf Philadelphia und andere Städte auszuweiten und hat sogar ihren Mann zur Mitarbeit bewegen können. Er erledigt den Verwaltungskram und wird zusehends fett.« Sie lachte.

»Das erstaunt mich sehr. Bist du sicher, dass er nicht nur Wettscheine ausfüllt?«, platzte Celia hinaus und bereute es sofort, als sie sah, dass Jennifer blass wurde. »Entschuldige, mein loses Mundwerk! Joe hat sich früher ein wenig über Gebühr fürs Pferderennen begeistert, aber das will ja nichts heißen.«

»Eine Unregelmäßigkeit, und die entziehen uns das Geld oder machen den Laden sofort dicht«, sagte Jennifer düster. »Manchmal glaube ich, die warten nur darauf. Damit sie ein paar unbequeme Frauen weniger am Hals haben, die sich mit den herrschenden sozialen Verhältnissen nicht zufriedengeben.«

»Das glaube ich nicht«, versuchte Celia sie zu beruhigen. »Niemand wird die Reformen im Gesundheitswesen und im Wohnungsbau wieder rückgängig machen können.« Gouverneur Theodore Roosevelt hatte vor fünf Jahren ein Gesetz durchgebracht, das Hausbesitzer verpflichtete, Brandschutzbestimmungen einzuhalten, jede Wohnung mit einem Badezimmer und jedes Zimmer mit einem Fenster auszustatten; diese ersten allgemein verbindlichen Bauvorschriften hatten die Lebensbedingungen vieler Menschen in New York verbessert und wurden richtungweisend für das ganze Land. Überdies erkannten immer mehr Vertreter der Oberschicht und ihre streitbaren Gattinnen ihre Verantwortung für das Allgemeinwohl, wie der einflussreiche jüdische Bankier Jacob Schiff, der Lillian Walds Pflege- und Hilfsdienst für die Armen und Bedürftigen großzügig unterstützte (nachdem ihn seine Schwiegermutter Betty Loeb darauf aufmerksam gemacht hatte).

»Das vielleicht nicht«, räumte Jennifer ein. »Aber ein sozialer Dienst, dessen Verwalter die Gelder verspielt, wäre ein gefundenes Fressen für die Presse. Es würde unsere Arbeit in Misskredit bringen.« Bekümmert schüttelte sie den Kopf. »Wir müssen auf Nummer sicher gehen.«

»Ich werde Melanie fragen«, sagte Celia. »Ihr Freund verbringt Tag und Nacht auf der Rennbahn oder im

Casino. Wenn Joe häufiger dort auftaucht, wird sie es herausfinden.«

»Welche Melanie?«

»Eine Freundin von früher«, erwiderte Celia ausweichend. Jennifer musste nicht erfahren, dass die bekannte Modeschöpferin Melanie Hansen über sehr intime Kontakte zur Unterwelt verfügte. Sie entsann sich Melanies seltsamen Benehmens nach Tonis Beisetzung. Melanie hatte seinen Eltern kondoliert, aber kaum ein Wort mit Celia gewechselt und war kurze Zeit später mit einer nichtssagenden Entschuldigung verschwunden. Der Kontakt war bald darauf beinahe vollständig abgebrochen. Wenn Celia nicht hin und wieder ein neues Kleid bei der einstigen Weggefährtin geordert hätte, hätten sie sich längst aus den Augen verloren. »Gleich morgen gehe ich zu ihr.«

Jennifer wirkte erleichtert. Mit energischen Bewegungen schnitt sie noch ein Brötchen auf und bestrich die Hälften großzügig mit Butter und Marmelade. »Ich bin froh, dass du wieder mit von der Partie bist«, sagte sie. »Es gibt so viel zu tun für uns! Wenn ich nur an die Zustände in den Textilfabriken denke. Nach groben Schätzungen sollen mehr als eine Viertelmillion Männer, Frauen und Kinder in Elf-Stunden-Schichten an sechs Tagen in der Woche schuften – für fünf Dollar!«

»Hat denn die Gewerkschaft nichts ausrichten können?«

»Die International Garment Workers Union«, erwiderte Jennifer spöttisch, »hat seit ihrer Gründung vor fünf Jahren gegen den Druck der Arbeitgeber nicht viel mehr ausrichten können als Don Quijote gegen die Wind-

mühlenflügel. Die Mädchen sitzen immer noch eingesperrt in den Hinterhöfen, dürfen weder auf die Toilette noch sprechen oder singen, stell dir das vor!« Empört und erwartungsvoll zugleich sah sie Celia an.
Um Zeit zu gewinnen, tupfte Celia sich den Mund sorgfältig ab und trank ihren Kaffee aus. Dann sagte sie geradeheraus: »Jennifer, ich … muss erst hier einiges in Ordnung bringen, bevor ich mich Aufgaben widme, die Zeit und Kraft verschlingen.«
Jennifer nickte, als hätte sie keine andere Antwort erwartet. »Entschuldige, ich wollte dich nicht bedrängen, ich dachte nur, je eher du wieder im gewohnten Fahrwasser schwimmst, umso leichter wird es dir fallen, dich wieder zu Hause zu fühlen – nach einem Jahr …«
Der Unterton in Jennifers Worten entging Celia nicht; Verständnis schwang darin und die Ermunterung, Vertrauen zu fassen und sich auszusprechen.
»Du hast natürlich recht«, erwiderte sie stattdessen. »Wenn das Baby geboren und gesund ist, kann die Ladies Union wieder mit mir rechnen.«
Jennifer lächelte, doch sie wirkte enttäuscht, und Celia schoss der Gedanke durch den Kopf, dass sie wieder einmal eine Chance hatte verstreichen lassen, aus einer oberflächlichen Bekanntschaft eine Freundschaft zu schmieden. Aber das Risiko, das es bedeutete, um den Preis einer kurzzeitigen seelischen Erleichterung eine Mitwisserin zu haben, würde sie nicht eingehen, niemals.

Das brausende Gelächter der angetrunkenen Männer folgte ihr wie ein Schwarm gieriger Krähen. In der Tür

blieb sie stehen, blickte zurück und sah angewidert zu, wie ihre blonde, stupsnasige Rivalin Shortys grobe Liebkosungen lustvoll stöhnend genoss.
Die blutjunge Frau in dem grünen Miederkleid lag rücklings auf dem Billardtisch, die Beine leicht gespreizt. Mit der linken Hand fuhr Shorty ihr in den Ausschnitt, die rechte wühlte rhythmisch weiter unten. »Besorg's ihr Mann!«, grölte Swifty und warf entrückt seinen Bowler in die Luft, der langsam herabtrudelte und genau auf Shortys Kopf landete.
Shorty fluchte und ließ von der Frau ab. »Verschwinde«, murmelte er und ließ sich auf einen Stuhl am Pokertisch fallen. Scheinbar ungerührt zog die Frau das zerknitterte Kleid hinunter, rutschte vom Billardtisch und schlenderte, die Hände in die Hüften gestützt, zu den Spieltischen hinüber, an denen Männer wie Joe Goodman und Swifty Lazarre hockten und mit stierem Blick die Dollars, die Mienen der Mitspieler und die Pokerkarten in ihrer Hand taxierten. Keiner schenkte Melanie einen Blick, geschweige denn rührte sie an. Sie gehörte Shorty, wie alles hier in diesem illegalen Casino zwischen Thompson Street und La Guardia Place. Vor zwei Jahren hatte Shorty seine Aktivitäten von Coney Island nach Manhattan ausgedehnt, ein paar von John McKanes Getreuen abgeworben und neue hinzugewonnen. Mit ein wenig Glück und Gottes Segen würde er in Kürze die feine West Side unterwandert haben. »Wo ist sie?«, brüllte er Joe zu, der mit einem Kopfnicken zur Tür wies.
»Fort«, rief Melanie ihm zu und wandte sich mit einer eleganten Drehung zur Tür. Die silbergraue Schleppe

ihres Kleides gehorchte und machte ihren Abgang perfekt.

Shorty wechselte einen raschen Blick mit Swifty und Joe, die sich daraufhin ohne Hast in Bewegung setzten. »Passt auf sie auf«, sagte Shorty unwirsch, aber mit belegter Stimme, fast so, als täte ihm sein Betragen leid. »Sie soll keinen Blödsinn machen.«

Melanie hatte weder Shortys Worte gehört noch bemerkte sie seine Befehlsempfänger, die ihr zum La Guardia Place folgten. Ein Hochgefühl ähnlich dem eines Kindes, das an seinem Geburtstagsmorgen erwacht, trug sie die verlassenen Straßen entlang. Es war vier Uhr morgens, doch sie war hellwach, berauscht und zugleich erlöst.

Dieses Mal hatte sie nichts hinzugefügt, kein lächerliches »Für immer!«, kein armseliges »Du erbärmlicher Schuft!«, nichts, was ihre Niederlage im Kampf gegen Shortys Rücksichtslosigkeit noch offensichtlicher gemacht hätte. Nicht zum ersten Mal hatte er sie – seine Königin, wie er sie nannte! Ha! – heute Abend zum Gespött der Leute gemacht, aber ganz gewiss zum letzten Mal. Heute war das Maß voll, heute hatte er den Bogen überspannt. Sie würde nicht zurückkehren in die gemeinsame Wohnung.

Zufrieden mit sich klimperte Melanie mit dem Schlüsselbund. Alles, was sie je ersehnt hatte, besaß sie bereits, doch sie hatte es unter Shortys Bann gar nicht würdigen können. Rasch schloss sie die dunkelrot lackierte und mit ihrem goldfarbenen Monogramm verzierte Eingangstür auf und schlüpfte nach einem prüfenden Blick über ihre Schulter hinein. Niemand schien ihr zu folgen, dennoch machte sie kein Licht. Die dicken, dunkelroten Wollteppiche dämpften ihre Schritte, als sie durch das von fahlem Mondlicht übergossene Spalier der Schneiderpuppen in Melanie-Hansen-Modellen durch den Vorführraum mit der Spiegelwand und von dort in das fensterlose Stofflager ging.

Melanie schloss die Tür, machte Licht und schleuderte mit einem kleinen Seufzer die aus feinem Saffianleder gefertigten Abendschuhe von den Füßen. Scheppernd landeten sie auf der Nähmaschine, mit der Melanie in der ersten Zeit nach der Eröffnung des Salons höchstpersönlich die letzten minimalen Änderungen an einem Modell ausgeführt hatte, oft in Anwesenheit der Kundin, die bei dieser Gelegenheit Seiden, Samte und Brokate in Augenschein nehmen konnte. Dass dabei der Eindruck entstand, Melanie nähe alle Kleider selbst, war gewollt; niemand musste erfahren, dass sie eine Hinterhofwerkstatt beschäftigte, genauso eine wie die, in der sie selbst jahrelang geschuftet und gelitten hatte. Melanie war geschäftstüchtig genug, um die bitteren Erfahrungen abzuhaken. Was zählte, war die Liebe zu ihrem Beruf, die Freude über ein Stück Stoff, das sie zum Leben erweckte.

»Wenn du mich verlässt, fackle ich dir den Laden ab«, hatte Shorty bei jeder ihrer lauten und zum Teil handgreiflichen Auseinandersetzungen gedroht. Sie hatte ihn gekratzt und gebissen, bis das Feuer der Wut sie in eine jener leidenschaftlichen Umarmungen getrieben hatte, die es Melanie wider die Stimme ihrer Vernunft unmöglich machten, diesen Mann zu verlassen. Sobald er sie berührte, stand sie in Flammen, und sie wusste, dass es ihm ebenso erging. Ihre Hörigkeit war gegenseitig, und Shortys Eskapaden waren seine Art, dagegen anzukämpfen, nichts weiter. Oh, sie kannte ihn gut, diesen kleinen Gauner, jede Linie in diesem Gesicht, die innere Unruhe und Nervosität hineingezeichnet hatten, sie liebte seine vibrierende Kraft und seine rücksichtslose Entschlossenheit. Aber was nützte es, wenn sie sich gegenseitig nur Schmerzen zufügten? Nein, sie hatte endlich den ersten Schritt in die Freiheit getan, sie würde nun auch den zweiten gehen, den, vor dem sie all die Jahre zurückgescheut war wie das Pferd vor der Kreuzotter. Es war die einzige Möglichkeit, Shorty loszuwerden. Die Frage war nur: Wie stellte sie es am klügsten an?

Um kurz vor fünf fiel Melanie zwischen Stoffballen und Nähnadeln auf dem Zuschneidetisch in Schlaf. Mrs. Hornsby, die brillante, jedoch stets ein wenig angesäuerte Direktrice, erreichte ihren Arbeitsplatz eines unvermeidlichen Zahnarztbesuchs wegen erst um zehn, betrachtete ihre schlafende Chefin mit einer Mischung aus Schadenfreude und Missbilligung und entschied, sich nicht weiter um sie zu kümmern. Erst als gegen Mittag Celia das Modegeschäft betrat, erwachte Melanie wie aufs Stichwort. Sie verfluchte Mrs. Hornsby, deren trompetende Stimme gedämpft zu ihr herüberklang, spülte sich den Mund aus und glättete das Haar. Der Ausschnitt ihres Abendkleids war etwas gewagt, und rasch schlüpfte Melanie in ein Wintercape aus gefütterter, dreilagiger grauer Seide mit Polarfuchsbesatz, der zur Abholung bereit an einer Kleiderstange baumelte.

»Einen wunderschönen guten Tag, die Damen!«, schmetterte sie gut gelaunt den Kundinnen entgegen, die zwischen den Schneiderpuppen umherliefen und andächtig Mrs. Hornsby lauschten, die sich phantasievoll darüber ausließ, wie »phänomenal« die neuen Melanie-Hansen-Farben Brombeere, Schilf und Nebel ihnen zu Gesicht stehen würden. »Lassen Sie sich nur ja nicht stören«, fügte sie geschmeidig lächelnd hinzu und wandte sich mit gesenkter Stimme an Celia. »Du kommst wie gerufen. Hast du Zeit?«

»Ich wollte dich fragen, ob wir zusammen mittagessen«, erwiderte Celia belustigt über Melanies geheimnisvolles Getue. Offenkundig hatte die Freundin ihren Sinn für Dramatik nicht verloren, und mit einem Mal wurde Celia bewusst, wie sehr sie Melanie vermisst hatte, ihren trockenen Humor, ihren rustikalen Pragmatismus und eben dieses Talent, das Leben zur Bühne zu machen. Sie hatten die ersten Jahre in New York andauernd zusammengesteckt; warum sollte es nicht möglich sein, die Verbindung wieder zu festigen? »Es ist schon so lange her, dass wir miteinander gesprochen haben.«

Melanie nickte ein wenig zerstreut, als höre sie gar nicht zu, und dirigierte sie in den Zuschneideraum. Celia nahm auf dem Hocker vor der Nähmaschine Platz und blickte Melanie erwartungsvoll an.

»Hör mir gut zu, Celia, denn ich werde dies nur ein Mal sagen«, begann Melanie und wirkte plötzlich nervös. Hastig sprach sie weiter: »Shorty hat den Unfall mit deiner Achterbahn inszeniert. Er hat es getan, um allen zu zeigen, dass niemand in Coney Island zukünftig an ihm vorbeikommt. Dass du dabei beinahe gestorben bist, war nicht geplant, die Sabotage schon.«

»Woher weißt du das?«, fragte Celia tonlos.

»Ich habe gehört, wie er und Swifty darüber gesprochen haben.«
»Aber er wusste doch, dass wir befreundet sind!«, rief Celia fassungslos aus.
Melanie bedachte sie mit einem mitleidigen Blick. »Na und? Emanuel hat deine erste Achterbahn konstruiert und war sich trotzdem nicht zu schade, die Schrauben an der zweiten eigenhändig zu lösen. Brauchte wohl das bisschen Geld, der arme Teufel.«
»Der arme Teufel? Er hat mein Lebenswerk auf dem Gewissen!«, hielt Celia ihr aufgebracht entgegen. »Und Shorty – hast du für ihn auch eine Entschuldigung parat?«
»Ich bin nicht diejenige, der du an die Gurgel gehen solltest«, wehrte Melanie ab. »Mir kannst du allenfalls vorwerfen, dass ich so lange geschwiegen habe.«
»Deswegen hast du dich zurückgezogen, weil du mir nicht in die Augen sehen konntest.« Celia schnaubte verächtlich. »Brit und ich waren der Ansicht, der Erfolg sei dir zu Kopf gestiegen. Wie dumm von uns!«
»Ich hatte Angst vor Shorty«, gab Melanie zurück.
Celia war nicht überzeugt. »Und warum erzählst du es mir jetzt? Drückt dich das schlechte Gewissen?«
Melanie zögerte. »Ich … will Shorty hinter Schloss und Riegel sehen. Sonst komme ich nie zur Ruhe.«
»Das kannst du vergessen. Der Einzige, der die Tat bezeugen und den Auftraggeber identifizieren könnte, ist dem Wahnsinn nahe, weil er seine Kinder bei der Katastrophe auf der *Slocum* verloren hat.«
»Ich werde vor Gericht aussagen.« Melanies Stimme klang fest.

»Das ist doch viel zu gefährlich. Wenn dieser Ganove Wind von der Sache bekommt …« Celia zog die Nase kraus. »Ich bin sicher, dass uns eine elegantere Methode einfällt. Ich werde mit Paul sprechen. Er kennt einen Haufen nützlicher Leute.«
»Bist du glücklich mit ihm?«, fragte Melanie unvermittelt.
»Ach, Melanie … ich …«
»Ich weiß, das Leben läuft nach Regeln ab, die kein Mensch je begreifen wird, außer der einen, dass nämlich jeder Versuch, es zu lenken, zum Scheitern verurteilt ist. Und sobald ein wenig Glück sich abzeichnet, vereitelt eine geheime Macht, die darüber entscheidet, wie viel Glück du verdient hast, dass es bei dir bleibt«, entgegnete Melanie ohne eine Spur Selbstmitleid, jedoch mit einer unterschwelligen Resignation.
»Nein, das glaube ich nicht. Es liegt vielmehr an uns, an jedem Einzelnen. An der klaren Entscheidung, was du willst und welchen Preis du zu zahlen bereit bist. Indem du Verantwortung für dein Leben übernimmst, gestaltest du es. Deine Theorie macht uns zu Opfern.«
»Und deine verhindert, jemand anderem außer sich selbst die Schuld zu geben!« Melanie lächelte. »Und das muss man doch ab und zu, oder? Einen Sündenbock finden und draufhauen! Sonst ist doch das alles nicht auszuhalten.«
Sie umarmten sich und verabredeten sich für den nächsten Tag zum Essen. Jetzt wollte Celia unverzüglich zu *Trust & Loane* fahren und mit Paul sprechen.
Als Celia fort war, atmete Melanie tief durch. Es gab kein Zurück mehr. Während sie das grauseidene Cape

zurück auf den Bügel hängte, öffnete sich lautlos eine Tür am Ende des Raums.

»Das war ja sehr interessant«, sagte Joe.

Melanie fuhr herum. Ihre Augen verengten sich. »Was willst du hier?«

Joe lächelte, und als Melanie den Mund öffnete, um zu schreien, war er mit zwei Schritten bei ihr.

Um einen Menschen zu töten, bedurfte es nicht vieler Voraussetzungen. Ein Auftrag, ein Messer und möglichst viele Menschen, die mit ihren aberhundert Leibern das Meer bildeten, in dem das Opfer unterging und der Täter unerkannt abtauchen konnte. Swifty, vor vierzig Jahren in München auf den Namen Theodor Levander Lazarre getauft und noch als Baby auf einen Seelenverkäufer nach Amerika verfrachtet, kannte sich damit aus, seitdem er fünf Jahre alt und, seiner Eltern durch Typhus beraubt, gezwungen gewesen war, seinen Lebensunterhalt so zu bestreiten, wie es sich in Five Points eben so ergab. Weil er kräftig wirkte und sich rücksichtslos gab, arbeitete er sich rasch hoch vom Ladendieb zum Laufburschen für irische und italienische Bandenführer. Manchmal träumte er von einem Häuschen und einer netten, adretten Frau, die ihm abends die Tasche abnahm und einen Braten servierte, denn an und für sich mochte Swifty das Geschäft nicht, in dem er festklebte wie die Fliege im Netz der Spinne. Aber er beherrschte es zu gut, um die Finger davon zu lassen.

Celia Osborne würde ihm keine Schwierigkeiten bereiten. Der Umstand, dass sie in dem protzigen Wagen kreuz und quer durch Manhattan gondelte, war allerdings lästig und zog die Sache in die Länge. Am Times Square hielt der Wagen erst vor dem Olympia Theatre, dann vor dem Astor-Hotel, in dem Celia verschwand, um, wie Swifty neidisch feststellte, auf der berühmten Dachterrasse in einer rosenumrankten Laube zu sitzen, Löcher in die Luft zu starren und sich kalten Hummersalat servieren zu lassen. Obwohl ihm der Magen knurrte, wagte Swifty nicht, sich etwas zu essen zu bestellen, und tat so, als genieße er die Aussicht. Nach einer halben Stunde brach Celia auf. Der blaue Ford fuhr in südöstlicher Richtung, bog aber plötzlich rechts ab und ließ Little Germany links liegen. Als sie die Brooklyn Bridge überquerten, hieb Swifty auf das Lenkrad seines Cadillacs ein. »Ich glaub's ja wohl nicht! Will dieses blöde Weib nach Coney Island!« Er schnaubte und dachte mit Schrecken daran, wie Shorty reagieren würde, wenn Celia ihm gegenübertrat und mit Anschuldigungen überschüttete. Und das wollte sie, so viel stand fest. Swifty begann zu schwitzen. Sein Boss konnte verdammt unangenehm werden.

Celia bemerkte nicht, dass sie verfolgt wurde. Wie paralysiert hielt sie auf die Insel zu, außerstande, die rasende, nach Rache schreiende Wut zu zügeln. Erst nachdem sie im *Sea View*, im *Oriental* und im *Bristol* erfuhr, dass Mr. Spencer heute leider nicht zu den Gästen zählte, ließ der Druck nach. Ernüchtert blieb Celia vor dem Eingang des *Bristol* stehen und dankte ihrem Geschick, verhindert zu haben, dass sie sich lächerlich machte oder gar in Gefahr begab. Mit zwei vehementen Tritten tat das Baby kund, was es von der ganzen Aufregung hielt, und unwillkürlich musste Celia lächeln. »Schlaues Kind. Wirst dir einmal nicht die Butter vom Brot nehmen lassen«, flüsterte sie ihrem gewölbten Bauch zu und ging zurück zu ihrem Wagen, der an der winterlich verlassenen Promenade vor einem dieser komischen Cadillacs stand, die aussahen wie ein Zylinder auf Rädern. Etwas weiter entfernt erkannte sie einen langgestreckten 999er von Ford. Sonst drängten sich die Wagen hier Stoßstange an Stoßstange.

Celia schlenderte an den Umkleidehäuschen vorbei hinunter an den Strand, blieb unschlüssig stehen und starrte auf das träge Meer, in dem sich die dichte Wolkendecke spiegelte. Sie fröstelte und kam sich dumm vor.

Eben noch wild entschlossen, einen stadtbekannten Gangster zu stellen, kurz darauf unverrichteter Dinge und einsam am Gestade, dachte sie sarkastisch. Nachdem sie einige Male tief durchgeatmet hatte, kehrte Celia um.

Er erwischte sie im Schutz der Badehäuschen, drückte ihren rechten Arm nach hinten und riss ihn hoch. Celia schrie auf vor Schmerz und drückte das Kreuz durch. »Verwöhnte Damen sind ganz nach meinem Geschmack«, grinste Swifty und starrte auf Celias Ausschnitt, den ihre knopflose Fuchspelzjacke freigelegt hatte. Der Schimmer in seinen Augen ließ keinen Zweifel, was dieser Mann zu tun beabsichtigte, und im verzweifelten Bemühen, seine Gier zu dämpfen, hauchte sie: »Ich erwarte ein Baby.«

»Ich werd vorsichtig sein, Gnädigste«, erwiderte Swifty, zwang Celia auf die Knie und drückte ihren Oberkörper nach vorn in den Sand. Dann schob er ihren Rock hoch und seine Hose herunter und presste sich von hinten an Celia. »Mach keine Dummheiten, sonst schlitz ich dir die Kehle auf!«

Das tust du doch sowieso, dachte Celia, und ohne darüber nachzudenken, langte sie mit der rechten Hand zwischen ihre Beine und, ihren Ekel überwindend, kniff sie ihn, so fest sie konnte, in die Eier. »Du Hure«, keuchte Swifty, riss sie herum und schlug ihr ins Gesicht. Ihre Lippe platzte auf, das Blut strömte ihr aus der Nase.

Plötzlich stand Kamir hinter dem Gangster. Er hielt Swifty ein Messer an die Kehle und zischte: »Loslassen!«

Sofort ließ Swifty von Celia ab, hielt die Hände aber in der Luft. »Mach keinen Quatsch, Mann ...«

Kamir lockerte seinen Griff, und blitzschnell nutzte sein gewiefter Gegner seine Chance, entschlüpfte wie ein Aal, krümmte sich und stürzte vor, den Kopf voran wie ein Stier, doch Kamir sprang zur Seite und hieb Swifty in den Nacken, der sich daraufhin wie ein betrunkener Tänzer um die eigene Achse drehte. Ein gut plazierter Fausthieb, ein Tritt unter die Gürtellinie und ein heftiger Handkantenschlag gegen die Schlagader brachten Swifty endgültig zu Fall. Bewusstlos sank er in den Sand.

»Alles in Ordnung?« Forschend ruhten Kamirs golden gesprenkelte Augen auf ihr, Besorgnis las Celia in ihnen und noch etwas anderes, das sich ihrer Deutung entzog.

»Ja«, erwiderte Celia, »nur mein Arm schmerzt ein wenig.« Das Entsetzen, um ein Haar vergewaltigt und umgebracht, und die unendliche Erleichterung, im letzten Moment gerettet worden zu sein, zwangen Celia in jenes todbringende Schweigen, das Idi vor zwei Jahren erfasst hatte. Wie betäubt blieb sie im feuchten klammen Sand sitzen und starrte blicklos vor sich hin.

Kamir erkannte die Situation und griff zu dem Mittel, das seiner Mutter zufolge so gut wie nie versagte. Genaugenommen gab es noch ein zweites, den zum Brüllen komischen Affentanz nämlich, der selbst Scheintote wieder zum Leben erweckte, sie zum Lachen brachte und dadurch die Erstarrung löste. Aber so viel Selbstironie vermochte Kamir jetzt nicht aufzubringen. Stattdessen begann er mit klarer Stimme zu singen, jene Weise, die über Generationen weitergegeben worden war und deren wehmütige Süße die Herzen öffnete und die Tränen fließen ließ, die alles Unglück, allen Kummer für immer hinaus- und fortströmten. Celia machte keine Ausnahme, und Kamir hielt sie in seinen Armen, raunte tröstende Worte und strich ihr übers Haar.

Nach einer Weile hatte Celia sich ein wenig gefasst, trocknete die Tränen und sah Kamir dankbar an. »Dafür, dass du stets abgestritten hast, dich für mich zu interessieren, warst du aber ziemlich rasch zur Stelle. Und genau im richtigen Moment.« Als Kamir nichts erwiderte, fügte sie in neutralem Ton hinzu: »Im *Dreamland* hat man mir gesagt, dass ihr erst zu Beginn der Sommersaison wieder erwartet werdet.«

Kamir winkte ab. »Kannst du aufstehen? Ich bringe dich nach Hause.«

Plötzlich kamen Celia die rätselhaften Worte ihrer Großmutter wieder in den Sinn: Wie gut, dass Kamir bei dir ist … Sie runzelte die Stirn. Der Gedanke war völlig abwegig, und doch … »Kennst du meine Großmutter? Elvira Lambert?«, platzte sie heraus und biss sich sofort auf die Lippe, als Kamir anfing zu lachen. »Du hörst wohl niemals auf, Geheimnisse zu wittern, nicht wahr?« Mit einer behutsamen, fast zärtlichen Geste strich er ihr eine Haarsträhne aus der Stirn. »Es war reiner Zufall. Oder nenne es eine Fügung des Himmels. Und jetzt komm, lass uns diesen kleinen Ganoven teeren und federn und in ein südamerikanisches Sumpfschwein verwandeln.«

»Fesseln und die Polizei benachrichtigen tun's auch«, versetzte Celia lakonisch.

20

Im April des Jahres 1906 erblickte Victor das Licht der Welt; nach Pauls Rechnung ein Siebenmonatskind, dem der Herrgott in seiner Gnade dennoch dreitausend Gramm Gewicht und überaus kräftige Lungen mit auf den Weg gegeben hatte. Celia telegraphierte ihrer Mutter, woraufhin Valentina fünf Kisten exquisiten Rotwein schicken ließ, ein steifes Foto von sich, Großmutter Elvira und Luca Fradoricca-Montelliani vor einem verwitterten Kastell sowie einen ebenso herzlichen wie subtil anzüglichen Brief beifügte, in dem sie »das Wunder im Verborgenen« beschwor. Celia runzelte die Stirn, als sie die Zeilen überflog, und fragte sich beklommen, wie Paul darauf reagieren würde. Doch im Gegensatz zu ihrer Mutter, Manita, Gladys und Jennifer schöpfte Celias Ehemann keinerlei Verdacht, was den Zeitpunkt der Zeugung anging. Er liebte Victor mit derselben Inbrunst wie Annabelle und Paul junior, kommentierte begeistert jeden Fortschritt in seiner Entwicklung und ging allen damit auf die Nerven.

Als ob es nichts anderes gäbe, dachte Celia mitunter unwillig, wenn sie ihren auf dem Boden herumkrabbelnden, nach einem verschollenen Bauklötzchen suchenden Mann beobachtete. Natürlich liebte sie ihren jüngsten Sohn, abgöttisch schon in dem Moment, da ihr bewusst wurde, dass er in ihr wuchs, doch ihre Freude über sein Dasein war keineswegs ungeteilt. Ständig bedrängte sie die irrationale Furcht, das Baby könne sich verraten,

durch eine Geste, die Augenfarbe, die Haare, und obschon Victors tiefblaue Augen sich nach einiger Zeit und zu Pauls größter Freude olivgrün färbten wie die seiner Mutter und der Kleine keinerlei verdächtige Auffälligkeiten entwickelte, lebte Celia in den ersten Monaten nach Victors Geburt in ständiger Defensive. Paul vermutete, dass der Überfall ihre Stimmung nachhaltig beeinträchtigte, und in der Hoffnung, Celia zu beruhigen, erzählte er jeden Abend en détail, wie die polizeilichen Ermittlungen vorangingen und wann mit den Prozessen gegen Shorty, Swifty und Joe zu rechnen sei. Er verschwieg, dass es für die Gerechtigkeit nicht gut aussah. Shorty Spencer war kaum etwas nachzuweisen; die Zurechnungsfähigkeit des Zeugen Emanuel Oblonski durfte nach der ersten Befragung angezweifelt werden, und die Befangenheit der Zeugin Melanie Hansen stand außer Frage. Mehrere Zeuginnen der Verteidigung würden Stein und Bein schwören, dass Melanie ihren ehemaligen Liebhaber aus purer Eifersucht, gekränkter Eitelkeit und niederer Rachsucht des Anschlags auf Celias Achterbahn bezichtigte. Wenn die Verteidigung damit durchkam, würde Shorty Spencer den Gerichtssaal als freier Mann verlassen, und Swiftys Überfall auf Celia würde nicht mehr als Auftrag zum Mord betrachtet werden dürfen, sondern als versuchte Vergewaltigung.
Und so geschah es tatsächlich. Weder Melanies noch Celias flammende Aussagen konnten verhindern, dass die Richter am Supreme Court im Zweifel für den Angeklagten entschieden. Shorty Spencer wurde freigesprochen, Swifty Lazarre immerhin zu zwei Jahren Gefängnis verurteilt. Joe Goodman kam mit einer Ermahnung

davon; schließlich hatte er Melanie kein Haar gekrümmt, weil, wie er vor Gericht bekannte, eine innere Stimme ihn plötzlich gefragt habe, wie er, ein solider Mann aus dem norddeutschen Flachland, in so eine Situation habe geraten können. Und da habe er sie laufenlassen.

Vier Wochen später verschwand Melanie spurlos, und ganz New York war überzeugt, dass nur einer die schöne Modeschöpferin auf dem Gewissen haben könne. Die Empörung über die schlappe Justiz, die einen Mörder hatte laufenlassen, schlug hohe Wellen, die Zeitungen übertönten sich gegenseitig mit Vermutungen und Anschuldigungen in fetten Schlagzeilen auf der Titelseite, doch da Melanies Leichnam nicht zu finden war, kam Shorty Spencer ein zweites Mal davon.
Die Stimmung im Hause Osborne war durch die jüngsten Ereignisse gedrückt, da erreichte Jennifer Warren fast ein halbes Jahr nach Melanies Verschwinden ein Brief, den sie ahnungslos öffnete, um ihn dann sofort und so wie sie war, im geblümten Morgenmantel und groben Wollsocken, hinüberzutragen zu ihren Nachbarn. Celia schlug die Hand vor den Mund, als sie die Schrift erkannte.

»Da ich davon ausgehe, dass Shorty Euren Briefzusteller bestochen hat, die an Euch adressierten Briefe zu öffnen, um auf diese Weise meinen Aufenthaltsort herauszufinden, andererseits beschränkt genug ist, meinen Einfallsreichtum zu unterschätzen, und also nicht auf die Idee kommen wird, auch Jennifers Post zu überwachen, schreibe ich an sie,

um Euch allen mit großer Freude zu verkünden: Ich lebe! Unter dem Namen Marilyn Lennox habe ich ein Häuschen an der kalifornischen Küste bezogen. Da ich meine Ersparnisse vor dem Prozess in weiser Voraussicht an eine hiesige Bank überschrieben habe, kann ich in Kürze damit beginnen, mein Geschäft auf neue Beine zu stellen. In dieser seltsamen Stadt der Engel ist mir nämlich in der Tat ein Engel begegnet, allerdings in Gestalt eines attraktiven Mannes. Edwin meint, die Gegend und die beständige Sonne wären perfekt, um ein Filmimperium zu erschaffen; er würde sich sehr wundern, wenn hier nicht bald Legionen von Regisseuren und Produzenten, die den New Yorker Winter satthaben, einmarschieren würden – nun, und jeder Film braucht gut gekleidete Schauspielerinnen, nicht wahr?«

Melanie schwärmte in höchsten Tönen von »den Filmleuten«, von der »zackigen Grandezza« ihres neuen Gönners und dem »sagenhaft guten Wetter« an der kalifornischen Küste und schloss mit einer Einladung an Celia, sie alsbald in Santa Monica zu besuchen.

»Wir wollen mindestens eine Woche lang einfach so tun, als seien wir jung und reich und die ganze Zukunft läge noch vor uns! Also lass Paul daheim!«

Melanies Unverblümtheit und ihr lakonisch-zuversichtlicher Schwung hatten offenkundig nicht gelitten, was Celia so erleichtert wie neidisch zur Kenntnis nahm. Und

ich sitze hier herum und bemitleide mich selbst, dachte sie und beschloss im selben Moment, die wieder und wieder verschobene Taufe ihres Sohnes Victor so bald wie möglich nachzuholen. So kam es, dass am Ostersonntag des Jahres 1907, ein Jahr nach Victors Geburt, das weiße Haus an der Long Branch Avenue ein letztes Mal summte und brummte von hellen Kinderstimmen, herzhaftem Gelächter, angeregter Unterhaltung, klapperndem Geschirr und asthmatischer Grammophon-Musik.
Stan und Idi in einem unsäglich albernen Rüschenkleid waren mit Brit gekommen, die verhärmt wirkte, aber entschlossen. Von Joe hatte sie sich während des Prozesses losgesagt, öffentlich via Abendzeitung, um den lädierten Leumund und den der Long Brancher Ladies Union halbwegs wiederherzustellen.
Die Goodmans tranken Kaffee und unterhielten sich mit Jennifer, während ihr Mann Brad sich Alexander widmete, der ohne Alistair erschienen war. Sein Geliebter sei ihm, wie Alexander es ausdrückte, auf der griechischen Insel Santorin »zwischen all den Eseln, die die Touristen die Berge rauf- und runterschleppen, abhanden gekommen«.
Alexander, braungebrannt und ein wenig molliger um die Taille, schien die Trennung nicht weiter zu berühren, amüsierte sich jedoch königlich über Brads entgleiste Miene. Offenkundig hatte dieser erst jetzt begriffen, dass die zwei Männer, mit denen er und seine Frau zusammen mit Paul und Celia so vergnügliche Stunden verbracht hatten, ein Liebespaar gewesen waren. Schon setzte Alexander feixend an, Brad mit einigen gezielten Bemerkungen über »verbotene Freuden unter Freunden« auf-

zuziehen, als Celia geschmeidig an seine Seite glitt, Brad um Entschuldigung bat und Alexander unter einem Vorwand mit sich zog.

»Du solltest ihn nicht unterschätzen«, raunte sie ihm zu.

»Er ist ja selbst vom anderen Ufer, er weiß es nur noch nicht«, wandte Alexander gut gelaunt ein und lachte, als Celia ihn bat, leise zu reden. »Diese Bigotterie macht die Sache anrüchig, nicht die sexuelle Identität. In Europa, will sagen in Paris und Rom und besonders in Florenz, lebt es sich in dieser Beziehung wesentlich entspannter.« Schmachtend verdrehte Alexander die Augen, und Celia musste sich das Lachen verbeißen.

»Täusche ich mich oder sitzt da jemand bereits wieder auf gepackten Koffern?«, fragte sie.

Alexander lächelte breit und gestand, demnächst die Ausgrabungsstätten in Kairo besuchen und sich im Anschluss erneut den Verlockungen an italienischen Gestaden hingeben zu wollen. »Wenn du zwischen deinen Abenteuern ein wenig Erholung benötigst, solltest du meine Mutter und meine Großmutter besuchen«, meinte Celia und erklärte ihm, wo das Castello Montelliani lag. Alexander zeigte sich entzückt und versprach, »die Damen Lambert gut zu unterhalten«.

Während sie plauderten, behielt Celia ihren Mann im Auge, der sich bemühte, eine Unterhaltung mit Idi in Gang zu bringen, und sich nun anschickte, sie hinaus in den Garten zu führen.

Celia blickte ihm stirnrunzelnd nach. Abgesehen von der steifen Begrüßung hatte er noch nicht ein Wort mit seinen Eltern und seinem Bruder gewechselt. Weil Kamir seiner Frau das Leben gerettet hatte, hatte Paul widerstrebend ihrer Bitte entsprochen, die drei zur Taufe einladen zu dürfen, jedoch darauf bestanden, dass sie im engsten Kreis stattfand.

»Ich kann es mir nicht erlauben, meine Glaubwürdigkeit aufs Spiel zu setzen«, hatte er gesagt und Richard »Dick« Loane und andere Geschäftsfreunde wütend von der Gästeliste gestrichen. Überdies warnte er Celia davor, Hoffnungen auf eine tränenreiche Versöhnung zu hegen. Die Form würde er seiner Familie gegenüber wahren, um Celias willen und nur dieses eine Mal, zu mehr würde er jedoch nicht bereit sein, weder jetzt noch irgendwann.

Celias Blick wanderte umher und machte die drei in der Halle aus. Anselm saß am Rand einer cremefarbenen Chaiselongue, kaute an einem Stück Kuchen und blickte umher, als wäre er im falschen Theaterstück gelandet, während seine Frau und sein Sohn leise miteinander sprachen.

»Ich möchte dich meinen Schwiegereltern und meinem Schwager vorstellen«, sagte Celia, und Alexanders Augenbrauen schossen in die Höhe. »Tu mir den Gefallen und mach keine große Sache draus«, fügte sie deshalb hinzu.

Alexander gluckste. »Sie sind von den Toten auferstanden – und ich soll keine große Sache daraus machen? Na hör mal!«

»Bitte!«, sagte Celia nachdrücklich, und Alexander verstummte. Sie machte die vier miteinander bekannt, und nachdem sich zwischen den Männern eine lebhafte Unterhaltung entsponnen hatte, entschuldigte sich Celia und ging mit Dariane nach oben. Auf Zehenspitzen betraten sie das in Pastellblau gestrichene und mit kleinen Segelschiffen bemalte Zimmer. Victor schlief tief und fest in seiner weißen, mit geschnitzten Rosen verzierten Wiege, die von einem versteckten Motor auf Knopfdruck in sanfte Bewegung versetzt werden konnte. New Yorks gefragtester Innenausstatter hatte sich bei den Osbornes erneut eine goldene Nase verdient; nichts war Paul zu teuer, zu aufwendig oder zu überkandidelt für seinen jüngsten Sohn. Celias Bemühungen, seine Begeisterung zu bremsen, scheiterten, und nach einer Weile ließ sie es bleiben. Paul würde schon noch begreifen, dass Victor zufrieden war, wenn er satt war, mit den Händchen nach dem Mobile über seiner Wiege langen konnte, wenn ihm vorgelesen oder er getragen wurde.

Dariane beugte sich über die Wiege und betrachtete den Kleinen eine Weile schweigend. Dann wandte sie sich ihrer Schwiegertochter zu. »Wann willst du es Paul sagen?«

»Aber …«, begann Celia, hielt jedoch inne. Was war sie doch für eine Närrin! Sie hätte wissen müssen, dass Darianes Wahrsagekünste nicht nur Marktschreierei waren, wie sie es stets dargestellt hatte. Jetzt half nur noch die Flucht nach vorn. »Wir hatten eine schwere Zeit nach meiner Rückkehr«, sagte sie ohne Umschweife. »Jetzt ist Paul, jetzt sind wir wieder glücklich. Soll ich das aufs Spiel setzen?« Als Dariane nichts erwiderte und sie nur unverwandt ansah, fuhr Celia fort: »So liebenswert Paul ist, besitzt er doch einen Hang zur Zerstörung, zur Unversöhnlichkeit. Mit euch hat er jahrelang nicht gesprochen und weigert sich sogar jetzt, es zu tun! Nein, er darf es niemals erfahren!« Und ich, fügte Celia in Gedanken

hinzu, werde stark sein und mir keine Schwäche erlauben dürfen für den Rest meines Lebens.
»Hat er dir je anvertraut, warum er mit uns gebrochen und sogar seinen Namen abgelegt hat?«
»Nein, leider nicht. Ich hoffte ja, es von euch zu erfahren ...«
Dariane schien Celias letzten Satz und den stillen Vorwurf, der in ihm anklang, nicht wahrgenommen zu haben. »Das dachte ich mir«, sagte sie nachdenklich. Ein Schatten glitt über ihre Züge, und sie wirkte mit einem Mal besorgt. Celia versuchte rasch das Thema zu wechseln, aber die Unterhaltung erstarb. Schweigend blieben sie eine Weile an Victors Wiege stehen, dann schlichen sie leise hinaus.
In der Nacht schrie Victor aus Leibeskräften und so verzweifelt, dass das ganze Haus aufwachte. In heller Aufregung stürzten Manita und Celia herbei, Paul lief aufgeregt umher und Annabelle und Paul junior kauerten sich ängstlich in eine Ecke des pastellblauen Zimmers. Weder Kamillentee noch Bauchmassage halfen gegen die vermuteten Blähungen, kein tröstendes Wort vermochte zu dem Kind durchzudringen. Als das Fieber einsetzte, benachrichtigte Paul Dr. Blakely, der gegen vier Uhr früh an Victors Bett eilte. Die gestreifte Pyjamahose lugte unter seinem grauen Tuchmantel hervor, der schüttere graumelierte Haarkranz, der dem Hausarzt noch geblieben war, stand ab, als stünde er unter Strom. Behutsam untersuchte er den kleinen, heißen Körper. Plötzlich stutzte er und zog Victors Hemdchen hoch. Dann drehte er den Kleinen, der nur noch schwach protestierte, auf den Bauch. Eine Handbreit unterhalb des Steißbeins bil-

dete eine unscheinbare Wunde, kaum größer als ein Fingernagel, einen roten, entzündeten, geschwollenen Vorhof. Auch Victors rechtes Beinchen wirkte dicker als das andere.

»Wo hat er sich verletzt?«, fragte der Arzt.

»Ich weiß nicht«, sagte Celia, »ich sehe das zum ersten Mal. Manita?« Manita verneinte wortreich, wurde von Dr. Blakely aber mit einer ungeduldigen Handbewegung zum Schweigen gebracht.

»Ich bin schuld.« Annabelle piepste mehr, als dass sie sprach. Sie zitterte vor Angst, während sie stockend erzählte, dass sie vorgestern versucht hatte, ihrem Bruder das Laufen beizubringen, um die Eltern und die Taufgäste am heutigen Sonntag damit zu überraschen. »Aber er hatte keine Lust, und so wollte ich ihn wieder in den Wagen setzen, hab aber nicht aufgepasst und bin gestolpert. Ich hab ihn fallen gelassen ...«

»Wo war das?«, fragte Paul mit, wie Celia fand, anbetungswürdiger Ruhe.

Annabelle schluckte die Tränen hinunter und sah ihren Vater flehentlich an. »Bei Braddox im Hof.« Fragend sah Paul Manita an. Die Braddox, obschon wohlsituiert, waren nicht sehr angesehen in Long Branch. Matt Braddox fertigte am laufenden Meter mannshohe, hässliche Holzskulpturen an, die angeblich nach Europa verschifft und als original peruanische Kunstwerke zu sündhaften Preisen gehandelt wurden, seine Frau Dorota war rund wie ein Bergkäse, von entwaffnender Herzlichkeit und beklagenswerter Nachlässigkeit, was die Pflege des Anwesens betraf. Rosen wie Ananas, Klee wie Ginster, alle Pflanzen dankten es ihr, indem sie blühten und wucherten, was das

Zeug hielt. Viel später einmal würde man diesen Grundstücksgrenzen missachtenden Wildwuchs Biotop nennen, die mehrheitliche nachbarschaftliche Reaktion würde jedoch so gut wie unverändert bleiben: missbilligende Blicke und spitze Bemerkungen. Selbst Celia und Jennifer fanden die Zustände bei Braddox arg.

»Ich bin mit dem Kindermädchen der Braddox befreundet«, bekannte Manita. »Ihre Herrschaften sind häufig unterwegs, und dann sitzen wir eine Stunde oder zwei auf der rückwärtigen Veranda, während die Kleinen spielen.«

»Liegt Unrat im Hof?«, drängte Dr. Blakely. »Dreck, Papier, Müll?«

»Ich weiß nicht. Könnte sein.« Betreten sah Manita zur Seite.

»Victor ist auf ein Stück Holz gefallen, aus dem ein kleiner Nagel lugte«, flüsterte Annabelle plötzlich. »Es hat aber kaum geblutet, und ich hab's gleich gewaschen.«

»Womit?«

»Da war ein wenig Wasser in einer Pfütze.« Annabelle verstummte.

Dr. Blakely nickte, dann sagte er zu Paul gewandt: »Ich halte es unter diesen Umständen für besser, Victor ins Krankenhaus zu bringen. Nur eine Vorsichtsmaßnahme«, fügte er hinzu, als er Celias angstgeweiteten Augen begegnete.

Kurz darauf jagten sie mit dem Ford durch die nächtlichen New Yorker Straßen zum Mount Sinai; grelle Lichter und eine übermüdete, gleichwohl freundliche Schwester nahm sie in Empfang. Behutsam bettete sie den schreienden Victor auf eine breite Untersuchungsliege, die ihn noch kleiner und verlorener erscheinen ließ. Paul reichte ihr eine Notiz von Dr. Blakely. »Schwester Beatrice, benachrichtigen Sie Dr. Ottenberg«, sagte sie zu einer Kollegin, nachdem sie die Nachricht überflogen hatte, und fügte mit gesenkter Stimme hinzu: »Sofort.«

Celias Herz raste. Sie griff nach Pauls Hand, die ebenso kalt und schweißnass war wie die ihre. Nach wenigen Minuten, die Celia wie eine Ewigkeit erschienen, eilte Dr. Reuben Ottenberg mit wehendem Kittel herbei, nickte Celia und Paul nur kurz zu und widmete sich zügig und konzentriert dem Baby. Victors Gebrüll war gelegentlichen Schluchzern gewichen, was beängstigender war, weil es den Eindruck erweckte, er habe aufgegeben.

»Ihr Sohn hat eine Blutvergiftung«, sagte Dr. Ottenberg.

»Blutvergiftung?«, echote Celia entsetzt. »Es war doch nur ein ganz kleiner Nagel, und die Wunde hat auch kaum geblu…«

»Die Verletzung kann noch so klein sein«, winkte der Arzt ab, »gelangt Dreck in die Wunde, kann sie sich entzünden, und verfügt der Körper aufgrund seines Alters und seiner Konstitution nicht über genügend eigene Kraft, schreitet die Entzündung fort und kann das Leben des Patienten gefährden. Ich hoffe, ich habe mich klar genug ausgedrückt?« Celia und Paul nickten wie gelehrige Schüler. »Das bedeutet«, fuhr Dr. Ottenberg fort, »dass wir um eine Bluttransfusion nicht herumkommen. Entschuldigen Sie mich jetzt bitte. Die Zeit drängt. Schwester Lavinia, bereiten Sie unseren Patienten vor!«, rief er in den Raum und eilte davon, offensichtlich über-

zeugt, dass Celia und Paul sich willig seiner medizinischen Kompetenz beugen würden.
»Bluttransfusion?«, schrie Celia entsetzt. »Herrgott, das macht man mit Schafen, Rindern und Hunden! Und kein Tier hat diese Quälerei je überlebt! Was ist das – ein Arzt oder ein Abdecker!«
Schwester Lavinia blieb freundlich. »Dr. Reuben Ottenberg ist der erste Arzt, der erfolgreich am Menschen eine Bluttransfusion durchgeführt hat – in diesem Jahr. Lesen Sie denn keine Zeitungen?«
»Tut mir leid«, sagte Paul. »Es fällt mir schwer, das zu glauben. Bisher hieß es doch immer, dass die Blutzellen zerstört werden, wenn das eigene Blut sich mit anderem mischt.«
Dr. Ottenberg war zurückgekehrt und hatte Pauls Worte gehört. »Das ist richtig, aber der Kollege Karl Landsteiner aus Wien hat erkannt, dass es verschiedene Blutgruppen gibt, A, B und 0 und Kombinationen aus A und B. Gibt man einem Patienten die passende Blutgruppe, bleibt er am Leben. Sehen Sie, wir nehmen Ihrem Kind Blut ab, bestimmen seine Blutgruppe und verabreichen ihm entsprechendes Blut. Dieses Verfahren hat schon einige Leben gerettet.« Paul und Celia wirkten nicht überzeugt. Dr. Ottenberg, die Hände in den Taschen seines Kittels vergraben und die Schultern hochgezogen, als fröre ihn, blickte Celia direkt in die Augen. »Es ist das Einzige, was Ihrem Kind jetzt noch helfen kann. Aber es ist natürlich Ihre Entscheidung.«
Beklemmendes Schweigen breitete sich aus, dann endlich nickte Celia. »Tun Sie es. Retten Sie mein Kind.«
Sofort machte sich Schwester Lavinia daran, die Brem-

sen der Liege zu lösen, schon glitt sie lautlos über das ockerfarbene Linoleum, durch eine Schwingtür und außer Sichtweite. Dr. Ottenberg lächelte Celia und Paul aufmunternd zu und eilte hinterher.

»Dr. Ottenberg«, sagte Celia, und ungeduldig wandte der Mediziner sich um. »Es mag Ihnen sentimental und albern erscheinen, aber ich möchte nicht, dass Victor fremdes Blut erhält. Wäre es möglich, etwas von meinem zu nehmen?«

Dr. Ottenberg stieß einen Seufzer aus, nickte aber. »Warten Sie hier.«

Kurz darauf kam Schwester Lavinia mit der leeren Liege zurück und wies Celia an, sich hinzulegen. »Falls Ihnen schlecht wird«, fügte sie mitfühlend hinzu, zog den Vorhang zu und scheuchte Paul, der Celia beistehen wollte, fort. »Setzen Sie sich bitte in die nächste Kabine. Wir haben hier schon starke Kerle erlebt, die beim Anblick einer Spritze ohnmächtig zu Boden sanken. Ersparen Sie mir das bitte.« Paul rang sich ein schiefes Lächeln ab und gehorchte.

Der Schmerz der Nadel, die in ihren Arm getrieben wurde, machte Celia nichts aus. Er war nichts im Vergleich zu ihrer drängenden Angst, die durch ihre Adern jagte und ihr den Atem benahm. War dies die Strafe dafür, dass sie Paul betrogen hatte? Nahm eine höhere Macht ihr geliebtes Kind wieder zu sich, oder würde sie sich barmherzig zeigen und ihm verzeihen, was seine Mutter verbrochen hatte? In heller Panik stürmten die Gedanken auf sie ein, Aberglaube, vermischt mit Schuldgefühlen, Reue und Hilflosigkeit, und hielten Celia so gefangen, dass sie kaum bemerkte, wie Schwester Lavinia fortging, und auch nicht, wie sie zurückkehrte und Celia sanft am Arm berührte. »Tja, Ihr Kleiner hat Blutgruppe A. Sie haben Blutgruppe 0. Dann muss wohl der Vater ran! Ruhen Sie sich so lange ein wenig aus«, sagte Schwester Lavinia und ließ Celia allein.

Kaum gedämpft durch den dünnen Vorhang nahm Celia Pauls unterdrücktes Ächzen wahr, das »Hm« der Schwester, das Rascheln von Stoff, Schritte, die sich entfernten und die später, viel später zurückkamen.

»Entschuldigen Sie, Mr. Osborne, ich muss Ihnen da etwas erklären«, sagte Schwester Lavinia jetzt mit einem Unterton in der Stimme, der Celia erschreckte. Sie setzte sich auf und lauschte. »Sehen Sie, die Eltern vererben ihrem Kind die Blutgruppe, das heißt die dominante Blutgruppe. Aber das ist natürlich nur bei leiblichen Eltern möglich.« Sie zögerte. »In Ihrem Fall ist das leider nicht so …«

»Wieso?«, fragte Paul konsterniert.

»Sie und Ihre Frau haben beide Blutgruppe 0, also müsste der kleine Victor ebenfalls 0 haben. Nun, er hat jedoch Blutgruppe A, also muss der leibliche Vater oder die Mutter A gehabt haben. Ein Irrtum ist völlig ausgeschlossen. Sie hätten uns sagen müssen, dass Victor adoptiert ist, dann hätten wir wertvolle Zeit gespart, aber das konnten Sie ja nicht wissen, ist aber nicht schlimm, wir haben das Blut für Blutgruppe A, nur der Wunsch Ihrer Frau wird auf diese Weise natürlich nicht …«

Plötzlich erstarb ihr Geplapper, und sie stammelte eine Entschuldigung. Pauls ungläubiges Entsetzen war greifbar.

Celia schloss die Augen.

Zwei Nächte rang Victor mit dem Tod, am Morgen des dritten Tages verkündete Dr. Ottenberg strahlend, nun sei er »über den Berg«, und schickte die völlig übermüdete Celia, die am Bett ihres Sohnes gewacht hatte, nach Hause. »Sie helfen Ihrem Jungen nicht, wenn Sie Raubbau mit Ihrer Gesundheit treiben.«

In der Zwischenzeit war Paul in das Gästezimmer am Ende des Flures im ersten Stock gezogen und ging seiner Frau aus dem Weg. Machte sie Anstalten, mit ihm reden zu wollen, schnitt er ihr das Wort ab, nicht unfreundlich, aber bestimmt. Schließlich gab sie die Versuche auf.

Drei Wochen später durfte Celia ihren Sohn wieder mit nach Hause nehmen. Annabelle hatte zur Feier des Tages einen komischen kleinen Tanz einstudiert und ihren dreijährigen Bruder gezwungen, ein Bild mit Blumen und Tieren zu malen. Er malte kleine braune Erdhaufen, die die Maulwürfe am Teich darstellen sollten, und graue Vögel. Manita sang zwei italienische Wiegenlieder und brach in Tränen aus, weil die Osbornes sie nicht entlassen hatten, und Gladys hatte Haus und Garten einer Generalreinigung unterzogen. Alle waren gerührt und glücklich, Victor wieder in ihrer Mitte zu wissen, aber die Blicke, wachsam, unsicher, gingen hin und her, kreuzten einander oder mieden sich: Das Ende der Tragödie stand noch aus, und jeder schien es zu spüren.

Am späten Abend, als die Kinder und die Dienstboten schon schliefen, trat Paul seiner Frau vor der Treppe in den Weg, als sie sich gerade in ihr Schlafzimmer zurückziehen wollte. Die lange Beherrschung hatte seine Wut auf ihre Essenz destilliert, die kühle, doch lauernde Frage: »Wer ist es?« Seine goldenen Augen hatten nichts mehr von dem warmen Glanz, der die Menschen für Paul einnahm, kalt und hart schienen sie Celia zu durchbohren. Sie musste die Wahrheit sagen.

»Du kennst ihn nicht. Meine Jugendliebe aus Bremen.«

Paul lachte verächtlich. »Ein Karussellbesitzer, ja? Ach, die schöne, glitzernde Welt! Hätte ich mir ja denken können, nicht wahr. Wahrscheinlich habt ihr es hinter dem Karussell getrieben!«

»Paul, bitte, lass uns diese Unterhaltung morgen weiterführen«, erwiderte Celia ruhig. Sie würde sich nicht provozieren lassen. »Wir wollen doch nicht das ganze Haus aufwecken.«

»Das Haus ist bereits wach! Und ganz Long Branch auch! Sie brennen darauf zu hören, was du bist. Eine Jahrmarktshure!«, schrie Paul heraus, dann verlor er vollends die Fassung. Er tobte, beschimpfte sie mit Ausdrücken, die zu kennen sie ihm nicht zugetraut hatte; seine gekränkte Eitelkeit wie die enttäuschten Erwartungen brachen sich Bahn, maßlos und zerstörerisch. Celia bekam Angst und wich unmerklich zurück. Paul stutzte, dann wandte er sich ab, bedeckte seine Augen mit der rechten Hand und stützte die linke in die Hüfte. Die Minuten dehnten sich, Celia wagte nicht, sich zu rühren. Schließlich nahm Paul die Hand vom Gesicht.

»Entschuldige, Celia, aber das ist zu viel. Ich wusste, dass ich dich nie ganz besitzen werde, ein Teil von dir immer woanders ist, unterwegs ... unruhig, unbeständig. Was mich zu Beginn fasziniert hat und irgendwann nur noch wütend machte. Ich habe doch alles versucht, ich habe dir sogar angeboten, dir die Teilhaberschaft eines Vergnügungsparks zu kaufen. Ich hätte alles getan, um dich zu halten. Ich … Idiot!« Ohne seine Stimme noch einmal zu erheben, fügte er hinzu: »Geh mir aus den Augen, du und dein … Bastard!«

Nicht das Wort an sich, aber die Art, wie er es betonte, war seltsam, und einer Eingebung folgend sagte sie: »Du sprichst von dir selbst, nicht wahr?«

Paul lachte unfroh. »Verschon mich mit deiner Kirmesphilosophie! Oder hat sie eine Erklärung dafür, warum eine Frau, die ihrem Mann ewige Treue schwört, diesen Schwur bricht?« Paul fuhr herum. »Ja, du hast recht! Die liebe Dariane Porimba, geborene Tscherrin, gevögelte Loane!«

»Paul!«, schrie Celia auf. »Hör auf damit!«

»Wozu die Prüderie? Ich wusste es von Anfang an, ich habe es gespürt, dass mein Platz woanders war, und als ich alt genug war, habe ich meine Mutter gefragt. Sie hat es nicht zugeben wollen, aber eines Tages habe ich Vaters Messer genommen … und da hat sie gestanden, dass Richard »Dick« Loane mein Vater ist. Dass er sie angeblich beschworen hat, Anselm zu verlassen und als seine Geliebte in New York zu bleiben, sie sich aber weigerte, weil sie Anselm immer noch liebte. In der Nacht bin ich abgehauen. Ich konnte den Anblick meiner eigenen Mutter nicht mehr ertragen.« Er machte eine Pause, dann setzte er mit Bitterkeit in der Stimme hinzu: »Sie hat Richard an der Nase herumgeführt, Anselm zum Hahnrei gemacht und mich um das Leben betrogen, das mir zugestanden hätte.«

»Weiß Richard es?«

»Natürlich nicht! Was für eine dumme Frage!«

»Richard ist sehr mitfühlend, auch wenn er immer so

bärbeißig tut, das weißt du so gut wie ich. Meinst du nicht, dass er sich vielleicht sogar ein wenig freuen würde, einen Sohn zu haben?«

Paul schnaubte verächtlich. »Wie naiv bist du bloß? Bastarde fegt man doch von der Fußmatte!« Er schüttelte den Kopf. »Nein, nein, das werde ich nicht riskieren. Erst muss ich meine Position bei *Trust & Loane* weiter festigen, bevor ich es ihm sagen kann. Irgendwann wird es so weit sein.«

»Dazu wird es niemals kommen, nicht wahr, Paul? Du wirst dich niemals für gut genug, reich genug, tüchtig genug befinden, um zu glauben, dein Vater könne sich deiner annehmen. Ist es so, Paul?«

Als er nichts erwiderte, fuhr Celia fort: »Deine Eltern haben es nicht verdient, so behandelt zu werden. Dein Vater ist Anselm, ganz gleich, was die Biologie dazu zu sagen hat, er hat dich auf seinen Knien reiten lassen und dir die Nase geputzt. Und deine Mutter hatte vielleicht ihre Gründe …« Celia brach ab. Ihre Worte mussten Paul wie der blanke Hohn erscheinen.

»Genau wie du, was? Gründe! Meine Mutter ist eine leichtlebige Person, und mein Vater liebt sie so sehr, dass er seinen Stolz hinunterschluckt und seine Ehre in den Staub tritt. Mehr muss ich nicht wissen.«

»Du bist Bankier, aber du kommst mir vor, als wärst du immer noch das vermeintlich betrogene Kind, das glaubt, nichts wert zu sein, und sich abstrampeln muss, um ein wenig Anerkennung zu erhalten. Vergib deinen Eltern, Paul, und dann vergib dir selbst, sonst wirst du niemals frei sein von diesem Gefühl, unzulänglich zu sein.«

»Freiheit! Hast du mir nicht erzählt, wie sehr dich dein

Vater stets aufs Neue beeindruckte, wenn er so klug von der Freiheit daherredete! Aber weißt du was, Celia: Du bist nicht frei und du wirst es niemals sein. Du bist Gefangene deines Willens, frei zu sein! Frei zu sein, das bedeutet, im Herzen frei zu sein.« Er machte eine Pause, dann fuhr er leise fort: »Ich habe mich darum bemüht, ich habe meinem Groll auf die Vergangenheit nicht erlaubt, mir die Liebe zu dir zu nehmen.« Paul atmete hörbar aus, dann erhellte ein feines, fast entschuldigendes Lächeln seine Züge. »Ohne übertrieben melodramatisch sein zu wollen, Celia, halte ich es nun für an der Zeit, dir zu sagen, dass ich meine Anwälte mit der Scheidung betraut habe.« Er nickte ihr zu und ging die Treppe hinauf. Kurz darauf hörte Celia, wie die Tür zu seinem Zimmer zufiel.

In den ersten Tagen, da der Krieg in Celias Leben ausgebrochen war und die Ordnung zerschlagen hatte, die ihr mehr Halt gewesen war, als ihr all die Jahre über bewusst gewesen war, hielt die lähmende Verzweiflung sie gefangen. Sie aß kaum, streifte im Garten umher, schlug jede Einladung aus und versuchte sich Annabelle und Paul junior gegenüber nichts anmerken zu lassen. Schließlich wurde es Jennifer zu bunt, sie verlangte eine Erklärung für Celias unhöfliches Betragen, und als Celia ihr gestand, was sich zugetragen hatte, hörte Jennifer schweigend zu. »Ich kann nicht gutheißen, was du getan hast, aber ich bin nun einmal deine Freundin, Celia, und als solche rate ich dir gut, nichts zu tun, was Paul noch mehr gegen dich aufbringen könnte. Denk an deine Kinder! Bleib zu Hause und lass dich vor allem nicht bei den Porimbas auf Coney Island blicken.« Celia wusste, dass

Jennifer recht hatte, und tat, was sie ihr geraten hatte. Sie verließ Long Branch nicht und befolgte jede der detaillierten Instruktionen, die Paul erteilt hatte, um das Haus bis auf weiteres zeitlich wie räumlich in seine und ihre Zonen aufzuteilen. Er wünschte jede Begegnung zu vermeiden.
Eines Nachts jedoch wurde Celia von lautem Poltern im Arbeitszimmer und der angrenzenden Bibliothek geweckt und schlich die Treppe hinunter. Leise öffnete sie die schwere Mahagonitür und sah mit an, wie Paul ihre Bücher aus den Regalen riss, das Anden-Panorama von Frederic Edwin Church, dem berühmten Landschaftsmaler der Hudson River School, zerschlug, das sie ihm zum letzten Geburtstag geschenkt hatte, dabei über eine geleerte Flasche Scotch stolperte und sich plötzlich mit einem seltsamen Laut, wie ein waidwundes Tier, auf den Boden sinken ließ. An seinen zuckenden Schultern erkannte sie, dass er weinte. Er tat ihr leid, auch Paul hatte jeden Halt verloren. Sein Schmerz war ebenso unermesslich wie seine Wut, vielleicht sogar sein Hass.
Paul spürte ihren Blick und drehte sich um. Sie sahen einander an, stumm, schließlich stand Paul auf und ging hinüber ins Arbeitszimmer und zog die Schiebetür leise hinter sich zu. Am nächsten Tag teilte Gladys Celia mit, dass Mr. Osborne ausgezogen sei, wohin, das wisse sie nicht.

Nachdem Pauls Anwälte ihm nachdrücklich klargemacht hatten, dass eine mittellose und auf Almosen angewiesene ehemalige Mrs. Osborne seinem gesellschaftlichen Ansehen nicht förderlich wäre, und weil ihm ohnehin

nicht daran lag, sich an Celia zu rächen, schickte Paul sich an, seiner Frau eine großzügige Summe auf ihr Konto bei Peabody zu überschreiben. Drei Monate nach ihrer schrecklichen Auseinandersetzung, in der sie sich gegenseitig verletzt und gekränkt hatten, waren Pauls Wut und Enttäuschung einem stillen Schmerz und der Sehnsucht gewichen, so rasch wie möglich zurückzufinden in sein früheres Leben, das Leben vor Celia.
Die Zahl, die er auf dem Scheckformular mit akkuraten, steilen Ziffern vermerkt hatte, war überaus großzügig, fast erweckte sie den Eindruck, Paul wolle sich in vorauseilender Besorgnis freikaufen von eventuellen Schuldgefühlen, doch dies allein war es nicht, weshalb Pauls rechte Hand just in dem Augenblick, da sie zur Unterschrift ansetzte, in der Luft verharrte.
Paul fühlte sich wie ein Dirigent, dem der nächste Takt abhandengekommen war. Er verzog das Gesicht, versuchte es erneut und mit Schwung, doch die allzu energische Bewegung trieb die Tinte in einem gewaltigen Schwall hinaus aufs Papier. Paul seufzte, riss den Scheck entzwei und dachte so belustigt wie wehmütig an Celia, die dieses Missgeschick gewiss für ein »Zeichen« gehalten hätte, deren Bedeutung sich ihm nie erschlossen hatte. Es ging wohl um höhere Mächte, die den Wichten auf der Erde eine wichtige Botschaft übermitteln wollten und zu ungewöhnlichen Boten, meist Tieren, griffen. Zu Anfang ihrer Liebe hatte Celia ihm manches Mal von ihrer Familie, vor allem von ihrer Großmutter erzählt, aber Paul hatte ihr nur mit halbem Ohr zugehört, weil ihn dieser krause Kram allzu sehr an seine Mutter erinnerte. Sein Desinteresse und seinen Widerwillen hatte sie

gespürt und das Thema irgendwann nicht mehr angeschnitten.
Paul schob den Gedanken beiseite und schlug das Scheckbuch zu. Morgen war auch noch ein Tag.
In dem Moment stürzte Richard »Dick« Loane in Pauls Büro, knallte die Tür hinter sich zu und stemmte die geballten Fäuste auf seinen Schreibtisch. Ein Silberrücken, bereit zum Angriff.
»Die Dinge laufen aus dem Ruder.«
Paul runzelte die Stirn. »Entschuldigen Sie, aber wir befinden uns seit dreieinhalb Jahren in einer Hausse, da ist es doch nicht ungewöhnlich, dass die Kurse hin und wieder schwanken und alles den Anschein erweckt, als stünde eine Panik bevor. Das ist das Wesen der Börse«, setzte er ein wenig herablassend hinzu und biss sich sogleich auf die Lippen. Das war nicht der Ton, mit dem er seinem Vater kommen sollte.
Loane sah ihn scharf an. »Sie halten es für normal, dass mehr als zwanzig Unternehmen seit Ende August infolge erheblicher Kursverluste zahlungsunfähig geworden sind? Dass der Kupfermarkt im Juli komplett eingebrochen ist? Nicht zu vergessen der Sturz des Dow Jones im März auf …«
»76,23 Punkte«, ergänzte Paul, der die Zahlen wie immer parat hatte. »8,3 Prozent minus. Auch dies hat die Börse unbeschadet überstanden. Ich bin der Auffassung, wir sollten die Lage im Auge behalten, uns aber nicht irremachen lassen.«
Paul bemühte sich, sein Erstaunen über Richards Besorgnis nicht allzu deutlich zu zeigen. Der Direktor von *Trust & Loane* hatte in all den Jahren durch Kaltblütig-

keit und Gerissenheit geglänzt und damit geprahlt, die Börse sei nichts für Schwächlinge. Jetzt zeigte er Nerven, und Paul fragte sich, ob sein Mentor, sein Vater, womöglich erste Anzeichen altersbedingter Ängstlichkeit zeigte.

»Nein, Sie täuschen sich«, versetzte Richard »Dick« Loane. »Ich spüre es in den Knochen: Wir stecken richtig tief im Dreck. Die ganze Wall Street. Peabody hat Konkurs angemeldet, Lübbertz & Freeman stehen kurz davor. Ich habe die Vorsitzenden aller New Yorker Banken für morgen zusammengetrommelt. Von Ihnen brauche ich bis dahin eine Aufstellung sowie eine Analyse der Kursdaten aus dem letzten halben Jahr.« An der Tür drehte er sich zu Paul um und bedachte ihn mit einem nachdenklichen Blick. »Sie sind brillant, Paul, aber manchmal fehlt es Ihnen an Gespür.«

Bestürzt sah Paul ihm nach. Wie hatte ihm der Konkurs von Peabody entgehen können? Er musste sich wirklich endlich zusammenreißen!

Paul hielt einen Moment inne, dann bat er Mrs. Murphy, ihm sämtliche Unterlagen der vergangenen Monate zusammenzustellen, vergaß den Scheck und arbeitete bis tief in die Nacht. Am nächsten Tag gab die National Bank of Commerce bekannt, dass sie die Wechsel der Knickerbocker Trust Company, der drittgrößten Bank von New York, nicht mehr einzulösen gedachte. Am Abend beschloss Richards Tafelrunde ihren Gottkönig, John Pierpont Morgan, genannt Jupiter, neunundsechzigjährig und im Ruhestand, zu Rate zu ziehen. Morgan weilte auf einem Kongress der Episkopalkirche in Richmond, eilte jedoch umgehend nach New York zurück und leierte Finanzminister George B. Cortelyou am selben Tag einen zinslosen 25-Millionen-Dollar-Kredit aus den Rippen. Zusätzlich trieb er drei Millionen aus privater Hand auf, mit denen der Markt stabilisiert werden sollte, doch die Kurse verhielten sich weiterhin wie junge Gräser im Orkan, und die Anleger rüsteten zum Sturm auf die Banken. Knickerbocker zahlte acht Millionen Dollar aus, die Trust Company of America erst dreizehn Millionen und einen Tag später noch einmal fast neun Millionen Dollar. Der Direktor der Börse, Ransom H. Thomas, verkündete mit belegter Stimme, dass fünfzig Anlageinstitute Konkurs anmelden müssten, wenn sie nicht umgehend eine Finanzspritze erhielten. Daraufhin zitierte Jupiter die Bankiers in sein Haus in der Broad Street und überzeugte sie, aus ihren Reserven weitere zehn Millionen Dollar bereitzustellen, um die Anlageinstitute zu stützen. Als auch diese Summe nicht ausreichte, lud Morgan die Kontrahenten in seine im Stil eines römischen Palasts erbaute Bibliothek in der 36th Street und sperrte die Treuhänder in einen, die Bankiers in einen anderen Raum und versprach, die Türen erst dann wieder zu öffnen, wenn sie sich geeinigt hätten. Um fünf Uhr morgens war es so weit. Die Bankiers sicherten zu, die Liquidität am Aktienmarkt aufrechtzuerhalten, auf diese Weise würde der Verkaufsdruck der Anleger nachlassen. So geschah es. Die Oktober-Krise der Wall Street anno 1907 war überstanden.

Trust & Loane hatte nicht allzu viele Federn lassen müssen, Paul selbst war vollkommen ungeschoren davongekommen, weil er sein Geld vor allem in Gold angelegt hatte. Aber die Düsternis dieser letzten Oktobertage, das nackte Entsetzen der Kleinanleger wie der Großaktionäre, die Panik in den Augen seiner Kollegen hatten ihm gezeigt, dass man nicht vorsichtig genug sein konnte. Am dritten November eröffnete Paul auf den Namen Celia Osborne ein Konto bei Unicorn Brothers und überwies ihr eine Summe, die deutlich bescheidener ausfiel und gerade zehntausend Dollar betrug.

Der Brief, in dem Paul sie freundlich und unpersönlich davon in Kenntnis setzte und sein Versprechen wiederholte, ihr und Victor zusätzlich monatlich Geld für Unterkunft, Essen und Bekleidung zukommen zu lassen, erreichte Celia, kurz bevor sie nach Manhattan aufbrechen musste. Heute würde das Gericht das Scheidungsurteil verkünden, und sie würde die Gelegenheit – und die Öffentlichkeit – nutzen, um Paul zu danken, doch zu ihrer Enttäuschung ließ ihr Mann sich von seinem Anwalt vertreten.

Die Richter gaben Paul in allen Punkten recht. Bis zum Ende des Monats hatte Celia das Haus in der Long Branch Avenue zu räumen, außer ihrer und Victors Kleidung, ihrem Schmuck, ihren persönlichen Sachen und einigen Spielsachen für den Eineinhalbjährigen durfte sie nichts mitnehmen; Annabelle und Paul junior wurden ihrem Vater zugesprochen. Die Mutter, so der Vorsitzende Richter am National Court, habe jeden Anspruch auf die gemeinsamen Kinder durch ihr »verderbtes Verhalten« verwirkt.

Mit unbewegter Miene hörte Celia der sonoren Stimme zu, die die harschen Worte gleichmütig verlas. Der Mann in der schwarzen gefältelten Robe mit der gepuderten

Perücke auf dem quadratischen Schädel begegnete dann und wann dem Blick ihrer olivgrünen Augen, doch die seinen, schmal und hellblau, ließen nicht erkennen, was er von dieser rotblonden, schlanken, in meergrüne Seide gehüllten vierunddreißigjährigen Ehebrecherin hielt. Es war Celia auch gleichgültig.

Sie hatte Pauls und ihr Leben zerstört und ihren drei Kindern eine moralische Hypothek aufgebürdet, die sie nur mit viel Glück nicht in die Knie zwingen würde. Diese Schuld würde Celia von nun an begleiten, die Last würde immer gleich bleiben. Die Missbilligung eines Richters würde sie nicht schwerer machen.

Der Vorsitzende Richter verließ mit den Beisitzern den Gerichtssaal. Celias Anwalt raffte seine Unterlagen zusammen, nickte ihr aufmunternd zu und schritt mit dem Kollegen der Gegenseite den Gang entlang hinaus auf den Flur. Dort lauerten bereits etliche Reporter; die Scheidung des reichen Bankiers von der einst schillernden Looping-Lady würde die Gesellschaftsspalten zwei, drei Tage beleben. Hoch erhobenen Hauptes und freundlich lächelnd schritt Celia durch die Phalanx und beantwortete nicht eine Frage. Sollten sie doch schreiben, was sie wollten. Auch das war ihr von Herzen egal.

Zurück in Long Branch wies Celia Gladys an, heiße Schokolade mit Schlagsahne und Plundergebäck im Gartensalon zu servieren und Manita zu bitten, Annabelle und Paul junior zu ihr zu bringen. Es brach ihr das Herz bei dem Gedanken, was sie ihren Kindern sagen musste, doch keinesfalls würde sie dies Paul oder den Long Brancher Buschtrommeln überlassen. Sie würde ihnen erklären, dass sie einen schlimmen Fehler gemacht hatte und dafür von einem Gericht bestraft worden war, dass sie dennoch immer und bis in alle Ewigkeit ihre Mutter bleiben würde und dass sie, sobald sie mündig wären, selbst entscheiden konnten, wo sie leben wollten, bei ihrem Vater oder bei ihr. Celia seufzte. Nein, so ging es nicht. Damit würde sie Paul in ein schlechtes Licht rücken. Sie musste die Worte klüger wählen, behutsamer, neutral. Die Kinder machten sich ohnehin ihren Reim auf das, was sie in den letzten Monaten hatten miterleben müssen, die Auseinandersetzungen, die Tränen, das Schweigen. Während Paul sich an Manita klammerte, hatte Annabelle sich in die Zwiesprache mit Toni zu flüchten versucht, nach einiger Zeit jedoch eingesehen, dass auch ein guter Geist mitunter nur unzulänglich zu trösten versteht. So hatte sie begonnen, sich um die vernachlässigten Tauben zu kümmern, schreiend bunte Bilder zu malen und einen eigenen, unabhängigen, wissensdurstigen Geist zu entwickeln. Viel zu erwachsen für ihr Alter langweilten sie die Spiele und das Gebaren der Gleichaltrigen.

Celia lächelte bitter. Ihre Tochter würde sofort durchschauen, was es mit der heißen Schokolade auf sich hatte, und ihrer Mutter einen nachsichtigen Blick schenken …

»Nun, Gladys? Gibt es noch etwas?«, fragte Celia, als das Hausmädchen keine Anstalten machte, sich zu rühren.

Die schwarzen, kohlestückgroßen Augen auf den blanken Marmor gerichtet, druckste Gladys einen Moment herum, dann brach sie in Tränen aus. »Oh, Mrs. Osborne, es tut mir so leid. Ihr …. äh, Mr. Osborne hat heute früh, als Sie im Gericht waren, Manita Caprese

zwingen wollen, mit den Kindern zu verreisen. Aber sie hat sich geweigert, und da hat er sie entlassen und Annabelle und Paul wegbringen lassen. Wenn Sie nach den Kindern fragen, soll ich Ihnen diesen Brief geben.« Sie reichte Celia ein elfenbeinfarbenes Kuvert.
»Danke, Gladys«, sagte Celia tonlos.
Missbilligend schüttelte Gladys den Kopf. »Es sei besser für ihre Seele, hat er gemeint, der Herr. Als ob er davon eine Ahnung hätte!« Leise schimpfend zog das Hausmädchen ab, und Celia riss mit fliegenden Fingern den Brief auf.

Liebe Celia,
Du wirst niemals erfahren, wo die Kinder sich aufhalten, kannst jedoch gewiss sein, dass es ihnen an nichts mangeln wird.
Annabelle ist zur Stunde auf dem Weg in ein Internat, Paul wird mit einer sachkundigen Kinderfrau eine Weile auf Reisen sein. Ich hätte diese Maßnahme vorher mit Dir besprochen, war mir jedoch nicht sicher, ob sie vor Gericht gegen mich hätte verwendet werden können, weshalb ich meine Pläne in die Wege leiten ließ, mit ihrer Umsetzung in die Tat aber abwartete. Nach dem reibungslosen Verlauf der Anhörung und Deiner respektablen Haltung, was die Schuldfrage betrifft, war nicht daran zu zweifeln, dass das Gericht zu meinen Gunsten entscheiden würde, und so veranlasste ich heute Vormittag die Abreise der Kinder. Dies nur zur Erklärung, warum ich diesen Zeitpunkt wählte.
Du magst es grausam finden, dass ich Dir die Gele-

genheit verweigere, Dich von den Kindern zu verabschieden; ich bin jedoch der Meinung, eine rührselige Szene mit Tamtam und Budenzauber, den ihr Jahrmarktsmenschen so zuverlässig zu entfalten versteht, wäre ihrer geistigen Verfassung sicher nicht dienlich. Ein glatter Schnitt ist für uns alle das Beste.

Paul

PS: Ich möchte, dass Du begreifst, dass ich es nicht böse meine, Dich quälen will oder was immer Dir Deine Phantasie eingibt; ich will nur so rasch und schmerzlos wie möglich das Chaos, in das Du uns gestürzt hast, beseitigen.
Ich habe Dich geliebt, Celia, und der wagemutige Teil in mir (auch den gibt es) liebt Dich noch immer. Das ändert allerdings nichts an meinem Entschluss. Pass auf Dich auf. Und auf Victor.

P.

Celia stopfte das Schreiben zurück in den Umschlag und stürzte die Treppe hinauf in ihr Schlafzimmer, riss die Türen des Ankleideraums auf, zerrte die Koffer aus dem Regal und begann, ihre Sachen zu packen. Dann ging sie nach nebenan in Victors Zimmer, nahm seine Strampelhöschen, Pullover und Schühchen aus dem weißlackierten Schrank und legte sie in eine lederne Reisetasche. Einen Handkoffer und die Reisetasche würde sie jetzt mitnehmen, die Schrankkoffer und die wenigen Möbel, die Paul ihr zugestanden hatte, würde ein Spediteur abholen und einlagern, bis Celia eine Wohnung gefunden hatte.

Sie handelte zügig, ließ ihre Augen noch einmal durch die Räume, ihre Gedanken noch einmal durch die Jahre wandern. Dann war es genug. Celia nahm ihren schlafenden Sohn aus der Wiege und drückte ihn sacht an ihre Brust, schulterte die Tasche und nahm den Koffer in die Hand.

Nachdem sie die weinende Köchin getröstet und die aufgebrachte Gladys besänftigt hatte, die androhte, Paul Osborne von ihren Brüdern verprügeln zu lassen, bereitete sie Victor mit den cremefarbenen Sofakissen ein weiches, stoßsicheres Lager im Fond des Fords.

Jennifer trat auf sie zu. »Mein Mann hat mir verboten, je wieder ein Wort mit dir zu wechseln, aber welche Frau schert sich darum, was ihr Mann sagt?«, sagte sie und umarmte Celia. »War es schlimm?«, fragte sie mitfühlend.

Celia blickte zu Boden. »Das Gericht hat ihm die Kinder zugesprochen und mir jeden Kontakt untersagt. Während ich im National Court saß, hat er sie fortbringen lassen, um ihnen einen tränenreichen Abschied von mir zu ersparen.«

»Du meine Güte«, stöhnte Jennifer. »Wer hätte gedacht, dass sich der gute Paul so rachsüchtig aufführen würde?«

»Ich glaube nicht, dass ihn Rachsucht treibt«, nahm Celia ihren Exmann in Schutz. »Er will auf seine Art die verlorene Ordnung wiederherstellen. Du weißt doch, wie sehr ihm Unordnung und Verwirrung zuwider sind.«

»Das mag sein, gibt ihm jedoch nicht das Recht …«

»Jennifer«, unterbrach Celia die Freundin, »lass es gut sein. Eines Tages werde ich Annabelle und Paul junior wieder in die Arme schließen, dessen bin ich sicher. Ich werde mich auf die Suche machen, und ich schwöre dir, ich werde sie finden. Aber jetzt muss ich erst einmal wieder auf die Füße fallen.«

Jennifer nickte bekümmert. »Wenn ich euch irgendwie helfen kann, lass es mich wissen. Alexander ist ebenfalls an deiner Seite. Ich habe ihm nach Venedig geschrieben und er lässt dich grüßen. Paul ist ein *chou,* schreibt er – ein Kohlkopf.«

Celia lachte, dann traten ihr die Tränen in die Augen. »Ach, Jennifer, ich war dir keine so gute Freundin wie du mir und wie du es verdient hast.«

»Was für ein Unsinn!«, gab Jennifer zurück. »Freundschaft lässt sich doch nicht aufrechnen! Ich habe deine Nähe gesucht, weil ich dich von Herzen gern habe. Und Stan, Idi und Brit geht es doch nicht anders.« Jennifer zögerte, dann setzte sie hinzu: »Sie werden sich bestimmt freuen, dich wieder in ihrer Nähe zu haben.«

»Jennifer, Stan hat wirklich alles getan, um mir einen Umzug nach Little Germany schmackhaft zu machen, aber ich will nicht dahin zurück. Ich weiß nicht einmal, ob ich überhaupt in New York bleiben will.«

Jennifers Blick wanderte von Celia zu dem Gepäck. »Du verlässt das Haus, ohne zu wissen, wohin du dich wenden sollst?«

»So ist es.« Sie küsste Jennifer und versprach zu schreiben.

Tatsächlich hatte sie ihr nur die halbe Wahrheit gesagt. Celia wusste ganz genau, wohin sie wollte. Zumindest fürs Erste.

Tscherrin. War es Zufall oder offenbarte Darianes Mädchenname die geheime Verbindung zwischen Celia und Pauls Eltern, das Puzzlestück, nach dem sie so lange gesucht hatte?

Sie würde es erfahren. Und anschließend würde sie Abschied nehmen von Coney Island, von New York, von allem, was geschehen war, und fortgehen. Irgendwohin. Die ganze Welt stand ihr offen. Sie war frei, und vielleicht würde sie sich eines Tages sogar darüber freuen können.

Celia lenkte den Ford gemächlich durch Long Branch nach Norden, ließ sich im Strom der tausend und abertausend Automobile, Fuhrwerke und Lastkarren durch Manhattan treiben, überquerte die Brooklyn Bridge und erreichte Coney Island am späten Nachmittag, als der Glanz der Millionen Glühbirnen die einsetzende Dämmerung besiegte. Mit Victor auf dem Arm schlenderte Celia durch den *Lunapark* und das *Dreamland*. Mit großen Augen verfolgte ihr Sohn die märchenhafte Sinfonie aus Luftballons, Würstchenduft, Orgelklängen, Gelächter und lauten Zurufen, sprechenden Figuren mit lustigen Köpfen, sich im Kreise drehenden bunten Holzpferden und mit Gummireifen bewehrten Automobilen, kaum größer als ein Polstersessel, die auf einem spiegelblanken Boden hin und her glitten und gelegentlich unter dem Jauchzen weniger Passagiere aneinanderstießen. Auch die Feuershow hatte jahreszeitenbedingt offenkundig an Anziehungskraft verloren; ein Pappschild unterrichtete die Besucher, dass die Vorstellungen im nächsten Frühjahr wieder aufgenommen werden würden. Celia beschleunigte ihr Tempo, mit einem Mal von innerer Unruhe erfasst.

»Hast du es aber eilig!«, raunte eine bekannte Stimme hinter ihr.
Celia fuhr herum und blickte geradewegs in Kamirs freundliche Katzenaugen, in denen sich eine Mischung aus Schalk und Zärtlichkeit spiegelte. Trotz der kühlen Witterung trug Kamir nur halblange Hosen und ein weißes, zerknittertes, halb geöffnetes Hemd. Ein schwacher Duft von Sandelholz und Vanille stieg Celia in die Nase, und sie spürte, wie sie errötete. Zwei junge Frauen schlenderten so dicht an Kamir vorbei, dass die eine ihn beinahe berührte; der Blick, mit dem sie ihn bedachte, war herausfordernd, aber Kamir schien sie nicht einmal zu bemerken.
»Komm«, sagte er zu Celia und ging ohne ein weiteres Wort voraus, den Trampelpfad entlang zu dem Platz, wo die fahrenden Schausteller ihre Zelte aufgeschlagen und die Wagen arretiert hatten. In den Sommermonaten waren es etliche, doch jetzt standen nicht mehr als drei Planwagen auf dem feuchten Sand. Beklommenheit erfasste Celia. Sie hatte keinen Moment daran gezweifelt, dass die Osbornes sie nicht verurteilen würden, aber jetzt war sie sich nicht mehr so sicher. Darianes Verständnis glaubte sie gewiss zu sein, aber wie würde Anselm die unheilvolle Wiederholung des eigenen Dramas aufnehmen? Und Kamir – würde er sie verachten? Der Gedanke war unerträglich.
Dariane und Anselm saßen in dicke, mit geometrischen Mustern verzierte Wolldecken gehüllt im Wagen und spielten Schikanöse. Der süßliche Geruch aus Darianes Pfeife mischte sich mit dem würzigen Aroma eines starken Kaffees.

»Ich habe euch etwas zu sagen«, sagte Celia förmlich. Dariane streckte die Arme nach Victor aus und lächelte aufmunternd, als Celia ihr das Kind überließ. Anselm reichte ihr eine zierliche Tasse mit abgeblättertem Golddekor und schenkte Kaffee ein. Alle Augen waren auf sie gerichtet.

Celia schluckte die Angst hinunter und begann zu erzählen. Von Philipp, ihrem Betrug an Paul, der Entlarvung, ihrer Scheidung und Pauls Entschluss, Annabelle und Paul junior vor ihr versteckt zu halten.

»Das ist leider typisch für Paul«, sagte Dariane bekümmert.

»Könntest du nicht mit ihm reden? Immerhin bist du seine Mutter, auch wenn …«

»Nein, das wäre das Allerletzte, was ihn zur Einsicht bewegen würde«, fiel Dariane ihr ins Wort und blickte in die Weite. Celia hielt den Atem an, als sie nach einer Weile traurig fortfuhr: »Es werden viele Jahre darüber vergehen, mein Kind. Viele Jahre.«

Celia schossen Tränen der Wut und der Hilflosigkeit in die Augen. »Ich möchte nur noch fort«, stieß sie hervor. »Nicht nach Bremen, das bringe ich nicht über mich. Aber nach Europa. Amerika hat mir kein Glück gebracht.«

»Das Land kann nichts dafür«, erwiderte Anselm, »es ist so gut und so schlecht wie jedes andere auch. Genau wie die Menschen. Heute sind wir edel, freundlich und hilfsbereit, und am nächsten Tag machen wir Fehler, blöde, furchtbare Fehler, aber was soll's?« Sein Blick wanderte von Celia zu Dariane.

»Ich komme mit dir«, sagte Kamir plötzlich.

Seine Stimme klang ruhig und entschlossen, und sein Blick machte sie verlegen.
»Das geht doch nicht«, wehrte Celia ab, doch dann verbesserte sie sich: »Natürlich geht das. Es ist ja nur logisch, denn immerhin bist du, seitdem ich amerikanischen Boden betreten habe, an meiner Seite, wenngleich du es leugnest.«
Sie zögerte, dann sprach sie es aus: »Wir sind verwandt, nicht wahr? Die Tscherrin-Linie.«
Dariane nahm einen tiefen Zug aus der Pfeife und entließ den Rauch in kleinen Wölkchen. »Meine Vorfahren sind mit Arya nicht sehr zartfühlend umgesprungen, und verständlicherweise hatte sie allen Grund, unserem Zweig der Familie zu zürnen. Wir waren überzeugt, dass sie ihren Rachedurst an ihre Tochter, also an deine Großmutter Elvira, weitergegeben hat, aber dann bat Elvira uns eines Tages überraschend um Hilfe. Deinetwegen. Sie hatte vorausgesehen, dass dir in der Fremde etwas zustoßen würde.«
»Woher wusste sie denn, dass ihr euch in Coney Island aufhaltet?«
Dariane lachte. »Sie hat es gesehen, Kindchen! Allerdings sind Eingebungen dieser Art in der Regel nicht sehr präzise, was postalische Angelegenheiten betrifft. Die genaue Adresse musste daher, so wie ich Elvira verstanden habe, euer Jahrmarktspastor ermitteln, der mit diesem kleinen Gefallen seine Spielschulden ausglich. Er ist wohl kein sehr geschickter Schikanöse-Spieler.«
»Friedemann Ferten!«, rief Celia aus.
Dariane nickte. »Jedenfalls erreichte uns vor vielen Jahren ein Brief aus Bremen. Es hat ein wenig gedauert, bis

wir jemanden fanden, der ihn uns vorlesen konnte, aber als es so weit war, staunten wir nicht schlecht. Elvira hatte deine Ankunft in New York um die Mitte des Jahres 1891 gesehen, und sie schrieb, dass du über die Jahre in einige lebensbedrohliche Situationen geraten würdest. Sie hatte auch dafür nur die ungefähre Zeit und vage Umstände gesehen, aber es genügte. Damit wir dich am Hafen nicht verfehlen, hat sie ein bemerkenswertes Porträt von dir beigefügt.« Dariane reckte sich, angelte nach einem flachen Holzkasten auf einem halbhohen Regal und lächelte, während sie ein Blatt Papier entfaltete. »Gelungen, nicht wahr?«

Jadegrüne Augen in einem jungen Gesicht, das alle Voraussetzungen aufwies, ein wenig hochmütige Züge auszubilden – scharf gezeichnete Brauen, der kühne, sinnliche Schwung ihrer Lippen. An den Rändern war das Blatt ausgefranst.

Das musste die Zeichnung sein, die in Valentinas Buch fehlte!, schoss es Celia durch den Kopf. Ihre Großmutter hatte die Seite kurzerhand herausgetrennt! Und sie hatte geglaubt, ihr Vater habe mit ihrem Porträt vor anderen Schaustellern geprahlt …

Dariane zuckte mit den Schultern, als sei dies die normalste Sache der Welt. »Nun, und so übernahm Kamir die Aufgabe, auf deine Ankunft zu warten und von da an zu den von Elvira angegebenen Zeiten ein Auge auf dich zu haben.«

»Es war also kein Zufall, dass du mich vor Swifty gerettet hast!«, hielt Celia Kamir entgegen.

Er lächelte und schüttelte bedächtig den Kopf. »Das war der letzte Teil der Prophezeiung deiner Großmutter und der, vor dem sie die größte Angst hatte. Sie konnte nicht erkennen, ob du diesen Anschlag überlebst.«

»Es war also auch kein Zufall«, fuhr Celia fort, »dass ich nach meinem Unfall in meinen Träumen wieder und wieder dein Gesicht gesehen habe. Es waren gar keine Träume! Du warst tatsächlich bei mir!«

»Er hat sich große Vorwürfe gemacht, dass er dich nicht vor dem Unfall hatte bewahren können«, erwiderte Dariane und warf ihrem Sohn einen vielsagenden Blick zu.

»Glaubt ihr, ich hätte mich von einem Fremden davon abhalten lassen, in meiner geliebten Achterbahn zu fahren? Wohl kaum«, sagte Celia matt, ebenso unsicher, was sie von diesen Enthüllungen zu halten hatte, wie bewegt von der Liebe ihrer Großmutter, die groß genug gewesen war, einen generationenalten Familienzwist zu überwinden.

»Was für eine verrückte Geschichte«, fuhr sie nach einem kurzen Moment fort, »aber warum diese Heimlichkeiten?«

»Deine Großmutter wollte vermeiden, dass du dich bevormundet fühlst«, entgegnete Dariane und schürzte die Lippen wie ein dicker Karpfen, um Victor, dem allmählich langweilig wurde, zum Lachen zu bringen. »Und später, als du Paul geheiratet hast, waren wir ja offiziell tot …«

»Woher wusstet ihr das? Ihr hattet doch keinen Kontakt zu ihm.«

»Das nicht, aber weil ich ahnte, dass er einen diplomatischen Weg suchte, seinem Vater nahe zu sein, war es nicht schwer, meinen Sohn bei *Trust & Loane* aufzuspüren. Da hat er es mir gesagt. Das heißt, er hat seiner Se-

kretärin aufgetragen, mir zu sagen, seine Eltern seien bei einem Unfall ums Leben gekommen.« Darianes Stimme klang kühl, aber in ihren Augen standen Tränen.
»Und wir hätten einen Teufel getan«, ergänzte Anselm, »so holterdiepolter in dein Leben zu spazieren und Pauls mühsam aufgebaute Kulissen einzureißen. Wer rechnet denn damit, dass du einen Detektiv beauftragst, um uns ausfindig zu machen!«
»Gut, Großmutter wollte nicht, dass ich mich bevormundet fühle, und ihr wolltet Paul nicht bloßstellen.« Celia sah sie streng an. »Aber dann, als sich mit Swiftys Angriff die Prophezeiung erfüllt hatte, wäre doch der Moment gewesen, es mir zu sagen.« Dariane zuckte mit den Schultern und auch Kamir und Anselm machten keine Anstalten, Celia eine Antwort zu geben. Daraufhin sagte sie leichthin: »Schade, und dabei hatte ich gehofft, dass sich noch ein Geheimnis dahinter verbirgt!«
Dariane warf ihrem Sohn einen Blick zu, weise und wachsam wie eine Sphinx, dann sagte sie: »Eins nach dem anderen. Jetzt möchte ich gerne erfahren, wie du meinen Enkel in Europa zu ernähren gedenkst.«
»Nun, Paul hat versprochen, für Kleidung und Essen aufzukommen, aber ich möchte seine Hilfe nicht allzu lange in Anspruch nehmen. Ich werde Arbeit finden.«
Mit einem Mal fielen ihr das Familienbuch und die Papiere ein, die zwei Jahre lang achtlos in einer Schublade ihres Sekretärs gelegen hatten und die sie beinahe vergessen hatte mitzunehmen.
Und da begriff Celia, dass sie sich getäuscht hatte, damals in Bremen.
Es war nicht vorbei. Die Zeit war gekommen. Jetzt.

Erstaunt, dass sie nicht eher draufgekommen war, schüttelte sie den Kopf über sich selbst. »Großmutter Elvira hat mir eingeschärft, ich solle Wunder als einen natürlichen Teil meines Lebens begreifen«, sagte sie, und ein Strahlen ließ ihr Gesicht leuchten. »Nun, ich denke, jetzt bin ich so weit.«

21

Sieben Jahre später,
im August 1914

Die erotische Geschmeidigkeit der elegantesten Sprache der Welt weicht in gewissen Situationen einem kehligen Schnellfeuer, das Silbe um Silbe in Schüsse verwandelt, die den unglücklichen Adressaten um die Ohren pfeifen. In diesem Fall pfiff ein Gendarm in schwarzer Jacke, roter Schärpe und kastenförmiger Schirmmütze zwei Soldaten an, die gehorsam auf den Waggon kletterten und die Objekte des Anstoßes von Schnüren und Planen befreiten. Zum Vorschein kamen weiße Schenkel und sehnige Füße, kräftige Handgelenke, flotte Locken um eine hohe Stirn und ein prachtvolles Hinterteil mit nicht minder beeindruckender Vorderseite. Die Obszönität des Anblicks (möglicherweise auch ein Anflug von Neid) ließ den Gendarmen einen Augenblick verstummen.

So ungeduldig wie amüsiert spähte Celia aus dem Fenster ihres Abteils.

Es war doch immer dasselbe! Der in seine Einzelteile zerlegte Koloss von Rhodos kostete sie an jeder Grenze enorm viel Zeit, weil Zöllner wie Grenzsoldaten die Abwechslung im Schlagbaum-Einerlei auskosteten. Etliche waren bloß erstaunt, wie man mit so einer Monstrosität auf Reisen gehen konnte, andere hatten schon von ihnen gehört, von den sieben Weltwundern aus lackierter Pappe, Holz und Stahl, die die Jahrmärkte Europas nach und nach eroberten wie zuvor die Achterbahnen und das Riesenrad.

Jetzt trat Kamir auf den Gendarmen zu, freundlich lächelnd und sparsam gestikulierend schien er zu erläutern, was es mit der Fracht auf sich hatte. Die Schultern des Gendarmen sanken ein wenig nach unten.

Celia kehrte zu ihrem Fensterplatz zurück, knöpfte die Stiefel auf und legte die Beine auf den Sitz gegenüber. Das Palaver würde noch eine Weile dauern, aber Kamir würde den Mann überzeugen, bislang hatte er noch jeden eifrigen Grenzer in Trance geredet. Celia war froh, ihm diesen Teil der Arbeit überlassen zu dürfen. Sie hatte es satt, sich charmant und kokett zu geben, nur um rasch einen Grenzübergang passieren zu dürfen, was ihrer Ansicht nach ohnehin das Recht jedes freien Menschen sein sollte.

Celia kuschelte sich in ihre dunkelgrüne Pelerine aus feiner Wolle; trotz der spätsommerlichen Wärme fröstelte es sie. Nach einer Weile setzte der Zug sich behäbig und schnaufend in Bewegung. Kamir ging an ihrem Abteil vorüber, sein Blick streifte sie nur kurz, dennoch spürte sie die verwirrende Mischung aus Schalk und Zärtlichkeit. Mit halbem Ohr hörte Celia, wie Victor ihn freudig begrüßte, als wäre Kamir tagelang fort gewesen, und Dariane und Anselm ihn mit Fragen bestürmten.

Die französische – oder deutsche, so genau wusste man das in diesen Tagen nicht zu sagen – Landschaft glitt an Celia vorüber, von der Hitze ausgetrocknete Wiesen, schmale Bachläufe, hie und da eine Dorfkirche, Badeteiche mit plantschenden Kindern und radfahrende Priester mit wehenden Soutanen. Der Krieg schien weit entfernt. Der Rhythmus stampfender Räder und ächzender Achsen trug Celias Gedanken zurück.

Mit Pauls Abfindung und einem Kredit von Alexander Wright war Celia vor fast sieben Jahren in Begleitung der Porimbas von New York nach Bremerhaven und von dort unverzüglich mit dem Zug nach Thüringen gereist.

Als hätte er geahnt, dass Celia es sich eines Tages doch noch anders überlegen würde, hatte Joost Karek die Konstruktionspläne aufbewahrt, so dass er nun zügig und begeistert mit dem Bau der sieben Weltwunder beginnen konnte. Wie Celia in Amerika gelernt hatte, entschieden Zeitungen und Magazine immer häufiger über Erfolg oder Misserfolg eines Unternehmens, und um das Interesse der Reporter von Hamburg bis Venedig zu wecken, ersann Celia einen Schachzug, der sich als äußerst geschickt erweisen sollte: Sie teilte die sieben Weltwunder in sieben selbständige Fahrgeschäfte auf, die nur drei Mal in der Saison an bis zum Schluss geheim gehaltenen Orten in einer Art Sternfahrt zusammengeführt wurden, um das, so die vollmundige Ankündigung in Annoncen und auf Plakaten, »atemberaubende Gesamtwunder« zu bilden. »Menschen lieben Geheimnisse«, hatte Celia dem skeptischen Kamir damals erläutert, »sie werden alles tun, um herauszufinden, wohin die Sternfahrten führen, und die Reporter werden sich wortreich daran beteiligen. Wir werden uns vor Besuchern nicht retten können.« Celia hatte recht behalten.

Nach der glanzvollen Eröffnung 1908 in Paris und der ersten Sternfahrt nach München, über die in der Tat zahlreiche Zeitungen berichtet hatten, hatte Celia beherzt noch einen Kettenflieger, einen Toboggan und ein Bodenkarussell mit den geliebten Holzpferden erworben sowie zwanzig Saisonkräfte eingestellt. Die Firma Celia Lambert-Osborne & Co. wurde in kürzester Zeit zu einem Begriff unter Schaustellern; Celia wurde als tollkühn gelobt und als Blaustrumpf geschmäht, aber eins war ihr so gleichgültig wie das andere. Endlich besaß sie ihr eigenes Unternehmen, und wenn die Geschäfte weiterhin so gut liefen, würde sie die Schulden in längstens fünf Jahren abgezahlt haben.

Die Wintermonate verbrachten sie bei Valentina und Großmutter Elvira in Italien. Wider Erwarten waren die beiden so unterschiedlichen Frauen zu einer harmonischen Gemeinschaft zusammengewachsen, die von Valentinas Heirat mit Luca Fradoricca-Montelliani nicht getrübt wurde. Alle drei profitierten von dem Arrangement. Trotz oder gerade wegen ihres zunehmend irrlichternden Geistes brachte Elvira die zwischen Diesseits und Jenseits hängengebliebenen Seelen verstorbener Fradoricca-Montellianis dazu, das verwitterte Weingut in Venetien nahe dem Dörfchen Montelliani zu verlassen und himmelwärts zu streben; Luca war die Schemen und Schatten und damit seine Ängste und Alpträume los und Valentina genoss es, endlich unter angemessenen Bedingungen zu leben.

Nach kurzer Zeit sah sie um Jahre jünger aus und verfügte über genügend Elan, einen subtilen Feldzug gegen die Kinderarbeit auf dem Gut zu betreiben. Kinder gehören auf die Schulbank, nicht in ein Weinfass, um es von innen zu säubern, lautete ihre Losung. Der Widerstand der Gutsarbeiter erwies sich jedoch als ziemlich zäh; es dauerte mehr als ein Jahr, bis die von Valentina angeheuerte Lehrerin nicht mehr mit Tränen in den Augen vor leeren Pulten sitzen musste. Nach dieser Schlacht fand Valentina es an der Zeit, familiäre wie freundschaftliche Bande zu erneuern, und lud alle ein – selbst Stephan, Anka und Kester, der immer noch keine Anstalten gezeigt hatte, zu heiraten und Nachkommen zu zeugen, und zum wortkargen Eigenbrötler geworden war. Florian, Bente und ihre süßen Zwillinge waren ebenso herzlich willkommen in Montelliani wie Alexander, mal mit diesem, mal mit jenem Gefährten und seit kurzem wieder mit Alistair. Für den »amerikanischen Zweig«, wie Valentina ihre Tochter und die Porimbas nannte, hatte sie sogar eigene Zimmer im Westflügel des wie ein Hufeisen gebauten Gutes herrichten lassen.

Nur Suriann und Onkel Hoppe wurden in dem Reigen der Besucher schmerzlich vermisst. Einige Schausteller behaupteten, die zwei seien vor Jahren aus Amerika zurückgekehrt und hätten sich im Bayerischen zur Ruhe gesetzt, andere, wie Francesco, wähnten sie mittellos in London. Tatsächlich hatte niemand die Tänzerin und den kleinwüchsigen Countertenor je wiedergesehen. Ihre Spur verlor sich in den letzten Tagen der Vaudevilletheater zwischen Times Square und Broadway. Dennoch hielt Celia in jedem Dörflein, jeder großen Stadt zwischen Kappeln und Köln, Madrid und München, Rom und Regensburg nach ihnen Ausschau, überall, nur nicht in Bremen.

Erst in diesem Herbst, im siebten Jahr ihrer neu gewonnenen Freiheit fühlte Celia sich stark genug zu tun, was

sie so lange vermieden hatte: mit den Weltwundern in ihrer Heimatstadt zu gastieren – und Gefahr zu laufen, Susanna und Philipp über den Weg zu laufen. Sie war bereit, mehr noch: Sie wollte diese Begegnung. Es wurde Zeit, die Enttäuschungen zu überwinden und reinen Tisch zu machen. Auch und vor allem für ihren Sohn Victor. Seit Celia ihren einsamen Entschluss getroffen hatte, breitete sich zu ihrer Überraschung unbändige Freude in ihr aus. Vor ihrem inneren Auge zogen die Bilder ihrer Heimatstadt vorüber: die alten Gassen, der Marktplatz mit dem steinernen Roland, der hellgraue, lichte Himmel und die Weser, die seit Jahrhunderten die Handelsschiffe aus fernen Ländern brachte und wieder forttrug.
Doch ausgerechnet jetzt mussten die Regierungen die Welt in Brand stecken! Die Ermordung des österreichischen Thronfolgerpaars am achtundzwanzigsten Juni in Sarajevo, darin waren sich Celia, die Porimbas und die meisten Schausteller, die sie unterwegs trafen, einig, war ein vorgeschobener Grund, einen Krieg vom Zaun zu brechen. In Wahrheit ging es Kaiser Wilhelm dem Zweiten und seinen royalen Spießgesellen in Österreich-Ungarn wie Russland darum, von innenpolitischen Problemen abzulenken. Das Schlachtengetümmel würde die Angst der Regierungen vor dem organisierten Klassenkampf der Arbeiter ebenso übertönen wie die bange Frage der Landwirte, wer die Felder bestellen sollte, wenn die Jugend weiter so in die Städte drängte, und es würde die Wut des alten Mittelstands dämpfen, der sich von einer neuen, rücksichtslosen Generation um den Platz an der Sonne geprellt fühlte. So gesehen konnte

auch der so oft beschworene Blitzkrieg nichts als Propaganda sein.
Für Celia jedenfalls lag es auf der Hand: Je länger der Krieg dauern würde, umso weniger liefen die Regierungen Gefahr, von aufgebrachten Bürgern in die Wüste geschickt zu werden. Und würde erst einmal die letzte Granate ihr Ziel gefunden haben und ein Friedensschluss unvermeidlich sein, dann wären die Menschen auf Jahre beschäftigt, die Reparationen abzuleisten, ihre zerstörten Städte wieder aufzubauen, die Wirtschaft zu sanieren und der verletzten Natur ein wenig Ackerland abzubitten. Seit Anfang August, da die Kriegserklärungen zwischen Deutschland, Russland, Frankreich, Österreich und Großbritannien hin und her gegangen waren, hatten Celia und Kamir, Dariane und Anselm immer wieder erwogen, ihre Reise abzubrechen, aber da sich auf der Strecke von Venedig nach Nancy nichts Beängstigendes tat, blieb es bei dem Gedanken. Und nun war es nur mehr ein Katzensprung bis ins deutsche Metz und von dort in den Norden, nach Bremen.
Der Zug rollte durch das schattige Grün eines langgezogenen, dichten Waldes, verlangsamte sein Tempo und blieb schließlich auf offener Strecke stehen. Celia richtete sich auf und blickte aus dem Abteilfenster auf abweisende junge Männer in Feldgrau, die breitbeinig, das Gewehr im Anschlag, in Reih und Glied strammstanden. Das Spiel von eben wiederholte sich in deutscher Sprache. Wortfetzen hingen bedrohlich in der Luft. Zackig knallten Absätze, energische Schritte, gefolgt von wieselflinken, kamen näher. Kurz darauf wurde die Abteiltür aufgerissen.

Ein kräftiger, hochgewachsener Offizier und ein vor Angst erblasster Schaffner starrten Celia an, im selben Moment trat Kamir hinzu und erklärte, dass sie Schausteller und auf dem Weg nach Bremen seien.
»Und die Franzosen haben Sie einfach so fahren lassen?«
Der Offizier sprach leise, ohne eine Spur Aggressivität in der Stimme, doch der Blick aus veilchenblauen Augen, mit dem er sein gutaussehendes Gegenüber bedachte, mahnte zur Vorsicht. Celia witterte einen Hahnenkampf und lächelte den Mann so charmant wie möglich an.
»Ich glaube, unsere Erscheinung hat sie ein wenig verwirrt. Wir sind ja heimatlos, wenn Sie so wollen.« Sie vertiefte ihr Lächeln und richtete ihre Augen wie zwei jadegrüne Sonnen auf den Offizier. »Aber selbstverständlich besitzen wir Papiere. Wir sind Amerikaner.«
Der Offizier zeigte sich unbeeindruckt. »Wir könnten auch zu dem Schluss gelangen, Sie seien Spione …«
»Wir sind Fahrende. Sie sehen es doch an der Fracht!«
»Von Übersee?«
Celia blieb freundlich: »Wir sind seit einigen Jahren in Europa unterwegs. Uns gehören unter anderem die sieben Weltwunder. Sie wissen schon, dieses Jahrmarktvergnügen, das Kinder wie Erwachsene auf eine Zeitreise schickt. Sie bekommen ein Kostüm und eine Perücke und eine kleine spaßige Einführung in Sitten und Gebräuche, so dass sie sich fühlen, als hätten sie damals gelebt. Und dann müssen sie Abenteuer bestehen! In den Gärten der Semiramis fliegen sie an Lianen durch die Lüfte und dem Koloss von Rhodos tanzen sie buchstäblich auf der Nase herum, aber nur dann, wenn es ihnen

gelingt, das Labyrinth in seinem Innern zu durchdringen. Das kommt sehr gut an.« Sie strahlte den Offizier an, der jedoch keine Miene verzog.
»Sie sehen nicht aus wie eine Schaustellerin.«
Celia bedachte ihn mit einem halb belustigten, halb koketten Blick. »Wie muss man denn Ihrer Meinung nach aussehen, wenn man ein Unternehmen betreibt, dessen einziges Ziel es ist, Menschen auf dem ganzen Kontinent auf angenehme Weise die Zeit zu vertreiben?«
»Sie sprechen akzentfrei Deutsch.«
»Ich stamme aus Bremen.«
»Und wohin wollen Sie?«
Celia unterdrückte einen ungeduldigen Seufzer. »Nach Bremen. Zum Freimarkt.«
Sie hielt inne. Das Reich befand sich im Krieg, und sie dachte nur ans Vergnügen. Auf einen deutschen Offizier musste das so wirken, als sei sie nicht ganz bei Verstand oder nehme ihn auf den Arm. Doch die veilchenblauen Augen verrieten nichts.
»Ist das Ihr Sohn?«, fragte der Offizier plötzlich und deutete aus dem Fenster auf Victor, der, achtjährig und blondlockig, vor den Soldaten auf und ab schlenderte.
»Nein, er gehört zu mir«, sagte Kamir schnell, und Celia begriff, dass er Victor schützen wollte, falls dem Offizier einfiele, Celia als ehemals Deutsche Schwierigkeiten zu bereiten. Als geborener Amerikaner glaubte er weniger zu befürchten zu haben. Eine Welle der Dankbarkeit flutete ihr Herz.
»Und wo ist die Mutter?«
Kamir hob die Hände und gab sich so zerknirscht wie draufgängerisch, scheinbar auf das Verständnis zählend,

das der Mann dem Mann seit Anbeginn der Zeiten entgegenbringt. »Nun ja …«
»Das ist, müssen Sie zugeben, sehr verworren«, hielt ihm der Offizier entgegen. Er dachte einen Moment nach, dann beschied er Celia und Kamir: »Ich fürchte, Sie werden Ihre Reise erst fortsetzen, wenn der Sachverhalt geklärt ist.«
Celia fuhr hoch. »Und wo sollen wir mit dem Gepäck und dem Fahrgeschäft bleiben?«
»Um unnötiges Aufsehen im Lager der Soldaten zu vermeiden, werden Sie auf einem Bauernhof in der Nähe untergebracht«, erwiderte der Offizier. Seine Mundwinkel zuckten. Statt ihm, wie es ihr lieber gewesen wäre, in den Magen zu treten, rang Celia sich den letzten Rest Freundlichkeit ab, den sie noch aufzubringen vermochte. »Darf ich meine Familie benachrichtigen?« Valentina musste es erfahren, weil sie sich sorgen würde, wenn sie nichts von ihnen hörte, und Florian und Bente, die in Bremen auf sie warteten, ebenfalls. Lieber Gott, was für ein Theater!

Drei Stunden waren die deutschen Soldaten damit beschäftigt, die vier Waggons mit den Einzelteilen des Kolosses von Rhodos vom Rest des Zuges abzukoppeln, auf ein Nebengleis zu manövrieren und zur Tarnung mit eilends abgesägten Tannenzweigen zu bedecken. Gegen Abend führte der Offizier, vier Männer im Gefolge, die fünf über schattige Waldpfade und ein kurzes Stück Straße an einem Maisfeld vorbei. Nach zehn Minuten erreichten sie einen strahlend weißen, mit roten Schindeln gedeckten Hof. Das langgestreckte Wohnhaus, ein

angrenzender Stall und eine etwas weiter entfernte Scheune schmiegten sich an einen bescheidenen Hügel, der hoch genug war, dass man sich beschützt fühlen durfte vor Stürmen aus dem Norden und dem gefürchteten Hochwasser der nahen Mosel. Links von den Gebäuden ergossen sich Koppeln und Felder in die weite Landschaft südlich von Pont-à-Moussons. In der Ferne verklang das Stampfen des Zuges, den Celia und die Ihren hatten verlassen müssen unter den missbilligenden Blicken der anderen Passagiere, die die Schausteller für die Verzögerung der Fahrt verantwortlich machten.
Mit gerunzelter Stirn, die Fäuste in die Hüften gestemmt, sah Celia sich um. Nur zwei gefleckte Ponys hatten ihre Ankunft wahrgenommen; neugierig kamen sie über die Koppel herbeigetrabt und äugten zu ihnen hinüber.
»Was zum Teufel sollen wir hier bloß?«, zischte Celia Kamir zu, der ihr bedeutete, den Mund zu halten.
Eilig schritt der Offizier auf das Haus zu, trat ein und kehrte nach einigen Minuten an der Seite der Bauersleute zurück.
»Meine Eltern. Jacques und Annemarie Leneur«, sagte er kurz angebunden. »Sie sind Kummer gewöhnt.« Er unterdrückte ein Lächeln, tippte sich an die Stirn und ließ sie alle miteinander stehen.
»Wir hatten bereits eine spanische Sopranistin zu Gast und zwei russische Tänzer«, sagte Annemarie und bedachte ihren davoneilenden Sohn mit einem nachsichtigen Blick. »Und einen Italiener mit einem sehr kleinen Gehilfen und einem seltsamen Tier, das uns ganz verrückt machte.«
»Cyrus!«, rief Celia aus.

»So hieß der Gehilfe«, erwiderte Jacques freudig überrascht. Sein von vielen Falten durchzogenes Gesicht hellte sich auf. »Die Kinder hatten viel Freude mit dem Tier. Es kann boxen. Leider hat Pierre-Uwe die drei vorgestern schon wieder abgeholt. Wenn sie unterwegs niemand einkassiert hat, sind sie wohl schon in …«, er zögerte und wandte sich seiner Frau zu. »Wo wollten sie hin?«
Annemarie zuckte mit den Schultern. »In den Norden.«
»Nach Bremen?«, fragte Celia.
»Ja, genau, das war es.« Madame Leneur musterte Celia neugierig. »Sie kennen Cyrus?«
Celia nickte und überschlug, wann sie Angelo, das Känguru Dolores und Cyrus, der damals zu Satyrs Truppe gehört hatte, zuletzt gesehen hatte. »Es muss an die fünfundzwanzig Jahre her sein«, sagte sie gedehnt, während die Bilder klar und lebendig vor ihrem inneren Auge aufstiegen. »In München auf der Theresienwiese, Dolores war mal wieder ausgebüxt …«
Jacques grinste und vollführte eine einladende Handbewegung. »Das verspricht, eine amüsante Erzählung zu werden! Kommen Sie nur herein. Meine Frau hat gerade Brioches aus dem Ofen geholt, und die werden wir uns jetzt schmecken lassen.«
Angenehm überrascht von der unvermittelten Herzlichkeit der Bauersleute folgten Celia und ihre Familie ihnen in die großzügige Küche, die den Mittelpunkt des Gebäudes zu bilden schien. Sie nahmen um einen mit vielen Kerben und von einem sehr aktiven Holzwurm mit etlichen Gängen versehenen dunkelhölzernen Tisch Platz. Es roch nach Tabak, geräuchertem Schinken und fri-

schem Gebäck. Während Annemarie Kaffee aufbrühte, versicherte Jacques mit feierlicher Miene, dass sie hier, auf seinem Grund und Boden, willkommen seien, ganz gleich, welcher Nation sie angehörten. »So ist es Tradition bei den Leneurs«, meinte er. »Man wird so, wenn der eigene Flecken Erde mal zu Frankreich gehört, dann wieder zu Deutschland und das Blut der Familie so deutsch wie französisch ist. Wir haben irgendwann aufgehört, einer Seite zuzujubeln, denn wer weiß, welchem Herrn wir morgen dienen sollen.« Ein feines Lächeln umspielte seine Lippen. »Für Pierre-Uwe ist es zurzeit allerdings etwas schwierig. Er ist kurz davor, die Nerven zu verlieren.«

Es stellte sich heraus, dass ihr Sohn, vom Charakter her eher dem Teutonischen zugeneigt, sich am ersten August freudig in die Arme der Armee Kaiser Wilhelms des Zweiten geworfen und mit einer Handvoll ihm unterstellter Kameraden zur Sicherung der Bahnlinie abkommandiert worden war, die unweit seines Elternhauses verlief und von Süden kommend nach Metz führte. Die Enttäuschung über die wenig ruhmreiche Stellung spaltete jedoch sein Herz, was in der Praxis zu ambivalenten Ergebnissen führte: Der Deutsche in ihm schaffte es nicht, verdächtige Personen ungehindert ziehen zu lassen; sein französisches Blut wiederum lechzte nach Widerstand.

Also ernannte Leutnant Pierre-Uwe Leneur (was die Deutschen wie Gemäuer nur mit L am Anfang aussprachen) das Eiland gelebter Synthese seiner Eltern zur Wartestation für schräge Vögel aller Art. Jacques und Annemarie hatten rasch Gefallen an ihren Gästen gefunden, weil sie das Leben auf dem Hof verzauberten, indem sie sangen und tanzten und Kunststücke vollführten. Nur die Frage, wie lange Pierre-Uwes eigenwillige Handhabung der Befehle noch ohne Folgen bleiben würde, bereitete ihnen Sorgen.

Seine Schwester Corinne indes, eine Mittzwanzigerin mit griechischem Profil und der Andeutung eines Buckels über dem rechten Schulterblatt, fand es unzumutbar, ihr Elternhaus andauernd mit Fremden zu teilen, denen man nicht über den Weg trauen konnte. Ostentativ ergriff sie Partei für Frankreich, redete mit Celia und den Ihren kein Wort Deutsch und ignorierte sie so gut es ging.

Immerhin durften ihre Kinder, die acht- und neunjährigen Söhne Guy und Jolibert und ein sechsjähriges, kräftiges Mädchen namens Aurelie mit Victor spielen und ihn an ihren Aufgaben teilhaben lassen. Gemeinsam fütterten sie die braun gesprenkelten Hühner und die weißen Ziegen, die, zutraulich wie junge Hunde, ihre weichen Nasen an sommerwarmer Kinderhaut rieben, hängten die Felle geschlachteter Kaninchen zum Trocknen auf, ritten auf den Ponys, sammelten Johannisbeeren und ließen sich den sanften Hügel hinabrollen, um taumelnd und glücklich auf einem kleinen Stück Wiese zwischen einem großen Gemüsebeet und dem Wohnhaus zu landen.

Am zweiten Tag ihrer Ankunft hockte Celia, den Blicken der Kinder verborgen, im Gemüsebeet, sog den Duft der hochgeschossenen Tomatenstauden ein, wühlte Kartoffeln aus der Erde und zupfte Basilikumblätter und Rosmarin fürs Abendessen. Die einfache Arbeit drängte die Frage, ob, wann und wie sie ihre Reise würden fortsetzen können, in den Hintergrund.

»Hast du keine Geschwister?« Aurelies helle Stimme war weithin zu hören.

»Doch, aber sie leben in Amerika.«

»Warum sind sie nicht bei deiner Maman und deinem Papa?«

»Sie sind bei ihrem Vater, aber er ist nicht meiner.«

Stille.

Nach einer Weile sagte Aurelie: »Ihr Vater sieht bestimmt nicht so schön aus wie deiner. Er ist ganz bestimmt ein Engel.«

»Du meinst Kamir.«

»Ist er denn nicht dein Vater?«

»Hmhm. Ich wünschte, er wär's.«

Kurze Pause. Dann: »Weißt du denn nicht, wer dein Vater ist?«

»Meine Mutter sagt, ich lerne ihn bald kennen.«

Wieder Stille. Schließlich Joliberts taktvolle Hilfe: »Wollen wir noch mal rollen? Wer zuerst unten ist!« Schritte entfernten sich, Zurufe und Lachen verklangen wie das ferne Echo einer anderen Zeit.

Rasch drückte Celia Daumen und Zeigefinger auf die Innenwinkel ihrer Augen, um ihre Beklommenheit zu bannen. Als sie sich gefasst hatte und den Blick hob, bemerkte sie Corinne, die wie aus dem Boden gewachsen plötzlich neben dem Gemüsebeet aufgetaucht war, einen Wäschekorb in Händen und misstrauisches Interesse in den trüffelbraunen Augen. »Was ist mit Ihren Kindern?« Es war das erste Mal, dass sie das Wort an Celia richtete.

»Annabelle und Paul«, erwiderte Celia mehr für sich als für Corinne, froh, dass die Verzweiflung und die nagenden Schuldgefühle inzwischen einer zaghaften Hoffnung gewichen waren, dass auch diese Erfahrung, so bitter sie auch sein mochte, einem höheren Sinn diente – wie alles im Leben. Genährt wurde Celias neue Zuversicht durch die burleske Weise, wie sich die Dinge entwickelt hatten.

Gladys, die treue Seele, hatte ungeachtet der Angst, ihre Stellung zu verlieren, jeden Tag in Pauls Arbeitszimmer und der angrenzenden Bibliothek herumgeschnüffelt, jedes Buch geschüttelt, jede Schublade umgedreht, hinter jedes Bild geschaut und den Inhalt des Papierkorbs – Lesen konnte das Hausmädchen schließlich nicht – gewissenhaft zu Jennifer Warren getragen. 1908, ein Jahr nach Celias Abreise, zeitigte Gladys' Beharrlichkeit Erfolg. Paul war unvorsichtig geworden. Mit einem zerknitterten Kuvert in der Hand war Gladys zur Nachbarin gelaufen, die den Absender entzifferte: Direktor D. D. Fairbanks, Private Education, Boston, Delayny Road. Ein piekfeines Institut für höhere Töchter in der Hauptstadt Massachusetts, das zu den neuenglischen Bundesstaaten zählte. Da Celia keine Adresse hinterlassen hatte, hatte Jennifer den vielversprechenden Fund Alexander zugespielt, der ihn umgehend nach Montelliani zu Valentinas Händen sandte.

»Das Gericht hatte mir zwar den Kontakt zu meinen Kindern untersagt, aber jetzt, da ich wenigstens wusste, wo er meine Tochter versteckt hielt, schrieb ich Annabelle sofort«, sagte Celia, die eine seltsame Erleichterung verspürte, dieser fremden, unnahbaren Frau zu erzählen, was sich zugetragen hatte. »Die Antwort kam postwendend. Der Rektor teilte mir mit, ausschließlich Mr. Osborne dürfe Annabelle schreiben und besuchen, und ich solle nicht auf die Idee verfallen, mich als jemand anderes auszugeben, er besäße Schriftproben sowie ein Gemälde von mir. Paul hatte wirklich an alles gedacht.«

Als Celia Jennifer schrieb, wie die Sache stand, platzte der gepflegten honigfarbenen New Yorker Gesellschaftsdame der Kragen. Sie reiste nach Boston zu ihrer Freundin Emma, Mrs. Francis Folder-Blake, die unlängst vom schillernden Manhattan in die sittenstrengere Hafenstadt übersiedeln hatte müssen, weil ihr Gatte, der Eisenbahn-Tycoon, es auf seine alten Tage wieder ein wenig beschaulicher haben wollte. Da Emma einen Sinn für intelligente Scherze besaß und sich überdies tödlich langweilte, kam ihr Jennifers Kreuzzug gerade recht. Am nächsten Tag marschierten die beiden Frauen in die Schule ein. Emma machte dem Direktor weis, sie sei auf der Suche nach einem geeigneten Institut für die Tochter ihrer Cousine Maud Adams, gespielt von Jennifer (schließlich war damit zu rechnen, dass Paul dem Direktor eine schwarze Liste mit unerwünschten Besuchern diktiert hatte, und Jennifer Warren zählte gewiss dazu). Plaudernd streiften die Damen mit dem überraschten D. D. Fairbanks übers Gelände, inspizierten die Klassenzimmer und ließen sich die Lehrerinnen vorstellen.

Im Musikzimmer schließlich trafen sich Jennifers und Annabelles Blicke. Geistesgegenwärtig tat die damals Achtjährige, als werde ihr übel, und stürzte mit vor den Mund gepressten Händen in den Flur und auf die Toilet-

te. Mit dem Ausruf »Ich bin Ärztin!« rannte Jennifer ihr nach, während Mrs. Francis Folder-Blake die Lehrerin und den Rektor in Schach hielt. Nach einer Viertelstunde kehrte die Schülerin Osborne mit glänzenden Augen und geröteten Wangen auf ihren Platz am Fenster zurück; das gefaltete Blatt Papier unter ihrer Bluse verursachte keinerlei verdächtiges Geräusch. Die Damen setzten ihren Rundgang mit D. D. Fairbanks fort und verabschiedeten sich alsbald.
Zwei Tage später erhielt Mrs. Francis Folder-Blake den ersten Brief von Annabelle, den sie umgehend nach Italien sandte und den Valentina, stets im Bilde, wo Celia und die Porimbas gastierten, entsprechend weiterleitete. Celia ihrerseits übte so lange, bis sie Pauls Schrift täuschend echt nachmachen und Annabelle antworten konnte. Die Blockade war gebrochen, die Briefverbindung stand. D. D. Fairbanks fragte sich zwar gelegentlich, warum die kleine Osborne der großen Bostoner Lady regelmäßig schrieb, und wie ein vielbeschäftigter Wall-Street-Bankier Zeit und Muße finden konnte, seinem Töchterchen so oft so dicke Briefe zu senden, schöpfte darüber hinaus aber keinen Verdacht. Nur Paul junior ahnte nicht, dass seine Mutter und seine Schwester einen Weg gefunden hatten, miteinander in Verbindung zu bleiben. Annabelle wagte es nicht, ihren Bruder einzuweihen. »Er ist noch zu dumm«, schrieb sie ihrer Mutter, »und er glaubt, Männer müssten zusammenhalten, weshalb er es womöglich fertigbrächte, Dad unser Geheimnis zu verraten. Nächstes Jahr kommt er in die Schule, vielleicht bringt ihn das zu Verstand.« Aber dem war offensichtlich nicht so. Nachdem Paul junior einige

Monate im benachbarten Internat für Jungen verbracht hatte, berichtete Annabelle, ihr Bruder habe nur mehr Dressurreiten und Kricket im Kopf und entwickle sich zu einem »neuenglischen Snob«. Dabei war es geblieben. Noch etliche Male hatte Celia Paul geschrieben und ihn inständig gebeten, ihr das Umgangsrecht zu gestatten, doch er hielt es nicht einmal für nötig, ihr zu antworten.

»Jede andere Mutter wäre wohl in Amerika geblieben und hätte versucht, ihre Kinder zu sehen, wenigstens ab und zu«, stellte Corinne fest, erstaunlicherweise ohne jeden Vorwurf in der Stimme, dennoch fühlte Celia sich in der Defensive.

»Ich wollte keinen Keil zwischen sie und ihren Vater und dieses Leben, das er ihnen ermöglichte, treiben«, entgegnete sie. »Außerdem wollte ich mein Leben nicht damit zubringen, um meine Kinder zu kreisen. Das ist egoistisch, aber so ist es nun einmal.«

»Und Victor?«

»Ich bin auf dem Weg zu seinem Vater.«

Corinne nickte. »Alles ist besser als herumzusitzen und auf das Wunder zu warten, das doch niemals eintritt.« Ohne ein weiteres Wort schnappte sie sich den Wäschekorb und begann mit energischen, fast ärgerlichen Bewegungen Hemden und Hosen aufzuhängen. Celia nahm die Schale mit den Kartoffeln und den Kräutern und ging ins Haus.

Jeden Tag spazierten Kamir und Celia durch den Wald, der sich zaghaft in den rotgoldenen Tönen des nahenden Herbstes zu zeigen begann, zu dem Militärposten, um sich nach dem Stand der Dinge zu erkundigen. Doch jeden Tag schüttelte Pierre-Uwe bedauernd den Kopf. Man hatte in Deutschland Wichtigeres zu entscheiden als die Frage, wohin mit einem Haufen gestrandeter Schausteller. Die Westfront, siebenhundertfünfzig Kilometer lang vom Ärmelkanal bis an die Schweizer Grenze, musste in Bewegung gebracht werden, wollte man einen Stellungskrieg vermeiden, der sich, da es den deutschen Truppen in der Schlacht vor Lunéville nicht gelungen war, den französischen Nordarmeen in den Rücken zu fallen, auch für die hügelige Ebene Lothringens nicht abwenden ließ. Der Krieg hatte gerade begonnen, noch galt es als ehrenhaft, Teil dieses Wahnsinns zu sein. Später, viel später erst würde man fassungslos die Toten zählen und den Überlebenden Respekt zollen, die es wagten, zu sagen, wie es wirklich gewesen war, wie sie in schlammigen, von Urin und Kot starrenden Schützengräben gehockt hatten und, als der Nachschub nicht ausreichte, Ratten fressen und ihre Todesangst hinunterschlucken mussten.

Manchmal trug der Nordwind das dumpfe Geräusch einschlagender Granaten über den Hügel zu dem einsamen Gehöft, und dann kreuzten sich für einen Moment die angstgeweiteten Blicke der Erwachsenen, aber in stillem Einvernehmen gingen sie darüber hinweg und widmeten sich dem Tagesgeschäft. In aller Herrgottsfrühe aufstehen, die Tiere füttern, Wäsche waschen, auf dem Feld arbeiten, Karten spielen, Essen kochen, mit zwei, drei Gläschen Rotwein angenehme Trägheit in die Glieder trinken und einem neuen Tag entgegenschlafen.

So beschaulich das Leben auf dem Hof auch sein mochte, täuschte es Celia nicht darüber hinweg, dass sie nicht freiwillig hier waren, dass sie nicht kurzerhand entscheiden durften, einfach umzukehren, zurückzureisen nach Montelliani oder wohin ihr Herz sie trug, sondern festsaßen und auf Gedeih und Verderb einem Offizier mit zerrütteten Nerven ausgeliefert waren. Insgeheim hatte Celia Pierre-Uwe in Verdacht, ihre Weiterfahrt absichtlich hinauszuzögern, weil seine Eltern so angetan von ihrer Gesellschaft waren und überdies ihre tatkräftige Hilfe willkommen war, gerade jetzt, da das Heu eingebracht und Mais und Roggen geerntet werden mussten. Aber eines Tages erschien Pierre-Uwe kurz vor dem Abendessen mit gewichtiger Miene auf dem Hof, marschierte in die Küche und schmetterte Celia, seiner Schwester und Mutter die frohe Botschaft entgegen, die Kommandantur in Metz habe die Papiere geprüft und in Aussicht gestellt, die Familie in Kürze ziehen zu lassen.

»Und was heißt das genau?«, fragte Celia kühl. Sie hatte es satt, sich von diesem verhinderten Widerständler hinhalten zu lassen, was die Möhren, die sie gerade mit einer Bürste bearbeitete, zu spüren bekamen.

Verlegen kratzte Pierre-Uwe sich an der Schläfe. »Wir müssen in der Tat noch auf einen geeigneten Zug warten, der Ihre Waggons in Schlepp nehmen kann, das kann natürlich ein wenig dauern.« Er fingerte ein schmales Blatt Papier aus seiner Uniform und hielt es Celia hin. »Dieses Telegramm ist vorhin für Sie eingetroffen, Frau Osborne.«

Celia wischte sich die Hände an der Schürze ab und riss das graue Kuvert auf.

Rasch überflog sie die Zeilen. »Großmutters Karten zeigen Reiter, Sarg und Herz – Stopp – frag Dariane – Stopp

– ich halte nichts davon – Stopp – muss aber zugeben, dass da oben jemand Hand im Spiel hat – Stopp – Philipp schwer verletzt in Lazarett in Metz – Stopp – Lebensgefahr – Stopp – überleg was du tust! Mutter«
Schlagartig wurde Celias Mund trocken, ihr Herz lag schwer wie ein Stück Blei in der Brust. »Wann können wir abreisen?«
»Nun, zunächst einmal müssen wir auf den endgültigen Befehl warten«, entgegnete Pierre-Uwe. »Morgen, aber wahrscheinlich erst übermorgen …«
»Ich muss nach Metz. Und zwar so schnell wie möglich.« Sie stand auf, den Blick unverwandt auf Pierre-Uwe gerichtet. Wie zwei Duellanten standen sie sich gegenüber. Unterdessen waren die Porimbas in die Küche gekommen; Dariane trug einen Stapel zusammengelegter Laken, Anselm, eine Kiepe mit Kartoffeln auf dem Rücken, pfiff so fröhlich wie falsch Mozarts *Eine kleine Nachtmusik* vor sich hin. Kamir alberte mit Victor herum, der auf seinem Rücken klebte wie ein junger Schimpanse. Sie verstummten, als sie sich der angespannten Atmosphäre gewahr wurden.
»Was immer Sie in Metz wollen, muss warten«, versetzte Pierre-Uwe. Sein Ton ließ keinen Zweifel aufkommen, dass auch seine Geduld Grenzen hatte.
»Wie wäre es denn mit einem Passierschein?«, schaltete Corinne sich ein. »Du bist Leutnant, Bruder, für irgendetwas muss dein Rang doch gut sein, meinst du nicht?«
»Ich würde in Teufels Küche geraten, wenn ich gegen den ausdrücklichen Befehl handelte.«
»Ach, plötzlich«, brummte Jacques, und sein Sohn funkelte ihn an.

»Und ihr dazu!«, rief er aus.
Corinne schnaubte. »Als ob wir das nicht schon längst wären …«
Pierre-Uwe starrte seine Schwester an, murmelte an seine Mutter gewandt eine Entschuldigung und ging hinaus. Annemarie entfuhr ein Seufzer.
»Was willst du in Metz?«, fragte Anselm verblüfft.
»Mutter hat telegraphiert, dass ein alter Freund aus Bremen verwundet im Lazarett liegt«, erwiderte Celia knapp. »Ich will ihn besuchen.« Ihre Stimme klang fest, nur ein leises Flackern in den olivgrünen Augen verriet, wie aufgewühlt sie war. Doch hier, in der Küche der Leneurs, vor den Augen und Ohren dieser Fremden, machte kein Osborne Anstalten, darauf einzugehen, was bei Pierre-Uwes Familie den Eindruck erweckte, die Sache selbst in die Hand nehmen zu müssen.
Annemaries Augen suchten die ihrer Tochter, und als sie darin las, was sie gehofft hatte, nickte sie. »Es gibt da eine Möglichkeit …«, begann sie und hob den Kopf, eine Dirigentin, die einer Solistin den Takt ihres Einsatzes bedeutet. Ihre Tochter fiel ein, als hätten sie es schon viele Male so gemacht.
»Ich bringe Sie nach Metz«, sagte Corinne. »Wir brechen vor der Morgendämmerung auf. Ich kenne ein paar nette Abkürzungen jenseits der Straße.« Ihr Mund verzog sich zu einem breiten Lächeln. »Abends sind wir zurück. Kein Mensch wird Wind davon bekommen.«
»Wir begleiten euch«, sagte Anselm, »auf Schleichwege verstehen wir uns.«
Kamir nickte, aber Corinne schüttelte den Kopf.
»Wir gehen allein. Je weniger wir sind, umso besser.

Außerdem ist es glaubwürdiger, wenn ihr so tut, als hätten Celia und ich beim Pilzesuchen die Zeit vertrödelt. Ich meine nur, falls Pierre-Uwe morgen hier auftaucht.« Kamirs freundliche Katzenaugen suchten Celias Blick, aber sie wich ihnen aus.

Plötzlich klatschte Annemarie in die Hände und verkündete betont fröhlich: »So, für heute ist es genug an bedeutsamen Ereignissen. Lasst uns essen!« Sie stellte die Schüssel mit den zur Hälfte geputzten Möhren beiseite, stand auf und öffnete die Ofenklappe. Der betörende Duft von in Rotwein geschmortem Hühnchen drängte das Ungesagte und Ungefragte für den Moment beiseite.

Nach dem Essen half Celia, das Geschirr abzuspülen. Sie trödelte herum, putzte hier und wischte dort, bis Annemarie ihr belustigt Tuch und Bürste aus der Hand nahm. »Immer diese deutsche Gründlichkeit«, meinte sie lächelnd. »Geh hinaus und trink einen Wein und sieh dir die Sterne an! Na los!«

Folgsam verließ Celia die aufgeheizte Küche, trat vors Haus und blickte in den weit gespannten, mitternachtsblauen Himmel, an dem drei helle Sterne das funkelnde Geschmeide im Gehörn des Sternbilds Widder bildeten: Hamal, Sheratan und Mesarthim. Wer unter diesem Stern geboren war, besaß Mut und hielt sich selten mit zögerlichen Gedanken auf. Ihr Vater hatte Celia einst mit anschaulichen Geschichten nahegebracht, wie die Sterne dem Kundigen den Charakter eines Menschen offenbaren, aber auch, wie sie den richtigen Weg in dunkler Nacht weisen. Gedankenverloren folgte sie dem glitzernden Pfad in die Unendlichkeit und spürte dankbar, wie ihre aufgewühlten Gefühle sich ein wenig beruhigten.

Lautlos wie ein Schatten tauchte Kamir neben ihr auf, und Celia fuhr zusammen. »Du hast das hier in der Küche liegenlassen«, sagte er und hielt ihr das Telegramm hin. Sie nahm es und steckte es in ihre Rocktasche.

»Großmutter sagt, ich soll Dariane fragen, was der Reiter, der Sarg und das Herz zu bedeuten haben«, sagte sie, um die Stille zu durchbrechen, die sich zwischen sie legte und die nichts mit der Stille, die sie häufig teilten, gemein hatte. Diese Stille fühlte sich hart an, trennte statt zu verbinden.

»Das ist keine hohe Kunst«, erwiderte Kamir ruhig. »Der Reiter steht für eine Nachricht, der Sarg für die Loslösung von etwas und das Herz … Wenn alle drei Karten zusammengezogen werden, sagen sie dir, dass eintritt, was du dir schon lange wünschst – wenngleich das, was wir uns wünschen, nicht immer identisch ist mit dem, was unser Herz sich erhofft.«

Celia biss sich auf die Lippen.

»Es ist der Vater von Victor, den du besuchen willst, nicht wahr?« Kamirs Stimme klang sanft wie ein Streicheln, ohne Vorwurf, dennoch entging Celia der feine Unterton nicht. Enttäuschung schwang darin und ein leiser Anflug von Trotz. Celia entschloss sich, nicht darauf einzugehen. Irgendwann im Verlauf der letzten Jahre hatten ihre Körper zusammengefunden wie ihre Seelen, ebenso selbstverständlich und natürlich; sie schliefen miteinander wie sie atmeten, miteinander aßen und tranken und lachten und das Lager aufbauten. Nie hatten sie das Wort Liebe in den Mund genommen, noch sich veranlasst gesehen, die gegenseitige Anziehung mit Ringen und offiziellen Treueschwüren zu legitimieren, gleichwohl war Kamir ihr so vertraut wie ein zweites Ich, er wusste, was sie dachte und empfand, und er vermochte direkt in ihr Innerstes zu sehen, so wie sie in das seine. Jetzt schien der Zugang verschlossen.

»Ich freue mich für dich, Celia«, sagte er förmlich, »und für mich wird es nun Zeit, Abschied zu nehmen. Wenn du aus Metz zurück bist, reise ich ab.«

»Aber ich brauche dich doch!«, protestierte Celia matt, und wusste, wie kindisch und egoistisch das in Kamirs Ohren klingen musste.

»Du brauchst Männer mit breiten Schultern und starken Muskeln, die dir deine Fahrgeschäfte aufbauen«, erwiderte er mit mildem Spott, »ansonsten bist du dir selbst genug, Celia. Ich habe das immer respektiert, mehr noch, ich bewundere deine Kraft und deine Unabhängigkeit.«

»Deswegen verlässt du mich jetzt auch«, gab sie zurück.

»Ich gehe fort, weil du den Mann deines Lebens wiedergefunden hast«, entgegnete Kamir ruhig. Er hob die Hand und strich Celia eine widerspenstige Locke aus der Stirn, so wie er es immer getan hatte, unendlich behutsam, als streifte sie ein Engelsflügel. Tränen schossen ihr in die Augen; Worte drängten auf die Lippen, aber sie brachte keinen Ton hervor. »Pass auf dich auf«, fügte er hinzu und ließ sie allein. Seine Schritte verklangen. Einen Moment lang atmete Celia in die Dunkelheit, zerrissen von widerstreitenden Gefühlen. Dann wischte sie die Tränen mit einer resoluten Geste fort.

Er hat ja recht, sagte sie sich. Morgen sehe ich Philipp wieder. Und bei Gott – ich hole ihn mir zurück.

Celia legte den Kopf in den Nacken. Unmerklich hatte der Wind gedreht und brachte den Geruch feuchter Erde mit sich; ein Wolkenband schob von Norden heran und entzog die Sterne des Widders ihren forschenden Blicken.

Dichtes Moos dämpfte ihre Schritte, Morgennebel hüllte die dunkel gekleideten Gestalten in weiches, transparentes Grau. Um halb fünf hatten Corinne und Celia das Gehöft verlassen und waren, nachdem sie das kurze Stück offener Straße vom Hügel hinunter zum Waldrand hinter sich gelassen hatten, eingetaucht in den nahen Kiefernhain und von dort am rechten Ufer der Mosel entlanggeschlichen, der Dämmerung entgegen. Sie gingen hintereinander, die Röcke in Hüfthöhe zusammengeknotet, dicke Strümpfe bis über die Knie gezogen, die Haare unter Kopftüchern verborgen. Corinne voran, lautlos, wachsam und geschmeidig. Ab und an hielt sie inne, lauschte in die wispernde Stille und bedeutete Celia, stehen zu bleiben. Zwar befanden sie sich auf deutscher Seite, doch da die Westfront nur ein Stück weiter nordwestlich, zwischen Pont-à-Moussons und Vandières, den Fluss querte, war besondere Vorsicht geboten. Sie waren vielleicht eine Stunde unterwegs, als Corinne plötzlich in die Luft witterte, Celia blitzschnell am Arm packte, die Böschung hinauf- und zu Boden zerrte. Eine Ewigkeit lang atmete Celia den modrig-feuchten Geruch nach Erde ein, bis sich der Grund für Corinnes Attacke näherte – das leise Schmatzen sanfter Wellen, die an Holz leckten. Celia hob den Kopf und erkannte die Umrisse eines treibenden Bootes. »Ein alter Trick, um herauszufinden, wo der Feind lauert«, flüsterte Corinne. »Sobald geschossen wird, weiß die Gegenseite Bescheid. Aber die Deutschen sind nicht dumm. Ich wette meinen Buckel, dass sie dieses Boot ziehen lassen.« Sie legte den Finger auf die Lippen und horchte, aber nichts tat sich. Nach einer Weile richtete sie sich mit einem unterdrückten Stöhnen auf und fegte Erde und Blätter von Wollrock und Umhang. »Sind Sie in Ordnung?«, fragte sie, und als Celia nickte, setzte sie hinzu: »Ich befürchte, wir sind dem gefährlichen Gebiet näher, als ich dachte, deshalb schlagen wir jetzt einen Haken und halten uns nach Nordosten. Der Pfad ist sehr steinig und an manchen Stellen steil, aber sicherer als zwischen die Linien zu geraten ist er allemal.«

Corinnes souveräne Selbstsicherheit ließ keinen Zweifel aufkommen, dass das waghalsige Unternehmen gelingen würde, und obschon Celia das Herz bis zum Hals schlug und die Stimme ihres Verstands nicht verstummte, sie vertraue blindlings einer Fremden, die ebenso gut Partisanin sein und sie ins Verderben locken könnte, kletterte Celia folgsam über Felsen, riss sich den Rock an dornigem Gestrüpp auf und kämpfte sich schwitzend durch knietiefen Morast. Nach drei Stunden hatten sie es geschafft. Im fahlen Glanz zaghafter Sonnenstrahlen leuchtete ihnen die gewaltige Kathedrale Saint-Étienne von weithin entgegen.

In den Straßen von Metz begegneten ihnen so viele deutsche Soldaten, dass es Celia fast übel wurde vor Angst, aber niemand schien sie zu beachten. Nachdem sie eine Zeitlang vergeblich nach einem Lazarett oder einem Rotkreuzwagen Ausschau gehalten hatten, erkundigte

sich Corinne bei einer jungen Frau, und während sie in die angezeigte Richtung liefen, fragte Celia: »Warum tun Sie das eigentlich für mich?«
Corinne zuckte mit der gesunden Schulter. »Wenn eine Frau bereit ist, jedes Risiko einzugehen, um einen alten Freund zu sehen, muss der alte Freund mehr sein als das. Viel mehr. Mein Instinkt sagt mir, dass es sich um Victors Vater handelt. Habe ich recht?« Als Celia stumm nickte, fuhr Corinne fort: »Sehen Sie, ich helfe Ihnen, weil es mir ein gutes Gefühl gibt, so, als könne ich wieder daran glauben, dass es auch glücklich ausgehen kann mit der Liebe.« Sie grinste schief und machte eine wegwerfende Handbewegung. »Er war nett zu mir, aber nach drei Kindern könne er den Anblick meines Buckels nicht mehr ertragen, sagte er. Eines Tages ist er einfach nicht mehr nach Hause gekommen. Und seitdem warte ich auf ihn.« Ihr Kopf ruckte nach vorn. »Da vorne ist es. Gehen Sie.«

Der Geruch von Blut und Eiter nahm Celia den Atem. Sie musste sich zwingen, einen Fuß vor den anderen zu setzen, um an den Pritschen vorüberzugehen, einem verwundeten, entstellten, verstümmelten Soldaten nach dem anderen ins Gesicht zu schauen und darin Schmerz, Hoffnungslosigkeit und Todesangst zu finden, die diejenigen, die dieses Inferno überlebten, ein Leben lang maskiert als Depression, Sucht und Gewalttätigkeit begleiten sollte.
Die wenigsten ahnten, dass die Wunden, die sie in diesem Krieg davontrugen, niemals Heilung erfahren würden, ganz gleich, wie gut das Fleisch zusammengeflickt

worden war. Jetzt und hier, in diesem provisorischen Lazarett, ging es für jeden von ihnen nur darum, die Tränen hinunterzuwürgen und eine Schwester um Morphium oder ein Lächeln anzuflehen.

Keine Spur von Philipp.

Schließlich sprach Celia eine Krankenschwester an, die neben einem hochbeinigen Holztisch stand und in Windeseile Mullbinden zusammenrollte.

»Können Sie mir sagen, ob Sie einen Patienten namens Philipp Merten haben? Er ist um die vierzig und muss einen höheren Rang bekleiden, aber ich weiß nicht genau ...«

Die Schwester fuhr herum. Die graublonden, in der Mitte gescheitelten Haare waren zu einem schlaffen Nackenknoten gewunden, aber ihre nachtblauen Augen glänzten matt wie eh und je.

»Na endlich, ich dachte schon, du bleibst lieber sicher und trocken in Amerika.«

Susanna hatte einen forschen Ton angeschlagen, zu forsch vielleicht, um nicht in Wahrheit der Bemühung zu entspringen, die aufwallende Rührung zu verbergen, und spontan ging Celia auf sie zu und umarmte sie. Einen Moment atmeten sie im selben Takt, dann löste Celia sich und trat zurück.

»Meine Mutter hat telegraphiert«, sagte Celia.

»Dann hat dein Geschiedener ihr wohl Bescheid gegeben«, erwiderte Susanna und fügte, als sie die Frage in Celias Blick las, hinzu: »Unser New-York-Korrespondent hat uns damals Fotos und einen Bericht fürs Vermischte geschickt ... Ich arbeite wieder, weißt du.« Sie zögerte. »Da ich im Schnoor niemanden von den Lamberts antraf, der mir deine neue Adresse hätte geben können, musste ich den einzigen Menschen benachrichtigen, dessen Adresse rasch zu ermitteln war. Und das war Paul.« Ihre Mundwinkel hoben sich zu einem zaghaften Lächeln. »Er muss deiner Mutter umgehend telegraphiert haben, was mich umso mehr freut, weil es den Schluss nahelegt, dass ihr einen guten Weg gefunden habt.«

Eigentlich nicht, antwortete Celia im Stillen, aber wenn es so ist, wie Susanna sagt, dann gibt es Hoffnung; dann ist Pauls starre Haltung im Begriff, sich zu lockern – dann wird er mir erlauben, meine Kinder zu sehen. Oh, lieber Gott, lass es so sein, lass es bitte, bitte so sein!

»Was Philipp anbelangt …«, begann Susanna, brach aber ab, als ein Höllenlärm vor dem Lazarett ausbrach. Ein abgewürgter Motor kämpfte mit der Zündung, aufgeregte Rufe und gebrüllte Befehle mischten sich mit Schmerzensschreien verwundeter Soldaten.

»Halten Sie den Mund und packen Sie mit an, Schwester!«, fuhr ein Arzt Susanna wütend an und stürzte an ihr vorbei zum Ausgang. Zwei Krankenschwestern folgten ihm.

»Ihr seid drei Schwestern für zweihundert Soldaten?«

»Ich bin bloß Hilfsschwester. Heute Abend werden weitere fünf Freiwillige hier eintreffen«, erwiderte Susanna schulterzuckend. »Du kannst da vorn auf mich warten«, fügte sie hinzu und zeigte auf einen mit einem blassgelben Vorhang abgeteilten Bereich, aber Celia schüttelte den Kopf.

»Ich weiß, was eine Hilfsschwester zu tun hat, keine Sorge.«

Seite an Seite, schweigend und konzentriert, folgten Susanna und Celia dem Gebot der Stunde, betteten Schwerverletzte, wuschen ausgefranste, mit Erde verdreckte Wunden aus und verbanden sie, murmelten tröstende Worte und hielten fiebrige Hände, während der zusehends erschöpfte Arzt zertrümmerte Gliedmaßen amputierte, Kugeln und Granatsplitter aus Knochen und Fleisch operierte. Als alle Soldaten versorgt waren, traten Celia und Susanna vor die Tür. Die frische Luft erschien ihnen köstlicher als alle Wohlgerüche dieser Welt.

»Wo hast du das gelernt?«, fragte Susanna.

»In New York haben einige Freundinnen und ich Lehrkurse für Hilfsschwestern organisiert, um den Frauen in den Slums eine Perspektive zu geben. Dabei habe ich einiges gelernt. Und du?«

Susanna lächelte leicht. »Ich habe den Rotkreuz-Menschen, der für die Entsendung der weiblichen Hilfskräfte zuständig ist, bestochen, weil ich mir dachte, dass man als Krankenschwester an der Front bessere Informationen erhält und ernster genommen wird als eine aufgeregte Zivilistin – nur für den Fall, dass Philipp gar nicht in diesem Lazarett liegt. Als sie merkten, dass ich keine Ahnung hatte, war ich schon hier. Also mache ich so gut ich kann.«

»Hätte es nicht genügt darauf hinzuweisen, dass du Journalistin bist?«

Abschätzig zog Susanna die Mundwinkel nach unten. »Vielleicht, vielleicht aber auch nicht. Viele Männer sehen in mir eine von den verhassten Suffragetten …«

Sie verstummte, und Celia wagte nicht zu fragen.

»In Metz ist er nicht«, sagte Susanna schließlich, »es war eine Verwechslung. Ich reise in zwei Stunden weiter – nach Solangier, das liegt ein Stück weiter nördlich ...«
Celia verstand die unausgesprochene Frage und nickte.
»Ich komme mit. Ich muss nur jemandem Bescheid geben.«
Nachdem sie Corinne die Lage erklärt hatte, kehrte Celia ins Lazarett zurück. Der Krankentransporter, der sie und Susanna nach Solangier mitnehmen sollte, stand schon bereit und fuhr los, kaum dass die beiden Frauen auf die Ladefläche geklettert waren. Mit ihnen reisten zwei Kriegsberichterstatter aus München und Hamburg sowie zehn Soldaten, denen ein Bein, ein Arm oder beides amputiert worden waren und die in Solangier so weit versorgt werden sollten, dass sie den Weitertransport nach Hause überlebten. In Metz war kein Platz mehr für sie. Nun lagen sie in Reih und Glied auf harten Pritschen, gegen Zugluft nur unzureichend durch graugrüne Decken geschützt, und schliefen oder starrten blicklos vor sich hin. Mit flinken Strichen hielt ein Reporter die Szene in seinem Notizbuch fest, sein Kollege studierte mit gerunzelter Stirn eine Straßenkarte. Das Motorengeräusch war so laut, dass Unterhaltungen kaum möglich waren, und doch beruhigend.
Celia und Susanna saßen nebeneinander auf einer der beiden sich gegenüberliegenden Bänke, windgeschützt unmittelbar hinter dem Fahrer. Nach einer Weile, sie mochten eine halbe Stunde unterwegs sein, rückte Susanna näher an Celia heran. Nachtblaue Augen hielten olivgrüne fest.
»Er hat dich so geliebt«, wisperte sie halblaut, »und ich

habe alles getan, um zu verhindern, dass ihr zusammenkommt. Ich redete mir ein, es für dich zu tun, ich fürchtete, du würdest Paul verlassen und wegen einer alten Liebe dein Leben zerstören … Aber das war eine Lüge.« Sie zögerte einen winzigen Moment, dann brach es aus ihr heraus. »Andreas ist nicht unser Kind, er ist Roberts Sohn. Als Robert mich verließ, blieb Philipp bei mir, obwohl er um meinen Betrug wusste. Von da an wollte ich ihn nicht mehr verlieren, seine Güte und Toleranz taten mir so unendlich gut.«
»Dein Vater hatte also gar keinen Herzinfarkt?« Celia schrie die Frage heraus, und neugierig hoben die Reporter die Brauen
»Doch, das schon, aber er hat sich rasch wieder erholt«, antwortete Susanna so leise, dass Celia sie kaum verstand. »Philipp wollte nicht, dass wir drei in einen Strudel gesellschaftlicher Ächtung geraten.«
»Hat er dir das gesagt?«
»Das musste er nicht. Ich kenne ihn viel zu gut. Wenn ich ihn nur ein wenig ermutigt hätte, wäre er bei dir geblieben. Aber das brachte ich nicht über mich. Ich bin nicht stolz auf mich und kann nur hoffen, dass du mir irgendwann verzeihst. So, jetzt ist es heraus.« Susanna atmete tief durch, den Blick unverwandt auf Celia gerichtet.
Der Fahrer bremste und schaltete den Motor aus. Die Tür klappte. Vier, fünf Schritte auf staubigem Grund, dann ein leises Plätschern. Sofort legten die Reporter ihre Blöcke beiseite und kletterten von der Ladefläche.
»Ich gebe ihn frei«, sagte Susanna mit Nachdruck und setzte, als sie sich der Theatralik ihrer Bemerkung be-

wusst wurde, seufzend hinzu: »Du weißt, wie ich's meine. Ich will reinen Tisch machen.«
»Ist das nicht ein bisschen spät?«, rettete Celia sich in Ironie, außerstande, ihre Empfindungen in Worte zu kleiden.
Es war, als hätte sie eine große Leere befallen, die in ihrer Mitte saß und sich ausbreitete wie ein Tintenklecks auf einem baumwollenen Tischtuch.
»Der Krieg macht einem bewusst, dass es in jeder Sekunde vorbei sein kann ... Ich will es wiedergutmachen.«
Celia schüttelte den Kopf. »Das wirst du nicht können. Er hat einen Sohn. Victor.«
Susanna zuckte unmerklich zusammen.
Die Reporter kehrten zurück, die Fahrertür klappte.
Nach einer weiteren halben Stunde bremste der Fahrer erneut. »Wir sind da!«, brüllte er, und unmittelbar darauf brach Geschäftigkeit aus; die Reporter rafften ihr Gepäck zusammen, das Verdeck des Transporters wurde an den Seiten geöffnet, eine Krankenschwester eilte herbei und trieb, ungeduldig mit der rechten Hand wedelnd, zwei alte Männer an, sich zu beeilen. Sogleich kletterten sie auf die Ladefläche und machten sich daran, das Seil, mit dem die Pritschen zur Sicherheit aneinandergebunden waren, zu lösen.
Celia und Susanna drängten sich an ihnen vorbei.
Das Lazarett war in einem alten Gehöft untergebracht, etwa fünfhundert Meter außerhalb von Solangier, dessen weißgetünchte Häuschen sich um die spirituelle Mitte ihres Dorfes drängten, ein Kirchlein mit einem windschiefen Turm. Am Ortseingang stand eine gewaltige

Zypresse, Hühner pickten links und rechts der staubigen Straße nach Futter.

Im Innern des Gebäudes erwartete sie das gleiche Bild wie in Metz: Verwundete in Reihen, ein mit blassgelben Tüchern vom Krankensaal abgetrennter Operationsbereich, stumme Gebete, greifbare Wut, stille Resignation.

»Major Merten«, stand auf einem Pappschild, das jemand am Fußende von Philipps Bett befestigt hatte. Celias Augen wanderten von dort über die graue Decke, unter der sich kräftige Beinmuskeln abzeichneten, über die bandagierte linke Hand hoch zu dem verbundenen Brustkorb, der sich gleichmäßig hob und senkte; erst dann wagte sie es, ihm ins Gesicht zu sehen. Dunkle Schatten lagen unter geschlossenen Augen. Braungraue Bartstoppeln auf schmalen Wangen.

Es war Philipp, ohne Zweifel, und doch war es ein anderer.

»Geh du zu ihm«, flüsterte Celia Susanna zu. »Vielleicht dürfen wir ihm diese Aufregung gar nicht zumuten …«

Susanna nickte und trat an sein Bett, nahm seine rechte Hand behutsam in die ihre und beugte sich zu einem zarten Kuss auf seine Stirn hinunter, als Philipp erwachte. »Bonsoir, du«, sagte er mit rauher Stimme, nicht im mindesten überrascht, Susanna zu erblicken, und sie antwortete mit einem weichen Oui, dessen Schwingung im Raum hing wie eine Decke aus Engelshaar, bereit, diesen verletzten Mann zu umhüllen und zu beschützen.

Die Intimität des Augenblicks ergriff Celia, sie wagte kaum zu atmen, da traf sie Philipps Blick.

»Was machst du hier?«, fragte er freundlich und schüttelte nachsichtig den Kopf wie ein großer Bruder, der seine jüngere Schwester beim heimlichen Rauchen ertappt.

»Ich bin auf dem Weg nach Bremen«, erwiderte Celia. »Es wird Zeit, dass die Bremer endlich Celia Lambert-Osbornes Sensationen zu sehen bekommen.«

»Wenn der Freimarkt denn stattfindet ...«, meinte Philipp lakonisch.

Sie lächelten sich an, ihre Blicke hielten sich fest, dann gaben sie sich frei, für immer. Es war vorbei. Es war schon lange vorbei.

Seltsam, dachte Celia verwundert, wie viele Jahre habe ich in der Gewissheit gelebt, Philipp zu lieben! Wie oft habe ich gegrübelt, ob es Feigheit oder Rücksichtnahme gewesen war, was ihn veranlasst hatte, bei Susanna zu bleiben! Wie oft habe ich darum gebetet, er möge sich überwinden und endlich zu mir finden! Diese Liebe hat meine Gedanken beherrscht und mein Leben bestimmt, und plötzlich ist da nur noch dieser warme Strom von Zuneigung und Erinnerung, und es macht mir noch nicht einmal etwas aus, im Gegenteil. Oh, ganz und gar im Gegenteil!

Ein Sonnenstrahl traf sie direkt ins Herz, und das Licht der Erkenntnis überwältigte Celia. Tränen der Freude schossen ihr in die Augen.

Sie beugte sich vor und küsste Philipp auf die stoppelige Wange. »Ich muss gehen«, sagte sie gerührt. »Meine Familie wartet.«

»Danke, dass du gekommen bist«, erwiderte Philipp liebevoll. »Wenn ich wieder zu Hause bin, will ich den Koloss von Rhodos erleben!«

»Selbstverständlich in einer Privatvorführung«, gab Celia zurück und fügte nach kurzem Zögern hinzu: »Für euch beide. Und euren Sohn natürlich.« Und deinen Sohn Victor, Philipp, dachte sie im Stillen, sprach es aber nicht aus. Dafür würde in Bremen noch Zeit genug sein.
Ihr Blick umfasste Philipp und Susanna, dann verließ Celia das Lazarett. Vor der Tür blieb sie stehen, legte den Kopf in den Nacken und schloss die Augen, so glücklich wie verwirrt über das, was soeben geschehen war.
»Celia?« Susannas Ton klang besorgt. »Ich dachte …«
»Ja, das dachte ich auch«, fiel Celia ihr sanft ins Wort.
»Du musst keine Rücksicht auf mich nehmen. Ich habe dir doch gesagt, dass ich mich entschieden habe, ihn freizugeben«, versetzte Susanna mit Entschlossenheit, doch Celia entging der Anflug von Trotz in ihrer Stimme nicht.
»Susanna«, sagte sie leise, fast zärtlich, »du gehörst zu Philipp, nicht ich. Mein Herz gehört seit langem schon jemand anderem, ich war nur zu dumm, das zu begreifen.«
Ein zaghaftes Lächeln erhellte Susannas Züge. »Ich glaube, wir neigen dazu, die Kraft der Leidenschaft zu über- und die stille Kraft, die sich im Verlauf gemeinsam durchlebter Zeiten entfaltet, zu unterschätzen. Agape nannten die Griechen das, kameradschaftliche Liebe, wenn du so willst, der gleichwohl erotische …« Celias Blick ließ sie innehalten. »Was ist?«
Celia grinste. »Besitzt du eigentlich keinen Sinn für ergreifende Momente? Wir müssten jetzt weinen und uns in die Arme fallen, stattdessen gibst du die Philosophin! Wie hält Philipp das nur aus?«

»Du kennst ihn nicht so gut wie ich«, gab Susanna zurück. »Über die Jahre ist er ein wenig bequem geworden, und Gedankenspiele ersetzen ihm häufig die Tat, vor allem, wenn sie anstrengend zu werden droht.« Sie zögerte, dann fuhr sie fort: »Er hat nie wieder ein Karussell bauen lassen, geschweige denn, dass er damit auf Reisen gegangen wäre.«

»Ums Haar wäre es mir ähnlich ergangen«, platzte Celia heraus und hielt sogleich betreten inne, weil sie nicht den Eindruck erwecken wollte, sie blicke von oben herab auf bürgerliche Existenzen.

»Schon gut«, winkte Susanna ab, »ich finde den Garnhandel und die Ölmühle auch nicht so fesselnd. Ich habe wenigstens die *Hutnadel*, um ein wenig Esprit in mein Leben zu bringen.«

»Die *Hutnadel!*«, echote Celia und kicherte. »Der Name ist einfach zu komisch. Glaubst du, deine Leserinnen würden gern die wahre Geschichte einer Schaustellerin lesen, die einmal zur besten Gesellschaft von New York gehörte?«

»Und mir bestimmt weismachen will, sie hätte mit dem großen Bankier Richard Loane und seiner Frau Mary diniert, die wir armen Sterblichen nur aus der Zeitung kennen!«

Celia nickte. Ich werde dir erzählen, Susanna, von Dick und Mary und von Jennifer und Brad, aber vor allem von Stan und Idi, die mich wie ihr eigen Fleisch und Blut liebten, und von Toni, ganz besonders von Toni … Und von Melanie, deren Vertrauen in das Leben trotz allem, was es ihr zugemutet hat, nie erschüttert worden war, und von Brit, die erleben musste, wie ihr Mann sich blenden ließ von Macht und Geld, ach, und von meiner hellsichtigen Tochter und meinem sportlichen Sohn und von all den anderen Menschen aus Little Germany, der Lower East Side, Coney Island und Long Branch, die ich gekannt und gemocht habe. Vielleicht wirst du sogar ein Buch schreiben, über mich und über uns und die Irrläufe des Lebens.

Aus dem Augenwinkel sah sie zwei Soldaten die Ladeklappe des Transporters schließen und den Fahrer, der sie nach Solangier mitgenommen hatte, die Motorhaube schließen. Er warf einen glimmenden Zigarettenstummel fort und rief Celia und Susanna zu: »Ich fahre zurück nach Metz. Wenn Sie wollen …«

»Und ob!« Celia nickte ihm zu, dann umarmte sie Susanna. »Leb wohl.«

»Du wartest doch in Bremen auf uns, ja?«

»Versprochen.«

Der Fahrer hupte. Rasch kletterte Celia auf die mit braunen Paketen gefüllte Ladefläche und winkte, bis die Gestalt ihrer Freundin mit dem Horizont verschwamm. Weil der Fahrer keine Rücksicht auf Verwundete nehmen musste, jagte er über die Straßen und staubigen Wege, als wäre der Teufel hinter ihnen her. Am späten Nachmittag kamen sie in Metz an. In der Nähe der Kathedrale ließ Celia sich absetzen. Hier, im Herzen der Stadt, sollte es nicht schwer sein, ein Fuhrwerk oder ein Automobil aufzutreiben, das Celia zurück zu den Leneurs brachte. Sie hatte allerdings nicht bedacht, dass das Gebiet als gefährlich und eine schöne Unbekannte mit rotblondem Haar als verdächtig galt. Nachdem der fünfte Landwirt auf ihre Frage den Kopf geschüttelt hatte,

obwohl sein Karren lediglich zur Hälfte beladen war und ausreichend Platz für Celia geboten hätte, verlor sie die Geduld und machte sich zu Fuß auf den Weg, der einsetzenden Dämmerung zum Trotz.
Sie vertraute darauf, dass ihr von Kindesbeinen an geforderter Orientierungssinn sie nicht im Stich lassen würde. Doch als sie die Straße nach Süden verließ, in den Wald eintauchte und den Pfad suchte, der sie ans Ufer der Mosel zurückbringen würde, war es bereits stockfinster. Kein Mond wies ihr die Richtung, eine undurchdringliche Wolkendecke ließ keinen Sternenstrahl hindurch. Entmutigt ließ Celia sich auf das weiche Moos fallen.
Kamir.
Sie wiederholte seinen Namen im Geiste, dann murmelte sie ihn halblaut vor sich hin, unablässig, wie eine Beschwörungsformel. Nach einer Weile fühlte sie sich seltsam beruhigt, als wäre ein unsichtbarer Teil von ihm nun tatsächlich bei ihr, um sie zu beschützen, so wie er es immer getan hatte, und so überließ sie sich einem leichten Schlaf. Ein sangesfreudiger Pirol weckte sie noch vor Sonnenaufgang. Ungeduldig und mit knurrendem Magen lief Celia ein paar Schritte auf und ab, reckte die klammen Glieder und wartete auf den ersten Schimmer des Morgenlichts. Dann marschierte sie los, immer am Ufer entlang, stets darauf bedacht, im Schutz der Böschung zu bleiben. Der Weg erschien ihr endlos. Die Befürchtung, zu spät zu kommen und Kamir zu verlieren, wuchs und mit ihr die Unsicherheit. Sollte sie dem Pfad geradeaus folgen – oder war Corinne an der Stelle, wo ein Blitz in die Kiefer geschlagen war, nach links ab-

gebogen? Zeichnete sich da vorn bereits der Hügel ab, an dem das Gehöft der Leneurs lag – oder war sie schon viel zu weit gegangen? Etliche Male schlug Celia die verkehrte Richtung ein, erkannte ihren Irrtum und musste umdrehen, sie machte Umwege und lief im Kreis, die Angst saß ihr im Nacken wie ein Dämon. Schließlich hielt sie inne.

Jeder Mensch besitzt ein Muster, hörte sie ihre Großmutter Elvira flüstern.

Welches ist meines?

Das musst du schon selbst herausfinden, mein Kind!

Die Stimmen aus der Vergangenheit verstummten. Langsam ging Celia weiter. Ich bin davongelaufen, dachte sie. Mein ganzes Leben lang bin ich davongelaufen. Weil ich nicht richtig hingeschaut und voreilig gehandelt habe. Weil ich zu ungeduldig war. Aber dennoch: Was passiert ist, ist Teil meines Weges, genau wie das, was noch geschehen wird. Die Reue um das Gestern bringt mich nicht weiter, ebenso wenig die Angst vor dem Morgen. Es gilt, weiterzugehen. Folge deinem inneren Weg. Wenn dieser Mann mir bestimmt ist, wird er auf mich warten.

Ein Seufzer entfuhr Celia. Ihr Erklärungsversuch erschien ihr unzulänglich, gleichwohl ließ der Dämon von ihr ab, so dass sie mit geschärftem Blick und offenem Herzen ausschreiten konnte und das Gehöft schließlich nach zwei Stunden erreichte, ohne sich noch einmal zu verirren. Sie spähte durch das Küchenfenster. Die Leneurs und die Porimbas hatten sich mit Pierre-Uwe zum Frühstück um den Esstisch versammelt und sahen Annemarie dabei zu, wie sie, den Mund gespitzt, die Brauen in die Höhe gezogen, dicke, goldgelbe Scheiben von ei-

nem Kürbisbrot abschnitt. Einzig Darianes Blick fiel aus dem Fenster und kreuzte Celias, aber Celia nahm sie gar nicht wahr.
Kamir fehlte in der Runde. Weder ein leerer Stuhl noch ein unberührtes Gedeck deuteten darauf hin, dass er sich lediglich verspätet hatte.
Er war fort.
Celia drehte sich um, lehnte sich an die Hauswand und zwang sich, ruhig zu bleiben. Sie hatte sich getäuscht, wieder einmal. Er liebte sie nicht, denn wenn er sie liebte, wäre er geblieben und hätte auf sie gewartet, so wie er es gesagt hatte.
»Es war eine Art Gelübde, Celia.« Darianes Stimme holte sie zurück. »Kamir liebte dich, aber du warst mit seinem Halbbruder verheiratet, und nach der Trennung hast du von deinem Philipp erzählt. Du warst nicht frei für ihn. Aber er hat es auch nicht über sich gebracht, dich zu verlassen, und so hat er sich geschworen, dich so lange zu beschützen und in deiner Nähe zu sein, bis Philipp zur Vernunft gekommen sein würde. Als Corinne zurückkam und erzählte, dass du zu ihm nach Solangier gefahren bist, stand sein Entschluss fest.« Ihre dattelgoldenen Augen ruhten voller Mitgefühl auf Celia. »Hast du dich nie gefragt, warum Kamir in all den Jahren keine Frau gefunden hat, mit der er eine eigene Familie hätte gründen können?«
»Doch, schon, aber wir haben … Ich meine, wir waren zusammen wie Mann und Frau.«
Dariane schnaubte. »Das bisschen fleischliche Lust! Anderen Männern hätte das genügt, gewiss, aber nicht Kamir. Er wusste, dass dein Herz nicht beteiligt war.«

»Wohin ist er gegangen?«
»Celia, tu ihm das nicht an. Er hat so lange mit sich gerungen.«
»Ich liebe ihn«, bekannte Celia. »Es stimmt nicht, dass mein Herz nicht beteiligt war. Ich liebe ihn schon lange.«
»Das fällt dir ja früh ein«, spottete Dariane gutmütig und wies mit einer theatralischen Geste nach Süden. »Ich habe ihm nachgesehen, bis er hinter den Feldern verschwand. Er hat einen ganzen Tag Vorsprung. Es wird dir nur gelingen, ihn einzuholen, wenn er eingeholt werden möchte, und ganz ehrlich, ich glaube nicht, dass er das will. Kamir hat sich entschieden.« Sie machte eine Pause und fuhr dann in versöhnlicherem Ton fort: »Falls ich mich täusche, fress ich den Koloss von Rhodos.«
»Falls nicht, erledige ich das selbst«, erwiderte Celia grimmig. Am liebsten wäre sie sofort losgelaufen, aber ihre Vernunft befahl ihr, zu essen und zu trinken, um Kraft zu tanken, und ihr mütterliches Herz drängte, wenigstens ihren Sohn zu begrüßen, also ging Celia in die Küche, wo sie begeistert empfangen wurde. Victor strahlte sie an, Anselm sprang auf und Annemarie und Jacques schlugen die Hände über dem Kopf zusammen. Niemand hielt sich an die Verabredung, so zu tun, als wäre Celia gar nicht fort gewesen. Nur Corinne beherrschte sich und versuchte ihren Bruder, der die Szene mit verständnislosem Blick verfolgte, vergeblich in ein Gespräch zu verwickeln.
»Schausteller«, sagte sie schließlich zu ihm, als könne das Wort irgendetwas erklären, aber Pierre-Uwe pflichtete seiner Schwester sofort bei. »Gott sei Dank werden

wir die Leute morgen Nachmittag los«, sagte er mit vollem Mund. »Die Zugmaschine wird spätestens um drei hier eintreffen, und dann: Au revoir, mes amis! Dabei fällt mir ein«, er hielt inne und blickte in die Runde, »wo ist eigentlich der Dunkelhaarige?«

Dariane und Celia wechselten einen kurzen Blick. »Er wollte Blaubeeren pflücken«, sagte Celia geistesgegenwärtig.

»Die gibt's in dieser Gegend nicht«, erwiderte Pierre-Uwe kopfschüttelnd. »Was für ein Unsinn! Gehen Sie, bevor er sich in den Wäldern verläuft und deutschen Soldaten in die Hände fällt!« Plötzlich sackte er zusammen und wurde blass. »Ich riskiere verdammt noch mal meinen Kopf für Sie alle«, murmelte er sichtlich erschüttert, als würde ihm mit einem Mal die Tragweite seines Tuns klar.

»Zu Befehl!«, rief Celia, zwinkerte Dariane zu, griff nach einer Scheibe Brot und stürmte aus der Küche über den Hof und die holprige Straße erst an Feldern, dann an verwaisten Koppeln entlang, bis sie außer Atem geriet und stehen bleiben musste.

Nach Süden.

Diese Straße führte nach Nancy, also nach Süden. Aber wer sagte, dass Kamir sich nicht, kaum den Blicken seiner Mutter entschwunden, nach Osten oder Westen gerichtet hatte? Denk an das Muster, schoss es ihr durch den Kopf. Folge deinem inneren Weg.

Zögernd setzte sie einen Fuß vor den anderen.

Als die Koppeln an ein ausgedehntes Waldstück stießen, hielt sie inne. Etwas erregte ihre Aufmerksamkeit, ohne dass sie zu sagen vermocht hätte, was es war. Mit gerunzelter Stirn betrachtete sie den steinigen Pfad, der zwischen Koppel und Wald verlief und mit Gras und Efeu überwuchert war. Den nackten Stamm einer einzelnen, hochgewachsenen Tanne rahmten zwei Buchen, deren Zweige sich im leisen Wind wiegten, als winkten sie Celia zu.

Ein Stück Wald und ein Trampelpfad, nichts weiter. Und dennoch. Celia stellte sich auf die Zehenspitzen, und da erkannte sie es. Am Fuß der Tanne lagen drei fingerdicke entlaubte Zweige, jeder mit einem faustgroßen Stein beschwert bildeten sie zusammen ein Dreieck mit zwei kürzeren Geraden und einer längeren. Die kürzeren bildeten einen rechten Winkel und wiesen nach Osten, die Enden der längeren zeigten nach Süden und Norden.

Celias Herz schlug schneller. Langsam ging sie auf die Tanne zu und bückte sich.

Es bestand kein Zweifel; die Anordnung der sorgsam geglätteten Zweige und der drei hellen Steine war kein Werk des Zufalls, sondern ein geheimes Zeichen. Eins von Kamirs Zeichen, die er Victor beigebracht hatte, um ihm auf spielerische Weise das Wissen über Fauna und Flora nahezubringen. Auch ihr Vater hatte ihr einst diese Zeichen erklärt. Dieses, entsann Celia sich, sollte Freunden die Richtung weisen und Widersacher in die Irre führen. Denn die richtige Richtung war die, die in dem Dreieck nicht vorkam.

Also musste sie sich nach Westen halten.

Nach etlichen hundert Metern beschrieb der Pfad einen Bogen und teilte sich kurz darauf. Der linke Weg führte nach Süden, zurück zu den Hügeln beim Leneur-Gehöft, der rechte in den Wald. Den Kreis aus Blättern, deren

Stiele in der Mitte zusammentrafen, hätte Celia beinahe übersehen.

Was sollte das bedeuten?

Eine Hand in die Hüfte gestützt, die andere vor den Mund gepresst stand sie da und wartete, bis die Antwort aus ihrer Erinnerung aufstieg ins Jetzt.

Achte auf das Blatt mit der geteilten Spitze.

Sie bückte sich und musterte den Kreis eingehend, bis sie den Hinweis fand – eine kaum nennenswerte Einkerbung, die auf den rechten Pfad zeigte.

»Wenn du möchtest, dass ich dich einhole, kannst du ebenso gut stehen bleiben, Kamir Porimba!«, rief Celia übermütig und stapfte in den Wald.

Irgendwo, nicht weit von hier, stieg ein Falke auf.

Anmerkung der Verfasserin

Schikanöse ist eine Patience-Variation, die man zu zweit spielt. Je nachdem, wie provozierend ein Spieler »zu klopfen« oder den Gegenspieler nervös zu machen versteht, kann man sich gegenseitig vortrefflich ärgern, was den Namen des Spiels erklärt.

In unserer Familie wurde Schikanöse oft und gern gespielt, und mein gutmütiger, liebevoller Vater, der mir das Spiel beigebracht hat, entpuppte sich in diesen Stunden – den Schalk im Nacken, die Unschuld im Blick – stets als Meister der Provokation.

Gewiss gibt es, wie es bei vielen Kartenspielen der Fall ist, auch von Schikanöse verschiedene Varianten. Die folgende wurde bei uns zu Hause in Bremen gespielt:

Mischen Sie zwei Spiele mit je zweiundfünfzig Karten getrennt voneinander.

Nach dem Mischen legt jeder Spieler vier aufgedeckte Karten in einer senkrechten Reihe hintereinander auf den Tisch, so dass zwischen den Spielern zwei Viererreihen liegen. Dazwischen sollte Platz für zwei weitere Vierer-Reihen bleiben. Decken Sie dabei ein Ass auf, legen Sie es in die Mitte und decken Sie eine weitere Karte auf und legen Sie sie in die Vierer-Reihe.

Zählen Sie nun von den verbliebenen Karten verdeckt zwölf ab, die dreizehnte wird offen auf diesen teuren Haufen gelegt; der Rest der Karten bildet den billigen Haufen. Beide Haufen erhält der Gegner, und umgekehrt erhalten Sie zwei Haufen von ihm. Legen Sie beide

Haufen vor sich ab und achten Sie darauf, dazwischen Platz für einen weiteren Kartenstapel zu lassen.
Wessen aufgedeckte Karte auf dem teuren Haufen höher ist, beginnt das Spiel.
Der teure Haufen hat immer Vorrang.

1. Der Spieler kontrolliert, ob seine Karte vom teuren Haufen in auf- oder absteigender Reihenfolge und passender Farbe auf die aufgedeckte teure Karte des Gegners passt. Falls nicht, versucht er
2. seine Karte an die Vierer-Reihen anzulegen, und zwar in absteigender Reihenfolge und passender Farbe! Passt seine Karte nirgendwo, muss er sie aufgedeckt auf dem teuren Stapel liegen lassen und deckt nun die oberste Karte vom billigen Haufen auf. Kann er sie anlegen (siehe 1), darf er weitermachen. Gelingt es ihm nicht, legt er diese Karte aufgedeckt in die Mitte zwischen seine beiden Stapel, und der Gegenspieler übernimmt das Spiel und verfährt in gleicher Weise (wobei er seine Karte nun auch auf den mittleren Stapel des Gegenspielers legen kann, den es zur Spieleröffnung ja noch nicht gab).
3. Wer ein Ass aufdeckt, legt es sofort in die Mitte, so dass im Lauf eines Spiels acht Asse dort zu liegen kommen. Auf die Asse dürfen Karten in aufsteigender Reihenfolge und passender Farbe abgelegt werden, so dass der König der jeweiligen Trumpffarbe am Ende zuoberst liegt.
4. Im weiteren Spielverlauf kontrolliert jeder Spieler, wenn er am Zug ist, nicht nur, ob seine Karten auf die aufgedeckten des Gegenspielers passen, sondern auch,

ob eine der Kartenreihen darauf passt. Beispiel: Auf dem teuren Haufen des Gegenspielers liegt eine Herz-Sieben. Sie sind an der Reihe. Sie decken eine Ihrer Karten vom billigen Haufen auf (weil Sie die Karte vom teuren Haufen nirgendwo an- oder ablegen können): eine Herz-Sechs. Legen Sie sie auf die Herz-Sieben. In den Vierer-Reihen befindet sich eine Herz-Reihe vom Buben bis hinunter zur Herz-Fünf. Die dürfen Sie nun aufnehmen und auf die Herz-Sechs des Gegners legen, so dass der Herz-Bube oben liegt. Sie ziehen nun eine Herz-Zehn. Auch die dürfen Sie nun auf den Herz-Buben legen! (Der arme Gegenspieler wird wirklich Mühe haben, so einen Stapel abzuarbeiten.)

5. Ist die letzte Karte des billigen Haufens aufgedeckt und entweder auf dem Spielfeld angelegt oder auf dem Stapel daneben abgelegt, muss der entsprechende Spieler, wenn er wieder am Zug ist, diesen Haufen umdrehen. Dieser ist nun der billige Haufen.
6. Wer als Erstes alle Karten angelegt hat, hat gewonnen.

Wichtig: Sobald ein Spieler die nächste Karte von einem seiner Haufen berührt, um sie aufzudecken, signalisiert er damit, dass er meint, im Spielfeld und beim Gegenspieler nichts mehr anlegen zu können. Sieht der Gegenspieler dagegen eine Anlegemöglichkeit, darf er nun klopfen und das Spiel übernehmen.
Das Gleiche gilt, wenn ein Spieler seine Karte aufgedeckt neben dem billigen Haufen ablegt und damit das Ende seines Zuges signalisiert.

Fällt ihm plötzlich doch noch eine Anlegemöglichkeit auf, darf er nicht weitermachen.

Für das An- und Ablegen der Karten beim Gegenspieler gibt es unzählige Möglichkeiten, wie Sie mit etwas Spielpraxis herausfinden werden. Beispielsweise können sich auf dem eigenen teuren Haufen zwanzig Karten in auf- wie absteigender Reihenfolge befinden, die sich partout nirgendwo anlegen lassen. Und der Gegenspieler hat nur noch drei Karten …
Aber plötzlich macht er einen Fehler – Sie klopfen und übernehmen das Spiel! Und wie von Zauberhand dirigiert, lassen sich plötzlich alle Karten anlegen. In Siegeslaune berühren Sie Ihre letzte Karte, um sie aufzudecken. Und dann klopft der Gegner …

Karin Engel

Die Kaffeeprinzessin

Roman

Bremen Anfang des 20. Jahrhunderts: Für die schöne und kapriziöse Schauspielerin Felicitas geht ein Traum in Erfüllung, als sie in die vornehme Familie Andreesen einheiratet, die ihren Reichtum dem Kaffee verdankt. Doch zunächst ist es nicht leicht für die temperamentvolle und eigenwillige Frau, sich ihren Platz in dieser Welt zu erobern. Vor allem ihre Schwiegermutter Elisabeth beäugt die Fremde mit Misstrauen. Felicitas muss viel Mut und Erfindungsreichtum aufbringen, um sich durchzusetzen. Als sie ihren Mann verliert, scheint sie völlig alleine dazustehen. Und dann ist es ausgerechnet Elisabeth, die ihr neuen Lebensmut gibt …

»Intelligent geschrieben und herrlich unterhaltend.«
Mindener Tageblatt

Knaur Taschenbuch Verlag

Karin Engel

Das Erbe der Kaffeeprinzessin

Roman

Teresa hat von ihrer Mutter Felicitas, die in Bremen nur die »Kaffeeprinzessin« genannt wird, nicht nur die leuchtend blauen Augen geerbt, sondern auch deren Willensstärke und Durchsetzungsvermögen. Beide Eigenschaften hat sie dringend nötig, als nach dem Krieg die Villa der Familie von den Engländern besetzt wird. Teresa steht vor der schier unlösbaren Aufgabe, das Erbe der Kaffeedynastie Andreesen weiterzuführen. Manchmal möchte sie schier daran verzweifeln, doch sie lässt sich nicht unterkriegen. Als ihr Weg sie nach Brasilien führt, in jenes Land, für das ihr Herz schon seit jeher schlägt, trifft sie dort ihren Geliebten Pedro wieder, den sie nie vergessen hat ...

»Gefühlvolle Unterhaltung für Freunde von Familienromanen.«
TV Karstadt

Knaur Taschenbuch Verlag